星海社
FICTIONS

新訳クトゥルー神話コレクション4

未知なるカダスを夢に求めて

H・P・ラヴクラフト

訳／森瀬繚

Illustration／中央東口

星海社

はじめに

　Ｈ・Ｐ・ラヴクラフト（以下、ＨＰＬ）は、しばしば自身を夢想家《ドリーマー》――いや、夢見人《ドリーマー》と形容し、自身の作品にもそのように形容される人物を登場させました。彼は、幼少期から色鮮やかで真に迫った夢を見ることが多く、起きてからもその内容を克明に記憶していました。そうした夢の中には悪夢も多く、たとえば「未知なるカダスを夢に求めて」に姿を現す夜鬼というのっぺらぼうの悪魔めいた怪物は、幼少期――六、七歳――の彼に小さからぬ恐怖と怯えをもたらした祖母ロビイの死に始まる暗い日々に引き起こされた夢に登場した存在でした。彼は、長じてからもこの夜鬼を恐れ続けたと言っています。

　夢の記憶が彼の作品に反映されるのは、当然と言えば当然の流れでした。自分の夢が創作に役立つことについてＨＰＬは早くから自覚的で、一九一九年末から一九三五年にかけて書き溜めていった「備忘録」と題するメモ書きには、夢についての記述も少なからず含まれています。

　このような「備忘録」をつけ始め、いよいよ夢を重視し始めたのは、アイルランド人の幻想作家ロード・ダンセイニとの出会いがきっかけだったと思われます。一九一九年に彼の作品に接したことによって小説媒体に抱いていた偏見を払拭されたＨＰＬは、ダンセイニの影響を強く受けた小説を次々と執筆しました。それは一九二六年から二七年にかけて、環境が大きく変化したのを機に自身の作風を見つめ直すまで続くのですが、この時期の作品中でも特に、現実の地球とは異なる別世界――地球の夢の深層に広がる幻夢境《ドリームランド》が舞台の一連の作品は、アメリカでは〈ドリーム・サイクル〉と総称されています。

　新訳クトゥルー神話コレクションの第4集となる本書には、〈ドリーム・サイクル〉に属する作品と、その集大成である「未知なるカダスを夢に求めて」の主人公ランドルフ・カーターの登場作品、そしてこれらの作品と部分的に繋がりがある作品を全部まとめて収録しました。熱心なファンの望みを受けて書かれることになった「銀の鍵の門を抜けて」を除いて全てがＨＰＬの前期作品であり、怪奇物語色の強い後期作品とは大分毛色の違った作品が少なからず含まれます。クトゥルー神話を体系化したリン・カーターも非常に困惑したようで、一九七二年に『クトゥルー神話全書』を執筆した時点においては、「未知なるカダスを夢に求めて」を未完成品と見なしたのみならず、〈ドリーム・サイクル〉について「クトゥルー神話作品ではない」と言い切ったほどでした（後年、その考えを改めたようですが）。

〈ドリーム・サイクル〉の世界観は、今日の「異世界転移物」「異世界転生物」を彷彿《ほうふつ》とさせるファンタジー世界で、初期のヒロイック・ファンタジー・アンソロジーに関連作が収録されたこともあります。

幻夢境《ドリームランド》は地球の生物が見る夢の深層にあって、人は覚醒《めざ》めの世界と異なる名前を持っています。公用語は英語ではなく、地名接尾辞からしておそらくラテン語風の言語で、浅い夢の中からさらに深く降りることで到達できますが、覚醒の世界と直接繋がる場所もあるようです。後続作家では、ゲイリー・メイヤーズやブライアン・ラムレイ（タイタス・クロウ・サーガと合流する幻夢境《ドリームランド》三部作）、ロジャー・ゼラズニイ（『虚ろなる十月の夜に』（竹書房文庫））が、この世界にまつわる作品を書いています。

なお、読者の想像を手助けするべく、本書では幻夢境の地図を用意しました。ＨＰＬ自身の設定ではなく、作中から読み取れる地理情報に矛盾が生じないよう訳者が構成したものを、中山将平氏（ＦＴ書房）に美麗なイラストに仕上げていただいた本書独自の地図ですので、あらかじめご了承願います。

二〇一九年八月一日　収穫祭《ラマス》の日に

❖目次 CONTENTS

はじめに——002
関連地図——006
凡例——012
北極星《ポラリス》 Polaris——013
白い船 The White Ship——021
サルナスに到る運命 The Doom That Came to Sarnath——033
ランドルフ・カーターの供述 The Statement of Randolph Carter——045
恐ろしい老人 The Terrible Old Man——065
夢見人《ドリーマー》へ。 To a Dreamer.——073
ウルタールの猫 The Cats of Ulthar——077
セレファイス Celephaïs——085
忘却より《エクス・オブリビオン》 EX Oblivione
（ウォード・フィリップス名義）——097
イラノンの探求《クエスト》 The Quest of Iranon——103
蕃神《ばんしん》 The Other Gods——115
アザトース Azathoth——125

名状しがたいもの The Unnamable — 129
銀の鍵 The Silver Key — 143
霧の高みの奇妙な家 The Strange High House in the Mist — 167
未知なるカダスを夢に求めて《ドリーム＝クエスト》 The Dream-Quest of Unknown Kadath — 185
銀の鍵の門を抜けて Through the Gates of the Silver Key — 351
幻影の君主 The Lord of Illusion — 408
（エドガー・ホフマン・トルーパー・プライス）

訳者解説 Translator Commentary

北極星 — 438
白い船 — 440
サルナスに到る運命 — 442
ランドルフ・カーターの供述 — 444
恐ろしい老人 — 446
夢見人へ。 — 448
ウルタールの猫 — 449
セレファイス — 451
忘却より — 453
イラノンの探求 — 454
蕃神 — 455
アザトース — 457
名状しがたいもの — 458
銀の鍵 — 460
霧の高みの奇妙な家 — 462
未知なるカダスを夢に求めて — 464
銀の鍵の門を抜けて — 466

年表 — 468
索引 — 476

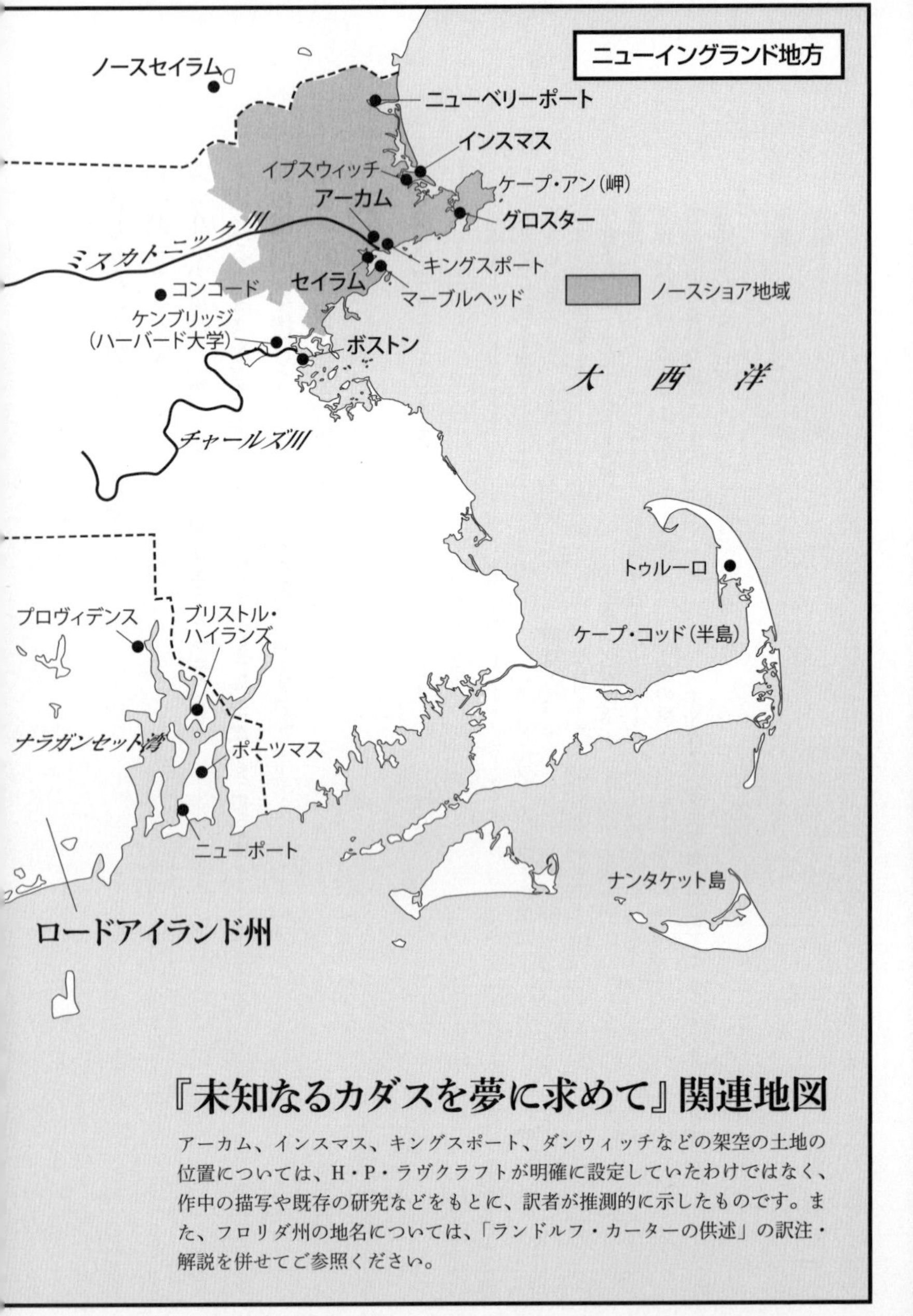

『未知なるカダスを夢に求めて』関連地図

アーカム、インスマス、キングスポート、ダンウィッチなどの架空の土地の位置については、H・P・ラヴクラフトが明確に設定していたわけではなく、作中の描写や既存の研究などをもとに、訳者が推測的に示したものです。また、フロリダ州の地名については、「ランドルフ・カーターの供述」の訳注・解説を併せてご参照ください。

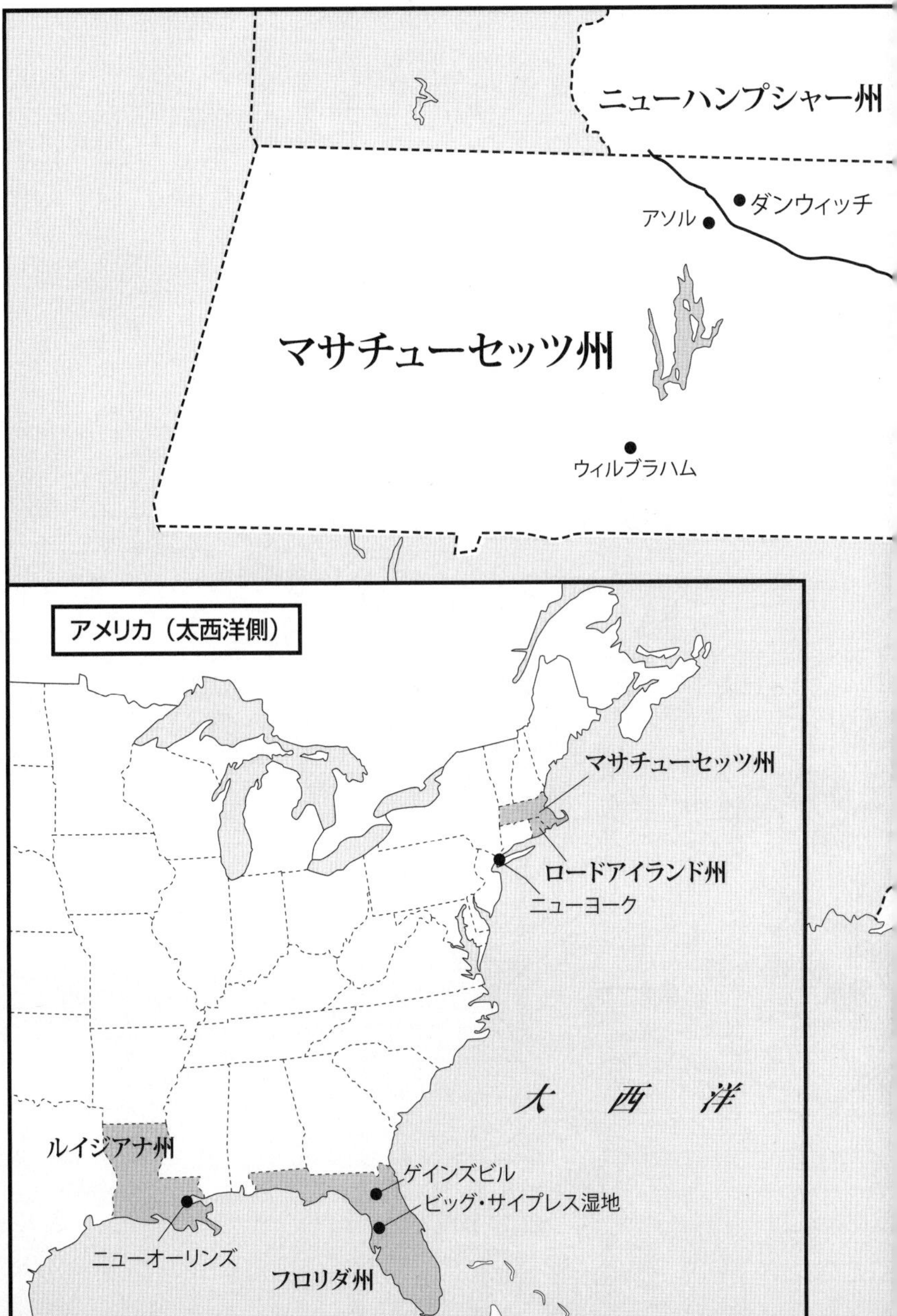
ニューハンプシャー州
ダンウィッチ
アソル
マサチューセッツ州
ウィルブラハム
アメリカ（太西洋側）
マサチューセッツ州
ロードアイランド州
ニューヨーク
太西洋
ルイジアナ州
ゲインズビル
ビッグ・サイプレス湿地
ニューオーリンズ
フロリダ州

カダス
双頭の見張り
不踏の山峰
レン高原
インガノク
サルコマンド
無名の岩礁
黄昏の海
セラニアン
セレネリアン海
イレク=ヴァド
アラン山
ナラクサ川
オオス=ナルガイの谷
タナリアン丘陵
セレファイス
クレドの密林
オウクラノス川
フラニス
ドラン
ナリエル諸島
ニル
魔法の森
ウルタール
中つ海
レリオン山
スカイ川
デュラス=リイン
ババルナ
ヤス湖
南方海
ングラネク山
オリアブ島
Illustration／中山将平

幻夢境《ドリームランド》の外部世界《アウターワールド》
The Outer World of Dreamland
クサリ川
アイ川
ナルトス峡谷
ロマール
カダテロン
シナラ
トラア
ハテグ=クラ山
ハテグ
ジャレン
イラルネク
オオナイ
サルナス
ムナール
テロス
カルティアン丘陵
ズロ川
ソナ=ニル
クスラ
タラリオン
ザール
双子岬
玄武岩の列柱

新訳クトゥルー神話
コレクション 4
未知なるカダスを
夢に求めて
H・P・ラヴクラフト 森瀬 繚 訳
Illustration 中央東口
The Dream-Quest of
Unknown Kadath and Others

凡例

▼本文中の表現や単語については、執筆当時の価値観・倫理観に基づいている場合があります。

▼原文の雰囲気を可能な限り再現するため、英語の慣用句も含めそのまま日本語訳を行っております。ただし、情報を補わないと意味を汲み取りにくいと判断した場合に限り、割注を入れています。

例）P14　チャールズウェイン星〔北斗七星のこと〕

▼文中にしばしば現れる番号つきの記号は、各収録作末尾の訳注パートの記載事項に対応しております。本書に収録されていない他作品の内容に触れている場合がありますので、あらかじめご留意願います。

▼訳文中に示される著作物などの媒体は、以下のカッコ記号で示されます。

『』…単行本、映画などの名称。
〈〉…新聞、雑誌などの名称。
「」…小説作品、詩などの個別作品の名称。
《》…書物などからの引用文。

▼神名、クリーチャー名などの表記については、英語圏での一般的な発音を優先的に採用しております。

▼夢の世界の地名・人名は、「-ia」「-ian」などラテン語の地名接尾辞が見られることから、言語的な一貫性を与えるべくラテン語風の読みに統一しました。とはいえ元言語が不明なので、接尾辞はそのままにしています。

編集部より

本書の収録作品には、今日的な観点からは差別的とされる表現が含まれています。これは、執筆当時の時代背景に基づくものであり、著者が故人であること、および20世紀初頭に書かれた作品のもつ資料性に鑑みて、原文を改変することなく訳出しています。

（星海社ＦＩＣＴＩＯＮＳ編集部）

北極星《ポラリス》

Polaris

1918

部屋の北側にある窓の中で、北極星《ポーラー・スター》が不気味な光を放っている。長々しくも忌まわしい闇黒《あんこく》の刻《とき》の最中《さなか》、かの星はそこで輝き続ける。そして、北風が呪いの声をあげて咽《むせ》び泣き、夜明け前の角の如《ごと》き三日月の下《もと》、沼地の紅葉した木々が囁《ささや》き交わすその年の秋のこと、私は窓辺に腰を下ろしてその星を眺めるのだ。

時が流れ、きらめくカッシオペイア座が空の高みから下方へと引き寄せられる一方で、靄《もや》に包まれた沼地で夜風に揺れている木々の背後から、チャールズウェイン星*1［北斗七星のこと］がせり上がってくる。

夜明けが間近に迫り来る頃、背の低い小山にある墓地の頭上でアルクトゥールスが不吉にまたたき、コーマ・ベレニケス《ベレニケの髪》*2［かみのけ座のこと］が神秘的な東の空の彼方《かなた》で気味の悪い微光を揺らめかせている。しかし、北極星はなおも黒々とした暗渠《あんきょ》の同じ場所から下界を睨《ね》めつけていて、その悍《おぞ》ましくもまたたく様子はあたかも、何かしら奇異なるメッセージを伝えようと努《つと》めながら、伝えるべきメッセージがあったこと以外のことを思い出せずにいる、狂える者の注視のようだった。

空が曇ることもあって、そうした時には睡眠を取る。ぞっとするような鬼火《デーモン＝ライト》の輝きが沼地を乱舞した、素晴《すば》らしい極光《アウローラ》の夜のことはよく覚えている。光輝の後には雲が出て、私は眠りについた。

そして、あの都邑《まち》を初めて目にしたのだが、それは痩《や》せゆく三日月の下《もと》のことだった。音もなく微睡《まどろ》むその都邑《まち》は、奇異なる山峰《さんぽう》に挟まれた奇異なる高原に位置していた。

壁や塔、柱、ドーム、そして舗道《ほどう》は、青ざめた大理石で造られていた。大理石の通りの数々には大理石の列柱が立ち並び、その上部には髭《ひげ》を生やした威厳ある者たちの像が彫り込まれていた。

空気は暖かく、わずかの風もなかった。そして、はるか頭上には、天頂から十度も離れていないあたりに、見張りを続ける北極星が輝いているのだった。

私は長い時間、都邑《まち》を見つめていたのだが、太陽が昇ることはなかった。

赤いアルデバランが、空の低いところでまたたきながらも沈むことのないまま、地平線の周囲の四分の一ばかりをゆるやかに巡った時、家々や通りに光と動きが見えた。

奇異なる衣服を纏《まと》ってはいるものの、高貴かつ見慣れた人々が屋外に歩み出た。

そして、痩《や》せゆく三日月の下《もと》、これまで知っていたいかなる言語とも異なるにもかかわらず、私にも理解できる言語を用いて、人々は賢明なる智慧《ちえ》を語るのだった。

やがて、赤いアルデバランが地平線の半分以上を巡った時、暗闇と静寂が再び訪れた。

目が覚めた時、私は以前の私ではなくなっていた。都邑《まち》の景観が記憶に刻み込まれ、その時は確たるものとなってはいなかった、漠然とした異なる記憶が私の魂の裡《うち》に生じていたのである。

その後、眠ることのできた曇り空の夜にはしばしば、私はその都邑《まち》を目にした。あの痩せゆく三日月の下《もと》のこともあれば、地平線上の空の低いところを巡り続けて沈むことのない太陽の、熱く黄色い光の下《もと》であることもあった。

そして晴れた夜には、北極星がこれまでになく睨めつけてくるのだった。

私は次第に、奇異なる山峰に挟まれた奇異なる高原に位置するあの都邑《まち》における自分の立場について、訝《いぶか》しく思うようになっていた。

最初のうちは、あまねく全てを見通す非物質的な存在としてあの景観を眺めているだけで満足していたのだが、今や私はあの都邑《まち》と自分の関係をはっきりとさせ、あれらの広場で毎日のように話を交わしている威厳ある人々の只中《ただなか》で、自身の思いを口にすることを切望していたのである。

「これは夢ではないのだ。何しろ、北極星が毎晩のように北側の窓から覗き込む中、不吉な湿地や低い丘にある墓地の南側に、石と煉瓦《れんが》で造られたこの家で送る人生が、他のものに勝る現実なのだと、どうしたところで証明できないのだから」と、私は自分に言い聞かせたものだった。

ある夜、数多くの彫像が存在する大きな広場での議論に耳を傾けていると、変化が感じられた。私はようやく、身体的な形を得たことを知覚した。そして、ノトンとカディフォネクの山峰に挟まれたサルキスの高原に位置するオラトエの通りにおいて、私は部外者ではなくなっていたのである。演説していたのは我が友アロスだった。そして、彼の演説は嘘偽りなき愛国者のそれに他ならず、私は心底から嬉《うれ》しかった。その夜、ダイコスの陥落と、イヌート族[*3]——五年前、私たちの王国の版図を破壊するべく未知なる西方より現れ、ついには街々を包囲するに到った、あのずんぐりして残忍酷薄な、黄色い悪鬼《フィーンド》ども——の侵攻にまつわる報《しら》せがもたらされたのだ。

山々のふもとにある要塞化された地域が奪われたからには、市民の一人一人が十倍の力に抵抗できない限り、高原への進撃を押し止《とど》められようはずもなかった。

何しろ、ずんぐりした怪物《クリーチャー》どもは戦《いく》さの業《わざ》に長《た》けていて、我ら長身で灰色の目をしたロマールの民を無情なる征服から免れさせるような道義的躊躇《ちゅうちょ》とは無縁なのだから。

我が友アロスこそは高原の全軍の指揮官であり、我が国の最後の希望が彼に託されていた。

この時、彼は自分たちが直面する危機について語り、ロマール人の中でも最も勇敢なオラトエの男たちを相手に、大氷河が広がる前にゾブナから南へと移動せざるを得なくなった時（私たちの子孫も、いつかはロマールの地から逃れなければならないにせよ）、行く手に立ちふさがった毛深く長腕の食人種、ノフケー族*4を雄々しくも華々しく一蹴《いっしゅう》した先祖の伝統に倣《なら》うよう、熱弁を振るったのである。

私は弱々しく、緊張や苦難に晒《さら》されると奇異な失神に見舞われてしまうので、アロスは私を戦士として組み入れなかった。とはいうものの、『ナコト写本』*5やゾブナの父祖の智慧の研究に日々打ち込んでいるにもかかわらず、私の視力はこの都邑《まち》で最も鋭敏だったので、我が友は私が無為に過ごすことを望まず、またとなき重要な任務を与えることにした。我が軍の目として役立たせるべく、タプネンの物見の塔へと私を送り出したのである。

イヌート族がノトン背後の狭い道を通って砦《とりで》に到達し、そこから守備隊を脅かそうとするなら、私は炎の信号を送って待機中の兵士たちに警告を発し、街を急襲から救う手はずになっていた。

頑強な男たちは皆、下の山道で必要とされていたので、私はただ独り、塔に登っていった。

何日も眠っていなかったので、私の脳は興奮と疲労でひりつく痛みに朦朧《もうろう》としていたのだが、祖国たるロマール、そしてノトンとカディフォネクの峰に挟まれる大理石の都邑《まち》、オラトエを愛していたので、私の決意は断固たるものだった。しかし、塔の最上階にある房室に立った時、遠く離れたバノフの谷に漂う蒸気を通して、痩せゆく三日月が赤く不吉に揺らめいているのが見えた。
そして、屋根の開口部を通して、あたかも生きているかのようにまたたき、悪鬼や誘惑者《あくま》のように睨めつけているかのような青白い北極星がきらきらと輝いているのだった。北極星の魂魄《こんぱく》が邪悪なる甘言を囁き、忌むべき約束を幾度も幾度も繰り返しては、私を背信の眠りへと誘《いざな》うかのように思われた。

「眠るがいい、見張れるものよ、
二万と六千年[*6]の歳月をかけ
天球が巡って、
今我が燃えさかるところに戻るまでの間。
他の星々がほどなくして、
天空の軸に昇ることだろう。
甘美なる忘却と共に、
心和らぐ星々と、恵みを垂れる星々が。
我が一巡が終焉《おわ》る刻《とき》にのみ、
過去は汝《なんじ》の戸口を騒がせよう」

私は、これらの奇異なる言葉を『ナコト写本』から学び取った天空の知識と結びつけようと模索しながら、虚《むな》しくも眠気と戦った。頭は重く、意識が朦朧として胸に垂れ下がった。
そして、次に顔をあげたのは、夢の沼地で恐ろしげに揺れている木々の頭上、北極星が窓を通してにやにやと私に笑いかけてくる、夢の中でのことだった。

そして、私は今なお夢を見続けていた。

恥辱と絶望の中、私は幾度か狂乱の叫びをあげて、イヌート族がノトン峰の背後の隘路《あいろ》から忍び寄り、砦を奇襲する前に覚醒《めざ》めさせてくれるよう、周囲にいる夢の生物たちに懇願した。

しかし、これらの生き物は悪霊《ダイモーン》であり、私のことを嘲笑《あざわら》い、お前は夢を見ているのではないと告げた。彼らは私が眠り込み、ずんぐりした黄色い敵がひそかに忍び寄ってきているかもしれない間中、私を嘲《あざけ》り続けるのだ。私は任務に失敗し、大理石の街、オラトエを裏切った。我が友であり、指揮官であるアロスの信頼を損ねた。しかし、夢の影どもはなおも私を嘲《ちょう》弄《ろう》するのだった。

奴らの言い分によれば、ロマールの地は私の夜の夢想の中にのみ存在するのだという。北極星が高く輝き、赤いアルデバランが地平線の低いところを巡るような領域には、数千年にわたって氷と雪があるのみで、彼らが「エスキモー」と呼んでいる、冷気に侵《おか》されるずんぐりした黄色い種族を除けば、人間など全く存在しないというのである。

そして、私は罪の苦しみに身悶《みもだ》えしながら、刻一刻と危機が迫りくる都邑《まち》を救おうと躍起になって、不吉な沼地と低い丘の墓地の南に位置する石と煉瓦造りの家についての、この異様な夢を振り払おうと虚しい努力を続けるのだった。

そして、邪悪で怪物じみた北極星はといえば、あたかも奇異なる報《しら》せを伝えようとしながらも、かつて伝えるべき報せがあったことを除いて何も思い出すことのできない、狂乱した見張り人の目の如く悍《おぞ》ましくもまたたきながら、黒々とした天蓋《てんがい》から下界を睨《ね》めつけていたのである。

訳注

1　チャールズウェイン星 Charles' Wain

英国での北斗七星の俗称。「チャールズの四輪車《ウェイン》」の意味で、Wainは元々、メソポタミア地方の「熊」を意味する言葉らしい。チャールズについては諸説あるが、八～九世紀のカール大帝（シャルルマーニュ）説が根強い。

2　コーマ・ベレニケス《ベレニケの髪》 Coma Berenices

獅子座と牛飼い座の間に位置する髪《かみのけ》座の異名。プトレマイオス朝エジプトのファラオ、プトレマイオス三世エウエルゲテスの妻ベレニケ二世が、紀元前二四〇年代の第三次シリア戦争の際、夫の帰還を祈願して自らの髪を女神アプロディーテーの神殿に捧げたところ、翌朝にその髪が消えてしまったのを、宮廷天文学者のコノンが王妃の髪は空の星座になったと解釈した。この逸話は、宮廷詩人カリマコスの詩によって広く知られた。同時代エジプトの天文学者エラトステネスが著したとされる『星々の配置《カタステリスモイ》』にも、獅子座の条に付記されている。

3　イヌート族 Inutos

北極圏の先住民族であるエスキモー系民族の最大の部族、イヌイット Inuitから採った名称であろう。

4　ノフケー族 Gnophkehs

外見については「蠟人形館の恐怖」（第3集に収録）に描写がある。そちらではノフ＝ケー Gnoph-keh。

5　『ナコト写本』 Pnakotic manuscripts

本作が初出の禁断の書物ないしは文書群。「永劫より出でて」「蠟人形館の恐怖」「銀の鍵の門を抜けて」には『ナコト断章』Pnakotic fragmentsの言及があるが、同じものかどうかは不明。リン・カーター「陳列室の恐怖」によれば、著者は〈イスの偉大なる種族〉である。

6　二万と六千年 Six and twenty thousand years

地球の回転軸は、約二万五八〇〇年周期で独楽が首を振るように回転しており（＝歳差運動）、時期によって「北極星」が変化する。ここでは二万六〇〇〇年を隔ててこぐま座α星ポラリスが、再び北極星に戻ることを指す。

白い船

The White Ship

1919

私はバズル・エルトン、私の前には父や祖父が番をしていたノース・ポイント*1の灯台守だ。海岸から遠く離れていて、潮が引いている時には見えるのだけれど、潮が満ちると見えなくなる、ぬるぬるした暗礁に、その灰色の灯台は立っている。

一世紀の間、七つの海の堂々たる帆船《バーク》が何隻も、信号所《とうだい》すれすれのところを通り過ぎていった。

その数は、祖父の時代には多かったのだが、父の時代にはそれほど多くなくなっていた。そして今、あまりにも少なくなっていたので、あたかも自分がこの星最後の人間でもあるかのような、奇妙な孤独を感じてしまうほどだった。

昔は、白い帆を張った大型船《アーゴシイ》*2が幾度となく、遠方の海岸からやってきたものだ。暖かな陽射《ひざ》しが輝き、風変わりな庭園や華やかな神殿の数々に甘やかな香りが名残惜しげに漂う、極東の海岸からである。

年老いた船長たちがしばしば、祖父のもとを訪れてはそうしたことを彼に話し、祖父の方はそれを父に伝えた。そして、東からの風が不気味に吼《ほ》えたける秋の夜長に、父が私に話してくれたのだ。

私がまだ若く、驚きの念に満ちていた時分、そうしたことやそれ以外の数多くのことについて、私は人々から貰《もら》った本を通して学んだものだった。

だが、老人の知識や本の知識よりもさらに素晴らしいのが、大洋にまつわる秘密の知識なのだ。

青、緑、灰、白、あるいは黒。凪《なぎ》やさざ波、あるいは山のような大波。

大洋は決して動き止《や》むことはない。

毎日のように海を眺め、耳を傾けていたのだ。私は海のことをよく知っている。

最初のうちは、穏やかな砂浜や近くの港についての平凡でささやかな話をしてくれるだけだったが、何年も経《た》つ頃になると、海はより親しみを増して、他のことも話してくれるようになった——空間的にも時間的にも、より見知ったものとは違う、より遠く離れた事物にまつわることを、である。黄昏時《たそがれどき》に、水平線を漂う灰色の蒸気を裂いて、その向こう側を垣間《かいま》見せてくれることもあれば、夜に深みの海水が澄みきって燐光《りんこう》を放ち、その下方を垣間見せてくれることもあった。

このように垣間見えたものは、現在の有様であることもあれば、過去や未来であることもあった。何しろ、大洋は山々よりも古く、時間そのものの思い出や夢が籠《こ》もっているのだから。


月が満ち、[*3]天高く昇る時には、南方から白い船がやってきたものだった。実になめらかで音を立てることもなく、それは南方から海上を滑《すべ》るようにやってきた。そして、海が荒れていようと穏やかであろうと、追い風であろうと逆風であろうと、帆をいっぱいに膨《ふく》らませて、その風変わりなオールの長い列をリズミカルに動かしながら、いつだってなめらかで音を立てることもなく、滑るようにやってくるのである。

ある夜のこと、私はその甲板上に、顎鬚《あごひげ》をたくわえ長衣《ローブ》を纏《まと》った一人の男を認めたのだが、その様子はまるで、麗《うるわ》しき未知なる海岸を目指して船出するよう、私を誘《いざな》っているように見えた。その後も幾度となく、私は満月の下《もと》で彼の姿を目にし、その度《たび》に彼は私を差し招いたのである。

月がひときわ明るく輝く夜に、私はその誘いに応じて、海の上に伸びる月光の橋を渡り、白い船へと歩いていった。私を誘《いざな》った男が今まさに、なぜかよく知っているように思われる耳に心地よい言葉で、私を歓迎してくれた。そして、豊潤《ほうじゅん》な満月の光で黄金《きん》色に輝く、あの神秘的な南方へと私たちの船が滑り込んでいく間じゅう、漕ぎ手たちの耳に心地よい歌がずっと続いていた。

やがて夜が明け、まばゆいばかりの薔薇《ばら》色の輝きが広がった時、私は色鮮やかで美しい、未知なる遠方の土地の海岸を目にしたのだった。新緑と木々に覆われた台地が堂々たる様子で海からそそり立ち、きらきらと輝く白い尾根や風変わりな寺院の柱廊がそこかしこに見えていた。

緑に包まれた海岸に近づきながら、顎鬚をたくわえた男がその土地——かつて一度《ひとたび》は人間のもとに訪れながら、忘れ果ててしまった美にまつわる夢や想いの全てが宿る場所である、ザールの地について話をしてくれた。

そうして、改めて台地に目をやると、彼の話が本当だとわかった。

私の眼前に広がる景色の中には、かつて水平線の彼方《かなた》の霧を通して、かつまた大洋の深みの燐光の中で目にしたことのある、たくさんのものが含まれていたのである。

私がこれまでに見知ってきたいかなるものにも増して、壮麗な形態や幻想もそこにあった。見たものや夢想したものを世界に知らしめる前に、困窮の中で命を落とした若き詩人たちの幻視《ビジョン》である。

しかし、私たちはザールの草生《お》い茂《しげ》る斜面に足を踏み入れなかった。そこに踏み込んだ者は、もう二度と故郷の海岸に戻ることができないと言われていたからだ。

白い船が、いくつもの神殿があるザールの台地から音もなく船出した時、前方の遥か遠い水平線に、大きな都市の尖塔《せんとう》が見えた。そして、顎鬚をたくわえた男が私にこう告げた。

「これこそが、千の驚異の都[*4]なりしタラリオン。人間が何とかそれを推し量ろうと虚《むな》しい努力を費やしてきた、あらゆる神秘がそこにあるのだ」

そして、より近い距離から再びそちらに目を向けると、その都市がかつて私が知っていたり、夢に見たことがあったりしたいかなる都市よりも、壮大な都市であることが見て取れた。

いくつかある神殿の尖塔が空の彼方まで伸びていて、何人《なんぴと》たりともその頂きを目にすることは叶《かな》わなかった。そして、いかめしい灰色の壁が水平線の遥か先まで続いていて、奇怪かつ不穏な意匠ではあったが、豪華な帯状装飾や魅惑的な彫刻に飾られたごくわずかな数の屋根が、その壁の向こう側から頭を覗かせているのみだった。

この魅惑的でありながらも不快な思いをかきたてられる都市に入ることを強く望み、彫刻の施《ほどこ》されたアカリエルの大門のそばにある石造りの桟橋に私をおろしてくれるよう、顎鬚をたくわえた男に頼み込んだ。しかし、彼は私の願いをやんわりと退け、こう言ったのである。

「千の驚異の都なりしタラリオンには、数多《あまた》の者たちが入り込んできたにもかかわらず、誰一人として戻ってはこなかった。彼《か》の地ではもはや、魔物《ダイモーン》や狂悪なる怪物といった人ならぬものどもが闊歩《かっぽ》するばかりで、都を統べる幽鬼[*5]ラティを目にした者たちの埋葬されざる骨で、通りという通りが白く染まっておるのだよ」

そのようなわけで、白い船はタラリオンの壁を後にして航海を続け、南に向かって飛んでいる鳥の後を幾日もの間、追いかけた。その鳥のつややかな羽毛は、それが現れた空の色によく映《は》えていた。

やがて私たちは、ありとあらゆる色合いの花が咲き乱れ、内陸側の見渡せる限りの範囲で、麗しい木立やきらめく果樹園が正午の陽光を浴びている、爽《さわ》やかで賑《にぎ》やかしい海岸へとやってきた。私たちの視界から外れたあたりの木陰からは、抒情的《リリック》な旋律の歌と拍子《ひょうし》が俄《にわか》に沸き起こり、かすかな笑い声もちらほら聞こえてくるなど実に心地よかったので、自らもそこに赴《おもむ》くという強い望みを抱き、私は漕ぎ手たちを急《せ》き立てた。顎鬚をたくわえた男は無言のままだったが、百合の花が列をなす海岸が近づいてくると、私の方に目を向けた。

突如、花咲き乱れる草原と緑豊かな森の方から風が吹き寄せたのだが、その風が運んできた臭気に私は震え上がった。風はいよいよ強くなり、疫病に襲われた町や暴かれた墓地に漂う致命的な死臭が、あたりの空気中に充満していったのである。

そして、私たちがその忌まわしい海岸から死に物狂いで船を出した時、顎鬚をたくわえた男がようやく、このように告げたのだった。

「ここはクスラ、歓楽あたわざる地よ」

かくして白い船は、暖かく恵み深い海の上を、撫《な》でつけるような香《かぐわ》しい美風に煽《あお》られて、再び天の鳥を追いかけた。日に日を重ね、夜に夜をついで私たちは航海を続け、月が満ちた時には漕ぎ手たちの低く静かな歌声に耳を傾けた。遠く離れた故郷の地から船出した時のように、甘やかな歌声だった。

海からそそり立って見事なアーチを描く、水晶の双子岬によって守られているソナ゠ニルの港にようやく錨《いかり》を下ろしたのは、月明かりに頼ってのことだった。そこは夢幻の地であり、私たちは月光が作り出す黄金《きん》色の橋を渡って、緑豊かな岸辺へと歩いていった。

ソナ゠ニルの地には、時間も空間もなければ、苦しみも死も存在せず、私はそこで幾星霜《いくせいそう》もの時を過ごした。木立や牧草地は緑に覆われ、花々は晴れやかで香《かぐわ》しく、せせらぎは青く耳に心地よい調べを奏《かな》で、泉は澄み切ってひんやりと冷たく、神殿や城、そしてソナ゠ニルの都邑《まち》は荘厳にして華麗だった。

彼の地には果てがない。何しろ、美しい景色の向こうに、さらに美しい景色が広がっているのだから。田園地帯や輝かしい都邑《まち》の只中《ただなか》を、非の打ち所のない美しさと純粋な幸せに恵まれた、幸福な民が思いのままに歩き回っていた。私は、幾星霜もの時を彼の地で過ごし、古風で趣のある塔《パゴダ》＊6が見栄えの良い灌木《かんぼく》の茂みから覗き、白い遊歩道が上品な花々で縁取られている庭園を、幸せに包まれてそぞろ歩いた。なだらかな丘を登ると、緑豊かな峡谷に尖塔が立ち並ぶ町々や、果てしなく遠い水平線上で輝く巨大な都邑の黄金《きん》色の円蓋《ドーム》といった、愛してやまぬ魅惑的な景観《パノラマ》を、その頂きから眺めることができた。

そして私は月明かりの下《もと》、きらめく海、水晶の双子岬、白い船が投錨《とうびょう》する静かな港を見やるのだった。

天の鳥が誘《いざな》う姿が満月を背景に輪郭を描くのを目にし、心が落ち着きなく震えるのを最初に感じたのは、記憶されざる太古より打ち続くタルプの年のある夜のことだった。

やがて、私は顎鬚をたくわえた男と話をして、人の目に触れたことはないが、西方の玄武岩の列柱の彼方に横たわると誰もが信じている、遥か遠きカトゥリアへ赴くという新たな切望を告げたのである。

彼の地こそは希望の地にして、その他の場所で私たちが知り得たありとあらゆるものの、申し分のない理想形がそこでは輝いている――少なくとも、そのように言われている。

しかし、顎鬚の男は私にこう告げたのだ。

「カトゥリアが位置すると言われるのが、危険な海であることを知っておくが良い。ソナ＝ニルには苦しみも死もないが、西方の玄武岩の柱の向こうに何があるのか、わかったものではないのだぞ」

このような言葉にもかかわらず、次の満月の夜、私は白い船に乗り込んだ。そして、気が進まなげな顎鬚の男と共に、前人未到の海を目指して、幸福な港を後にしたのである。

そして、天の鳥が前方を飛び、私たちを西の玄武岩の列柱の方へと導いたのだが、この度の航海では、漕ぎ手たちがあの低く静かな歌を、満月の夜に口ずさむことはなかった。

私はといえば、未知なるカトゥリアの地の素晴らしい木立や宮殿の数々を幾度となく頭の裡《うち》に思い描き、いかなる新たな喜びが私をそこで待ち受けているのかについて、想像を巡らせた。

「カトゥリア――」と、私は独りごちた。「彼の地こそは神々の住まうところであり、黄金色《きん》の都邑《まち》が無数にあるところなのだ。森の木々や蘆薈《アロエ》や白檀《びゃくだん》で、香り高きカモリンの果樹園すらもある。そして、木々の間では陽気な鳥たちが、楽しげに歌いながら飛び交っているのだ。カトゥリアの緑豊かで花咲き乱れる山々には、桃色の大理石で造られ、彫刻と色彩に飾られた栄誉ある宝をふんだんに蓄えた神殿がある。そして、中庭には銀製の冷たい噴水があって、洞窟から流れ出すナルグ川《かわ》から引いてきた香しい水が、さらさらと魅惑的な音を奏でながら流れているのだ。カトゥリアの都邑《まち》は黄金《きん》色の壁で囲まれ、道も黄金《おうごん》で舗装されている。これらの都邑《まち》の庭園には風変わりな蘭の花や、水底《みなそこ》を珊瑚《さんご》と琥珀《こはく》が覆う香り高き湖がある。夜になると、三色の亀の甲羅で造られた華やかな角燈《ランタン》で通りや庭園が照らし出され、そこでは歌い手やリュート奏者が低く静かな調べを響かせている。そして、カトゥリアの都邑《まち》の家屋はその悉《ことごと》くが宮殿であり、いずれも聖なるナルグ川の水が流れる香《かぐわ》しい運河の上に建てられている。家屋は大理石と斑岩《はんがん》で造られていて、至福の神々が遠くの山嶺からその様子を打ち眺める時には、きらめく黄金《おうごん》で葺《ふ》かれた屋根が陽光を反射して、都邑《まち》の光輝を引き立てるのだ。何にも増して美しいのは、半神とも神とも呼ばれる偉大なる君主、ドリエブの宮殿である。ドリエブの宮殿は高く、その城壁には大理石の小塔が数多く聳《そび》えている。そして、大広間には数多の人々が群れをなし、様々な時代の記念品が掛けられている。そして、屋根は純金製であり、紅玉《ルビー》や碧玉《アジュア》の高い柱に支えられ、神々や英雄たちの彫像が立っているので、その高みを見上げる者にはさながらオリュンポス山が蘇ったかの如く、宮殿の床は硝子《がらす》製で、巧妙に照らし出されたナルグ川の水がその下を流れ、麗しいカトゥリアの版図の外側では知られていない華やかな魚が楽しげに泳いでいる」

かくの如《ごと》く、私はカトゥリアについてのことを自分に言い聞かせたのだが、顎鬚の男はソナ゠ニルの幸福な沿岸へと引き返すよう警告し続けた。ソナ゠ニルについてはよく知られているにもかかわらず、カトゥリアを目にした者はいないというのが、その理由だった。

そして、鳥の後を追い始めてから三一日目に、私たちは西方の玄武岩の列柱を目の当たりにした。霧に包まれていたので、誰一人として向こう側を覗き込むことはおろか、頂きを目にすることすらできなかった――その高さたるや、天にすら届くのではないかと口にする者もいたほどである。顎鬚をたくわえた男が、またもや引き返すよう懇願してきたが、私は取り合わなかった。玄武岩の列柱の彼方の霧の中から、歌い手とリュート奏者の調べが響いてきたように思えたからである。

それは、ソナ＝ニルの最も甘美な歌よりも甘やかで、他ならぬ私自身を褒め称えるものだった。満月の下《もと》、遥か遠くへと航海し、夢幻の地に住まったことのある、私への賛美である。

かくして、白い船は西方の玄武岩の列柱の間――その旋律が奏でられているところへと進んでいった。やがて音楽が絶えて霧が晴れた時、私たちが目にしたのはカトゥリアの地ではなく、流れが急で抗《あらが》いがたい海だった。そして、私たちの帆船《バーク》はなすすべもなく、未知なる終着点へと押し流されていった。ほどなくして、私たちの耳は水の落下する遠雷の如き轟音を、私たちの目は遥か遠い水平線上に、この世界の海という海が底知れぬ虚無へと流れ落ちる大瀑布《だいばくふ》の巨大な水煙をとらえた。

その時、頬《ほお》に涙を伝わせながら、顎鬚の男がこのように告げたのだった。

「俺たちは美しきソナ＝ニルの地を拒絶した。もはや二度と再び目にすることはあるまい。神々は人間よりも偉大で、そして勝利を収めたのだ」

私はそれから、来たるべき激突を前に目をつむり、嘲るように激流の際《きわ》で青い翼を羽ばたかせている、天の鳥の姿を視界から締め出したのである。

激突の後は真っ暗になり、人間や人間ではないものの甲高い悲鳴が聞こえてきた。東方から暴風が巻き起こり、足元にせり上がってきたじめじめした石床にうずくまる私を凍えさせた。

やがて再び激突の音が聞こえ、私が目を開けてみると、永劫の太古にそこから船出したあの灯台の乗降口のところに自分がいることを理解した。

眼下の暗闇の中には、無慈悲な岩礁に激突してばらばらに砕け散った船の、大きな輪郭がぼんやりと見えていた。そして、残骸から目を上げた時、祖父が番をするようになってから初めて、灯台の灯《ひ》が落ちたことに気がついたのである。

夜もすっかりふけた頃、塔の中に入った私は、壁に掛かっているカレンダーが、旅立った時そのままの状態なのを見て取った。

夜が明けると、塔を降りていき、岩礁に打ち上げられている漂着物を探しに行ったのだが、見つかったものといえばたったこれだけ――紺碧の空のような色をした奇異なる鳥の死骸と、波頭や山の雪よりもさらに白い、粉々になった一本の帆柱のみであった。

それからというもの、大洋がその秘密を私に語ってくれることは絶えてなくなった。そして、その後も幾度となく満月が天高く輝いたものだが、南方よりの白い船は二度と訪れなかったのである。

訳注

1　ノース・ポイント　North Point
ノース・ポイントとはある地域の北端の岬を指す地名で、米国各地に存在するため、特定のモデルが存在するかはわからない。「未知なるカダスを夢に求めて」では、HPLの創造した港町、キングスポートの灯台であることが後付的に示唆されている。

2　大型船《アーゴシイ》　argosy
原文は複数形。一六世紀にイタリアから英国にやってきていた大型商船の呼称が英語化したもので、ギリシャ神話のアルゴー船と関係があるのだろう。〈アーゴシイ〉は、本作執筆に先立つ一九一一年〜一九一四年にかけて、HPLが名物投稿者として名を馳せたパルプ・マガジンでもあり、何かしら期するところがあったかもしれない。

3　満月　full moon
欧米では狂気の象徴。月齢が人間の精神状態と深く結びついているという思想は、紀元前四〇〇年頃の古代ギリシャ世界から強く根付いており、アリストテレスやガイウス・プリニウス・セクンドゥス（大プリニウス）、プルタルコスの著作でも触れられている。

4　千の驚異の都　City of a Thousand Wonders
本作に限らず使用される「千 Thousand」という言葉は、具体的な計数としてのものではなく、漠然とたくさんあることを示す英語の形容詞である。

5　幽鬼　eidolon
「エイドロン」は、英語の「アイドル idol」と同根のギリシャ語由来の言葉。生霊、死霊を問わず、人間の姿をした幻像、幻影を指すが、人間の理想像など肯定的な意味合いもある。なお、幽鬼ラティは、ブライアン・ラムレイの幻夢境シリーズなどに登場する。

6　塔《パゴダ》　pagoda
本来はインドや東アジアにある、仏舎利（釈迦の遺骨）を収めた仏塔《ストゥーパ》の英語名で、日本の五重塔もパゴダである。ここでは、東洋風の塔くらいのイメージだろう。

サルナスに到る運命

The Doom That Came to Sarnath

1919

ムナール[*1]の地には、流れ入る川もなければ流れ出る川もない、広大で静まり返った湖がある。一万年前、その岸辺にはサルナスという強大な都市があったのだが、サルナス[*2]はもはやそこにはない。世界が若かった記憶されざる太古の時代、サルナスの人々がムナールの地にやってくる以前に、湖畔《こはん》には別の都邑《まち》が建っていた。湖そのものと同じくらい古い、灰色の石造りの都邑《まち》、イブ[*3]には見るも不快な生物が居住していたのだという。これらの生物はひどく奇怪で醜悪だったが、実際の話、世界の大部分の生き物がまだ出現したばかりで、拙劣に形作られていたのである。

カダテロンの煉瓦《れんが》造りの列柱には、イブの生物[*4]は湖とその上に立ち込める霧と同じ緑色をしていて、膨らんだ目、突き出して締まりのない唇、奇妙な形の耳を備え、声を持たないと書かれていた。

彼らと広大で静まり返った湖、そして灰色の石造りの都邑《まち》であるイブは、ある夜、月から霧の中に降り立ったとも書かれている。これについては事実かどうか定かではないのだが、彼らが大いなる水蜥蜴《ウォーター＝リザード》[*5]、ボクラグ[*6]の似姿を彫り込んだ海緑石の偶像を崇拝し、月が凸状に膨らんだ時、それを前にしてぞっとするように踊り狂ったことは確かである。そして、イラルネクのパピルスには、ある日彼らが火を発見し、それ以来、数多《あまた》の儀式の際には炎が燃え盛《さか》ったとも書かれている。

しかし、これらの生き物について記録されていることは少ない。何故なら、彼らはきわめて古ぶるしき時代に生きていたのだし、人類は若く、上古の生物についてほとんど何も知らないのである。

永劫の時を重ねて、人間がムナールの地にやって来た。毛のふさふさした羊の群れを伴う、浅黒い羊飼いの民で、うねうねと蛇行するアイ川に沿って、トラアやイラルネク、そしてカダテロン[*7]を建設した。そして、他の者たちよりも特に屈強な部族が困難を排して湖畔に進出し、地中に貴金属が見出《みいだ》されたところにサルナスを建設したのである。

灰色の都邑《まち》、イブからそれほど遠くないところに、流浪する部族がサルナスの礎石《そせき》を築き、イブの生物に大いに驚愕《きょうがく》した。しかし、驚愕には嫌悪がない混ざっていた。彼様《かよう》な姿の生物が、夕暮れ時に人間の世界を歩き回るのは、相応《ふさわ》しからぬことと思われたのである。

イブの灰色で巨大な独立石《モノリス》の数々の奇異なる彫刻も気に食わなかった。何故なら、それらの彫刻がたいそう古ぶるしい、恐ろしいものだったからである。その生物や彫刻が、どうしてかくも長いこと、人間の到来まで世界に残されていたのかは、ムナールの地がひどく静まり返り、覚醒と夢の双方にある他の大部分の土地から遠く隔たっていることが理由なのでない限り、誰にもわからないことだった。

サルナスの人々がイブの生物を目にすればするほどに嫌悪は大きくなり、その生物が脆弱《ぜいじゃく》で、石や槍や矢の攻撃に対してゼリーのように柔らかいことが知れたこともあって、それが減じることはなかった。

それである日のこと、投石兵や槍兵、弓兵から成る若き戦士たちがイブに侵攻し、全ての住民たちを殺戮《さつりく》して、彼らに触れたくなかったので、異様な死体については長槍で湖に押し込んだのである。

彼らは彫刻が施されたイブの独立石の数々も気に入らなかったので、これらも湖に投げ込んだ。

このような石はムナール全土はもとより隣接する土地にも見当たらず、それらが遥か遠くから運ばれてきたことについては、労苦の大きさから疑わしく思われるのだが、そうであったに違いなかった。

かくして、たいそう古ぶるしいイブの都邑《まち》は、水蜥蜴のボクラグの似姿を彫り込んだ海緑石の偶像を除き、跡形もなく消滅したのだった。若き戦士たちはこれを、古《いにしえ》の神々やイブの生物に対する征服の象徴、そしてムナールの統率者の印《サイン》として、サルナスへと持ち帰った。

しかし、それを神殿に設置した夜、奇怪な光が湖の上に幾つも見られたからには、恐ろしいことが起こったに違いなかった。そして、朝がやってくると、人々は偶像が消え、何やら語り得ぬ恐怖によって大祭司タラン＝イシュが横たわった状態で死んでいるのを見出した。さらに、タラン＝イシュは死を前にして、橄欖石《クリソライト》の祭壇に**運命**《ドゥーム》*8の印《サイン》を、震える筆致《ひっち》で書き殴っていたのだった。

タラン＝イシュの後、サルナスでは数多くの大祭司がその地位を襲ったが、海緑石の偶像はついぞ発見されなかった。そして、数世紀の時が流れ、サルナスは隆盛を誇り、タラン＝イシュが橄欖石《クリソライト》の祭壇に書き殴ったもののことを覚えているのは祭司や老婆くらいのものとなっていた。

サルナスとイラルネクの都邑《まち》の間には隊商の道が生まれ、地中から採掘された稀少な貴金属は、他の金属や珍しい布、宝石、書物、職工のための道具類、それから蛇行するアイ川の川沿いや、その彼方《かなた》に住む人々に知られているおよそありとあらゆる贅沢品《ぜいたくひん》と交換された。

それで、サルナスは力と学識と美を磨き、征服軍を送り出しては近隣の都邑《まち》を制圧し、やがてムナールの地と隣接する数多《あまた》の土地の統王《とうおう》*9が、サルナスのひとつの玉座に就くに到ったのである。

荘厳なるサルナスこそは、世界の驚異にして全人類の誇りだった。荒地から採掘され、磨き上げられた大理石の壁は、その高さ三〇〇キュビト［時代によって異なるが、一キュビトは概ね五〇センチメートル前後］、厚さ七五キュビトに及ぶので、その頂きに沿って牽《ひ》かれる戦車同士がすれ違えるほどだった。壁は全長五〇〇スタディオン［古代ギリシャの単位。場所によって異なるが、一スタディオンは一八〇メートル前後］に渡り、湖に面する側のみ開いていた。そこには、緑色の石の防波堤が設けられ、一年に一度、イブ破壊の祝祭の日だけ妙に高まる波を押し戻していた。

サルナスには、湖から隊商用の門までの間に五〇の通りがあり、さらに五〇の通りがそれと交差した。それらの通りは、馬や駱駝《らくだ》、象が歩く花崗岩《かこうがん》で舗装されたものを除き、縞瑪瑙《しまめのう》で舗装されていた。そして、サルナスの門は通りが陸地側に伸びる数だけ存在し、それぞれ青銅製で、もはや人間には知られていない何かしらの石で造った獅子《しし》と象の彫像が左右に並んでいた。サルナスの家屋は釉薬《うわぐすり》をかけられて光沢のある煉瓦と玉髄《カルセドニー》が用いられ、その一軒一軒に壁に囲まれた庭園と水晶のように澄みきった池があった。家々は不思議な技巧で建てられていて、他のいかなる都邑《まち》にもそのような家はなかった。そして、トラア、イラルネク、カダテロンからの旅人たちが、家々に載せられた輝く円蓋《ドーム》に驚嘆したのである。

しかし、さらに驚くべきは宮殿と神殿、そして上古の王、ゾッカルに造られた庭園だった。数多くの宮殿があるのだが、最小のものでさえ、トラアやイラルネク、あるいはカダテロンのいかなる宮殿よりも巨大だったのである。たいそう高く聳《そび》えているので、中にいる者は時として、ドトゥル[*10]の油に浸した灯明《トーチ》で照らされる、見る者を奮い立たせも呆然とさせもする統王や軍隊を描く広大な壁画を目にしてなお、自分の頭上に空しかないと思いこんでしまうこともあるやも知れなかった。

宮殿の柱は数多く、全てが薄く彩色された大理石で、並外れて美しい意匠《いしょう》の彫刻が施された。そして大半の宮殿で、床は緑柱石《ベリル》と青金石《ラピスラズリ》、紅縞瑪瑙《サルドニクス》、柘榴石《カーバンクル》その他の選び抜かれた素材のモザイクで、見る者に珍しいことこの上ない花々の道床を歩いているのだと空想させるよう、巧みに配列されていた。また同様に噴水もあって、巧妙な技巧で配置された人を楽しませる放水器が香りのある水を迸《ほとばし》らせた。

他の全てに優《まさ》るのが、ムナールと隣接する土地を治める統王の宮殿だった。輝く床から数多の段のある階段が伸びた先、身を屈《かが》めた一組の黄金《おうごん》の獅子象が横たわる上に玉座が置かれていた。それほど巨大なものがどこから来たのか知る者はいないのだが、その玉座は一本の象牙から拵《こしら》えられたものだった。

宮殿には回廊や、獅子や人間や象が戦って王を楽しませた円形闘技場も数多く存在した。時に、円形闘技場には湖から巨大な導水管で運ばれた水が夥しく流し込まれ、勇壮な海戦や、泳ぐ者と海の殺人生物の戦いが上演されることもあった。

その非常な高さに瞠目《どうもく》させられるのが、塔の如きサルナスの一七の神殿で、他の地では見られない輝く色とりどりの石で造られていた。最大のものは高さ千キュビト［一キュビトは概ね五〇センチメートル前後］に及び、統王にも劣らぬ荘厳さを備えた祭司長たちが住まっていた。

地上階には宮殿のものと同じくらい広大で素晴らしい広間がいくつもあって、そこに民が群れ集ってサルナスの主たる神々であるゾ゠カラル、タマシュ、そしてロボンを崇拝するのだが、香が焚《た》きこめられた彼らの霊廟《れいびょう》は、統一君主の玉座とよく似ていた。

他の神々の偶像とは異なり、ゾ゠カラルやタマシュ、ロボンの像はまるで生きているようだったので、顎鬚《あごひげ》をたくわえた優雅な神々御自身が象牙の玉座に就かれているのだと誓って言う者もあるだろう。

そして、輝く風信子石《ジルコン》の果てしなく続く階段を上り詰めたところには塔の房室があって、大祭司たちは昼には都邑《まち》と平原と湖を、夜には謎めいた月や重大な意味を持つ星々と惑星、そして湖に映るそれらの影をそこから見渡していたのである。水蜥蜴のボクラグを呪詛《じゅそ》する古《いにしえ》の密儀が執り行われたのがここであり、タラン＝イシュが**運命**《ドゥーム》と殴り書きした橄欖石《クリソライト》の祭壇もここに安置されていた。

同様に素晴らしいのが上古の王、ゾッカルによって造られた庭園である。サルナスの中心の広大な空間を占め、高い壁に囲まれていた。そして、晴れた日には太陽と月、星々、惑星の光が射《さ》し込み、曇りの日には太陽と月、星々、惑星の燦爛《さんらん》たる像が吊るされる、巨大な硝子《ガラス》の円蓋をその上に戴《いただ》いていた。夏になると、庭園は扇で巧みにふわりと送られる、芳《かぐわ》しく爽《さわ》やかな風で涼しく保たれた。そして冬になると、隠された暖房器具で暖められたので、庭園の中はいつでも春だった。

明るい色の玉石の上をいくつもの小川が流れて、緑豊かな草地と色とりどりの庭園を隔て、数多くの橋が架けられていた。進路には多くの滝があり、流れが広がって百合が咲き乱れる池になっているところも多かった。小川や池には白鳥が泳ぎ、珍しい鳥たちの囀《さえず》りが水のせせらぎと調和していた。

整然とした段々の庭が緑豊かな土手を盛り上げ、葡萄蔓《ぶどうづる》や甘い匂いの花、大理石と斑岩《はんがん》の椅子や長椅子がそこかしこを飾っていた。そして、休憩したり小神たちのために祈ることのできる、小さな霊廟や神殿もたくさん建てられていた。

サルナスでは毎年のようにイブ破壊の祝宴が開かれ、葡萄酒や歌、踊り、そしてあらゆる種類のお祭り騒ぎが溢《あふ》れかえった。奇態なる古代生物を殲滅《せんめつ》した者たちの霊魂には大いに敬意が払われ、ゾッカルの庭園に咲く薔薇《ばら》の花冠を戴いた踊り手やリュート奏者が、あれらの生物とその旧《ふる》き神々を愚弄した。

そして統王が湖を見渡し、その下に横たわる死者の骨を呪うのである。

当初、大祭司たちはこうした祝祭を好まなかった。彼らの間には、海緑石の偶像の消失や、タラン＝イシュが警告を残して恐怖の裡《うち》に死んだ有様《ありさま》についての、異様な話が伝わっていたのである。大神官たちは、彼らの高い塔から時折、湖水の下に明かりが見えるとも言うのだった。しかし、多年に渡って災い一つ起きることなく、祭司たちすらも笑って呪いを口にし、饗宴《きょうえん》の乱飲乱舞に加わるようになった。実際の話、水蜥蜴のボクラグを呪詛する太古の密儀をしばしば執り行ってきたのは、他ならぬ彼ら自身だったではないか。

そして、世界の驚異にして全人類の誇りであるサルナスに、繁栄と歓喜に満ちた千年の歳月が流れた。

イブ破壊千年紀の饗宴は、およそ考えられぬほど豪華絢爛《ごうかけんらん》なものとなった。ムナールの地では一〇年前から噂され、いよいよその日が近づくと、トラアやイラルネク、カダテロン、そしてムナール全土とその彼方の土地から、馬や駱駝、象に乗った人々がサルナスにやって来た。期日の夜には、大理石の壁の前に諸侯の天蓋《てんがい》や旅人の天幕が立ち並び、湖岸一帯に幸福に包まれて浮かれ騒ぐ者たちの歌が響き渡った。宴会場では、王たるナルギス＝ヘイが征服されたナスの窖《あなぐら》*11由来の年代物の葡萄酒をきこしめして横たわり、饗宴に与《あずか》る貴族や慌ただしく行き来する奴隷に囲まれていた。饗宴では数多くの珍味が食され、中つ海のナリエル諸島の孔雀や、イムプランの遥かな丘陵の仔山羊、ブナズィク砂漠の駱駝の踵《かかと》、キュダトリアの林のナッツや香辛料、そしてムタルの波に洗われた真珠をトラアの酢に溶かしたものがあった。ムナール全土の味覚の優れた料理人たちが用意した、饗宴に与《あずか》る者たち全ての好みに合わせたソースの種類は数え切れぬほどだった。

しかし、全てのご馳走の中で特に目を引いたのは湖で獲れた大魚の数々で、いずれ劣らぬ大物ばかりが、紅玉《ルビー》と金剛石《ダイヤモンド》が鏤《ちりば》められた黄金《おうごん》の大皿で供された。

王と貴族たちが宮殿の中で饗宴を楽しみ、黄金《おうごん》の大皿の数々に最上の料理が取り分けられるのを眺めていた頃、他の者たちもどこか他の場所で饗宴に与《あずか》っていた。大神殿の塔では祭司たちが浮かれ騒ぎ、壁の外側の天蓋では、近隣の土地の諸侯がお祭り気分を楽しんでいた。

凸状に膨らむ月からいくつかの影が湖の中に降《くだ》り、湖から湧き上がる忌むべき緑の霧が月に届き、命運尽きたサルナスの塔や円蓋を不吉な靄《もや》が包むのを最初に目にしたのは、大祭司のニャイ＝カーだった。

その後、塔の中や壁の外にいた者たちは、水上に奇異なる光を目撃し、湖岸の近くに高くそそり立つ灰色の岩塊《がんかい》、アクリオンがほとんど水没しているのを目の当たりにした。

漠然としたものではあったが、速やかに恐怖が募ったので、イラルネクや遥か遠方のロコルの諸侯は天蓋や天幕を折り畳ませ、理由もほとんどわからぬままに、アイ川を目指して出立した。

やがて真夜中の刻限が迫る頃、サルナスの青銅の城門全てが俄《にわか》に開け放たれ、半狂乱の群衆が吐き出されて平原を黒く塗り潰《つぶ》したので、サルナスを訪《おとな》っていた諸侯や旅人たちも皆、仰天して逃げ出した。

何しろ、この群衆の顔には耐え難い恐怖による狂気が刻まれていて、聞く者が誰一人として問い質《ただ》すために引き止められぬほどの恐ろしい言葉を口走ったのだ。

恐怖に狂った目をした人々は、王の宴会場の中で繰り広げられていた光景を金切り声で叫び立てた。

窓の中にナルギス＝ヘイとその貴族たちや奴隷たちの姿はなく、膨らんだ目、突き出して締まりのない唇、奇妙な形の耳を備えた、緑色で声を持たない、言語を絶する生物の集団が、恐ろしくも跳ね回り、異様な焔《ほのお》が内部で燃える紅玉《ルビー》と金剛石《ダイヤモンド》が鏤《ちりば》められた黄金《おうごん》の大皿を前肢《まえあし》で摑《つか》んでいたというのである。

そして、馬や駱駝や象に乗って、運命の極まった都邑《まち》、サルナスから逃げ出した諸侯や旅人たちが再び、霧が漂う湖を振り返ってみれば、灰色の岩塊《がんかい》、アクリオンがすっかり水没しているのが見えた。


ムナール全土と隣接する土地を通して、サルナスから逃げ出した人々の話が広まり、隊商もその呪われた都邑《まち》とその貴金属をそれ以上探そうとはしなかった。

旅人がそこに足を向けたのは長い年月が経《た》った後のことで、その時にせよ、敢《あ》えて旅に出たのは勇敢で冒険好きな、遠く離れたファロナ出身の若者たち――ムナールの人々とは縁もゆかりもない、黄色い髪と青い目の冒険好きな若者たちだけだったのである。

彼らはその目でサルナスを見ようと湖に赴《おもむ》き、広大な湖自体と岸の近くに高くそそり立つ灰色の岩塊《がんかい》、アクリオンを見つけたものの、世界の驚異にして全人類の誇りだったものを目にすることはなかった。

かつては三〇〇キュビトはあった壁や、さらに高い塔が聳えていたところには、今や沼の浅瀬が広がっているばかりで、かつて五千万の人々が住んでいたところには、今や忌まわしい緑色の水蜥蜴が這い回るばかりだった。**運命**《ドゥーム》がサルナスに到ったからには、貴金属の鉱床すら全く残っていなかった。

しかし、藺草《いぐさ》に半ば埋まった奇妙な緑色の石像が見つかった。ひどく古ぶるしい偶像は海藻に覆われていて、大いなる水蜥蜴、ボクラグの似姿として彫り上げられたものだった。

イラルネクの上位神殿に祀られたその偶像はその後、ムナールの各地において、凸状に膨らむ月の下《もと》で崇拝されたのである。

訳注

1　ムナール　Mnar

本作が初出の地名。オーガスト・W・ダーレスがHPLの断章「ニューイングランドにて人の姿ならぬ魔物のなしたる邪悪なる妖術について Of Evill Sorceries done in New-England of Daemons in no Humane Shape」「円塔 The Round Tower」を元に完成させた「暗黒の儀式」や、彼の連作小説「永劫の探求」では、邪神や異形のクリーチャーを退ける力を持つ〈旧き印《エルダー・サイン》〉は、ムナール産の灰白色の石から造られたとされている。

2　サルナス　Sarnath

本作が初出の地名。S・T・ヨシ『H・P・ラヴクラフト大事典』によれば、HPLはこの地名が彼の創作で、後からロード・ダンセイニの作品中に同じ地名を見つけたと言っていたというのだが、これは「サクノスを除いては破るあたわざる堅砦」のサクノス Sacnoth のことかもしれない。インド北部には、悟りを開いたブッダが初めて教えを垂れたとされる聖地サールナート Sarnath が実在するが、この類似は偶然とされている。なお、前項のムナールと共に、ブライアン・ラムレイやリン・カーターら第二世代神話作家の作品では、地球の幻夢境《ドリームランド》ではなく中東に位置していると設定されることがある。

3　イブ　Ib

ブライアン・ラムレイ「大いなる帰還」では、英国ヨークシャー州の地下に、イブの姉妹都市であるル＝イブ Lh-Yibという〈古のもの〉（HPL「狂気の山脈にて」などに登場の樽型異星人）の都市が存在するとされている。

4　イブの生物　the beings of Ib

「月光の中のもの Something in the Moonlight」やカーター版『ネクロノミコン』（『魔道書ネクロノミコン外伝』（学習研究社）に収録）など、リン・カーターの諸作品ではスーンハー Thunn'haと呼ばれていて、ボクラグとムノムクア Mnomquah の崇拝者とされる。

5　水蜥蜴《ウォーター＝リザード》　the water-lizard

水棲《すいせい》の蜥蜴《とかげ》くらいの意味だろう。近い名称の実在種としては、爬虫綱有鱗目トカゲ亜目のアガマ科のウォータードラゴン属、オオトカゲ科オオトカゲ属のウォーターモニター（ミズオオトカゲ）の仲間などが存在する。

6 ボクラグ Bokrug

「月光の中のもの」などの作品では、満月の月光の中から出現する巨大な蜥蜴神、ムノムクアの眷属とされる。

7 トラア、イラルネク、カダテロン Thraa, Ilarnek, Kadatheron

本作が初出の地名。サルナスと共に「イラノンの探求」での言及の後、「未知なるカダスを夢に求めて」で言及されたことで、地球の幻夢境《ドリームランド》の土地だと確定した。ブライアン・ラムレイの『荒野の底に Beneath the Moors』では、カダテロンの円筒形粘土 Brick Cylinders of Kadatheronという古代遺物が中東で発掘される。

8 運命《ドゥーム》 DOOM

ニュアンス的には「破滅」の方が近いが、タイトルの語感から「運命」とした。少年が王国の鉄門に書きつけた落書きが国全体を揺るがす騒ぎに繋がる、ロード・ダンセイニの戯曲「金文字の宣告 The Golden Doom」のタイトルを意識したかも知れないが、遡れば旧約聖書「ダニエル書」における、バビロン王ベルシャザルの酒宴の最中、空中から現れた手が壁に「メネ、メネ、テケル、ウパルシン（数えられ、数えられ、量られ、そして分かたれた）」と書きつけたという逸話が下敷きと思われる。

9 統王《とうおう》 the kings

この箇所以下、明らかに一人の王を指している文脈で複数形の the kingsが用いられているため、ムナールの連合王国の王としての「統王《とうおう》」の訳語を宛《あ》てた。

10 ドトゥル Dothur

アイルランドの古い人名に同じ綴りの語があるが、ここでは何を指すのか不明。HPLの造語と思われる。なお、松明《トーチ》は松の樹皮に分泌される松脂《まつやに》を燃やすものなので、ここでは別物だろうということで灯明《トーチ》とした。

11 ナスの窖《あなぐら》 the vaults of Pnath

ナスなる地名の初出。「夢見人へ。」「未知なるカダスを夢に求めて」で言及されるナスの谷と同じものだろう。

ランドルフ・カーターの供述

The Statement of Randolph Carter

1919

繰り返し申し上げますがね、皆様方《ジェントルメン》、あなたがたの尋問は無意味なのですよ。

お望みであれば、いつまでだって勾留《こうりゅう》してくださって結構。あなたがたが正義と呼ぶ幻想を慰《なぐさ》めるために生贄《いけにえ》がご入用とあらば、収監なり処刑なり好きにされるとよろしい。

ともあれ、既に申し上げた以上のことは何もお話しできないのですから。

私が覚えていることについては一切合切、全くもって率直にお話し申し上げました。

何一つ捻《ね》じ曲げたり包み隠したりせずにね。それでもなお、何かしら雲をつかむようにはっきりしない部分が残っているのだとすれば、それはひとえに私の心にのしかかる暗雲——その暗雲と、それを私にもたらした恐怖の曖昧《あいまい》な性質のせいに違いありません。

今一度申し上げますが、ハーリイ・ウォーラン[*1]がどうなったのかはわかりません。この世に恵みというものがあるのなら、彼は安らかな忘却の内にあると思いますよ——そう願いたいものです。

この五年間[*2]、私がハーリイ・ウォーランと親友の間柄だったことと、未知なるものにまつわる彼の恐ろしい研究の一部に、共同で携わってきたのは事実です。

私の記憶は不確実で不明瞭ですが、あなたがたが用意されたこちらの証人の、あの悲惨な夜の一一時半、私たち二人が連れ立って、ゲインズビル通り[*3]をビッグ・サイプレス湿地[*4]の方へと歩いているところを目撃されたという証言そのものを、否定するつもりはないのです。

私たちが電気式の角燈《ランタン》やスコップ、器械が取り付けられたワイヤーの束を持っていたことも、はっきりと断言しておきましょう。何しろ、これらの物品の全てが、私のぐらつく記憶に焼き付いたままになっている、あの悍《おぞ》ましい光景に関わっているのですから。

とはいえ、その後に起きたことや、翌朝、私が一人きりで湿地の畔《ほとり》で呆然《ぼうぜん》としているところを発見された理由については、あなたがたに何度もお話ししたこと以外は何もわからないとしか言えないのです。あの湿地ないしはその付近には、そんな恐ろしい出来事の舞台をお膳立てするようなものなど何もないと、あなたがたは仰《おっしゃ》る。私の方も、自分が見たこと以外には何も知らないとお答えしましょう。よしんば、幻覚か悪夢だったにせよ――幻覚か悪夢であってくれればと、切にそう願うものでありますが――私たちの姿が他人の視界から姿を消した後の慄然《りつぜん》たる数時間の内に起きたことについては、私の心に残っているものが全てです。

そして、ハーリイ・ウォーランが戻ってこなかった理由については、彼自身ないしは彼の幽霊――それとも私には説明できない何か名状しがたい存在――を除いて、誰にも告げることはできないのです。

既に申し上げました通り、ハーリイ・ウォーランの奇怪な研究については私もよく知っておりまして、一部については私も協力しておりました。禁断の事物を扱う奇妙かつ希少な書物の、彼の膨大なコレクションの中でも、私が精通している言語で書かれたものについては全て読み通しておりますが、私がわからない言語で書かれたものに比べるとごく少ない分量でした。

私が思うに、大半はアラブ語で書かれていました。そして、破滅をもたらすことになった、悪鬼《フィーンド》からの霊感を受けて著されたという書物[*5]——彼のポケットに入ったまま、世界の外側に持ち去られてしまった書物です——は、私がこれまでに見たことのない文字で記されていたのです。

ウォーランは、あの本に書かれている内容について、決して教えてくれようとしませんでした。私たちの研究の性質については——私の記憶がもはや、完全な状態ではないのだと、もう一度繰り返す必要がありそうですね。

もっとも、忘れてしまったことは、私にとってはむしろ慈悲深いことのようにも思えます。何しろ、実のところ好きでやっていたというよりも、気が進まないにもかかわらずどうにも惹《ひ》きつけられて、従事する羽目に陥った恐ろしい研究だったのですから。

ウォーランはいつだって私を支配していましたし、恐ろしく思うこともありました。恐ろしい出来事が起きる前夜、ある種の死体がいかなる理由で全く腐敗せず、千年もの間、墓の中で状態を保ち、肥え太りながら眠り続けているかについて、持論を淀《よど》みなく展開する彼の顔に浮かんだ表情に、私が怖気《おぞけ》を震ったことをよく覚えています。

しかし、彼は私の理解を超えた恐怖を知っていたようなので、今となっては彼を恐ろしいとは思いません。今はむしろ、彼の置かれている状況こそが恐ろしく思われるのです。

今一度申し上げますが、あの夜の私たちの目的について、はっきりしたことがわからないのです。確かに、ウォーランが携えていた書物の内容——一ヶ月前にインドから彼のもとに届いた、解読不能な文字で記されている古びた書物のことです——と密接な関係があったに違いありません。とはいえ、誓って申し上げますが、私たちが何を見出《みいだ》すことになるかはわからなかったのです。

証人は、一一時半にゲインズビル通りで、ビッグ・サイプレス湿地へと向かっている私たちを目撃したと証言されました。おそらく事実なのでしょうが、私はそのことをはっきりと覚えていないのです。私の精神《たましい》に焼き付いた絵はただ一つの光景を捉えたもので、時刻は零時をかなり過ぎていたに違いありません。何故なら、欠けつつある三日月が、霧の出ている空の高い位置にかかっていたのです。

その場所は古い時代の墓地でした。それはあまりにも古く、記録されざる太古に属するものであることを示す徴《しるし》をいくつも備えていたので、私は身震いを覚えました。伸び放題の草や苔《こけ》、地べたにへばりつくような雑草が生い茂る、じめついた深い窪《くぼ》地《ち》の中にあって、私の空疎な想像力が愚かしくも腐った石を連想させた、何とも言えない悪臭があたりに充満していました。

どちらを向いても長年の放置と荒廃の徴《しるし》ばかりが目につくので、ウォーランと私こそ、幾世紀にもわたる死の沈黙を乱した最初の人間なのではないかという思いに取り憑かれたほどでした。

窪地を取り囲む頂きの頭上には、人に知られざる地下墓地《カタコンベ》から発しているものと思《おぼ》しい、悪臭を孕《はら》む霞《かすみ》越しに欠けゆく蒼白い三日月が顔を見せ、その弱々しく揺らめく光のお陰で、古びた墓石や骨壺、慰霊碑、霊廟《れいびょう》の前面《ファサード》といったものが、忌まわしくも立ち並んでいるのを見て取れました。いずれも毀《こぼ》れて苔《こけ》に覆われ、湿気による染みがあって、病んだ草の鬱蒼《うっそう》たる茂みがその一部を隠していました。

この恐ろしい墓地の中で、私が思い出せる最初の生々しい記憶は、墓碑銘が半ば読み取れなくなった墓の前でウォーランと共に立ち止まり、そこまで運んできたらしい幾つかの荷物をどさりと降ろすという行動についてです。今、改めて思い出したのですが、私の方は電気式の角燈《ランタン》と二本のスコップを、連れの方は同じような角燈《ランタン》と携帯式の電話装置一式を携えていたのでした。

その場所と作業について、私たちはすっかり心得ていたらしく、何の言葉も交わされませんでした。それから私たちはただちにスコップを手に取ると、平らで古めかしい墓所から、草や雑草、覆いかぶさった土といったものを取り除《の》け始めました。

表面がすっかり露《あら》わになると、墓所が三枚の巨大な花崗岩《かこうがん》の平石から構成されていることがわかり、私たちは少し後ろに下がって墓の外観を眺めました。そして、ウォーランはといえば、頭の中で何かの計算をしているような様子でした。

やがて墓所に引き返すと、彼はスコップを梃子《てこ》として使用し、石造りの廃墟《はいきょ》のすぐ近くに横たわっている、ありし日には墓碑だったのかもしれない平石をこじ開けようとしたのです。

最初はうまくいかず、彼はこちらに来て手伝うよう、身振りで私に命令しました。力を合わせたことでようやく石が緩《ゆる》んだので、私たちはそれを持ち上げて片側に押し倒しました。

平石をどけると黒い開口部が現れたのですが、そこからどっと流れ出したひどい匂《にお》いのガスに吐き気を催したので、私たちは恐怖を感じながら後ずさりました。ややあって、私たちが改めて窖《あなぐら》に近づいてみたところ、辛うじて我慢できる程度に臭気の放出が収まっていることがわかりました。

角燈《ランタン》を向けてみると、何やら地中から滲《にじ》み出た忌まわしい膿漿《のうしょう》めいたものでじっとりと濡れていて、硝石《しょうせき》のこびりついた湿った壁に囲まれている、一続きの石の階段の最上部が照らし出されました。

さて、ここでようやく、口頭での会話のやり取りが記憶の中に出てきます。ウォーランがようやく、私たちを取り巻く恐ろしい状況にも全く揺るがない穏やかな高音域《テナー》の声で、私に話しかけたのです。「すまないが、きみにはこのまま表にとどまってもらう」と、彼は言いました。「きみのような、神経が柔弱な人間にここを降りろなどと、犯罪も同然だからな。私がこれから見たりやったりすることは、きみがこれまでに読んだことはもちろん、私が話したことからだって、到底想像できぬことなのだ。厄介な作業なのだよ、カーター。鋼の如《ごと》き堅固な感性を持ち合わせているのでもなければ、これをやり遂げて、命を落とさず正気を保ったまま戻ってくることなどできないのだ。怒らせたいわけではないのだ。きみが共にいてくれて、どれだけ私が嬉《うれ》しいと思っているか。しかしだ、これはある意味で私の責任なのだ。だから、きみのような神経質な者を、死や狂気が待ち受けていそうなところに引っ張り込むわけにはいかないのだ。言っておくが、実際の話、これがどれほどの事なのか、きみには想像もつかぬだろうな！

ともあれ、私の行動については、電話で逐一連絡し続けることを約束するとも――ここには、地球の中心にまで行って戻ってこられるくらいのワイヤーもあることだしな！」

これらの冷淡な言葉を、私は自分の記憶の中に今なお聞き取ることができますし、私が抗議したことについても今なお覚えています。私は、自分も墓所の深淵《しんえん》に同行するよう、必死になって友人に懇願《こんがん》したようなのですが、彼は頑《かたく》なに固執《こしゅう》するのでした。

一度などは、私があくまでもその主張を続けるならば、遠征を取りやめるとの脅しまでかけてきたのです。この件の鍵を握っていたのはあくまでも彼でしたので、その脅しは確かに効果的でした。

こうしたことの全てを今も覚えているのですが、何を求めていたかについては、もはやわかりません。不承《ふしょうぶ》不承《しょう》ではありましたが、私が彼の考えに同意しますと、ウォーランはワイヤーのリールを手にとって、電話機を調整しました。彼に顎《あご》で指図され、私は電話機のもう一台を持って、暴かれて間もない開口部の近くにある、古びて色褪《いろあ》せた墓石の上に腰を下ろしました。

それから、彼は私と握手を交わし、ワイヤーのコイルを肩に担《かつ》ぎ上げると、その筆舌に尽くしがたい墓穴《ぼけつ》の中に姿を消したのでした。

彼の持つ角燈《ランタン》の灯《あか》りがしばらくの間見えていて、彼が背後に敷いていくワイヤーのカラカラいう音が聞こえていました。しかし、まるで石造りの階段の曲がり角にでも出くわしたかのように、間もなく灯りが突然見えなくなり、ほとんど同時に音も聞こえなくなりました。

私は一人きりになってもなお、欠けゆく三日月の揺れ動く光の下《もと》、緑色の絶縁体によって表面を覆われている魔法の縄《ケーブル》によって、未知なる深淵に繫《つな》ぎ止められていました。

古さびて荒涼とした死都の孤独な静寂の中、私の心の裡《うち》にはこの上なく恐ろしい空想や幻影が浮かび上がり、グロテスクな霊廟《れいびょう》や独立石《モノリス》が――知覚力のようなものを備えた――悍ましい人格を帯びているかのように思えてくるのでした。

無定形の影が、雑草が生い茂った窪地のより暗く奥まったあたりに潜み、丘の中腹にある半ば朽ち果てた墓所の門の向こうで、冒瀆《ぼうとく》的な儀式を行っている者たちの行列か何かのように揺れ動いているように思えました。その影は、下界を睨《ね》めつける蒼白い三日月の投げかけたものではないのだとも。

私は、電気式角燈《ランタン》の灯りで絶えず時計を確認し、熱っぽい不安に苛《さいな》まれながらも電話の受話器に耳を凝らしていたのですが、一五分以上は何も聞こえてきませんでした。

その時、カチッというかすかな音が器械から聞こえたので、張り詰めた声で友人に呼びかけました。

重々承知しているつもりだったにもかかわらず、ハーリイ・ウォーランらしくもない恐怖に打ち震えた声で、あの気味の悪い窖から送られてきた言葉に対しては、心の準備ができていませんでした。つい先程、冷ややかな態度で私を置いていった彼が、今や声を張り上げた叫び声よりもよほど不吉な、しどろもどろの囁《ささや》き声で、地の底から呼びかけてきているのです。

「何てこと《ゴッド》だ！　私が見ているものを、きみに見せることができたなら！」

私は応答できませんでした。口を閉じ、待ち続けることしかできなかったのです。

それから再び、狂ったような響きの声が聞こえてきました。

「カーター、恐ろしいものが――途方もない――信じられん！」

今回は、私も声を出すことができて、送信機に興奮気味の質問を浴びせかけました。

びくびくしながら、こんな言葉を繰り返したのです。

「ウォーラン、何があった？　何があったんだ？」

今一度、友人の声が聞こえてきました。相変わらず恐怖にかすれていましたが、今や紛れもない絶望の念を帯びているのでした。

「きみには話せない、カーター！　まったくもって、考えも及ばないものだ――敢《あ》えて何も話さないぞ――こんなものを知って、生きていける人間などいるものか――何ということなのだ《グレート・ゴッド》！　**これほどのもの**とは夢にも思わなかったんだ！」

再び静かになり、震え声で質問し続ける私の支離滅裂な言葉が流れるばかりになりました。

やがて、さらにひどく狼狽《ろうばい》した調子のウォーランの声が聞こえてきました。

「カーター！　神の愛にかけて、平石を元に戻して全力でここから出ていくんだ！　急げ！――他のものはみんな放って、外に出ろ――一度きりのチャンスなんだ！　俺の言う通りにしろ、何も聞くな！」

聞こえてはいたのですが、私には半狂乱で質問を繰り返すことしかできませんでした。

私の周囲を墓所と暗闇、影が取り巻いて、足下《あしもと》には人間の想像も及ばぬ危険がありました。

しかし、私の友人はさらに大きな危険に晒されていました。それで、私は恐怖を抱きながらも、この状況下で私が友人を見捨てられるなどという彼の考えに、おぼろげな憤慨を感じたのでした。

再びカチッという音がして、わずかな間をおいてから、ウォーランの痛ましい絶叫が聞こえました。

「ずらかるんだよ！　頼むから平石を元に戻して、ここからずらかれってば、カーター！」

はっきりと打ちのめされた相棒の子供じみた言葉遣いの中に潜む何かが、私の理性を引き戻しました。

私は決意を固め、こう叫びました。

「ウォーラン、しっかりしろ！　今降りていくからな！」

ですが、私の呼びかけに応《こた》える声は、全《まった》き絶望の悲鳴に変化したのです。

「だめだ！　お前はわかっちゃいない！　手遅れなんだよ――俺がヘマをしたんだ。平石を元に戻して、逃げ出すんだ――お前だろうが他の誰だろうが、もうどうすることもできやしない！」

再び声の調子が変化し、今度は絶望のあまり諦《あきら》めたような、いくらか落ち着いた響きがありました。

とはいうものの、私の身を案じているのか、緊張したままでもありました。

「急げ――手遅れになる前に！」

私は彼の言葉を無視し、助けに駆け下りるという誓いを果たすべく、麻痺《まひ》したようになっている体を何とか動かそうとしました。しかし、次に聞こえてきた彼の囁きが、純然たる恐怖の鎖で、私をなおも金縛りにしてしまったのです。

「カーター――急げ！　それは無駄だ――お前は行け――二人よりも、一人の方が――平石だ――」

一瞬の沈黙に続き、カチッという音が響いてから、ウォーランの弱々しい声が聞こえてきました。

「これまでだ――困らせないでくれよ――くそったれの石段を塞《ふさ》いで、生き延びるために走るんだ――時間を無駄にするな――さよならだ、カーター――もう二度と、会うことはないだろうさ」

ここでウォーランの囁き声が叫び声になり、太古の恐怖に満ちた悲鳴へと徐々に変化しました――。

「呪われろ、地獄の怪物――軍団《リージョン》*6め――ああ神《マイゴッド》よ！　ずらかれ！　ずらかれ！　ずらかっちまえ！」

その後は、沈黙が続くばかりでした。

どれほどの長い間、莫迦《ばか》みたいに座り込んだまま、電話装置に向かって囁き、呟《つぶや》き、呼びかけ、叫び続けていたのかはわかりません。永劫とも思える果てしない時間をかけて、私は囁き、呟き、呼びかけ、叫び、そして金切り声をあげたのでした。

「ウォーラン！　ウォーラン！　返事をしてくれ――きみは、そこにいるのか？」

しばらくして、あらゆるものを上回る恐怖――信じ難く、想像のつかない、およそ説明のつかない恐怖が私の身に起こったのです。

ウォーランが最後に絶望的な警告を叫んでから、永劫とも思える時間が経《た》っていたようだと申し上げました。そして、悍《おぞ》ましい沈黙を破るものはもはや、私自身の叫び声だけになっていました。

しかし、ややあって受信器がもう一度、カチッと鳴りましたので、私は必死で耳を凝らしたのでした。

私はもう一度、「ウォーラン、きみはそこにいるのか？」と呼びかけたのですが、それに対して返された応《こた》えが、私の心にこのような暗雲を投げかけたのです。

皆様方《ジェントルメン》、あれ——あの声——については説明しようとは思いませんし、詳しく説明することもできません。最初の言葉を耳にした途端に私は意識を奪われて、病院で目を覚ますまでの間、ぽっかりと精神的な空白になっているのです。

低くて太いもの、虚《うつ》ろなもの、ねちっこいもの、音が遠いもの、この世ならぬもの、人ではないもの、肉体から離脱したもの——あの声については、そんな風に申し上げれば良いのでしょうか。

いったい、何をどう申し上げれば良いものやら。

それが、私が経験した出来事の終わりで、私の物語の終わりでもあります。

私はあれを耳にしたのですが、それ以上のことは何もわかりません。

窪地の中にある知られざる墓地の、毀《こぼ》れた墓石や倒れた墓標、生い茂る植物やひどい匂いのする蒸気の只中《ただなか》で、石化したように座り込みながら、あれを聞きました。

欠けゆく呪わしい月の下《もと》、死肉を漁《あさ》る無定形の影が踊るのを眺めながら、あの忌まわしくも暴かれた墓所の最も深いところから湧き上がってきた、あれを聞きました。

そしてこれが、その言葉です。

「**莫迦《ばか》め、ウォーランは死んだぞ！**」

補遺・一九一九年一二月一一日　ギャラモ[*7]宛書簡からの抜粋

私たちは、何とも恐ろしいとはいえ、未知の理由でひどく古い時代の墓地にいました――どこの墓地であったかまではわかりませんでしたが。

ウィスコンシン州の方《かた》[*8]には、そうしたものは想像もつかないことでしょう――ですが、ニューイングランドにはいくつもあって、怪しげな碑文や髑髏《スカル》や交差した骨《クロスボーン》[*9]といったようなグロテスクな意匠《デザイン》が平石に彫り込まれている、ぞっとするような古い場所がいくらでもあるのです。

こういった場所では、一五〇年以上前の墓ばかりに出くわしながら、長いこと歩き回れるものです。他日《たじつ》、クック[*10]が見込み通りに〈モナドノック〉を発行したら、こうした場所のひとつに触発された私の作品「霊廟《れいびょう》」をお目にかけることができるでしょう。私の夢の場面は、そのようなところでした――背が高くて硬い、厭《いと》わしい雑草がそこらじゅうに生えている悍ましい窪地《くぼち》で、ぞっとするような石材や朽ちかけた平石の墓標が頭を覗かせていたのです。

丘の中腹には前面《ファサード》が老朽化の最終段階にある霊廟がいくつかありました。ラヴマンと私がやってくるまで、何世紀にもわたってこの墓地の土に足を踏み入れた生ける者は誰もいないのではないかという奇妙な考えが、私の頭に浮かびました。夜がとっぷりと更《ふ》け――欠けゆく三日月が東の空高くに達していたので、たぶん、真夜中過ぎだったのでしょう。

ラヴマンは、携帯式の電話装置一式を肩にぶら下げ、私の方は二本のスコップを携えていました。

私たちは、その恐ろしい場所の中心近くにある平らな墓所にまっすぐ向かって、数えきれぬほどの歳月の雨が流し込んだ苔《こけ》むした土を取り除《の》けはじめました。

夢の中のラヴマンは、彼が送ってくれた何枚かのスナップ写真と全く同じように見えました——大柄で屈強な若者で、少なくとも顔立ちにセム族〔ここではユダヤ人のこと〕らしさはなく（髪が黒っぽいのにもかかわらず）、両耳が尖っているのを除けば非常にハンサムでした。

彼が電話装置一式を降ろしてスコップを手にとり、私が土と雑草を取り除けるのを手伝ってくれる最中にも、私たちは全く言葉を交わしませんでした。私たち二人とも、何かに甚だ強い感銘を受けているようでした——ほとんど、畏敬の念に打たれていたのです。

ようやく下準備を終えて、ラヴマンは墓所の調査に戻りました。彼は自分が何をするべきか正確に理解しているようで、私にもわかっていました——今ではそれが何なのか覚えていませんがね！

思い出せたことと言えば、ラヴマンがいずれも現存する唯一の刊本を所有している、古い稀覯書を読み漁《あさ》って得られた知識に、私たちが従っていたということくらいです。（あなたがたも御存知かもしれませんが、ラヴマンは珍しい初版本や愛書家垂涎《すいぜん》の貴重なお宝の膨大な蔵書を持っているのですよ）

少しばかりの間、内心で目星をつけた後、ラヴマンは改めてスコップを手にするとそれを梃子《てこ》に使い、墓所を覆っている特定の平石をこじ開けようと試みました。うまくいかなかったので、私も近づいて自分のスコップで手伝いました。ようやく石が緩《ゆる》み、力を合わせて持ち上げて、どかすことができました。

その下には、石造りの階段が続く黒々とした通路があったのですが、その墓穴《ぼけつ》から流れ出した瘴気が恐ろしくひどいものだったので、それ以上の観察はせずしばらく後ろに退《さ》がっていました。

やがて、ラヴマンは電話装置一式を取り上げてぐるぐる巻きにしていたワイヤーを伸ばし始めたのですが——その最中に、初めて口を開いたのです。

「本当に申し訳ないのだけれど」と、彼は物腰柔らかく耳に心地よい、教養を感じさせるそれほど低くはない声で言いました。「きみにはこのまま地上にとどまってくれるようお願いしなくてはいけないのだけど、一緒に降りてきたらどんな事になるのか、とてもじゃないけれど話せないよ。正直なところ、きみみたいな神経質な人間が、最後まで見届けられるとは思えないんだ。僕がこれから見たりやったりせねばならないことは——きみが本で読んだことはもちろん、僕が話したことからであっても——到底、想像できないようなことだし、鉄の殻に覆われた神経の持ち主でもない限りどんな人間だって、生きて正気を保ったままその場所と往復できるとは思えないんだ。いずれにせよ、ここは軍の身体検査に合格できないような人間のいて良いところじゃない。僕がここを見つけ出したのだから、同行者に対してある意味、責任を負っているのでね——だから、たとえ千ドルを貰ったとしても、きみにそんな危険を冒させるつもりはないよ。でも、僕の行動については、電話で逐一連絡し続けるつもりだ——ご覧の通り、ここには地球の中心にまで行って戻ってこられるくらいのワイヤーもあることだしね！」

私は彼を説得したのですが、私が同意しないのであれば事を中止して、別の友人の探検家——私には聞き覚えのない「バーク博士」の名前を挙げました——を捕まえると答えました。彼は、この件の真の鍵を握っているただ一人の人間が自分なので、私一人で降りても無意味だと付け加えました。

最終的に私は同意して、暴かれた墓の近くの大理石のベンチに、電話機を手にして腰を下ろしました。

彼は懐中電灯を取り出し、電話線を繰り出す準備をしました。そして、湿った石造りの階段の下に消えていき、絶縁されたワイヤーが繰り出されるにつれて衣ずれのような音を立てました。

少しの間、私は彼の持つ電灯の灯りを目で追っていたのですが、まるで石造りの階段の曲がり角にでも出くわしたかのように、灯りは突然見えなくなりました。そして、すっかり静まり返ったのです。

その後は、どんよりした恐怖と不安を抱きながらの待機時間が続きました。三日月がさらに高く昇り、窪地の周囲では霧だか靄《もや》だかが濃さを増したようでした。何もかもがひどく湿って結露していて、暗がりの中のどこかで梟《ふくろう》が飛び回っているのを見たような気がしました。

やがて、カチッという音が電話の受信機から聞こえてきました。

「ラヴクラフト――どうやら見つけたみたいだ」――その言葉は、張り詰めて興奮気味の声音でした。

それから、短い中断の後、言いようのない畏怖と恐怖の響きがある言葉がさらに続きました。

「何て《ゴッ》こと《ド》だ、ラヴクラフト！　僕が見ているものを、きみに見せることができたなら！」

今や私は大いに興奮して、何が起きたのか尋ねました。ラヴマンは震え声で答えました。

「きみには話せない――敢えて何も話さないぞ――こんなこと、夢にも思わなかった――話せるものか――どんな心だって狂ってしまうぞ――待ってくれ――こいつは何だ？」

続いて沈黙、受信機のカチッという音、そしてある種の絶望的な呻《うめ》き声。言葉が再開して――

「ラヴクラフト――頼むから――もうおしまいだ――何もかもおしまいだ――ずらかれ！　ずらかるんだよ！　一秒だって無駄にするな！」

今や全き恐怖に囚《とら》われ、私は半狂乱で何が起きたのかラヴマンに聞きました。

彼の答えはこれだけでした。

「それどころじゃない！　急げ！」

その時、恐ろしいにもかかわらず、私は不愉快に思いました――この私が危険に晒されている仲間を見捨てられるなどという考えが、私を苛立たせたのです。私は彼の忠告を無視して、助けに降りて行くと伝えました。しかし、彼はこう叫びました。

「莫迦な事をするな――手遅れだ――無駄なんだよ――きみだろうが他の誰だろうが、もうどうすることもできやしないんだ」

彼は少し落ち着いたようでした――あたかも避けがたい、免《まぬが》れえない破滅の運命に甘んじることにしたかのような、恐ろしくも諦観《ていかん》しきった落ち着きでした。それでも明らかに、私が未知の危険から逃れられるよう気遣《きづか》ってもいました。

「来た道がわかるなら、頼むからここを出るんだ！　冗談を言ってるんじゃないぞ――さよならだ、ラヴクラフト、もう二度と会うことはないよ――神よ！　ずらかれ！　ずらかっちまえ！」

最後の言葉を絶叫しながら、彼の声は狂おしいほどに大きくなっていました。できる限りその通りになるように言葉を思い出そうとしたのですが、その声音を再現することはできません。

その後は、長い――悍ましいほどに長い――沈黙の時間が続きました。私はラヴマンを助けに行こうとしたのですが、すっかり麻痺してしまっていました。身動き一つできなかったのです。

しかし、話すことだけはできましたので、興奮気味に電話へ呼びかけました――

「ラヴマン！　ラヴマン！　どうしたんだ？　一体何が起きているんだ？」

しかし、彼は答えませんでした。そしてその時、信じられないほど恐ろしい事が起きたのです――畏怖すべき、およそ説明のつかない、ほとんど口に出すのも憚《はばか》られる事が。

今やラヴマンは沈黙していると言いましたが、かなり長い時間、恐れ慄《おのの》きながら待ち続けていると、受信機にもう一回、カチッという音が聞こえてきたのです。

私は、「ラヴマン――きみは、そこにいるのか？」と呼びかけました。

そして、それに応《こた》える声があったのです――私の知っているどんな言葉でも、言い表せない声が。

虚ろで――ひどく低くて太く――流れるようで――ねちっこく――果てしない遠くからの――この世のものならぬ――しわがれた――だみ声とでも言えば良いのか。他に言いようがありません。

毀《こぼ》れた墓石や墓碑、背の高い草、湿気、梟《ふくろう》、欠けゆく三日月といったものの只中で、大理石のベンチに座っている私が電話口から聞いたのは、そういう声だったのです。

地下の墓所からやって来た声は、こう告げたのです。

「**莫迦《ばか》め、ラヴマンは死んだぞ！**」

はてさて、全くもって忌まわしい出来事ではありませんか！　私は夢の中で気を失い、次いで目が覚めたことに気づいたのです――ひどい頭痛と一緒にね！

一体全体どういうことだったのか――私たちが地上（あるいは地下）で探していたものは何なのか、最後に聞こえたあの悍ましい声は何なのか、私には今もってわかりません。

食屍鬼《グール》――墳丘――というよりも地獄の亡霊《シェイド》――について読んだことはありますが、夢よりもなお酷《ひど》かったのが頭痛でした！

訳注

1　ハーリイ・ウォーラン　Harley Warren
本作の下敷きとなった、一九一九年一二月にＨＰＬが見た夢では詩人、劇作家のサミュエル・ラヴマンだった。「銀の鍵」（一九二六年）では彼らしき人物が南部の出身と説明され、「銀の鍵の門を抜けて」（一九三二年）ではサウスカロライナ州と特定されたが、ラヴマンは北部オハイオ州クリーブランドの出身である。

2　この五年間　for five years
「銀の鍵」では、ウォーランらしき人物と「七年に渡って衣食と研究を共にした」と書かれている。

3　ゲインズビル通り　Gainesville pike
ゲインズビルという地名は、北米ではジョージア州、テキサス州、ミズーリ州、フロリダ州に存在する。ＨＰＬ研究者のＳ・Ｔ・ヨシは、「銀の鍵」以降、ウォーランが南部の人間とされたことから、本作の舞台をフロリダ州北部アラチュア郡のゲインズビルだとしているが、墓場の描写はニューイングランド地方特有のものである。

4　ビッグ・サイプレス湿地　Big Cypress Swamp
実在の地名としては、フロリダ州の南部のエバーグレーズ国立公園の北端（現在は国立保護区）に存在するが、同州のゲインズビルからはかなり離れている。なお、ＨＰＬが住んでいたロードアイランド州北西部のチェパチェットとコネチカット州パトナムの中間、パトナム通りを外れたあたりにダーク・スワンプ（暗い沼）があるという噂を耳にしたラヴクラフトは、一九二三年八月、友人のＣ・Ｍ・エディと共に探索に出かけているのだが、本作執筆当時にはその存在を知らなかったようだ。

5　悪鬼《フィーンド》からの〜書物　the fiend-inspired book
直前の「アラブ語で書かれていました」という部分から、アラブ語版の『アル・アジフ』だとよく誤解されるが、この書物自体は「これまでに見たことのない文字で記されていた」ということなので、明らかに別のものである。

6　軍団《リージョン》　legions

古代ローマにおける軍隊の編成単位「レギオン」に由来する英語。ここでは、新約聖書「マルコによる福音書」の第五章で言及される、墓場に棲んでいた一人の男性に取り憑いていた大勢（レギオン）の悪霊のこと。ナザレのイエスの悪魔祓いを受けて、この悪霊は二千頭ほどの豚の体に入り込み、海に駆け下りて溺れ死んだという。

7　ギャラモ　Gallamo

一九一九年後期にアルフレッド・ギャルピン、HPL、モーリス・W・モーが結成した文通サークルで、名前は三人のファミリーネームの頭文字を並べたもの。順繰りに手紙を回していくラウンドロビン方式のサークルで、一年ほど継続したという。

8　ウィスコンシン州の方《かた》　Wisconsinite

ウィスコンシン州在住のギャルピンとモーのこと。

9　髑髏《スカル》や交差した骨《クロスボーン》　skull and crossbones

ニューイングランド地方特有の古い墓石の意匠で、有翼の髑髏が特に多い。一八世紀初頭のスペイン継承戦争後、北米東海岸を荒らし回った海賊〈黒髭〉ことエドワード・ティーチもその一人〉とその子孫の墓という説あり。写真は、ボストンのグラナリー墓地で撮影したもの。

（撮影：森瀬繚）

10　クック　Cook

ダンウィッチのモチーフのひとつであるマサチューセッツ州アソールの出版業者ウィリアム・ポール・クックのこと。続く〈モナドノック〉は、彼が発行していたアマチュア・ジャーナリズム雑誌である。なお、一九一七年六月執筆の「霊廟 The Tomb」は結局、やはりクックが発行していた別の雑誌〈ヴァグラント〉一九二二年三月号に掲載される運びとなった。

恐ろしい老人

The Terrible Old Man

1920

恐ろしい老人の家を襲撃するというのが、アンジェロ・リッチとジョー・チャネク、マヌエル・シルバ[*1]の企みでした。この老人は、海の近くのウォーター・ストリートにある大層古い家で一人暮らしをしていて、並外れた金持ちであると同時に、ひどく衰弱していると噂されていました。

こうした噂は、この旦那方のような稼業についている者たちにとっては、非常に魅力的な状況でした。リッチ、チャネク、そしてシルバの仕事というのは、有り体に言えば泥棒だったのです。黴《かび》臭い古びた住居のどこかに、どれほどあるとも知れない莫大な財産を隠しこんでいるというのがほぼ確実に本当のことなのにもかかわらず、リッチ氏や彼の同輩《おなかま》たちのような紳士《どろぼう》たちの目から、これまでずっと安全な状態を維持し続けてきた、恐ろしい老人にまつわるあれこれについて、キングスポート[*2]の住民たちは話したり考えたりしてきたものでした。

正直な話、彼は甚《はなは》だ変わった人物で、かつては東インド会社[*3]の大型帆船《クリッパー》の船長だったと信じられているのですが、あまりにも年を取っているので、若かった頃のことを覚えている者など一人もおりません。あまりにも口数が少ないので、本当の名前を知っている者もいないのです。

古さびて長いこと手入れのされていない、彼の地所の前庭に生えている節くれだった木々の間には、老人の風変わりな巨石のコレクションが保管されています。これらの巨石は奇妙なやり方で分類され、彩色されていて、何処《どこ》だったのかはおぼろげですが、東方の神殿にある偶像によく似ていました。

恐ろしい老人の長い白髪や顎鬚《あごひげ》をからかったり、小さなガラスの嵌《は》められた彼の住居の窓に邪悪な石礫《つぶて》を投げつけて割ってしまうのが大好きな幼い男の子たちも、その大部分がこのコレクションを怖がっていて、近寄らないようにしていました。

ですが、時折こっそりとその家に近づいて、埃《ほこり》っぽい窓ガラス越しに中を覗《のぞ》き込むことがある、もっと年上の野次馬たちを怖がらせるものが、他にもあったのです。彼らの話によれば、家具の置かれていない一階のある部屋のテーブルの上に風変わりな瓶がたくさん並んでいて、そのひとつひとつの瓶の中に、小さな鉛のかけらが振り子のような格好で、糸で吊り下げられていたのだというのです。

そして、彼らはこうも言うのでした。恐ろしい老人がこれらの瓶に話しかけるのですが、ジャック、スカー＝フェイス、ロング・トム、スパニッシュ・ジョー、ピーターズ、メイト・エリスなどの名前で各々《おのおの》に呼びかけていて、彼が瓶に話しかけている時はいつも、瓶の中の小さな鉛の振り子が、まるで応答してでもいるかのように、はっきりと揺れ動くのだとか。

背が高く、瘦《や》せっぽちの恐ろしい老人が、こんな風に怪しげな会話をしているところを目にした者は、彼のことを二度と見に行こうとはしませんでした。

だけど、アンジェロ・リッチ、ジョー・チャネク、マヌエル・シルバは、キングスポートの生まれではなく、ニューイングランド地方の生活や伝統を共有する魅惑的な社会からはみ出した、新しくやってきたごった煮のよそものどもの一員だったのです。そして、彼らが恐ろしい老人に対して抱いた印象は、足下がふらついて、ふしくれだった杖の助けなしでは歩くこともままならず、細くて弱々しい手を哀れっぽく震わせる、ほとんど無力な灰色鬚の老人に過ぎなかったのです。

誰からも避けられて、おかしなことに犬という犬に吼《ほ》えつかれる、孤独で嫌われ者の老人について、彼らは彼らなりに心の底から気の毒に思ってはいたのです。でも、ビジネスはビジネスです。根っからのプロである泥棒にとって、銀行に口座を持っておらず、村の店でわずかな必需品を買い求める時にも、二世紀前に鋳造されたスペイン金貨や銀貨で支払いを行う、非常な高齢の上に弱々しい人間というのは、実に魅惑的で意欲を唆《そそ》られる存在なのでした。*4

リッチ氏、チャネク氏、シルバ氏は、四月一一日の夜を、襲撃の日として選びました。リッチ氏とシルバ氏が哀れな老人に面会する一方で、チャネク氏は老人の家の裏庭にある高い壁に設けられた門の近く、シップ・ストリートに屋根付きの自動車を駐《と》めて、予定では金属の荷物を二人が運んでくるのを待つことになっていました。思いがけない警察の介入があって、いらぬ説明をしなければならなくなるのを避けるためにも、静かで目立たないように計画を進めなければなりません。

あらかじめ決めておいたように、三人の冒険者《ならずもの》たちは、後になって良からぬ疑いをかけられないよう、別々に行動を開始しました。

リッチ氏とシルバ氏はウォーター・ストリートに面した老人の家の正門の前で合流しました。節くれだった木々の新芽の生えた枝を通して、彩色された石の数々を月が照らし出す様子はあまり気に入りませんでしたが、くだらない迷信に過ぎないことよりも、もっと重要なことを考えなければなりません。年老いた船長という人種はひどく頑固な上につむじ曲がりなので、貯め込んだ金銀について恐ろしい老人の口を軽くさせるため、不愉快な仕事をせねばならないのではないかと危惧《きぐ》していたのです。

とはいえ、彼は大変な年寄りで非常に弱っていますし、襲撃者は二人いるのです。

リッチ氏とシルバ氏は、反抗的な人を従順にさせる技術について、腕に覚えがありました。それに、弱くて老いぼれた人間の悲鳴など、簡単に抑え込むことができるのです。

それで、彼らは灯《あか》りのついている一つの窓のところに移動して、恐ろしい老人が子供っぽい口調で、振り子のついた瓶に話しかけているのを耳にしました。

その後、彼らは覆面を着用すると、風雨に汚れたオーク材[*5]の扉を丁寧にノックしたのです。

シップ・ストリートにある、恐ろしい老人の家の裏門に駐めた屋根付きの自動車の中で、チャネク氏は長いこと待っているように思いながら、落ち着きなく気をもんでいました。

彼は、普段は優しい心の持ち主だったので、決行からきっかり一時間後に、古ぶるしい家の中から聞こえてきた恐ろしい悲鳴が気に入りませんでした。哀れな年寄りの船長をできるだけ優しく扱うよう、仲間たちに言っておいたはずなのに。

ひどく神経質な様子で、彼は蔦《つた》に覆われる高い石の壁に設けられた、狭いオーク材の門を眺めました。

何度も腕時計に目をやって、遅れているのを訝《いぶか》しく思いもしました。あるいは、宝物の隠し場所を明かす前に老人が死んでしまい、徹底的な家探しをせねばならなくなったのでしょうか。

チャネク氏は、こういう場所の暗闇の中で、長々と待ち続けたくはありませんでした。

その時、柔らかい足音か、こつこつ歩くような音が門の内側から聞こえたような気がしたかと思うと、錆《さ》びた掛け金がそっと手探りされる音がして、狭くどっしりした扉が内側に開かれるのが見えました。

それで、ひとつきりの薄暗い街灯の青白い輝きの中で、背後に迫ってくるような不気味な家の中から、仲間たちが持ってきたものを見ようと彼は目を凝らしました。

ですが、彼の目に映ったのは、予期していたものではありませんでした。というのも、彼の仲間はどちらもそこにおらず、恐ろしい老人がたった一人、節くれだった杖に黙りこくってよりかかり、ぞっとするような笑いを浮かべていたのです。チャネク氏はそれまで、男の眼の色に気づいていなかったのですが、今やそれが黄色[*6]であることを知ったのでした。

小さな町を興奮の坩堝《るつぼ》に叩《たた》き込むような出来事は、滅多に起こりません。キングスポートの人々が、何本もの反り身の短剣《カトラス》か何かで恐ろしくもめった切りにされ、数多くのブーツの踵《かかと》のような何かで残忍に踏みつけられたみたいにひどく叩き潰《つぶ》された状態で、波に打ち寄せられた三人の身元不明者の死体にまつわる話に、春と夏の間中ずっと興《きょう》じていたのには、そのような理由《わけ》があるのです。そして一部の住民たちは、シップ・ストリートで見つかった無人の自動車のようなごく些《さ》細《さい》なことや、たぶん迷った動物や渡り鳥なのでしょうが、夜遅く起きていた市民たちが耳にした人間離れした悲鳴といったような、確かに尋常ならざることについても口にしていました。

ですが、このようなくだらない村の醜聞《ゴシップ》について、恐ろしい老人は全く興味を示しませんでした。彼は生来無口でしたし、年を取って体が弱ると、人はいよいよもって無口になるものなのです。それに、老齢の船長というものは、記憶にも残っていない若い頃の遠き日々に、遥かに興奮させられるような出来事を、数えきれぬほど目撃してきたのに違いないのです。

訳注

1　リッチ、チャネク、シルバ　Ricci, Czanek, Silva
当時のロードアイランド州における移民を象徴した姓で、順にイタリア系、ポーランド系、ポルトガル系。

2　キングスポート　Kingsport
本作が初出の地名。この時点ではニューイングランド地方のどこなのか明示されず、ロードアイランド州南東部の港町ニューポートをイメージしていた可能性がある。第2集収録の「祝祭」の訳注、解説も併せて参照のこと。

3　東インド会社　East India
一六世紀半ばから一八世紀にかけて、欧州列強の各国で設立された、アジアとの貿易を独占的に取り仕切る権利を認められた特許会社の総称で、一七九九年末に解散するまでの間、鎖国中の日本と交易していたのがオランダ東インド会社である。なお、アメリカには東インド会社が存在しないので、ここでは植民地時代のアメリカと交易していたイギリス東インド会社である可能性が高い。

4　スペイン金貨や銀貨　Spanish gold and silver
「二世紀前に鋳造された」とあるので、おそらくは一八世紀以降にようやく造られるようになった円形の硬貨ではなく、中南米の植民地から略奪した金や銀を用いてペルーやメキシコの造幣所で製造された、切金硬貨《コブ・コイン》と呼ばれる雑多な形をした硬貨だと思われる。

5　オーク　oak
オークは、ブナ科の常緑樹のいくつかの種の呼称である樫《かし》と日本語訳されることが多いが、欧州でオークと呼ばれているのはむしろ同じブナ科の落葉樹である楢《なら》であり、北米ではその一種であるホワイトオークを指す。このため、本書では一律にオークとした。

6　黄色　yellow
海外で描かれる〈恐ろしい老人〉のイラストは、もっぱら犬や猫、梟などのように、白目の部分が黄色く彩色される傾向があるようだが、ぱっと見でわからなかった描写からして、瞳の色と考えた方が適切かもしれない。

マサチューセッツ州セイラムのチャーター・ストリート墓地（バリーイング・ポイント墓地）。「名状しがたいもの」（P129から）の舞台であるアーカムの墓地のモチーフとなった（撮影：森瀬 繚）

夢見人《ドリーマー》へ。

To a Dreamer.

1920

ただ一本のか細き蠟燭《ろうそく》の光の下《もと》に
静穏にして白き汝《なれ》の顔を我は見たり
汝の昏《くら》き睫毛《まつげ》ある瞼《まぶた》、その帳《とばり》の後ろに
この世ならぬ領域《ところ》を見る双眸《ひとみ》を

そして我見るほどに我知るを望みたり
汝が夢の歩みの辿《たど》る道を
世界と我より秘《かく》されし双眸で
汝が眺めし幽玄の版図《はんと》を

我が記憶に止《とど》めざる事どもを
我もまた眠りの裡《うち》に見つめたれば
汝の双眸に映る光景を今一度《いまひとたび》
朧《おぼろ》に知るが故に瞥見《べっけん》を望みたり

我もまた知れり、トォクの山峰[*1]を
夢の妖霊群《むら》がりしナスの谷[*2]を
ズィンの窖《あなぐら》[*3]を——我見《み》出《いだ》したる縦穴を
いかで汝か細き蠟燭の光を求むるや

されど汝が顔と髭覆う唇の上を
かすかに流れ落つこれは何ぞ
いかな恐れが汝の精神と心を乱し
汝が額に玉の汗を噴《ふ》かせるや

古き幻視が蘇《よみがえ》る——汝の開きし双眸に
異界の空にかかる雲が黒《かぐろ》く煌《きら》めき
そして凄まじき魔《ま》性《しょう》の光景によりて
憑かれし夜に我遁《のが》れ行くなり

訳注

以下、いずれも本作が初出の地名である。

1　トォクの山峰 the peaks of Thok

「未知なるカダスを夢に求めて」では、地球の幻夢境《ドリームランド》の内部世界《インナーワールド》に聳え、次項のナスの谷を見下ろす灰色の山脈。

2　ナスの谷 The vales of Pnath

「サルナスに到る運命」に言及されるナスの窖《あなぐら》 the vaults of Pnathと同じものか。本作の六年後に著した「未知なるカダスを夢に求めて」で言及された際には、地球の幻夢境《ドリームランド》の地下に広がる内部世界《インナーワールド》に位置している。「第二九累代《エオン》——ショゴスの産卵期、ナスの谷にて」（一九三〇年一一月一一日）、「ナスの谷——ショゴスの独立石《モノリス》にて」（同年一一月二九日）、「ナスの谷にて：地底の巣穴の開く刻限」（一九三一年三月二六日）など、クラーク・アシュトン・スミス宛ての書簡の題辞にしばしば見られ、どうやらショゴス（ＨＰＬ「狂気の山脈にて」などに登場する不定形生物）の棲息地でもあるらしい。ＨＰＬ作品には「ナスNath」というワードもよく用いられており、時に混同されることがある。

3　ズィンの窖《あなぐら》 The vaults of Zin

「未知なるカダスを夢に求めて」では、地球の幻夢境《ドリームランド》の内部世界《インナーワールド》に位置する、ガグ族の王国の近くに口を開けている洞窟で、ガーストという種族が棲みついている。

ウルタールの猫

The Cats of Ulthar

1920

スカイ川[*1]を越えた先にあるウルタールでは、何人《なんぴと》たりとも猫を殺してはならぬのだという。実際、暖炉の前に座り込み、喉《のど》をゴロゴロと鳴らす愛猫《かれ》の様子を見るにつけ、さもありなんと思えてくる。何となれば、猫は謎めいた生き物であり、人の目には見えぬ奇異なるものどもに近しい存在だからだ。彼こそは、古《いにしえ》のアイギュプトス[*2]の精髄《せいずい》であり、メロエやオフィル[*3]にあった忘れ去られた都邑《まち》に由来する物語の担い手。密林の君侯《ロード》たちの血縁者にして、古さびて不吉なアフリカの秘密の継承者なのである。スフィンクス[*4]は猫《かれ》の縁者であり、彼は彼女《スフィンクス》と同じ言葉を話すことができる。しかし、猫はスフィンクスよりもさらに星霜《せいそう》を重ねていて、彼女が忘れ果てたことを覚えているのだ。

ウルタールでは、自由民による猫の殺害が禁止される以前、近所の住民たちが飼っている猫を罠《わな》で捕らえ、殺すのを愉《たの》しみとする、年老いた小作人とその妻が住んでいた。彼らが何故そんなことをしたのか——夜の猫の鳴き声を嫌う者や、夕暮れ時に猫たちが中庭や庭園をこっそり走り抜けるのを不快に思う者が少なからず存在するくらいのことしか、私にはわからない。理由がどうあれ、この老人と女房は、自分たちの住むあばら家の近くにやって来た猫の悉《ことごと》くを罠で捕らえては、殺害することに喜びを覚えていたのである。暗くなってから聞こえる物音には、数多くの村人たちをして、ひどく尋常《じんじょう》でない殺し方をしているのだろうと想像をかきたてさせるものがあった。しかし、村人たちが老人とその女房に面と向かって、そのような話をしたことはついぞなかった。

二人の萎びた顔にいつも浮かんでいる表情のせいでもあれば、彼らの小屋があまりにも小さく、手入れされていない庭の背後に枝葉を広げるオークの木立の、黒々とした影に潜んでいるからでもあった。

実際のところ、猫の飼い主たちはこの偏屈な夫婦を毛嫌いしていたが、それ以上に恐れてもいたので、残忍な殺戮者《アサシン》として彼らを非難するのではなく、大切なペットないしは鼠捕り《マウザー》が暗澹《あんたん》たる木立の奥にあるあばら家の方に迷い込まぬよう、注意を払うのみにとどめた。

やむを得ない見落としによって猫が姿を消し、暗くなった後に物音が聞こえてくると、しくじった者は力なく悲嘆に暮れた。さもなくば、消えたのが自分の子供たちの一人ではなかったことを運命の女神に感謝することで、自分自身を慰めた。というのも、ウルタールの住民たちは純朴であり、全ての猫たちがそもそもどこからやって来たのかを知らなかったのである。

ある日のこと、南からやってきた風変わりな放浪者のキャラバンが、ウルタールの玉石敷きの狭い通りに入ってきた。放浪者たちは浅黒い肌で、毎年二回、村を通過する他の流浪の民とは異なっていた。市場にて、彼らは占いを行って銀貨を得ると、商人たちから派手なトンボ玉《ビーズ》を買い求めた。

この放浪者たちがどのあたりの土地からやってきたのか、告げられる者はいなかったが、彼らが風変わりな礼拝を行う様子や、人間の体に猫や鷹、羊、そしてライオンの頭部を備えた奇異なる生物の姿[*5]が何体も、荷馬車の側面に描かれているのが見て取れた。なお、放浪者のリーダーは、二本の角と、その角の間に奇妙な円盤のついた頭飾り[*6]を身につけているのだった。

この風変わりなキャラバンには、一人の幼《いとけな》い男の子がいた。父親も母親もおらず、ただ小さな黒い子猫[*7]のみを可愛がっていた。疫病が彼を辛《つら》い境遇に追い込んだのだが、その悲しみを和らげるべく、この小さくてふわふわした生き物を残してやったのである。

誰しもごく幼い時には、黒い子猫が活発にはしゃぎ回る姿に、大いなる安らぎを見出《みいだ》すものなのだ。

そのようなわけで、浅黒い民がメネスと呼ぶその少年は、奇妙な絵の描かれた荷馬車の昇降段《ステップ》に腰掛けて優美な子猫と一緒に遊んでは、泣くよりも笑うことの方が多かったのである。

放浪者たちがウルタールに滞在し始めて三日目の朝、メネスは子猫を見つけることができなかった。それで、彼が市場で声高に泣きじゃくっていると、何人かの村人たちが老人とその女房、そして夜に聞こえてくる音について少年に話してやったのだった。

そして、こうしたことを聞いた少年は、泣くのをやめて瞑想《めいそう》に入り、祈りで締めくくった。彼は太陽に向かって両手を伸ばし、村人には理解できない言葉で祈りを捧げた。

しかし、空と奇妙な形に変化し始めた雲に注意を逸《そ》らされて、村人たちは少年の振る舞いを理解しようとすらしなかった。甚《はなは》だ尋常ならざることだが、少年が願いを口にした時、黒々とした雲のような異様な何者か——側面に角のついた円盤を頭に戴《いただ》く合成生物たちの姿が、頭上で形を取り始めたように見えたのである。自然というものは、想像力に強く働きかける、こうした幻影に満ちているのだ。

その夜、放浪者たちはウルタールから出発し、二度とその姿が見られることはなかった。やがて、住人たちは村全体に猫の姿が見られないことに気づき、心騒がされることとなった。

家々の炉縁《ろべり》から、見慣れた猫の姿が悉く消えていた。大きい猫や小さい猫、黒猫や灰猫、縞《しま》猫、そして白猫といった、ありとあらゆる猫が、である。市長である老クラノンは、浅黒い民がメネスの子猫を殺害された報復として、猫たちを連れ去ったのだと断言し、キャラバンと幼《いとけな》い少年を悪罵《あくば》した。

しかし、瘦身《そうしん》の公証人であるニスは、老小作人とその女房こそが疑わしいと断言した。猫に対する彼らの憎悪は悪名高く、いよいよもってその行いがあからさまなものとなっていたからである。

とはいうものの、宿屋の主人[*8]の息子である幼《いとけな》いアタルが、夕暮れ時にウルタールの猫たちが木々に隠れた呪わしい庭にいて、あたかも獣たちによる前代未聞の儀式を執《と》り行ってでもいるかのように、二つの列を作って小屋の周囲を取り囲み、厳粛な様子でゆっくりと歩いているのを目にしたと告げた時ですら、禍々《まがまが》しい夫婦に敢《あ》えて苦情を申し立てる者はいなかった。

村人たちは、幼《いとけな》い少年の話をどこまで信じるべきなのかわからず、邪悪なる夫婦が猫に呪いをかけて死に追いやったのではないかと恐れながらも、暗く不愉快な庭の外側で顔を合わせたりしない限りは、老いた小作人を非難したいと思わなかったのだ。

かくして、ウルタールは行き場のない怒りの裡《うち》に眠りについたのだが、住民たちが明け方に目を覚ました時——何としたことだろう！　全ての猫たちが、慣れ親しんだ炉縁に戻ってきたのだった！

大きい猫や小さい猫、黒猫や灰猫、縞猫、そして白猫がいて、一匹たりとも欠けていなかった。猫たちの毛艶《けづや》はなめらかで、丸々と肥え太り、喉を満足げに鳴らしていた。

市民たちはこの事件について互いに話し合い、少なからぬ驚きを覚えることとなった。

年老いた男とその女房の小屋から猫が生きて戻ってきたことはついぞなかったので、老クラノンは、彼らを連れて行ったのはあの浅黒い連中なのだと、またしても主張した。

しかし、ひどくおかしなことではあるが、猫たちが皆、ひとかけらの肉をも食べようとせず、自分の皿に注がれたミルクを全く飲もうとしないことについては、衆目《しゅうもく》の一致するところだった。

それから二日もの間、毛艶が良く気だるげな猫たちは食べ物にわずかにも口をつけようとせず、暖炉のそばや日だまりでぼんやりと微睡《まどろ》むばかりだった。

村人たちが、木々に隠れた小屋の窓辺《まどべ》に、夕方になっても灯《あか》りがつかないことに気がついたのは、ちょうど一週間が丸々過ぎてからのことだった。その時、痩身のニスが、猫がいなくなった夜からこちら、老人とその妻の姿を誰も見ていないと言い出した。次の週になって、市長は己の恐怖心を克服し、自身の職務として、不気味に静まり返った住居を訪問する決意を固めたのだが、そうするにあたって彼は何とも用心深いことに、鍛冶屋のシャンと石工のトゥールを証人として同行させたのだった。

そうして、脆《もろ》い扉を打ち破った時、彼らが目にしたのは――土間の上にある綺麗に肉をなくした二人の人間の骨と、隅の暗がりを這《は》い回っている夥《おびただ》しい数の甲虫《こうちゅう》のみだった。

その後、ウルタールの自由民たちの間では、様々な話が飛び交った。検視官のザスは、痩身の公証人であるニスと長いこと議論を戦わせ、クラノンとシャンとトゥールは質問攻めにあった。

宿屋の主人の息子であるアタルすらもが細々と質問され、褒美として砂糖菓子を与えられたのだった。

老小作人とその女房について、浅黒い放浪者のキャラバンについて、幼《いとけな》いメネスと黒い子猫について、メネスと彼が祈った時の空の様子について、キャラバンが出発した夜の猫たちの行動について、そして忌まわしい庭の木々の下の小屋で後に見つかったものについて、彼らは互いに話し合った。

そして最後に、彼ら自由民たちはハテグの交易証人たちの語り草となり、ニールの旅人たちの間で議論の的となっている、驚くべき法律を可決したのだった。

すなわちそれが、ウルタールでは何人《なんぴと》たりとも猫を殺してはならぬという、あの法律なのである。

訳注

1　スカイ川　the river Skai

本作が初出の川。以後の作品でも、「スカイ川の彼方《かなた》のウルタール」という具合に、ウルタールとセットで言及されることが多い。「未知なるカダスを夢に求めて」において、流域の様子がより詳細に描写される。

2　アイギュプトス　Aegyptus

古代ギリシャで知られたエジプトの古名。一～二世紀のアポロドーロスが著したとされるギリシャ神話のガイドブック『ビブリオテーケー』には、土地の王であるベーロスと河神ナイルの娘アンキノエーの息子アイギュプトスが黒足《メラムプース》人の土地を征服し、自分の名に因《ちな》んでアイギュプトンと名付けたとされるが、ベーロスとその父エパポスの治めた国もアイギュプトンという名である。

3　メロエ、オフィル　Meroë, Ophir

メロエはナイル川中流、現在のスーダン共和国の首都であるハルツームの北東の土地で、古代エジプト王国の影響を受けたクシュ王国（紀元前一〇世紀～）、メロエ王国（紀元前七世紀～）が栄えた。エジプトのものほど大きくないが、ピラミッドが存在する。なお、紀元前七世紀頃のエジプト第二五王朝のファラオ、タハルカは新アッシリア王国のアッシュールバニパル王の侵攻を受けてクシュ王国に落ち延びたというが、このアッシュールバニパル王はクトゥルー神話と縁深い人物でもある。（ロバート・E・ハワード「アッシュールバニパルの焔」）

オフィルは旧約聖書「列王記」に言及される黄金の産地。ソロモン王はここから黄金や白檀の木材、宝石を得た。位置については東アフリカ、アラビア半島など諸説ある。

4　スフィンクス　The Sphinx

ギリシャの神話、物語に登場する怪物で、古典ギリシャ語ではスピンクスと読む。前述の『ビブリオテーケー』によれば、スピンクスは怪物テューポーンを父に、半蛇半女の怪物エキドナを母に持つ怪物で、外見は鳥の翼を生やし、獅子の胸、足、尾、そして人間の女性の顔を持つと説明されている。ただし、ここでは古代エジプトの人面獣身の石像のこと。この神獣像が本来、いかなる名前で呼ばれていたのかは不明だが、少なくとも、マケドニア王アレクサンドロス三世が活躍した紀元前四世紀以前には、ギリシャ人からスピンクスと呼ばれていた。スフィンクス像の多くは、ネメスと呼ばれる頭巾をつけているため、偉大なファラオ、あるいは中王国時代の最高神アモンの姿を象《かたど》ったものと考えられている。ただし、ギリシャのスピンクスと全くの無関係であるかというと、決してそういうわけではなく、ギリシャ、エジプト双方に影響を与えたメソポタミア地方には、より古い時代から獅子の体、鳥の翼、人間の顔を持つ神像が存在した。また、古典ギリシャ語の「スピンクス」の由来を、古代エジプト語のシェセプ・アンク（アンク神の像）とする説もある。ギザの第二ピラミッドの近くにある大スフィンクスは、古代アラブ人から「恐怖の父」を意味するアブル・ハウル Abū l-Haul と呼ばれ、恐れられた。

5　奇異なる生物の姿　strange figures

全てエジプトの神で、順に猫の女神バースト、天空と太陽の神ホルス（正確には隼《はやぶさ》の頭で、鷹の頭なのは上エジプトで崇拝されたホルス・ベフデティ）、創造神クヌム、破壊の女神セクメトないしは大気の女神テフヌトだろう。

6　角の間に奇妙な円盤のついた頭飾り　a head-dress with two horns and a curious disc

古代エジプトの愛と美と豊穣《ほうじょう》と幸運の女神、ハトホル女神の頭飾りで、円盤は太陽の象徴である太陽円盤。古くは太陽神ラーと天空神ヌトの娘だったが、後にラーの妻としてホルスを生んだとされ、さらにホルス・ベフデティ（前項参照）の妻ともされた。牝牛の姿ないしは牝牛の頭部を持つ人間の姿で描かれることもある。

7　黒い子猫　a tiny black kitten

HPLは、黒猫に一方《ひとかた》ならぬ思い入れがあった。「未知なるカダスを夢に求めて」の訳注も参照。

8　宿屋の主人　innkeeper

「イン inn」は一三世紀頃に英国に現れた種類の宿屋で、一階は酒場として営業し、エールや食事が提供された。都市部のインは、一四世紀のジェフリー・チョーサーの『カンタベリー物語』に詳しいが、農村部のインは共同体の公民館でもあった。なお、宿の主人の息子アタルは、「蕃神」「未知なるカダスを夢に求めて」にも登場する。

セレファイス

Celephaïs
1920

夢の中、クラネスは谷間の都邑《まち》とその彼方《かなた》の海辺、海を見下ろす雪を戴《いただ》く孤峰《こほう》、そして海が空と出会う遥か遠き領域を目指して港から出航する、派手に彩色されたガレー船[*1]の数々を見た。

クラネスという名前で夢の中にやって来るのと同様、覚醒《めざ》めた時の彼は別の名前で呼ばれていた。新たな名前を夢に見出《みいだ》したのはたぶん、自然のことだった。何しろ、彼は一族の最後の者で、数百万の無関心な人々がひしめくロンドンの只中《ただなか》にあって独りきりで、彼に話しかけて、彼がかつて何者だったかを思い出せるような人間は皆無だったのである。

財産も土地もなくなり、人々の自分への接し方を気にかけることもないが、夢を見て、その夢を書き留めることを彼は好んだ。書いたものを見せた相手に笑われたので、しばらくは、誰に見せることもなく書き続けたのだけれど、結局、書くのをやめてしまった。

世間と距離を置くにつれ、彼の見る夢はより素晴らしさを増した。そうした夢を紙に書き連ねたところで、詮無《せんな》いことだった。クラネスは当世風ではなく、他の物書きのようには考えなかったのである。彼らが人生から神話という刺繍《ししゅう》入りの外衣《ロープ》を剝《は》ぎ取って、剝《む》き出しの醜さの裡《うち》に現実という穢《きたな》らしいものを描こうと努めるのをよそに、クラネスはただ独り美しさを探し求めた。

真実と経験がそれを露《あら》わにできなかった時、彼は空想と幻影の中にそれを探し、自分のごく間近く、幼年期の物語や夢にまつわるおぼろげな思い出の中に見出したのだった。

幼い頃の物語や想像の中に、いかなる驚異が彼らの前に扉を開いているかを理解している者はそう多くない。子供の頃、物語に耳を傾けたり夢を見たりする時に、私たちは物事を半分ほどに考えることしかできないでいるのだが、いざ大人になって思い出そうとすると、人生の毒に冒《おか》された退屈で凡庸なものになってしまっているからなのだ。

しかし、私たちの中には魔法の丘陵と庭園、陽光の中で歌う噴水、さざめく海に張り出している黄金《きん》色の崖、青銅と石で造られた眠れる都邑《まち》へと下り降りてゆく平原、深い森の縁《へり》に沿って美しく飾られた白馬を駆る英雄たちの儚《はかな》い一団といった不思議な幻を見て夜中に目を醒ます者もいる。そしてその時、私たちが象牙の門を振り返り、それを通してまだ賢くも不幸でもなかった頃に自《おの》がものとしていた驚異の世界を覗《のぞ》き込んでいたことを知るのである。

クラネスはまったく突然に、懐かしい幼年期の世界に出くわした。

彼は、自分が生まれた家の夢を見ていた。蔦《つた》に覆われた素晴らしい石造りの家で、先祖が一三代に渡り住んでいたところであり、彼がそこで死ぬのを望んでいたところだった。月が煌々《こうこう》と輝く中、彼は家を抜け出して香《かぐわ》しい夏の夜に足を踏み入れ、庭園を抜け、テラスを下って、公園のオークの巨木を通り過ぎ、それから長く白い道を通って村へと向かった。

村はたいそう古さびていて、欠け始めの月の如《ごと》く、はずれのあたりを侵蝕《むしば》まれていた。そして、小さな家々の尖り屋根が隠しているのは、眠りと死のいずれなのだろうかとクラネスは訝《いぶか》った。

通りでは長い草が槍の如く並び立ち、どちらの側の家々の窓ガラスも割れているか、薄い汚れが点々とついていた。クラネスはぐずぐずせず、呼ばれているかのように目的地か何かへと進んでいった。覚醒《めざ》めの人生における衝動や熱望のように、いかなる目的地にも繋《つな》がらない幻影だと判明することを恐れるあまり、彼は敢《あ》えて呼びかけに背くことすらできなかった。

やがて、村の通りから外れて海峡の崖の方に向かう小道に引き寄せられて、万物の果て——村の全てと世界の全てが突然、音すら響かぬ無限の空虚へと不意に落ち込む、絶壁と深淵にやってきた。そこから先の空さえも空虚で、崩れつつある月とおぼろにきらめく星に照らされてもいなかった。

信念に強く駆り立てられて、彼は絶壁を越えて深淵に身を投じ、下へ、下へ、さらに下へ漂った——暗闇、形をなさぬもの、未だ夢見られていない夢、部分的には夢見られた夢なのかもしれないかすかに光るいくつもの球体、世界中の夢見人《ドリーマー》[*2]を茶化すように笑い続ける有翼の存在といったものを後にして。

やがて、眼前の暗闇の中に裂け目が開いたかに見え、彼は遥か下方に、海と空を背景にきらきらと輝く谷間の都邑《まち》と、海岸近くの雪を戴いた孤峰を目にした。

クラネスは、都邑《まち》を目にしたまさにその瞬間に覚醒めてしまったのだが、それでもひと目見ただけで、そこがタナリアン丘陵の彼方のオオス゠ナルガイの谷にある、セレファイス[*3]に他ならないことを知った。

遥か遠い昔の夏の午後、乳母からこっそり逃げ出して村の近くの崖から雲を眺めるうちに、暖かい海の微風を受けて眠り込んでしまったあの永遠とも思える一時間、彼の魂はそこに住んでいたのである。見つかり、起こされて家に連れ戻された時、クラネスは抗議した。起こされたまさにその瞬間、彼は海が空と出会う魅惑的な領域を目指し、黄金《きん》色のガレー船で出航しようとしていたのである。

そして今、四〇年もの倦《う》み疲れた歳月を経て、ついに伝説的な都邑《まち》を見つけ出したので、彼は覚醒めてしまったことを、かつてと同じように憤慨《ふんがい》した。

しかし三日後のこと、クラネスは再びセレファイスにやってきた。先の時と同様、眠っているか死んでいるかした村を最初に夢に見て、人が音もなく漂う深淵を降下したのである。やがて裂け目が再び現れて、彼は都邑《まち》の絢爛豪華《けんらんごうか》な光塔《ミナレット》＊4の数々を見て、優雅なガレー船が青い港に停泊しているのを目にし、海からの微風を受けて揺れているアラン山の銀杏《いちょう》の木々を眺めた。

しかし今回、彼は奪い去られることはなく、翼を持つ生き物のように草生い茂る丘の中腹へと徐々に降りていき、ついには足が芝生に優しくついた。

彼はまさしく、オオス＝ナルガイの谷と、セレファイスの壮麗な都邑《まち》に戻ってきたのである。香《かぐわ》しい草と色鮮やかな花に包まれた丘をクラネスは歩いて下り、ずっと昔に自分の名前を刻んだことのある小さな木の橋で、泡立って流れるナラクサ川を渡ると、さわさわと音を立てる木立を抜けて、都邑《まち》の門の近くにある大きな石橋に向かった。

全てがかつてのままで、大理石の壁は色褪《いろあ》せず、磨き上げられた青銅像の数々も曇っていなかった。そしてクラネスは、自分が見知っていたものが消えてしまったのではないかと震える必要はないのだと気がついた。何しろ、城壁の歩哨《ほしょう》たちですらも同様で、記憶の通りに今なお若々しかったのである。

都邑《まち》に入り、青銅の門を後にして縞瑪瑙《しまめのう》の舗道《ほどう》を越えていくと、商人たちや駱駝《らくだ》の御者たちは、ここから離れたことなど一度もなかったような様子で、彼を迎えてくれた。

蘭の花冠を戴く祭司たちが、オオス＝ナルガイには時間というものがなく、永遠の若さがあるだけなのだと教えてくれた、ナス＝ホルタースの青緑石《ターコイズ》*5の神殿でも同様だった。

それからクラネスは〈列柱の道〉を通って、交易商人や船乗り、そして海が空と出会う領域からやってきた風変わりな男たちの集う海側の堤防まで歩いていった。

彼はそこに長いことどまり、未知なる太陽の下で波が輝き、海を隔てた遥かな場所からのガレー船が軽やかに進む、明るい港を見渡した。そしてまた、岸辺から堂々と聳《そび》え立つアラン山を見上げて、揺れる木々の緑も豊かな麓《ふもと》の斜面や、空にも届く白い頂《いただ》きをじっくりと眺めた。

数多くの奇異なる物語が聞こえてくる遥かな場所へと、ガレー船に乗って航行してみたいというクラネスの望む思いはこれまで以上に大きくなり、遠い昔に彼を連れて行くことに同意してくれた船長を再び探すことにした。彼はその男、アティブが以前に座っていたのと同じ香辛料《スパイス》の櫃《ひつ》に座っているのを見つけたのだが、アティブはといえば、どれほどの歳月が流れ去ったかも気づいていないようだった。

それから二人は港のガレー船へと小船で移動し、漕ぎ手たちに命令を出して、空に続いている波うねるセレネリアン海*6へと出航した。数日の間、上下に揺れながら水面を滑るように進んでいると、ついには海が空と出会う水平線に辿《たど》り着いた。ガレー船はここでまったく停まらず、ふわふわした薔薇《ばら》色の雲が浮かぶ空の青《あお》の只中へやすやすと浮き上がった。

竜骨の遥か下に、クラネスは風変わりな土地や河川《かせん》、そして並外れて美しい都邑《まち》をいくつも、決して減じることも消えることもないかに思える日射しの中で茫洋《ぼうよう》と広がっているのを見ることができた。

やがてアティブは、彼らの旅が終わりに近づいていることと、間もなく西風が空に流れ込む、あの天上の海岸に建設されたピンク色の大理石の雲の都邑《まち》、セラニアン*6に入港するであろうことを彼に告げた。

しかし、市内で最も高い、彫刻の施された塔がいくつも視界に入った時、宇宙のどこかで音がして、クラネスはロンドンのむさくるしい屋根裏部屋で覚醒めたのだった。

その後何ヶ月もの間、クラネスは瑰麗《かいれい》なるセレファイスの都邑《まち》と、その天空行きのガレー船を虚しく探し求めた。夢は彼を数多くの豪華絢爛かつ前代未聞の場所へと運んでくれたが、出会った人々は一人として、タナリアン丘陵の彼方のオオス゠ナルガイを見つける方法を彼に告げることができなかった。

ある夜、彼はかなりの距離を隔てて点在する弱々しく寂しい野営の焚《た》き火や、先頭の者たちが鈴を鳴らしている奇妙な毛深いものの群れといったものが存在する、暗澹《あんたん》たる山脈の上を飛んでいた。そして、この丘陵地帯の最も荒涼とした地域で、あまりにも遠いので見たことのある者がほとんどいない、尾根や谷に沿ってジグザグに続いている、悍《おぞ》ましい太古の石造り壁ないしは土手道――人間の手では到底積み上げられない巨大なもので、いずれの端も見えないほどの長さがある――を見出した。灰色の夜明け頃にその壁を越えて、彼は古風で趣のある庭園と、桜の木々がある土地にやって来た。そうして日が昇った時、彼は紅白の美しい花々、緑豊かな葉群《はむら》と芝生、白い小道、金剛石《ダイヤモンド》のように光り輝く小川、青い湖、彫刻が施された橋、そして赤い屋根の塔の数々を目にして、しばしの間、セレファイスを忘れてしまうほどの大きな喜びに包まれた。

しかし、赤い屋根の宝塔《パゴダ》に行こうと白い道を歩いている最中に再び思い出し、そのことについて土地の住民に尋ねようとしたのだが、そこには人の姿がなく、見つかったのは鳥や蜂や蝶ばかりだった。

別の夜には、クラネスはじめじめした石造りの螺旋《らせん》階段を際限なく歩き続け、満月に照らし出された広漠な平原と川を見下ろす塔の窓のところにやってきた。川の土手から広がっている静まり返った都邑《まち》の中に、どうも以前に見知った特徴ないしは配置があるような気がした。

降りていってオオス＝ナルガイへの道を尋ねようとしたところ、地平線の彼方のどこか遠い場所から恐ろしい黎明《オーロラ》が音を立てて飛び散って、そこが廃墟《はいきょ》と化した古代の都邑《まち》であり、葦《あし》の生い茂った川の澱《よど》みや、キュナラトリス王が征服地より帰還して神々の復讐を目の当たりにして以来、死がその地に横たわっていることを露わにしたのだった。

かくしてクラネスは、瑰麗《かいれい》なるセレファイスの都邑《まち》と天空のセラニアンへと航行するガレー船を虚しく探し求める一方で、数多くの驚異を目にし続け、一度などは顔の上に黄色い絹の覆面を着け、レンの冷たき不毛の高原にある先史時代の石造りの修道院に独り住まいする、言語を絶する大祭司のもとから辛うじて逃げ出したこともあった。

やがて、彼は日中の寒々とした中断がひどく耐え難くなり、睡眠時間を増やすべく薬物《ドラッグ》を買い始めた。大麻《ハシッシュ》が大いに役立ち、形というものが存在せず、輝く気体が存在の秘密を研究している宇宙の領域に一度、彼を送り出してくれたこともあった。そして、菫《すみれ》色の気体*7から、宇宙のこの領域が無限と呼ばれているものの外側にあることを告げられたのだった。その気体はそれまでに惑星や有機体のことを聞いたこともなかったのだが、クラネスを物質やエネルギー、そして重力が存在する無限に由来する一《いち》であると、単に識別したのだった。

クラネスは今や、光塔《ミナレット》の林立するセレファイスに戻ることを切望するあまり、薬物の投与量を増やしていったのだが、ついには金が尽きて、薬物を買うこともできなくなった。

それから、ある夏の日に彼は屋根裏部屋から追い出され、通りをあてもなく彷徨《さまよ》い歩き、何となく橋を渡ると、家々がまばらになっていく界隈《かいわい》に足を踏み入れた。

そして、願望が充足されたのはそこだった。彼《か》の地へとクラネスを永遠に連れて行くべく、セレファイスからやって来た騎士の行列に遭遇したのである。

彼らは端正《ハンサム》な騎士で、糟毛《かすげ》の馬に跨《また》がり、輝く鎧《よろい》の上に風変わりに飾り立てられた金襴《きんらん》の陣羽織《タバード》［騎士が鎧の上に着用したコート］を纏《まと》っていた。

その数は夥《おびただ》しく、クラネスは彼らを危うく軍隊と見間違えるところだったが、騎士たちの指導者は、自分たちが彼を表敬するべく送られてきたと告げたのだった。夢の中でオオス＝ナルガイを創造した者こそ彼であり、その見返りとして今、永遠にその主神たることが定められたというのである。

その後、彼らはクラネスに馬を与え、行列の先頭に配置した。そして、一行はサリー州［英国南東部の州］の高原を抜けて、クラネスとその先祖たちが生まれた地域[*8]を目指して、堂々と馬で進み続けた。

甚《はなは》だ奇妙なことに、乗手たちが進むにつれて、時を後ろ向きに早駆けするように思われた。

彼らが黄昏《たそがれ》の村を通り過ぎる度《たび》に、チョーサーや彼以前の人々が目にしたかも知れない家屋や村が見えるばかりで、時にはささやかなお付きの者を連れた、馬に乗る騎士を見かけることもあったのである。

暗さが増してくると彼らの速度も増し、ほどなくして不思議にも空中を飛ぶかの如くになった。

仄暗《ほのぐら》い夜明けに到着したのは、クラネスが幼年期に息づいているのを目にしたが、夢の中では眠っているか死んでいるかした村だった。そこは今息づいていて、騎手たちが騒々しく通りを下り、夢の深淵に終わっている小道に入っていくのを、早起きした村人たちが礼儀正しく見送った。

クラネスはそれまで、その深淵には夜にしか入ったことがなかったので、日中はどのように見えるのだろうかと思い、行列が断崖の縁《へり》に近づくにつれて熱心に目を見張った。

彼らが上り坂を絶壁に向けて早駆けしたまさにその瞬間、東方のどこかから黄金《きん》色の眩《まぶ》しい光が射して、全ての景観をその輝きの掛け布《ドレープ》で覆い隠した。

深淵は今や薔薇色と紺碧に光り輝く、煮えたぎる混沌《こんとん》と化し、随行の騎士が断崖の縁を越えて、きらめく雲と銀色の輝きの中を優雅に舞い降りていった。騎手たちの降下は終わることなく続き、乗馬たちは黄金《きん》の砂上を疾走するかのようにエーテルを掻《か》いた。

やがて、光を放つ靄《もや》が散り散りになって露《あら》わとなったのは、さらに壮麗なる光輝――セレファイスの都邑《まち》の光輝であり、その彼方の海岸、海を見下ろす雪を戴く孤峰、そして港から出航して海と空が出会う遥かな領域を目指す、派手に彩色されたガレー船の数々なのだった。

そしてクラネスはその後、オオス゠ナルガイとその近隣の夢の領域を全て統治し、セレファイスと雲で形作られたセラニアンにおいて交互に宮廷を開いたのだった。

彼は今もそこに君臨し、永遠に幸せに君臨するのだろうが、インスマス[*9]の絶壁の下では、夜明けに半ば無人の村をよろめきながら通り抜けていった浮浪者の死体を、海峡の波が嘲《あざけ》るように弄んでいた。

嘲るように弄んだ後は、著しく肥え太って、殊《こと》の外《ほか》侮辱的な百万長者のビール醸造業者が、金で手に入れた没落貴族の雰囲気を楽しんでいる、蔦に覆われたトレヴァー・タワーズ[*10]の近くの岩場に、それを打ち上げたのだった。

訳注

1 ガレー船 galleys
帆走ではなく、船倉に漕ぎ手が配置され、両舷から突き出された櫂《かい》で進むタイプの船。紀元前二〇〇〇年代には既に存在しており、地形が入り組み、安定した風の吹かない地中海やバルト海などで近代まで重宝された。プトレマイオス朝エジプトでは、犯罪者や奴隷が漕ぎ手として使われていたという。

2 夢見人《ドリーマー》 dreamer
英語としては「夢想家」の意味合いが強いが、本作以降のＨＰＬの幻夢境《ドリームランド》ものでは、夢の中で思い描いたものが幻夢境《ドリームランド》で実体化する、ある種の特殊能力者のニュアンスを帯びるので、夢見人《ドリーマー》の訳語を宛てた。

3 タナリアン丘陵、オオス＝ナルガイの谷、セレファイス Tanarian Hills, the Valley of Ooth-Nargai, Celephaïs
本作が初出の地名。

4 光塔《ミナレット》 minarets
イスラム教の寺院に付随する尖塔で、「火や光を灯《とも》す場所」を意味するアラビア語の「マナーラ manāra」が転訛したもの。形状は角柱状、円柱状、その折衷がある。

5 ナス＝ホルタース Nath-Horthath
本作が初出の神性。「未知なるカダスを夢に求めて」において〈大いなるものども《グレート・ワンズ》〉と併記された際、彼らの一部のような書かれ方がされていないので、別カテゴリの存在なのかもしれない。『クトゥルフ神話TRPG』のゲームデザイナーであるサンディ・ピーターセンは、『クトゥルフ・モンスターガイド』第2巻においてナス＝ホルタースの外見を金髪で肌が黒く、瞳のない銀色の目を持つ人間として描写し、一頭のライオンを常に連れていると設定した。これを受けたか、ジョン・R・フルツとジョナサン・バーンズの「ハイパーボリアの魔術師たち Wizards of Hyperborea」では、〈天のライオン〉ナス＝ホルタースは古代ヒュペルボレイオスでも崇拝され、月の隠れ家から人々の夢を見守り、時折、悪夢を退けるべく黒い影のようなライオンを下界に送り込むとされる。

6　セレネリアン海、セラニアン　Cerenerian Sea, Serannian

いずれも本作が初出の地名。日本語訳すると一見、セレファイス Celephaïsのヴァリアントのように見えるが、実際の綴りを見ると必ずしもそうではないとわかる。

7　菫《すみれ》色の気体　a violet-coloured gas

本作が初出の存在。「未知なるカダスを夢に求めて」にも登場する。オーガスト・W・ダーレスとマーク・スコラーの合作「星の忌み仔の棲まうところ The Lair of the Star Spawn」（邦題は「潜伏するもの」）が初出の〈旧き神《エルダー・ゴッズ》〉は紫と白の強い光を放つ巨大な光柱の姿と描写されており、関連があるのかもしれない。

8　地域　the region

「未知なるカダスを夢に求めて」では、クラネスの故郷は少し前に言及のあるサリー州ではなく、英国の南西の端に位置するコーンウォール州となっている。

9　インスマス　Innsmouth

ワードとしては本作が初出。ただし、本作では明らかに英国内の地名で、「未知なるカダスを夢に求めて」の記述と併せると、コーンウォール州の漁村らしいとわかる。「-mouth」というのは河口の街・村であることを意味する地名接尾辞で、コーンウォール州にあるファルマスや、HPLが自身の父祖の地として関心があった、東隣のデヴォン州のプリマスを意識した地名なのかも知れない。とりわけプリマスはピルグリム・ファーザーズの出発港で、マサチューセッツの最初の入植地の名前となった、アメリカ人にとっては特別に思い入れのある地名である。なお、マサチューセッツ州にはファルマスも存在する。

10　トレヴァー・タワーズ　Trevor Towers

本作では特に説明がないが、「未知なるカダスを夢に求めて」では、覚醒《めざ》めの世界でのクラネスが生まれ育った屋敷の名前となっている。塔をいくつか備えた城館だったのだろうが、ビール醸造業者の手に渡ったようだ。

忘却より《エクス・オブリビオン》

EX Oblivione

（ウォード・フィリップス名義）

1920-1921

最期の日々が近づき、犠牲者の肉体の一点に小さな水滴を絶え間なく落とし続ける拷問でもあるかのように、生につきまとう厭《いと》わしくも些末《さまつ》なあれこれが私を狂気に駆り立て始めたので、私は睡眠という輝かしい逃避に耽《ふけ》るようになった。

夢の中で私は、現《うつつ》の生で虚《むな》しく探し求めた美のいくばくかを見出《みいだ》し、古さびた庭園や魅惑的な森を彷徨《さまよ》い歩いた。柔らかくも香《かぐわ》しい風が吹いた時には、南方の呼び声に耳を傾けて、見知らぬ星々の下をどこまでも気怠げに航海した。

しめやかな雨が降った時には、陽《ひ》の射《さ》さぬ地の底の河を遊覧船《バージ》で下って、真珠色にきらめく花園があり、萎《しお》れることのない薔薇《ばら》が咲き誇る、紫色の薄明かりに照らされた別世界へと到《いた》った。影深い森や廃墟《はいきょ》へと続く黄金《きん》色の谷間を通り抜け、年古《としふ》りた葡萄蔓《ぶどうづる》がはびこる重厚な草木の壁と、それを穿《うが》つ小さな青銅の門扉《もんぴ》に突き当たったこともあった。

私はその谷を幾度も歩き過ぎては、虚《うつ》ろな薄明かりの中、グロテスクにねじくれた巨大な木々や、その幹と幹の間に広がるじめついた灰色の地面、埋もれた神殿の黴土《かびつち》に汚れた石が露出しているいくつかの場所で、いよいよ長い時間を費やしたものだ。そして、私の幻夢は常に、葡萄蔓が生い茂る重厚な壁の青銅の小さな門扉のところが終着点になるのだった。

ややあって、いよいよ数を減らしゆく覚醒《かくせい》の日々の、どんよりした単調さがいよいよ耐え難いものとなってくると、私はしばしば阿片《あへん》に安らぎを求めては谷間や影深い森を訪《おとな》い、この場所に自らの終《つい》の棲《すみ》家《か》を勝ち得て、物珍しさも目新しさも失われてしまった退屈な世界へともう二度と這《は》い戻らずに済ませる術《すべ》はないものかと自問した。

そして、重厚な壁の小さな門扉を目にした時、ひとたび中に踏み入れば二度と戻ることのかなわぬ夢の土地が、その向こう側に横たわっていると感じたのである。

かくして夜毎《よごと》の眠りの中、蔦《つた》が這う年古《としふ》りた門扉の、秘密の錠を努めて見つけ出そうとしたものの、それはきわめて巧妙に秘《かく》されていた。それで私は、壁向こうの領域はただ果てしなく広大なだけではなく、より麗しく燦然《さんぜん》たる場所なのだと自分に言い聞かせたものだった。

その後、夢の都邑《まち》であるザカリオン[*1]で過ごしたある夜のこと。その都邑に古くから棲んでいて、あまりにも賢明であったため覚醒の世界に生を享《う》けたことのない、夢の賢人たちの記憶がびっしりと書き連ねられた、黄ばんだパピルスを私は見出した。パピルスには、夢の世界について多くのことが書かれていたのだが、黄金《きん》色の谷間、いくつかの神殿がある神聖な森、そして青銅の小門が道を穿《うが》つ高い壁にまつわる古譚《こたん》も、その中に含まれていた。

この古譚が、私が足繁《あししげ》く通いつめている場所に触れたものだとひと目でわかったので、私は長い時間をかけて黄ばんだパピルスに読み耽った。

夢の賢人たちの幾人《いくたり》かは、不帰《かえらず》の門扉を越えた先にある驚異の数々の豪華絢爛ぶりについて書き記していたが、他の者たちは恐怖と失望を伝えていた。いずれを信じるべきなのかはわからなかったものの、未知の土地へと永遠に赴《おもむ》くという渇望はいや増すばかりだった。

何となれば、疑問と秘密こそは蠱惑《こわく》の中の蠱惑であり、いかなる新しい恐怖があろうとも、日々だらだらと続く無聊《ぶりょう》という責め苦よりも恐ろしいということはあり得ぬのだから。

そのようなわけで、門扉の鍵を開け、そこを通り抜けさせてくれる薬品があることを知った私は、次に覚醒《めざ》めた時にそれを服用しようと心に決めたのである。


昨夜、その薬を嚥《の》んだ私は、黄金《きん》色の谷間と影深い森の中へと夢心地で漂い出した。やがて年古《としふ》りた壁のところにやってくると、青銅の小門が半開きになっているのが見えた。

その向こう側からは燃え立つような輝きが差し込み、この世ならぬ光に照らし出される、ねじくれた巨木の群れや土に埋もれた神殿の先端部が垣間《かいま》見えた。それで私は、二度とそこから戻ることのできぬ土地の栄光への期待に胸を膨らませ、歌いながらそこに入り込んだのである。

だがしかし、門扉がさらに大きく開いて、薬物と夢の魔力が私をぐいと先に押し進めた時、あらゆる風景も栄光も失《う》せ果ててしまったことを私は悟った。

何となれば、新たに開けたかに見えた領域は、陸地でもなければ海でもなく、無人無辺の白々しい空虚が広がるばかりだったからである。

かくして、ほんのわずかな間、孤寂《こじゃく》な刻《とき》の只中《ただなか》に、悪霊《ダイモーン》めいた生へと呼び寄せられていた私は、かつて大胆にも望んだ以上の幸せに包まれて、水晶の如《ごと》く澄みきった忘却という無限の故郷へと、今一度溶け込んでいったのである。

訳注

1　ザカリオン　Zakarion
本作のみで言及される夢の都市。

キングスポートのモチーフになったマーブルヘッドの、なだらかな上り勾配の町並み（撮影：森瀬 繚）

グロスターのケープ・アンにおける、1623年の上陸を記念する銘板が据え付けられたタブレット・ロック（撮影：森瀬 繚）

イタリア風の高級住宅が立ち並ぶ、ボストンのビーコン・ヒル（撮影：森瀬 繚）

イラノンの探求《クエスト》

The Quest of Iranon

1921

花崗岩《かこうがん》の都邑《まち》、テロス*1に彷徨《さまよ》い込んだ若者は、蔓《つる》の頭飾りを戴《いただ》き、黄色い髪を没薬《ミルラ》*2で輝かせ、紫色の外衣《ローブ》は古さびた石橋の渡ったところに聳《そび》えるシドラク山の茨《いばら》に裂かれていた。

テロスの人々は陰気で厳《いかめ》しく、角張った家々に棲《す》んでいた。そして彼らは眉《まゆ》をひそめ、異邦人にどこから来たのか、名前と富はどのようなものなのかと尋ねた。すると、若者はこのように答えた。

「私はイラノン、ほんの少ししか思い出せないのだけれど、再び見つけ出そうとしている遥か遠い都邑《まち》、アイラからやって来ました。私は遥か遠い都邑《まち》で習い覚えた歌の歌い手で、職業は子供の頃の記憶に残っているもので美を生み出すことです。富と言えるものは、ちょっとした思い出や夢くらいのものでしょうか。そして、月が若く西の風が睡蓮《すいれん》の蕾《つぼみ》を揺らす時に、庭園で歌うことを望みます」

テロスの人々はこれを聞き、互いに囁《ささや》き交わした。花崗岩の都邑《まち》には笑いも歌もなかったが、厳《いかめ》しい人々は春にカルティアン丘陵を見て、旅人が語る遠きオオナイのリュートに思いを馳《は》せることがあった。

そして、彼らは若者の裂けた外衣《ローブ》の色も、髪の没薬《ミルラ》も、蔓葉《つるば》の頭飾りも、朗々たる声の若々しさも気に入らなかった。異邦人にムリンの塔の前の広場に留《とど》まり、歌うよう命じることにした。

夕方になるとイラノンは歌い、彼が歌う間に一人の老人が祈りを捧げ、盲人が歌い手の頭上に光背《ニンバス》*3が見えると言った。しかし、テロスの人々の大部分はあくびをして、笑う者もいれば、眠ろうと立ち去る者もいた。イラノンは思い出と夢、希望のことだけを歌い、有益なことを口にしなかったのである。

〈私は黄昏《たそがれ》と月、低く静かな歌、そしてあやされて眠りについた窓辺のことを覚えている。窓の向こうには、黄金《きん》色の光が射《さ》し込み、大理石の家々の上で影が揺れる通りがあった。床の上を四角く照らす月光は他の光とは違っていて、母が私に歌いかけた時、月光の中で踊った様々な幻のことを覚えている。また、夏の色とりどりの丘の上に輝く朝の太陽のことを、そして木々を歌わせる南風に運ばれる花々の甘い香りのことを覚えている〉

〈おお、アイラよ、大理石と緑柱石の都邑《まち》よ、お前の美は何と多いことか！　水晶のように澄みきったニトラ川の向こうの生気あふれる香《かぐわ》しい木立や、緑豊かな谷を流れるクラ川の滝を、私はどれほど愛していたか！　木立や谷の中で、子供たちは花輪を編み交わし、夕暮れ時には蛇行するニトラ川が星々の帯を映し出すのを眺めつつ、山上のヤスの木々[*4]の下《もと》で不思議な夢を見たものだった〉

〈そして市内には、黄金《おうごん》の円蓋《えんがい》と彩色された壁、そして空色の池と澄みきった噴水がある緑豊かな庭園のある、縞模様の大理石の宮殿がいくつも建っていた。私は庭園で遊び、池を歩いて渡り、木陰の青白い花々の中に寝そべって夢を見もした。そして日没には、長い山道を城塞や開けたところまで登ってゆき、黄金《きん》色の焔《ほのお》の帳《とばり》に覆われて壮麗な、大理石と緑柱石の魔法の都邑《まち》、アイラを見下ろすこともあった〉

〈幾久しくお前を恋しく思う、アイラよ、私らが流亡の身となった時、私はまだ若かったのだ。だけど、私の父がお前の王であり、運命がそう定めるからには、私はお前のもとに再び赴《おもむ》くだろう。私は七つの地の全てにお前を探し求め、いつの日にか、お前の木立や庭園を、お前の通りや宮殿を治め、私が何処《いずこ》の地のことを歌っているのかを知り、笑うこともなく、背を向けることもしない人々に歌うことになるのだ。私はイラノン、アイラの王子なのだから〉

その夜、テロスの人々は異邦人を厩《うまや》に泊まらせ、朝になると彼のもとに執政官《アルコーン*5》がやってきて、靴直しのアトクの店に行き、徒弟奉公をするように告げた。

「でも、私はイラノン、歌の歌い手です」と、彼は言った。「靴直しの商いに関心はありませんよ」

「テロスに在る者は全て、骨を折って働かねばならぬ」と、執政官は答えた。「それが法なれば」

するとイラノンは言った。

「どうして骨を折って働くのですか。生きて、幸せになるためではないのですか。もしあなたがたが、骨を折って働くためにのみ働くのなら、あなたがたはいつ幸せになれるのですか。生きるために働くのだとしても、人生とは美しさと歌で出来ているのではありませんか。それにもし、あなたがたの中に歌い手がいないのなら、あなたがたの苦しい労働の成果はどこにあるのでしょう。歌もなしに骨を折って働くなど、終わりのない退屈な旅のようなものです。死んだ方がましなのでは？」

だが、執政官は不機嫌になり、その意を汲《く》むことはなく、異邦人を叱責した。

「そなたは奇態《きたい》な若者で、我輩《わがはい》はそなたの顔も声も気に食わぬ。そなたが口にした事は冒瀆《ぼうとく》的だ。テロスの神々は、骨を折って働くことこそ善なりと申されているのだから。我らが神々は、我らに死の彼方《かなた》にある光の安息所を約束しておられる。そこには終わりなき休息があって、その透明な冷たさの中にあっては心が思考に、目が美しさに煩《わずら》わされることはないのだ。されば、靴直しのアトクのもとに行くか、さもなくば日没までに都邑《まち》から出ていくが良い。ここでは皆奉仕せねばならず、歌は愚行なのだ」

かくしてイラノンは厩から出て、春の微風の中、何かしらの緑を探して、花崗岩造りの陰気で角張った家々に挟まれた狭苦しい石の通りを歩いた。しかし、テロスには緑がなく、全てが石で造られていた。

人々は眉をひそめたが、ゆっくり流れるズロ川沿いの石造りの堤防に腰をおろした一人の若き少年が、雪解けの増水によって丘陵から流れ降ってくる緑の新芽のついた枝を、悲しい目で盗み見ていた。

そして、その少年は彼にこう言った。

「あなたは、執政官が言ってた、美しい土地の遥かな都邑《まち》を探しているって人ですよね？　僕はロムノド、テロスの民として生まれたんだけど、花崗岩の都邑《まち》の習わしでは大人じゃなくて、美しさや歌がある暖かな木立や遠くの土地に毎日のように憧《あこが》れているんです。カルティアン丘陵の向こうには、皆が声を潜めて美しくもあれば恐ろしくもあるって話してるリュートと踊りの都邑《まち》、オオナイがあるんです。道がわかるほど大きくなったら、僕はそこに行くつもりなんだけど、あなたが歌って、それを人に聴いて欲しいのなら、あそこに向かうべきですよ。僕たち、テロスの都邑《まち》を出て、春の丘で一緒に旅をしませんか。あなたが旅のやり方を教えてくれるなら、僕は星の一つ一つが夢見人《ドリーマー》の心に夢を運んでくれる晩に、あなたの歌に耳を傾けますよ。それに、ひょっとしたらリュートと踊りの都邑《まち》、オオナイこそが、あなたの探す美しいアイラなのかもしれません。あなたはもうずいぶんと昔からアイラがどうなっているのか知らないということですし、名前というものはよく変わるものですからね。さあ、オオナイに行きましょうよ、ねえ、黄金《きん》色の頭のイラノン。あそこなら、人々は僕たちの憧れをわかってくれて、同胞として歓迎してくれますよ。僕たちの言うことを笑ったり眉をひそめたりすることもなく、ね」

するとイラノンはこう答えた。「その通りだね、ちびくん。この石造りの場所にもしも美を望む人間がいるなら、山々やその彼方を探すに違いないだろうし、私だってこのゆっくりと流れるズロ川のそばに、きみを思い焦がれたままで残していったりはしないよ。だけど、カルティアン丘陵のすぐ向こうや、きみが一日、一年、さもなくば五年の旅で行けるどんな場所であれ、そうした喜びや理解が得られると考えてはいけないな。いいかい、きみのように小さかった頃、私はクサリ川のほとりにある極寒のナルトスの谷に住んでいたんだ。そこでは、私の夢に耳を傾ける者は誰もおらず、大きくなったら南の丘陵のシナラに行って、市場で笑うヒトコブラクダに乗った商人たちに歌いかけるんだと、自分に言い聞かせていた。でも、いざシナラに行ってみれば、ヒトコブラクダの商人なんてどいつもこいつも、酔っぱらいの下品な連中でね、彼らの歌は私のものとは違うってわかったんだ。それで、私は縞瑪瑙《しまめのう》の壁に囲まれたジャレンまで、クサリ川を荷船《バージ》で下っていった。でもって、ジャレンの兵士たちに笑われた挙げ句、追い払われてね、他の多くの都邑《まち》を彷徨《さまよ》うことになったのさ。私は、大瀑布《だいばくふ》の下にあるステテロスを見たし、かつてサルナスがあった沼地を見たこともある。うねうねと曲がりくねったアイ川沿いにあるトラアやイラルネク、そしてカダテロン[*6]にも行ったし、ロマールの地にあるオラトエ[*7]には長いこと住んでいた。時には耳を傾けてくれた人もいたけれど、ごくわずかな人数だったし、私が歓迎されるのは、父がかつて王として統治した大理石と緑柱石の都邑《まち》、アイラだけだとわかっているのさ。だから、カルティアン丘陵を越えたところにある、遠くのリュートに祝福されたオオナイを訪れてみるのも良さそうだけれど、私たちはアイラを探そう。あそこは確かにアイラかもしれないけれど、私はそうは思わない。アイラの美しさは想像を絶するもので、誰しも有頂天にならずにそれを語ることもできない。その一方で、ラクダの御者たちは意地の悪い目つきでオオナイの話をするのだから」

日が暮れると、イラノンと小さなロムノドはテロスから出ていき、緑豊かな丘陵と涼しい森林の中を長いこと放浪《ほうろう》した。道は荒れ果ててわかりにくく、リュートと踊りの都邑《まち》、オオナイに近づいているようには思えなかった。しかし、星々の出てきた夕暮れには、イラノンがアイラとその美しさについて歌ったので、ロムノドは耳を傾け、二人ともそれなりに幸福だった。

果物や赤い実をたっぷり食べて、時が過ぎるのも気にしなかったが、何年も過ぎ去ったはずだった。ちびのロムノドはもはやちびではなく、甲高かった声は太くて低いものとなったが、イラノンは常に変わらぬ姿で、黄金色《きん》の髪を森の中で見つけた蔓と、香り高い樹脂で飾っていた。

かくしてある日、イラノンがゆっくり流れる石造りの堤防のあるズロ川の傍らで、テロスに流れてきた緑の新芽のついた枝を見つめているところを見出《みいだ》した時、とても小さかったロムノドは、イラノンよりも年長に見えるようになったのだった。

やがて、月が満ちたある夜のこと、旅人たちは山の尾根にやってきて、オオナイの無数の灯《ひ》を見下ろした。農民たちからは近くにいると聞かされたが、イラノンはそこが故郷のアイラでないと悟った。オオナイの灯はアイラのそれとは異なり、ぎらついてけばけばしかったのだが、アイラの灯は昔日《せきじつ》にイラノンの母が歌いながら彼を寝かしつけた、窓辺の床を照らす月明かりのように、優しく魔法のように輝いたものだった。とはいえ、オオナイはリュートと踊りの街なので、イラノンとロムノドは険しい斜面を下っていき、歌や夢が喜びをもたらすだろう人々を見つけようとした。

そして、彼らが街にやってくると、薔薇《ばら》の花冠を身に着けて浮かれ騒ぐ者たちが、家から家へと踊り回り、窓やバルコニーから身を乗り出しているのを目にした。彼らはイラノンの歌に耳を傾け、聴き終えると花を投げて拍手喝采《かっさい》した。それで、束の間ではあるが、イラノンは自分と同じように考えたり感じたりする人々を見出したと信じたのだが、都邑《まち》はアイラの百分の一も美しくはなかった。

夜が明けた時、イラノンは狼狽《ろうばい》して周囲を見回した。オオナイの円蓋は日射しを浴びても黄金《きん》色に輝かず、灰色で陰気だった。それに、オオナイの人々は、アイラの晴れやかな人々とは違って享楽《きょうらく》のあまり青白く、葡萄酒の飲み過ぎでぼんやりし、アイラの輝かしい人々とは似ても似つかなかったのである。

それでも、人々が彼に花を投げ、その歌を絶賛したので、イラノンは街の歓楽を気に入り、黒い髪を薔薇や銀梅花で飾ったロムノドと一緒にこの街に留まった。

夜になると、イラノンは浮かれ騒ぐ人々に歌ったものだが、彼は以前から常にそうしていたように山の蔓だけを頭に飾り、アイラの大理石の通りや澄みきったニトラ川のことを思い出していた。

フレスコ画が飾られた君主の広間にて、鏡張りの床に置かれた水晶の演壇上で彼は歌を披露した。

彼が歌うと聴き手の心には様々な情景が浮かび、彼に薔薇を投げつける葡萄酒に顔を赤らめた酒宴の参加者たちではなく、往古の美しい半ば記憶に残るものが床に映じると思えるまでになった。

そして、王は彼の紫色の襤褸《ぼろ》を取り去り、繻子《しゅす》織りの金糸の衣服を纏《まと》わせ、緑色の翡翠の指輪の数々と、淡《あわ》く色付けられた象牙の腕輪を着けさせると、黄金《きん》色で覆われ、つづれ織り《タピストリー》に包まれた房室で、天《てん》蓋《がい》と花を刺繍《ししゅう》された絹の上掛けがある、彫刻を施された香木の寝台に彼を休ませた。

このようにして、イラノンはリュートと踊りの都邑《まち》、オオナイで暮らしていたのである。

イラノンがどれほど長いことオオナイに滞在したのかは知られていないが、ある日のこと、リラニアン砂漠から幾人かの激しく旋回する踊り手たちを、東方のドゥリネンから肌の黒いフルート奏者たちを、王が宮殿に連れてくると、その後、浮かれ騒ぐ人々は踊り手やフルート奏者を相手にそうするほどには、イラノンに薔薇を投げることはなくなった。

そして日々を重ねるにつれ、花崗岩のテロスの小さな少年だったロムノドは、葡萄酒のせいで下品な赤ら顔になり、夢見る回数はどんどん減っていき、イラノンの歌を耳にしてもさほど喜ばなくなった。イラノンは悲しかったが、歌をやめるようなことはせず、夜になると大理石と緑柱石の都邑《まち》、アイラの夢を再び語り聞かせるのだった。やがてある夜のこと、赤ら顔で太りかえったロムノドが、宴会用の寝椅子の芥子《けし》の花があしらわれた絹に包まれて、大きないびきをかき、身をよじって死んだ時、青白く痩《や》せ細ったイラノンは、離れた隅で自分自身に向かって歌っていた。

そして、イラノンはロムノドの墓で涙を流し、かつてロムノドが愛した緑の新芽のついた枝をいくつも撒《ま》き散らすと、彼は絹の衣服とけばけばしい装飾品を外して、来た時のような紫色の襤褸《ぼろ》と、山の新鮮な蔓だけを身に着けて、リュートと踊りの都邑《まち》、オオナイから立ち去り、忘れ去られたのだった。

イラノンは夕焼けの中を彷徨《さまよ》い歩き、彼の故郷と歌と夢を理解し、懐かしんでくれる人々をなおも探し求めた。キュダトリアの全ての都邑《まち》や、ブナズィク砂漠を越えた土地の陽気な顔をした子供たちは、彼の古臭い歌と襤褸《ぼろ》になった紫色の外衣《ローブ》を笑った。しかし、イラノンはこれまで通りの若さをとどめ、黄金《きん》色の頭に蔦の環《わ》を被って、アイラの過去の喜びと未来の希望を歌い続けたのだった。

そしてある夜のこと、彼は流砂の沼地の上の斜面でわずかばかりの群れを飼っている、腰の曲がった不潔な老羊飼いのもとを訪ねた。この男に、イラノンは他の多くの者たちにそうするように話しかけた。

「水晶のように澄みきったニトラ川が流れ、緑豊かな谷やヤスの樹が植えられた丘に小さなクラ川の滝が歌いかける、大理石と緑柱石の都邑《まち》、アイラをどこに見つけられるのか、教えていただけませんか」

これを聞いた羊飼いは、長いこと不思議そうにイラノンを見つめた。その様子はまるで、遠い昔のことを思い出し、異邦人の顔の皺《しわ》の一つ一つや、顔立ちや金髪、蔓葉の冠を確認しているかのようだった。

しかし、彼は老齢で、首を振ってこう答えたのだった。

「ああ、見知らぬ人よ。儂《わし》はまさしく、アイラの名前も、あんたが口にした他の名前も聞いたことがあるが、そりゃあもう遠い昔に耳にしたもんでな。儂が小さかった頃の遊び仲間で、奇妙な夢をよく見ておった物乞いの坊主から聞いたのよ。そやつは、月や花や西風にまつわる長い話をこしらえておった。儂らはそいつのことをよく笑ったもんさ。何しろ、生まれた頃から知っているのに、そいつは自分を王の息子だと思っていたのでな。ちょうどあんたみたいな綺麗な顔をしとったが、莫迦《ばか》なことやおかしなことばかりしておった。で、小さい頃に、自分の歌や夢を喜んで聞いてくれるもんを見つけようと、そいつはどこかに行ってしまったのよ。ありもしない土地のことや、ありえない事について、何度歌って聞かされたかもわからんね！　アイラのことばかり話しておった。アイラだのニトラ川だの、でもって小さなクラの滝だの。昔は王子として暮らしておったというが、このあたりに住んどる儂らはあやつが生まれた時から知っておったのにな。大理石の都邑《まち》だというアイラも、おかしな歌を楽しめる者もおりゃせんのよ。いなくなっちまった儂の昔の遊び仲間、イラノンの夢の中以外にはな」

そして黄昏の中、星々が一つまた一つと現れた。月が沼地に光を投げかける様は、あたかも子供が夕べにあやされながら眠りにつくとき、床の上で揺れているのを目にしたもののようで、そこには致命的な流砂へと歩み入るひどく年老いた一人の男が、襤褸《ぼろ》になった紫色の外衣《ローブ》を纏い、萎《しお》れた蔓葉を戴き、夢が理解されている黄金《おうごん》の円蓋を見上げるが如《ごと》くまっすぐ前を見つめていた。

その夜、青春と美のいくばくかが、旧《ふる》き世界にて喪《うしな》われたのである。

訳注

1 テロス Teloth

このテロスをはじめ、カルティアン丘陵 Karthian hills、オオナイ Oonai、アイラ Aira など、以下の訳注で出典が明示されない地名は全て、本作にのみ登場する。

2 没薬《ミルラ》 the myrrh

没薬樹《もつやくじゅ》などと呼ばれるムクロジ目カンラン科コンミフォラ属の樹木から分泌される樹脂で、「苦味」を意味するヘブライ語ないしはアラビア語などが語源と考えられている。殺菌作用があり、古代から消毒薬、鎮静薬などの用途で用いられてきた。芳香性の精油（エッセンシャルオイル）の原料でもあり、粉にしたものを水蒸気蒸留して製造する。若者が用いているのはこれだろう。

3 光背《ニンバス》 a nimbus

キリスト教圏における神や天使、聖人などが頭部から発しているとされる後光、頭光、頭部光背のこと。転じて、有徳の人間が発する崇高な雰囲気を指す。

4 ヤスの木々 yath-trees

本作が初出の、夢の世界独自の植物。「未知なるカダスを夢に求めて」に登場する、オリアブ島のヤス湖 the lake of Yath と同名だが、関連性は不明である。

5 執政官《アルコーン》 an archon

古典ギリシャ語で「統治者」を意味し、アテナイなどのポリスでは終身の最高官職として設置された。ローマ世界においても、国家の首長を指す言葉として使用される。

6 サルナス、アイ川、トラア、イラルネク、カダテロン Sarnath, river Ai, Thraa, Ilarnek, Kadatheron

「サルナスに到る運命」が初出の地名。

7 ロマール、オラトエ Lomar, Olathoë

「北極星《ポラリス》」が初出の、極北にあるという土地の名前。

ジェレマイア・リー・マンション二階正面の壁に描かれているネプチューンの絵をあしらった、土産物の絵皿（撮影：森瀬 繚）

マサチューセッツ州マーブルヘッド（キングスポートのモデル）にあるハウスミュージアム、ジェレマイア・リー・マンション（撮影：森瀬 繚）

蕃神《ばんしん》

The Other Gods

1921

地球上で最も高い山峰には地球の神々[*1]が住まい、そして彼らは自身を見たと告げる者に容赦しない。かつては低い峰々に住まっていたのだが、平原からやって来た人間たちが岩と雪の斜面を登ってくるようになり、神々を徐々に高い山へと追いやって、ついには最後の頂きを残すのみとなったのである。彼らは以前に住まった山峰を後にする時、自身がそこにいたことを示す徴《しるし》を完全に拭《ぬぐ》い去ったのだが、一度だけ、ングラネクと呼ばれる山の岩壁に、自らの彫像を残したと言われている。しかし今、人間が足を踏み入れない冷たき荒野の中にある未知なるカダス[*2]に神々は赴《おもむ》き、やって来る人間どもから逃れるべきこれより高い峰がないこともあって、頑《かたく》なさを増した。

頑なさを増したのみならず、かつては人間に追いやられるばかりだった彼らの版図《はんと》に今や、人間が訪れることを禁じ、訪れた者には去ることを禁じたのだった。冷たき荒野のカダスのことを知らないのは、人間にとっては僥倖《ぎょうこう》だった。さもなくば、彼らは後先考えずそこに登っていこうとしただろうから。

地球の神々は、時に郷愁《きょうしゅう》に駆られる事があると、静まり返った夜にかつて住んでいた山峰を訪れ、思い出深い斜面で昔日《せきじつ》のように戯《たわむ》れながら、穏やかに涙を流した。

人間は白い雪を戴《いただ》くトゥライ山[*3]で神々の涙を受けるのだが、彼らはそれを雨だと考え、神々の溜息《ためいき》をレリオン山[*3]の悲しげな夜明けの風として耳に受けるのだった。

神々は雲の船で旅をするのを常としていた。それで、賢い農夫たちは、神々は昔のように情け深くはないので、曇りの日には特定の高峰《こうほう》には近づかぬよう言い伝えていた。

スカイ川の彼方《かなた》のウルタール[*4]にはかつて、地球の神々を目にすることに執心《しゅうしん》する老人が住んでいた。『フサンの謎の七書』[*5]を深く究《きわ》めた人物で、凍《い》てつくロマール[*6]の『ナコト写本』[*7]にも精通していた。名前は賢者バルザイ[*8]で、奇妙な日食の日に彼がある山に登った顛末《てんまつ》を、村人たちは語り草にしている。

バルザイは、その往来を教えられるほどに神々について多くのことを知り、彼自身が半ば神とみなされるほどに、神々の秘密の多くを察していた。ウルタールの自由民が、猫の殺害を禁じる驚くべき法律を可決した時、人々に賢明な助言をしたのが他ならぬバルザイだった。そして、聖ヨハネの前夜祭の真夜中に黒猫たちがどこに行くのかを、若き祭司であるアタルに最初に教えてくれたのも彼だった。

バルザイは地球の神々にまつわる伝承を学び、彼らの顔容《がんよう》を見たいという望みを募《つの》らせていた。神々にまつわる大いなる秘密の知識で、自身を彼らの怒りから護ることができると、彼は信じていた。

それで、神々が現れるだろうことを彼が知っていたある夜に、岩がちな高峰、ハテグ゠クラ山[*9]の頂きに登ろうと決意したのだった。ハテグ゠クラ山は、その名前が示すように、ハテグ[*9]を越えた先にある石ころだらけの荒地にあって、沈黙の神殿にそそり立つ岩の彫像の如《ごと》く聳《そび》え立っていた。山頂の周りにはいつも、霧が悲しげな様子でゆらゆらと漂っていた。その霧こそが神々の思い出であり、ハテグ゠クラ山に住まっていた昔日《せきじつ》に、神々はそれを愛《いと》しんでいたのである。

多くの場合、地球の神々は雲の船でハテグ゠クラ山を訪《おとな》っては、青白い靄《もや》を斜面に投げかけ、さやけき月の下《もと》の頂きで、往時を偲《しの》んで舞い踊るのだった。

ハテグの村人たちは、いかなる時であれハテグ＝クラ山に登るのは悪いことであり、淡い蒸気が頂きや月を覆い隠す夜に登るのは命にかかわると言うのだが、弟子である若き祭司、アタルを伴って近傍《きんぼう》のウルタールからやって来たバルザイは、そうしたことを気にも留めなかった。アタルはただの宿屋の主《あるじ》の息子で、時に怖がることもあったが、バルザイの父親は古城に住まう方伯［ドイツの領主貴族の称号、公爵と同格］で、俗信とは無縁の血筋だったので、怖がりな農夫たちを笑うばかりだった。

農民たちの嘆願にもかかわらず、バルザイとアタルはハテグを後にして、石ころだらけの荒地に足を踏み入れ、夜には野営の焚《た》き火の傍らで地球の神々のことを話し合った。

何日もかけて旅を続け、やがて遠くに悲しげな霧の光背が輝く、ハテグ＝クラの高峰が見えてきた。

一三日目、彼らはうら寂しい山の麓《ふもと》に達したのだが、アタルはそこで恐怖を口にした。だが、バルザイは老練にして学識豊かだったので何ら恐れを抱くことなく、黴《かび》の生えた『ナコト写本』に怯《おび》えた筆致で記されているサンスなる人物の時代以来、人間が登ったことのない斜面を、先に立って進むのだった。

山道は岩だらけで、割れ目や崖、落石によって危険きわまるものとなっていた。その後、寒さがきつくなると共に、雪まで降り積もり始めた。バルザイとアタルは幾度も足を滑らせたり、転落したりしながらも、棒や斧で道を切り開き、一歩ずつ進んでいった。

ついには大気が薄くなり、空の色も変わって、登山者たちは呼吸をするのも難しくなってきた。

しかし、彼らはひたすら登り続け、その奇観に驚嘆することもあれば、月が見えなくなって青白い靄が周囲に広がった時に山頂で起きるだろうことに思いを馳《は》せ、心躍らせることもあった。三日間に渡り、世界の屋根を目指して高く、高く、さらに高く登り続け、その後は野営をして月が曇るのを待った。

四日の間、雲は現れず、静まり返った山頂にかかる悲しげな霧を通して、月が冴《さ》え冴《ざ》えと輝いていた。それが五日目の夜――満月の夜に、バルザイは遥か北方に濃密な雲のようなものを目にし、アタルと共に徹夜してそれが近づいてくるのを見守った。濃密にして荘厳なる雲は、ゆっくりと慎重な様子で前進を続け、観察者たちの頭上の高みを取り巻いて、月と山頂を視界から覆い隠した。

たっぷり一時間、観察者たちが注視していると靄が渦を巻き、雲の帳《とばり》はいよいよ厚く、活発になった。バルザイは地球の神々の伝承に精通していたので、何かしら音が聞こえないかと一心に耳を凝らしていたが、アタルは靄の冷気と夜の畏怖を感じて、ひとかたならぬ恐れを抱いた。それで、バルザイがさらに高みへと登攀《とうはん》を開始し、しきりに手招きしても、アタルはしばらく後に続こうとしなかった。

濃密な靄のせいで進むのは困難で、アタルはようやく後に続いたものの、雲でぼやけた月光の下《もと》では、頭上の薄暗い斜面にいるバルザイの灰色の姿が殆《ほとん》ど見えなかった。

バルザイは遥か先を毅然《きぜん》として登り続け、高齢にもかかわらずアタルよりも楽々と登っているようで、よほど強靫《きょうじん》かつ豪胆な人間でもない限り手に負えない、俄《にわか》に険しさを増す山肌を恐れる様子もなく、アタルが辛うじて飛び越えられる黒々とした広い裂け目のところでも足を止めなかった。

かくして彼らは、滑ったりつまずいたりしながらも、岩や深淵を雄々しく乗り越えた。時には、荒涼とした氷漬けの尖峰や沈黙を強いる花崗岩《かこうがん》の絶壁の、広漠さと恐ろしいほどの沈黙を前に、畏怖の念に打たれるようなこともあった。

外側に隆起していて、地球の神々の霊感を得ていない登山者を阻むかに見える悍《おぞ》ましい崖をよじ登っていたバルザイが、忽然《こつぜん》とアタルの視界から姿を消した。アタルは遥か下にいて、そこに辿《たど》り着いたらどうするべきか考えをまとめていたのだが、その時、あたかも雲のかかっていない山頂と月光に照らされる神々の会合の場がすぐ近くにあるかのように、妙に光が強まっていることに気がついた。

そして、隆起した崖と輝く空を目指してよじ登っている間、彼はこれまで感じたことのない慄然《りつぜん》たる恐怖を覚えた。まさにその時、高みの霧を通して、姿の見えないバルザイが喜びも露《あら》わに荒々しく叫ぶのが聞こえてきたのである。


隆起した崖と輝く空を目指して登りながら、彼はこれまで感じたことのない慄然《りつぜん》たる恐怖を覚えた。その時、高みの霧を通して、姿なきバルザイの歓喜に満ちた荒々しい叫びが聞こえてきたのである。

「神々の声を聞いた！　地球の神々がハテグ＝クラで浮かれて歌うのを聞いたのだぞ！　地球の神々の声が、預言者たるバルザイの知るところとなったのだ！　霧は薄く、月も明るいからには、若かりし頃に愛《いと》しんだハテグ＝クラにて、神々が放埒《ほうらつ》に踊る様を目にすることができようぞ！　バルザイの智慧《ちえ》は地球の神々を凌《しの》ぎ、彼の意に背く神々の呪文や障壁は無に等しい！　バルザイは神々、誇り高き神々、秘《かく》されし神々、人に見られることを拒絶する地球の神々を目にするのだとも！」

バルザイが聞いた声はアタルの耳には届かなかったが、彼は今や隆起した崖の近くに辿り着いていて、足がかりがないものかと調べていた。その時、さらに甲高く大きなバルザイの声が聞こえてきた。

「霧がとても薄くなり、月が斜面に影を落としている。地球の神々の声が高く荒々しい、彼らは賢者バルザイ、自《おの》れを凌ぐ者の到来を恐れておるのだ……揺らめく月の光を背にして、地球の神々が踊っている。儂《わし》は、月明かりの中で飛び跳ね咆吼《ほうこう》する神々の踊る姿を目にすることになろうぞ……光は薄暗く、神々は恐れておるのだ……」

バルザイがこうした事を叫んでいる間、アタルは空気の中に霊妙な変化が生ずるのを感じた。それはあたかも、地球の法則がより大きな法則に屈服しているようで、斜面はこれまでより更に急勾配になっていたのだが、上方へと向かう道はひどく登りやすいものとなっていた。隆起した崖にしても、いざそこに辿り着いて膨らんだ岩肌を危なげに這い上がってみれば、さほどの障害ではないことが判明した。月の光は奇妙なほどに弱まっていた。そして、アタルが霧の中を一気に登っていく最中《さなか》、賢者バルザイが影の中で叫びをあげているのが聞こえてきた。

「月は暗く、神々が夜に踊る。空には恐怖があり、人間の書物にも、地球の神々の書物にも予告されざる蝕《しょく》が月を侵《おか》しておるぞ……ハテグ゠クラに未知なる魔法が働いておる、何しろ怯えた神々の悲鳴が笑いに転じ、儂が登っている氷漬けの斜面が黒々とした天へと果てしなく伸びておるのだ……おお！　おお！　ようやくだ！　薄暗い光の中に、儂は地球の神々を見たぞ！」

そして今、想像を絶する急勾配を目眩《めくるめ》きながら這い登っていたアタルは、語られざる悪夢に現れる冥界の火の川《プレゲトーン》*10を除いて、何人《なんぴと》たりとも聞いたことのないような叫び声——苦悩に苛《さいな》まれた生涯を身の毛のよだつ一瞬に押し込めた、恐怖と苦悶の響きが籠もった叫び声——と混ざりあう、忌まわしい笑い声を暗闇の中に耳にしたのだった。

「蕃神《ばんしん》*11ども！　蕃神どもだ！　地球の脆弱《ぜいじゃく》な神々を護る外なる地獄《アウター・ヘル》の神々だ！……目を逸《そ》らせ！……引き返すのだ！……見てはならぬ！……見てはならぬぞ！……無限の深淵の復讐……あの呪われた、あの忌々しい窖《あなぐら》……慈悲深き地球の神々よ、儂は空に堕《お》ちてゆく！」

そしてアタルが目を閉じ、耳を塞《ふさ》ぎ、未知なる高みからの恐るべき引力に逆らって飛び降りようとした時、ハテグ＝クラ山にあの凄絶な雷鳴が轟いて、平原の善良な農夫たちや、ハテグとニルとウルタールの篤実《とくじつ》な自由民たちを覚醒《めざ》めさせ、あのいかなる書物にも予告されていなかった月の奇異なる蝕《しょく》を、雲を通して凝視《ぎょうし》させたのだった。そしてようやく月が現れた時、アタルは地球の神々も蕃神どもも目にすることのないまま、麓を覆う雪の上に無事に降り立っていた。

さて、黴《かび》の生えた『ナコト写本』には、世界が若かりし頃にサンスがハテグ＝クラを登った時、彼が物言わぬ氷と岩以外には何も見出《みいだ》さなかったと記されている。

しかし、ウルタールとニルとハテグの人々が彼らの恐怖を飲み込んで、昼の内に賢者バルザイを探して霊妙な絶壁に登った時、彼らは頂上の露出した岩に、あたかも巨大な鑿《のみ》で刻み込まれたかのような、幅五〇キュビト［時代によって異なるが、一キュビトは概ね五〇センチメートル前後］に及ぶ異様かつ巨大な記号《キュクローピアンシンボル》が彫られているのを見つけた。

その記号は、解読できないほどに古ぶるしい『ナコト写本』の恐ろしい箇所に、学識ある者たちが見出したものとよく似ていた。これこそ、彼らが見つけたものだったのである。

賢者バルザイはついに発見されることなく、いかに説得を受けようとも、聖なる祭司たるアタルには、彼の魂の安らぎを祈ることができなかった。加えて、ウルタールとニル、ハテグの住民たちは今日《こんにち》に到るも蝕《しょく》を恐れ、青白い靄が山頂と月を隠す夜が来る毎《ごと》に祈りを捧げるのだった。

そして、ハテグ＝クラ山の霧の上では、地球の神々が時折、往時を偲んで舞い踊った。

彼らは安全であることを知り、地球がまだ新しく、人間が近づき難い地に登るのを許されていなかった頃のように、未知なるカダスから雲の船でやって来ては、昔日《せきじつ》の如《ごと》く戯《たわむ》れるのを好んだからである。

訳注

1　地球の神々　the gods of earth

大地の神々とも解せるが、「未知なるカダスを夢に求めて」において、地球を含む天体毎《ごと》にそれぞれの幻夢境《ドリームランド》が存在するとの設定が示されるので、このように訳出した。

2　冷たき荒野の未知なるカダス　unknown Kadath in the cold waste

本作が初出。モンゴル語で北極星を表すアルタン・ガダス（金の鋲）から採った名称なのかもしれない。

3　トゥライ山、レリオン山　Thurai, Lerion

本作が初出。「未知なるカダスを夢に求めて」によれば、レリオン山は本作でも言及のあるスカイ川の源流である。

4　スカイ川、ウルタール　the river Skai, Ulthal

「ウルタールの猫」が初出の地名。

5　『フサンの謎の七書』　the seven cryptical books of Hsan

本作が初出の書物。「未知なるカダスを夢に求めて」によれば、本作の後、ウルタールの〈旧きものども《エルダー・ワンズ》〉の神殿に保管されている。オーガスト・Ｗ・ダーレスがＨＰＬの断章をベースに執筆した「暗黒の儀式」では、ミスカトニック大学付属図書館に所蔵され、ブライアン・ラムレイの「妖蛆《ようしゅ》の王」では、英国サリー州の魔術師が所有する。さらに、リン・カーター版『ネクロノミコン』（『魔道書ネクロノミコン外伝』（学習研究社）収録）には、クラーク・アシュトン・スミスの創造した神性ウボ＝サスラが、ケレーノの旧神の図書館から盗み出した〈フナーの印〉が、この神ないしはその落とし子の祭司によって『フサンの謎の七書』に記録されたとある。よく知られる書誌設定は大半が『クトゥルフ神話ＴＲＰＧ』由来で、シナリオ『ニャルラトテップの仮面』で、七冊からなる古代中国語の書物とされた後、二世紀頃にサン・ザ・グレーターが執筆したという設定がルールブックに示された。なお、本作の雑誌掲載時、誤って『大地の謎の七書 The Seven Cryptical Books of Earth』とされたのだが、これは翻訳版の表題としてＴＲＰＧに取り込まれた。日本では、雑誌《TACTICS》一九八九年九月号に掲載された読者投稿記事で、『冱山七密経典《ふさんしちみつきょうてん》』という中国語表題がつけられた。冱山とは「凍るように冷たい」という意味で、レン高原を指す。また、『クトゥルフ・ワールド・ツアー』（ホビージャパン）掲載のシナリオ「師資《もろすけ》捜奇伝」では、『惨之《さんの》七秘《しちひ》聖典《せいてん》』と題する中国語版が鎌倉時代の日本に伝来したとされる。

6　ロマール Lomar
「北極星《ポラリス》」が初出の、極北の土地。

7　『ナコト写本』 Pnakotic Manuscripts
「北極星《ポラリス》」の訳注を参照。

8　賢者バルザイ Barzai the Wise
ジョージ・ヘイ編『魔道書ネクロノミコン』（邦訳は学習研究社）収録の、英国の魔術師ジョン・ディーが英訳したという体裁の『ネクロノミコン断章』には、賢者との関連性は不明だが、バルザイの新月刀《シミター》 Scimitar Of Barzai と呼ばれる魔道具が載っている（同書の邦訳では「偃月《えんげつ》刀《とう》」となっているが、偃月刀は薙刀に似た武器なので不適切）。『ネクロノミコン断章』ではヨグ＝ソトースの召喚儀式やスンガク（「未知なるカダスを夢に求めて」参照）の棲処《すみか》に赴くために用いられる。また、リン・カーター版『ネクロノミコン』では、死者蘇生や墓での幽霊召喚の際、シンボルを描くのに使用される。

9　ハテグ、ハテグ＝クラ山 Hatheg, Hatheg-Kla
ハテグは「ウルタールの猫」が初出だが、その北に位置するハテグ＝クラ山は本作が初出である。

10　冥界の火の川《プレゲトーン》 the Phlegethon
ギリシャ神話において冥界を流れる大河ステュクスの支流の一つで、炎の川。一三世紀イタリアの詩人ダンテ・アリギエーリの『神曲 地獄篇』では、煮えたぎる血の川フレジェトンタ（イタリア語形）として描かれる。

11　蕃神《ばんしん》 other gods
宇宙空間や異次元から到来した、いわゆる「邪神」の呼称。「未知なるカダスを夢に求めて」では、地球の神々の保護者であることが示される。「蕃神」は日本の仏教用語で、異国から到来してその土地に定着した神を指す。

アザトース

Azathoth

（未完の断章）

1922

歳月が世界に降り下り、人の心から驚異の念が失《う》せた。

灰色の都市《まち》が厳《いかめ》しく醜悪な丈高き塔をくすんだ空に聳《そび》え立たせ、その影の裡《うち》にある誰もが、太陽や春の花が咲き乱れる草原を目にすることができなかった。

学問が大地から美という外套《マントル》を引き剝《は》がし、詩人はといえば、ぼんやりと霞《かす》む内向きの目で捉えた、ねじくれた幻影《ファントム》のみを歌うようになった。

こうした出来事が起きて、子供じみた希望が永遠に喪《うしな》われた時、世界の夢という夢が逃げ出した空間へと、人生をかなぐり捨てて、探求の旅に身を委《ゆだ》ねた一人の男[*1]がいた。

この男の名前と住処《すみか》については、所詮は覚醒《めざ》めの世界のみのものであったが故に、殆《ほとん》ど記録に残っていないのだが、いずれにせよはっきりしたものではなかったということだ。

不毛の黄昏《たそがれ》に支配される高い壁に囲まれた都市《まち》に住んでいて、暗がりと喧騒の中で一日中労役に服し、夕方になると、窓の一つが野原や木立に向かってではなく、他の窓がどんよりした絶望の裡《うち》に見つめている薄暗い中庭に面していた部屋に帰宅することを知っていさえすれば、それで充分なのである。

その開き窓[*2]からは壁や窓が見えるだけなのだが、大きく身を外に乗り出せば、通り過ぎてゆく小さな星が空の高みに見えることもあった。

単なる壁や窓といったものは、多くを夢見たり読んだりする者を速やかに狂気へと追いやるに違いなかった。だから、その部屋に住んでいる男は、覚醒《めざ》めの世界と高く聳え立つ灰色の都市《まち》の彼方《かなた》にあるものの欠片《かけら》か何かを垣間《かいま》見ようと、夜毎《よごと》に体を外へ乗り出し、空の高みをじっと見つめるのだった。

幾年《いくとせ》の後、彼はゆっくりとした航海を続ける星々の名前を呼ばわり、彼らが名残惜しげに視界の外へと消えていくと、想像の裡《うち》でそれを追いかけた。ほどなくして、彼の幻視《ビジョン》はやがて、世の常の者たちにその存在が気づかれることのない、数多《あまた》なる秘密の景色を捉えるまでになった。

そしてある夜のこと、巨大な深淵に橋が架けられ、夢に憑かれた空が孤独な観察者の窓辺まで膨らみ落ちて、部屋の重苦しい空気と混じり合い、彼をその素晴らしい驚異に取り込んだのである。

黄金《きん》色の星屑《ダスト》がきらめく菫《すみれ》色の真夜中の、荒々しい流れがその部屋に押し寄せて、星屑《ほしくず》と炎が渦を巻いて窮極《きゅうきょく》の空間から迸《ほとばし》り、世界の彼方よりの芳香をまとって重く立ち込めた。

眠りに誘《いざな》う阿片《オピエート》の海が部屋の中に注ぎ込まれ、目では決して捉えることのできぬ太陽に照らし出され、渦巻きの中には奇異な姿の海豚《いるか》たちや、忘れ去られた深みの海精《ニンフ》たちの姿があった。

音のない無限が夢見人《ドリーマー》の周囲で渦を巻き、物侘《ものわび》しい窓から強張《こわば》った姿勢で乗り出した体に触れることもなく、彼を軽やかに運んでいった。そして、人間の暦では数えることのできぬ日々の間、遥か遠い天球《スフィア》の潮流《ちょうりゅう》が、彼が憧《あこが》れた夢――人が失ってしまった夢に合流させようと、彼を優しく連れて行ったのである。

そして、数多《あまた》の周期が巡る間、彼らは緑色の夜明けを迎えた岸辺に、男を眠らせたままそっと残していった。緑の岸辺には蓮の花の香りが立ち込め、赤いホテイアオイの花が、あたかも星をちりばめたかのようにそこかしこに咲いているのだった。

訳注

1　一人の男　a man
どうやら、「未知なるカダスを夢に求めて」でわずかに言及されるアフォーラトのゼニグ Zenig of Aphorat というのが、この人物の夢の世界での名前であるらしい。

2　開き窓　that casement
主人公が窓から星を眺めるという構図は、「北極星《ポラリス》」に描かれる光景と似通っている。

名状しがたいもの

The Unnamable

1923

私たちはある秋の日の午後遅く、アーカム[*1]の古い墓地で、荒れ果てた一七世紀の墓に座って、名状しがたいことについて思いを巡らしていた。古さびて判読ができなくなっている墓石をその幹が呑《の》み込みかけている、埋葬地の中央に生えている大きな柳の木を見ながら、途方もなく膨らんだ根っこがあの年季の入った納骨堂の地面から吸い上げているに違いない、霊的で語り得ない滋養分について私が怪しげな意見を口にすると、友人は莫迦《ばか》なことを言うものじゃないと私を嗜《たしな》め、そこではもう一世紀に渡って埋葬が行われていないのだから、ごくありきたりな種類のもの以外に、その木の肥やしになるようなものなどあるものかと言うのだった。

その上彼は、「名状しがたい」ことや「語り得ない」[*2]ことについて私がくどくどと書くのは、ひどく幼稚な修辞的技巧であって、作家としての私の地位が低いままなのも宜《むべ》なるかなと付け加えた。私は自身の物語を、主人公《ヒーロー》たちの能力を麻痺《まひ》させ、経験したことを話す勇気や言葉、さもなくば記憶までなくさせてしまうような、光景や音で終わらせるのを好み過ぎるのだとも。

我々が物事を知るのは――と、彼は言った――五感や宗教的な直感によってのみなのだから、そのためには、事実の厳密な定義や神学の正しい教義――なるべくなら、伝統やアーサー・コナン・ドイル卿[*3]が提供してくれる変更を全て反映させた会衆派教会主義の教義――によって、明確に描写できない物体や光景はいかなるものであれ言及することなどできはしないのだ。

このように話す友人、ジョエル・マントン[*4]とは、よくだらだらと論争を交わしたものだった。彼はイースト・ハイスクールの校長で、生まれも育ちもボストンで、人生に繊細な含みをもたせるようなものを拒絶する、ニューイングランド者に特有の独善的な気質を備えていた。彼の見解では、私たちのごく普通の客観的な経験のみに美的な意義が宿るのであり、芸術家の本分というのは、行為や喜悦、驚愕《きょうがく》によって強い感情を掻《か》き立てることではなく、日々の事柄を正確かつ詳細に写し取ることで、控えめな興味と賞賛を維持するべきものだというのである。

彼はとりわけ、神秘的なことや説明のつかないことへの私の興味に反対した。私よりもずっと超自然のものを信じていながら、文学の題材としてごくありふれたものだと決して認めようとしないのである。日々の退屈な繰り返しからの逃避であるとか、いつもは習慣や疲労によって現実存在のありきたりな様式に投げ込まれているイメージの奇抜かつ劇的な再結合にこそ、精神は最大の喜びを見出《みいだ》すのだが、彼の明晰《めいせき》かつ実用的、論理的な知性には、とても信じがたいことなのだった。

彼にとっては、あらゆる事物や感情というものは、大きさや特性、因果関係を固定されたものであり、精神というものが時に、遥かに非幾何学的で分類も実行もできない性質のものを思い描いたり感じたりすることを漠然と知ってはいたものの、平均的な市民が経験も理解もできないあらゆる事物を考慮に値しないものと除外することが正しいのだと信じ込んでいた。加えて、「名状しがたい」ものなど実在するはずがないと、ほとんど確信してもいたのである。彼にとって、賢明なこととは思えなかったのだ。

日の当たる場所に生きる人間を相手取っての、想像的で形而上的な議論がいかに無益なことであるか、私とてよく理解してはいたのだが、この日の午後のやり取りが行われた舞台には、議論好きな私を常になく衝《つ》き動かす何かがあった。崩れかけた粘板岩の墓石や、年古《としふ》りた木々、周囲に広がる魔女に取り憑かれた古い街の、数世紀を閲《けみ》した切妻屋根の数々といったものの全てが、自分の作品を擁護するよう私の心を鼓舞したので、私はただちに敵の領内へと攻め入った。

実際、逆襲を開始するのは難しいことではなかった。ジョエル・マントンが本当のところ、見識のある人々が置き捨てて久しい老婆たちの迷信——遠くの場所で死にかけている人間が現れただの、ある者が一生を通じて見つめ続けた窓に、ありし日の顔の像がそのまま残っているだのといった迷信に、半ば執着していることを知っていたのである。

そこで私は今、田舎のお婆ちゃんたちのこうしたひそひそ話を信じるということは、人間の物質的な片割れとは別個に、その死後にも残留する霊的な物質が地球上に存在していることを信じている証左ではないかと主張した。それは、通常の概念の全てを超越する現象が、信ずるに値するものであることを示す証左でもある。何しろ、死んだ人間が目に見え、触れることのできる自分の像を世界の半分の遠隔地や数世紀にも渡る歳月を超えて送ることができるのなら、打ち捨てられた家々に知覚力を備えた奇怪な存在が溢《あふ》れかえり、古さびた墓地に幾世代にも渡って恐ろしくも実体を持たない知性体がひしめいていると仮定することを、果たして莫迦《ばか》げたことと言えるものだろうか。

そして霊魂について言えば、それに起因するあらゆる現象を引き起こすには、いかなる物理法則にも制限されていないはずなのだ。どうして、霊的に生きている死者が、人間の目撃者にとっては間違いなく確実に「名状しがたいもの」であるに違いない形——あるいは形をとらないもの——をしていると考えるのが法外なことだと思うのか。こうした主題を熟考するにあたって「常識」を持ち出すのは、単に想像力や精神の柔軟性の愚かしい欠如に過ぎないのだと、私はいくらか熱を込めて友人に断言した。今や黄昏時《たそがれどき》が近づいていたが、二人とも話をやめようとはしなかった。

マントンはといえば、私の言い分にも心を動かされなかったようで、疑いなく彼に教師としての成功をもたらした持論に自信を漲《みなぎ》らせ、こちらの主張に反論する気満々だった。私の方も、自分の意見に強い確信を抱き、言い負かされることを恐れはしなかった。

夕暮れの帳《とばり》が降り、遠くに見えるいくつかの窓には仄《ほの》かな灯《あか》りがかすかに輝いていたが、私たちはそこから動かなかった。私たちが座っている墓は実に座り心地が良く、私の面白げのない友人が、木の根に煉瓦《れんが》を崩された古ぶるしい墓穴の裂け目が私たちのすぐ後ろにあることや、街灯の点《とも》った最寄りの道路との間を、崩れかけて打ち捨てられた一七世紀の廃屋に遮られて、その場所が全くの暗闇に包まれていることなど気にするはずもないとわかっていた。

暗闇の中、打ち捨てられた家のそばの割れ目の入った墓の上で、私たちは「名状しがたいもの」について話を続けた。そして、友人が混ぜっ返すのを終えると、私は彼が特に物笑いの種にした自分の物語の背後にある、恐ろしい証拠について彼に話して聞かせたのである。

私が書いたその物語は「屋根裏の窓」という題名で、〈ウィスパーズ〉[*5]の一九二二年一月号に掲載された。非常に多くの場所、とりわけ南部と太平洋沿岸では、愚かな腰抜け《ミルクソップ》どもの苦情で掲載誌が売店《スタンド》から引っ込められてしまったのだが、ニューイングランド者はスリルを覚えるでもなく、その途方もない内容に肩をすくめただけだった。

そんなものは生物学的にありえないと開口一番に断言され、コットン・マーザー[*6]がまんまと騙《だま》されて、混乱した『アメリカにおけるキリストの大いなる御業《マグナリア・クリスティ・アメリカーナ》』に吐き出した頭のおかしい田舎の妄言に過ぎず、そのマーザーですらも信憑《しんぴょう》性が乏しくて怪異が発生した土地の名前を敢《あ》えて公にしようとしなかった話でしかないというわけだ。

そして、昔の神秘家がざっくり書き留めたものを私が膨らませたやり方については――全くもってどうしようもない、軽はずみで非現実的な三文文士ならではの仕事と評されたのである！

マーザーは確かにそうした存在が生まれたと書いているが、それが成長し、夜に人家の窓を覗《のぞ》き込み、肉体的にも霊的にも家の屋根裏部屋に潜み、数世紀後にそれを窓に見た者が、何が自分の髪を灰色に変えてしまったのか説明できないなどという話を、安っぽい煽情《せんじょう》小説家以外の誰が考えつくだろうか。

こんなものは下らないゴミだ、我が友マントンは速やかにそう主張した。

そこで私は、今座っているところから一マイル〔約一・六キロメートル〕も離れていないところにある屋敷の古文書の中から探し出した、一七〇六年から一七二三年の間に書き留められた古い日記中に見出した事と、日記に記されている通り、私の先祖の胸と背中に事実、傷跡があったことを話した。

そのあたりの他の住民たちが恐れていたことや、いかに彼らが何世代にも渡って声を潜めて伝えられ、そこにあると思《おぼ》しいある痕跡を調査しようと一七九三年に廃屋に入り込んだ少年が、作り話などではない狂気に陥ってしまったことについても、私は話してやったのである。

何とも気味の悪いことだった――感受性の強い学究《がっきゅう》たちが、マサチューセッツのピューリタン時代に怖気《おぞけ》を震うのも無理はない。水面下で何が起きていたのかは殆《ほとん》ど知られていないのだが――殆ど知られていないとはいえ、時折、不快にも垣間《かいま》見えるものの中では、ぞっとするような膿瘡《のうそう》が、腐りながら泡立ち続けているのである。妖術《ウィッチクラフト》の恐怖は、人間の押し潰《つぶ》された脳味噌の中で煮立っているものを照らし出す恐るべき熱線なのだが、それすらも些細なことだった。

そこに美しさはなく、自由もなかった――今に残っている建築物や住居、そして偏狭な聖職者たちの不愉快きわまる説教から、そうしたことが窺《うかが》える。そして、錆《さ》びついた鉄の拘束衣の中には、埒《らち》もないことを口走る悍《おぞ》ましさ、倒錯、そして悪魔主義が潜んでいたのである。

まさしくここにこそ、名状しがたいものの極致があったのだ。

コットン・マーザーは、何人《なんぴと》たりとも暗くなってから読むべきではない悪魔的な六冊目の著書の中で、歯に衣を着せず呪詛《アナテマ》を吐き散らしている。ユダヤ人の預言者のように容赦なく、彼の時代以降、誰にも真似《まね》できずにいるぶっきらぼうな平静さで、獣以上だが人間以下の存在――片目が潰《つぶ》れたもの――を生み出した獣のことや、そのような目を持っている廉《かど》で絞首刑にされた、叫びをあげる酔っぱらいの卑劣漢のことについて書いていた。

これほどあからさまに語りながらも、その後に起こったことについては何ひとつ仄《ほの》めかされていなかった。おそらく彼は知らなかったのか、知っていても敢えて語らなかったのだろう。

他の者たちは知っていたが、敢えて語らなかった――忌避された墓のそばに名前の書かれていない粘板岩の墓石が置かれた、子供がおらず無一文の、偏屈な老人の家で、屋根裏部屋への階段に通じる扉が施錠されていたことについて声を潜めて噂されていた理由はおおっぴらに仄めかされなかったが、いかに淡白な者であれ、その血を凍らせるに足る摑《つか》みどころのない伝説を遡《さかのぼ》ることはできるかも知れない。

私が見つけた先祖の日記には、そうしたことの全て——夜の窓辺や森の近くの人気のない草原で目撃された、片目が潰《つぶ》れた存在にまつわる、声を潜めた中傷や内密の打ち明け話が書き留められている。何かが暗い谷間の道で私の先祖を捕らえて、胸には角《つの》の痕《きずあと》を、背中には類人猿じみた爪の痕を残したのだが、人々が踏み荒らされた砂塵の中に足跡を探した時、先の割れた蹄《ひづめ》と、類人猿じみたはっきりしない足跡が入り乱れているのが確認されたという。一度などは、騎馬の郵便配達員が、夜明け前の薄い月明かりの下《もと》のメドウ・ヒルで、一人の老人が恐ろしくも飛び跳ねて回る名状しがたいものを呼ばわりながら追いかけているのを目にしたと話し、多くの者たちが彼の話を信じたのだった。

実際、子供がおらず、無一文の老人が、名前の書かれていない粘板岩の墓石が見える自宅裏の墓窖《はかあな》に埋葬された一七一〇年の夜、奇妙な話があった。人々はそこの屋根裏部屋の鍵を開けず、家全体に手をつけず、恐れられて人の寄り付かないままに残したのである。その家から物音が聞こえると、人々は声を潜めて囁《ささや》き交わし、身震いして、屋根裏部屋の扉の鍵がしっかりかかっていることを祈るのだった。

やがて牧師館で怪異が起こり、生存者は勿論、死体の一片も残らなかったので、人々の望みは潰《つい》えた。幾星霜《いくせいそう》を経て、伝説は怪談じみた様相を帯びた——ともあれ、生き物だったにせよ、そいつは死んだに違いない。記憶は悍《おぞ》ましくも後を引き——ひどく謎めいているが故に、悍《おぞ》ましさはひとしおだった。

こうしたことを説明している間、友人のマントンは黙りこくっていたので、彼が私の言葉に強い印象を受けたことがわかった。私が話をやめても彼は笑い飛ばしたりせず、一七九三年に発狂した少年——私の物語の主人公《ヒーロー》とも言える少年のことを、極めて真剣な口調で尋ねてきた。

私は彼に、少年が忌み嫌われる無人の家に出向いた理由を教え、窓辺に座っていたものの姿の潜在的な像が窓に残っているとマントンが信じているからには、きっと興味があるだろうと言ってやった。その少年は、窓の中に何かが見えるという噂を耳にして、あの厭《いと》わしい屋根裏部屋の窓を見に行き、狂乱した悲鳴をあげながら戻ってきたのである。

この話をする間にも、彼は物思いに沈んだままだったが、次第にいつもの分析的な態度が戻ってきた。議論を行うにあたって、彼は尋常《じんじょう》ならざる怪物が実在したことを認めたが、自然界の最も病的な奇形にしても、名状しがたいものや科学的に説明し難いものとは限らないことを私に気づかせた。私は彼の明晰さと頑固さを賞賛しつつ、老人たちの間で蒐集《しゅうしゅう》したさらなる新事実を付け加えた。後世の怪談じみた伝説の数々が、何かしらの生き物というよりも、より恐ろしい怪物じみた亡霊――月のない夜や取り憑かれた廃屋、その背後の墓窖、そして判読し難い墓石の傍らの、一本の苗木が芽を出した墓所のあたりに漂い出す、目に見えることもあれば手で触れることもある、巨大な獣じみた姿をした存在と結びついていることを、私ははっきりさせた。

確証の得られない伝承が告げるように、その亡霊が住民を角《つの》で突き殺したり、窒息死させるようなことがあったかはさておき、首尾一貫した強烈な印象を与えてきた。そして、非常に高齢の住民たちには未だに暗澹《あんたん》たる恐怖を抱かれているのだが、直近の二つの世代には殆ど忘れ去られていた――おそらく、思いを馳せられることが無くなって、消えかけているのだろう。

また、美学理論を考慮した場合、人間という生き物の霊的な流出がグロテスクに歪《ゆが》んだ形を取るなら、それ自体が自然に反する病的な冒瀆《ぼうとく》である、禍々《まがまが》しくも混沌とした倒錯の幽霊のような、膨れ上がった忌まわしい朦朧《もうろう》たる存在について、どうやって首尾一貫した肖像を表現ないしは描写できるだろうか。

混淆《こんこう》する悪夢に取り憑かれた死者の脳が形作る、実体のない朦朧《もうろう》とした恐怖こそ、忌まわしくも真に、この上なく激しく強烈に訴えかける名状しがたいものとなるのではないだろうか。

今や、かなり遅い時間になっているに違いなかった。異様なほど音を立てない蝙蝠《こうもり》が私のそばをかすめ飛んだが、どうやらマントンにも触れたらしく、見えたわけではないが彼の腕が上がるのを感じた。

やがて、彼は口を開いた。

「しかしだ、屋根裏部屋に窓があるというその家は、まだ建っていて無人のままなのかい？」

「そうだ」と、私は答えた。「見てきたからね」

「で、何か見つかったのかい？——屋根裏部屋かどこかで」

「軒下にいくつか骨があったよ。あの少年が見たのはそれだったかもしれない——感受性が強かったら、窓ガラスに何かを見るまでもなく、錯乱してしまったことだろうからね。その骨が全て、同一の物に由来するのであれば、そいつはヒステリー性の熱に浮かされたような怪物だったに違いない。この世界にあんな骨が残っていること自体が冒瀆的なので、私は袋を持って戻り、家の裏の墓に持っていったよ。そいつを捨てられる穴があったからね。私を莫迦だと思うなよ——きみもあの頭蓋骨《ずがいこつ》を見てみるといい。四インチ［約一〇・二センチメートル］の角《つの》があったが、顔や顎はきみや私と似たものだったのだからね」

マントンがすぐ近くで体を動かし、ついに私はマントンの体に本物の震えが駆け抜けるのを感じ取ることができた。だが、彼の好奇心は衰えなかった。

「それで、窓枠はどうだった？」

「全部なくなっていたよ。一つの窓は枠ごとなくなっていて、他では菱形の枠にガラスの破片すら残っていなかった。そういう種類の窓だったんだ——一七〇〇年以前に使われなくなった、古い格子窓だよ。ガラスがなくなってから、百年以上は経《た》っていると思うな——例の少年がそこまで来たのなら、彼が壊したのかもしれないよ。言い伝えにそういう話はないけれど」

マントンは再び考え込んだ。

「その家を見てみたいな、カーター。[*7] どこにあるんだ？　ガラスがあろうがなかろうが、少しばかり調べてみなきゃならん。それと、きみが骨を埋めたという墓と、墓碑のないもうひとつの墓も——何かもが、ぞっとしない話じゃないか」

「きみはもう見てるよ——暗くなる前にね」

友人は、私が思っていた以上に動揺し、この芝居がかった他愛のない一言に、びくっとして私から離れると、息を呑むような喘《あえ》ぎと共に叫び声をあげて、それまで抑え込んできた緊張を解き放った。奇妙な叫び声だったが、それに応える音があがって、いっそう恐ろしいことになった。叫び声がまだ反響している間に、真っ暗闇を通して軋《きし》むような音が聞こえ、私たちのそばに建つ呪われた廃屋の格子窓が一つ、開いていることがわかったのである。他の窓枠は全て遠い昔になくなっていたので、そこがあの魔性の屋根裏部屋の薄気味悪いガラスのない窓枠だと、私にはわかっていた。

その時、同じ忌まわしい方角から、悪臭を孕《はら》む冷気が不快にもどっと押し寄せたかと思うと、私のすぐ近くにある、慄然《りつぜん》たる割れ目の開いた人間と怪物の墓場から、耳をつんざく叫びがあがった。

次の瞬間、性質はわからないながら、何か巨大な大きさの目に見えない実体にひどく打ちつけられて、私はぞっとするような長椅子《ベンチ》から投げ出されると、その忌まわしい墓所の木の根が這《は》い回る地面に大の字に倒れ込んだ。同時に、墓からは喘ぎや唸《うな》りといったくぐもった騒音が聞こえてきて、私はミルトン風の不格好な呪われた軍団がひしめく光なき闇を想像してしまった。生気を奪う氷のような冷たい風が渦を巻き、緩《ゆる》んだ煉瓦《れんが》や漆喰がガタガタと音を立てたが、それが何を意味するのかを身をもって知る前に、私は運良く意識を失ったのである。

マントンは私より小柄だったが、回復は早かった。何しろ、私よりもひどく怪我をしていたにもかかわらず、ほとんど同時に目を開いたのである。

私たちのベッドは並んでいて、ほどなく自分たちが聖メアリー病院にいることを知った。付き添いの者たちがぎこちない好奇心を露《あら》わにして私たちを取り囲み、私たちがどうやってそこに来たのかを告げることで記憶を蘇《よみがえ》らせようとしたので、あの古びた墓地から一マイル離れたメドウ・ヒルを越えたわびしい野原の、大昔に屠殺場《スローターハウス》が建っていたと言われている場所で、農夫が正午に私たちを見つけたのだと間もなく聞かされた。

マントンは胸に二箇所のひどい傷を受け、多少はましな切り傷か抉られた傷を背中に負っていた。私には大した怪我がなかったが、甚だ困惑させられる類《たぐ》いのみみずばれや打撲傷が全身を覆っていて、中には先が割れた蹄の跡すら存在した。

マントンは明らかに私よりも多くのことを知っているようだったが、困惑しつつも興味を募らせる医師たちから怪我のことを教えられるまで、彼らに何も話そうとはしなかった。それから、彼は獰猛な牛にやられたのだと話した――動物のせいにすり替えるのは、いささか無理のある話ではあったが。

医師や看護師が立ち去った後、私は声を潜めておそるおそる尋ねた。

「なあ、マントン、それにしても一体どういう奴だったんだ？　その傷跡からして――あれ［牛のことだろう］に似てたってことかい？」

彼は私が半ば期待していたことを囁いたのだが、呆然自失のあまり勝ち誇る気にはなれなかった――。

「いや――全く違ってた。到るところにいたんだよ――ゼラチン状のものが――スライム状のものがな――だけど形があった、とても記憶しきれない千もの形を取る恐怖だ。目があった――一つは潰れていたがね。窖《あなぐら》――大渦巻《メイルストロム》――窮極の忌むべきもの。カーター、そいつは名状しがたいものだったんだ！」

訳注

1　アーカム Arkham

セイラムがモチーフの、マサチューセッツ州の地方都市。「銀の鍵」の訳注も参照のこと。

2　「名状しがたい」「語り得ない」 “unnamable”, “unmentionable”

HPL作品に頻出するワード。前者については、ほぼ同じニュアンスで使用されるnamelessの方が頻度が高い。

3　アーサー・コナン・ドイル Arthur Conan Doyle

英国の医師、作家。シャーロック・ホームズの生みの親。晩年の彼が心霊主義に傾倒し、聖書に描かれた奇跡を心霊現象と捉え、その正当性を説いた事を指すのだろう。

4　ジョエル・マントン Joel Manton

HPLの文通仲間で、ウィスコンシン州で英語教師を務めたモーリス・ウィンター・モーがモデルの人物。

5　〈ウィスパーズ〉 Whispers

架空の雑誌だが、スチュアート・デヴィッド・シフが一九七三年に同名のファンジンを創刊、ブライアン・ラムレイや、オーガスト・W・ダーレスの死後に盛んに彼を批判したダーク・W・モジックなどが寄稿した。ロバート・ブロックの『アーカム計画 Strange Eons』の原型となる同名の短編が一九七八年一〇月号に掲載された。

6　コットン・マーザー Cotton Mather

一六六三年生まれのピューリタンの聖職者。本作でも言及される『アメリカにおけるキリストの大いなる御業《マグナリア・クリスティ・アメリカーナ》 Magnalia Christi Americana』など多数の著作があり、ニューイングランドにおける宗教的な権威だった。新大陸に悪魔が蠢動《しゅんどう》していると主張し、一六九二年のセイラム魔女裁判でも重要な役割を果たした。神話作品では、「キリスト教的権威」の象徴として頻繁に言及される。

7　カーター Carter

「銀の鍵」に本作の事件が示唆されるので、「ランドルフ・カーターの供述」が初出のランドルフ・カーターと見なされているが、執筆時には違ったとの意見もある。

銀の鍵

The Silver Key

（時系列的には「未知なるカダスを夢に求めて」が先立つ）

1926

ランドルフ・カーターは、三〇歳の時に夢の門の鍵を失《な》くしてしまった。

その時まで、彼は宇宙の彼方《かなた》の奇異なる古さびた都邑《まち》や、天上《エーテル》の海を越えた信じられぬほど麗しい庭園の地へと、夜毎《よごと》の遠出をすることで退屈な人生を補っていたのだが、熟年が彼の感受性を奪うにつれ、そうした自由が少しずつ喪《うしな》われていくのを感じ、ついには完全に道を断たれてしまったのである。

彼のガレー船はもはやトランの黄金《きん》色の尖塔《せんとう》を尻目にオウクラノス川を遡《さかのぼ》ることはなく、筋目の入った象牙の列柱のある忘れ去られた宮殿が月の下《もと》、終わることのない心地よい眠りについているクレドの香り高き密林[*1]を、彼のいる象の隊商《キャラバン》が重い足音を立てて歩み過ぎることもない。

彼は多くのことを記されているがままに読み、あまりにも多くの人々と話をした。悪気のない哲学者たちは、事物の論理的な関係を調べ、彼の思想や空想を形作った過程を分析することを彼に説いた。

驚異は失われ、人生の悉《ことごと》くは脳の中の一連の絵に過ぎず、現実の事物から生まれたものと内奥の夢想から生まれたものとの間には違いがなく、一方を他方よりも重んじる理由はないということを、彼は忘れ果ててしまった。実体を有する物質的な存在を妄信的に崇めよと、慣習が彼の耳元で絶え間なくがなりたて、幻の中に生きることを密《ひそ》かに恥じ入らせたのである。

思慮分別のある者たちからは、彼の素朴な空想など無意味で幼稚なものだと言われ、たぶんそうなのだろうと得心することがあったので、彼もそれを信じたのだった。

闇の中で時折ちらちらと明滅する精神の望みや存在といったものを気に留めることも知ることもなく、無から有へ、再び有から無へと目的もなく進行する盲目の宇宙の如《ごと》く、彼は現実の行為こそ無意味かつ幼稚で、不条理ですらあることを思い出すことができずにいた。何故なら、現実の行為者というものは、その行為に意味や目的がたっぷり込められているのだと思い込みたがるものなのだ。

彼らはカーターを現実の物事に縛り付け、その上でそうした物事の営みを解明して、世界から神秘を失くしてしまった。彼が不平を訴えて、彼の心の色鮮やかな小片《かけら》やかけがえのない連想の全てを、息を呑《の》むような期待と抑えきれない喜びの展望へと魔法が作り変える、黄昏《たそがれ》の領域に遁《のが》れようとすると、彼らはその代わりに新たに発見された科学的な偉業へと彼の目を向けさせて、原子の渦動や空の広がりの謎といったものに驚異を抱くよう命じるのだった。

そして、カーターが既知にして特定可能な事物の法則に楽しみを見出《みいだ》せないでいると、彼らは想像力が欠けているだの、物理的な想像の幻視よりも夢の幻想を好む未熟者だのと言うのである。

そうしたわけで、カーターは他の人間と同じようにやってみようと、ありふれた出来事や世俗的な感情といったものを、変わり種で繊細な魂の抱く幻想よりも重要視するふりをした。かすかに覚えている自分の夢の中の、玉髄《カルセドニー》で造られた彫刻のある百の門や円蓋《ドーム》を擁するナラス*2の比類なき美しさよりも、現実の人生における屠殺《とさつ》された豚や消化不良の農夫の肉体的な苦痛の方が重大なのだと言われた時にも異議を唱えず、彼らの導きのもと憐れみや悲劇の感覚を骨を折って育てたのである。

しかし、なべての人間の願望というものがどれほど浅く、気まぐれで、無意味なものであるか、私たちが常より抱くと公言している大仰な理想に比べて、現実の衝動がどれほど空っぽなものかと、思わずにいられないこともあった。そういう時には、夢の途方もなさやわざとらしさに対して用いるよう教えられた、上品な笑いに頼ったものだった。というのも、彼は日常生活こそが隅から隅まで途方もなくわざとらしいもので、美の乏しさやそれ自体の理由や目的の欠如を認めようとしない愚かしさのために、尊敬に値するものが殆《ほとん》ど存在しないと考えていたのだ。

かくしてカーターは、ある種のユーモリストとなった。整合性や不整合性の正当な基準が欠落した能無しの世界では、ユーモアすらも空疎《くうそ》なものだと気づけなかったのである。

現世への束縛が始まった頃の彼は、父祖の素朴な信頼によって好ましいものと思えた、穏健な教会の信仰をよりどころにしていた。人生からの逃避を約束してくれる神秘への道が、そこから伸びているように思われたのである。近くから眺めてみて初めて、信仰告白者たちの大半をうんざりさせるほど圧倒的に支配している確固たる真実とやらの、幻想や美しさの欠乏、古臭く退屈な陳腐さ、そして真面目くさった重々しさとグロテスクな主張に気付き、未知なるものに直面した原初の種族の募りゆく恐怖や憶測を、文字通りの事実として生かし続けようとすることの無様さを、たっぷりと感じることになった。

得意げな科学が着実にやりこめつつある古い神話から、人々がしかつめらしくこの世の真実を引き出そうとする有様にカーターはうんざりした。そして、この誤った敬虔《けいけん》さこそが、往古の信条への愛着を葬り去ってしまったのである。もしも、彼らがいかにも本物の天上《エーテル》の幻想らしく装った、大袈裟《おおげさ》な儀式や感情のはけ口を捧げるだけで満足していたなら、愛着を持ち続けられたのかもしれないのだが。

しかし、古い神話を捨て去った者たちのことを調べてみると、そうしなかった者たちよりもさらに醜いということがわかった。連中は調和の中に美があることも、混沌《こんとん》の余った部分から我々のささやかな世界を暗中模索で作り出したが、今はもうなくなってしまった夢や感情との調和だけが、目的のない宇宙の只中《ただなか》にあって人生の素晴らしさを測る唯一の物差しだったことも知らないのである。

善悪と美醜などというものは見た目だけの装飾用フルーツのようなものでしかなく、その唯一の価値は、何かのはずみで父祖が考えたり感じたりしたこととの結びつきの中にあり、その微妙な細部は種族や文化によってまちまちだということも、彼らは理解していないのだ。

そうする代わりに、彼らはこうしたことを完全に否定するか、あるいは自分たちが獣や農夫たちと共有している野蛮で曖昧《あいまい》な本能に転嫁するかした。それで、彼らの人生は苦痛や醜悪、不均衡の中へと言語道断にも引きずり出されながら、未だに自分たちを摑《つか》んで離さないものと同じくらい不健全な何かから遁《のが》れ出たことに、滑稽《こっけい》なほどの誇りを漲《みなぎ》らせているのである。

言ってみれば、彼らは恐怖と盲目の信仰を司る偽神を、放埓《ほうらつ》と無秩序の偽神と入れ替えたのだ。

カーターが、こうした現代的な自由を深く味わわなかったのは、その安っぽさや浅ましさが唯美的な心を苛《さいな》んだからだった。自由の擁護者たちが、かつて放り捨てた偶像から剝《は》ぎ取った神聖さを用いて、獣的な衝動の上辺だけを飾り立てようとする薄っぺらな理屈に、彼の理性は反発したのである。

見たところ連中の大部分は、彼らが縁を切った聖職者と同じく、人生には人間が夢想する意味とは別の意味があるのだという妄想から逃れられなかった。そして、科学的な発見という光に晒《さら》されて、万物がその無意識性と非人間的な無道徳性を強く訴えた時でさえ、倫理や義務といった未熟な概念を美の概念よりも優れたものだとする考えを、捨てきれずにいたのである。

正義だの自由だの一貫性だのといった、思い違いも甚《はなは》だしい先入観によってねじ曲がり、凝り固まった彼らは、古くからの信仰と共に古い伝承や習わしを捨て去ってしまい、そうした伝承や習わしこそが今現在の思想や判断を唯一、生み出すものであり、確固たる目的も安定した評価基準も存在しない無意味の宇宙における唯一の導きであり、基準であることを考えるべく立ち止まろうともしない。

このような人間の営為《えいい》が積み上げてきたものを喪《うしな》ったことで、彼らの人生は方向性や劇的な感興を欠いたものとなり、ついには馬鹿《ばか》騒ぎや上辺だけは便利なもの、騒音や興奮、粗野な振る舞いや動物的な情動に、己の倦怠《けんたい》を紛らせようとするまでになった。

こうしたものに飽きたり、失望したり、反動から嫌悪するようになると、今度は諷刺《ふうし》や皮肉を増長させて、社会秩序の粗探しをする。自らの拠《よ》って立つ理性なき基盤が、年長者の神々と同じく移ろいやすく矛盾したものであり、ある瞬間の満足が次の瞬間の苦悩になることを決して理解できない。

穏やかで、長続きする美しさに出会えるのは、夢の中だけなのだ。そして、現実を崇拝する中で子供の頃の無垢な秘密を投げうった時に、世界はこの慰めをも投げうってしまったのである。

この虚《うつ》ろで落ち着かない混沌の只中にあって、カーターは鋭敏な思考力と先祖伝来の資産の持ち主に相応《ふさわ》しい生き方をしようとした。夢は時代の嘲笑に晒《さら》されて萎《しぼ》んでゆき、彼は何も信じられなかったが、調和を愛する心のお陰で自らの血統や身分から足を踏み外さずに済んでいた。

彼は人間の都市を何も感じないままに歩き回っては、どのような景色も紛れもない現実だとは思えず、溜息《ためいき》をついた。高い屋根の上で輝く黄色い陽光の全てが、そして夕暮れ時の最初の灯《あか》りに照らされる手すりつきの広場のかすかな光の全てが、かつて知っていた夢を思い出させ、彼がもはや見つける術《すべ》を知らない天上《エーテル》の土地に対する郷愁を掻《か》き立てるばかりだったのである。

旅行などはただの紛《まが》い物で、開戦時からフランスの外人部隊[＊3]に従軍したものの、世界大戦［第一次世界大戦のこと］にもわずかに心を動かされただけだった。友人を作ろうとしてみたこともあったが、彼らのあけっぴろげの感情や画一的で俗っぽい物事の捉え方に、すぐにうんざりした。

彼の精神生活を理解してくれるはずもなかったので、親戚が皆、遠くに住んでいて連絡を取り合ってもいないことに、彼は何とはなしの喜びを感じた。理解してくれたのは祖父と大おじのクリストファーだけで、二人ともずっと前に亡くなっていたのである。

やがて彼は、夢を最初に失った時にやめていた本の執筆を再開した。しかし、ここにも満足感や達成感はなかった。世俗的な感覚が心にのしかかり、昔のように美しい物事を思い描けなかったのだ。

冷笑的なユーモア感覚は、彼が築いてきた黄昏の光塔《ミナレット》を全て寂《さび》れさせ、とても本当のこととは思えないという世俗的な恐怖が、妖精の園に咲く繊細で素晴らしい花々を枯れさせてしまったのである。

それらしく同情を買う要素をもたせるという文学の伝統的な慣習のせいで、彼の描くキャラクターは感傷的になり、もったいぶった現実のたとえ話だの、意味ありげな人間にまつわる出来事や情動だのといった要素が、彼の高雅な幻想《ハイ・ファンタジー》[＊4]をあからさまな寓話や安っぽい社会的諷刺へと劣化させた。

カーターが新たに発表したいくつかの長編小説は、過去作が決してなし得なかった成功を収めたが、頭が空っぽの民衆を喜ばせるためにはどれほど空っぽなものを書かねばならないかを知って、彼は書いたものを燃やすと、執筆をやめてしまった。軽くスケッチした夢を礼儀正しく笑い飛ばす、実に上品な作品だったが、そうした洗練こそが作品の魂を奪っていることに気づいたのである。

彼が意識的に幻覚を見ようとしたり、陳腐さへの解毒剤として、奇怪で常軌を逸した概念に興味本位で手を出したのはその後のことだった。とはいえ、その大半はすぐに貧困と不毛を曝《さら》け出し、大衆的な神秘主義《オカルティズム》の教義が科学のそれと同じくらい無味乾燥で柔軟性のないもので、そうした部分を埋め合わせるその場しのぎの真実すら欠片《かけら》も与えてくれないのだとわかった。

無知蒙昧《むちもうまい》、虚偽、混乱した思考というのは夢でも何でもなく、大衆のレベルを超えた段階に訓練された精神にとって、人生からの逃避にはなり得ないのである。

そのようなわけで、カーターは珍奇な書物を買い込み、異様な学問を探求するより深遠かつより恐ろしい人物を探し出しては、足を踏み入れた人間の稀な意識の秘奥《アルカナ》を掘り下げ、後に彼を悩ませることとなる、生命や伝説、記憶されざる太古に属する秘密の窖《あなぐら》について学び取った。

彼は類稀《たぐいまれ》なる水準の生き方をしようと決意すると、彼のくるくると変わる気分に合わせてボストンの自宅を模様替えした。ひとつひとつの部屋に気分に合わせた色の壁掛けが吊られ、相応《ふさわ》しい書物や物が置かれ、適切な光、熱、音、味、匂いの感覚を得られるよう手配《てくば》りされた。

ある時、彼はインドとアラビアから密輸した先史時代の書物や粘土板から冒瀆《ぼうとく》的なことを読み取ったために、人から忌み嫌われ恐れられる一人の男が南部にいると耳にした。カーターは彼のもとを訪れ、七年に渡って衣食と研究を共にしたのだが、ある真夜中のこと、未知なる古びた墓地で怪異に見舞われ、そこに入った二人の内、出てこられたのは一人きりだった。

その後、彼の父祖が住み着いていたニューイングランド地方の魔女に取り憑かれた恐ろしくも古い街、アーカム[*5]に戻ってきたのだが、暗闇の中、老いた柳の木々やぐらつく切妻屋根の家々に囲まれる只中で経験したことにより、狂乱した先祖が遺した日記のいくつかのページを永久に封印する羽目となった。

しかし、これらの怪異は彼を現実の境目へと連れて行ったのみで、そこは幼年期に知っていた真なる夢の郷里《くに》ではなかった。それで、美しさを求めるには忙しすぎ、夢を求めるには賢《さか》しらになりすぎた世界において、齢《よわい》五〇に達した彼はもはや休息も満足も得られないものと諦《あきら》めていた。

ついに現実の物事が虚《むな》しく無益であることを悟ったカーターは、隠棲の日々を、夢に満ちていた若い時分の切れ切れの思い出の、やるせない追憶に費やした。生きながらえることに煩《わずら》わされること自体をむしろ愚かだと思い、南アメリカの知り合いから、苦しまずに忘却をもたらしてくれる実に非常に珍奇な液体を手に入れもした。しかし、惰性と習慣の力が行動を先送りにさせた。

彼は往時のことを偲《しの》びながら、煮え切らない思いを抱えて漫然と過ごし、異様な壁掛けを取り外して、幼い頃のように自宅を改装した——紫色の窓ガラスやビクトリア朝風の家具、その他全てを揃《そろ》えて。

時が経《た》つにつれて、漫然と過ごすことを好ましく思うまでになった。というのも、幼少期の面影や俗世間との断絶が、社会生活や洗練といったものをきわめて遠く非現実的なものに見せたからで、夜毎《よごと》の微睡《まどろ》みの中にわずかなりとも魔法や期待が忍びやかに戻ってきたほどだったのである。

何年もの間、そうした眠りはごく当たり前の眠りとして知られている、日常の事物の歪《ゆが》んだ反映のみに占められていたのだが、より奇異にして放埒な揺らめき——彼の子供時代に由来する、緊迫した鮮明な映像の形をとったものの中に潜む漠然とした恐ろしい何かが今や蘇《よみがえ》り、彼が長いこと忘れていたほんの些細なことを考えさせるようになった。

四半世紀前に亡くなった母や祖父を呼びながら、目を覚ますことが重なった。やがてある夜のこと、祖父がカーターにひとつの鍵のことを思い出させた。白髪《しらが》交じりの老学者は、生前のように矍鑠《かくしゃく》たる様子で、自分たちの古い家系と、その家系を作り出した繊細な神経と敏感な感受性を有する者たちの奇異なる幻視について、長いこと真剣に話し続けたのである。

自分を捕虜としたサラセン人*6の放埒な秘密を学び取った、焔《ほのお》のような眼をした十字軍騎士や、エリザベス女王の御世*7に魔術を研鑽した初代ランドルフ・カーター卿のことを。

彼はまた、セイラムで妖術《ウィッチクラフト》の廉《かど》*8で危うく絞首刑になるところを逃亡したエドマンド・カーターのことと、その彼が先祖から受け継がれた大きな銀の鍵を古風な箱に収めたことについて話した。

カーターが覚醒《めざ》める前に、育ちの良い訪問者はその箱——二世紀に渡りそのグロテスクな蓋《ふた》を誰の手にも持ち上げられたことのない、古《いにしえ》の驚異である彫刻の施されたオーク材の箱の在り処《ありか》を教えてくれた。

大きな屋根裏部屋の埃《ほこり》と影の中に彼が見つけたその箱は、背の高い収納箱の引き出しの奥で、遠い昔に忘れ去られていた。大きさはおよそ一平方フィート［一平方フィートは約九二九平方センチメートル］、ゴシック様式の彫刻はひどくぞっとするもので、エドマンド・カーター以来、誰も開けようとしなかったのも無理はなかった。振っても音はしなかったが、記憶のない香料の芳香が神秘的な雰囲気を与えていた。

その箱の中に鍵があるというのはおぼろげな伝説に過ぎず、ランドルフ・カーターの父はそうした箱が存在することも知らなかった。錆《さ》びた鉄で拘束され、手強い錠を動かす手立ては全く用意されていなかった。カーターは、失われた夢の門戸の鍵がその中にあるのだと漠然と理解していたのだが、それをどこでどのように使うのかについては、祖父は何も教えてくれなかった。

黒ずんだ木肌から睨《ね》めつける幾つもの顔容《がんよう》や、居心地の悪い馴染《なじ》み深さに身震いしながらも、老召使いが彫刻の施された蓋をこじ開けた。中には、神秘的なアラベスク模様に覆われた、大きなくすんだ銀の鍵が、色褪《いろあ》せた羊皮紙に包まれて入っていた。しかし、判読できる説明書きはなかった。羊皮紙は非常に大きなもので、古代の葦《あし》で書かれた未知の言語の奇異なる象形文字のみが書き連ねられていた。

カーターはその文字が、名もなき墓地でとある真夜中に失踪した、あの恐るべき南部の学究が所有しているパピルスの巻物で眼にしたのと同じものであると認識した。その巻物を読む時、あの男はいつも体を震わせていたものだった。そして、カーターは今しも体を震わせていた。

ともあれ、彼は鍵を綺麗にし、芳《かぐわ》しい香りを放つ古びたオークの箱に収めて、夜毎に傍らに置いた。その間、彼の夢の鮮やかさはいや増していき、昔日《せきじつ》の奇異なる都邑《まち》や信じられない庭園を見せてくれることはなかったものの、意図を取り違えようのない明確な傾向を帯び始めていた。

夢は長い歳月を遡るよう彼に呼びかけ、父祖たち全ての渾然一体となった意志と共に、何やら秘《かく》されている一族発祥の源へと引き戻していった。やがて、過去に入り込んで古《いにしえ》の事物と自分自身を混ぜ合わせなければならないことがわかり、彼は取り憑かれたアーカムや、流れの急なミスカトニック川[*9]、そして一族の者たちが眠っている孤立した飾り気のない邸宅のある北方の丘陵へと日々、思いを馳《は》せた。

秋を静かに覆う炎の中［紅葉のこと］、カーターは昔から覚えている道を辿《たど》り、なだらかに起伏する丘の優美な稜線や、石垣のある牧草地、遠くの谷間や覆いかぶさるような森林、曲がりくねった道や周囲の風景に溶け込むようにして建っている農場、ミスカトニック川の蛇行する澄んだ流れといったものを通り過ぎ、そこかしこにある木や石で造られた素朴な橋を渡った。

ある曲がり角で、彼は一世紀半前に先祖の一人が妙な失踪を遂げたことのある大きな楡《にれ》の林を目にし、風が意味ありげに吹き抜けていくように感じて身震いを覚えた。

やがて、年老いた魔女であるグッディ・ファウラー[*10]の、不吉な小窓と、北側がほとんど地面に接するほどに傾いた大きな屋根のある朽ちかけた農家のところにやって来た。彼はさっさと通り抜けてしまおうと車の速度を上げ、彼の母と、母の前にはその父祖たちが生まれた丘を登りきるまで、速度を緩めなかった。そこでは、岩の多い斜面と緑豊かな谷間の息を呑むように美しい景観を、古びた白い家が今なお誇らしげに道の向こうに見晴らし、地平線上にはキングスポートの遥かな尖塔があって、目の届く限りの遠景の彼方には、夢を孕《はら》んで古い時代からそこにある海の気配があった。

やがて、四〇年以上目にしたことがなかった、カーター家の古い地所がある急な斜面が現れた。

彼が麓《ふもと》に着いた時には午後も大分《だいぶん》遅くなっていた。半分ほど登ったあたりの曲がり角に車を停めると、彼は西日から斜めに降り注ぐ魔法の洪水の中、黄金《きん》色の栄光に輝く田園地帯の広がりを見渡した。最近の夢の不思議さと予感の全てが、この静まり返って現実離れした風景の中に存在しているようで、倒壊した壁の間で波打って輝いているビロードのような無人の芝生や、丘の向こうの紫がかった丘陵の遥かな稜線が引き立たせている妖精の森の木立、膨れ上がってねじくれた根の間で、細い水の流れが大小の水音を立てている幽玄の森が広がる谷間を目でなぞっていきながら、彼はよその惑星の未知なる孤独について思いを馳せた。

何とはなしに、自分が求めている領域に自動車が相応《ふさわ》しくないように感じられたので、彼は車を森のはずれに残し、大きな鍵を上着のポケットに入れると、丘を徒歩で登り始めた。今や木々にすっかり囲まれていたのだが、屋敷は北側を除いて木が伐採された高い丘の上にあることを彼は知っていた。

　カーターは、屋敷がどんな有様になっているだろうかと考えた。変わり者の大おじ、クリストファーが三〇年前に亡くなって以来、彼はそこを顧みず、無人のまま放置していたのである。少年時代、彼は長逗留しては大いに楽しみに耽《ふけ》り、果樹園の向こうの森の中で気味の悪い不思議を見出したものだった。


　夜が近づき、あたりの影が濃くなってきた。右手に木の隙間が開いているところがあって、彼は黄昏の牧草地を何リーグ[*11]［時代によって異なるが、一リーグは三・八～七・四キロメートル］も先まで見渡し、キングスポートのセントラル・ヒルにある古風な会衆派教会の尖塔を見分けた。尖塔は沈みゆく太陽の残照を受けてピンク色に染まり、小さな丸窓のガラスが照り返しの炎で赤々と輝いた。

　その後、再び深い影に包まれた時、垣間《かいま》見た光景が幼い頃の記憶だけからやって来たに違いないことに思い至り、彼はぎょっとした。あの古風な白い教会[*12]は、会衆派の病院を建てる場所を確保するために取り壊されて久しかったのだ。教会の地下の岩がちな丘の中に、奇妙な穴や通路らしきものが見つかったことについて報じた新聞を、彼は興味深く読んでいたのである。

　当惑する彼の耳にある甲高い声が聞こえてきたのだが、遠い昔に聞き慣れたものだったので、彼は再びぎょっとした。老ベネジャー・コーリイ[*13]は、おじのクリストファーの使用人で、少年時代に彼がここを訪れた遥かな日々においてすら年老いていたのだった。今となっては、優に百歳を超えているに違いないのだが、その甲高い声は他の誰のものでもあるはずがなかった。

　言葉を聞き取ることこそできなかったが、声の調子は忘れようがなく、間違えようのないものだった。

よもや、「ベネジー爺さん」がまだ生きているだなんて！

「ランディ様！　ランディ様！　どこにおいでなさる？　あなたのマーシイおばさまを死ぬほど怖がらせでもなさりたいんで？　日中はお屋敷の近くにいて、暗くなったらお戻りになるよう、おばさまから言いつけられておったでしょうに？　ランディ！　ラン……ディ……！　まったく、とんだ坊ちゃまよ。森の中に飛び出して行かれるなど、見たこともないわい。朝のあれこれをやっとるうちに、材木置き場の上手にある〈蛇の巣《スネーク＝デン》〉に行っちまうんだからな……！　おうい、坊ちゃま、ラン……ディ！」

ランドルフ・カーターは真っ暗闇の中で立ち止まり、両目を手で擦《こす》りました。

何だかおかしなことになっていました。自分がいるはずのないところ――おそろしく遠く離れた、彼とは何の関わりもない場所に迷い込んでいて、今や言い訳ができないほど遅刻してしまったのです。キングスポートの尖塔の時計のことは、すっかり忘れていました。ポケットの望遠鏡を使えば簡単に時刻がわかったのに。でも、この遅刻がひどく奇妙で、未だかつてないことだともわかっていたのです。

小さな望遠鏡を持ち歩いていたかどうかも怪しかったので、確認しようと子供用のブラウスのポケットに手を突っ込んでみました。残念、見つかりません。

だけど、どこかにあった箱の中で見つけた、大きな銀の鍵がありました。

クリスおじさんが一度、中に鍵が入っている古ぼけた開かずの箱について、風変わりな話をしてくれたのですが、マーサおばさんが急に話を遮《さえぎ》ってしまいました。もうとっくに頭の中がおかしな空想でいっぱいになっている子供を相手に、話すようなことではないというのです。

鍵を見つけた場所はどこだったか、思い出そうとしたのですが、何かがひどくこんがらがってしまいました。ボストンの家の屋根裏部屋だったような気がします。

その箱を開けるのを手伝ってもらい、さらに黙っておいてもらうために、パークスに週のお小遣いの半分を賄賂に渡したことをぼんやりと覚えていました。

だけど、この事を思い出した時、パークスの顔はひどく見慣れないものに思えました。まるで長い年月の皺《しわ》が、きびきびした小柄なロンドンっ子《コックニー》に襲いかかったみたいだったのです。

「ラン…ディ！　ラン…ディ！　おーい！　おーい！　ランディ！」

ゆらゆらと揺れる角燈《ランタン》が暗い曲がり角に現れたかと思うと、ベネジャー爺さんが黙りこくってまごまごしていた迷い人《ランディ》に飛びかかって捕まえました。

「いまいましい坊ちゃまだ、こんなところにいなさった！　あんた様の頭には舌がなくて、返事もできなかったんですかね？　儂《わし》ゃあもう半時間も前から呼んどりますから、あんた様にもずっと前から聞こえてたでしょうに！　暗くなってからもあんた様が戻らないんで、マーシイおばさまはずっとやきもきしとられるのをお判《わか》りくださらんと！　クリスおじさまがお戻りになったら、きっと申し上げますからな！　ここらの森がこんな時間にほっつき歩くようなとこじゃないってことは、あんた様もよう知っておられるはず！　誰にだってよくねえことをするもんが外をうろついておるんですよ。儂の爺様もそう教えてくれましたのじゃ。さあ、ランディ様、さもねえとハンナが晩ごはんを片付けちまいますよ！」

こうしてランドルフ・カーターは、空を彷徨《さまよ》う星々が高い秋の枝越しに見える道を、元気いっぱいに歩いていきました。犬がワンワンと吠《ほ》えていて、遠くの曲がり角では小さな窓の黄色い光がきらきらと輝き、プレアデス星団が瞬《またた》きながら見下ろす開けた丘の上に、大きな切妻屋根が薄暗い西の空を背景にして黒々と聳《そび》え立っていました。

マーサおばさんが戸口に立っていて、ベネジャーがなまけ者を屋敷に押し込んだ時にも、きつく叱ったりはしませんでした。クリスおじさんのことをよく知っていたので、カーター家の血筋のこういうところを心得ていたのです。ランドルフは鍵を見せたりせず、黙りこくって晩ごはんを食べ、床につく時間がやって来た時にだけ口を開いて文句を言いました。彼には時々、起きている時の方がうまく夢を見られることがあったのです。そして、彼はその鍵を使ってみたかったのでした。

朝になるとランドルフは早起きし、クリスおじさんに捕まって朝食のテーブルにつかされなければ、材木置き場の上手まで走っていきたかったところです。ぼろぼろの絨《じゅう》毯《たん》や剝き出しの梁や柱がある、少し傾いた部屋をもどかしげにきょろきょろと見回し、果樹園の枝が裏の窓の鉛ガラスをひっかいた時にだけ笑いを浮かべました。木々と丘陵が近くにあって、彼の本当の故郷《ふるさと》である時間を超越した領域への門になっているのです。

ようやく解放されると、ブラウスのポケットに鍵が入っているかどうか手探りし、安心すると足取りも軽く果樹園を横切り、樹木の茂った丘がまた登り勾配になって、木の生えていない円《まる》い丘をも越えていくところを目指しました。森の地面は苔《こけ》むしていかにも不思議な感じでした。そして、地衣類に覆われた大きな岩が、薄暗い光の中であちらこちらに、あたかも聖なる森の膨れ上がってねじくれた木の幹に囲まれる中、ドルイドの独立石《モノリス》みたいにぼんやりと立っていました。

ランドルフは登りながら一度、流れの急な小川を横切ったのですが、少し離れたところで滝になって流れ落ちていて、その水音はまるであたりに潜んでいるフォーンたちやエジパンたち、木の精《ドライアード》たちにルーンの呪文を歌いかけているみたいでした。

やがて彼は、森の斜面にある奇妙な洞窟にやってきました。地元の人たちから避けられている、恐ろしい〈蛇の巣《スネーク＝デン》〉で、ベネジャーからは近寄らないよう何度も繰り返し注意されていました。

その奥は深く、ランドルフ以外の誰もが想像するよりもずっと深いのでした。何しろ、少年が一番奥の黒々とした隅に見つけ出した裂け目は、さらに奥の広々とした洞窟に繋《つな》がっているのです——幽霊でも出てきそうな墓場めいたところで、あたりの花崗岩《かこうがん》の壁には、誰かが意図的に手を加えたのではないかという奇妙な幻想を抱かせるところがありました。

この時、ランドルフはいつものように腹這《はらば》いになって中に入り、居間のマッチ箱からくすねたマッチで行く手の道を照らし、自分自身にも説明するのが難しい熱心さで、最後の裂け目を潜り抜けました。どうして自分がこんなに自信たっぷりに奥の壁に近づいたのか、その最中にどうして本能的に大きな銀の鍵を取り出したのか、彼にはわかりませんでした。それでも彼は進み続け、その夜、踊り跳ねながら屋敷に帰ってきた時、遅くなったことの言い訳すらしませんでした。また、正午の正餐会《せいさんかい》を告げる角笛を全く無視したことで小言《こごと》を言われても、少しも気に留めなかったのです。

さて、ランドルフ・カーターが一〇歳の頃、彼の想像力を高める何かが起こったことについては、遠い親戚たちの皆が認めるところとなっている。遠縁にあたるシカゴのアーネスト・B・アスピンウォール殿[*14]は優に一〇歳は年長で、一八八三年の秋以降の少年の変化をはっきりと覚えている。ランドルフは、他の者たちの誰しもが見たことのない幻想の景色を目にしたことがあり、ごくありふれた物事に関して示したいくつかの資質はさらに不思議なものだった。つまるところ、彼はどうやら奇妙な予言の才能を手に入れたようだったのである。物事に異常な反応をして、その時には意味がなかったのだが、後になって特異な印象が正当化されるようなことがあった。その後の数十年に渡り、新たな発明や新たな名前、新たな出来事が一つずつ歴史書に記されている毎《ごと》に、人々はその都度、カーターが何年も前に何気なく漏らした言葉が遥か遠い未来のことと疑う余地のない関連性を持っていたことについて、不思議そうに思い出すのだった。

彼自身はこれらの言葉を理解していなかったし、特定の事物に特定の感情を抱いた理由を知っていなかったのだが、思い出すことのできない夢が原因なのだろうと何とはなしに考えていた。ある旅行者がベロイ゠アン゠サンテール[*15]というフランスの街の名前を口にした時、彼が青ざめたのは一八九七年のことだった。世界大戦で外人部隊に従軍していた彼が、一九一六年にそこで殆ど致命的な重傷を負った時、友人たちはそのことを思い出したものだった。

カーターの親戚たちがこうした事を頻繁に口に上《のぼ》せるようになったのは、最近、彼が失踪してしまったからである。彼の奇行に長年辛抱強く耐えてきた小柄な老召使いのパークスは、彼が最近見つけた鍵を持って、朝に一人きりで車を運転して出かけた時が、彼を目にした最後となった。パークスは古びた箱から、中に入っている鍵を取り出すのを手伝ったのだが、その箱のグロテスクな彫刻と、言葉にしづらい別のおかしな性質から、奇妙な影響を受けたように感じたという。カーターは出発の際、アーカム周辺の先祖伝来の古い土地を訪れるつもりだと告げていた。エルム山の中腹にあるカーター家の古い地所の廃墟《はいきょ》への途中で、彼の車が道端に注意深く駐《と》められているのが見つかった。車内には彫刻が施された香木の箱があり、偶然目にした土地の者を怖がらせた。箱の中には怪しい羊皮紙が一枚入っているだけで、言語学者たちや古文書学者たちには、それに記されている文字を解読することも識別することもできなかった。

足跡があったとしても、とうに雨で消えてしまっていたが、カーター家の地所の倒壊した材木の中に乱された形跡があると、ボストンの捜査官たちが報告した。まるで、何者かがそれほど昔ではない時期に廃墟を探し回ったようだと、彼らは断言したのである。向こうの丘の斜面の森の岩場で見つかったありふれた白いハンカチについては、失踪人の所持品とは確認できずにいる。

ランドルフ・カーターの相続人の間では、彼の財産を分配するという話が持ち上がっている。

しかし、私には彼が死んだとは思えないので、この成り行きには断固として立ち向かうつもりだ。夢見人《ドリーマー》のみが予見できる時間と空間、幻視と現実のねじれというものがある。私がカーターについて知っていることからして、彼はこうした迷路を通り抜ける方法を見つけたに過ぎないのだろう。今後、彼が戻ってくるかどうかについては何とも言えない。

彼は自分が失った夢の地を望み、子供の頃の日々を切望していた。そんな時に鍵を見つけたのだから、私としてはどうにも、彼が鍵を使ってその奇妙な恩恵に与《あずか》ったのだと思えてしまうのだ。

私たち二人が足繁《あししげ》く訪れたとある夢の都邑《まち》で、近い内に会える気がするので、彼に会ったら尋ねてみたいものだ。スカイ川の彼方のウルタール[*16]で噂されているのだが、顎鬚を生やし、鰭《ひれ》を備えたノオリ族[*17]が比類なき迷宮を築き上げている黄昏の海を見晴らす、ガラス製の中空の崖の頂きにある小塔の立ち並ぶ伝説的な街、イレク＝ヴァド[*18]の蛋白石《オパール》の玉座に新たな王が君臨したということだ。

この噂をどう解釈すれば良いか、私は心得ているつもりである。いかにも、私はあの大きな銀の鍵を目にすることを、もどかしいほどに待ち望んでいる。何しろ、その神秘的なアラベスク模様には、盲目的に非人間的な宇宙の目的と謎の悉《ことごと》くが、象徴という形で止《とど》められているのかも知れないのだから。

訳注

1　トラン、オウクラノス川、クレドの密林　Thran, the river Oukranos, jungles in Kled
本作が初出の夢の土地の地名。更に詳しい周辺地理が、「未知なるカダスを夢に求めて」で語られる。

2　ナラス　Narath
本作でのみ言及される地名。

3　フランスの外人部隊　the Foreign Legion of France
レジョン・エトランジェール Légion étrangèreが正式名称。王政復古後のオルレアン朝フランスで、一八三〇年に始まったアルジェリア征服戦争の際、開戦の翌年、フランス陸軍に設立された外国人志願兵から成る部隊。第一次欧州大戦でも活躍し、『モロッコ』（一九三〇）、『外人部隊』（一九三四）など映画の題材にもなった。

4　高雅な幻想《ハイ・ファンタジー》　high fantasy
架空世界が舞台の作品を指すファンタジーのサブジャンルとしての「ハイ・ファンタジー」は、アメリカ合衆国の児童文学作家ロイド・アリグザンダーが一九七一年に発表したエッセイ High Fantasy and Heroic Romance で最初に使用され、一九七八年刊行のロバート・H・ボイヤーとケネス・J・ザホルスキ編集のアンソロジー The Fantastic Imagination: An Anthology of High Fantasy 全二冊において、ロウ・ファンタジーと対比する形で改めて定義付けたもので、HPL存命中はニュアンスが異なっていた。

5　アーカム　Arkham
セイラムがモチーフの、マサチューセッツ州の地方都市。初出は一九二〇年末執筆の「家の中の絵」で、当初はニューイングランドのどこかで、近くにミスカトニック渓谷があるとだけ説明された。「ハーバート・ウェスト　死体蘇生者」でミスカトニック大学が生まれ、「異世界からの色」において魔女伝説が残る古い街で、西側の荒れ果てた丘陵地帯には先住民族以前の時代に遡る古い石造りの祭壇があるという、現在のイメージになった。

6　サラセン人　Saracens

中世ヨーロッパのキリスト教世界におけるイスラム教徒の呼称。言葉そのものはイスラム教の誕生した七世紀以前から存在し、古くはアラビア半島の遊牧民を指した。

7　エリザベス女王の御世　when Elizabeth was queen
HPLは、「『ネクロノミコン』の歴史」において、実在の占星術師、錬金術師であり、晩年は女王エリザベス一世の相談役となったジョン・ディー博士を、『ネクロノミコン』の英訳者として設定している。

8　セイラムで妖術《ウィッチクラフト》の廉　the Salem witchcraft
一六九二年、マサチューセッツ州セイラム近くのセイラム・ヴィレッジ（現ダンバース）で起きた魔女裁判の事。HPL作品では、この裁判が起点の出来事がしばしば言及され、登場人物の因縁を結びつける鍵となっている。

9　ミスカトニック川　Miskatonic
地名初出は一九二〇年の「家の中の絵」で、この時はミスカトニック峡谷 Miskatonic Valley だった。川としての初出は本作だが、周辺地理などの情報は一九二八年の「ダンウィッチの怪異」で示された。

10　グッディ・ファウラー　Goody Fowler
詳細不明。一六九二年のセイラム魔女裁判の告発者中に、ジョセフ・ファウラー Joseph Fowler という人物がいるので、セイラムから逃れてきた魔女なのかも知れない。

11　会衆派教会　Congregational
神権政治の布かれた初期マサチューセッツ湾植民地において、自治単位であるコモンの政治的な中心だったプロテスタントの教派。バプテストなど、同じく英国から渡ってきた分離派の他の宗派が一段低い地位に置かれる中、セイラムのバプテストの牧師であったロジャー・ウィリアムズは、先住民族の土地を詐欺同然に収奪した植民地の指導者たちを厳しく批判し、一九三六年にマサチューセッツから追放される。彼と四人の信奉者たちはナラガンセット湾に向かい、先住民族との正当な交渉のもと、沿岸の土地を買い取って新たなコミュニティを建設した。そして、自分たちこそ真に神意にかなった存在だと信じるウィリアムズは、この土地に「神の摂理」を意味する「プロヴィデンス」という名前を与えたのだった。

12　古風な白い教会　the old white church

「祝祭」（一九二三）の舞台となった教会のこと。このくだりは、「祝祭」の後日談にもなっている。

13 コーリイ Corey

セイラム魔女裁判の犠牲者の中に、コーリイ夫妻がいる。七二歳のマーサ・コーリイは、事件の発端となった黒人奴隷ティチューバの占いには居合わせなかったにもかかわらず、少女たちの讒言によって逮捕された。彼女の夫である八〇歳のジャイルズは、屋外で胸の上に重石を乗せる拷問を受け、二日間苦しんだ挙げ句に圧死。マーサもまたその三日後に絞首刑となる。ダンウィッチのコーリイ家共々、セイラムからの移住者の子孫なのだろう。

14 アーネスト・B・アスピンウォール殿 Ernest B. Aspinwall, Esq.

カーターとの続柄や職業、人物像などは「銀の鍵の門を抜けて」で説明されている。末尾の「Esq.」は書簡などで男性名の後に付ける「エスクワイア esquire」の略記。

15 ベロイ＝アン＝サンテール Belloy-en-Santerre

フランスの北部、ピカルディ地方のソンム県に位置する街で、一九一六年七月から一一月にかけての「ソンムの戦い」の舞台となった。同年七月四日、まさにこの街でフランス外人部隊の志願兵として戦死したアメリカ合衆国の詩人、アラン・シーガーを意識した設定である。

16 スカイ川、ウルタール the river Skai, Ulthal

「ウルタールの猫」が初出の地名。

17 ノオリ族 Gnorri

夢の世界の種族。人魚のような姿の種族であることが窺えるが、海底に迷宮を築き上げているという描写から、一八〜一九世紀の英語圏において妖精小人を意味する言葉で、グリム兄弟が蒐集・編纂した『グリム童話集』の「erdmänneken 土小人」の英訳に用いられたノームGnomeをもじったものかも知れない。本作掲載の〈ウィアード・テールズ〉一九二九年一月号には、ずんぐりしたノオリが挿絵に描かれた。

18 イレク＝ヴァド Ilek-Vad

本作が初出の夢の世界の地名。「未知なるカダスを夢に求めて」「銀の鍵の門を抜けて」でも言及される。

Pl XIII

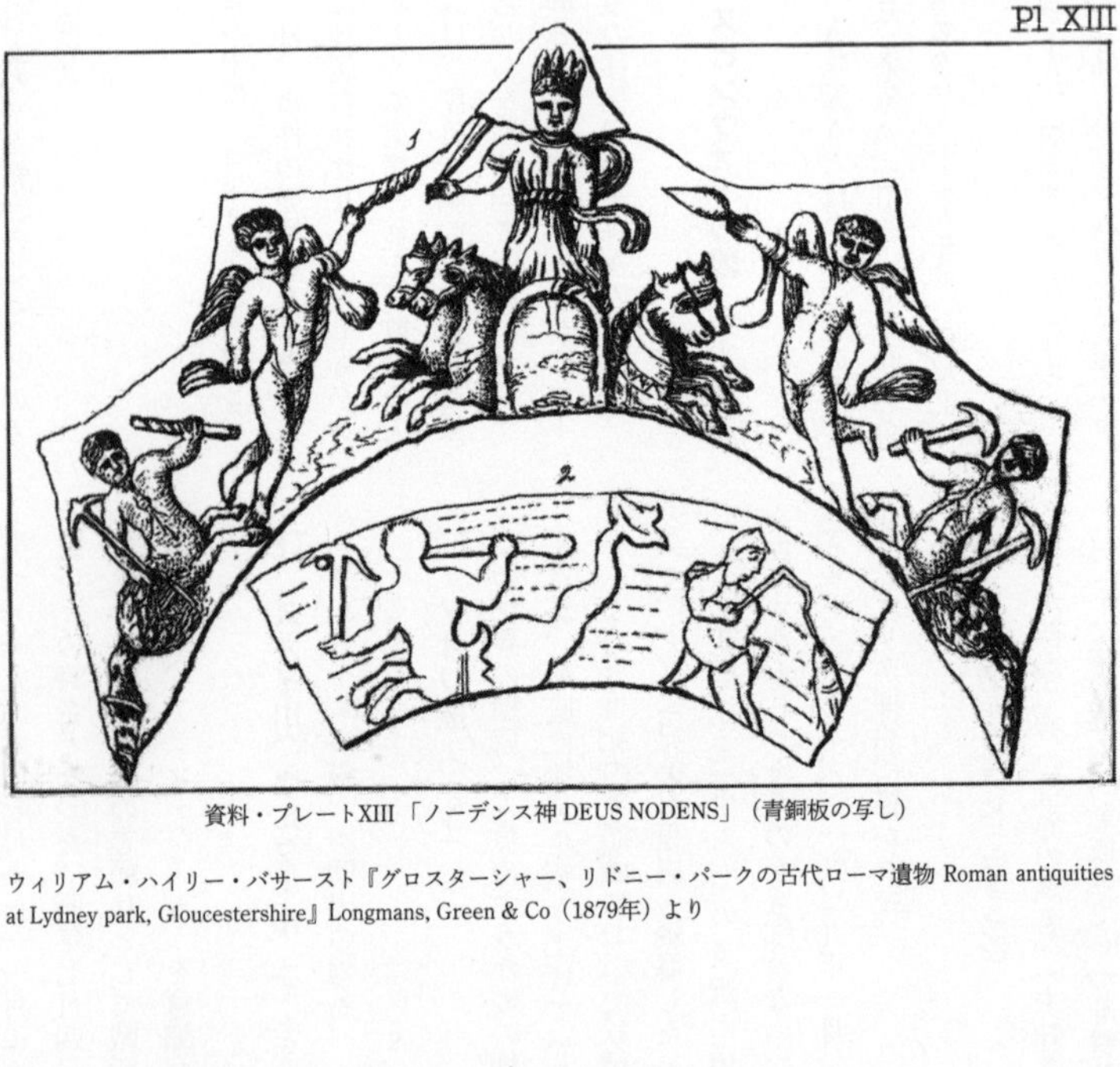

資料・プレートXIII「ノーデンス神 DEUS NODENS」（青銅板の写し）

ウィリアム・ハイリー・バサースト『グロスターシャー、リドニー・パークの古代ローマ遺物 Roman antiquities at Lydney park, Gloucestershire』Longmans, Green & Co（1879年）より

霧の高みの奇妙な家

The Strange High House in the Mist

1926

朝になると、キングスポート[*1]の彼方《かなた》にある崖のあたりの海から、霧が立ち昇ってくる。白い羽毛のような霧は、湿った牧草地や海龍《レヴィアタン》[*2]の洞窟の夢をいっぱいに孕《はら》んで、深みからその同胞《はらから》たる雲のところまでやって来るのだ。

その後、詩人たちの家々の尖り屋根に静かな夏の雨が降り注ぐ中、人というものは往古《おうこ》の奇異なる秘密や、夜に星々が星々にのみ告げる驚異にまつわる噂なしでは生きてゆかれないのだという、そうした夢の切れ切れの小片《かけら》を雲が撒《ま》き散らすのである。

トリトーン族[*3]の洞窟で物語がたくさん飛び交い、海藻の茂る都邑《まち》の法螺貝《ほらがい》が、〈旧きものども《エルダー・ワンズ》〉から学んだ荒々しい音楽を吹き鳴らす時、熱意の漲《みなぎ》る大いなる霧が伝承を積み上げて天空に群がり、岩場から大洋を望む者の目には神秘的な白色ばかりが見えて、あたかも崖の縁《へり》こそが地球全体の縁《へり》であり、浮標《ブイ》の厳粛な鐘の音が妖精の大気《エーテル》の中でどこまでも響いているかのようだった。

今しも、古さびたキングスポートの北部には、ごつごつとした岩山が段丘をなして高く、異様にそそり立ち、その最北端は灰色に凍《い》てついた風雲の如《ごと》く空中に張り出していた。

その岩山は、果てしない空間に突き出す孤立した分断点になっていた。というのも、そこは海岸線が鋭く湾曲し、森林地帯[*4]の伝説やニューイングランドの丘陵地帯のいささか風変わりな思い出を運ぶ雄大なミスカトニック川が、アーカム[*5]を過ぎて平野から流れ出るところなのである。

キングスポートの海辺の民は、他の場所の海辺の民が北極星を仰ぎ見るが如《ごと》くにその崖を仰ぎ見て、大熊座、カッシオペイア座、そして龍座が見え隠れする様子から、夜番の時刻を計るのだった。彼らの間ではその崖は大空と一体化していて、実際、霧が星や太陽を隠す時にはそれも見えなくなってしまうのだ。彼らは崖の一部に愛着を抱き、そのグロテスクな輪郭を〈ファーザー・ネプチューン〉*6と呼び、柱状の岩が段をなすところを〈石道《コーズウェイ》〉*7と呼んでいたが、空にあまりにも近いので恐れられていた。航海を終えて入港するポルトガル人の船乗りたちは、最初にそれが目に入ると十字を切り、年老いたヤンキーたち［ニューイングランド地方の住民のこと］は、やれなくもないことだが、そこへ登ったりしたら死よりも遥かにひどい事になるだろうと信じている。

だというのに、その崖の上には一軒の古さびた家があって、夕方になると窓に灯《あか》りが点《とも》るのだ。その古さびた家は常にそこにあって、住民たちはそこに棲《す》んでいる〈誰か《ワン》〉が深みから立ち昇る朝の霧と言葉を交わし、崖の縁《へり》が地球全体の縁になって、浮標《ブイ》の厳粛な鐘の音が妖精の大気《エーテル》の中でどこまでも響くような時、おそらくは大洋の方に特異なものを見ているのだという。

こうした事は伝聞に基づいて話されているのであって、禁断の岩場を訪れる者はいつだっておらず、地元の者たちはそこに望遠鏡を向けることすら好まなかった。夏場の下宿人《サマー・ボーダーズ》たち［避暑客のこと］が洒落た双眼鏡でそこをじろじろと眺めているのは確かだが、庇《ひさし》が殆《ほと》ど土台にまで届いていて、薄闇の中、小さな窓の仄暗《ほのぐら》く黄色い光が庇の下に漏れ出している、灰色の年古《としふ》りた板葺《いたぶ》きの尖り屋根が見えるばかりだった。

これら夏場の住民たちは、その古さびた家に同じ〈誰か《ワン》〉が何百年もの間棲んでいるなどという話は信じないが、生粋のキングスポート者たちに反証を示すことができずにいる。

瓶《びん》に吊るした鉛の振り子に話しかけ、何世紀も前のスペイン金貨で食料品を買い、ウォーター・ストリートの大層古い小屋の庭に石像を幾つも保存している〈恐ろしい老人〉[*8]ですら、彼の祖父が少年だった頃と何も変わらないとしか言えないのだ。それは、ベルチャー、シャーリー、パウナル、バーナード[*9]らがマサチューセッツ湾の国王陛下の植民地の総督だった、思いもよらない大昔のことに違いない。

やがてある夏、キングスポートを一人の哲学者が訪れた。名前はトーマス・オルニーで、ナラガンセット湾のあたりの大学[*10]で退屈な事を教えていた。恰幅《かっぷく》の良い妻とはしゃぎ回る子供たちを伴っていて、長年同じものばかり見続け、規律に則《のっと》った同じことばかり考え続けるのに疲れ果てた目をしていた。彼は〈ファーザー・ネプチューン〉の頭環のあたりから立ち昇る霧を目にすると、〈石道《コーズウェイ》〉の巨大な石段を伝って、その白い神秘の世界へ歩み入ろうと試みた。毎朝のように、彼は崖の上で横たわり、幽玄な鐘の音や、カモメらしきものの荒々しい鳴き声に耳を傾けながら、世界の縁《へり》の向こう、神秘的な天上《エーテル》の彼方を見渡していた。

やがて霧が晴れて、海が汽船の煙のたなびく退屈な姿になると、彼は溜息《ためいき》をついて街へと降りていき、丘を昇ったり下ったりする昔の狭い小道を縫《ぬ》うように通り抜け、今にも壊れそうなぐらつく切妻造りの家や、何世代にも渡り屈強な海辺の民を風雨から護ってきた、奇妙な柱のある戸口を調べるのを好んだ。そして、よそ者を好まない〈恐ろしい老人〉とすら彼は言葉を交わし、低い天井と虫に食われた羽目板が、暗澹《あんたん》たる真夜中過ぎに不穏な独白の反響《こだま》を聞く、恐ろしく古さびた小屋に招待されすらした。

霧や空と一体化したあの不吉な北方の岩山の上、空の只中《ただなか》に建っている、訪れるものとていない灰色の小屋にオルニーが目をつけるのは当然、避け得ないことだった。その家は常にキングスポートの上に張り出し、キングスポートの曲がりくねった小路のあちらこちらで、その謎が囁《ささや》かれていたのである。〈恐ろしい老人〉は喘《あえ》ぐような声で、ある夜のこと、頂きにある小屋から空の高みの雲に雷光が奔《はし》ったという、父親から聞かされた物語を話してくれた。シップ・ストリートにある、苔《こけ》と蔦《つた》に覆われた小さな切妻屋根の煉瓦《れんが》造りの家に住むオーン婆さん[*11]は、東の霧の中からやってきた羽ばたくものが、あの近寄りがたい家のひとつきりの狭い扉に飛び込んでいったという、彼女の祖母がまた聞きしたという話をしわがれ声で教えてくれた——その扉というのは、岩山の海側の端にあって、海上の船からしか見えないのである。

長い間、新奇なことを求めてやまず、キングスポート者の恐怖にも、夏場の下宿人たちにありがちな怠惰にも押し止《とど》められることなく、オルニーはひどく恐ろしい決意に至った。

保守主義の洗礼を受けていたにもかかわらず——あるいはそれこそが原因で、単調な生活によって未知のものへの切ないまでの憧《あこが》れが育《はぐく》まれて——彼は人を寄せ付けぬあの北方の崖をよじ登り、空の只中にある異様な古さびた灰色の小屋を訪れてみせると、厳《おごそ》かな誓《ちか》いを立てたのだった。

実にもっともらしいことだが、彼のまだしも正気を保っている自己は、あの場所に住んでいるに違いない者たちは、ミスカトニック川の河口の近くにある、よりなだらかな稜線に沿って、内陸側からそこにやって来ているのだろうと主張した。たぶん、彼らは自分たちの住んでいるところがキングスポートで好ましく思われていないことを知っているのか、さもなくばキングスポート側の崖を降りることができないか何かの理由で、アーカムで取引をしているのだろう。

オルニーは、大きな岩山が不遜《ふそん》にも天上の者たちと交わらんと、俄《にわか》にそそり立ったところを目指して崖のそれほど高くないあたりを伝っていき、人間の足では南側に突き出した絶壁を登ることも降りることもできないことを強く確信するに至った。

東側と北側は、海から垂直に何千フィート［千フィートは約三〇四・八メートル］も聳《そび》えているので、内陸とアーカムの方に向かっている西側のみが残った。

八月のある早朝のこと、オルニーは近寄りがたい頂きへの道を見つけようと出かけていった。

快適な裏道に沿って北西にゆっくりと向かい、フーパーの池や古い煉瓦造りの火薬庫を過ぎて、ミスカトニック川を見下ろす稜線まであがっていく牧草地の斜面に着くと、アーカムの白いジョージアン様式の尖塔《せんとう》が林立する美しい景色が、川と草原の何リーグ［時代によって異なるが、一リーグは三・八〜七・四キロメートル］も彼方に眺められた。

ここで彼はアーカムに続く人目につかない道を見つけたが、彼が望んでいた海の方へと続く道は、その踏み跡すらも見当たらなかった。

河口の高い堤防まで密集した森や野原が続いていて、人間がいる痕跡を全くとどめていなかった。

石垣や迷い牛すらも見当たらず、最初のインディアンが目にしたかもしれない背の高い草や巨大な木々、もつれ合った茨《いばら》くらいしか見えなかった。

東に向かってゆっくりと登っていき、左手の河口を徐々に高くから見下ろすうちに、道が険しくなってくることに気がついた。あの嫌悪されている家の住人は、どうやって外の世界に出かけていき、アーカムの市場に足繁《あししげ》く通うことができるのだろうかと、彼が訝《いぶか》しく思ってしまうほどだった。

やがて木々が薄くなり、右手の遥か下方に、キングスポートの丘陵と古さびた屋根や尖塔の数々が見えてきた。セントラル・ヒルすらもこの高みからは小さく見えて、会衆派教会[12]の近くにある、その地下に恐ろしい洞窟や巣穴を匿《かく》すと噂される古さびた墓地[13]が、辛うじて見分けられた。

前方にはまばらな草とわずかばかりのブルーベリーの茂みがあり、その向こうには剝《む》き出しの岩山の岩塊と、恐れられている灰色の小屋の細い尖り屋根があった。

今や尾根も狭まって、オルニーは空の只中に一人きりでいることに目眩《めまい》を覚えた。

南側にはキングスポートを見下ろす恐ろしい絶壁が聳え、北側は河口まで一マイル［約一・六キロメートル］ほど垂直に落ち込んでいた。

突如、一〇フィート［約三・〇五メートル］の深さはある大きな亀裂が彼の眼の前に現れたので、両手で下にぶら下がった後、傾斜した地面に飛び降りてから、反対側の岩壁にある天然の隘路《あいろ》を危なっかしく這《は》い上がらなければならなかった。

すると、これこそがあの薄気味悪い家の住人たちが天と地の間を行き来する方法だったのだ！

深い割れ目から這い上がると、朝の霧が集まってきていたが、前方の高みには不浄なる小屋がはっきりと見えていた。その壁は岩のような灰色で、海側の乳白色の蒸気を背景に、高い屋根が屹立《きつりつ》していた。

そして彼は、この家の陸地側に扉がなく、一七世紀の様式で鉛の枠に薄汚い半球レンズ《ブルズ＝アイ》がはめ込まれた、小さな格子窓がいくつかあるだけだと気がついた。

周囲は雲と混沌《こんとん》に取り囲まれていて、下方を見れば果てしない白色の空間が広がるばかりだった。

空の只中において、彼はたった一人きりで、この奇妙でひどく心をかき乱す家と共にあった。

それから、玄関に回り込もうと脇に歩いていったのだが、壁が崖の端とぴったり重なっていて、ただひとつの狭い扉には空っぽの天空《エーテル》からしか辿《たど》り着けなくなっているのが目に入り、彼は高さというだけでは全く説明のつかないはっきりした恐怖を感じることとなった。

ひどく虫に食われた板葺きの屋根が生き残っているのも、これほど煉瓦がぼろぼろになっていながら、今なお煙突の形を保ったまま立っているのも、ひどく奇妙なことだった。

霧が濃くなっていく中、オルニーは北側、西側、南側の窓へと這いずっていき、開くかどうか試してみたのだが、全て施錠されているのだとわかった。施錠されているのを漠然と嬉《うれ》しく感じたのは、その家を見れば見るほど、中に入ろうという望みが薄れてきたからである。

その時、ひとつの音が彼の足を止めた。

鍵が回され、閂《かんぬき》が勢いよく動く音が聞こえたかと思うと、重い扉がゆっくりと慎重に開かれているかのような、長い軋《きし》み音が続いた。彼には見えない海側で、海の波から数千フィートもの空隙《くうげき》を隔てた霧深い空の只中に、狭い戸口が開け放たれたのである。

やがて、小屋の中で重々しくゆっくりと歩く足音がして、オルニーは窓が開く音を耳にした。最初は、彼がいるのと反対の北側で、それから角を曲がったところの西側の窓が。次は、彼が立っている側の大きな低い庇《ひさし》の下にある、南側の窓の番だろう。

その厭《いと》わしい家について考える一方で、空高くの空白のことも考えながら、彼が不安どころではない感情に苛《さいな》まれていたことを言っておかねばなるまい。近くの窓枠で手探りするような音が聞こえたので、オルニーは再びそろそろと西に移動し、今は開け放たれている窓の横の壁にぴったりと体を寄せた。

所有者が帰宅したのは明らかだった。しかし、陸伝いに帰ってきたわけでもなければ、気球や飛行船のような想像のできるようなもので帰ってきたわけでもなかった。

足音が再び響き、オルニーは北側にじりじりと回り込んだ。しかし、彼が身を隠す場所を見つける前、そっと声をかけられて、彼は自分が家の主《あるじ》と対面せねばならないことを悟ったのである。


西側の窓から突き出していたのは、黒い顎鬚《あごひげ》を蓄《たくわ》えた大きな顔で、その途方もない光景が刻印された双眸《そうぼう》からは燐光《りんこう》が放たれていた。ただし、その声は優しく、風変わりで古風な響きがあったので、褐色の手が窓枠越しに差し伸ばされて、黒いオークの壁板と彫刻の施されたチューダー様式の家具のある、天井の低い室内に入るよう促されても、オルニーは震え上がったりしなかった。

男はすこぶる年季の入った衣服に身を包んでいて、海の伝説や背の高いガレオン船団の夢をどことなく思わせる崇高な雰囲気を漂わせていた。

オルニーは、彼が話した不思議なことの大部分を覚えていないし、誰なのかすら覚えていないのだが、一風変わった親切な人物で、時間と空間の底知れない虚空の不思議な魅力に満ちていたということだ。

その小さな部屋は、仄暗《ほのぐら》い水の如《ごと》き光で緑がかって見えた。そして、オルニーは東側の窓が開いておらず、古びた瓶《びん》の底のような厚く曇ったガラスで、霧がかった大気を閉め出しているのに気がついた。

顎鬚を蓄えた主《あるじ》は若々しく見えたが、それでも旧《ふる》き神秘に浸《ひた》っていることが、その双眸から窺《うかが》えた。

そして、彼が話してくれた瑰麗《かいれい》なる古《いにしえ》の事物にまつわる物語からして、彼の黙して語らぬ住まいを下方の平地から眺める村が生まれて以来ずっと、彼が海の霧と空の雲と親しく交わっているのだという村の民の話は正しかったのだと考えねばならない。

そして、一日がゆっくりと過ぎていったが、オルニーはなおも古い時代と遠い場所の風聞《ふうぶん》に耳を傾け、アトランティス[*14]の諸王が、大洋の底の裂け目からのたくり出たぬらつく冒瀆《ぼうとく》的な存在と戦った有様や、柱に支えられ、海藻のからまるポセイドニス[*15]の神殿が、今もなお真夜中に航路を見失った船から垣間《かいま》見られ、その光景によって航路を見失ったことを知るという話を聞かされたのだった。ティーターン族[*16]の時代が思い起こされたが、神々や〈旧きものども《エルダー・ワンズ》〉すら生まれていなかった仄暗い最初の混沌の時代や、スカイ川の彼方にあるウルタールに間近い岩がちな荒地にあるハテグ＝クラ山の頂きへ、蕃神《アザー・ゴッズ》[*17]どものみが踊りにやってきたことについて話す時、主《あるじ》は及び腰になった。

まさにその時、扉がノックされた。飾り釘がちりばめられ、その向こうには白い雲の深淵《アビス》のみが横たわっている、あの古さびたオークの扉がである。

オルニーは恐怖にぎょっとしたが、顎鬚を蓄えた男は身振りでじっとしているように示すと、ごく小さな覗《のぞ》き穴越しに外を見ようと、忍び足で扉に向かった。好ましからざるものが見えたので、彼は唇に何本かの指を押しつけて、全ての窓を閉じて施錠するべく忍び足でぐるりと回ってから、客《ゲスト》の傍らにある古風な長椅子へと小走りで戻った。

オルニーはその後、来訪者が立ち去るまでの間、詮索好きな様子で動き回るのに合わせて、小さな薄暗い窓の一つ一つの半透明な升《ます》に妙に黒々とした輪郭が連続して通り過ぎて行くのを目の当たりにして、主がノックに応じなかったのを嬉しく思った。大いなる深淵《グレート・アビス》[*18]の中には奇怪なものがいるので、夢の探求者《シーカー》は悪しきものを興奮させたり出くわしたりせぬよう、用心しなければならないのである。

やがて、影が集まり始めた。最初は小さなこそこそしたものがテーブルの下に、次いでより大胆なものが暗澹たる羽目板の隅に集まった。

それから、顎鬚を蓄えた男が謎めいた祈りの仕草をして、風変わりな拵《こしら》えの真鍮《しんちゅう》の燭台にある何本かの背の高い蠟燭《ろうそく》に火を点《とも》した。彼は、誰かを待つように扉にちらちらと目をやっていたのだが、やがてその一瞥《いちべつ》に、きわめて古い秘密の信号法に基づくに違いない、風変わりな打音が応じたようだった。

今回は覗き穴をちらりと見ようともせず、大きなオークの閂《かんぬき》を回転させて差し錠を素早く動かし、重々しい扉の掛け金を外《はず》すと星々と霧の中に開け放った。

するうちに、はっきりしない旋律が、地球の水没した〈強壮なるものども《マイティ・ワンズ》〉の夢と思い出の全てを孕《はら》む深みから、その部屋の中に流れ込んできた。そして、黄金《きん》色の焔《ほのお》が伸び放題の巻き毛の周りで戯《たわむ》れるのを見て、オルニーは彼らに敬意を表しながらも目の眩《くら》む思いだった。

三叉の鉾を持つネプトゥーヌスが、そして陽気なトリトーンたちと気まぐれなネーレイスたち[*19]もいた。

そして、海豚《いるか》たちの背中では波のようにギザギザの巨大な貝殻が釣り合いを保っていて、白髪交じりの荘厳な姿をした第一人者《プライム》たるノーデンス、[*20]〈大いなる深淵の君主《ロード・オブ・ザ・グレート・アビス》〉がそれに乗っていた。

トリトーンたちの法螺貝がこの世のものとも思えぬ音を吹き鳴らし、ネーレイスたちの方は、黒々とした海の洞窟に潜む未知の生物の、よく響くグロテスクな貝殻を叩いて風変わりな音を鳴らしていた。

やがて、年古《としふ》りたノーデンスが皺《しわ》だらけの手を差し伸べ、オルニーと彼の主が巨大な貝殻の中に入り込むのを助けると、法螺貝と貝殻《ゴング》が荒々しくも荘厳な絶え間ない合騒《がっそう》を響かせた。

そして、その物語に出てくるような一団は果てしない天空《エーテル》の只中へと繰り出し、歓声の騒音は雷鳴の轟く中に消えていった。

キングスポートでは一晩中、嵐と霧が時折垣間見せる高い崖を住民たちが眺め、真夜中過ぎに小さな仄暗い窓が暗くなると、恐ろしいことや災いが起きるのではないかと声を潜めて囁き交わした。そして、オルニーの子供たちと恰幅の良い妻は、浸礼派教会の穏やかでとりすました神に祈りを捧げ、朝まで雨が止まないのであれば、旅行者《トーマス》が傘とゴム靴を借りて戻って来れるようにと願った。

やがて、降雨と渦を巻く霧を伴って海から夜明けが滑り出し、浮標《ブイ》が白い大気《エーテル》の渦の中で厳粛な鐘の音を響かせた。そして、正午に小妖精《エルフ》の角笛が大洋上に鳴り響いた時、オルニーがすっかり乾いた姿で足取りも軽く、遥か遠くを見るような眼差しをして、崖から古さびたキングスポートへと降りてきた。

今もなお名前のわからない隠者の空の高みにある小屋で夢に見たものを彼は思い出すことができず、余人の足が乗り越えたことのない岩山をどうやって這い降りてきたのかを話すこともできなかった。

彼がこの件について話をしたのは〈恐ろしい老人〉だけで、彼は後になって、長く白い顎鬚の中でぶつぶつと奇妙な事を呟《つぶや》き、あの岩山から降りてきた男は登っていった男と全く同じではなく、あの灰色の尖り屋根の下や、不吉な白い霧の思いもよらぬ広がりの只中に、トーマス・オルニーだった彼の失われた魂が今もなおとどまっているのだと誓って断言したものだった。

そして、あの時以来ずっと、単調でのろのろした灰色の退屈な歳月を、哲学者は働き、食べ、眠り、不平を漏らすこともなく市民に相応《ふさわ》しい務めを果たしている。

彼はもはや遥かな丘陵の魅力に思いを焦がすこともなく、底なしの海からかすかに現れる緑の暗礁のような秘密に憧れることもない。代わり映えしない日々にもはや悲しみを覚えることもなく、規律に則《のっと》ったことを考えるだけで想像力を十分に満たせるようになった。

彼の善良な妻はいよいよ恰幅を増し、子供たちも歳を重ねてより平凡で有益な人間になり、彼は必要な時には如才《じょさい》なく誇らしげに微笑むことができた。

彼の眼差しには落ち着きのない光はなく、厳粛な鐘の音や遥か遠い小妖精《エルフ》の角笛を聞くことがあるのだとすれば、それは古い夢が彷徨《さまよ》う夜だけのことだった。

彼の家族が風変わりな古い家々を好まず、信じられないほど水はけがひどいと不平を鳴らしたので、彼はキングスポートを再び訪れたことはなかった。彼らは今、ブリストル・ハイランズ[*21]に小奇麗なバンガローを所有していて、高くそそり立つ岩山もなく、隣人たちも都会的で現代的だった。

しかし、キングスポートでは奇妙な話が広まっていて、〈恐ろしい老人〉ですらそんな話は祖父から聞いたことがないと認めていた。というのも、天空と一体化しているあの古さびた高みの家を、荒れ狂う北風が吹き払う時、キングスポートの海辺の小屋に住む農夫たちの悩みの種であった、不吉に垂れ込めてきた沈黙が、ついに破られるというのである。

そして、年老いた民が言うには、心地よい歌声がそこで歌っているのが聞こえたというのだが、その笑い声が地上の歓喜を凌ぐ歓喜に漲《みなぎ》り、夕暮れには小さな低い窓が以前よりも明るく輝くのだという。

彼らはまた、凄まじい黎明《オーロラ》があの場所を訪れる回数が増え、凍てついた世界の幻視で北の空を青く輝かせる一方で、岩山と小屋が荒々しい光輝を背景に黒々と幻想的に張り出すとも言うのだった。

夜明けの霧はいよいよ濃厚になり、海の方でくぐもった音を響かせる鐘の音の全てが、厳粛な浮標《ブイ》の音なのかどうか、船乗りたちにも確信が持てなかった。

何にもまして悪いことは、キングスポートの若者たちの心の中にある古《いにしえ》の恐怖が萎《しぼ》み、夜に北風の孕《はら》む遠くのかすかな音に耳を傾ける傾向が見られるようになったことである。新たに聞こえるようになった声には喜びが脈打ち、笑い声や音楽が混ざっているので、害悪や苦痛をもたらす者があの高みの尖り屋根の小屋に棲んでいるはずなどないと、彼らは断言するのだった。あの亡霊に取り憑かれた北端の頂きに、海の霧がいかなる物語をもたらすのかも知らずに、彼らは雲が最も濃くなる時に、崖の開口部をノックする不思議にまつわる手がかりの獲得を切望しているのだ。

そして、古老たちはいつの日にか、一人また一人と空中の近寄りがたい頂きを探し出し、急峻な板葺きの屋根の下に数世紀にわたって秘《かく》されてきた、岩と星々、そしてキングスポートの古《いにしえ》の恐怖の一部である秘密を学び取りはしないかと、戦々恐々《せんせんきょうきょう》としていた。

こうした冒険心に満ちた若者たちは疑いなく戻ってくることだろうが、その目から光が消え、心からは意志が失《な》くなっているかもしれないと、古老たちは考えていたのである。

そして、上り坂の小路や古びた破風《はふ》のある、古き佳《よ》きキングスポートが物憂げに歳月を辿る中、霧とその夢が海から空に向かう途中で憩《いこ》うべく留まっている、あの未知なる恐ろしい高みの家で、声が一つまた一つ笑いの合唱に加わり、より強く奔放なものになるのも、彼らの望むところではないのである。

古老たちは若者たちの魂が、古いキングスポートの心地よい暖炉や、切妻屋根の宿酒場から離れていくことも、あの高みの岩場での笑いと歌がさらに大きくなることも望んでいない。何しろ、聞こえてくる声が海と北の新鮮な光から霧をもたらすように、他の声がより多くの霧と光をもたらして、ついには遠い昔の神々(その存在は、会衆派の牧師に聞きつけられるのを恐れ、声を潜めてほのめかされている)までもが、深みと冷たき荒野の未知なるカダスからやって来て、素朴で大人しい漁民たちの住む穏やかな丘陵や谷間のすぐ近く、あの邪悪でお似合いの岩山に棲処《すみか》を設けるかもしれないのである。

平凡な人々にとって、地球外のものは歓迎されないので、古老たちはこうしたことを望まないのだ。それに、一人きりの住人が恐れていたノックや、鉛の枠に嵌《は》められた半球《ブルズ=アイ》レンズの奇妙な半透明の窓越しに、霧を背にして黒々とした詮索好きの姿を見せたものについてオルニーが言っていたことを、〈恐ろしい老人〉はしばしば思い返すのだった。

とはいうものの、こうした事は全て〈旧きものども《エルダー・ワンズ》〉のみが決めることであり、そうこうしている間にも、尖り屋根の古さびた家——北風が奇異なる饗宴《きょうえん》を物語る中、人の姿は見られないが夕暮れにはひっそりと灯《あか》りが点《とも》る、あの灰色で庇《ひさし》の低い家——が建っている、孤立した目の眩《くら》むような頂きのあたりには、朝の霧が今もなお立ち昇っているのである。

白い羽毛のような霧は、湿った牧草地や海龍《レヴィアタン》の洞窟の夢をいっぱいに孕《はら》んで、深みからその同胞《はらから》たる雲のところまでやって来る。

そして、トリトーン族の洞窟で物語がたくさん飛び交い、海藻の茂る都邑《まち》の法螺貝が、〈旧きものども《エルダー・ワンズ》〉から学んだ荒々しい音楽を吹き鳴らす時、熱意の漲《みなぎ》る大いなる霧が伝承を積み上げて天空に群がるのだ。そして、歩哨《ほしょう》めいた岩が恐ろしくも突き出している、それほど高くない崖の上にぎこちなく横たわるキングスポートから、大洋を望む者の目には神秘的な白色ばかりが見えて、あたかも崖の縁《へり》こそが地球全体の縁《へり》であり、浮標《ブイ》の厳粛な鐘の音が妖精の大気《エーテル》の中でどこまでも響いているかのようだった。

訳注

1　キングスポート　Kingsport

「恐ろしい老人」が初出。「祝祭」（第2集収録）から、マサチューセッツ州のマーブルヘッドとグロスターがモチーフの港町となった。同作の訳注・解説も参照。

2　海龍《レヴィアタン》　leviathan

旧約聖書の「ヨブ記」「詩篇」において、神に引き裂かれた海の怪物。ヘブライ語解釈では「自らを折りたたむもの」の意味とされ、英語圏では「海に住む巨大な生物（怪物）」のニュアンスで用いられる。同じく旧約聖書に言及されるベヒモスと対をなし、旧約偽典「第一エノク書」では、海に住む雌のレヴィアタンと、砂漠に住む雄のベヒモスが創造の第五日目に分断されたとされる。

3　トリトーン族　tritons

本来はギリシャ神話における海神ポセイドンの息子だが、二世紀頃になると馬のような前脚と魚の尾を備えた海神の従神たちの呼称となった。訳者解説も参照のこと。

4　雄大なミスカトニック川　the great Miskatonic

併記されているアーカムと共に、地名としては「家の中の絵」が初出。キングスポートが河口にあり、内陸側にアーカムが位置するという地理情報は本作が初出。

5　アーカム　Arkham

「銀の鍵」の訳注を参照。

6　〈ファーザー・ネプチューン〉　Father Neptune

ネプチューンは、ローマ神話の海神ネプトゥーヌスの英語形。ギリシャ神話におけるクロノスとレアーの子、冥府神ハーデースの弟にしてオリンポスの神々の王たるゼウスの兄にあたる、ポセイドンと同一視された神である。本作の絶壁のモチーフはマサチューセッツ州グロスターのアン岬《ケープ・アン》で、現地では〈マザー・アン〉と呼ばれている。バージニア植民地の礎を築いた一七世紀英国の探検家ジョン・スミスが北米の地図を国王チャールズ一世に見せた際、王は現地の言語に基づく「野蛮な名前」を英語由来の地名に変更するよう提案、例として自身の母アン・

オブ・デンマークに因んだアン岬《ケープ・アン》を示したという。

7　〈石道《コーズウェイ》〉　The Causeway

本作の描写からして、北アイルランドのアントリム州の北岸にある、柱状節理と呼ばれる階段を思わせる奇観、〈巨人の石道《ジャイアンツ・コーズウェイ》〉を意識したものかもしれない。現地では、民話の巨人フィン・マックールが、スコットランドの女巨人ベナンドナーと戦いに行く際に造ったとされる。

8　〈恐ろしい老人〉　the Terrible Old Man

「恐ろしい老人」の登場人物。

9　ベルチャー、シャーリー、パウナル、バーナード　Belcher, Shirley, Pownall, Bernard

一八世紀中にマサチューセッツ湾直轄植民地の総督を務めた、ジョナサン・ベルチャー（第一五代）、ウィリアム・シャーリー（第一六・一八代）、トマス・パウナル（第二一代）、フランシス・バーナード（第二三代）。

10　ナラガンセット湾のあたりの大学　a college by Narragansett Bay

同湾は、ロードアイランド州南東の内陸に深く切り込んだ入り江。おそらく、ミスカトニック大学のモチーフとなった州都プロヴィデンスのブラウン大学のこと。

11　オーン婆さん　Granny Orne

オーン家はニューイングランド地方の名家で、ＨＰＬ作品にはしばしばオーン姓の者が登場する。「マーティンズ・ビーチの恐怖」（第1集収録）の訳注も参照のこと。

12　会衆派教会　Congregational

「銀の鍵」の訳注11を参照。

13　古さびた墓地　the ancient graveyard

「祝祭」の舞台となった教会の墓地のこと。

14　アトランティス　Atlantis

紀元前五世紀ギリシャの哲学者プラトンが『ティマイオス』『クリティアス』で言及した、海没した西方の島で、王家はポセイドンの末裔とされる。ＨＰＬは一九世紀末〜二〇世紀初頭の神智学者ウィリアム・スコット＝エリオットの『アトランティスと失われたレムリアの物語 The

Story of Atlantis and the Lost Lemuria』（一九二五）から、こうした古代大陸の知識を仕入れた。

15　ポセイドニス　Poseidonis

神智学協会の創設者の一人である、一九世紀の神秘家ヘレナ・P・ブラヴァツキーの『シークレット・ドクトリン』で、アトランティスの本島として言及される大西洋上の島の名前。スコット＝エリオットの『アトランティスの物語 The Story of Atlantis』（一八九六）で広まり、アルジャーノン・ブラックウッドの「砂」を皮切りに怪奇小説に導入され、HPLの友人クラーク・アシュトン・スミスにもポセイドニスが舞台のシリーズがある。

16　ティーターン族　titans

ギリシャ神話において、天空神ウーラノスと大地母神ガイアの間に生まれた神々をはじめ、ゼウス兄弟に王権を奪われた巨大な体軀の神々の総称。巨人の呼称でもある。

17　蕃神ども《アザー・ゴッズ》　Other Gods

「蕃神」「未知なるカダスを夢に求めて」を参照。

18　大いなる深淵《グレート・アビス》　the great abyss

「未知なるカダスを夢に求めて」では、内部世界《インナー・ワールド》とも呼ばれる地球の幻夢境《ドリームランド》の地下世界の別名で、〈大いなる深淵の君主〉ノーデンスの支配地とされる。

19　ネーレイスたち　nereids

ギリシャ神話の小女神で、ヘーシオドースの『神統記』などでは特に「海の老人」ネーレウスと、海洋神オーケアノスの娘ドーリスの間の五〇人の娘を指し、海豚《いるか》や半馬半魚のヒッポカムポスと戯れる姿が美術品に描かれる。

20　ノーデンス　Nodens

ローマ属領時代のブリタンニア（現在のブリテン島）でローマ人から崇拝されていた神で、アイルランドのダーナ神族のヌアザ、ウェールズのシーズ・サウエレイントと同一視される。詳しくは訳者解説を参照のこと。

21　ブリストル・ハイランズ　Bristol Highlands

西側のナラガンセット湾と、東側のマウントホープ湾に挟まれた半島に位置している、ロードアイランド州ブリストル郡の西側の住宅地の呼称。

未知なるカダスを夢に求めて《ドリーム＝クエスト》

The Dream-Quest of Unknown Kadath

1926-1927

ランドルフ・カーターは、瑰麗《かいれい》なるその都邑《まち》を三度《みたび》にわたり夢に見たものの、その三度《みたび》とも都邑《まち》を見下ろす高いテラスに佇《たたず》んでいる最中《さなか》に夢を奪い去られてしまった。

壁、神殿、吹き抜け、縞大理石で造られたアーチ型の橋、広場や香り立つ庭園で虹色の水煙を噴き上げている銀の台座の噴水、そして優雅な並木や花々の飾られた壺、象牙の彫像に挟まれた幅広の通りが、夕陽の照り返しを受けて麗しくも黄金色《きん》に燃え盛っていた。その一方で、北へと向かう急な斜面には、赤い屋根や古さびた尖り破風《はふ》が、草が茂った石畳の小路を孕《はら》みつつも、幾段も列を重ねていた。

その都邑《まち》こそは、神々の熱情そのもの。天上のトランペットが吹き鳴らすファンファーレにして、不滅のシンバルが打ち鳴らす衝撃音なのである。

あたかも伝え聞く未踏《みとう》の山を取り巻く雲の如《ごと》く、そこには神秘がわだかまっていた。

そして、カーターが息を呑み、期待に胸を高鳴らせながら手すりのある胸壁に立っていた時、おおよそ消えかけていた記憶が胸を刺す不安、喪《うしな》われたものの痛み、かつては畏怖《いふ》の念を掻《か》き立てる重大な場所であったところを今一度思い出したいという狂おしい欲求が、彼をしっかりと捕まえたのである。

それが意味するところが、かつての彼にとって最高のものだったに違いないと理解《わか》ってはいたのだが、それを理解っていたのがいかなる周期、いかなる前世のことだったか、はたまた夢と覚醒《かくせい》のいずれだったのか、彼には何を言うこともできなかった。

その光景が朧《おぼろ》に呼び起こしたのは遠い昔の、すっかり忘れてしまっていた幼年期に垣間《かいま》見た事どもで、日々の神秘の全てに驚異と歓喜があり、夜明けと夕暮れがリュートと歌の熱のこもった音楽を先触れに、さらに驚くべき不思議へと続く妖精の門を次々と開きながらぐいぐいと前進したものだった。だが、毎晩のように奇妙な壺や彫刻の施された手すりのある大理石のテラスに立ち、美と神秘を孕む夕映えの都邑《まち》を眼下に見下ろすと、夢の専制的な神々に束縛されていることを感じるのだった。何しろ彼はその高所から離れたり、古《いにしえ》の魔術があまねく広がり、彼を差し招く通りに果てしなく伸びている、幅広い大理石の階段を降《くだ》っていくこともできなかったのである。

未だその階段を降りることができず、静まり返った夕暮れの通りに足を踏み入れることもできぬまま、三度目に覚醒《めざ》めた時、彼は人跡未踏の冷たき荒野の只中にある未知なるカダス[*1]の雲上で、気ままに引きこもっている夢の秘神たちに、長く真剣な祈りを捧《ささ》げた。

だが、神々がそれに応《こた》えることも哀れみをかけることもなかった。そればかりか、彼が夢の中で彼らに祈りを捧げ、覚醒めの世界の門からさほど遠くないところにある焔《ほのお》の柱を擁する洞窟神殿にて、顎鬚《あごひげ》をたくわえた祭司のナシュトとカマン＝ター[*2]を介して供犠《くぎ》を代償に彼らを喚起《かんき》した時ですら、いかなる恩恵の徴《しるし》も与えなかったのである。

しかし、彼の祈りはどうやら敵意あるものとして受け取られたのに違いないようだった。というのも、最初の祈りの後にすら、瑰麗《かいれい》なるあの都邑《まち》をついぞ目にすることがなくなったのである。

まるで、彼が遠方から三度そこを垣間見たことは単なる偶然や見落としの産物であり、神々の秘《かく》された計画や意図に反するものだったとでもいうかのようだった。

光り輝く夕暮れの通りや、古さびた瓦屋根の間の神秘的な丘の小路への憧れに長いこと胸を焦がし、寝ても覚めても脳裡《のうり》から追い払えなかったので、カーターは大胆な熱望を胸に、前人未踏の地へと赴く決意を固めた。氷で覆われた荒地に敢えて踏み込んで闇を通り抜け、雲に覆われて想像を絶する星々を戴《いただ》き、〈大いなるものども《グレート・ワンズ*3》〉の秘《かく》された夜の縞瑪瑙《オニキス》の城を抱く未知なるカダスを目指すのである。

浅い眠りの中、彼は焔の洞窟へと続く七〇段の階段を降り、顎鬚をたくわえた祭司たち、ナシュトとカマン＝ターにこの企てについて話をした。すると、祭司たちは二重冠《プスケント*4》を被《かぶ》った頭を左右に振って、彼の魂が死することになるだろうと断言するのだった。

彼らは、〈大いなるものども《グレート・ワンズ》〉が既に彼らの要求を示し、執拗《しつよう》な嘆願に悩まされるのを快く思っていないことを指摘した。彼らはまた、未知なるカダスに赴いたことのある人間が一人として存在せず、この宇宙のどのあたりに存在するのか――我々自身の世界を取り巻く数々の幻夢境《ドリームランド*5》の中にあるのか、それともフォマルハウトないしはアルデバランの、想像も及ばぬ伴星の周囲にあるのか――、かつて推測し得た者すら存在しないことを、彼に思い出させたのだった。

我々の幻夢境の中にあるものならば、あるいは辿《たど》り着けるやもしれぬ。だが、時間というものが始まって以来、神を敬わぬ闇黒《あんこく》の深淵《ガルフ》を横切り、他所《よそ》の幻夢境へと往き来した者はわずか三人の魂魄《じんぷつ》に過ぎず、その内二人までがすっかり狂い果てた状態で帰還したのである。

そのような航海には、現地において計り知れぬ危険がつきものなのだ。夢の届かぬ秩序ある宇宙の外側で、言葉にできぬ戯言を洩らし続けるものどもの、慄然《りつぜん》たる決定的な危険もまた同様であるぞ。弥下《いやした》の混乱の最悪なる無定形の暗影にて、なべての無限の中心で冒瀆《ぼうとく》の言葉を吐き散らし、泡立ち続けるもの――敢《あ》えてその名前を口にするものとておらず、忌まわしい太鼓のくぐもった、狂おしい連打と、呪わしいフルートのか細く単調な甲高い音色が響き渡る中、時間を超越した想像を絶する無明の房室の中で、餓えて齧《かじ》り続けている渺茫《びょうぼう》たる魔皇《ダイモーン＝スルタン》アザトース[*6]。

そして、ゆっくりとぎこちない滑稽な様子で、厭《いや》らしく太鼓を打ち叩き、笛を吹き鳴らしながら踊っている巨大なる窮極の神々、盲唖《もうあ》にして鬱々《うつうつ》たる知能なき蕃神《アザー・ゴッズ》[*7]どもの化身《けしん》にして使者なる者こそ〈這い寄る混沌〉ナイアルラトホテプ[*8]なのである。

カーターはこうしたことについて、焔の洞窟の中で祭司のナシュトとカマン＝ターに警告を受けた。

しかし、彼はそれでもなお、そこが何処にあるのだろうと、冷たき荒野の只中にある未知なるカダスの神々を見つけ出し、瑰麗《かいれい》なる夕映えの都邑《まち》の光景と記憶、そして自身の住処《すみか》を彼らから勝ち取ろうという決意を固めたのだった。


旅が尋常でない長いものとなるだろうことと、〈大いなるものども《グレート・ワンズ》〉に妨害されるであろうことは、彼も承知していた。とはいえ、夢の土地で長い経験を積んでいるので、彼は数多《あまた》の有用な記憶と技が自分を助けてくれるだろうと頼みにしたのである。

かくして、祭司たちに送別の祝福を求め、いかなる進路を取るべきか抜け目ない考えを巡らせながら、彼は大胆な足取りで〈深き眠りの門〉へと七〇〇段の階段を降りていき、魔法の森に足を踏み入れた。

ずんぐりしたオーク[*9]の巨木が手探りするように枝を絡み合わせ、奇妙な菌類の放つ燐光で淡く輝いている、ねじ曲がった木の造るトンネルには、こそこそした秘密主義のズーグ族が棲み着いている。

ズーグ族が、夢の世界のおぼろげな秘密を数多く知っているのみならず、覚醒めの世界についてもいくらか通じているのは、この森の二箇所が人間の土地に接しているからなのだが、その場所がどこなのか口にする者は、不幸な出来事に見舞われることだろう。

ズーグ族が近づくところでは、不可解な噂や出来事、それと消失が人間たちの間で巻き起こるので、彼らが夢の世界の外側ではそれほど遠くに足を伸ばせないことは幸いだった。

ただし、夢の世界のごく近いところであれば、自在に行き来することができる。小さくて褐色の、目にとまりにくい体で駆け回り、愛する森の中での炉辺の時間を潰せる刺激的な話を持ち帰るのだ。

大部分は巣穴に棲んでいるが、大木の幹に棲み着く者もいる。そして、主に菌類を糧にしているが、肉体的なものであれ霊的なものであれ、わずかなりとも肉食の嗜好を有すると囁《ささや》かれるのは、実際問題として、森に入り込んだ数多くの夢見人《ドリーマー》たちが、そこから出てこなかったことが理由なのである。

とはいえ、カーターは恐れなかった。彼は老練の夢見人《ドリーマー》なので、彼らの震え声のような言葉を学び、数多くの協定を結んでいたのである。タナリアン丘陵を越えたところ、オオス＝ナルガイの地にある素晴らしい都邑《まち》、セレファイス[*10]の発見にも、彼らの助けを借りたのだった。彼が生前に別の名前で見知っていた人物、偉大なるクラネス王[*11]がここ半年ばかり統治している都邑《まち》である。

クラネスこそは星の深淵《ガルフ》の数々に赴き、狂気に囚《とら》われることなく帰還した唯一の魂魄《ひと》なのだった。

今しも、巨大な幹に挟まれた燐光を放つ通路を通り抜けながら、カーターはズーグ族のやり方に倣って震えるような音[*12]を発し、応答がないかと何度も聞き耳を立てた。

彼は、忘れ去られて久しいのだが、より古ぶるしく危険な住人がかつて存在したことを雄弁に物語る、苔《こけ》むした巨大な環状列石がある森の中心の近くに、あの生き物たちの独特の村がひとつあることを思い出して、そこに向かって足を速めた。

古《いにしえ》の住人たちが踊りと生贄《いけにえ》を奉納した恐ろしい環状列石に近づくにつれ、他のところよりも滋養分豊かに育っているように見えるグロテスクな菌類を目印に、彼は道を辿っていった。厚みを増していく菌類の強まる光は最終的に、森の屋根を突き抜けて視界の向こうまで続く、緑色と灰色の不吉にして広漠たる光景を照らし出すに到《いた》った。

そこは、巨大な環状列石のごく近くで、カーターはズーグ族の村のそばに来ていることを知った。震えるような音を改めて発し、辛抱強く待ち続けていると、ようやく数多くの視線を向けられているという感覚が得られた。ズーグたちだった。彼らの小さく捉えづらい褐色の輪郭を識別するまでもなく、彼らの奇妙な目が見えて、それとわかったのである。

彼らは、隠された巣穴や蜂の巣状になった木から群がり出てきて、淡い光に照らされるあたり一帯がすっかり賑《にぎ》やかになった。気性の悪い連中が何匹か、気を悪くしたようにカーターの体を駆け上がり、一匹などは憎々しげな様子で耳に噛《か》み付いてきたのだが、これらの無法な連中は年長の者たちによってただちに取り押さえられた。

客人が誰なのかわかった賢人たちの評議会は、月にいる何者かが落とした種から生え伸びたという、他とは異なる化け物めいた木の樹液を発酵させたものを瓢《ひさご》に注いで供した。カーターがおごそかな様子でそれに口をつけてから、実に風変わりな対話が始まった。

残念ながら、ズーグ族はカダスの峰がどこにあるのかを知らなかった。のみならず、冷たき荒野が我々の夢の世界にあるのか、それとも別の世界にあるのかについても告げることができなかった。

〈大いなるものども《グレート・ワンズ》〉についての噂は、あらゆる場所から等しく聞き知っておりますぞ。谷間よりも、高い山の頂《いただ》きにて見られる傾向があるとだけ、申し上げましょう。月が上に、雲が下にある時、斯様《かよう》な頂きのてっぺんで、彼らは昔を偲《しの》びながら踊るということですからな。

その時、一匹の非常に年嵩《としかさ》のズーグが、他の者たちからはついぞ聴いたことのない話を思い出した。曰く、スカイ川の向こうにあるウルタール[*13]には、忘れ去られた北方の王国で覚醒めの人間たちによって著され、毛むくじゃらの食人種ノフケー族が数多《あまた》の神殿のあるオラトエを征服し、ロマール[*14]の地の英雄たちの悉《ことごと》くを殺し尽くした時、夢の地に持ち込まれたという、想像を絶するほど古い『ナコト写本[*14]』の最後の一部が、今なお残っているというのである。

彼はこうも言った。この写本には数多くの神々について書かれているといいますし、それに加えてウルタールには神々の徴《しるし》を目にした者たちがいるばかりか、ある老祭司なぞは神々が月明かりの下《もと》で踊るのを見ようと大峰《たいほう》を登ったのだとか。彼はしくじりましたが、その仲間は成功し、口に出すのも憚《はばか》られる死を遂げたのだそうです。

かくしてランドルフ・カーターは友好的に震え声で話してくれて、月樹の酒を瓢にもう一杯、お土産にと渡してくれたズーグ族に礼を告げると、スカイ川の急流がレリオン山[*15]の斜面を流れ落ち、ハテグとニール[*13]、ウルタールが点在する平原を目指して、燐光を放つ森を反対側に抜けて出発した。

彼の背後には、こそこそと姿を隠した好奇心旺盛なズーグ族が数匹、忍び足でついてきていた。彼の身に降りかかる出来事を見届けて、その物語を一族のもとに持ち帰ろうと望んでいるのだ。

巨大なオークの森は、村から離れて先に進むほどに厚みを増していった。彼は、異常に密集した菌類や腐葉土、倒れたオークの苔むした丸木の只中で、枯れているか、枯れかけているかしてオークの森がいくらかまばらになっている場所はないものかと、周囲に鋭く目を走らせた。そのような場所に、巨大な平石が森の地面に鎮座《ちんざ》しているところがあって、敢えて近寄った者の話では、幅三フィート［約〇・九メートル］の鉄製の環がつけられているということなので、そうした場所に行き合ったらただちに脇によけるつもりだった。巨大で古ぶるしい苔むした環状列石と、おそらくそれが設置された目的を覚えているズーグ族は、大きな環のついた巨大な平石の近くで決して腰を休めたりしないものである。忘れ去られたものどもが皆、必ずしも死滅しているわけではないことを理解している上に、平石がゆっくりと意味ありげに持ち上がるところを見たくはなかったのだ。

カーターがまさにその場所を迂回した時、ズーグ族の臆病な者が怯《おび》えた震え声をあげるのを耳にした。彼らがついてきていることはわかっていたので、特に気に留《と》めるようなこともなかった。これらの詮索好きな生き物の奇行には、すっかり慣れていたのである。

森の端にたどり着いた時、あたりは薄明《うすあか》りに包まれていて、輝きが増していくことから夜明けの薄明《はくめい》なのだとわかった。スカイ川の方へうねるように降っていく肥沃な平原の彼方《かなた》には、煙突から煙を吐き出す小屋が見え、その四方にはのどかな土地の生け垣や畑、草葺《くさぶ》き屋根があった。

一杯の水をもらおうと一軒の農家に立ち寄ると、背後の草地に忍び込んだ目立たないズーグ族に向かって、犬という犬が怯えて吼《ほ》えかかった。

別の家には住民の姿があったので、彼は神々のことと、彼らがよくレリオン山で踊るのかどうかについて質問してみたのだが、農夫とその妻は〈旧き印《エルダー・サイン》〉を結び、話してくれたものといえば、ニールとウルタールへの道筋のみだった。

正午になると、彼はかつて訪れたことがあり、この方角への以前の旅では最も遠くまで足を伸ばした所にある、ニールの大通りのひとつを歩いていった。ほどなくして、一三〇〇年前に建設された時、石工たちが中央の橋脚に生きている人間を人柱として封じ込めたという、スカイ川に架けられた大きな石橋のところにやってきた。

いったん反対側に渡りきると、そこかしこに猫たち（後をつけてくるズーグ族に対して、皆が背中を弓なりに反《そ》らしていた）の姿が見られ、ウルタールの近郊であることを如実に示していた。というのも、ウルタールでは古《いにしえ》の曰くありげな法律によって、何人たりとも猫を殺してはならないのだ。

ウルタールの郊外は、小さな緑色の小屋や、整然と柵に囲われた農場がそこかしこにあって、実に気持ちの良い土地柄だった。さらに気持ちがいいのは、古風で趣《おもむ》きのあるウルタールの町そのもので、古びた尖り屋根や張り出した上階層、夥《おびただ》しい数の煙突管《チムニー・ポット》、そして優雅な猫たちが明け渡してくれるところならどこでも古い玉石を目にすることのできる、幅の狭い丘道があった。

カーターは、半ば姿の見えるズーグ族が猫に追い払われ気味なのをよそに、祭司たちや古い記録があると聞く〈旧きものども《エルダー・ワンズ》〉[*16]の慎ましい神殿へとまっすぐに向かっていった。そして、蔦《つた》の這う石造りの神々しい円塔――ウルタールの最も高い丘の頂きにある――の中に入るや、岩がちな荒野にある禁断の孤峰ハテグ＝クラに登り、再び生還を果たしたという老祭司長アタル[*17]を探し出した。

神殿の最上部にある花綱に飾られた霊廟《れいびょう》で、象牙の台座に腰を下ろしていたアタルは、優に三世紀もの齢を重ねていたが、精神と記憶力は今なおすこぶる闊達《かったつ》だった。

カーターは、神々について多くのことを彼から学び取ったが、それはもっぱら、我々自身の幻夢境を弱々しく支配し、他の場所では何の力も居住地も持たない、地球の神々にまつわることのみだった。

アタルの話では、上機嫌な時であれば、彼らが人の祈りに耳を傾けることもあるだろうが、冷たき荒野のカダスの頂きにある、彼らの縞瑪瑙の城塞に登ることなど考えてもならないのだという。

カダスが何処《いずこ》に聳《そび》えるのか誰一人として知らぬのは、幸運なことよ。あそこに登ったことで得られる報いは、さぞかし重いものになることだろうからな。

アタルの同輩だった賢者バルザイ[18]は、よく知られているハテグ゠クラ山[15]の頂きに登っただけのことで、絶叫をあげながら空に吸い込まれてしまったのである。よし、未知なるカダスが見出されたにせよ、遥かに悪いことが起きることだろう。何しろ、地球の神々は時に賢明なる定命の人間に凌駕されることもあるかもしれないが、議論するのも憚《はばか》られる外世界《アウトサイド》よりの蕃神《アザー・ゴッズ》どもに保護されているのだから。

世界の歴史において少なくとも二度、蕃神《アザー・ゴッズ》どもはその印形《シール》を地球の原初の御影石に描いたのだ。一度《ひとたび》は、あまりにも古すぎるが故に読むこと能《あた》わざる『ナコト写本』の、いくつかの部分に見える図像から推測されるように、大洪水以前において。そして今一度《いまひとたび》は、賢者バルザイが月明かりの下で地球の神々が踊っているのを見ようと試みた折の、ハテグ゠クラ山においてである。

故に、適切な祈りを除いて、どの神にも関わらずにおくのが良いのだと、アタルは言うのだった。

アタルの意気を挫《くじ》くような助言と、『ナコト写本』と『フサンの謎の七書』[19]の中にも大した手がかりが見つからなかったことに落胆したカーターだったが、完全に絶望したわけではなかった。あるいは神の助けなしでそこを見つけることもできるかもしれないと考え、手すりつきのテラスから眺めたあの素晴らしい夕映えの街について、彼は年老いた祭司に真っ先に尋ねたのだが、アタルが告げられることは何もなかった。

おそらく――と、アタルは言った――その場所は彼自身の特別な夢の世界に属しているのであって、多くの者の知っている通常の幻の土地には存在せず、あるいは別の星にあるとも考えられる。その場合、たとえ地球の神々にそのつもりがあっても、彼を案内することは不可能だ。だが、〈大いなるもの《グレート・ワンズ》ども〉が彼の目から隠れたがっていることは、夢の遮断からもはっきりと示されているので、そういうわけでもないらしい。

そこで、カーターは奸計《かんけい》を企てた。彼に対して何ら含むところのない饗応主《ホスト》にズーグ族からもらった月樹の酒をたっぷりと振る舞ったので、老人は我知らずすっかり口が軽くなったのである。

自制心を喪《うしな》った哀れなアタルは、禁断の秘事を野放図にぶちまけ始め、南方海のオリアブ島にあるングラネク山の堅固な岩に刻まれているのを旅人が報告した、かの山にて地球の神々が月明かりの下《もと》の踊りに興じていた時分、自らの姿を彫りつけたという話を彷彿《ほうふつ》とさせる荘厳な像について教えてくれた。

そして彼は、しゃっくりをしながらもさらに先を続け、その像の顔立ちの特徴というのが実に奇妙なもので、誰であれ容易にそれを見て取れること、そしてその特徴というのがまさしく真正の神々の係累であることを示す、確かな印《サイン》なのだと話すのだった。

今や、神々を見つけ出すにあたって役立つ事柄の全てが、一時《いちどき》にカーターに明かされたのである。

〈大いなるものども《グレート・ワンズ》〉の若者がしばしば、人間の娘に執心することはよく知られている。ならば、カダスが聳《そび》える冷たき荒野の周縁では、農民たちの悉《ことごと》くに彼らの血が流れているはずではないか。

とすると、かの荒野を見つけ出すためには、ングラネク山の石像の顔《かんばせ》を目にしてその特徴を確認せねばなるまい。それを注意深く心にとめて、然《しか》る後に生きている人間の中で同様の特徴を持つ者を探し出すのだ。その特徴が最もはっきりと濃厚に出ている場所こそ、神々の住まうところのごく近くであるのに違いない。そして、その場所の背後にいかなる岩がちな荒野があるにせよ、その只中にカダスが聳《そび》えているはずである。

そのような地域であれば、〈大いなるものども《グレート・ワンズ》〉について多くのことを学び取れるだろうし、彼らの血を引く者たちは、探索者《シーカー》にとって非常に役立つ記憶をわずかなりとも受け継いでいるかも知れない。

彼らは、自分たちの血統について、何も知らないとも考えられる。神々は人間たちに知られることをひどく厭《いと》い、その顔を意識して見たことのある者はどこにも見当たらないのだから。よしんばカダスに登ろうとしているのであろうと、こうした事をよくよく認識しておくのだぞ、カーターよ。

だが、彼らは同郷の者たちからも理解されにくい、一風変わった高邁《こうまい》な考えを有していて、幻夢境でさえも知られていない遥か遠方の土地や庭園のことを歌うので、世の常なる民からは愚か者呼ばわりをされているようだ。こうしたものから、あるいはカダスの古《いにしえ》の秘密を学び取ったり、神々が秘匿した瑰《かい》麗《れい》なる夕映えの都邑《まち》にまつわるヒントを得るようなこともあろう。

さらにまた、時宜《じぎ》を得られたならば、神の愛《いと》し子《ご》を人質として捕らえたり、姿を変えて見目麗しい農家の娘を花嫁に迎え、人里に住まっている若き神ご自身を捕らえることすらできようぞ。

とはいえ、アタルはオリアブ島にあるというングラネク山を見出す術《すべ》を知らなかったので、そこの橋の下をさらさら流れてゆくスカイ川を辿《たど》って、ウルタールの民は足を向けたことがないものの、船に乗るか、ラバと二輪の荷車が長い列を作る隊商《キャラバン》を組むかして商人たちがそこからやってくる、南方海へと赴くようカーターに勧めるのだった。

彼の地には大都、デュラス＝リインがあるのだが、名前もよくわからない海岸から紅玉《ルビー》を積んでやってくる三連漕の黒いガレー船が原因で、ウルタールでは甚《はなは》だ評判が宜《よろ》しくなかった。

宝石商と取引するガレー船の交易商人は、人間もしくはそれに近しい生き物なのだが、漕ぎ手たちの姿は決して見えなかった。そして、何処《いずこ》とも知れない未知の土地からやってきて、漕ぎ手たちを隠すような黒船と交易するなど、ウルタールでは健全ならぬ行いと考えられたのである。

こういった情報を伝え終えた頃、アタルはすっかり眠気に捕らわれていたので、カーターは象嵌《ぞうがん》細工の黒檀《こくたん》の寝椅子に彼を優しく横たえ、長い髭の形を整えて胸の上に置いてやった。

出かけようとした時、押し殺したような震え声がついてこないことに気づき、どうしてズーグ族が好奇心たっぷりの追いかけっこからかくも手を抜いているのか不思議に思った。

ややあって、ウルタールの毛並みつややかで満足げな様子をした猫たちが、いつになく楽しげに舌なめずりしていることに気づき、年老いた祭司との会話に夢中になっている最中、神殿の下層から猫たちが唸ったり喚いたりする声がかすかに聴こえたことを思い出した。特に跳ねっ返りの若いズーグが、神殿の外の玉石敷きの通りで、小さな黒い子猫を卑しげな飢えた目つきで眺めていたことも。

この地球上で、小さな黒い子猫[*20]ほどに彼が愛してやまぬものはなかったので、彼は屈み込んで舌なめずりを続けている毛並みつややかなウルタールの猫たちを撫でてやった。

詮索好きなズーグ族からこれ以上つきまとわれないのは、むしろありがたいくらいだったのだ。

夕暮れ時だったので、カーターは眼下に街を見下ろす急峻な小路にある、古さびた宿屋に泊まることにした。自室のバルコニーからは、赤い瓦屋根と玉石敷きの通り、その彼方に気持ちの良い原っぱが一面に広がっているのを見下ろせた。斜めに差し込む光の中、目に映る何もかもが豊かで魅惑的だった。

未知なる危険へと駆り立てるさらに素晴らしい夕映えの街の記憶がなければ、ウルタールこそ永住するのに相応《ふさわ》しい場所であったろうにと、彼は強く思うのだった。

やがて黄昏《たそがれ》の帳《とばり》が降りると、漆喰の塗られた破風のピンク色の壁が幽玄な紫色に変化し、小さな黄色い光が古びた格子窓から一つ、また一つと浮かび上がった。そして、耳に心地よい鐘の音が、高台にある神殿の塔で鳴り響き、スカイ川の彼方の原っぱの上では、一番星がそっと瞬《またた》いた。

夜になると共に歌が流れ、ウルタール特有の簡素な透かし細工のバルコニーや、モザイク模様の中庭の向こうで、リュート奏者が往古の時代を賛美するのに耳を傾けながら、うとうとと微睡《まどろ》んでいた。

ウルタールの数多の猫たちの声も、それは甘やかなものであったことだろうが、生憎《あいにく》と彼らは変わったご馳走にありついたため、その大部分が胸やけを覚えながら黙りこくっていたのだった。

猫たちの中には、彼らだけが知っていて、村人たちが月の暗い側にあって、高い屋根のてっぺんから飛んでいくのだと言っている秘密の領域へとこっそり出かける者もいた。だが、一匹の小さな黒い子猫が階上に忍び足でやってきたかと思うと、カーターの膝に飛び乗ってじゃれついてきた。

そして、彼が香《かぐわ》しくも眠気を誘うハーブの詰められた枕が置かれた小さな寝椅子に横になると、彼の足の近くで体を丸めたのである。

朝になると、カーターはウルタールの羊毛糸や繁忙の農家のキャベツを積んでデュラス＝リインに向かう商人たちの隊商《キャラバン》に加わった。

それから六日間、彼らはスカイ川の脇の平坦な道を、チリンチリンと鈴を鳴らしながら進んでいった。ある夜には古風で趣きのある漁村の小さな宿屋に泊まり、また別の夜には静まり返った川から途切れ途切れに聞こえてくる船頭たちの歌に耳を傾けながら、星空の下で野営した。田舎の風景は実に美しく、緑豊かな生け垣や木立、絵画から出てきたような尖り屋根の小屋や、八角形の風車などを目にした。


七日目になって、前方の地平線に一筋の煙が立ち上るのがぼんやりと見え、やがて主に玄武岩を用いて造られた、デュラス＝リインに立ち並ぶ高く黒々とした塔が見えてきた。角張った細い塔が立ち並ぶデュラス＝リインは、遠目には巨人の石道《ジャイアンツ・コーズウェー》*21に似通っていて、通りはいずれも暗く、人を寄せ付けない雰囲気が漂っていた。夥《おびただ》しい数の埠頭《ふとう》の近くには、陰気な海酒場が数多く店を構えていて、地球上のあらゆる土地と、ごく少数ではあるが地球上ではない場所からやってきたと噂されている、見慣れない風体の船乗りたちで、街中がごったがえしていた。

奇妙な装いをしたこの都邑《まち》の者たちに、オリアブ島にあるングラネクの山嶺についてカーターが質問してみたところ、彼らがその場所のことをよく知っていることがわかった。

オリアブ島のバハルナというところの船が何隻もやって来ていて、その中の一隻がちょうど、一月も経たぬ内にあちらへ引き返すことになっていた。そして、ングラネク山はその港から縞馬《ゼブラ》に乗って二日の距離のところに位置するのである。

しかし、切り立った険しい岩壁と禍々《まがまが》しい溶岩の谷ばかりが眼下に見える、ングラネク山の登攀《とうはん》がひどく困難な側にあるので、岩に彫られた神の顔を目にしたものは殆《ほと》んどいなかった。何でも、かつて神々が山のそちら側にいる人間たちに腹を立て、蕃神《アザー・ゴッズ》どもにその件について申し立てたということである。

デュラス゠リインの海酒場にたむろする交易商人や船員は、もっぱら黒いガレー船の話ばかりを声を潜めて話したがるので、こうした情報を聞き出すのにも苦労した。ガレー船の一隻が、何処《いずこ》とも知れぬ海岸から紅玉《ルビー》を積んで一週間以内にやってくるのだが、街の者たちはその船が埠頭に着く光景を想像して、恐怖に竦《すく》み上がっていたのだった。

交易のためにガレー船からやって来る連中の口はいささか大き過ぎる上に、額の上の二箇所を瘤《こぶ》のように盛り上げるターバンの巻き方も、ひどく悪趣味に思えたということもある。

彼らの靴も、六王国でついぞ見られたことがないような短く奇妙なものだった。

しかし、そうした中でも最悪なのは、目に見えない漕ぎ手の事だった。あれらの船の三列の櫂《かい》は、あまりにも活発で正確に、勢いが良すぎて、気味が悪いほどだった。

加えて、商人たちが取引している間、船が何週間も停泊していながらも、乗組員たちの姿を垣間見ることすらないというのは、まともなことではなかった。わずかな糧食とて積み込まれたことがないため、デュラス゠リインの酒場の主のみならず、食料店主、肉屋も不満を抱いていたものだった。

商人たちは黄金と、川向こうのパルグから連れてこられたでっぷりした黒人奴隷だけを購入した。

感じの悪い外見の商人と姿の見えない漕ぎ手がこれまでに買い求めたのはそれが全てである。肉屋や食料品店の品物は一顧だにせず、黄金とパルグの太った黒人をポンド単位で買い付けたのだ。

そして、南風が波止場から吹き込んでくる時にガレー船から漂ってくる匂いときたら、筆舌に尽くしがたいものだった。古びた海酒場の頭抜《ずぬ》けて飲ん兵衛の常連たちですら、きついサグの葉巻[22]を喫《す》い続けない限りは耐えることのできぬ代物《しろもの》だったのだ。

あのような紅玉《ルビー》が他のところでも入手できるものならば、デュラス＝リインも黒いガレー船に甘い顔を決して見せなかったことだろう。だが、地球の幻夢境のいかなる場所であれ、同様のものを産出する鉱山は知られていなかったのである。

神の像が彫り込まれた、高々と聳え立つ不毛のングラネクの山峰がある島へと連れて行ってくれるだろう、バハルナからの船をカーターが辛抱強く待ち受けている間、デュラス＝リインに群れる根無し草じみた民は、もっぱらこのような醜聞《ゴシップ》を取り沙汰していた。

その間にも彼は、冷たき荒野のカダスや、夕暮れのテラスから見下ろした大理石の壁や銀の噴水のある瑰麗《かいれい》なる都邑《まち》にまつわる話を求め、遠来の旅人がたむろする場所を探し歩くのに余念がなかった。

こうした噂話から学び得たことは何もなかったが、冷たき荒野についての話が持ち出された時、一人の目の吊り上がった老商人が、妙な具合の訳知り顔をしたように思えた。この男は、レンの凍てつく荒涼とした高原[23]にある、まっとうな人間が訪れることのない、夜には遠くから禍々しい焔が見えるという、ぞっとするような石造りの村と交易をしているという話だった。顔の上に黄色い絹の覆面を着け、先史時代の石造りの修道院に独り住まいする、言語を絶する大祭司と取引をしているとすら噂されていた。

そのような人物であれば、冷たき荒野に住むと思われる者たちと、多少なりとも関わりをもっているに違いないと思われたのだが、カーターはすぐに彼に質問しても無駄であると思い知った。やがて、黒いガレー船が玄武岩の突堤《とってい》と背の高い灯台の横を通り過ぎ、音もなく場違いな様子で港へと滑り込んできて、南風が異様な悪臭を街中《まちなか》へと追い込んだ。

波止場沿いの酒場という酒場を不安なざわめきが走り抜け、ややあって瘤《こぶ》のあるターバンを巻き、短い足に厚革の靴を履いた大口の浅黒い商人たちが、宝石商の市場《バザール》を求めてこっそりと上陸してきた。

カーターは彼らを注意深く観察したが、長く見れば見るほどに嫌悪感を掻《か》き立てられた。続いて、彼らが唸《うな》るような声をあげたり汗をかいたりしながら、でっぷり太ったパルグの黒人たちをタラップへと追い立てて、その奇怪なガレー船に乗り込ませる様子を目撃し、あの太った哀れな連中は一体全体、どのような土地で――本当にどこかの土地であったとして――使役されるのかを訝《いぶか》しく思うのだった。

そして、ガレー船が停泊し始めてから三日目の夜、厭らしい商人たちの一人が、カーターの探求について酒場で耳にしたのだと匂わせながら彼に話しかけてきた。どうやら人前で話すのが憚られる知識を有するものらしく、その声音は耐え難いほどに嫌悪感を掻き立てるものではあったが、カーターは遠来の旅人の話を聞き逃してはならないと感じた。それで彼は、その客人を二階の部屋に招き入れて鍵をかけると、最後に残っていたズーグ族の月酒を取り出してその舌をほぐした。

奇怪な商人はたっぷりと飲んだが、酒が入ってもにやにや笑いを浮かべたままだった。

やがて彼は、自らも葡萄酒の入った奇妙な瓶を取り出した。カーターの見たところ、その瓶は中が空洞になっている単一の紅玉《ルビー》で、人の理解を拒む途方もない模様がグロテスクに彫り込まれていた。

商人にその葡萄酒を振る舞われたカーターは、ごくわずかに口に含んだだけだったのだが、空間を見失ったような目眩《めまい》と、想像を絶する密林の熱病に侵《おか》されたような感覚に見舞われた。

その最中にも、客人はいよいよ口を大きく広げて笑い続け、とうとう意識を喪った時にカーターが最後に目にしたのは、邪《よこしま》な笑いに引き攣《つ》った浅黒く忌まわしい顔と、痙攣《けいれん》的な笑いの振動でオレンジ色のターバンが乱れ、前方の二つの膨らみの一つから覗《のぞ》いた、全くもって言葉にできぬ代物《しろもの》だった。

カーターが次に意識を取り戻したのは、ひどい悪臭が漂っている船の甲板の天幕めいた日よけの下で、南方海の瑰麗《かいれい》な海岸線が異様な速度で飛び去っていった。鎖で繋がれてこそいなかったが、小馬鹿にしたような表情を浮かべた浅黒い肌の商人が三人、ニヤニヤと笑いながら近くに立っていた。

そして、彼らのターバンにある瘤の見た目ときたら、禍々しい昇降口から漏れ出てくる悪臭と同様、彼を失神させかねなかった。

彼は、友誼《ゆうぎ》を結んでいた地球の夢見人《ドリーマー》――古ぶるしきキングスポートの灯台守[*24]――がかつてよく語り聞かせてくれた、輝かしい土地や都邑《まち》の数々が飛ぶように過ぎていくのを眺めていた。そして、忘れ去られた夢が留《とど》まっているザールの神殿のあるテラスや、幽鬼ラティが統治する千の不思議の魔都なりし悪名高きタラリオンの尖塔、歓楽あたわざる地なりしクスラの納骨堂庭園、そして見事なアーチの頂《いただ》きで顔を合わせる水晶の双子岬に護《まも》られた、夢幻の楽土《らくど》なりしソナ゠ニルの港を認めたのだった。

これら全ての豪華な土地を通り過ぎて、悪臭を放つ船は目に見えぬ漕ぎ手の異様な膂力《りょりょく》に勢いを得て、不自然な速度で飛ぶように進んでいった。

そして、その日が暮れる前に、カーターは操舵者の目的地が、西方の玄武岩の列柱以外にはないと見て取った。純朴なる民は、その彼方に壮麗なカトゥリアがあると言うのだが、賢明なる夢見人《ドリーマー》たちがよく知るところでは、そこは途方もない大瀑布へと通じる門であり、地球の幻夢境の大洋という大洋が底知れぬ虚無《きょむ》へと流れ落ちていく場所なのだ。そして、他の世界、他の星々、秩序ある宇宙の外側にある畏怖すべき空虚《くうきょ》を目掛けて突き抜けていくのである。

その場所こそは、太鼓を打ち叩く音や笛を吹き鳴らす音、そして盲唖《もうあ》にして鬱々《うつうつ》たる知能なき蕃神《アザー・ゴッズ》どもと、彼らの化身にして使者であるナイアルラトホテプが地獄めいた踊りを繰り広げている混沌の只中で、魔皇《ダイモーン＝スルタン》アザトースが餓えて侵蝕《しんしょく》を続けているところなのだ。

さしあたり、小馬鹿にしたような表情を浮かべた三人の商人は、意図については口を噤《つぐ》んでいた。とはいえ、カーターの探求を阻止したい者たちと、この連中が手を組んでいるのは明白だった。

夢の地において、蕃神《アザー・ゴッズ》どもが数多の手先を人間たちの間に潜り込ませていて、完全な人間であれやや人間に劣るものであれ、手先どもの全てが盲目にして知能なき妖物どもの意志するところを実現しようと躍起になっているのは、彼らの悍《おぞ》ましい化身にして使者である〈這い寄る混沌〉ナイアルラトホテプの寵愛《ちょうあい》を得んがためであることは、周知の事実だった。

ということは、瘤のあるターバンの商人どもは、カダスの城にいる〈大いなるもの《グレート・ワンズ》ども〉を探し出すという彼の大胆な企てを耳にして、このような獲物に対して与えられるはずの名状しがたい褒賞がいかなるものであろうと、それを目当てに彼を誘拐してナイアルラトホテプに引き渡そうとしているのではないか――カーターはそのように推測した。

商人どもの出身地がどこなのか、我々の知る宇宙なのか、それとも尋常ならざる宇宙の外側なのか、カーターには見当もつかなかった。また、彼を引き渡して報酬を請求するべく、いかなる地獄めいた場所で〈這い寄る混沌〉に見《まみ》えるつもりでいるかについても、想像することすらできなかった。とはいえ、彼らの如き人間に近しい存在が、無定形の中心的な空虚にある、窮極の闇に包まれた魔神《ダイモーン》アザトースの玉座に敢えて近寄ろうとしないこともわかっていた。

日が沈むと、商人どもは異様に大きな唇を舐《な》め回し、空腹に目をぎらつかせた。そして、一人が下に降りて、隠された不快な船倉から食べ物を入れた鍋《ポット》とバスケットを持ってきた。彼らはそれから日よけの下に連れ立って座り込み、湯気の立つ肉を回し食いした。

しかし、彼らが分け前を寄越した時、その大きさと形にひどく恐ろしいものを感じ取ったので、カーターはそれまで以上に青ざめて、他の者たちが見ていない隙にそれを海に投げ捨てた。その上で改めて、彼は下層にいる姿を見せない漕ぎ手たちと、彼らをあまりにも機械的に働かせ続けている胡乱《うろん》な食糧について思いを巡らせるのだった。

ガレー船が西方の玄武岩の列柱の間を通過した時にはもう暗くなっていて、前方からは最果ての瀑布の先触れとなる轟音が膨れ上がってきた。瀑布の水飛沫《みずしぶき》が星々をも覆い尽くさんばかりに跳ね上がり、甲板はずぶ濡れになり、船は断崖の急流へと引き込まれていった。

やがて、奇妙な風音と縦揺れと共に船が飛び上がり、カーターがあたかも大地が崩れ落ちたかのような悪夢めいた恐怖を感じる中、その巨船は音もなく彗星《すいせい》のように星海宇宙を疾走《はし》りだしたのである。

無定形の黒々とした妖物どもが宇宙空間《エーテル》の中に潜み、跳ね回り、のたうちまわっていて、通り過ぎていく航海者たちを横目に捉《とら》えて冷笑し、時には動く物体に好奇心を刺激されてぬるついた肢《あし》で触れようとすることなど、彼はついぞ知らなかった。

そいつらは蕃神《アザー・ゴッズ》どもの名もなき幼生で、連中と同様に盲目で知能を持たず、尋常でない餓えと渇きに取り憑かれているのだった。

しかし、その不快なガレー船はカーターが危ぶんでいたほどの遠隔地を目指してはおらず、ほどなくして、操舵手がまっすぐ月に向かうコースへと航路を取るのが見えた。月は三日月で、接近するにつれていよいよ大きくなり、異様なクレーターや峰が不安を掻き立てる姿を曝《さら》け出した。船は月の縁《へり》を目指していて、常に地球に背を向け、おそらくは夢見人《ドリーマー》のスニレス＝コを措《お》いて全《まった》き人間が目にしたことのない、秘密と謎に包まれた月の裏側が目的地なのだと、すぐに判明した。

ガレー船が近づくにつれて仔細《しさい》に見えてくる月面の様相は実に心騒がされるもので、カーターはそこかしこで崩壊している廃墟《はいきょ》の大きさや形がどうにも好きになれなかった。

山々に建つ死せる神殿は、まっとうで相応《ふさわ》しかるべき神々を祀ったものとは見えず、崩れた柱同士の位置関係に見られる対称性には、解き明かすことが憚《はばか》られる暗澹《あんたん》たる意味が潜むように思われた。

そして、往古の崇拝者たちがいかなる生体の構造をして、どのような体形をしていたかについては、カーターは一瞬たりとも推測しないように努《つと》めた。

船が月の縁を巡り、人間の目からは見えない土地の上空を航海している最中《さなか》、奇怪な景観の中にある種の生命の徴《しるし》が見られた。そして、カーターはグロテスクで白っぽい菌類の原野に、背が低く幅広い、円形の小屋が数多く建っているのを目撃した。

これらの小屋には窓がなく、その形状がエスキモーの住居を彷彿とさせることに彼は気がついた。

続いて、どろっとした海の油じみた波がうねる様を垣間見て、船が再び水上——少なくとも何らかの液体——の航行に移行することを知った。ガレー船が特異な音を立てて海面を打つと、波の方は妙に弾力的な受け止め方をして、カーターを大いに困惑させた。

船は今や非常な速度で滑走《かっそう》し、似たような形のガレー船と一度、互いに声をかけあいながらすれ違ったものの、奇怪な海と、そのどこかで焼け付くような太陽が輝いているにせよ、黒々として星がちらばる空ばかりが見えるのだった。

やがて、病み崩れたような海岸線に、ギザギザ状の丘が視界の中でせり上がり、カーターは厭な感じのする太く灰色の塔が、都邑《まち》に林立しているのを目にした。それらの塔に窓が一つもなかったという事実は、囚われの身にしてみれば非常な不安を掻き立てられるものだった。

そして、瘤付ターバンを纏った商人の奇怪な葡萄酒に口をつけた愚行を、激しく悔いたのである。

海岸が近づくにつれ、その都邑《まち》の悍《おぞ》ましい悪臭がいよいよもって強くなった。彼はギザギザ状の丘陵地の上にたくさんの森が広がっているのを目にしたのだが、そこに生えている木の一部が、地球の魔法の森にぽつんと一本だけ生えていた、月樹に似ていることに気がついた。褐色のズーグ族が樹液を発酵させて、奇妙な酒を拵《こしら》えたあの樹である。

今や、前方の悪臭漂う波止場で動いている者たちの姿を一体一体を識別できるまでになっていて、その姿がよく見えるほどに、カーターの恐怖と嫌悪はひどくなるばかりだった。

そいつらは人間でもなんでもなく、人間に近い存在ですらなかった。大きくなったり小さくなったりと自在に体格を変化させる、灰白色でつるつるした巨軀の妖物《シング》*25で、主に取っている形状――頻繁《ひんぱん》に変化するものの――は目を持たない蟇《ひきがえる》じみた姿なのだが、その太くて短い鼻らしきものの先端では、ピンクの短い触手が集まって怪しく蠕動《ぜんどう》しているのだった。

このような代物が波止場のあたりをよたついた足取りで忙《せわ》しげに歩き回り、並外れた力で梱包された貨物や木枠、箱といったものを移動させていた。そして、前足に長い櫂を持ち、飛び上がるようにして投錨《とうびょう》したガレー船に幾度も出入りしていたのだった。

時折、その内の一匹がひとかたまりの奴隷の群を追い立てながら現れることもあった。奴隷たちはおよそ人間もどきの姿をしていて、デュラス゠リインで交易をしていた商人どものように大きな口をしていたのだが、ターバンや靴、衣服を身に着けていなかったので、それほど人間らしくは見えなかった。奴隷たちの一部――監督役らしき者が手でつまんで体つきを確かめた太った者たち――は、船から降ろされて木枠に閉じ込められ、それを作業員たちが背の低い倉庫に押し込んだり、大きくて重たげな荷馬車に積み込んだりしていた。

荷馬車の一台が走り去ったのだが、それを牽引《けんいん》していた、とても現実のものとは思えぬ生物ときたら、カーターがこの厭らしい場所にいる他の妖物どもを目にした後ですらも、息を吞むような代物だった。

時折、ガレー船に乗り組んでいた浅黒い商人どもと似たような衣服とターバンを身に着けた奴隷の小さな集団がガレー船に乗り込み、つるつるした灰色の蟇じみた妖物どもから成る地位の高い乗組員が、船員や航海士、漕ぎ手としてそれに続いた。

そして、人間もどきの生き物どもの殆どは、操舵や料理、伝令や荷運び、彼らが交易している地球や他の惑星での人間との交渉役など、膂力を必要としない不名誉な類の労役に割り当てられていることを、カーターは理解した。この生き物どもは、衣服を身につけ、注意深く靴を履いてターバンを巻いていれば実に人間とそっくりで、気後れすることもなければ妙な説明もなしに、人間の店で値切りたおすことができるのだ、地球上ではたいそう便利だったに違いない。

だが、連中の大部分は、痩せたり醜かったりしない限り、裸にされて木枠に詰められ、現実のものとは思えぬ生物が牽引する製材用の四輪馬車で運ばれていってしまうのである。

時折、他の生き物が船から降ろされ、木枠に押し込められるのだが、こうした半人間どもによく似ていることもあれば、それほど似ていないこともあり、全く似ていないこともあった。

そして彼は、パルグの哀れな太った黒人たちの中には一体、船から降ろされて木枠に押し込まれ、例の不愉快な荷馬車で内陸部へと出荷されていく者がいるのだろうかと訝《いぶか》った。

海綿状の岩から成るぬめぬめした埠頭《ふとう》にガレー船が着岸すると、蟇じみた妖物の悪夢めいた大群が昇降口から身をくねらせながら現れて、その内二匹がカーターを摑み上げて岸に引きずっていった。

都邑《まち》の臭いと外観は言語に絶するもので、カーターが切れ切れに目にしたものといえば、タイル張りの通りと黒い戸口の数々、窓のない灰色の直立壁が延々と続く断崖くらいのものだった。

ややあって、彼は低い戸口の中に引きずり込まれ、真っ暗闇の中で果てしない階段を登らされた。

蟇じみた妖物にとって、明るかろうが暗かろうが関係ないのは明らかだった。

その場所の臭いは耐え難く、ある部屋に閉じ込められて一人きりになると、カーターは辛うじて残っていた力を振り絞ってあたりを這い回り、その形状と大きさを確かめた。その部屋は円形で、およそ二〇フィート〔約六・一メートル〕ほどの幅があった。

それ以降、時間というものは存在しなくなった。

時折、食べ物が押し込まれたのだが、カーターは触れようとしなかった。

どのような運命を辿《たど》ることになるかはわからないが、あの無限の蕃神《アザー・ゴッズ》どもの恐るべき化身にして使者なりし〈這い寄る混沌〉ナイアルラトホテプの到来に備えて、自分が拘束されているのだと感じていた。

どれほどの時間、どれほどの日数が経過したのか、推測すらままならなかったが、ようやく石造りの大きな扉が再び開け放たれ、カーターはぐいぐいと押されて階段を降りていき、あの恐るべき都邑《まち》の赤い光に照らされた通りに押し出された。

月面には夜が訪れていて、街のいたる所に灯明《トーチ》を持つ奴隷たちが配置されていた。

忌まわしい広場に、蟇じみた妖物が一〇匹と、人間もどきの灯明持ちが二四人——左右それぞれの側に一一人と、前後に一人ずつ——立ち並ぶ行列めいたものが形成された。カーターは列の中央——前後に五匹ずつの蟇じみた妖物と、左右に一人ずつの灯明持ちの人間もどきに挟まれる格好で配置された。

蟇じみた妖物の中には、ぞっとするような彫刻の施された象牙のフルートを取り出し、胸をむかつかせる音を奏でる者もいた。その地獄めいた吹奏に合わせて、タイル張りの通りから穢《けが》らわしい菌類の繁殖する夜闇に包まれた平原へと縦列は前進し、ほどなくして都邑《まち》の裏手に横たわる、低くゆるやかな丘陵の一つを登り始めた。

その恐ろしい斜面あるいは冒瀆的な高原の何処《いずこ》かで、〈這い寄る混沌〉が待ち受けていることには疑う余地もなく、カーターはこの生殺しの状態がそろそろ終わってくれるよう願ってやまなかった。咽《むせ》び泣くような瀆神《とくしん》のフルートの奏でる音色は慄然《りつぜん》たるもので、その半分程度であれまともな音を耳にできるのであればいかなる犠牲も厭《いと》わぬ心境だったが、蟇じみた妖物どもには声がなく、奴隷たちも沈黙を貫いていた。

やがて、星のちらばる暗闇を通して、通常の音が聴こえてきた。その音は、高い丘陵や、その周囲に聳《そび》えるギザギザ状の峰から一斉に轟きわたり、高まりゆく万魔の合唱となってあたりに反響した。それは、真夜中の猫の鳴き声《クライ》だった。カーターはついに、猫だけが知っていて、猫の中でも長命の者たちが夜半に高い屋根の上から飛び上がってはこっそりとそこに赴くという秘密の領域について、年老いた村人たちの囁き声での推測が正しかったことを知ったのである。

猫たちが丘陵の上を飛んだり跳ねたりして、古の幻影と言葉を交わす場所こそがまさしく、月の暗い側なのであり、悪臭芬々《ふんぷん》たる縦列の只中にあって、カーターは彼らの聞き慣れた、親しげな鳴き声を耳にして、自宅の急勾配の屋根や暖かい炉辺、灯《あか》りに照らされた小さな窓に思いを馳《は》せた。

今や、猫の言葉の大半は、ランドルフ・カーターの知るところとなっていた。そして、この遥か遠くの恐ろしい場所にあって、彼は然《しか》るべき鳴き声《クライ》を口にしたのだった。

しかし、その必要はなかった。口を開くか開かないかの時、彼の耳には猫たちの合唱が次第に大きく、近くなってくるのが聴こえてきた。そして、星々を背景に影が素早く動き、小さな優美な姿をしたものが丘から丘へと飛び渡り、幾つもの軍団に集《つど》っていくのが見えたのである。

氏族への命令が発せられ、穢《けが》れた行列が恐怖を感じる間もあらばこそ、密集した柔毛《やわげ》と残忍な爪の軍勢《ファランクス》が、津波の如く荒れ狂いながら覆い被さった。

フルートの演奏が止まり、夜闇の中で甲高い悲鳴があがった。人間もどきどもが瀕死の叫びをあげ、猫たちは唸り、鳴き声をあげ、轟吼《ごうこう》した。しかし、蟇じみた妖物どもは決して声を出さず、穢らわしい菌類の繁殖する孔だらけの地面に、悪臭を放つ緑色の濃漿《のうしょう》を致命的な傷から流していた。

灯明が消えるまでの間、途方もなく素晴らしい光景が広がっていた。カーターは、それまでにこれほど沢山の猫を目にしたことがなかったのである。

黒、灰色、白、黄色、虎縞、その混合。普通の猫、ペルシャ、マンクス、チベタン[*26]、アンゴラ、そしてエジプシャン[*27]。その全てが凄まじい戦いの渦中にいて、ブバスティス[*28]の神殿にて猫の女神を偉大なものたらしめる深遠にして侵すべからざる聖性を、皆が纏《まと》っているのだった。

猫たちは、人間もどきの喉笛や、蟇じみた妖物のピンクの触手の生えた鼻に、屈強な七匹がかりで勢いよく飛びかかり、菌類の繁殖する平原にそいつらを手荒く引き倒した。そこに、無数の同族たちが殺到して、聖戦の怒りのままに狂暴な爪と歯をお見舞いするのだった。

カーターは、打倒された奴隷から灯明を奪い取ったものの、間もなく彼の忠実なる守護者たちの押し寄せる波に圧し潰されてしまった。そして、彼は真っ暗闇の中に横たわり、戦いの喧騒と勝利の雄叫びを聞きながら、乱闘の中、彼の体の上を行き交う友人たちの柔らかな肢《あし》を感じ取っていた。

畏怖の念と疲労が、ついには彼の双眸《そうぼう》を閉ざしたのだが、再びそれを開いた時、ただならぬ光景が目に入った。我々が見知っている月の一三倍はあろうかという大きさの地球の輝く円盤が昇っていて、月の風景の上に不気味な光を洪水の如く流し込んでいたのだ。そして、荒れ果てた平原とギザギザの山峰の至るところに、きちんと整列した猫たちが果てしない海の如く、蹲《うずくま》っていたのである。

猫たちは幾重もの輪を描いて広がっていて、高位の指導者たちである二、三匹が彼の顔を舐め、慰めようとゴロゴロと喉を鳴らしてくれた。死んだ奴隷たちや蟇じみた妖物どもの痕跡はあまり残っていなかったが、カーターは一番近くの戦士たちの輪と自分に挟まれた空間から少しばかり離れたところに、一本の骨を見たように思った。

カーターは、耳に心地よい猫の言葉で指導者たちと話し合い、彼と猫族の間の古くからの交友はよく知られていて、猫が大勢集まる場所では頻繁《ひんぱん》に話の種になっていることを教えられた。

ウルタールを通り過ぎた時、彼の事が目に留《と》まらないはずもなく、毛並みつややかな老猫たちは、小さな黒い子猫に邪《よこしま》な目を向ける餓えたズーグ族に対処した後、カーターが可愛がってくれたことを覚えていた。それに、彼が旅館にやってきた幼い子猫を歓待し、出発を前にした朝に、こってりしたクリームを皿に一杯、振る舞ってやったことも記憶していたのである。

その幼い子猫の祖父こそが、今ここに集《つど》った軍の指導者なのだった。遠く離れた丘から邪な行列を目撃し、地球上と夢の地の同族たちが縁《えにし》を結んだ友人が囚《とら》われていることを知ったが故のことである。

遠くの山峰から物悲しい鳴き声が聴こえてきて、老指導者は不意に会話を中断した。

そこは最も高い山々に配置された軍の前哨基地の一つで、地球の猫が第一に恐れている敵を見張っているのだった。その敵というのは、土星からやって来るきわめて大きく異様な猫で、どういうわけか、我々の月の暗い側の魅力を忘れ果てていた。連中は邪《よこしま》なる蟇じみた妖物どもと協定によって結託し、我らが地球の猫たちに対して公然と敵意を向けていたのである。

よって、この重大な局面での会敵は、いくぶん面倒なことになりそうだった。

将軍たちの手短な協議の後、猫たちは起き上がってさらに間隔を詰めた陣形を取り、カーターを護るように周囲を取り囲むと、宇宙空間を越えて我らが地球とその幻夢境の屋根の上に戻る大跳躍に備えた。老いた陸軍元帥は、柔毛に覆われた跳躍者たちの密集した軍勢の中では、落ち着いて無抵抗に身を任せるようカーターに助言した。そして、他の者たちが跳ね上がった時にどう跳ね上がれば良いか、他の者たちが着地した時にはどのように優雅な着地をすれば良いかを教えたのである。

老猫はまた、彼が望む場所があるならば、そこに降ろそうと申し出てくれたので、カーターは黒いガレー船が出航したデュラス゠リインの都邑《まち》を目的地に定めた。というのも、オリアブ島と神の顔《かんばせ》が断崖に彫り込まれたングラネク山へ向けて、そこから船で向かいたかったのである。

黒いガレー船との良からぬ取引を二度と行わないよう、あの都邑《まち》の人々に警告したいという目的もあった。巧妙かつ賢明に取引を打ち切ることが本当にできるならば、それに越したことはないのである。

やがて合図があって、猫たちは皆、友《カーター》を彼らの中心にしっかりと包み込んで優美に跳躍した。

折しもその頃、月の山脈の不浄極まりし頂《いただ》きにある、闇黒《あんこく》の洞窟の中では、〈這い寄る混沌〉ナイアルラトホテプが、今もなお虚《むな》しく待ち受けていたのだった。

宇宙空間を通り抜ける猫たちの跳躍は実に速やかで、周囲を友に取り囲まれていたこともあり、カーターは今回、深淵《アビス》に潜みながら睨《ね》めつけ、冷笑する、黒く巨大な無定形の妖物を目にしなかった。何が起こったのかもはっきりとわからない内に、彼はデュラス＝リインの宿屋の見慣れた部屋に帰還を果たしていて、猫たちは親しげな様子を見せながら、こっそりと窓から出ていった。

ウルタールからやって来た老指導者が最後に残った。そして、カーターがその前脚を握ると、鶏が時をつくる前には家《ウルタール》に帰れるだろうと、彼は言うのだった。

夜が明けて、カーターが階下に赴くと、虜囚《りょしゅう》の身で連れ去られてから二週間経っていることを知った。

オリアブと往復している船が出るまでにはまだ二週間近くあったので、その間に彼は、黒いガレー船とその悪辣《あくらつ》なやり口について非難して回った。町の住人たちは、その大半が彼の言葉を信じたのだが、宝石商たちは大粒の紅玉《ルビー》に執心《しゅうしん》しているので、大口の商人たちとの良からぬ取引を取りやめるとはっきり約束してくれた者はいなかった。たとえ、そのような取引によってデュラス＝リインに禍々しいことが起きようとも、それは彼の責任ではないのである。

およそ一週間ほどで、黒々とした突堤《とってい》と背の高い灯台の横を通り過ぎ、待ち焦がれていた船が入港した。カーターにとってありがたいことに、彼女《その船》は船腹にペンキが塗られ、黄色い大三角帆を張り、絹製の礼服を着用する白髪《しらが》交じりの船長が指揮する、ごくまっとうな人間たちが乗り込む帆船《バーク》だった。

積荷は、オリアブ内陸部の香り高い樹脂や、バハルナの陶工たちが焼いた優美な薄手の陶器、そしてングラネク山の古代の溶岩を彫刻した奇妙な小像といった品々。その対価として、ウルタールの羊毛やハテグの虹色の織物、川向こうのパルグで黒人たちが彫刻した象牙が引き渡された。

カーターが、バハルナ行きについて船長と交渉したところ、航海には一〇日かかるとのことだった。

そして、一週間の待機中、彼はングラネク山について船長とじっくり話をした。何でも、山上の顔の彫刻を目にしたものは滅多におらず、大抵の旅人はバハルナの年寄りや溶岩採り、彫像造りから、それにまつわる言い伝えを聞くだけで満足してしまい、遥か遠くにある故郷に帰り着いてから、あたかも実際にそれを目にしたかのような話をするのだという。

今生きている者たちの中に、彫り込まれた顔を目にした者がいるかどうかについてすら、船長は確信が持てなかった。何しろ、ングラネク山の裏側はひどい難所である上に不毛で禍々しい場所であり、山頂近くの洞窟群には夜鬼《ナイト＝ゴーント》*29が棲み着いているというのがもっぱらの噂だった。

しかし、夜鬼《ナイト＝ゴーント》がいったいどのような存在なのかという話になると、船長は口を閉ざすのだった。

こうした害獣は、自分のことを頻繁《ひんぱん》に考える者の夢に執拗《しつよう》に取り憑くものと知られていたのである。

それからカーターは、冷たき荒野の未知なるカダスと瑰麗《かいれい》なる夕映えの都邑《まち》についても船長に尋ねてみたのだが、こうしたことについて、この善良なる人物は全く何も知らなかった。

潮の流れが変わったある日の早朝、カーターはデュラス＝リインを出航して、暗鬱な玄武岩の街の細い角張った塔に、日の出の最初の光が射《さ》し込む様子を見た。

それから二日の間、彼らは緑豊かな海岸を眺めつつ東方へと航行し、網が乾かされている懐かしい夢のような埠頭や浜辺から、赤い屋根や煙突管《チムニー・ポット》のある家々の建つ急な斜面が立ち上がっている、雰囲気の良い漁村を何度も見かけたのだった。

しかし三日目になって、水のうねりが強くなっているところで彼らは急に進路を南に転じ、ほどなくして陸地からは全く見えない洋上に達したのである。

五日目になって、船員たちが神経を高ぶらせた状態になっていたのだが、船長は彼らが怯えていることについてカーターに謝罪した。彼の話では、記憶にも残らぬほど古い時代に沈んだ街の、海藻に覆われた壁や崩れた柱の上を、今まさに航行しているということだった。そして、水が澄んでいる時には、数多の動き回る影が深みに見えるのだが、純朴な民はそれを忌み嫌うのだとか。

さらに彼は、多くの船がその海域で姿を消してしまったことを認めた。ごく近くから声をかけられることがあっても、その姿が二度と再び見られることはないのである。

その夜は月がとても明るく、海の底深くまで見透かせるほどだった。風がほとんど吹かないので船をあまり動かすこともできず、海はひっそりと静まり返っていた。

カーターが舷墻《げんしょう》［波を防ぐための外舷の囲い］越しに海の深みへと目をやると、大きな神殿の円蓋《ドーム》と、その前面からかつては公共の広場だったところへと伸びている、異様なスフィンクス[*30]の立ち並ぶ通りが見えた。マイルカたちが廃墟を楽しげに出入りしているかと思えば、ネズミイルカたちがそこかしこで不器用に戯れ、時には水面にやってきて海から跳ね上がることもあった。

少しの間、船が流されていくと、大洋の底が盛り上がって丘陵となり、古《いにしえ》の登攀道や無数の家々の洗い清められた壁をはっきりと目にすることができた。やがて郊外に差し掛かり、最後に丘の上にただ一つ建っている大きな建物が現れた。他の建造物よりも簡素な造りで、保存状態は遥かに良かった。黒々とした低い建物で、正方形の壁に四面を囲まれ、それぞれの隅には塔が建っていた。舗装された中庭が中央にあって、小さく奇妙な丸窓がいたる所についていた。

大部分が海藻に覆われていたが、おそらく玄武岩なのだろう。街から離れた丘の上に孤立する印象的な建物なので、神殿か修道院なのかも知れない。内部にいる燐光を放つ魚が、小さな丸い窓を輝いているように見せていて、カーターには船員たちの怯えも無理からぬことと思えた。

やがて、水中に射し込む月の光のお陰で、中庭の真ん中に背の高い奇妙な独立石《モノリス》が建っていて、何かが縛り付けられていることに彼は気がついた。船長室から借りてきた望遠鏡で眺めてみると、そこに縛り付けられているのは、上下逆さ向きで目を喪《うしな》った、オリアブの絹製の礼服を着用する船員だった。

嬉しいことに、間もなく微風が吹き始めて、船をもっと健全な海域へと連れて行ってくれた。

翌日には、不思議な色合いの百合の球根を積み込んで、忘れ去られた夢の地にあるというザール[*31]へと向かう、菫色《すみれいろ》の帆がある帆船と海上でやり取りした。

そして一一日目の夜、雪を戴《いただ》き、ギザギザな形をしたングラネクの山峰が遥か遠くに聳え立つ、オリアブ島の姿が見えたのである。

オリアブは非常に大きな島で、その港であるバハルナは広く大きな都邑《まち》であった。バハルナの埠頭は斑岩で、その背後にある巨大な岩棚に都邑《まち》が築かれていて、階段状になっている通りが、建物そのものや建物同士を結ぶ橋によって、そこかしこでアーチを描いていた。

都邑《まち》全体の地下を流れる大運河が、花崗岩のトンネルを通って内陸のヤス湖へと繋がっていて、その対岸には名前が記憶されていない原初の都邑《まち》の、広大な煉瓦造りの廃墟が存在する。

船が夕暮れの港に入っていくと、対になっているトンとタルの信号所が歓迎の光を灯《とも》した。そして、頭上の薄闇の中に星々が姿を現していくにつれて、幾百万ものバハルナの岩棚の窓からしっとりとした灯りが静かに点《つ》けられていき、その急峻に聳《そび》える港町はやがて、天の星々と静穏《せいおん》な港に反射する星々の間でたゆたう豪華絢爛な星座になったのである。

上陸後、船長は街の後部の傾斜を降った先にある、ヤスの湖岸の小さな家に客として迎え、彼の妻と召使いたちは旅人を楽しませるべく、風変わりではあるが美味な料理でもてなしてくれた。

その後の数日間、カーターは溶岩採りや彫像造りがたむろする、あらゆる酒場と公共の場に赴いて、ングラネク山の噂や言い伝えについて尋ねてみたのだが、斜面の高いところまで登っていったり、彫り込まれた顔を目にしたことのある者は見つからなかった。

ングラネク山は背後には厭わしい谷があるのみの過酷な山で、夜鬼《ナイト＝ゴーント》の存在が全くの作り話だと言われても、鵜呑みにするわけにはいかなかった。

船長が再びデュラス＝リインへと船を出すと、カーターは煉瓦造りでヤス湖の対岸の廃墟に似ている街の最も古い区画で、階段状の小路に面している古びた酒場に宿をとった。彼はそこでングラネク山に登る計画を立て、あれこれの進路について溶岩採りたちから知り得たことを全て比較検討した。

酒場の主人はたいそう年をとった人物で、数多の言い伝えを耳にしていたので、大いに助かった。

彼は、カーターをその古びた屋敷の上階に連れていき、人間が今よりも大胆でングラネクの高峰に登るのを厭《いと》わなかった頃、旅人が粘土の壁を引っ掻いて描いた、粗い絵を見せてくれた。

年老いた酒場の主人が祖父のそのまた祖父から聞いた話によれば、その絵を描いた旅人はングラネク山を登って彫り込まれた像を目撃し、他の者たちに見せようとここにそれを描いたのだという。

しかし、壁に大きく粗描きされたその姿は、慌ただしくぞんざいな手によるもので、加えて角や翼、鉤爪にくるくると巻いた尾を備えた、悪趣味もここに極まれりと思える小さな同伴者たちの群れがその全体に影を落としていたので、カーターは大いに疑問を感じていた。

こうしてついに、バハルナの酒場や公共の施設で得られるだろう全ての情報を手に入れたカーターは、金を払って縞馬を一頭借りると、ある日の朝、岩がちなングラネク山が聳える内陸部を目指してヤス湖岸の道を辿《たど》り始めたのである。

うねる丘陵と心地よい果樹園、こざっぱりとした小さな石造りの農家を右手に望み、彼はスカイ川の脇に広がっていた肥沃な畑のことをありありと思い出した。日が沈むまでに、ヤスの対岸にある名も知れぬ古代の廃墟のあたりに辿り着いた。年老いた溶岩採りたちから、そこで野営しないよう警告されていたのだが、彼は崩れた壁の前にある奇妙な柱に縞馬を繋ぐと、風雨を避けられそうな隅っこの、誰もその意味を読み解けないでいる彫刻の下に毛布を敷いた。

オリアブの夜は寒いので、彼はもう一枚の毛布で身体をくるんだ。一度、昆虫の羽か何かが顔をかすめたような気がして目が覚めてしまったので、彼は頭まですっぽりと毛布にくるまり、樹脂を産する遠くの木立で鳴き立てるマガー鳥に起こされるまで、安らかに眠り続けていた。

何リーグ［時代によって異なるが、一リーグは三・八〜七・四キロメートル］にも渡って、原初の煉瓦の土台や毀《こぼ》れた壁、時にはひび割れた柱と台座がヤス湖の岸辺まで荒寥《こうりょう》と続いている大斜面に、今しも太陽が登り始めた。

カーターは、繋いでおいた縞馬を探してあたりを見回した。そして、繋いでおいた奇妙な柱の脇に、従順な獣が四肢を伸ばしきって倒れているのを目の当たりにした彼の狼狽《ろうばい》は大きかったが、喉元につけられた異様な傷から全ての血液を吸い取られ、完全に死んでしまっていることを知った時に覚えた激昂《げっこう》の方が、さらに大きなものだった。

荷物が荒らされ、光る小間物がいくつか奪われていて、砂がちな地面のそこかしこに、何とも説明し難い水かきのある大きな足跡[*32]が残されていた。溶岩採りから聞かされた言い伝えが脳裡《のうり》に蘇る中、彼は夜半に顔をかすめたものは一体何だったのかと考え込んだ。

ややあって、彼は荷物を肩にかけると、ングラネク山を目指して歩き始めた。しかし、廃墟を抜ける道を進んでいた時、古びた神殿の壁に大きなアーチ状の開口部がぽっかりと開き、目に見える範囲を越えた遥かな先の暗闇へと階段が降り続けているのを間近に見た時は、身震いを禁じ得なかった。

彼の進路は今や登り勾配になっていて、ところどころで木々が生えている荒れた土地が続いていて、目に入るものといえば炭焼き小屋と樹脂を集めている者たちの野営地ばかりだった。

そのあたりの空気には、全体的に香膏《バルサム》［樹木から分泌される、強い芳香を放つ油脂］の香りが漂っていて、全てのマガー鳥たちが陽光の中で七色の体をきらめかせながら、楽しげに歌っていた。

日没近くになって、彼はングラネク山の低い斜面から荷物でいっぱいの袋を担いで戻ってくる、溶岩採りたちの新しい野営地にやって来て、人々の歌や物語に耳を傾けながらここで再び野営をしたのだが、彼らが失踪《しっそう》した仲間について囁いているのを小耳に挟んだ。何でも、その人物は頭上にある良質の溶岩に辿り着こうと高みに登っていったまま、夜になっても仲間たちの許《もと》に戻らなかったというのである。

翌日になって、仲間たちが彼を捜索したものの、見つかったのは彼のターバンのみで、下方の岩礁にも彼が転落したことを示す痕跡はなかったという。

溶岩採りの中でも年配の者たちが無駄なことだと言ったので、それ以上の捜索は行われなかった。

その獣自体は、ほとんど作り話と言っても良いような不確かな存在なのだが、夜鬼《ナイト＝ゴーント》に連れ去られた者は、誰一人として発見されたことがないのである。カーターは、夜鬼《ナイト＝ゴーント》は吸血するのか、光る物が好きで、水かきのある足跡を残したりしないのかと彼らに尋ねたてみたが、皆が否定的に首を振り、彼がそのような質問をしたことに恐れを抱いたようだった。

彼らの口が重くなったのを見て取って、カーターは質問を重ねず、毛布にくるまって眠りについた。

翌日、彼は溶岩採りたちと共に目を覚まし、別れを告げた。彼らは西へと向かい、カーターの方は彼らから購入した縞馬に乗って東へと向かった。年配の者たちは彼に祝福と警告を与え、ングラネク山の高みには登らぬ方が良いと告げたのだが、心よりの感謝を伝えながらも、彼は決して断念しなかった。未知なるカダスの神々を見つけ出し、彼の心に取り憑いている瑰麗《かいれい》なる夕映えの都邑《まち》への道を勝ち取らねばならないと、今なお感じていたのである。

正午まで縞馬に乗って長い坂を登り続けていると、彼はかつてングラネク山の近くに棲み、滑らかな溶岩に小像を彫刻していた丘人《おかびと》たちの廃棄された煉瓦造りの村をいくつか目にした。

酒場の主人の曾祖父の時代まで、彼らはここらに住んでいたのだが、その頃になって、自分たちの存在が何者かに忌避されているのだと感じ始めていた。

彼らの住居は山の斜面にすら届き、より高い位置に家を建て増していくほどに、夜明けが来るといなくなっている者たちが数を増やしていった。暗闇の中で垣間見られたものが、およそ好意的に解釈できるものではなかったので、ついにはすっかり立ち去るのが良いだろうとの判断が下された。

かくして、村人全員が海の方に降りてバハルナのとりわけ古い地区に棲み着き、今日《こんにち》まで続いている小像造りの古い技を、息子たちに伝えたのである。

バハルナの古びた酒場を尋ね回っていた時、ングラネク山についての最も耳よりな話を聞かせてくれたのが、故郷を追われたこれらの丘人たちの子孫だった。

その間にもカーターが近づくにつれて、ングラネク山のひどく荒涼とした側の高みがいよいよもって、その姿をおぼろげに現していくのだった。低い位置の斜面には木々がまばらに生えていて、それよりも上にはわずかな灌木《かんぼく》、そして悍《おぞ》ましい剝《む》き出しの岩肌が、霜や氷、万年雪と混じり合い、ぼんやりと霞むように空高く聳えているのである。陰鬱な岩肌の裂け目や険しさを眺めるにつけ、カーターはこれからそこを登るという自らの計画にうんざりした。

固まった溶岩流がそこかしこにあり、岩滓《がんさい》［細かい孔が空いた燃えかす状の溶岩］の塊が斜面と岩棚に散らばっていた。九〇もの永劫を重ねた昔、神々がこの尖峰《せんぽう》で踊るよりも以前に、その山は焰をもって言葉を発し、内なる雷鳴を声として叫んだのである。

今や、それは不吉に黙りこくったまま聳え立ち、隠された側に秘密の巨人像を保持していると噂に語られているのだった。なお、その山には幾つかの洞窟があるのだが、往古の暗闇のみを孕《はら》む虚《うつ》ろで孤独な洞窟なのかも知れないし、さもなくば――言い伝えが正しければ――推測もままならぬ類《たぐい》の恐怖が潜んでいるのかも知れなかった。

ングラネク山の麓《ふもと》までの地面は上り勾配になっていて、オークの低木と梣《とねりこ》の木々がまばらに生え、岩や溶岩、そして古い時代の噴石《ふんせき》が散乱していた。

溶岩採りたちがよく一息を入れるあたりには、数多の回数を重ねた野営時の焦げた燃えさしと、いくつかの粗末な祭壇があった。彼らがングラネク山の高所の山道や迷路じみた洞窟に棲むものと夢想した、〈大いなるもの〉たちを宥めたり、やり過ごしたりするために造ったものである。

夕方、カーターは薪《たきぎ》の燃えさしが残っている最も遠い地点に到達し、夜に備えて野営した。そして、眠りにつく前に縞馬を苗木に繋ぎ、それから毛布にくるまった。どこか人目に晒《さら》されない池の岸から、ヴーニスの吼え声がかすかに聴こえてきたが、カーターはあの水陸両生の厄介な生物を恐ろしいとは思わなかった。彼らがングラネク山の斜面に決して近寄らないと、はっきり言われていたのである。

晴れ渡った朝の日射しの中で、カーターは長い登攀にとりかかった。役に立ってくれている縞馬を、できる限り先まで牽いていったのだが、狭い道の地面があまりにも急なものになってきたので、発育の悪い梣《とねりこ》に繋いでおくことにした。

そこから先は、単独でよじ登りはじめた。まずは雑草が生い茂る開拓地の古い村々の廃墟を、それから生気のない灌木がそこかしこに生えている、頑健な草地を彼は通り抜けていった。

斜面はひどく急勾配で、どこを見ても目眩《めまい》を覚えるような有様だったので、彼は木々がすっかりないところに来たことを後悔した。ついには、周囲を見回すだけで、眼下に広がる郊外の風景――打ち捨てられた小像造りの山小屋、樹脂を分泌する木々の茂みと、樹液採りたちの野営地、七色のマガー鳥が巣作りして歌い交わす森はもとより、ヤス湖の遥かな対岸や名前とて忘れ去られた古代の廃墟らしきものすらも、一望のもとに見極められるようになっていた。

あたりに目を向けないに越したことはないと考えて一心に登り続け、やがて灌木がごくまばらになり、しがみつけるものといえば頑健な草ばかりのところにやって来た。やがて土の層が薄くなって、剝き出しの岩が大きく露出するようになり、割れ目にコンドルの巣が見つかることもあった。

最終的には、剝き出しの岩以外には何もなくなった。非常に形が粗く、風雨に削られていなければ、とてもではないがそれ以上登っていけなかったことだろう。しかしながら、瘤や岩棚、小さな突起といったものが大いに役立ち、砕けやすい石の中に溶岩採りが不器用に引っ掻いた痕跡を目にしては、自分よりも前にまともな人間がここまで来ていたことを知って、元気付けられたのだった。

ある程度の高さまで登ると、欲しいと思ったところに手がかりや足がかりがあり、上質の溶岩脈や溶岩流が見られるところには小さく切り出したり掘り出したりした痕跡があって、かつてここまでやってきた人間の存在感をより強く示していた。ある場所では、狭い岩棚が人為的に切り込まれて、主要登攀路の遥か右方にあるとりわけ豊かな鉱床へと続いていた。

カーターは一、二度ほど思い切って背後を眺め、眼下に広がる風景に呆然とさせられた。自分と海岸の間に広がる島の全景が視界に入り、バハルナの岩棚とそこからたなびく煙突の煙が、遥か遠くで神秘的な佇《たたず》まいを見せていた。そして、島の風景の彼方には、人を惹きつける秘密の全てをたたえた南方海が、果てしなく広がっているのだった。

これまでのところ、もっぱら山に沿って蛇行し続けてきたので、顔の彫り込まれた向こう側は、なおも隠されたままだった。カーターが今しも目にした左上方に伸びている岩棚が、目当ての方向に向かっているようなので、それがずっと先まで続いていることを期待しつつ、その経路を進み始めた。

一〇分後、その道が袋小路になっていないことが判明した。先の方で弧を描くように険しく切り立っているのだが、突然それが途切れたり方向が変わったりしない限り、数時間ばかり登り続ければ、荒涼とした岩壁と厭わしい溶岩の谷を見下ろす未知なる南斜面へと辿り着けそうだった。

眼下に新たな土地が見え始めると、ここまで壁沿いに進んできた海側の土地に比べて、より峻《しゅん》厳《げん》で荒涼としているのがわかった。山腹の様子も多少違っていて、ここまでずっと辿ってきた経路には見当たらなかった奇妙な亀裂や洞窟が穿たれていた。そのいくつかは彼の上方に、いくつかは下方にあるのだが、その全てが垂直の険しい崖に口を開けていて、人間の足で辿り着くのは不可能だった。

大気は今やひどく冷え切っていたのだが、登攀の苦しさの余り、そんなことは気にもならなかった。

次第に薄くなる空気だけが悩みの種で、他の旅人たちはこのせいで頭がおかしくなって馬鹿げた夜《ナイト＝ゴーント》鬼の話を妄想し、この危険な道からの転落による登山者の失踪に理屈を付けたのだとカーターは考えた。

彼は、旅人たちの話にはそれほど印象付けられていなかったのだが、問題が発生した場合に備えて、湾曲した三日月刀《シミター》を持ってきてはいた。

ともあれ、未知なるカダスの頂きにいる神々の手がかりとなるかもしれない、あの彫り込まれた顔を見たいと願うあまり、それ以外の考えは思い浮かびもしなかったのである。

高所の凍りつかせるようなひどい寒さの中、彼はようやく、ングラネク山の隠された側へと完全に回り込み、眼下の果てしない深淵《ガルフ》の中に、〈大いなるもの《グレート・ワンズ》ども〉の古の怒りを物語る小さな岩塊《がんかい》や、不毛な溶岩の割れ目を目の当たりにした。

南側の渺《びょう》茫《ぼう》たる広大な土地への視界も開けたのだが、美しい野原も煙突のある小屋もない荒寥《こうりょう》とした土地がどこまでも続いていた。オリアブは巨大な島なので、こちら側には海の気配すら見えなかった。

垂直の険しい崖には、なおも夥しい数の黒々とした洞窟や奇怪な割れ目があったのだが、そのいずれもが登山者の接近を拒んでいた。

今や、大きく突き出した岩塊が頭上にそそり立ち、上方への視界を遮っていたので、そこを通り抜けられないのではないかとの疑念を抱き、カーターはつかの間、震え上がった。

地上から何マイル［一マイルは約一・六キロメートル］も離れた風の吹き荒《すさ》ぶ不安定な場所で、空間と死のみが存在する側と、滑りやすい岩壁のみが存在する側が均衡《きんこう》を保っているのを目の当たりにして、人間をングラネク山の見えない側から遠ざける恐怖というものを、彼は一瞬で得心したのである。

引き返すこともできず、太陽も既に低くなっていた。もしも上方に道が見つからなければ、そこにしゃがみこんだまま夜を過ごさねばならず、夜が明ける頃には失踪《しっそう》する羽目に陥ることだろう。

しかし、道は存在し、彼は然るべきタイミングでそれを見出した。熟練の夢見人《ドリーマー》のみが利用できる、ほとんど目に見えないほどの足場だったが、カーターにはそれで十分だった。

外側にせり出している岩を乗り越えてみると、そこから上の斜面は下方のそれよりも遥かに登りやすいことがわかった。大氷河が溶けたため、黒土と岩棚のある広い空間が残されていたのである。

左の方では、未知なる高みから未知なる深みへと絶壁がまっすぐに落ち込んでいて、頭上のわずかに手の届く範囲からはずれたところに、洞窟が黒々とした口を開いていた。しかし、それ以外の場所では、山は後方に大きく傾いていて、もたれかかって体を休める余地さえ与えてくれた。

冷気からして雪が近くにあるに違いないと感じ、雪にきらめく小さな突起が、赤みを帯びた夕暮れの陽光の中で輝いているかどうか、上方に目をやって確認しようとした。

はたして、何千フィート［千フィートは約三〇四・八メートル］もの高みに雪が見えて、その下方には今しも彼が乗り越えてきたような大きな岩塊が、あたかも永遠にそこにぶら下がっていたかのようなごつごつした輪郭を見せ、白く凍りついた山頂を背景に黒々と突き出していたのだった。

その岩塊を目にするや、カーターは息を呑み、声を出して叫ぶと、畏敬の念を込めてギザギザの岩を掴んだ。というのも、その巨大な隆起は地球の夜明けの時代に形成されたままの状態ではなく、彫り込まれ、磨き込まれた神の顔《かんばせ》を、夕陽の中で赤々と美しく輝かせていたのである。

夕暮れの焔が照らし出すその表情は、厳しくも恐ろしく輝いていた。その大きさたるや何人たりとも測定しえないほどのもので、人間には決して造り出せないものだと、カーターはすぐに理解した。それは神々の手が彫刻した一柱の神であり、高貴にして厳粛なる態度で、探求者を見下ろしていた。特徴的で見間違いようのない姿であると噂は伝えていたが、カーターは確かにそうだと首肯した。細長い目と、耳たぶの長い耳、それに薄い鼻と先の尖った顎《あご》——そういった特徴の全てが、人間ならぬ神の種族を物語っていたのである。

これを予期した上で、それを目にしようとやって来たにもかかわらず、彼は畏敬の念に打たれ、地上から遠い危険な高所にしがみついた。何しろ、神の顔には予想を上回る驚異があったのだ。

その顔の巨大さたるや大神殿をも凌《しの》ぎ、古《いにしえ》の時代に神々が黒々とした溶岩を彫り込んだ天上界の謎めいた静寂の中、下界を見下ろしている姿を夕暮れ時に目の当たりにすれば、その驚異はいよいよもって強められ、何人たりとも逃れ得なかったのである。

さらに驚くべきこともあった。彼は、この顔と似ていることで神の子であると判別できる人間を求め、幻夢境を隅々まで探し回るつもりだったのだが、もはやその必要はないとわかった。

そう、この山に彫り込まれた巨大な顔の特徴には見覚えがあって、タナリアン丘陵を越えた先にあるオオス゠ナルガイに位置し、カーターがかつて覚醒めの世界で見知っていたクラネス王が統治する港町、セレファイスの酒場でよく見かけた者たちによく似ていたのである。

あのような顔をした船員たちが、毎年のように北方から黒い船に乗って現れ、彼らの縞瑪瑙をセレファイスの翡翠彫刻や金糸、よく囀《さえず》る赤い小鳥と交換したのである。この者たちこそが、探し求めてやまぬ半神に他ならぬことは明白だった。

彼らの棲処の近くに冷たき荒野があって、未知なるカダスと〈大いなるものども《グレート・ワンズ》〉の縞瑪瑙の城がその只中にあるはずなのだ。ならば、オリアブの島から遠く離れたセレファイスへと赴かねばなるまい。デュラス゠リインに引き返し、スカイ川をニールの近くの橋まで遡ろう。そして、再びズーグ族の棲む魔法の森に入り、道を北の方に曲がってオウクラノスの側《そば》の庭園を経由してトラン[*33]の尖塔がきらめく街へと向かい、セレネリアン海[*34]を渡るガレオン船〔大型の帆船の一種〕をそこで見つけるのだ。

しかし、今や空が暗くなり、彫り込まれた顔が暗がりの中でさらに厳しく見下ろしていた。岩棚に留まっている間に探求者《シーカー》を夜の帳《とばり》が包み込み、闇の中では上にも下にも移動することもままならず、その狭い場所に立ち尽くし、震えながらすがりついていることしかできなかった。うっかり握りを緩め、何マイルもの目がくらむような高さから忌まわしい谷間の険しい岩壁や鋭い岩の上に落下してしまわぬように、朝がやってくるまで眠り込まず、起きたままでいられるように、彼は祈り続けた。

星々が現れたが、それ以外に目に映るのは黒々とした虚空ばかり。彼にできることといえば、死と結託した虚空が差し招くのに抗って岩にしがみつき、見えない縁《ふち》から体を反らすくらいのことだった。

薄暮の中、彼が最後に目にした地上のものは、横にある西向きの絶壁のあたりに上昇してきたコンドルで、手の届かぬ位置に口を開ける洞窟に近づいたのだが、金切り声をあげて飛び去っていった。

突然、暗闇の中で何の前触れもなく、目に見えない手が腰に差している湾曲した三日月刀《シミター》をこっそりと抜き取るのをカーターは感じた。次いで、それが下の岩場に落ちていく騒々しい音が聴こえてきた。

そして、夜空にかかる天の川と自分の間に、不快なまでに痩せこけて角と尾、蝙蝠《こうもり》の翼を備えている、恐ろしい輪郭をしたものが見えたような気がした。西の空では、さらに現れた者たちが星々の光点に染みを作り始めていた。その様子は、朦朧《もうろう》とした実体の群れが密集して音もなく羽ばたき、絶壁に臨む近づきがたい洞窟の中から飛び出してきているかのようだった。

それから、冷たいゴムのような腕のようなものの一本が彼の首を、別の一本が足を摑み、手荒に空中高く持ち上げられたかと思うと、そのままあらぬ方向へと加速した。

一分も経つ頃には星々は消え失せて、カーターは夜鬼《ナイト＝ゴーント》が自分を捕らえたことを悟ったのである。

夜鬼《ナイト＝ゴーント》どもは彼に息も継がせず、あの絶壁の洞窟と、その先に広がる途方もない迷宮を通り抜けた。最初、本能的にそうしたように抵抗すると、ゆっくりした動作で彼をくすぐった。

連中は全く声を出さず、膜状の翼さえも音を立てなかった。その体は恐ろしく冷たくて、じめじめと湿って滑りやすく、鉤爪のある四肢を厭らしく操って、獲物をもみくちゃにするのだった。

間もなく、彼らはぞっとするような急降下を始めると、目眩や吐き気を引き起こす勢いで墓場を思わせるじめついた大気を突っ切り、想像を絶する深淵《アビス》の数々を抜けていった。カーターは、自分たちが絶叫と魔的な狂気が作り出す大渦巻に飛び込んでいるように感じていた。

彼は幾度も絶叫をあげたのだが、その度に黒い肢《あし》が陰険さのいや増す手付きで彼をくすぐった。

やがて、灰色の燐光らしきものが見えてきて、曖昧な言い伝えに語られている、地の底の恐怖を孕む内部世界《インナーワールド》に向かっているのではないかとカーターは推測した。青白い鬼火《デス=ファイア》によってのみ照らされる場所で、妖気と地球中心部の窖《あなぐら》の原初の霧が放出されているという話である。

遥か下方にようやく見えてきた、禍々しくもおぼろげな灰色の尖峰の連なりこそは、伝説に謳《うた》われるトォク山脈[*35]に違いないとカーターは悟った。太陽の光とて射し込まぬ永劫の深みの霊妙なる薄闇の中、恐ろしくも不吉に聳え立つその山脈は、人間が推測しているよりも高く、ボールども[*36]が厭らしくも這い回って窩《あな》を穿つ、恐ろしい谷間を護っているのである。

とはいえ、カーターにとってみれば、彼を捕らえた者たち——滑らかで油じみた鯨を思わせる皮膚や、互いに向き合うような形で湾曲した不愉快な角、音もなく羽ばたく蝙蝠の翼、醜悪で物を摑むのに長けた四肢、そしてむやみに振り回される先の尖った物騒な尾といったものを有する、ぞっとするほど不格好な黒い妖物どもの姿を目にするよりも、山脈を見ている方がましなのだった。

何にも増して最悪なのは、彼らが言葉も笑い声も全く発しないことだ。

そもそも、笑いを浮かべるべき顔そのものが存在しないので笑顔になりようもなく、顔があるべきところには意味ありげな空白があるのみなのだった。彼らがすることといえば、誰かを捕まえ、空を飛び、くすぐることのみで、それこそが夜鬼《ナイト＝ゴーント》のやり方なのである。

飛行する群れが高度を落としていくにつれ、トォク山脈は四方に灰色の姿を聳え立たせ、永遠《とこしえ》の黄昏に包まれる無骨で何も語らない花崗岩の上には、生きとし生けるものの姿がないことがはっきりと見て取れた。さらに低いところでは空中に鬼火が漂い、いくつかの細い峰が魔鬼《ゴブリン》の如く高みに突き出しているのを別にすると、見えるものといえば原初の虚空の暗闇のみだった。

やがて、峰々は遥か遠くに過ぎ去り、山脈最深部の洞窟群のじめついた湿気を帯びた強風が吹き荒ぶばかりになった。最終的に、夜鬼《ナイト＝ゴーント》どもは目には見えないものの骨の堆積物のように感じられる床に降り立つと、カーター独りをその黒々とした谷間に残した。彼をここに連れてくるのがングラネク山を守護する夜鬼《ナイト＝ゴーント》どもの任務であり、それを完了した途端、音もなく飛び去っていったのである。

カーターは、彼らが飛び去るところを目で追おうとしたものの、自分には無理だと悟った。何しろ、今やトォク山脈すらも見えなくなっていたのである。

そこには、闇黒《あんこく》と恐怖、沈黙、そして骨以外には何も存在しなかった。

カーターは今、確かな根拠をもって、途方もなく大きなボールどもが這い回り、窩《あな》を穿つナスの谷[*37]に自分がいるのだと認識していた。だが、ボールどもを見たことのある者もいなければ、いかなる姿をしているのか想像しえた者すらいないので、これから何を目にすることになるのかわからなかった。ボールどもについては、骨の堆積した山脈の中でガサガサと蠢いているとか、誰かの横をのたくりながら通り抜けていく際のぬるぬるした手触りといった、漠然とした噂によってのみ知られている。連中が這い回るのは暗闇の中に限られているため、その姿を見ることはできないのである。

カーターはボールに出くわしたいとは思わなかったので、あたりに堆積した骨の未知なる深みの中に、何か物音が聴こえはしないかと、必死に耳を凝らした。

このような恐ろしい場所にあってさえ、彼には計画と目的があった。というのも、ナスとそこに至る進入路については、その昔、彼がしばしば語り合ったとある人物が詳しかったのである。

端的に言えば、ここは覚醒めの世界の全ての食屍鬼《グール》[38]どもが、彼らのご馳走の食べ滓《かす》を投げ捨てる場所である可能性がかなり高く、もしも僥倖《ぎょうこう》が得られたなら、彼らの領土の境界であることを示す、トォクの峰々よりも高く聳える巨大な岩山に行き当たることもありうるのだ。

降り注ぐ骨が、どこを探せば良いか教えてくれるはずだ。それが見つかりさえすれば、食屍鬼《グール》に呼びかけて梯子を降ろしてもらうことができる。いかさま奇異なることではあるが、彼はあの恐ろしい生き物と、はなはだ面妖な縁を持っていたのである。

その縁というのは、彼がボストンで知り合った男――墓地の近くの古びたいかがわしい小路に秘密のアトリエを構えていた、異様な作風の画家[39]――で、実際に食屍鬼《グール》たちと交友し、その胸をむかつかせるわけのわからない早口の言葉[40]の簡単な音節を理解できるよう、カーターに教えてくれたのだった。

その男は最終的に失踪してしまったので、改めて彼を見つけ出して、記憶もおぼろげな覚醒めの世界の、今や遠いものとなった英語を幻夢境で初めて用いることが叶《かな》うのか、彼には確信が持てなかった。

何にせよ、自分をナスから導き出してくれるよう、食屍鬼《グール》を説得できると感じていた。目に見えないボールに出くわすよりも、目に見える食屍鬼《グール》に見《まみ》える方がましなのである。

かくしてカーターは闇の中を歩き始め、足下の骨の中から何かが聴こえたような気がした時には駆け足になった。一度、トォク山脈の一つの峰の麓に違いない、岩の斜面に激突したこともあった。

やがて、空の遥か高いところからガタガタガチガチいう具合の途方もなく大きな音が聴こえてきて、ようやく食屍鬼《グール》の岩山の近くにやってきたのだと確信した。

何マイルも下に位置するこの谷から自分の声が届くかどうか確信が持てなかったが、内部世界《インナーワールド》には奇妙な法則が存在することも認識していた。考え込んでいるうちに、重みからして頭蓋骨に違いない骨が飛んできて体に当たったことで、彼の行く末を決する岩山が近くにあることがわかったので、彼は食屍鬼《グール》の呼びかけである甲高い鳴き声めいた叫びを、精一杯張り上げたのだった。

音はゆっくり伝わるので、早口の返答が届くまでは、しばらく時間がかかった。

しかし、ようやく返答があって、ほどなく縄梯子を下ろすと伝えられた。

彼が叫びをあげたことで、骨の中にいる何かを刺激しなかったとも限らないので、彼は待っている間、ひどい緊張を強《し》いられていた。事実、間もなく彼は遠くからカサカサいう音が聴こえてくるのを耳にしたのである。その思惑ありげな音が近づくにつれ、彼は次第に不安を募らせていったのだが、梯子が降ろされる場所から離れようとは思わなかった。

ついに、緊張感が耐え難いまでに膨れ上がり、パニックを起こして逃げ出しかけた時、近くの真新しい骨山の上に何かがどさりと落ちてきて、異様な物音に向けられていた彼の注意を引き剝がした。それはまさしく縄梯子で、わずかに手探りした後、カーターはそれを両手でぴんと引っ張った。

しかし、異様な物音は消え去ることなく、彼が登り始めた後も接近を続けていた。

五フィート［約一・五メートル］は登った頃、下方のガタガタいう物音はいよいよもって大きく騒がしいものとなり、一〇フィートばかり登った頃には何物かが下から縄梯子を揺さぶった。一五から二〇フィートの高さに達したに違いない時、彼は交互に膨らんだりへっこんだりしている巨大な長躯《ちょうく》をのたくらせたぬるぬるしたものが、彼の体の側面全体をかすめていくのを感じた。その後、彼は人間の目に触れたことのない忌まわしくも貪欲なボールの耐え難い抱擁から逃れようと、死に物狂いで登り続けた。灰色の鬼火とトォクの不快な尖峰の数々を再び目にしながら、痛む腕と水ぶくれのできた手を動かして、何時間もかけて登り続けたのである。

ついに、食屍鬼《グール》たちの棲まう巨大な岩山の先端を上方に窺えるところまで到達したのだが、その垂直の絶壁を垣間見ることもできなかった。それから数時間後、ノートルダム寺院の手摺り壁越しにおぼろげに見える怪物像《ガーゴイル》のような、異様な顔が目に入った。

あやうく動転して手を離すところだったが、すぐに自分を取り戻すことができた。それというのも、失踪した友人のリチャード・ピックマンが、彼を一匹の食屍鬼《グール》に会わせてくれたことがあり、彼らの犬じみた顔や前屈みの姿勢、言いようのない特異な体つきについてよく知っていたからである。そのようなわけで、その悍《おぞ》ましい妖物が自分を岩山の断崖越しの目のくらむような空虚から引っ張り上げた時にも、彼は自制心を働かせ、傍らに積み上がった食べかけの滓《かす》や、食事をしながら好奇心たっぷりにこちらを眺めている車座の食屍鬼《グール》たちを目にしても、悲鳴をあげたりはしなかった。

彼が現在いるのは薄暗い平野で、大きな丸い岩や巣穴の入り口といったものが、唯一の地形的特徴だった。食屍鬼《グール》たちの態度は概して慇懃《いんぎん》で、ある者が彼をつまんでみようと目論んでいたにせよ、残りの者たちは彼の痩せた体を物思わしげに見つめているだけだった。

早口のやり取りを辛抱強く続けて、彼は失踪した友人のことを質問した。そして、覚醒めの世界に近いあたりの深淵《アビス》で、彼が何かしら目立つ立場の食屍鬼《グール》になりおおせたことを知ったのだった。

緑がかった体色の年老いた食屍鬼《グール》が、ピックマンの現在の棲処に案内しようと申し出た。それで彼は、どうしたって抑えきれない嫌悪感を抱きながらも、その者の後に続いて広々とした巣穴に入り込み、菌類が繁殖する暗闇の中を何時間も這うように進んでいった。

彼らが出てきた場所は薄暗い平野で、地上の特異な遺物――古びた墓石や壊れた骨壺、グロテスクな墓碑の欠片といったもの――が散乱していた。そしてカーターは、彼が焔の洞窟から〈深き眠りの門〉へと至る七〇〇段の階段を降って以来、おそらくこの時ほど覚醒めの世界に近づいたことはないという、ある種の感慨に捉えられた。

そこの、ボストンのグラナリー墓地[*41]から盗まれた一七六八年の墓石に座っている食屍鬼《グール》こそ、かつて画家のリチャード・アプトン・ピックマンだった者に他ならなかった。裸の皮膚はゴムのような質感で、いかにも食屍鬼《グール》といった面相に成り果てていて、人間だった頃の面影は既に曖昧なものとなっていた。だが、そいつはわずかなりとも英語を覚えていて、時折、食屍鬼《グール》の早口の言葉で補いながら、唸るような単音節の言葉でカーターと会話することができた。

カーターが魔法の森へと赴き、そこからタナリアン丘陵を越えてオオス゠ナルガイの都邑《まち》、セレファイスに行きたがっていることを知ると、そいつは多少の疑義を示した。というのも、ここにいる覚醒めの世界の食屍鬼《グール》たちは、幻夢境の上層にある墓地では何をするでもなく（そうしたことは、死都で生まれる水かき付きの足を持つワンプども[*42]にやらせておけばいい）、彼らの深淵《ガルフ》と魔法の森の間には、ガグどもの恐るべき国土を含め、数多くのものが妨げになるというのである。

毛むくじゃらの巨大なるガグどもはな、かつて魔法の森に環状列石をいくつも築き、奴らの忌まわしい行いがある夜、地球の神々の耳に入って、地の底の洞窟に追放されるまでの間、蕃神《アザー・ゴッズ》どもと〈這い寄る混沌〉ナイアルラトホテプに奇怪な生贄を捧げていたのさ。

鉄の環が付けられた巨大な石の揚げ戸だけが、地球の食屍鬼《グール》たちが棲んでる深淵《アビス》と魔法の森を繋いでいるんだが、ガグどもは呪いのせいでこいつを開けるのを怖がってるってわけだ。

定命の夢見人《ドリーマー》が奴らの洞窟王国を通過して、あの扉から出ていけるなんざ、ちょっと考えられないね。

何しろ、定命の夢見人《ドリーマー》は奴らのかつての食糧だったんだ。追放されてからこっち、光に当たるとくたばっちまうんで、ズィンの窖[*43]に棲み着いてる、カンガルーみたいな長い後ろ脚で飛び跳ねる嫌ったらしい化け物――ガースト[*44]しか食えなくなったとはいえ、連中は今も夢見人《ドリーマー》が美味《うま》かったって話を語り伝えているんだぜ。

そうした次第で、ピックマンだった食屍鬼《グール》はレンの下方の谷にある無人の都邑《まち》、サルコマンドから深淵《アビス》を出ていくよう忠告したのだった。その都邑《まち》には、閃緑岩で造られた有翼の獅子像に護られる、硝石のこびりついた黒々とした階段があって、幻夢境の下層にある深淵《ガルフ》へと続いているのである。

さもなくば、境界墓地を抜けて覚醒めの世界に引き返してから、改めて探求を始め、浅い眠りの七〇段の階段を降って焔の洞窟に到達、さらに七〇〇段の階段を降って〈深き眠りの門〉と魔法の国に赴くのが良いとも言うのだった。

しかしながら、この忠告は探求者《シーカー》の意にそまなかった。彼はレンからオオス゠ナルガイへの道筋について何もしらなかったし、この夢の中でそれまでに知り得たものを全て忘れてしまうことにもなりかねないので、目を覚ましたくもなかったのである。

セレファイスで縞瑪瑙の交易を行い、神々の子らとして〈大いなるものども《グレート・ワンズ》〉が住まう冷たき荒野とカダスへの道筋を指し示してくれるに違いない、北方からやってきた船員たちの神々の威厳を湛《たた》えた顔を忘れてしまうことになれば、彼の探求にとってこれほど悲惨な事はあるまい。

多言を費やした説得の後、食屍鬼《ピックマン》は彼の客人を、ガグの王国の長大な城壁の内側へと案内することに同意してくれたのだった。

カーターが石造りの円塔が並び立つその薄明の領域へと忍び込み、魔法の森の石の揚げ戸に通じる階段がある、コスの印《サイン》*45のある中央塔に辿り着ける機会はただ一度、巨人どもが皆、屋内でいびきをかいて眠りこける一時間のみということだった。

ピックマンは石の扉をこじ開けるにあたって、墓石を梃子《てこ》代わりにして手助けしてくれる三匹の食屍鬼《グール》を貸してくれることとすら認めてくれた。というのも、ガグどもは食屍鬼《グール》を多少なりとも恐れていて、たとえそこが自分たちの巨大な墓地であっても、食屍鬼《グール》たちがご馳走に齧《かぶ》り付いているのを見るとしばしば、逃げ出してしまうのである。

彼はまた、食屍鬼《グール》を偽装するべく、すっかり伸び放題の髭を剃るようカーターに勧めた（食屍鬼《グール》には髭が生えていないのである）。相応《ふさわ》しい見かけになるように墓場の土の中で裸で転げ回り、常に前屈みの姿勢で飛び跳ねるのさ。衣服については、墓から失敬したとっておきのご馳走であるかのように、束ねて持ち運ぶのが良いだろうな。

正しい道筋で巣穴を抜けて行けば、ガグどもの都邑《まち》——王国全土と完全に重なり合っているのさ——に辿り着いて、例の階段のあるコスの塔からそれほど遠くない墓地に出られるんだ。だがね、墓地の近くの洞窟には気をつけろよ。こいつは、ズィンの窖《あなぐら》の入り口で、恨み骨髄のガーストどもが、奴らを狩り立てて食っちまう深淵《アビス》上層の住民《ガグ》どもを、いつだって殺意たっぷりに見張っていやがるんだ。

ガーストはガグが眠っている間に出歩こうとするんだが、奴らには区別がつかないので、ガグと同じく食屍鬼《グール》にも躊躇《ちゅうちょ》なく襲いかかってくるぞ。おそろしく原始的で、共食いをする奴らなのさ。ガグどもはズィンの窖の狭い場所に歩哨を立てているんだが、連中はよく眠り込んで、ガーストの集団に不意を打たれることもあるんだ。ガーストは本物の光が射し込むところでは生きていけないんだが、深淵《アビス》の黄昏の中なら何時間もの間、耐えられるのよ。

このような説明を長々と受けた後、セイラムのチャーター・ストリート墓地[*46]に由来する一七一九年に亡くなったネヘミア・ダービイ大佐の平たい墓石を抱える助っ人の食屍鬼《グール》を三匹伴って、カーターは果てしない巣穴の中を這い進んだ。再び黄昏の空間に出てきた時、彼らは地衣類に覆われた巨大な独立石《モノリス》の林立する場所にいた。独立石《モノリス》はいずれも目で追える限りの高さにまで達し、ガグの控えめな墓石となっていた。

彼らがのたくるようにして進んできた洞穴の右手、立ち並ぶ独立石《モノリス》の身廊を通して見えるのは、巨大な石造り《キュクロービアン》の円塔が内なる世界の灰色の大気中で広大無辺に立ち並ぶ、途方もない光景だった。これこそがガグどもの大都であり、どの出入り口も三〇フィート［約九・一メートル］の高さはあった。

埋葬されたガグ一体で食屍鬼《グール》の共同体ひとつを一年近く養えるので、食屍鬼《グール》たちは頻繁にここにやって来るという。危険が増すとはいえ、人間の墓地を荒らすよりも、ガグを掘り出す方がましなのだ。

かくしてカーターは、ナスの谷間で足下に時折感じた巨人の骨の由来を知ることとなったのである。

正面方向の墓地のすぐ外側に、基部に巨大で近づきがたい洞窟がぽっかりと口を開いている、垂直に切り立った断崖があった。食屍鬼《グール》たちはできるだけそこを避けるよう、カーターに言い含めた。その洞窟こそが、ガグが闇の中でガーストを狩り立てる、ズィンの不浄なる窖《あなぐら》の入り口なのである。

実際、その警告の正しさはただちに裏付けられることとなった。取り敢えず、ガグの休眠時間が正しく守られているかどうか確かめようと、食屍鬼《グール》の一匹が塔の方へと忍び寄ったところ、大洞窟の入り口の薄暗がりの中で、まずは一対の黄色がかった赤い目が、次いでもう一対が輝いて、ガグどもが歩哨を一匹喪ったこと、そしてガーストどもが事実、鋭敏な嗅覚を持っていることをほのめかしたのだった。

それで食屍鬼《グール》は巣穴に引き返し、仲間たちに静かにするよう身振りで合図した。ガーストどもにはやりたいようにやらせておくのが最善であり、すぐに撤退する可能性もあった。何しろ連中は、黒々とした窖の中でガグどもの歩哨を始末したばかりで、当然、疲れ切っているに違いなかったからだ。

ややあって、小さな馬ほどの大きさの何かが灰色の黄昏の中に飛び出し、そいつのざらざらした不健康そうな獣の外見や、鼻や額、その他の重要な特徴が欠落しているにもかかわらず、奇妙なまでに人間じみた顔つきに、カーターは気分が悪くなった。

そして今、新たに三匹のガーストどもが仲間に続いて飛び出してくると、食屍鬼《グール》の一匹が、連中の体に戦いの傷が見当たらないのは悪い兆候だと、乾いた笑いのような声でカーターに低く告げた。してみれば、連中はガグの歩哨と戦うことなく、眠っている横を通り抜けただけなのだ。ガーストどもの力と凶暴性はいささかも減じておらず、犠牲者を見つけて屠《ほふ》るまでそのあたりに留まっていることだろう。巨塔や独立石《モノリス》が林立する灰色の黄昏の中、その数がそろそろ一五匹ばかりに及ばんとしている穢《きたな》らしく不格好なけだものどもが、乾いた笑いのような声をあげながらカンガルーのように跳ね回っているのを目にするのは、きわめて不快だった。しかし、ガーストの咳き込むようにしわがれた声をあげて連中が言葉を交わし始めると、その不快さはさらに募るのだった。

しかし、ガーストどもの姿がいかに恐ろしいとはいえ、今しがた連中の背後の洞窟から何の前触れもなく唐突に姿を現したものほど恐ろしいものではなかった。

現れたのは、少なくとも二フィート半［約〇・八メートル］はあろうかという前肢《まえあし》で、見るからに恐ろしげな鉤爪が備わっていた。続いてもう一本の前肢が現れたかと思うと、黒い毛皮に覆われた大きな一本の腕が続いた。つまり、二本の前肢は両方とも、短めの前腕部にくっついているのである。

やがて、二つのピンク色の目を輝かせた、目を覚ましたガグの歩哨の樽ほどに大きい頭部が、ぐらぐらと揺れながら視界に入ってきた。両眼は左右に二インチ［五センチメートル］飛び出していて、剛毛が生えている不格好なまでに大きな骨の隆起［類人猿で言う前頭骨の眼窩上隆起か］が影を落としていた。

しかし、頭部がひどく恐ろしく見えるのは、口のせいだった。その口は大きな黄色い牙を備えているのだが、それが頭の上から下に向かって連なり、水平ではなく垂直に開くのである。

運の悪いガグが洞窟から現れ、少なくとも二〇フィート［約六メートル］はある体を起こす前に、恨み骨髄のガーストどもが集まってきた。わずかな間、カーターはガグが警告の声を発して、仲間たち全員を起こしてしまうのではないかとの危惧《きぐ》を抱いたが、それも一匹の食屍鬼《グール》が笑うような低い声で、ガグどもには声がなく、顔の表情で話すのだと告げるまでのことだった。

それから繰り広げられた戦いは、実に恐ろしいものだった。悪意を漲《みなぎ》らせたガーストどもが腹ばっているガグに四方八方から猛然と殺到して、獣じみた口で噛み付き、引き裂き、堅く尖った蹄《ひづめ》で残忍に叩き潰したのである。

その間中、連中は興奮して咳き込むような声をあげ続け、ガグの大きな垂直の口が時折、誰かに噛み付こうとすると叫びをあげた。歩哨の力が弱まり、戦いが徐々に洞窟の中へ移動し始めなかったなら、戦闘の騒音は間違いなく、眠れる街を叩き起こしてしまったことだろう。しかして、争いはただちに暗闇の中へと消え去り、時折、嫌な音が響いて戦いが続いていることを示すばかりになっていた。

それから、特に用心深い食屍鬼《グール》が皆に前進の合図を出し、カーターはぴょんぴょん飛んでいく三匹に続いて独立石《モノリス》の森を離れ、巨大《キュクロービアン》な石造りの円塔が視界の先まで険しく聳え立つ、恐ろしいほど大きな街の暗く悪臭漂う通りに入り込んだ。

一行は、ガグの眠りの特徴であるくぐもった厭らしい鼾《いびき》を、嫌悪感と共に聴きながら、ごつごつした岩で舗装された通りを音もなくよたよたと進んでいった。

休眠時間の終わりを念頭に置いて、食屍鬼《グール》たちは歩調をやや速めにしていたのだが、巨人どもの街の距離感は大規模なものだったので、決して短い旅程とはならなかった。しかし、彼らはようやく他のものよりも巨大な塔の前に位置する広場らしき場所にやって来た。その塔の途方もなく大きな出入り口の上には、その意味がわからずとも身震いを禁じ得ない、浅浮彫の慄然たる印象《シンボル》が据えられていた。

これこそがコスの印《サイン》のある中央塔であり、内部の薄闇を通して見える巨大な石段が、幻夢境の上層と魔法の森へと続く大階段の始まるところなのだった。


そして今、真っ暗闇の中での、いつ終わるとも知れない登攀が始まった。石段の途方もない大きさによって、およそ不可能に近い行為だった。この階段はガグのために造られたものなので、一段の高さが一ヤード［約〇・九メートル］近くあったのである。

カーターはすぐに疲れ果ててしまい、疲れを知らない頑健な食屍鬼《グール》に助けてもらわねばならなくなったので、一体どれほどの段があるのか見積もることすらままならなかった。

終わりのない登攀の最中にも、発覚と追跡の危険が潜んでいた。〈大いなるものども《グレート・ワンズ》〉の呪いにより、ガグどもは一匹たりとも石の扉を持ち上げて森に出ていくことはできないのだが、塔や階段についてはそのような制約を受けることもなく、逃げるガーストを最上段まで追いかけることもしばしばなのだ。

ガグどもの耳は鋭敏なので、都邑《まち》全体が覚醒めている時には、登攀している者たちの剝き出しの手足の音すらただちに聞き取るかもしれず、ズィンの窖での猛烈な狩りによって、光なしで見ることに慣れた大股走りの巨人どもにかかれば、この巨大《キュクローピアン》な石造りの階段において、ちびでのろまな獲物に追いつくまで、さほどの時間がかからぬことだろう。

声を出さないガグどもが追跡してくるのを耳で捉えられず、暗闇の中で全く唐突に、衝撃的に姿を現すだろうことを考えると、ひどく気が滅入《めい》ってくる。食屍鬼《グール》へのガグの古くからの恐怖にしたところで、ガグにとってたいそう有利に働くこうした特異な場所にあっては、あてにすることはできなかった。ガグの休眠時間中にしばしば塔に飛び込んでくる、ここそした悪辣なガーストどもに由来する危険もないではない。ガグどもが長く眠り続け、ガーストどもが洞窟内での行動を終えてさっさと戻ってきたりすれば、登攀している者たちの臭いがあの忌まわしくも性質《たち》の悪い連中に嗅ぎつけられてしまうかもしれないのだ。その場合、ガグに喰われた方がましだったということにもなりかねない。

永劫とも思える長い時をかけて登り続けた後、頭上の暗闇から咳き込むような音が聴こえ、事態は実に由々しき予想外の展開を見せることとなった。明らかに一匹かそれ以上のガーストが、カーターとその案内人たちがやって来る以前から塔に迷い込んでいたのである。

この危険が間近に迫っていることも同様に明らかだった。息つく暇も与えず、先導していた食屍鬼《グール》がカーターを壁に押し付けて、仲間たち二人には可能な限り最善の布陣を取らせた。そして、敵の姿が見えるや否やきつい一撃を食らわせてやろうと、古く平たい墓石を大きく振り上げたのである。食屍鬼《グール》は暗闇の中でも見ることができるので、一行が危機に直面しているとはいっても、カーターが独りでいるのに比べれば大分ましだった。

次の瞬間、蹄の音からして少なくとも一匹のけだものが跳び下りてくるのがわかったので、墓石を運んでいた食屍鬼《グール》は激しい痛打をお見舞いしてやろうと武器を構えた。

そして今、二つの黄色がかった赤い目が視界内で閃き、ガーストの喘ぎが騒々しい足音を凌いで聴こえるようになった。そいつがすぐ上の段に着地した時、食屍鬼《グール》たちが古びた墓石を驚異的な腕力で振り回したので、犠牲者《ガースト》は喘《あえ》ぎながら息をつまらせ、見るも厭《いと》わしい肉塊と化して倒れ伏したのだった。

どうやらけだものはこの一匹しかいなかったらしく、しばらくすると食屍鬼《グール》たちは前進を再開する合図として、カーターを軽く叩いた。これまでと同様、彼らに手助けしてもらわなければならなかったが、暗闇の中では目に見えないとはいえ、ガーストの無様な亡骸が大の字になって横たわっている虐殺現場から離れられるのは嬉しいことだった。

食屍鬼《グール》たちが足を止め、頭上を手探りしたカーターは、ついに巨大な石の揚げ戸に辿り着いたことを知った。これほど巨大なものを完全に開放するなどと、考えるべくもなかった。食屍鬼《グール》たちは、墓石をつっかい棒として滑り込ませ、隙間からカーターが出られる程度に持ち上げようとしていたのである。

彼ら自身はといえば、逃亡に長けているものの、深淵《アビス》への門戸を獅子像が護るという無人のサルコマンドへの陸路を知らなかったので、改めて階段を降り、ガグどもの都邑《まち》を抜けて戻るつもりだった。

頭上にある石の扉に込められた三匹の食屍鬼《グール》の力は凄まじく、カーターも持てる限りの力を振り絞って押すのを手伝った。彼らは階段最上部の縁《へり》のあたりが良いだろうと判断し、悪名高い滋養分によって育まれた、筋力のありったけをそこに集中させた。やがて、光の筋が現れると、カーターは古い墓石の端を隙間に滑り込ませ、自分に任された仕事を遂行した。

さらに力強く持ち上げ続けたものの、進み具合は緩慢だった。平石を回して揚げ戸をこじ開けるのに失敗する都度、当然ながら最初からやり直さねばならなかったのである。

突然、下方の石段から音が聴こえてきて、彼らの決死の努力は千倍に強まった。屠《ほふ》られたガーストの蹄《ひづめ》を備えた死体がドシン、ガラガラと音を立てて低い方に転がり落ちた音に過ぎなかったのだが、死体が移動して転がり落ちた要因として、およそ考えつくものの一つとして安心できるものはなかった。

したがって、ガグどものやり口をよく知っている食屍鬼《グール》たちは死に物狂いになって作業に取り組んだ。その結果、驚くほど短い時間で扉が高く持ち上がったので、彼らがまだその状態を保持していられる間にカーターが墓石を回し、十分な広さの開口部を確保することができた。食屍鬼《グール》たちはこの度もカーターを手助けした。彼をゴムじみた肩に登らせた後は、外にある幻夢境上層の恵まれた土を彼が摑むと、足を持ち上げてもくれた。次の瞬間、彼らは自分たちも通り抜けると、喘ぎ声が下方からはっきりと聴こえてくる中、墓石を叩き落として巨大な石の揚げ戸を閉じた。〈大いなるもの《グレート・ワンズ》ども〉の呪いのせいで、ガグどもはその開口部から決して出られない。深い安堵と解放感に包まれながら、カーターは魔法の森の密集するグロテスクな菌類の上にそっと横たわった。一方、カーターの案内者たちは、食屍鬼《グール》が休憩する時のやり方で、彼の近くにしゃがみこんだ。

彼がずっと以前に通り抜けた魔法の森は不気味なところではあったが、今しも後にしてきた深淵《ガルフ》に比べれば安息所以外の何物でもなく、大変な喜びだった。ズーグ族は謎めいた扉を恐怖し、近寄らなかったので、あたりに生きている者の姿は全く見られなかった。

カーターはただちに、今後の進路について食屍鬼《グール》たちと話し合った。彼らとて、もはや危険を冒《おか》して塔を引き返すつもりはなく、二人の祭司ナシュトとカマン＝ターのいる焔の洞窟を通らなければならないと知ると、覚醒めの世界へ赴く気にもならないようだった。

彼らは最終的に、サルコマンドとその深淵《アビス》の門戸を抜けて引き返すことにしたのだが、いかにしてそこに辿り着けるかについては、彼らは全く知らなかった。カーターは、そこがレンの下方の谷にあることを思い出すと共に、レンで交易をしていると噂される吊り上がった目の老商人と、デュラス＝リインで遭遇したことを思い出した。そこで彼は、デュラス＝リインへの道を探すのであれば、原野を突っ切ってニールとスカイ川へと向かい、その川を河口まで辿っていけば良いと助言した。食屍鬼《グール》たちはすぐにその通りにすることを決め、夕闇が深まりつつある今から出かければ、一晩中旅を続けることができるということなので、それ以上時間を無駄にしなかった。

それでカーターは、嫌悪感を抱かせるけだものたちの前肢を握って助力に感謝し、かつてピックマンだったけだものに謝意を伝えてくれるよう頼んだ。とはいうものの、彼らがいざ立ち去ると、喜びの溜息がこみ上げるのを押し止めることができなかった。食屍鬼《グール》は所詮食屍鬼《グール》であり、人間にとっては良く言っても不愉快な道連れでしかないのである。

その後、カーターは森の池を探し出すと、体になすりつけた地底の泥を洗い流し、慎重に運んできた衣服を改めて身につけたのだった。

今は夜なのだが、怪物じみた木々が生える恐ろしい森では、燐光のお陰で昼間と同じように旅を続けられるので、カーターはタナリアン丘陵の彼方、オオス＝ナルガイにあるセレファイスを目指し、勝手知ったる道を歩き始めた。そうして歩みを進めながら、もはや永劫の時が過ぎ去ったかに思える遥か遠きオリアブで、ングラネク山の梣《とねりこ》の木に繋いだ縞馬のことが思い出され、溶岩採りの誰かが彼に餌をやり、解き放ってくれているだろうかと考えた。さらにまた、カーターが再びバハルナに戻って、ヤス湖岸の古代の廃墟で夜に殺害された縞馬の弁償をすることがあるのか、年老いた酒場の主人が彼のことを覚えているだろうかとも考えた。

ついに帰り着いた幻夢境上層の大気の中で、彼の胸に去来したのは、そうした思いだったのである。

しかし、ほどなくして中が空洞になった巨木から物音が聴こえて、彼は足を止めた。当面、ズーグ族と話をする気にはならなかったので、彼は巨大な環状列石を避けていたのだが、巨木の中から奇妙な震え声が聴こえたので、重要な会議がここではない場所で開催されていることが判明した。

さらに近づいてみると、緊迫した激しい論調の議論が行われていることがわかり、ほどなくして事態を認識した彼は、最大級の憂慮を抱きつつ様子を窺った。何しろ、ズーグ族の最高会議において議論されていたのは、猫族との戦争についてだったのである。

全ては、カーターの後をこっそり尾けてウルタールへとやってきて、不相応な作意の廉《かど》で猫たちから正当なる処罰を下された一団の全滅が原因なのだった。

この問題が久しく禍根となり、そして今——少なくとも一ヶ月以内に、統率されたズーグ族が、個々の猫や猫の集団の不意を打ち、ウルタールの夥しい数の猫たちにすらも然るべき訓練や動員の機会を与えぬまま、ネコ科の種族全体に一連の奇襲攻撃を仕掛けようとしているのだった。

これこそがズーグ族の計画であり、カーターは自身の壮大な探求に乗り出す前に、これを未然に阻止せねばならないことを知ったのである。

そこでランドルフ・カーターは、極力音を立てずに森のはずれまで忍び歩きすると、星明かりの原野に猫の鳴き声《クライ》を送った。すると、近くの小屋にいた大きな老雌猫《グリマルキン》*47がその意図を汲《く》んで、何リーグものうねる草原を抜けて大小関係なく黒、灰色、白、黄色、虎縞、その混合と、様々な猫の戦士たちに中継した。その警告は、ニールを経由してスカイ川の向こう岸のウルタールにすら響き渡り、夥しい数のウルタールの猫たちが一斉に鳴き声をあげて、行進の列を組んだ。

幸いにして月が昇っていなかったので、全ての猫たちが地球上にいた。素早く音も立てない跳躍で、彼らはあらゆる炉辺や屋根から飛び出してきて、平原から森の端へと至る毛皮の海に合流していった。カーターは彼らを出迎えようとそこにいたのだが、深淵《アビス》の中で出会い、行動を共にした妖物たちの後ともなれば、均整が取れて健康そうな猫たちの姿は実に眼福《がんぷく》なのだった。

嬉しいことに、尊敬に値する友人にも会えた。かつて一度、彼を救助してくれたウルタールの派遣隊の隊長で、つややかな首に階級を示す首飾りを着け、勇ましい角度に髭を逆立《さかだ》てていた。さらに喜ばしいことには、その軍隊の副隊長を務める元気の良い若者は、遠い昔のことに思えるウルタールでの朝、こってりしたクリームを皿に一杯与えてやった、あの幼い子猫に他ならなかった。

彼は今や大柄の頼もしい猫であり、友として握手をしてやると、喉をゴロゴロと鳴らすのだった。祖父の言うには、彼の軍隊での働きはめざましく、次の作戦後には隊長への昇任も期待できるとか。

さて、カーターは猫の種族に迫る危険をざっと説明し、四方八方から低く喉を鳴らしての感謝の反応が寄せられた。将軍たちと協議を行って、ズーグ族の評議会及び他に判明しているズーグ族の拠点へとただちに進攻するという内容の、即時行動の計画を整えた。連中《ズーグども》の奇襲攻撃の機先を制し、侵略軍が動員される前に屈服させてやるのである。

時を無駄に費やすことなく、たちまち洪水のような猫の大軍が魔法の森に溢れかえり、評議会の置かれている木と巨大な環状列石を取り囲むように押し寄せた。

やってきた者たちを目の当たりにして、震えるような声は恐慌のために裏返り、こそこそした詮索好きな褐色のズーグ族は、ごくわずかな抵抗すらもしなかった。戦わずして敗北したと見るや、彼らの考えは復讐から目下の自己保身へと切り替わったのである。

猫たちの半数が、捕縛されたズーグ族を真ん中に円陣を組んで座り込み、森の別の場所で他の猫たちに狩り出された追加の捕虜が、そこだけ空けておかれた一本の道を行進させられていった。

その後、しばらく経ってから、カーターを通訳に講和条件が議論され、森の中のそれほど異常ではないあたりで捕まえた大量の雷鳥、鶉、雉を毎年、猫族に納めることを条件に、ズーグ族は自由な部族のままでいられることが決定された。

ズーグ族の高貴な家柄の若者たちが一二匹、人質としてウルタールの猫の神殿に身柄を預けられることになり、ズーグ族の領土の境界で猫が失踪することがあれば、ズーグ族にとって甚だ悲惨な結果がもたらされることになるだろうと、勝利者たちは率直に申し渡した。

戦後処理が落着すると、結集した猫たちは列を崩し、ズーグ族がそれぞれの家へと一匹ずつ帰ることを許したので、連中は不機嫌そうな目つきで幾度も後ろを振り返りながらさっさと逃げ帰った。

老齢の猫将軍は、戦争計画が頓挫したことについて、ズーグ族がカーターに強い恨みを抱く可能性が高いと見て、何処であれ彼が行こうとしている森の境界まで護衛しようと申し出た。

この申し出を、彼は感謝の気持ちを込めて歓迎した。安全性を確保できるのみならず、猫という優雅な連れが出来ることを好ましく思ったのである。

かくして、任務に成功してリラックスしている快活で陽気な連隊に囲まれて、ランドルフ・カーターは威厳たっぷりに燐光を放つ魔法の森の巨木の中を歩いていった。彼が、自身の探求について、老将軍とその孫に話している間、連隊の他の猫たちは幻想的に跳ね回ったり、太古の地面に生えた菌類の間に風が吹き飛ばす落ち葉を追いかけたりしていた。

そして老猫は、冷たき荒野の未知なるカダスについては多くのことを耳にしているが、どこにあるのかは知らないと告げた。瑰麗《かいれい》なる夕映えの都邑《まち》については、聞いたことすらなかったが、後で何かわかったことがあれば喜んでカーターに教えるとも言ってくれた。

老将軍は探求者《シーカー》に、幻夢境の猫たちの間できわめて重んじられるいくつかの合言葉を教え、彼が目指すセレファイスの猫たちの年老いた首長に是非ともよろしく伝えてくれるよう話した。かの老猫についてはカーターもいささか聞き知っていたが、威厳のあるマルタ猫で、いかなることであれ大きな影響力を持っているのだと老将軍は請け合った。

彼らが森の然るべき境界に到着した時には夜が明けていて、カーターは友人たちに名残惜しげな別れを告げた。幼い子猫だった時分に会っていた若き副官は、老将軍に禁止されていなければ彼に付いて行ったことだろう。しかし、厳格な長老《パトリアルカ》が、忠義の道は種族と軍にこそあるのだと主張したのである。

かくしてカーターは、両岸に柳が立ち並ぶ川のそばに、神秘的に広がっている黄金色《きんいろ》の原野を独りで歩きはじめ、猫たちは森の中へと引き返したのだった。

森とセレネリアン海の間に花園の地がいくつかあることについては旅人《カーター》もよく知っていて、進むべき道を示してくれるオウクラノス川の歌うような流れを、彼は楽しげに辿っていった。

木立と芝生の緩やかな斜面の上に太陽が昇り、小山と渓谷のそれぞれを際立たせる千の花の色を強調していた。そのあたり一帯を祝福の帳《とばり》が包み込み、他の場所よりもやや多めに日射しが当たって、夏場の鳥や蜂の羽音も少しばかり賑《にぎ》やかなのだった。そこを通り抜けていくのは、あたかも妖精の土地を通り抜けているかの如くで、後になって思い出せるよりも、より大きな喜びや驚きを感じるのである。

正午までに、カーターは川の縁のところまで斜面が降り、素晴らしい神殿の土台となっている、キランの碧玉《ジャスパー》の台地に到着した。その神殿には、かつてこの土手の小屋に棲んでいた若い時分、自分のために歌いかけてくれたオウクラノス川の神に祈りを捧げるべく、一年に一度、黄昏の海にある遥か遠くの王国から黄金の駕籠《かご》に乗って、イレク＝ヴァド[*48]の王がやって来るのである。

神殿全体が碧玉《ジャスパー》で造られていて、一エーカー［約四〇四七平方メートル］の敷地には壁と中庭、七つの尖塔があって、神殿内部の祠堂《しどう》には隠された水路を通って川が流れ込み、夜になるとオウクラノス川の神が静かに歌いかけるのだ。

中庭やテラスや尖塔を照らしつつ、月は幾度もその妙なる音楽に耳を傾けてきたのだが、その音楽が神の歌なのか、それとも謎めいた祭司たちの聖歌なのか、イレク＝ヴァドの王を措いて告げられるものはいない。彼のみが神殿に入り、あるいは祭司たちを目にしてきたのである。

一日の中で最も眠気が高まる今、彫刻の施された優美な神殿は静まり返り、魅惑的な太陽の下で前に歩き続けるカーターに聴こえるものといえば、大河のせせらぎと、鳥や蜂の羽音のみだった。

その日の午後いっぱいをかけて、巡礼者《カーター》は香《かぐわ》しい草原や、川の方へなだらかに向かう丘陵の日陰を通って、穏やかな藁葺き屋根の小屋や、碧玉《ジャスパー》ないしは金緑石《クリソベリル》を彫刻した見目麗しい神々の祠堂のある方へと歩いた。

オウクラノス川の土手に近づいて、その澄み切った流れに見える元気の良い虹色の魚に口笛を吹くこともあれば、囁くような音を立てている藺草《いぐさ》の中で立ち止まり、対岸の水際に迫っている黒々とした大きな森を見つめることもあった。かつて幾度か見た夢の中では、風変わりで鈍重なブオポス族[*49]がその森の中から遠慮がちに水を飲みに出てくるのを目にしたものだが、今はちらりとも見かけなかった。

肉食性の魚が、魚を獲る鳥を捕まえるところを眺めようと足を止めることもあった。その魚は魅惑的な鱗を太陽光に照らして水場に誘い出し、翼を持つ狩人が投げ槍のように突っ込んでくると、その大きな口で嘴《くちばし》をがっちりと咥《くわ》えこんでしまうのである。

夕方が迫る頃、彼は草深く背の低い丘に登っていき、トランの黄金色《きんいろ》に輝く千の尖塔が夕陽に燃え上がるのを眼前に眺めた。その驚嘆すべき雪花石膏《アラバスター》の壁は信じがたいほど高く聳え立ち、上部に向かうほど内側に傾斜していて、記憶にも残らぬほど太古に遡る今や誰も知らない技法で、たった一つの均質な塊から造り出されていた。

百の門と二百の小塔を備えた壁がいかに高いものであれ、黄金の尖頂を戴いて壁の中にひしめく白ずくめの塔はさらに高く、都邑《まち》を取り巻く平野からは、それらの塔が天に屹立《きつりつ》する姿が眺められた。はっきりと輝くこともあれば、もつれ合う雲と霧に先端部が巻き込まれることもあった。そしてまた、塔の下方が靄に包まれる中、雲を突いて姿を現した最頂部の尖塔がのびやかに燃え立つこともあった。

トランの門が川に向かって開いているところには巨大な大理石の埠頭がいくつかあり、香り高い杉《シーダー》と黒檀《カラマンダー》のガレオン船がゆったりと停泊していて、風変わりな顎鬚を生やした船員たちが、遠方の地の象形文字が記された樽や梱《こり》の上に座っていた。

壁を越えた先の陸地側には農地が広がっていて、小さな白い小屋が背の低い丘陵に抱かれて夢に沈み、数多の石橋がある狭い道が、小川や庭園の間を優雅に蛇行《だこう》していった。

午後の間中、カーターはこの緑豊かな土地を歩き回り、黄昏がオウクラノス川からトランの瑰麗《かいれい》なる黄金《きん》色の尖塔へと広がっていくのを眺めていた。

やがて夕暮れ時になると、彼は南門にやって来た。そこで赤服の歩哨に止《とど》められたので、カーターは信じがたい三つの夢について語り聞かせ、自分がトランの急勾配で神秘的な通りを歩き、豪華なガレオン船の品々が売られる市場《バザール》をうろつくに値する夢見人《ドリーマー》であることを証明したのだった。

やがて彼は、その驚嘆すべき都邑《まち》に歩み入った。あまりの厚みで隧道《トンネル》になっている門を通り抜けると、天を衝《つ》く塔同士の間を深く狭く蛇行していく、うねうねと曲がりくねる道の合流地点に出た。

格子や露台のついている窓から灯りがこぼれ、大理石の噴水が泡立つ中庭からは、リュートや笛の調べが控えめに漏れ出ていた。カーターは道筋を心得ていて、他のところよりも暗い通りを、ゆっくりした足取りでいくつも通り抜けて川の方に降っていき、そこにあった古びた海酒場で、これまでに見た無数の夢の中で知り合った船長と船員たちを見つけ出した。緑色のガレオン船でセレファイスへと渡る乗船料をその場で支払うと、その宿酒場の大きな暖炉の前で微睡《まどろ》みつつ、かつての戦《いくさ》や忘れ去られた神々の夢を見ていた尊敬すべき老猫と荘重に言葉を交わした後、その夜はここに泊まることにした。

朝が来て、カーターはセレファイス行きのガレオン船に乗り込んだ。そして、船首に座っていると係留索が外され、セレネリアン海への長い航海が始まった。川の上流のトランにいたので、土手が何リーグも続く中、右手の遥か遠い丘陵に風変わりな神殿が聳えていたり、急な角度のついた赤い屋根や日干しされた網のある、気怠《けだる》げな村が岸辺に見えたりした。

調査のことも忘れてはいなかった。カーターは船員たち全てにセレファイスの酒場で出会った者たちのことを仔細に尋ね、北方から黒い船でやってきて縞瑪瑙をセレファイスの翡翠彫刻や金糸、よく囀《さえず》る赤い小鳥と交換する、細長い目と、耳たぶの長い耳、それに薄い鼻と先の尖った顎《あご》を備えた奇妙な男たちの名前や風習について質問攻めにした。彼らについては船員たちもあまりよく知っておらず、話したことも滅多になく、ある種、畏敬《いけい》の念を抱いているようだった。

遥か遠方にある彼らの土地はインガノク[*50]と呼ばれていて、黄昏に包まれた寒い土地である上に、不快なレンに近いと言われているので、足を運ぼうとする者はそれほど多くなかった。

レンが位置すると思《おぼ》しい側には、踏破《とうは》し難い高峰が連なっているので、恐ろしい石造りの村や口にすることも憚《はばか》られる修道院を擁する邪悪な台地が真実そこに存在するのか、あるいはその侮りがたい障壁の峰々が新月を背にした暗澹たる姿をおぼろげに見せる夜に、臆病な住民たちが感じる恐怖が生み出した噂に過ぎないのかについて、言い切ることのできる者は存在しないのだった。

実際、人々は全く異なる海からレンに到達していた。それ以外のインガノクの境界について、船員たちは考えてみたこともなく、冷たき荒野や未知なるカダスについては、漠然としたとりとめのない風聞を除いて耳にしたことがなかった。そして、カーターが探し求めている瑰麗《かいれい》なる夕映えの都邑《まち》に到っては、全く何も知らなかったのである。

そのようなわけで、旅人《カーター》はそれ以上聞くのをやめ、ングラネク山に顔を彫り込んだ神々の末裔である、寒冷と黄昏のインガノクからやって来る不思議な男たちと話すまで、時節を待つことにしたのだった。

その日の遅い時間に、ガレオン船はクレドの香《かぐわ》しい密林*51を横断する川の湾曲部に辿り着いた。

カーターは、ここで下船したいと考えた。何故なら、この熱帯の坩堝《るつぼ》の中には、名前とて忘れ去られた土地の伝説的な君主たちが住んだという驚くべき象牙の宮殿がいくつか、人の目に触れることのないまま、傷一つない姿で眠り続けているのである。

いつかまた必要になるかもしれないということで、〈旧きものども《エルダー・ワンズ》〉の魔術《スペル》がそれらの場所を無傷かつ不朽の状態に保っているのだと記録されている。

象を連れた隊商《キャラバン》が月の光で遠くから垣間見ることがあるのだが、そこを完全な状態に保つのを務《つと》めとする守護者たちがいるので、敢えて近付こうとする者はいなかった。

しかし、船は速やかに航行し、夕暮れが日中のざわめきを鎮める中、早くも土手に現れた蛍に応えて一番星が瞬《またた》く頃には密林は遥か後方に過ぎ去って、その芳香を記憶にとどめるのみになっていた。

そして夜の間中、目に見えず存在すら知られぬ過去の神秘を、そのガレオン船は漂《ただよ》うのだった。

一度、見張り番が東の丘の上に炎が見えると報告してきたのだが、誰または何が炎を点けたのかきわめて不確実だったので、船長は眠そうな様子で、あまり見ない方が良いと言った。

朝になると川幅が大きく広がって、カーターは土手に沿う家々から、セレネリアン海に臨む巨大な交易の都邑《まち》フラニスが近づいていることを知った。ここらの壁はざらざらした花崗岩で、梁に支えられた漆喰塗りの破風がついた家々はこの上なく幻想的だった。

フラニスの人々は、幻夢境の他の人々に比べて覚醒めの世界の人々に似ているので、その都邑《まち》はもっぱら交易にのみ利用されているのだが、職人たちの堅実な仕事ぶりで高く評価されている。

フラニスの波止場はオーク材で造られていて、船長が宿屋で交易している間、ガレオン船はそこに係留されていた。カーターも上陸し、轍《わだち》のついた通りを歩きながら、木製の牛車がゴロゴロと音を立てながら移動し、熱に浮かされたような商人たちが市場《バザール》の中で馬鹿みたいな声を張り上げ、商品を叩き売っているのを興味深げに眺めていた。

全ての海酒場が波止場の近く、高潮の飛沫《しぶき》を浴びて塩を生じている玉石敷きの横丁に軒《のき》を連ねていて、黒々とした梁の張られた天井と、緑がかった半球レンズ《ブルズ・アイ》の嵌った窓によって、頗《すこぶ》る古いものに見えた。年季の入った船員は、そうした酒場で遠方の港について多くのことを話すものだった。そして、黄昏のインガノクからやってくる奇妙な男たちについての話も聞かせてくれたのだが、ガレオン船の船員たちが話してくれたことに付け加えられるものは無きに等しかった。

やがてついに、大量の荷降ろしと積み込みの後、船は再び夕暮れの海へと出発した。そして、一日の最後の黄金色《きん》の光が、人間に与えられたいかなるものをも凌ぐ驚異と美を添える中、フラニスの高い壁と破風は徐々に小さくなっていったのである。

ガレオン船がセレネリアン海上を航海する二昼夜の間、陸地は全く見えず、一隻の船と声を掛け合うのにとどまった。それから二日目の日没が迫る頃、裾野では銀杏《いちょう》の木々が揺れ、山頂には雪を戴くアラン山が前方に見えてきた。かくしてカーターは、オオス＝ナルガイの地と瑰麗《かいれい》なる都邑《まち》、セレファイスに近づいていることを知ったのである。

真っ先に見えたのは、その素晴らしい街の輝ける光塔《ミナレット》の数々と、青銅の彫像を擁する汚れひとつない大理石の壁、そしてナラクサ川が海に流れ込むところに渡されている大きな石橋だった。

やがて街の背後に、木立や水仙《アスフォデル》の花園、それから小さな祠堂や小屋がいくつか建っている、穏やかで緑豊かな丘陵が立ち現れた。そして、遥か遠くの背景には、覚醒めの世界や夢の他の領域へと通じる禁断の道を背後に隠す、力強く神秘的なタナリアン丘陵が紫色の尾根を覗かせていた。

港には様々に塗られたガレー船がひしめき、海と空が出会う場所の彼方にある天上《エーテル》の空間に位置する大理石の雲上都市、セラニアン[*52]からの船もあれば、より充実した幻夢境の大洋の港からの船もあった。

これらの船の間を縫うようにして舵手は船を操り、香辛料の香りが漂う波止場に船をつけた。ガレオン船が薄闇の中でそこで手早く係留を終えた頃、幾百万もの街の灯りが水面で輝き始めていた。

ここでは、物を曇らせたり壊したりする力を時間が持っていないので、この死を知らない幻影の都邑《まち》は常に真新しく見えるのだった。ナス＝ホルタース[*53]の青緑色《ターコイズ》の神殿も常の如くで、蘭の花冠を戴く八〇名の祭司たちも、一万年前に神殿を建立した時と同じ顔ぶれだ。

青銅の大門はなおも輝き、縞瑪瑙の舗道は摩耗とも破損とも無縁である。そして、壁の上に並ぶ大きな銅像は、伝説よりもさらに古くから商人たちや駱駝《らくだ》牽《ひ》きを見下ろしながらも、幾つかの叉に割れた顎鬚には一本の白髪も混ざっていなかった。

カーターは神殿や宮殿、城をすぐには探し出そうとせず、海に面した壁のあたりの交易商人や船員の中にとどまっていた。そして、噂話や言い伝えを聞いて回るには遅すぎる頃合いになると、よく知っている古びた宿酒場を見つけ出して、探し求める未知なるカダスの神々を夢に見ながら眠りについた。

翌日には、インガノクの風変わりな船員たちがいないかと波止場の隅々まで探し歩いたのだが、今は一人として港におらず、彼らのガレー船が北方からやって来るのは、予定からずれなかったとしても、たっぷり二週間は先になると告げられた。

しかし、インガノクに行ったことがあり、その黄昏の地の縞瑪瑙の採石場で働いたことがあるという、トラボニア出身の一人の船員を彼は見つけ出したのだった。そして、その船員の言うには、住民たちが住む地域の北には確かに荒地があって、誰もがそこを恐れ、忌避しているということである。

トラボニア人の男は、その荒地は踏破能《あた》わざる山嶺の最奥地を取り囲み、レンの恐るべき高原にまで続いているので、それこそが人々がそこを恐れる所以《ゆえん》なのだとの意見を申し述べたが、他にも邪悪な存在や名状しがたい歩哨にまつわるおぼろげな噂があると認めていた。

そこが未知なるカダスが存在するという伝説の荒野なのかどうかは、彼にもわからなかった。しかし、そうした存在や歩哨が本当に存在するのであれば、理由もなくそこにいるとは考えにくいのだった。

翌日、カーターは青緑色《ターコイズ》の神殿まで〈列柱の道〉を歩いていき、大祭司と話をした。

セレファイスではもっぱらナス゠ホルタースが崇拝されているのだが、全ての〈大いなるもの《グレート・ワンズ》〉もまた日々の祈りの中で言及され、祭司は彼らの機微にそれなりに通じていた。

遥か遠いウルタールのアタルと同様、〈大いなるもの《グレート・ワンズ》〉に会おうとするいかなる企てについても彼は強く諌《いさ》め、彼らは短気で移り気であり、〈這い寄る混沌〉ナイアルラトホテプをその化身にして使者とする、外世界《アウトサイド》よりの知能なき蕃神《アザー・ゴッズ》どもの奇異なる保護に服しているのだと言明した。

瑰麗《かいれい》なる夕映えの都邑《まち》の隠匿に汲々としていることこそ、カーターがそこに辿り着くのを望まぬが故であり、彼らに見《まみ》え、嘆願しにやってきた客人をどのように遇するか、疑わしいものであるぞ。かつてカダスを見出した者はなく、これより先も見出す者がいないに越したことはないかも知れぬ。〈大いなるものども《グレート・ワンズ》〉の縞瑪瑙の城にまつわる噂の数々、決して心休まるものではないのだぞ。

蘭の冠を戴く大祭司に感謝を告げてカーターは神殿を去り、セレファイスの猫族の長老が毛並みもつややかに満ち足りて棲み着いている、羊肉屋の立ち並ぶ市場《バザール》を探し出した。

その威厳のある灰色の生き物は、縞瑪瑙の舗道の上で日射しに我が身を晒していたのだが、彼を呼ぶ者が近づいてくると、物憂げに前肢を伸ばした。しかし、カーターがウルタールの老いた猫将軍から教わった合言葉と紹介の言葉を繰り返すと、柔毛に包まれた長老《パトリアルカ》は進んで胸襟《きょうきん》を開き、オオス＝ナルガイの海側の斜面に棲む猫たちが知る秘密の伝承を数多く話してくれた。

何にも増してありがたいことに、彼は猫が決して寄り付かない黒い船でやってくるインガノクの男たちについて、セレファイスの海岸地区《ウォーターフロント》の臆病な猫たちから密かに聞かされたことを、そのまま教えてくれたのである。

この男たちには地球上のものならぬ雰囲気があるようだが、猫たちが彼らの船に乗らない理由は別にある。猫たちが耐えられない影がインガノクに存在するというのがその理由で、あの寒冷と黄昏の領域には、人を喜ばせる喉を鳴らす音も、ありふれた鳴き声も絶えて聞かれることがないのである。

仮説上のレンから踏破《とうは》し難い高峰を越えて漂ってくるもののせいなのか、それとも薄ら寒い荒地から北へ流れ落ちるもののせいなのか、何を言えるわけでもない。

だが、猫が人間よりも敏感に感じ取って忌み嫌う外宇宙《アウタースペース》*54の気配《ヒント》を、その遥かな地が孕《はら》むという事実は揺るがない。かくして、猫はインガノクの玄武岩の波止場に向かう黒い船に寄り付かないのである。

猫族の長老はまた、カーターの最近の夢において、薔薇《ばら》水晶で造られたセレファイスの〈七〇の歓喜の宮殿〉と、空に浮かぶセラニアンの小塔のある雲の城で、交互に君臨していた彼の友人、クラネス王が見つかる場所も教えてくれた。彼はもはやそれらの場所では心を満たせなくなったらしいのだが、幼年期に過ごした英国の崖と低地――そこでは、夢見るような小さな村々で夕暮れ時に英国の古い歌が格子窓の背後で流れ、灰色の教会の塔が遠く離れた峡谷の新緑の上に頭を覗かせているのである――への強い憧れを育んでいるのだった。

彼の肉体は既に死んでいるので、覚醒めの世界のこのような世界に戻ることはできない。しかし、彼は次善の策を取って、海の岸壁からタナリアン丘陵の裾野へと草原が優雅にうねり登っていく、都邑《まち》の東の地域に、田園地帯のささやかな区画を夢見《つくっ》たのである。

そこでクラネスは、海を望む灰色の石造りのゴシック様式の荘園邸宅《マナー・ハウス》に住んでいて、そこが昔ながらのトレヴァー・タワーズ*55――自身が生まれ、一三代にわたる先祖が皆、最初の光を目にした屋敷なのだと、思い込もうとしたのである。

また、勾配の急な玉石敷きの道がある小さなコーンウォール風の漁村を近くの海岸に建設し、この上なく英国的な顔立ちをした者たちを定住させて、昔のコーンウォールの漁師たちが用いた思い出深い訛《なま》りを彼らに教え込もうとしているのだった。

それほど遠くない谷間には、屋敷の窓からその塔が見えるような位置に、ノルマン様式の大きな修道院を建てて、その周辺の墓地に先祖たちの名前が刻まれ、どこかオールド・イングランドの苔を思わせる苔を生えさせた灰色の墓石を並べていた。

クラネスは夢の地では一人の君主であり、およそ想像しうる壮麗なものや驚嘆すべきもの、堂々たるものや美しいもの、恍惚をもたらすものと歓喜に満ちたもの、新奇なものや興奮させられるものを意のままにしていたのだった。しかし、彼の存在を形作り、彼が永久《とこしえ》にその一部でなければならない、あの純粋にして静穏なるイングランド——古さびた愛すべきイングランドで、純朴な一人の少年として恵みの一日を過ごせるものなら、自身の権力と贅沢と自由の全てを、喜んで永遠に擲《なげう》ったことだろう。

そのようなわけで、カーターは灰色の猫族の長老に別れを告げると、テラスのある薔薇水晶の宮殿に赴くのではなく、東門を出て雛菊の咲き乱れる野原を横切り、海の断崖へと連なっている庭園のオークの木々を透かして垣間見える、尖った破風のある屋敷へと向かった。

そして間もなく、大きな垣根と小さな煉瓦造りの番小屋がある門に到着した。鈴を鳴らすと、官服を着て聖油で清められた宮殿の従僕ではなく、スモックを着た小柄でずんぐりした老人が足をひきずりながら現れて、遥か遠いコーンウォールの古風で趣きのある訛りを精一杯用いて彼を中に通した。

カーターはイングランドの木々に限りなく近い木々に挟まれた木陰の道を歩き、アン女王時代[*56]を彷彿とさせる、庭園に囲まれたテラスを上がっていった。猫の石像が側面を固める古風な玄関では、相応しいお仕着せを身につけて頬髭を生やした執事に出迎えられた。そして今、オオス＝ナルガイとセラニアンを取り巻く空の君主であるクラネスのいる図書館へと、彼は連れて来られたのである。

クラネスは小さな海辺の村を見晴らせる窓辺の椅子に座って物思いに耽《ふけ》りながら、年老いた乳母がやって来て彼を叱ってくれるのを待ち望んでいた。何しろ、嫌でたまらない教区司祭の園遊会に行く準備が出来ていないのに、馬車は待たせたままだし、母親は堪忍袋の緒が切れかけているのである。

若い時分にロンドンの仕立て屋が好んだ種類の部屋着を身に着けたクラネスは、熱意たっぷりに立ち上がって客人を迎えた。たとえそれが、コーンウォールではなくマサチューセッツ州のボストンからやってきたサクソン人だったとしても、覚醒めの世界からやってきたアングロ・サクソン人に会うことは、クラネスにとっては実に得難い事だったのである。

それから彼らは長い時間をかけて、往時の話に花を咲かせた。双方ともに年季の入った夢見人《ドリーマー》であり、信じがたい土地の驚異に精通していたので、話すべきことがたくさんあったのである。

実際の話、クラネスは星々の彼方なる窮極の虚空へと出向き、その旅路から正気を保ったままで帰還した、ただ一人の人間だと言われているのだった。

さて、カーターは遅ればせながら自身の探求を話題として持ち出し、これまでに他の多くのものに尋ねてきた質問を改めて歓待主《クラネス》に質問した。クラネスはカダスがどこにあるのかも、瑰麗《かいれい》なる夕映えの都邑《まち》がどこにあるのかも知らなかったが、〈大いなるもの《グレート・ワンズ》ども〉が探し出すには危険な生き物であることや、不遜《ふそん》な好奇心から蕃神《アザー・ゴッズ》どもが奇妙なやり方で彼らを守護していることを知っていた。

彼は宇宙の様々に遠い場所――とりわけ形というものが存在せず、色のついた気体が最奥の秘密を研究している領域――で、蕃神《アザー・ゴッズ》どもについて数多くのことを学び取っていた。スンガク[57]という菫色の気体からは〈這い寄る混沌〉ナイアルラトホテプにまつわる恐ろしいことを告げられ、魔皇《ダイモーン＝スルタン》アザトースが暗闇の中で餓えて齧《かじ》り続けている中心的な空虚に決して近づかぬよう警告されたという。

要するにだ、〈旧きものども《エルダー・ワンズ》〉には関わらないに越したことはなく、瑰麗なる夕映えの都邑《まち》に接近する手立ての悉《ことごと》くを彼らが妨げるというのなら、その都邑《まち》は探さない方が良くはないだろうか。

クラネスはまた、よしんばそこに辿り着けたとして、その都邑《まち》に赴くことによって客人《カーター》に何か得るものがあるのかどうか、疑問を呈した。

彼自身の事を言えば、麗しいセレファイスとオオス＝ナルガイの地を、束縛や因襲や愚かしさと無縁な自由や彩り、格調高い人生経験といったものを長年に渡り夢に見、憧れてきた。だが、いざこの都邑《まち》と土地に到達し、そこの王となった今になって、自由も鮮やかさもたちまちのうちに色褪せて、自分の気持ちや記憶と強く繋がっていないがために、単調なものとなってしまうことに気づいたのだった。

彼はオオス＝ナルガイの王でありながら、そのことに何の意味も見出だせず、青年期の自分を形作ったイングランドに古くからある馴染み深いもののことばかり考えては俯《うつむ》いているのだった。

コーンウォールの教会の鐘の音が鳴り響くのを聴けるものなら王国の全てを手放すだろうし、実家の近くにある村のありふれた尖り屋根が見られるものならセレファイスの千の光塔《ミナレット》を引き換えにしても構わない。

そうしたわけで、未知なる夕映えの都邑《まち》には求める心の安らぎがないかもしれず、おそらくは輝かしい、半ば記憶に残る夢のままにしておくべきではないかと、クラネスは客人に告げたのだった。かつての覚醒めの日々に足繁くカーターを訪問し、彼が生を享けた麗しいニューイングランドの丘陵地帯のことをよく知っていたのである。

最後になって、クラネスは探求者《カーター》が憧れているのが、幼い頃の記憶に残る情景でしかないことを強く確信した。夕暮れ時のビーコン・ヒル*58の輝きや、古風で趣《おもむ》きのあるキングスポートの高い尖塔や曲がりくねった丘の道、魔女に取り憑かれた古《いにしえ》のアーカム*59の年季の入った駒形切妻屋根、石垣がうねり、新緑の枝越しに白い農家が垣間見える何マイルもの祝福された草原や谷間といったものである。

彼はこの事をランドルフ・カーターに告げたのだが、探求者はそれでも自らの目的に固執した。

結局のところ、彼らは各々が自らの確信を胸にしたまま別れることとなった。

カーターは青銅の門を通ってセレファイスに戻り、〈列柱の道〉を通って古びた堤防に赴くと、遠く離れた土地からやってきた船員たちとさらに話し合って、〈大いなるものども《グレート・ワンズ》〉の血をひく奇異なる容貌の船員と縞瑪瑙商人を乗せた黒い船が、寒冷と黄昏のインガノクからやって来るのを待ち受けた。ある星明りの夕暮れ時、灯台《ファロス》*60が港を煌々《こうこう》と照らし出す中、待ち焦がれていた船が入港して、奇異なる容貌の船員や商人があるいは一人ずつ、あるいは集団を作って、堤防沿いに軒を連ねる古びた宿酒場に現れた。ングラネク山の神々しい顔を彷彿とさせる、生きている人間たちの顔を再び目にして、カーターは大いに心を躍《おど》らせたものだったが、寡黙な船員たちと話をするのに急ぎはしなかった。〈大いなるものども《グレート・ワンズ》〉の子供たちが、どれほどの誇りや秘密、天上のおぼろげな記憶といったものを抱いているともわからないので、探求について彼らに話したり、彼らがやってきた黄昏の地の北方に広がる冷たき荒地について、やたらに詳しく尋ねるのは賢明なことではないと確信していたのである。彼らは、古びた海酒場では滅多に他人と話さないのだが、店の奥の隅に仲間内で集まっては、見知らぬ土地の忘れがたい趣きの歌を自分たちだけで歌ったり、幻夢境の他の土地では異質に聴こえる訛りの長詩を互いに吟誦《ぎんしょう》しあったりするのだった。

一週間の間、風変わりな船員たちは宿酒場に居座り、セレファイスの市場《バザール》で交易を行った。

彼らが出航する前、カーターは自分が古参の縞瑪瑙採りであり、彼らの採石場で働きたいと申し出て、黒い船に乗り込む許可を得た。その船は、黒檀製の取付部品や金の間飾り《トレーサリー》を用いたチーク材で造られていて、旅人《カーター》が泊まることになった船室《キャビン》には絹とベルベットの掛け布があった。

ある朝、潮の変わり目に帆が張られて錨が持ち上がった。カーターが高い船尾に立っていると、時間を超越したセレファイスの壁や青銅の彫像、黄金《きん》色の光塔《ミナレット》が朝日の中で燃え上がり、彼方へと沈んでいくのが見えた。雪を戴《いただ》くアラン山の峰もまた、徐々に小さくなっていった。

正午になる頃には、目に入るものといえば穏やかな紺碧《こんぺき》のセレネリアン海ばかりで、ただ一隻、彩色されたガレー船が、海と空が出会うところにある雲に覆われたセラニアンの王土を目指し、飛んで行くのが遥か遠くに見えるのみだった。

絢爛《けんらん》たる星々と共に夜がやって来て、黒い船はゆっくりと極《ポール》を巡っていくチャールズウェイン星［北斗七星のこと］とこぐま座の方角へと舵を向けた。

船員たちが未知なる土地の風変わりな歌を歌い、一人また一人、船首楼［前甲板の下には船員部屋がある］にひっそりと引き上げる一方で、物憂げな当直者たちが古い歌を口ずさみ、海中の草の陰で戯れる光る魚を垣間見ようと、舷墻《げんしょう》越しに体を乗り出した。

カーターは真夜中に眠りについて、早朝の日射しの中で目を覚ましたのだが、太陽の位置がいつもよりもずっと南に見えたことを心に留めた。

そして、その二日目いっぱいをかけて、彼は船に乗っている男たちと交流を深め、彼らのやって来た寒冷と黄昏の地や、この上なく素晴らしい縞瑪瑙の都邑《まち》、その彼方にレンがあると言われる、未踏の高峰への恐怖について、少しずつ聞き出したのだった。

彼らは、インガノクに猫の一匹も留まれないことをどれほど残念に思っているか、そして間近に隠れるレンこそがその原因であることについてどのように思っているかを、カーターに話してくれた。

ただし、北方に広がる岩がちな荒地については、彼らは決して話そうとしなかった。不穏な何かがその地にあって、その存在については頭から締め出しておくのが賢明と思われているようなのだ。

それから数日を経て、彼らはカーターが働きたいと言った採石場について話をした。インガノクの都邑《まち》は何から何まで縞瑪瑙で造られていたので、採石場は数多く存在し、磨き上げられた大きなブロックはリナルやオグロタン、セレファイス、そして彼らの本国でも、トラアやイラルネク、カダテロン[*61]の商人たちを相手に、そうした伝説的な港の美しい品物と交換されているということだ。

そして北方遥かな、インガノクの人々がその存在を認めようとしない冷たき荒地に足を踏み入れるか踏み入れないかのあたりに、他のどこよりも大きな使われていない採石場があって、忘れ去られた太古にそこから切り出された塊やブロックは並外れて大きく、それらが切り出された跡の光景は、見た者全てに恐怖を与えたものだった。いったい何者がこれらの驚嘆すべきブロックを採掘し、いったい何処に運び出したのか、誰にもわからなかった。ともあれ、そのあたりには人間ならざるものの記憶がまとわりつくようなので、その採石場はそのまま乱さずにおくのが最善だと考えられている。

かくして、その場所は黄昏の中にぽつんと放置され、大鴉《おおがらす》［ワタリガラスのこと。不吉の象徴とされる］と、噂に名高いシャンタク鳥のみがその広大な空間に営巣《えいそう》するのみとなっていた。

この採石場についての話を聞いて、カーターは深く心動かされるものがあった。というのも、未知なるカダスの頂きにある〈大いなるものども《グレート・ワンズ》〉の城が、縞瑪瑙で造られたことを知っていたからである。

日を追う毎《ごと》に、空を巡る太陽はいよいよ低く、頭上の霧はいよいよ濃くなっていった。

二週間も経つ頃には太陽の光が全く見えなくなり、昼の間は永遠にわだかまる雲の天蓋越しに奇怪な灰色の薄明かりのみが、夜の間はその雲の下から星影を欠いた冷たい燐光が射し込むばかりだった。

二〇日目にして、遠く離れた位置から海の只中に、大きなギザギザの形をした岩礁《がんしょう》が見えた。アラン山の雪に覆われた頂きが船の後方に消え去って以来、初めて垣間見た陸地である。

カーターはその岩礁の名前を船長に尋ねてみたものの、名前は存在せず、夜になると音が聴こえてくるので、いかなる船も探索を試みたことがないとのことだった。

そして暗くなってから、そのギザギザの花崗岩のあたりから、低く吼えるような音がひっきりなしに聴こえてきて、旅人《カーター》はそこに停泊しなかったこと、岩礁に名前がなかったことを嬉しく思った。

船員たちは、騒がしい音が聴こえなくなるまで祈りや詠唱を続け、カーターはといえば、夜半を過ぎた頃に夢の中で恐ろしい夢を見たのだった。

それから二日目の朝、遥か前方の東の方角に、頂きの部分が黄昏の世界のどっしりと動かない雲の中に消えている、巨大な灰色の山脈がぼんやりと見えてきた。その光景を目にした船員たちは喜びの歌を歌い、何人かは祈りを捧げようと甲板に跪《ひざまず》いた。

かくして、カーターは自分たちがインガノクの地に近づいていて、間もなくその土地の名前を冠した大きな街の玄武岩の波止場に船が係留されることを知ったのである。

正午近くになると暗い海岸線が現れ、三時前には北の方角で、縞瑪瑙の都邑《まち》の球根状の円蓋《ドーム》や幻想的な尖塔が、いくつも聳《そび》え立っているのが見えた。

堤防や波止場の上に高々と聳えている古風な都邑《まち》は、滅多に見られない風変わりな佇《たたず》まいで、金象嵌の渦巻装飾や縦溝装飾、唐草模様があしらわれた精緻な黒一色に全体が統一されていた。

家々は背が高く、窓の数も多く、その暗澹たる対称性が光よりも強く胸を打つ美しさで見る者の目を幻惑させる、花や模様が全面に刻み込まれていた。

屋根の部分が若干先細の膨らんだ円蓋になっている家もあれば、階段状のピラミッドになっていて、その上に奇想と空想の限りを尽くした光塔《ミナレット》がひしめく家もあった。

壁は低く、数多《あまた》の門が道を通していた。その全てに普通より背の高い大きなアーチが設けられていて、遥か遠いングラネク山の巨大な顔を刻み込んだのと同じ技巧による、神の頭像が飾られていた。

中心部の丘の上には、際立って高い一六角形の塔が建っていて、平らな円蓋上に設置された高い尖頂のある鐘楼《しょうろう》を支えていた。これこそが、船員たちの言っていた〈旧きものども《エルダー・ワンズ》〉の神殿で、内なる秘密に悲しみを覚える年老いた大祭司に統治されているのだという。

間隔を置いて、奇妙な鐘の音が縞瑪瑙の都邑《まち》の大気を震わせ、その都度、角笛やヴィオル[*62]、詠唱の声から成る神秘的な奏鳴楽《ピール》が応えるように鳴り響いた。

そして、神殿の高い円蓋を取り巻く回廊に立ち並ぶ鼎《かなえ》の列から、一定の間を置いて焔が燃え上がるのは、その都邑《まち》の祭司たちや住民たちが原初の秘奥《ひおう》に通暁《つうぎょう》し、『ナコト写本』よりも古い巻物で述べられているような、〈大いなるもの《グレート・ワンズ》ども〉の音律を保つことに忠実であるが故だった。

船が玄武岩の大きな防波堤を通り過ぎて入港すると、都邑《まち》のかすかなざわめきがよりはっきりと聴こえるようになり、カーターは船着場に奴隷や船員、商人がいるのを目にした。船員や商人は神々の奇異なる顔をした種族だったが、奴隷たちはずんぐりして目の吊り上がった民で、噂ではレンの彼方にある峡谷から、不踏の山脈を越えるか迂回するかして流れてきたということである。

都邑《まち》の壁の外側の広範囲に埠頭がいくつも伸びて、そこに停泊しているガレー船からあらゆる種類の商品が運び出される中、一方の端には、彫刻されたものとそうでないものが混在する縞瑪瑙の大きな山がいくつもあって、リナルやオグロタン、セレファイスといった遠方の市場への出荷を待っていた。

黒い船が石の突堤の脇に投錨したのは夕方になる前で、船員たちと交易商人たち全員が上陸し、アーチ型の門を抜けてその都邑《まち》に入っていった。都邑《まち》の通りは縞瑪瑙で舗装されていて、幅広くまっすぐな道もあれば、曲がりくねった狭い道もあった。

海に近いあたりの家屋は他のところよりも背が低く、変わった造りのアーチ状の戸口の上に特定の黄金の印《サイン》が取り付けられていて、それぞれの家が支持している小神たちに敬意を表しているのだとか。

船長はカーターを風変わりな国々の船員たちがたむろする古びた海酒場に連れて行き、明日になれば黄昏の都邑《まち》の驚異を見せ、北の壁に近い縞瑪瑙採りの宿酒場に案内しようと言ってくれた。

夕方となり、小さな青銅のランプに灯が点されると、宿酒場の船員たちは遠い土地の歌を歌った。

しかし、高い塔から大きな鐘の音が都邑《まち》の大気を震わせ、それに応《こた》えて神秘的な角笛とヴィオルと声の奏鳴楽《ピール》が響き渡ると、皆が歌や話をやめて、その残響が消えるまで無言で頭《こうべ》を垂れたのだった。

黄昏の都邑《まち》、インガノクには不思議なことや奇妙なことがあり、人々は破滅や神罰が予期せぬうちに密かに近寄ってきたりせぬよう、典礼を疎《おろそ》かにすることを恐れているのだった。

宿酒場の奥の影の中に、カーターはずんぐりした人影を目にして、それがどうにも気に入らなかった。

その男は紛れもなく、ずっと以前にデュラス＝リインの宿酒場で見たことのある、目の吊り上がった老商人だった。まともな人間が訪れたことのない、夜には遠くから禍々しい焔が見えるという、レンのぞっとするような石造りの村と交易していると噂され、顔の上に黄色い絹の覆面を着け、先史時代の石造りの修道院に独り住まいする、言語を絶する大祭司と取引をしているとすら言われる人物である。

この男は、カーターが冷たき荒野とカダスについてデュラス＝リインの交易商人たちに尋ね回っていた時、妙な具合の訳知り顔をしたように思えたのだった。何かに取り憑かれたような暗澹たるインガノク――北方の驚異にかくも近い場所に彼が姿を現したことは、どうにも心騒がされるものがあった。

カーターが話しかける暇もなく、彼は忽然《こつぜん》と姿を消してしまった。

後で船員たちに聞いた話によれば、彼はイラルネクから商人たちが持ってくる巧妙な翡翠のゴブレットと交換するべく、噂に名高いシャンタク鳥の香り立つ巨大な卵を積んで、何処《いずこ》とも知れぬところからヤクの隊商《キャラバン》を引き連れてやってきたということだった。

翌朝、船長は黄昏の空の下で、暗澹としたインガノクの縞瑪瑙の通りへとカーターを連れ出した。

象嵌細工の扉や彫像の取り付けられた家屋の玄関、彫刻の施された露台や水晶のはめ込まれた張り出し窓といったものの全てが、厳粛で洗練された美しさにきらきらと輝き、黒い列柱や柱廊、人間と伝説上の生物の奇妙な彫像が立ち並ぶ広場がそこかしこに現れた。

長くまっすぐな下り坂の通りの景色ないしは路地裏、球根状の円蓋《ドーム》、尖塔、そして唐草模様の屋根は、言いようもなくこの世ならぬ美しさを湛《たた》えていた。

しかして、その壮麗さにおいて都邑《まち》の中心に位置する〈旧きものども《エルダー・ワンズ》〉の大神殿を凌ぐものはなく、彫刻を施された一六の側面や、その平たい円蓋、高い尖頂のある鐘楼《しょうろう》が、他の全ての上に高く聳え立ち、前景とは関係なく荘厳な佇《たたず》まいを見せていた。

そして東の方角には、都邑《まち》の壁や何リーグも続く草原の遥か彼方、頂が見えぬほど高い不踏の山脈の不気味な灰色の斜面の向こう側に、悍《おぞ》ましいレンが位置すると言われているのだった。

船長はカーターを大神殿に連れて行った。そこは、車軸から放射状に伸びる輻《や》のように、そこから通りがいくつも始まる大きな円形の広場の中に位置していて、壁に囲まれた庭園があった。

庭園に七つあるアーチ型の門は、それぞれ都邑《まち》の門にあるような彫り込まれた顔を上部に掲げていて、常に開放されていた。人々はタイル張りの通路や、グロテスクな境界柱や温厚な神々の祠堂《しどう》が並ぶ小路を、敬虔な面持ちで意のままに歩き回っていた。全てが縞瑪瑙で造られた噴水や池、水盤もあって、高い露台に並ぶ鼎にしばしば燃え上がる焔を映し出し、海の底の深いところから潜水夫がとってきた小さな発光する魚がその中で泳いでいた。

神殿の鐘楼から低い鐘の音が庭園や都邑《まち》の空に響き渡り、角笛とヴィオルと声の奏鳴楽《ピール》が、庭園の門のそばにある七つのロッジから応えるように鳴り響くと、奇妙な湯気を立てる大きな黄金色《きん》の鉢を前方に腕を伸ばして捧げ持つ、覆面と頭巾を纏う黒衣の祭司たちの長い列が、神殿の七つの扉から現れる。七つの列は全て一列縦隊で、膝を曲げることなく足を大きく前に投げ出す妙に気取った歩き方で七つのロッジへと続く道を降りていき、その中に姿を消して二度と再び姿を見せないのである。聞くところによれば、ロッジと神殿は地下道で繋がっていて、祭司たちの長い列はそこを通り戻ってくるということなのだが、縞瑪瑙の深みへの階段が、口にされざる秘密の場所まで降りていくのだと囁かれていないわけでもない。しかし、ごくわずかではあるが、覆面と頭巾を纏って列をなす祭司たちが、人間の祭司ではないとほのめかす者も存在した。

カーターは神殿に入らなかった。ヴェールを纏った王を除き、誰も立ち入りを許可されないのである。しかし、彼が庭園を出る前に鐘の鳴る刻限が訪れ、耳を聾する鐘の音が頭上で鳴り響き、門のそばのロッジからは角笛とヴィオルと声の咽ぶような音が聴こえてきた。すると、鉢を捧げ持つ祭司たちの長い列が特異な歩き方で七本の太い遊歩道を降ってゆき、人間の祭司がそうそう与えることはない恐怖を旅人《カーター》にもたらしたのだった。

最後の一人が姿を消すと彼もその庭園を後にしたのだが、鉢が運ばれていった舗道に一点の染みがあることを、彼は去り際に気がついた。船長ですらその染みには嫌悪感を催し、ヴェールを纏った王の宮殿が数多《あまた》の円蓋を瑰麗《かいれい》に聳え立たせている丘へと彼を急き立てた。

縞瑪瑙の宮殿への道は、王とその随行者たちがヤクかヤクに牽《ひ》かせた戦車に乗っていく湾曲した広い道を除くと、全行程が急勾配で狭かった。カーターとその案内者は、黄金の奇妙な印《サイン》が嵌め込まれている壁と壁に挟まれた、全体が階段になっている小路を上がっていった。露台や張出し窓の下では、耳に心地よい音楽の調べや、エキゾチックな香りが時折漂っていた。

前方には常に、ヴェールを纏った王の宮殿の名声を高めている巨大な城壁、がっしりした手すり壁、そして鈴なりになっている球根状の円蓋がのしかかるように聳《そび》え立っていた。やがて彼らは、大きな黒いアーチをくぐり、君主の喜びである庭園に現れた。

カーターはそこで、あまりの美しさに我を失い、一瞬立ち尽くしてしまった。縞瑪瑙造りのテラスや歩廊《コロネード》、様々な形の花壇が配置された賑やかな庭や黄金色の格子で垣根仕立てにされた繊細な花を咲かせる木々、精妙な浅浮彫の施された真鍮の壺や鼎、台座の上でまるで息づいているかのように見える黒縞大理石の彫像、光を放つ魚が泳ぐ玄武岩の敷かれた貯水池やタイル張りの噴水、彫刻が施された柱の上で虹色の鳥が囀っている小さな神殿、瑰麗《かいれい》な渦巻模様で飾られた青銅の大門、磨き抜かれた壁の上で一インチ単位で枝を整えられている花をつけた葡萄蔓といったものが全て一緒になって、現実を超えて美しい、夢の地においてすら半ば信じがたい光景を作り出しているのだった。

灰色がかった黄昏の空の下、雷文模様で飾られた円蓋を備える壮麗な宮殿を前方に、遥か遠き不踏の山脈の現実離れした輪郭を右手に置いて、その光景は幻影の如くきらめいていた。そして、小鳥と噴水が歌い続ける一方、珍しい花の香りが、信じがたい庭園の上にヴェールの如く広がっていた。

他に人間の姿はなく、カーターはその事を嬉しく思った。

やがて彼らは踵《きびす》を返し、階段になっている縞瑪瑙の小路を改めて降りていった。宮殿そのものを訪問することが許されていないというのが、その理由である。また、宮殿の中央に位置する大円蓋には、噂に名高いシャンタク鳥全ての始祖が棲むと言われていて、好奇心旺盛な者たちに奇怪な夢を送るので、そこを長く凝視しない方が良いということもあった。

その後、船長はカーターを隊商《キャラバン》用の門の近く、ヤク商人や縞瑪瑙の鉱夫が利用する宿酒場が立ち並ぶ街の北部に連れて行った。そして、船長には仕事があり、カーターも北部について鉱夫たちと話をしたかったので、二人は石切り工が利用する天井の低い宿屋で別れることとなった。

宿屋にはたくさんの人がいて、旅人《カーター》はほどなく、自分が年季の入った縞瑪瑙の鉱夫で、インガノクの採石場について知りたいことがあるのだと称し、そのうちの幾人かと話し始めた。

しかし、聞き出せたことと言えば、以前から知っていた以上のものではなかった。鉱夫たちは北方の冷たき荒地や、誰も足を向けない採石場のこととなると、臆病にもはぐらかした。レンが存在すると噂される山脈のあたりからやってくるという伝説的な使者と、岩が散在する極北の邪悪な存在や名状しがたい歩哨を恐れているのである。

彼らはまた、噂に名高いシャンタク鳥はまっとうな生き物ではなく、これまでに一羽とて目にしたことがないのはまことに結構な事だとも囁いた。(何しろ、王の円蓋に棲む伝説的なシャンタク鳥の始祖は、常に暗闇の中にいるのだから)

翌日、カーターは全ての鉱山を自分の目で見て回り、インガノクに点在する農場や趣きのある縞瑪瑙造りの村を訪れたいと言って一頭のヤクを賃借りし、旅に備えて大きな革の鞍袋に荷物を詰め込んだ。

隊商《キャラバン》用の門の向こうには、低い円蓋を戴いた風変わりな農家が数多く目に入る、耕作地の間に道がまっすぐ伸びていた。探求者《シーカー》が質問をしようといくつかの家に立ち寄った際、ある家の主人の厳粛で寡黙な様子と、こうした地には似つかわしくないングラネク山の巨大な顔にも似た威厳に満ちているのを目にして、彼はついに人里に棲んでいる〈大いなるもの《グレート・ワンズ》ども〉の一員か、さもなくば彼らの血を九割は引いている人間に出会ったのだと確信した。

そして、その厳粛で寡黙な農夫を相手に、注意深く言葉を選びながら神々のことを褒め称え、彼らがそれまでに彼に与えた全ての祝福を賛美したのだった。

その夜、カーターは道端の大きなリュガスの木にヤクを繫ぎ、その木陰の草地で野営して、朝が来ると北方への巡礼を再開した。一〇時頃には、交易商人が休息を取り、鉱夫が互いに身の上話をする、円蓋のある小さな家々が立ち並ぶウルグの村に到着し、正午までそこの宿酒場を巡った。

この村は、大きな隊商《キャラバン》の街道が西のセラルンの方へと向きを変える場所なのだが、カーターは採石場の道を辿って北に向かい続けた。午後いっぱいを費やして、上り坂になっている道を進んだのだが、その道は大きな幹線道路に比べるとやや狭く、耕作地よりも岩が多い地域に入り込んでいった。

日が暮れる頃には、左手に見えていた低い丘陵は、次第に高さを増して黒々とした大きな崖となり、鉱山の地に近づいているのだとわかった。その間ずっと、不踏の山脈の壮大にして不気味な側面が右手遠くに屹立し、先に進むにつれて、道すがら時折出会う農夫や交易商人、縞瑪瑙を積んだ荷車の御者から聞かされる噂話はいよいよ禍々しさを増していった。

二日目の夜、彼は地面に杭を打ってヤクを繫ぎ、黒々とした大きな岩壁の陰で野営した。この北方の場所において雲の燐光が強くなっていることを観察したのだが、一度ならず、黒々とした何かが雲を背景に輪郭を描くのを見たように思ったことがあった。

三日目の朝、彼は最初の縞瑪瑙の採石場を目にして、鶴嘴《つるはし》や鑿《のみ》を手にそこで働いている者たちに挨拶した。夕方までに一一の採石場を通過したのだが、このあたりの土地は縞瑪瑙の断崖と大岩にすっかり占められていて、植物は全く生えておらず、黒々とした大地の上に大きな岩の欠片《かけら》が散らばるのみだった。右手には、灰色の不踏の山峰が不気味かつ禍々しい様子で、常にそそり立っていた。

三日目の夜、彼は揺らめく炎が西の滑らかな崖に奇怪な影を投じる、鉱夫たちの野営地で過ごした。彼らは、古《いにしえ》の時代と神々の習わしについての奇妙な知識を示す、たくさんの歌を歌い、たくさんの話をしてくれたので、カーターは彼らが自らの祖先である〈大いなるもの《グレート・ワンズ》ども〉の潜在的な記憶をふんだんに持っていることを知った。

鉱夫たちは彼に行き先を尋ね、北に行きすぎないように注意されたが、カーターは自分が縞瑪瑙の新しい崖を探しており、鉱夫の身に余る危険を冒《おか》すつもりはないと返答した。

朝になり鉱夫たちに別れを告げると、誰も足を向けない恐ろしい採石場――人間よりも古い存在が、そこで手ずから途方もなく大きな縞瑪瑙のブロックを捻《ねじ》りとったのだ――が見つかるだろうと彼らが警告した、暗さを増してゆく北方へと、カーターはヤクに乗って足を踏み入れた。

しかし、手を振って最後の別れを告げようと背後に目をやった時、彼は悪寒を感じることになった。レンといかがわしい交易を行っているとデュラス゠リインで噂されていた、ずんぐりして誤魔化しの多い吊り目の老商人が野営地に近づくのを見たような気がしたのである。

さらに二つの採石場を通り過ぎると、インガノクの居住地域が終わったらしく、道も狭まって黒々とした崖に挟まれる険しいヤク道となった。右手の遠方には常に不気味な山峰が聳え、カーターがこの未踏の領域を高く上がっていくほどに、暗さと寒さが増していくようだった。

ほどなくして、足下の黒々とした道に足や蹄《ひづめ》の跡が見当たらないことから、彼はまさしく旧時代に属する、奇怪にして人に顧《かえり》みられぬ界隈《かいわい》に入り込んだことを悟った。

一度ならず、遥か頭上で大鴉のしわがれ声が響き渡り、巨大な岩の背後から羽ばたきが聴こえることがあり、彼はその度に噂のシャンタク鳥について不安な思いを掻き立てられた。

しかし、もっぱら毛むくじゃらの乗騎《ヤク》がいるだけで、その優秀なヤクが徐々に前進したがらなくなり、沿道のごく小さな物音にも怯えて鼻を鳴らすようになって、彼を困らせた。

今や道は黒光りする岩壁に圧迫され、これまでにも増して勾配が急峻なものとなった。足場は悪く、あたりに夥しく散乱する石のかけらに足を滑らせることもしばしばだった。

二時間後、カーターは前方に尾根が聳えるのをはっきりと目にし、その彼方には鈍い灰色の空が広がるばかりだった。彼はその先の進路が平坦になるか、さもなくば下りになってくれるよう祈ったのだが、その道の頂きに辿り着くのは容易なことではなかった。ほぼ垂直に切り立っていて、黒い砂礫や小さな石が崩れやすく、危険だったのである。

結局、カーターは不安げなヤクから降りて、牽いていくことにした。自分の足場を最大限に保ちつつ、ヤクが尻込みして動かなくなったりよろめいたりする度に強く引っ張った。

やがて、彼は不意に道の頂きに達し、その向こう側を覗き込むや、目にしたものに息を呑んだ。

道は確かにまっすぐ前方に伸びていて、これまでと同じ高さの天然の壁に挟まれつつ、やや下り坂になっていた。しかし、左手には途方もない空間が何エーカー［一エーカーは約四〇四七平方メートル］にもわたり広がっていた。何らかの太古の力が縞瑪瑙の自然の崖をもぎ取り、引き裂きでもしたかのように、そこには巨人の採石場が造り出されていたのである。

巨大な石の溝《キュクローピアン》は遥か後方の堅固な絶壁に達し、大地の奥深くまで掘り下げられて口を開けていた。それは人間の採石場ではなかった。窪んだ側には、かつて名状しがたい存在の手と鑿《のみ》に切り出されたブロックの大きさを物語る、何平方ヤード［一ヤードは約〇・九メートル］もの大きな痕跡が見られた。ギザギザになった縁《へり》の空高くを、巨大な大鴉どもが数羽、羽ばたきながらしわがれ声を張り上げ、目の届かない深みからおぼろげに聴こえる風の音は、蝙蝠かウルハグ、さもなくば知られざる生き物が、無限の闇に棲み着いていることを物語っていた。

黄昏の中、カーターは岩がちな地面が前方に下っていく狭い道に立ち尽くしていた。右手にある縞瑪瑙の高い崖は、視界の限りに続いていた。そして左手の高い崖は、この世のものとも思えぬ恐ろしい採石場を造り上げるべく、すぐ前方で切り落とされていた。

突然、ヤクが叫びを上げてカーターを振り切ると、パニックを起こして彼を置いたまま突進し、北に向かう狭い斜面の先へと見えなくなるまで走り去った。飛び跳ねる蹄《ひづめ》に蹴られた石が採石場の縁から落下し、底に当たる音もなく暗闇の中に消えていった。

しかし、カーターはその狭い道の危険を顧みず、飛ぶように走っていく乗騎《ヤク》の後を息もつけぬほど必死に追いかけていった。間もなく、左手に崖が復活し、改めて狭い道となったが、大きく間隔の開いた足跡が死に物狂いの逃走を物語るヤクを追って、旅人《カーター》は疾走した。

一度、怯えた獣の蹄の音が聴こえたように思い、それに励まされて彼は走る速度を二倍にした。そのまま数マイルも走り続ける間、少しずつ前方の道が広がっていき、北方の寒く恐ろしい荒地にそろそろ出るに違いなかった。遠方の不踏の山峰の灰色がかった斜面が、右手の岩の上に再び顔を出し、前方の開けた土地には岩や丸石が転がっていて、それは明らかに暗澹たる果てしない平原の先触れだった。

その時、蹄の立てる音が再び、先程よりもはっきりと聴こえてきたのだが、今回は励まされるどころか恐怖に襲われた。その足音は逃げるヤクの怯えた蹄のものではなかったのである。

こちらの足音は無機的でありつつ何かしらの意図を宿し、彼の背後から聴こえていた。

カーターのヤク追跡は、今や未知の存在からの逃走に成り代わった。敢えて肩越しに背後を確認しなかったのだが、背後の存在はおよそまっとうなものではない名状しがたいものであると感じられた。彼のヤクは、彼よりも先にそれを聞くか感じたかしたに違いない。

そいつが人間の出入りするところから彼を追ってきたのか、それとも黒々とした採石場の窖《あなぐら》から飛び出してきたのかについては、自問する気にもならなかった。そうしている間にも、崖が背後に遠ざかり、砂と幽霊じみた岩ばかりの広大な荒野に迫り来る夜が垂れ込めて、道はすっかりなくなっていた。

ヤクの足跡は見失ったが、背後からは常に嫌な足音が響き、時折それに混ざって巨大な羽ばたきと風を切る音が聴こえる気がした。残念ながら形勢が不利なことは明らかで、目印にならぬ岩や未踏の砂が広がるこのでこぼこした忌々しい荒地で、絶望的なまでに迷ってしまったことを悟った。

右手に聳える不踏の山峰だけが、いくらか方向感覚を与えてくれたが、灰色の黄昏が明かりを弱め、病的な雲の燐光にとってかわられると、それすらも怪しくなってきた。

やがて、暗さを増していく北方の薄闇と霧の中に、恐ろしいものが垣間見えた。黒々とした連峰を目にしたのだとつかの間思ったのだが、すぐにそれどころのものではないとわかった。のしかかるような雲の燐光がはっきりとそれを示し、部分的な輪郭が背後に輝く低い靄に映し出されすらした。距離はわからなかったが、恐ろしく遠いに違いない。それは何千フィートもの高さで、灰色の不踏の山峰から、想像も能わぬ西方の空間へと凹状の大きな弧を描いて伸びていた。かつては間違いなく、巨大な縞瑪瑙の丘陵の尾根であったに違いなかった。

しかし今、この丘陵は人間よりも巨大な何者かの手によって既に、丘陵ではなくなっていた。あたかも狼や食屍鬼《グール》の如く、黙りこくったまま世界の屋根に屈み込み、雲と霧を戴いて、北方の秘密を永遠に護っている。巨大な半円を描いて屈み込む犬の如き姿の山脈は、刻み込まれて途方もない大きさの見張像となり、その右手を人類を威嚇するかのように振り上げていた。

司教冠《ミトラ》[63]を戴く双頭が動いているように見えたのは、雲の揺らめく光のせいに過ぎなかった。

しかし、よろめきつつも影濃い膝から大きなものが飛び上がるのをカーターは目にしたのだが、その光景は妄想ではなかった。羽ばたきと風を切る音を立てながらそれはどんどん大きくなり、旅人《カーター》はよろめくことすらもここまでなのだと観念した。

象よりも大きく、頭が馬のようであるからには、その生き物どもが幻夢境の他の場所で知られる鳥や蝙蝠であるはずはなかった。カーターは、彼らが悪名高きシャンタク鳥に他ならぬことを悟った。

いかなる悪しき守護者や名状しがたい歩哨が、北方の岩がちな荒地に余人をよせつけていないのか、もはや疑問の余地はない。覚悟を決めて足を止め、ようやく思い切って背後を振り返った。

まさしくそこには、悪しき噂のつきまとうずんぐりした吊り目の交易商人が、ニヤニヤ笑いを浮かべながら痩せたヤクにまたがり、翼にまだ地下の窖の霜と硝石がこびりついている、目付きの悪いシャンタク鳥の不快極まる群れを引き連れて駆け寄ってきていたのである。

信じがたい馬頭で有翼の悪夢が作り出す不浄の円陣に取り囲まれながらも、ランドルフ・カーターは意識を失わなかった。巨大な怪物《ガーゴイル》どもが、恐ろしげな様子で彼の頭上に聳え立つ中、吊り目の交易商人がヤクから跳び下り、ニヤニヤ笑いを浮かべて捕虜の前に立った。

続いて男は、カーターに厭《いと》わしいシャンタク鳥どもの一頭に乗るよう身振りで示し、嫌悪感に苛まれている彼に手を貸した。

シャンタク鳥には羽毛の代わりに鱗があるのだが、その鱗はきわめて滑りやすく、またがるのは一苦労だった。ひとたび腰を落ち着けるや否や、吊り目の男が彼の後ろに飛び乗ると、残された痩せっぽちのヤクは巨鳥の一頭によって彫像が刻み込まれた山脈の環の方に運ばれていった。

その後、極寒の空間を風切り音が吹き抜けたかと思うと、その彼方にレンが存在すると言われている不踏の山脈の斜面を目指し、東方へと果てしなく飛び続けることとなった。

彼らは雲の遥か上を飛行し、ついにインガノクの民が目にしたことのない、輝く霧の高い渦の中に常に聳える伝説的な尖峰が眼下に見えるところにきた。

カーターは上空を飛び過ぎながら、それらをはっきりと眺め、最高峰の頂きにングラネク山のものを彷彿とさせる奇妙な洞窟がいくつかあるのを目撃した。しかし、彼の誘拐者とシャンタク鳥の双方が妙にそれを恐れているようで、そこを通り過ぎて背後に遠く離れるまでの間、ひどく神経を張り詰めたままになっていたので、洞窟について男に質問するのはやめておいた。

シャンタク鳥は現在、低空を飛んでいて、雲の天蓋の下には灰色の荒涼たる平原が現れ、かなり遠くに弱々しい炎が燃えているのが見えた。降下していくと、一棟の花崗岩の小屋と、小さな窓が淡い光に輝いている殺伐とした岩の村々が、間隔を空けて存在するのが見えてきた。

すると、小屋や村の方から甲高く単調な笛の音と、胸をむかつかせるクロタル［小さなシンバルのような楽器］の振動音が聴こえてきて、この土地にまつわるインガノクの人々の噂が正しかったことをたちまちのうちに証明した。というのも、旅人たちはそのような音を以前にも耳にしたことがあり、そうした音が漂ってくるのは、まっとうなものが訪れたことのない冷たく不毛な高原――邪悪と神秘に取り憑かれた土地、即ちレンのみであることをよく知っているのである。

弱々しい炎の周りでは、暗い影が踊っていた。まっとうな者がレンを訪れたことはなく、この地については遠目に見える炎や石造りの小屋についてのみ知られていたので、カーターは踊っているのはいかなる存在なのかと興味を抱いた。これらの影はゆっくりとぎこちなく飛び跳ね、狂ったように体をねじったり曲げたりしているので、じっと見つめていると気分が悪くなった。

曖昧な言い伝えにおいて、途方もない悪行が彼らの仕業とされたり、幻夢境の全ての地域で、その異常極まる凍てつく高原が恐れられているのも無理からぬことだとカーターには思われた。

シャンタク鳥は低空を飛んでいたので、踊り手たちの厭《いと》わしさは、ある種、地獄めいた親しみやすさを帯び始めた。虜囚《カーター》は目を凝らして見つめ続け、このような生き物を以前、どこで目にしたのかについての手がかりを得ようと、記憶を引き出し続けた。

彼らは足の代わりに蹄があるみたいに飛び跳ねて、小さな角がいくつかある鬘《かつら》か兜のようなものを身につけているようだった。無論、他には一糸も身に纏《まと》わず、大半の者はすっかり毛皮に覆われていた。背後には矮小《わいしょう》な尾があって、彼らが上方に顔を向けると、あまりにも大きな口が目に入った。その時、カーターは彼らが何者であり、結局のところ鬘や兜を身に着けていないことを知った。

謎めいたレンの民とは、デュラス＝リインで紅玉《ルビー》を売買していた黒いガレー船団の不快な商人たちも含む同一の種族だったのである。あの、途方もない月の妖物どもの奴隷である、人間に非ざる商人たちだったのだ！

彼らはまさしく、遥か以前に悪臭の籠るガレー船にカーターを強制的に連れ込んだのと同じ、浅黒い民だった。彼は、連中の同胞たちがあの呪われた月の都邑《まち》の不潔な波止場で追い立てられていたのを見たことがあったが、細身の者たちが労役に駆り出されている一方で、太った者たちはポリプ状の無定形の主人たちの他の需要を満たすべく、木枠に詰め込まれて運び出されていった。

今や彼は、この素性の怪しい生き物どもがどこからやって来たのかを知るに至った。そして、レンが月の無定形の忌まわしい妖物どもに知られているのに違いないと思い、震え上がるのだった。

しかし、シャンタク鳥は炎や石造りの小屋、そして人間以下の踊り手たちの上も飛び過ぎて、灰色の花崗岩から成る不毛の丘陵や、岩と氷と雪に覆われた薄暗い荒野の上空を空高く飛行し続けた。

夜が明け、低空にかかる雲の燐光が、北方世界の霧深い黄昏に取って代わられた。

それでもなお、不浄の鳥は寒冷と沈黙の中で意味ありげに羽ばたき続けた。

吊り目の男が自身の種族の忌まわしくもしわがれた言葉で話しかけると、シャンタク鳥はすりガラスをひっかく音にも似た、神経に障る含み笑いのような声音で応答するのだった。

その間にも、徐々に陸地の標高があがっていき、ついに彼らは草木も生えず住む者もいない世界のまさしく頂きそのものである、吹きさらしの台地に到着した。

そこの沈黙と薄暮と寒さの只中にただ一つ、ずんぐりして窓のない、不格好な石造りの建物が聳え、人手が加えられていない独立石《モノリス》がいくつか、その周囲を取り巻いていた。

この配置に人間らしさは微塵《みじん》もなく、カーターは古い物語に基づき、顔の上に黄色い絹の覆面を着け、蕃神とその〈這い寄る混沌〉ナイアルラトホテプに祈りを捧げる、言語を絶する大祭司が誰を伴うこともなく独り住まいするという、遠隔の先史時代の修道院——最も恐ろしく伝説的な場所へと、まさしくやって来たのだと推測したのだった。

忌まわしい鳥は今や地上に降り立ち、吊り目の男が飛び降りて、虜囚が降りるのに手を貸した。

彼を捕らえた目的について、カーターは強い確信を抱いていた。吊り目の商人が闇黒の勢力《ダーク・パワーズ》の手先《エージェント》であることは明らかで、図々しくも未知なるカダスを見出し、縞瑪瑙の城の〈大いなるものども《グレート・ワンズ》〉の眼前で嘆願を口に出そうと目論む定命の者を、主人たちの御前に連行しようとしているのだ。

デュラス゠リインの月の妖物の奴隷たちによる以前の捕縛は、この商人が画策したものであるらしく、猫たちの救援で頓挫した企てを改めて実行し、犠牲者を怪物的なナイアルラトホテプとの恐るべき会見の場に引き出して、未知なるカダスの探求が不遜にも試みられた経緯を告げるつもりなのだろう。

レンとインガノク北方の冷たき荒野は、蕃神《アザー・ゴッズ》どもと近しいに違いないく、カダスへと通じる道はいずれも用心深く護《まも》られているのである。

吊り目の男は小柄だったが、馬頭の巨鳥がカーターが服従しているかどうか見張っていたので、彼は導かれるままに進んでいき、環状列石に取り囲まれている窓のない石造りの修道院の、背の低いアーチ状の戸口に足を踏み入れた。内部は真っ暗だったが、邪悪な商人は病的な浅浮彫の施された小さな陶器のランプに火を灯《とも》し、迷路の如く狭く曲がりくねった通路を通り抜ける間、虜囚をせっついた。

通廊の壁には、有史以前の恐ろしい光景が描かれていたのだが、地球の考古学者には知られていない様式だった。測り知れない永劫の時を経て、顔料は今なお鮮やかだった。恐るべきレンの寒さと乾きによって、数多くの原初のものが生々しく保たれているのである。

カーターは、進みゆくランプのほのかな光の中で束の間、それらを目にし、そこに示されている物語に震え上がった。それら太古のフレスコ画にはレンの年代記が身も蓋もなく描き出され、角と蹄を備えた大口の人間もどきどもが、忘れ去られた都邑《まち》の只中で禍々しくも踊り回っていた。往古の戦《いく》さの光景があり、その中でレンの人間もどきは近くの谷間に棲む肥大化した紫色の蜘蛛《くも》と戦っていた。月から黒いガレー船団がやってくる光景もあり、船の中から飛び跳ね、のたうち、もがきながら出てくるポリプ状の無定形の冒瀆的な生物に、レンの住民が屈服していた。それらの灰白色でつるつるした冒瀆的な生物を彼らは神と崇め、特にまともで太った男たちが黒々としたガレー船団に連れ去られた時にも、不平を申し立てなかった。

怪物じみた月獣《ムーン＝ビースト》は、ギザギザの形をした海上の島に野営地を設けたのだが、カーターはそれらのフレスコ画から、これこそはインガノクへの航海中に目にした名もなき孤島——インガノクの船乗りたちが忌避し、厭《いと》わしい吼え声が夜通し響いた、あの灰色の呪われた島に他ならぬと悟った。

そして、それらのフレスコ画には、人間もどきどもの巨大な港町と首都も描かれていた。絶壁と玄武岩の埠頭の間に挟まれ、柱石に支えられた堂々たる都邑《まち》で、高い神殿や彫刻の施された施設がいくつもある驚異に満ちた場所だった。

絶壁やスフィンクス像を戴く六つの門のそれぞれから、大庭園と列柱の通りが広大な中央広場に伸び、その広場には巨大な有翼の獅子像が二頭あって、地下へと続く階段室の最上部を護っていた。

この巨大な有翼の獅子たちは幾度も繰り返し描かれていて、その閃緑岩で造られた力強い側面は、昼には灰色の黄昏の中、夜には蜘蛛の燐光の中で輝きを放つのだった。

そして、カーターはよろめきながら進みながらも、それらのフレスコ画の中で頻繁に繰り返される情景を眺めるうちに、黒々としたガレー船団がやってくる以前、人間もどきどもが古《いにしえ》の時代に統治していたのがいかなる都邑《まち》であったのかを、とうとう理解した。

幻夢境の言い伝えは豊穣で、夥しい数が存在するのだが、間違えようもなかった。疑いの余地なく、その首都こそは物語で名高いサルコマンドに他ならなかった。その廃墟は、最初の人間が光を目にする前に、百万年もの長きにわたって漂白されてきたのだ。そして、双子の巨大な獅子像が、幻夢境から〈大いなる深淵《グレート・アビス》〉[*64]へと至る階段を永遠に護っているのである。

他の風景画は、レンをインガノクから分かつ灰色の山峰や、その途上の岩棚に営巣している怪物じみたシャンタク鳥たちを示していた。同様に、最高峰の頂き近くに奇妙な洞窟群があり、最も豪胆なシャンタク鳥すらも悲鳴をあげてそこから飛び去っていく光景を描いた絵画もあった。

カーターは、山峰を越えた時にそれらの洞窟を目にして、ングラネク山の洞窟と似ていることに気づいていた。今や、似ているのは決して偶然ではなかったことを彼は知った。何しろこれらの絵画には、その恐るべき住人たちも描かれていたのである。蝙蝠の翼、湾曲した角、先の尖った尾、物を摑むのに適した四肢、そしてゴム状の体といったものは、彼にとって見慣れないものではなかったのだ。

彼は以前にも、その黙りこくったまま飛び回り、鷲摑みにしてくる生き物に遭遇したことがあった。〈大いなるものども《グレート・ワンズ》〉すらも恐れる、〈大いなる深淵《グレート・アビス》〉の知能なき守護者たち――ナイアルラトホテプではなく、神々しい白髪のノーデンス[*65]を君主として仕える者ども。

顔を持たぬので笑うことも笑顔になることもなく、ナスの谷と外部世界《アウターワールド》への道の間の暗闇の中を果てしなく飛び回っている、恐るべき夜鬼《ナイト＝ゴーント》どもだったのである。


吊り目の商人は、壁には衝撃的な浅浮彫が施され、禍々しく彩色された六つの石造りの祭壇に取り囲まれた、円形の窖《あなぐら》が中央に口を開けている、大きな円蓋《ドーム》状の空間にカーターを押し込んだ。

この広大で悪臭の籠もった地下霊廟には灯《あか》りがなく、陰険な商人の小さなランプが弱々しく輝いているのみだったので、細部についてはわずかに窺うことしかできなかった。

五つの段を上がると辿り着ける高い石の台座が最奥部にあって、黄色い絹の地に赤い模様があしらわれた外衣《ローブ》を纏《まと》い、顔の上に黄色い絹の覆面を着けた、ずんぐりした姿が黄金の玉座に腰掛けていた。

この者に対し、吊り目の男が両手で何かしらの印《サイン》を示すと、闇に潜む者は絹で覆われた前肢《まえあし》でぞっとするような彫刻の施された象牙のフルートを掲げ、揺らめく黄色い覆面の下である種の忌まわしい音を吹き鳴らすことで、それに応《こた》えた。

こうしたやり取りがしばし続く中、カーターはそのフルートの音と悪臭漂うこの場所の臭気に、胸をむかつかせる馴染み深さを感じていた。赤く輝く恐るべき都邑《まち》と、かつてそこを行進した忌まわしい行列、そして地球の友好的な猫たちが大急ぎで救助に駆けつけてくれる前の、月の郊外での恐ろしい登攀《とうはん》のことを、彼に思い起こさせたのである。

台座上の生き物が、伝説が声を潜めて悪魔的で異常な力を持つと告げる、言語を絶する大祭司に違いないことはカーターにもわかっていたのだが、その忌むべき大祭司がいかなる存在なのかについては、彼は恐ろしさのあまり考える気にならなかった。

ややあって、模様のある絹の外衣《ローブ》が滑り落ち、灰白色の前肢がわずかに覗いたので、カーターは不快な大祭司の正体を知ってしまった。その悍《おぞ》ましい一瞬、激しい恐怖が、理性が残っていれば決して試みなかっただろう行動へと彼を駆り立てた。黄金の玉座の上でしゃがみこんでいるものから逃げ出したいという死に物狂いの意志だけが、混乱する意識の中に入り込む余地があったのである。

彼と外の冷たき台地の間には絶望的な石の迷路が存在し、その台地においてすら不快なシャンタク鳥が今なお待ち構えていることを承知していたにもかかわらず、彼の頭にはただ、体をのたくらせる絹衣の怪物から今すぐに逃げ出したいという思いだけがあったのである。

吊り目の男は、窖のそばの不快に彩色された石の祭壇上に奇妙なランプを置くと、大祭司と手振りで話すべく前に進み出た。まさにこの時、それまで全くなすがままになっていたカーターが、恐怖による凄まじい力で男を勢いよく押しやったので、ガグが暗闇の中でガーストを狩り立てる地獄めいたズィンの窖に通じるとも噂される、ぽっかりと口を開けた縦穴へと、犠牲者はもんどり打って落下した。

その行動とほとんど同時に、彼は祭壇のランプを摑むと、フレスコ画の並ぶ迷路の中に飛び出した。後はもう運任せで走り続け、背後の石の通路で無定形の肢《あし》が立てている忍びやかな音や、真っ暗な廊下を追ってきているに違いない、音もなくのたくり這い進む存在のことは努めて考えないようにした。

しばらくすると、彼は考えなしの性急な行動を悔み、入ってくる時に通り抜けたフレスコ画を逆に辿れば良かったのだと考えた。実のところ、フレスコ画は甚だ錯綜《さくそう》している上に重複もあるので、それほどうまくいきはしなかっただろうが、ともあれ試すに越したことはなかったのだ。

今、目にしているフレスコ画は、入ってくる時に見たものに輪をかけて恐ろしく、自分が外に通じる廊下にいないことがわかった。

ややあって、後を追うものがいないことを確信し、走る速度をやや緩めたのだが、安堵の息をつく暇もなく、新たな危機が彼を襲った。ランプの火が消えつつあったのである。間もなく、視覚も先に進む手立ても喪《うしな》われ、墨のような暗闇に包まれることになるだろう。

光がすっかり消え去ると、彼は暗闇の中を手探りでゆっくりと進み、できうる限りの助けを求めて、〈大いなるもの《グレート・ワンズ》ども〉に祈りを捧げた。石の床が上りになったり下りになったりするのを感じることがあり、一度などは存在するはずのない階段に躓《つまず》いた。奥へ進むにつれて湿気がましていくようで、分岐点や側廊への入り口を感じ取る度《たび》に、下向きの傾斜が最も小さい道を選んだ。

しかし、彼が進む道は概ね下り勾配になっていると思《おぼ》しく、納骨堂を彷彿《ほうふつ》とさせる臭いは、ぬめぬめと滑りやすい壁や床と同様に、レンの不浄な台地の奥底へと深く入り込んでいることを警告した。

ただし、最終的に起こった出来事については一切の前触れがなく、それ自体が恐怖と衝撃、そして息を呑むような混沌を伴って現出したのだった。ほぼ平らなところの滑りやすい床を、ゆっくりと手探りで進んでいた彼は、次の瞬間、ほとんど垂直になっているに違いない闇黒の隧道《トンネル》の中を、目眩《めまい》を覚えるような勢いで落下していったのである。

その悍《おぞ》ましい滑降がどれほどの長さだったかについて、はっきりしたことはわからなかったが、吐き気を催す胸のむかつきと、我を忘れたような狂乱が何時間も続いたように思えた。

やがて、落下が止まったことに気づいた時、北方の燐光を放つ夜の雲が彼の頭上で病的に輝いていた。周囲にあるのは崩れかけた壁や壊れた柱ばかりで、彼が横たわっていた舗道のそこかしこから雑草が突き出し、あちらこちらが灌木や根に毀《こぼ》たれていた。背後には、頂きの見えない玄武岩の断崖が垂直に聳《そび》えていた。その暗くなっている側には忌まわしい情景が彫刻され、彫刻が施されている、内部の闇へと通じるアーチ型の出入り口が穿《うが》たれていて、彼はそこから出てきたのだった。

前方には柱の列が二本伸びており、岩の欠片《かけら》や柱の台座が、かつてそこに幅広い通りがあったことを物語っていた。道に沿って壺や水盤が並んでいるということは、庭園の大通りだったのだろう。

その道の遥か奥では柱の列が広がって巨大な円形広場になり、その広い円の只中、毒々しく輝く夜の雲の下で、二体の怪物的な何かが巨大に聳え立っていた。闇と影を挟んで佇《たたず》むそれは、閃緑岩で造られた巨大な有翼の獅子像だった。優に二〇フィート［約六・一メートル］はある、傷ひとつついていないグロテスクな頭部をもたげ、あたりの廃墟を愚弄するかのように睥睨《へいげい》していた。

　このような双子の彫像について物語る言い伝えはただ一つのみなので、カーターは彼らの正体をよく知っていた。彼らこそは〈大いなる深淵《グレート・アビス》〉の不変の守護者にして、この暗澹たる廃墟こそはまさしく、原初のサルコマンドに他ならなかったのである。

　カーターが最初にとった行動は、崖の門戸を閉じ、倒れていたブロックや周囲に転がっているわずかな破片でそこを塞ぐことだった。行く手の道にも十分すぎるほどの危険が潜んでいるはずなので、彼はレンの厭《いと》わしい修道院からの追っ手がないことを祈った。

　いかにしてサルコマンドから幻夢境の人の住むあたりに辿り着くかについては、何もわからなかった。食屍鬼《グール》たちにしても、カーターよりも道に明るいということはないので、食屍鬼《グール》の窖《あなぐら》に降りていったところで詮無いことだった。ガグどもの都邑《まち》を抜けて外部世界《アウターワールド》へ向かう際に手助けしてくれた三匹の食屍鬼《グール》も、帰還の際にサルコマンドに辿り着く道筋を知らず、デュラス＝リインの年老いた交易商人たちに尋ねるつもりでいた。

　ガグどもの地下世界へと再び降りて、魔法の森に通じる巨大な石造り《キュクロピアン》の階段がある、地獄めいたコスの塔を登る危険を冒すことなど、考えたくもなかった。とはいえ、他の試みが全て失敗した場合は、この経路を試す必要がありそうだった。

　ぽつんと建っている修道院を経由して、レンの高原を越えるとなると、独力で行う勇気はなかった。大祭司の手先《エージェント》は数多く存在するに違いなく、旅の終わりには疑いの余地なく、シャンタク鳥どもや、おそらくは他の存在も相手にせねばならないはずだった。

ボートを手に入れられたなら、海のギザギザの形をした岩を通り過ぎて、インガノクに戻れるかもしれない。修道院の迷宮で目にしたフレスコ画において、あの恐ろしい場所はサルコマンドの玄武岩造りの波止場からそれほど遠くないことが示されていたのである。

しかし、永劫の歳月にわたり無人の地と化していた廃都でボートが見つかることなど望むべくもなく、新たに船を造ることができるとも思えなかった。

そんなことを考えている時、ランドルフ・カーターの心は新たな印象を捉えた。

それまでの間ずっと、彼の前方には発光する夜の雲の微弱な輝きを背景に、壊れた黒い柱の数々や、スフィンクス像を戴く崩れかけた門、巨大な石、そして怪物じみた有翼の獅子像などがある、伝説のサルコマンドの屍めいた姿が広範囲に伸びていた。そして今、彼は遥か前方の右手に、雲のものではない輝きを目にし、その死都の沈黙の中にいるのが自分一人ではないことを知ったのだった。

その輝きは断続的に上下していて、緑がかった色合いが揺らめく様子は、見ている者の心を騒がせるものだった。乱雑な通りを降り、倒れた壁の間の狭い隙間を抜けてこっそり近寄っていくと、その輝きは埠頭のあたりの篝火《かがりび》で、周囲には曖昧な形をした何かが黒々と寄り集まって、命に関わるとすら思える悪臭が濃厚に立ち込めているのがわかった。その向こうでは、投錨中の大きな船に港のどろどろした水が当たって波音を立てていた。そしてカーターは、その船がまさしく月からの恐るべき黒いガレー船団の一隻であることを知って、恐怖のあまり立ち尽くした。

その厭《いと》わしい篝火からこっそりと離れようとした時、曖昧な形をした何かの間に動きがあるのを目にし、聴き間違えようのない独特の声を耳にした。それは食屍鬼《グール》の怯えた啼《な》き声で、すぐに紛れもない苦悶の合唱へと膨れ上がったのである。途方もなく大きな廃墟の陰に隠れているという安心感で、好奇心が恐怖心を凌いだので、カーターは退くのではなく改めて前方へ忍び出た。

開けた通りを横切る時には、蛆《うじ》のように腹這いになって体をのたくらせながら進み、別の場所では積み上がっている大理石の山が音を出さないよう、立ち上がらなければならなかった。

しかし、ずっと見つからずに済んだので、緑がかった光に照らされる現場を見渡せる場所を、それほど時間をかけずに巨大な柱の背後に見つけることができた。

月の真菌《きのこ》の不快な柄《え》がくべられる悍《おぞ》ましい炎の周りに、蟇じみた月獣《ムーン=ビースト》どもと人間もどきの奴隷たちが、悪臭を放つ円陣を組んでしゃがみこんでいた。これらの奴隷たちの中には、揺れ動く炎の中に奇怪な鉄の槍を突っ込んで熱している者もいて、きつく縛り上げられた三匹の虜囚たちに、間隔をおいて白熱する切っ先を押し当てては、この集団の指導者たちの前で悶《もだ》え苦しませていた。

触手の動きによって、太く短い鼻の月獣《ムーン=ビースト》どもが、その光景を大いに楽しんでいることがカーターにはわかった。そして突然、半狂乱の泣き声に聞き覚えがあることに気付き、拷問されている食屍鬼《グール》たちが彼を深淵《アビス》から無事に導き出してくれた後、サルコマンドと故郷の深みへの入り口を探し出そうと魔法の森から旅立った、あの忠実な三匹に他ならないことを俄《にわか》に知るや、彼の恐怖は甚大なものとなった。

緑がかった炎の近くで悪臭を放つ月獣《ムーン=ビースト》の数は夥《おびただ》しく、かつての同盟者たちを救い出そうにも、カーターには何をしてやることもできなかった。

食屍鬼《グール》たちがどのようにして捕まったのかは、推測もままならなかったが、灰色の蟇じみた冒瀆的な生物どもが、彼らがデュラス＝リインでサルコマンドへの道筋を尋ねるのを聞きつけて、憎むべきレン高原と言語を絶する大祭司の近くへと接近されることを望まなかったのだろう。

わずかな間、自分がなすべきことについて熟考した彼は、自分が食屍鬼《グール》の闇黒《あんこく》王国の門の近くにいることを思い出した。東の双子の獅子像の広場まで這っていき、すぐに深淵《ガルフ》へと降りていくことこそが、最も賢明な道であることは明白だった。地上にいるよりも恐ろしいものに遭遇することはないだろうし、同胞を救い出したがる食屍鬼《グール》をすぐに見つけられるかもしれない。あるいは、黒いガレー船の月獣《ムーン＝ビースト》を一掃することもできるだろう。

その入り口が、深淵《アビス》へと通じる他の門のように、夜鬼《ナイト＝ゴーント》の群れによって護られているかもしれないという思いがわき起こった。しかし今、彼はこの無貌の生き物を恐れなかった。

彼らが食屍鬼《グール》との厳粛な約定に拘束されていることをカーターは知っていて、彼らに理解できる合言葉の発声方法をかつてピックマンだった食屍鬼《グール》から教わっていたのである。

かくしてカーターは、廃墟の中を再び音を立てないように這い始め、広大な中央広場と有翼の獅子像を目指してじりじりと進んでいった。じれったい作業だったが、月獣《ムーン＝ビースト》は愉悦にかまけていたので、石が散らばっているあたりで二度に渡りうっかり立ててしまった小さな音を聞き逃した。

ついに、彼は広場に辿り着き、発育を阻害された木々や茨の生い茂る中を注意深く進んでいった。

燐光放つ夜の雲の病的な輝きの中で、巨大な獅子像が頭上に立ちはだかっていたが、彼は果敢に進み続け、彼らが守護する巨大な闇黒はこちら側にあると推察して、ほどなく顔の方に回り込んだ。

嘲笑っているような顔をした閃緑岩の野獣たちは一〇フィートを隔てて蹲《うずくま》り、側面に恐ろしい浅浮彫が施された巨大な石の台座《キュクロ－ピアン》にのしかかっていた。

彼らの間には、かつては中央の空間が縞瑪瑙の手摺りに囲まれていた、タイル張りの中庭があった。

この空間の真ん中に縦穴が開いていて、カーターはほどなく、硝石と黴《かび》のこびりつく石の階段が悪夢の窖へと通じる深淵《ガルフ》への割れ目に辿り着いたことを悟った。

暗闇の下降の記憶は恐ろしいもので、底知れない螺旋を描く急勾配の滑りやすい階段を、カーターは何も見えない状態のまま、何時間もかけてぐるぐると降《くだ》り続けていった。階段はひどく摩耗している上に狭苦しく、地球内部からの滲出物《しんしゅつぶつ》でぬるぬるしていたので、いつ息を切らして転倒し、窮極の窖に投げ出されるかもわからなかった。それに、この原初の通路に事実、配置されている守護者《ナイト＝ゴーント》がいるのなら、いついかなる形で彼に襲いかかってくるやも知れなかった。

あたり一面に、呼吸を阻害するような地下の深淵《ガルフ》の悪臭が蔓延し、この息を詰まらせる深みは人類のために造られたものではないと感じられた。やがて彼は、間隔が麻痺して眠気を催し、理性的な意志というよりも反射的な衝動によって体を動かし続け、背後から何かに音もなく捕まってその動きが完全に止まった時にも、状況の変化に全く気づかなかった。

悪意あるくすぐりを受けて、ゴムのような夜鬼《ナイト＝ゴーント》が彼らの務めを遂行したことに気づいた時、彼は既に相当な速度で空を飛んでいたのである。

羽ばたく無貌のものの、冷たくじっとりした肢《あし》に掴まれているという事実で我に返り、カーターは食屍鬼《グール》のパスワードを思い出すと、飛行中の風と混乱の中で声を限りにそれを口にした。

夜鬼《ナイト＝ゴーント》は知能を持たないと言われているのだが、瞬時に効果があり、くすぐりがたちどころに止《や》むと、彼らは虜囚をもっと楽な姿勢になるように急いで抱え直した。

カーターはこれに励まされて、思い切ってある程度の事情を話し、三匹の食屍鬼《グール》たちが月獣《ムーン＝ビースト》に捕まり、拷問を受けていることと、彼らを救出する徒党を集めなければならないことを告げたのだった。

夜鬼《ナイト＝ゴーント》どもは、口がきけないなりに言われたことを理解したらしく、目的地へと向かってより大きく飛行速度を上げた。

突如、濃厚な闇が地球内部の灰色の黄昏に取って代わられ、食屍鬼《グール》たちが好んでしゃがみこみ、何かに齧《かじ》りついている、あの不毛の平野の一つが行く手に現れた。散らばっている墓石と骨の破片がその場所に棲む者を物語っており、カーターが緊急時の招集に用いる哭《な》き声を大音声で叫ぶと、二〇ほどの巣穴から、革のように堅い皮膚を持つ犬に似た住民たちがこぞって現れた。

夜鬼《ナイト＝ゴーント》は今や降下を始め、乗客を足下に降ろすと、食屍鬼《グール》たちが新来者を出迎えている間、少し下がったところに半円を描いてうずくまった。

カーターがグロテスクな仲間たちに迅速かつ明確にメッセージを伝えると、ただちに四匹が別々の巣穴に入り、ニュースを広めると共に救出を可能とする軍勢を集めるべく出発した。長らく待っていると、一匹の貫禄のある食屍鬼《グール》が現れ、夜鬼《ナイト＝ゴーント》どもに身振りで意図を伝え、二匹を闇の中に飛び立たせた。その後、平原に蹲《うずくま》る夜鬼《ナイト＝ゴーント》の群れはひっきりなしに増え続け、ついにはぬるぬるとした地面が黒々と埋め尽くされた。その間、新たな食屍鬼《グール》たちが一匹ずつ巣穴から這い出してきた。皆、興奮気味にわけのわからない早口の言葉を交わし、押し合いへし合いしている夜鬼《ナイト＝ゴーント》どもからそれほど遠くないところに雑然とした戦列を作った。

やがて、あの堂々たる有力者の食屍鬼《グール》――かつてはボストンの画家リチャード・ピックマンだった男が現れたので、カーターは起きたことの詳細を口早にまくしたてた。元ピックマンは、旧友と再び顔を合わせたことに驚きつつも、いたく感じ入ったようで、膨らみ続ける群衆から少し離れたところで他の部族長たちと協議した。

最後に、兵士たちを注意深く眺めていると、集まった部族長たちが皆一斉に声をあげて、食屍鬼《グール》と夜鬼《ナイト=ゴーント》の群れに早口で指示を出し始めた。有角の飛行生物の大規模な分遣隊がただちに姿を消した一方、残りの者たちは二匹で一組になって、前肢を伸ばして膝をつき、食屍鬼《グール》たちが一匹ずつ近づいてくるのを待った。各々の食屍鬼《グール》が割り当てられた夜鬼《ナイト=ゴーント》の組に到達すると、乗せられて闇黒の中に運ばれていった。

ついにはカーター、ピックマン、他の部族長たち、数組の夜鬼《ナイト=ゴーント》を除く群衆が全ていなくなった。夜鬼《ナイト=ゴーント》どもは食屍鬼《グール》の前衛にして戦騎であり、軍は月獣《ムーン=ビースト》と戦うべくサルコマンドに出発したのだと説明した。それから、カーターと部族長たちが待機している夜鬼《ナイト=ゴーント》どもに近づくと、ぬるぬると滑りやすい前肢に持ち上げられた。

次の瞬間、彼らは皆、風と闇の中に凄まじい速度で飛び上がり、有翼の獅子像の門と原初のサルコマンドの幽霊じみた廃墟を目指して、どこまでも果てしなく上昇を続けたのだった。

かなりの時間が経過して、カーターが再びサルコマンドの夜空の病的な輝きを目にした時、広大な中央広場には戦闘態勢の食屍鬼《グール》や夜鬼《ナイト=ゴーント》で溢れかえっていた。彼は夜明けが間近いことを確信していたが、これほどまでに強力な軍勢ならば、奇襲を仕掛けるまでもないだろう。

埠頭近くの緑がかった炎の揺らめきは、まだかすかに輝きを放っていたが、食屍鬼《グール》たちの啼き声が聴こえてこないところを見ると、捕虜への拷問は差し当たり中断しているようだった。

自分たちの乗騎や誰も乗せていない夜鬼《ナイト=ゴーント》どもに声を潜めた早口で指示を出すと、食屍鬼《グール》たちはすぐに幅広い縦列を作って舞い上がり、邪悪な炎を目指して荒廃した廃墟の上空を一気に飛んでいった。

カーターは今、横列を作る食屍鬼《グール》の最前列でピックマンの隣に並び、悪臭の漂う野営地に近づくや、月獣《ムーン=ビースト》どもが全く無防備なことを見て取った。三匹の捕虜が篝火のそばで縛られた状態でぐったりしていたが、蟇じみた捕獲者どもは思い思いの場所で眠たげにへたりこんでいた。人間もどきの奴隷たちは眠っていて、この土地では形ばかりのものと思っているのか、歩哨すらも任務を放り出していた。

夜鬼《ナイト=ゴーント》どもとそれに騎乗する食屍鬼《グール》たちの最後の急降下は全く突然の出来事だったので、灰色の蟇じみた冒瀆的な生物どもとその人間もどきの奴隷たちは、音を立てる間もなく一群の夜鬼《ナイト=ゴーント》どもに捕らえられた。月獣《ムーン=ビースト》はもちろん無声だったが、奴隷たちですらゴム状の肢《あし》に口を塞がれる前に、悲鳴をあげられなかったのである。

小馬鹿にするような夜鬼《ナイト=ゴーント》に鷲摑みにされ、ゼリー状で巨大な無定形の忌まわしい妖物どもが悶え苦しむ様は恐ろしいものだったが、これらの黒く貪欲な鉤爪の力の前に為す術《すべ》もなかった。月獣《ムーン=ビースト》が激しく体をよじると、夜鬼《ナイト=ゴーント》は震えるピンクの触手を摑んで引っ張るのだが、これが相当に痛いらしく、犠牲者は抵抗をやめてしまうのだった。

カーターは虐殺を目にすることになるだろうと予期していたのだが、食屍鬼《グール》たちの計画は遥かに巧妙なものだと判明した。彼らは捕虜を抱えた夜鬼《ナイト=ゴーント》どもにある種の単純な命令を与え、残りの者たちには本能に委《ゆだ》ねた。そして間もなく、不運な生き物どもは音もなく〈大いなる深淵《グレート・アビス》〉へと運び去られ、ボールやガグ、ガースト、その他の暗闇の住民どもの間で公平に分配されることとなるのだが、彼らが食物を摂取するやり方は選ばれた犠牲者にとって痛みを伴わないわけではないのだった。

縛られていた三匹の食屍鬼《グール》たちはその間に解放され、勝利を収めた同胞たちに慰められている一方で、それぞれの徒党が月獣《ムーン＝ビースト》の残党を探して近場を捜索し、捕縛を免れた者がいないかどうか確かめようと、埠頭で悪臭を放っている黒いガレー船に乗り込んだ。

果たして、捕獲は徹底的に行われたので、勝利者たちは他に生物がいる気配も見つけられなかった。幻夢境の他の地域に赴く手段を確保したいカーターが、投錨しているガレー船を沈めないよう彼らに要求すると、三匹の捕虜の窮状を報告した彼の厚情に報いるべく、この願いは恙《つつが》無く受け入れられた。

船上にはきわめて怪しい物体や装飾品が見つかり、カーターはその幾つかをただちに海に投げ込んだ。食屍鬼《グール》たちと夜鬼《ナイト＝ゴーント》どもは今は別々の集団に分かれ、前者は救出された仲間たちにこれまでの出来事を質問していた。三匹はカーターの指示に従って、無人の農家で人間の服を盗み出し、できるだけ人間らしい歩き方を装いながら、魔法の森からニールとスカイ川を経てデュラス＝リインに向かっていたものらしい。デュラス＝リインの宿酒場では、グロテスクな物腰と顔が語り草になったものの、執拗にサルコマンドへの道筋を尋ね続け、ついに年老いた旅人から話を聞き出した。その際、レラグ＝レン*66に向かう船だけが目的に適うと知って、その船を辛抱強く待ち続けた。

しかし、邪悪な密偵が詳しく報せていたに違いなく、間もなく黒いガレー船が入港して、大口の紅玉《ルビー》商人たちが一緒に酒を飲もうと食屍鬼《グール》たちを宿酒場に誘ったのだった。

単一の紅玉《ルビー》から刻み出され、グロテスクな彫刻が施されているあの禍々しい瓶から葡萄酒が注がれ、その後、意識を取り戻してみればかつてのカーターと同様、黒いガレー船の捕虜になっていたのである。

しかしこの時は、姿の見えない漕ぎ手たちは月ではなく古さびたサルコマンドを目指し、疑いなく言語を絶する大祭司の前に捕虜たちを連れて行くつもりだった。

彼らはインガノクの船乗りたちが忌避する北方の海のギザギザの形をした岩礁に停泊し、食屍鬼《グール》たちはそこで初めて船の支配者たちを目にしたのだが、極端に悪性の醜さや恐ろしい悪臭には無感覚な彼らにして、吐き気を催したものらしい。そこでは、蟇じみた住民どもの駐屯部隊が行っている名状しがたい暇つぶし――人間が恐れるような夜の咆哮をあげさせる暇つぶし――も目撃された。

その後、廃墟と化したサルコマンドに上陸して拷問が始まったのだが、救出により中断したのである。

今後の計画が続いて議論され、救出された三匹の食屍鬼《グール》たちは、ギザギザの形をした岩礁を急襲し、蟇じみた妖物どもの駐屯部隊を撲滅すべきだと提案した。

しかし、水上を飛ぶのを嫌う夜鬼《ナイト＝ゴーント》どもがこれに反対した。食屍鬼《グール》たちの大半はこの計画を支持したものの、翼を持つ夜鬼《ナイト＝ゴーント》の助けなしで実行する方法はなかった。

そこで、投錨していたガレー船を彼らが動かせないでいることを見て取ったカーターが、何列もある巨大な櫂《かい》の使い方を教えると申し出て、その提案は熱烈に歓迎された。

それから、鉛色の北方の空の下、選りすぐりの食屍鬼《グール》の分遣隊が悪臭漂う船に乗り込み、漕ぎ手の座に着いた。カーターは、彼らが学習にかなり意欲的なことを知り、夜になる前に危険を承知で港の周囲を幾度か航行させた。とはいえ、安心して征服航海に出せると判断したのは、三日後のことだった。

その時、漕ぎ手たちは十分な訓練を受け、夜鬼《ナイト＝ゴーント》は船首楼に恙《つつがな》無く詰め込まれて、徒党はついに出航した。ピックマンと他の部族長たちは甲板に集まり、接近方法とその手順について議論した。

最初の夜、岩礁からの咆吼が聴こえてきた。ガレー船の全乗組員が目に見えて体を震わせていたが、その咆吼の意味するものを正しく知る救出された三匹の食屍鬼《グール》は、誰よりも震え上がった。

夜間に攻撃を仕掛けるのは得策ではないと考えられたので、燐光放つ雲の下で停船し、灰色がかった陽光に包まれる夜明けを待つことになった。十分に明るくなり、咆吼が止むと、漕ぎ手は再び櫂《かい》を操り始め、花崗岩の尖峰がどんよりとした空に爪を立てようとしているかのような異様な光景を見せる、ギザギザの形をした岩礁へと、ガレー船は徐々に接近していった。

岩礁の側面はひどく急峻《きゅうしゅん》だったが、そこかしこの岩棚には奇妙な窓のない住居のせりだした壁、そしてよく利用されている幹線道路を護る手摺りが目についた。

人間の船がこれほどまでに近づいたことはなく、少なくとも近づいた上で立ち去ることのできた船も存在しなかった。しかし、カーターと食屍鬼《グール》たちは恐れることなく、断固として接近し、岩礁の東側の側面を巡って、救出された三匹が切り立った岬を利用した南側の港にあると報告した埠頭を探した。

二つの岬は島そのものから突き出した部分で、ひどく密接していたので、一度に一隻の船しかその間を通過することができなかった。外には見張りも見当たらなかったので、ガレー船は大胆にも水路のような海峡を抜けて、その奥の悪臭放つ澱んだ港へと入り込んでいった。

しかし、そこは全体的に騒がしく、様々な活動が行われていた。何隻かの船が不快な波止場に沿って停泊し、夥しい数の人間もどきの奴隷たちと月獣《ムーン＝ビースト》どもが、水辺のあたりで木枠や箱を扱ったり、製材用の四輪馬車に繋がれた名状しがたい現実のものとは思えぬ怪物を追い立てていた。

埠頭の頭上で垂直に切り立っている崖には石壁を刻み込んで造った小さな街があり、そこから始まる曲がりくねった道が、螺旋を描くように回り込んで高い岩棚の向こうに消えていた。

桁外れに巨大な花崗岩の峰の内側に何があるのかは誰にもわからないが、外側に見えるものにしたところで、元気付けられるものとは言い難かった。

入港してくるガレー船を見るや、埠頭の群衆は多大な関心を示し、目のある者は熱っぽく見つめ、目のない者は期待も露わにピンク色の触手をのたくらせた。無論、この連中は黒い船の乗り手が入れ替わっていることを知る由もなかった。何しろ食屍鬼《グール》たちは角や蹄《ひづめ》のある人間もどきによく似ていたし、夜鬼《ナイト＝ゴーント》どもは皆、船内に姿を隠していたのである。

この時までに、部族長たちはすっかり計画を立てていて、埠頭に接岸するやただちに夜鬼《ナイト＝ゴーント》を解き放ち、すぐに出港して、後の事は知能のない生き物の本能に丸投げしようと目論《もくろ》んでいた。岩礁の上に置き去りにされれば、角の有る飛行生物どもは何をおいてもまず見つけた生き物を手当たり次第に捕らえ、その後は帰巣本能に従う以外のことを考えられなくなるはずだから、水への恐怖を忘れて速やかに深淵《アビス》へと飛んで帰ることになるだろう——生きて抜け出せる者があまりいない、暗闇の中の相応《ふさわ》しい目的地へと、不快な獲物を抱えたままで。

元ピックマンの食屍鬼《グール》が今しがた船内に入り、不気味で悪臭漂う埠頭の間近に船が近づく中、夜鬼《ナイト＝ゴーント》どもに簡単な指示を与えていた。やがて、水際で新たな叫びがあがり、カーターはガレー船の動きが疑惑を招き始めたことを知った。

操舵手が正しい船着場に向かっていないことは明白だし、おそらくは見張りが、人間もどきの奴隷たちに成り代わっている食屍鬼《グール》たちに違和感を抱いたのだろう。

音のない警報が発せられたに違いなく、窓のない家屋の小さな黒々とした戸口からすぐさま、悪臭を放つ月獣《ムーン＝ビースト》どもの群れが溢れ出し、右手の曲がりくねった道に殺到した。

船首が埠頭にぶつかるや、奇妙な投げ槍の雨がガレー船に襲いかかり、二匹の食屍鬼《グール》を倒し、もう一匹が軽傷を負った。しかしこの時、全ての扉口が開け放たれて、夜鬼《ナイト＝ゴーント》どもが渦巻く暗雲のように飛び出し、角のある巨大な蝙蝠《キュクロービアン》の群れの如く街の上空に押し寄せた。

ゼリー状の月獣《ムーン＝ビースト》どもは大きな柱を持ち出して、侵入してくる船を押しのけようとした。しかし、夜鬼《ナイト＝ゴーント》どもに襲いかかられ、それどころではなくなった。

無貌でゴムの体を持つ生き物が手慰みにくすぐりに耽《ふけ》る様子は非常に恐ろしい光景で、そいつらの濃密な雲が街中に、そして曲がりくねった道に沿って広がっていく様子はとてつもなく印象的だった。

黒々とした飛行生物の群れが、誤って空中から蟇じみた捕虜を落としてしまうことがあり、それで犠牲者が破裂する有様は見た目も臭いもひどく厭《いと》わしい限りだった。

最後の夜鬼《ナイト＝ゴーント》がガレー船を離れるや、食屍鬼《グール》の部族長たちは撤退命令を口早に発令し、漕ぎ手たちは灰色の岬に挟まれた港から音もなく出港したが、その最中にも街は未だ闘争と征服の坩堝《るつぼ》だった。

元ピックマンの食屍鬼《グール》は、夜鬼《ナイト＝ゴーント》どもが原始的な心を決め、海上を渡る恐怖を克服するのに数時間はかかると見積もり、ギザギザの形をした岩礁から一マイルほど離れたところに停船すると、待っている間に負傷した者たちの手当をさせた。

夜の帳《とばり》が降り、灰色の黄昏が低く垂れ込める雲の病的な燐光に場所を譲る中、部族長たちは夜鬼《ナイト＝ゴーント》どもが飛び立つ徴候を求めて、あの呪わしい岩礁の尖峰を見張り続けた。

朝方に、黒く小さな染みが一番高い峰の頂きにおずおずと浮かび上がるのが見えたかと思うと、ほどなくその染みは群れとなった。夜明けの直前、群れは散開したようで、一五分も経つ頃には北東の方向にすっかり飛び去ってしまった。一、二度ばかり、散開する群れから何かが海に落ちたように見えたが、カーターは蟇じみた月獣《ムーン＝ビースト》が泳げないことを観察から知っていたので、気にはならなかった。

長い時間をかけて、全ての夜鬼《ナイト＝ゴーント》どもが命運の尽きた荷物を運び、サルコマンドや〈大いなる深淵《グレート・アビス》〉を目指して飛び立ったことに得心が行くと、ガレー船は再び灰色の岬に挟まれた港に引き返した。そして、悍《おぞ》ましい一団の全員が上陸し、草木の生えていない岩礁の、堅い岩から彫り抜かれた塔や高所の砦、要塞を興味深げに歩き回った。

邪悪な窓のない窖で発見された秘密は恐ろしいもので、手付かずの状態から死に至る様々な段階の、完遂《かんすい》に至らなかった慰みの残骸［拷問なり食事なりの犠牲者］が数多く存在した。カーターは、辛うじて生きていたものの一部を殺してやり、とてもそういう気になれない他のものからは慌てて逃げ出した。

悪臭に満ちた棲家の多くには、月樹から彫り出されたグロテスクな腰掛けや長椅子が備わっていて、内側には名状しがたい狂気の意匠《デザイン》が描かれていた。

数え切れぬほどの武器や道具、装飾品がそこらじゅうにあって、地球上では見られない奇怪な生き物たちの姿を象《かたど》った、単一の紅玉《ルビー》で出来ている大きな偶像もいくつかあった。後者の方は、その材質にもかかわらず、自分のものにしたり長いこと見つめたりしたいとは思えない代物で、カーターはわざわざハンマーを取り上げてその内五つを粉々に砕いた。

彼は散らばっていた槍や投げ槍を集めると、ピックマンの許しを得て食屍鬼《グール》たちに分配した。このような武器は、犬じみた飛び跳ねる生き物にとって目新しいものだったが、扱いが比較的簡単なので、ごく簡単な手ほどきをしてやると楽に使いこなせるようになった。

岩礁の上部には住居よりも神殿が多く、岩肌に穿《うが》たれた夥しい数の部屋には、恐ろしい彫刻の施された祭壇や、いかがわしい染みに汚れた水盤、そしてカダスの頂きに棲まう穏健な神々よりも怪物的なものどもを祀る霊廟があった。ある大きな神殿の裏手から、天井の低い黒々とした通路が伸びていて、カーターが灯明《トーチ》を手に岩の通路の奥まで入っていくと、円蓋《ドーム》状の広々とした灯《あか》りのない空間に辿り着いた。その地下室は魔的な彫刻で覆われていて、中央には腐臭が漂う底なしの縦穴がぽっかりと口を開けていて、あの言語を絶する大祭司が独り籠もっているレンの悍《おぞ》ましい修道院を彷彿《ほうふつ》とさせた。悪臭漂う縦穴の向こうの影になっている奥に、彼は奇異な造りの青銅の小さな扉が見えるように思った。しかしどうしたことか、彼はそれを開くことはおろか、近づくことにすら説明のつかない恐怖を覚え、慌てて洞窟を引き返して、彼にはとても無理な気楽かつ奔放な様子であたりをうろついている、醜悪な同盟者たちのところに戻った。

食屍鬼《グール》たちは、完遂《かんすい》に至らなかった月獣《ムーン＝ビースト》どもの慰みを検分し、彼らなりのやり方で利益を上げていたのである。

彼らはまた、きつい月の葡萄酒の大樽を発見し、救出された三匹はデュラス＝リインで飲まされた時の効果を覚えていて、一滴たりとも口にしないよう仲間たちに警告したのだが、撤去と後々の外交取引での利用目的で、埠頭の方に転がされていった。

月の鉱山から彫り出された紅玉《ルビー》については、原石と研磨されたものの両方が、海の近くの窖《あなぐら》の一つに大量に貯蔵されていた。しかし、食屍鬼《グール》たちはそれが食べるのに適さないと気づくや、すっかり興味を失ってしまった。採掘した連中のことをあまりにもよく知っているので、カーターとしても一つとして持っていく気にならなかった。

突如、埠頭にいる歩哨たちの興奮気味の声が聴こえてきて、忌まわしい襲撃者たちは全員その手を止めて海に目を向け、海沿いの通りに群がった。灰色の岬の間を新たな黒いガレー船が急速に進んできて、甲板の人間もどきどもが今しも街の侵略に気付き、船内の怪物じみた連中に警告を発するかに見えた。幸い、食屍鬼《グール》たちはカーターが分配した槍や投げ槍をまだ手にしていた。それで、カーターの命令と元ピックマンの激励を受けた彼らはただちに戦列を組み、船の上陸を阻止する準備を整えた。間もなくガレー船上で興奮した騒ぎが持ち上がり、乗組員が異常に気づいたことを物語った。船がただちに停まったのは、食屍鬼《グール》たちの圧倒的な数が注目され、考慮されている証左なのだろう。わずかな躊躇の後、新たにやって来た者たちは音もなく向きを変えて再び岬の間を通過したのだが、食屍鬼《グール》たちは一瞬たりとも衝突が避けられたなどとは考えなかった。あの黒い船は増援を求めにいったか、さもなくば島の他の場所から上陸しようとしているのだろう。よって、敵の進路を見定めるべく、斥候部隊がただちに尖峰へと送り出された。

わずか数分で一匹の食屍鬼《グール》が息を切らして戻り、月獣《ムーン＝ビースト》と人間もどきは、険しく聳え立つ灰色の岬の、東よりの外縁に上陸し、山羊すらも安全には通れないような、視認できない道や岩棚を上がってきていると報告した。直後には、ガレー船が再び峡谷めいた海峡を通り抜けるのが見えたが、一瞬のことに過ぎなかった。

それからしばらくして、二匹目の伝令が高台から息切れしつつ降りてきて、別の徒党が異なる岬に上陸しているのだが、いずれもガレー船の容量を遥かに上回っていると考えられた。

船そのものは、わずか一列の櫂《かい》のみを動かしてゆっくり進み、間もなく断崖の間に見えるようになったが、悪臭の漂う港に停船すると、何らかの役割を果たすため来《きた》るべき戦闘を眺めるかのようだった。

この頃には、カーターとピックマンは食屍鬼《グール》を三つの隊に分け、侵入してくる二隊には一隊ずつが当たり、残る一隊は街に残すことにした。最初の二隊がそれぞれの方向に先を争って岩を上がっていく一方、三隊目は陸上部隊と海上部隊にさらに分けられた。

海上部隊は、カーターの命令で投錨していたガレー船に乗り込み、乗員の減った新来のガレー船と交戦すべく出発すると、敵船は海峡を抜けて外海に後退した。街の近くで緊急の助けが要る場合を考慮し、カーターはただちに追いかけてはいかなかった。

その間、月獣《ムーン＝ビースト》と人間もどきの恐るべき分隊は、それぞれの岬の頂上によじ登り、灰色の黄昏の空を背景に慄然たる輪郭を描いていた。今や、侵入者たちの地獄めいたフルートのか細い音色が奏でられ、種族の入り混じった半無定形の行軍の全体的な印象は、蟇じみた月の冒瀆的な妖物が放つ悪臭と同じくらい、吐き気を催させるものだった。

次いで、食屍鬼《グール》側の二隊が群れをなして視界に入り、輪郭のみが見える全景《パノラマ》に加わった。投げ槍が両陣営から飛び始め、食屍鬼《グール》たちの膨れ上がる声と、人間もどきの野蛮な咆吼が次第に地獄めいたフルートの音と合わさり、言語を絶する魔的な不協和音の混沌が現出した。

時折、岬の狭い尾根から外側の海や内側の港に落下するものもあったが、後者の場合、異様な大きさの泡によってそこにいるとのみわかる、海中に潜む何者かにたちまち吸い込まれてしまうのだった。

半時間にわたり、二箇所で同時に行われるこの戦いの激しさは天をも揺るがし、西の断崖では侵略者どもが全滅した。しかし、東の断崖では月獣《ムーン＝ビースト》の徒党の指導者が加わっているらしく、食屍鬼《グール》たちはやや劣勢で、尖峰の斜面へと徐々に後退していった。

ピックマンはただちに街にいた部隊に前線への増援を命じ、この増援は戦闘の初期段階で大いに助けになっていた。その後、西側での戦いを終え、勝利を収めた生存者たちが苦戦を強いられる仲間たちの救けに急行すると潮の向きが変わり、岬の狭い尾根に沿って再び侵入者を押し戻した。

この時点で、人間もどきは全滅していたのだが、蟇じみた恐ろしい妖物の残党は、力強く厭《いと》わしい肢《あし》に大槍を握りしめ、死に物狂いで戦った。投げ槍が飛び交う時期は既に終わり、戦いは少数の槍兵が狭い尾根でやり合う近接の一騎打ちとなっていた。

憤激と無謀がいや増すにつれて、海に落ちる者も急増した。港に落下した者たちは、泡を立てる見えない生き物によって名状しがたい最期を迎えたが、外海に落ちた者たちの中には断崖の麓に泳ぎ着き、引き潮で現れる岩場に上陸できた者もいた。漂っている敵のガレー船も、数匹の月獣《ムーン＝ビースト》を救出した。妖物どもが上陸した場所を除くと崖をよじ登ることはできないので、岩場にいる食屍鬼《グール》たちは一匹たりとも戦列に再び加わることはできなかった。敵のガレー船上の月獣《ムーン＝ビースト》からの投げ槍によって殺された者もいたが、救出するべき生存者が数匹残っていた。

陸上部隊の安全が確保されたと見えるや、カーターのガレー船が岬の間を滑走し、敵船を洋上遠くに追いやったのだが、時折、岩場にいるかまだ海で泳いでいる食屍鬼《グール》を救出するために一時停止し、岩場や暗礁に打ち上げられた数匹の蟇じみた月獣《ムーン＝ビースト》については速やかに息の根を止めた。

最後に、月獣《ムーン＝ビースト》のガレー船が無害な遠方にいて、陸上の侵入部隊も一箇所に集中しているので、カーターが東の岬に大軍を送って敵の背後を突かせると、その後の戦いは実に呆気ないものとなった。挟撃を受けた忌まわしくものたうつ連中は速やかに寸断されたり海に押しやられたりして、夕方になる頃には、部族長たちは再び島から敵が一掃されたとの合意に達したのだった。

敵のガレー船は、その間に姿を消していたので、月の恐ろしい妖物どもが群れをなして勝利者に反撃してくる前に、ギザギザの形をした邪悪な岩礁から撤退した方が良いとの結論が下された。

かくして、ピックマンとカーターが夜までに全ての食屍鬼《グール》を集めて慎重に数を確認したところ、その日の戦いで四分の一以上が喪われたことがわかった。ピックマンは常日頃から、自分たちの間の負傷者を殺したり食べたりするという古い時代の残虐《グーリッシュ》な習慣をやめるよう説いており、負傷者たちはガレー船内の寝台に横たえられ、体の動く者たちは漕ぎ手ないしは他の部署に割り当てられた。

夜間の燐光を放つ低い雲の下をガレー船は航行し、カーターはまっとうならざる秘密――彼の脳裡に焼き付いている、底なしの縦穴と人を寄せ付けぬ青銅の扉がある、灯《あか》りのない円蓋状の広間《ドーム》――を孕む島から離れることを残念には思わなかった。

夜が明ける頃、船はサルコマンドの廃墟と化した玄武岩の波止場が見える位置に辿り着いた。そこではまだ数体の夜鬼《ナイト＝ゴーント》の歩哨が待機していて、人類が誕生する以前に興亡を経た、その恐ろしい都邑《まち》の毀《こぼ》れた列柱上の角のある黒い怪物像《ガーゴイル》や、崩れかけたスフィンクス像のように蹲《うずくま》っているのだった。食屍鬼《グール》たちはサルコマンドに転がっている石の只中で野営し、乗騎として使える十分な数の夜鬼《ナイト＝ゴーント》どもを呼ぶべく、伝令が派遣された。

ピックマンと他の部族長たちは、彼らへのカーターの助力に対する感謝の気持ちでいっぱいだった。そしてカーターは今、機が充分に熟したのだと感じていた。彼は、幻夢境のこの地域を離れるだけでなく、未知なるカダスの頂きにいる神々と、奇妙なことに彼らが自分の夢から隠した、あの瑰麗《かいれい》なる夕映えの都邑《まち》の窮極の探求を続けるにあたり、恐ろしい同盟者の援護を得ることができるだろう。

そこで彼は、食屍鬼《グール》の指導者たちにこれらの事――カダスが聳える冷たき荒野や怪物じみたシャンタク鳥ども、その地を守護する双頭の像の形に彫り込まれた山脈について話をした。彼はシャンタク鳥が夜鬼《ナイト＝ゴーント》を恐れていることや、インガノクを憎むべきレンから隔てる不気味な灰色の山峰の高みにある黒々とした巣穴を、巨大な馬頭の鳥どもがいかに悲鳴をあげながら飛び去るかについて言及した。

彼はまた、言語を絶する大祭司の窓のない修道院内のフレスコ画の数々から、夜鬼《ナイト＝ゴーント》について知り得たこと――〈大いなるものども《グレート・ワンズ》〉すらも彼らを恐れていて、夜鬼《ナイト＝ゴーント》どもの支配者が〈這い寄る混沌〉ナイアルラトホテプでは全くなく、〈大いなる深淵の君主《ロード・オブ・ザ・グレート・アビス》〉、記憶されざる太古に属する白髪のノーデンスであることを話したのだった。

カーターは、集まっていた食屍鬼《グール》たちにこれら全てのことを早口に発声し、彼が今、念頭に置いている要請――直近のゴム状の犬じみた跳ね回る生き物たち〔食屍鬼のこと〕への尽力を考慮すると、決して法外とは思われない要請をおおまかに述べた。

夜鬼《ナイト＝ゴーント》どもには、シャンタク鳥どもと彫り込まれた山脈をやり過ごして、他の生者たちが帰還し得た道の向こう、冷たき荒野の只中へと、安全に空中を運んでくれるだけの援助を切に望んでいる、と彼は話した。

彼は、夕映えの都邑《まち》から彼を締め出した〈大いなるものども《グレート・ワンズ》〉に嘆願するべく、冷たき荒野の未知なるカダスの頂きにある、縞瑪瑙の島に飛んで行きたかった。そして、夜鬼《ナイト＝ゴーント》どもであれば、平原の危険を遥かに見下ろし、灰色の黄昏の中で永遠に蹲《うずくま》る、あの山に彫り込まれた歩哨の悍《おぞ》ましい双頭を越えて、恙《つつが》無く彼をその場所に連れて行けると確信していた。

何しろ、有角にして無貌の生き物どもは、〈大いなるものども《グレート・ワンズ》〉自身から恐れられているので、地上のいかなるものも危険ではないのだ。それに、地球の穏健な神々にまつわる事物に目を光らせがちな蕃神《アザー・ゴッズ》どもに由来する、予期せざる事態が発生しようとも、夜鬼《ナイト＝ゴーント》どもは恐れる必要がない。

何故なら、この声を持たぬつるつるした飛行生物どもは、ナイアルラトホテプを主人としておらず、強大なる蒼古《そうこ》のノーデンスのみに頭《こうべ》を垂れるので、外なる地獄《アウター・ヘルズ》など知ったことではないからだ。

十四か十五匹の夜鬼《ナイト＝ゴーント》の群れがいれば――と、カーターは早口で発声した――いかにシャンタク鳥の群れと雖《いえど》も、遠ざけておくのに十分なはず。夜鬼《ナイト＝ゴーント》どもの習性については、人間よりもその高潔なる同盟者たちの方がよく心得ているから、あの生き物を管理するのに、徒党内に食屍鬼《グール》が数匹ばかりいてくれる方が良いかもしれない。

伝説的な縞瑪瑙の城塞にいかなる城壁があろうと、都合の良い場所に彼を降ろすことができたなら、城内で地球の神々への嘆願を敢えて試みる間、闇の中で自分の帰還ないしは合図を待っていて欲しい。食屍鬼《グール》の誰かが、〈大いなるもの《グレート・ワンズ》ども〉の謁見の間まで護衛してくれるというなら、その存在は自分の嘆願に重みと重要性を加えてくれるだろうから、ありがたいことだと思う。

とはいえ、そこまで求めるものではなく、ただ未知なるカダスの頂きの城へ連れて行き、連れ帰って欲しいのだ。最後の旅は、神々が好意的だとわかれば瑰麗《かいれい》なる夕映えの都邑《まち》そのものへの旅になるだろうが、嘆願が無駄に終われば、魔法の森の〈深き眠りの門〉の地上側に戻ることになるだろう。

カーターが話している間、全ての食屍鬼《グール》たちが一心に耳を傾け、時が流れるにつれて、伝令が呼びに行った夜鬼《ナイト＝ゴーント》どもの雲が空を黒く塗りつぶしていった。有翼の恐ろしい生物は、食屍鬼《グール》の軍勢の周りに半円を描くように着地し、犬じみた部族長たちが地球の旅人の願いを吟味《ぎんみ》している間、うやうやしい態度で待ち続けていた。

元ピックマンの食屍鬼《グール》が仲間たちに威厳ある態度で口早に話しかけた結果、カーターはだいたいこんなものだろうと期待してことを遥かに上回る申し出を受けた。月獣《ムーン＝ビースト》の征服にあたって彼が食屍鬼《グール》たちを手助けしたように、彼らの方も戻ってきた者のいない領域への遠征を手助けする――それも、彼らの同盟者である夜鬼《ナイト＝ゴーント》のごく一部を派遣するのではなく、捕獲した黒いガレー船の小規模な駐屯部隊と、海のギザギザした形の岩礁から連れ帰った負傷者を除く、今現在野営している戦い慣れた食屍鬼《グール》たちと、新たに集まった夜鬼《ナイト＝ゴーント》どもを全軍まとめて提供してくれるというのだった。

彼が望むならばいつだって空に飛び立てるし、カダスに到着したなら、縞瑪瑙の城に入り、地球の神々の御前で嘆願する際、然るべき食屍鬼《グール》たちが彼に同行するとも言ってくれた。

言葉に言い尽くせぬほどの感謝と満足感に心を動かされるまま、カーターは食屍鬼《グール》の部族長たちと彼の大胆な遠征のための計画を立てた。軍勢は、名もなき修道院と邪悪な石造りの村がある悍《おぞ》ましいレンの上空高くを飛んでいくのだが、広大な灰色の山峰にだけ立ち寄り、その頂きに蜂の巣状の巣穴を造っている、シャンタク鳥どもの恐れる夜鬼《ナイト=ゴーント》どもと協議することとなった。

その後は、そこの住人から得た助言に基づいて最終的な進路を定め、インガノクの北の彫り込まれた山脈の荒地なり、さらに北方に広がる厭《いと》わしいレンそのものを通って未知なるカダスに接近するのだ。犬じみた者と心を持たぬ者――食屍鬼《グール》と夜鬼《ナイト=ゴーント》は、未踏の荒地に何が現れようとも恐れを抱くことはなく、神秘に包まれた縞瑪瑙の城があるカダスの孤峰に思いを馳せても、畏敬《いけい》の念に挫《くじ》けるようなことはないのだった。

正午になる頃、食屍鬼《グール》たちと夜鬼《ナイト=ゴーント》どもは飛行に備え、食屍鬼《グール》は各々、自分を運ぶのに相応《ふさわ》しい有角の乗騎を一組ずつ選んだ。

カーターは縦列の先頭の方にいるピックマンの傍らにしっかり配置され、全軍の前には乗り手のいない夜鬼《ナイト=ゴーント》どもの二列横隊が前衛として並べられた。

ピックマンのきびきびした声で、慄然《りつぜん》たる軍勢の全てが、原初のサルコマンドの毀れた柱や崩れつつあるスフィンクスの上空へ、悪夢めいた雲さながらに飛び立ち、街の背後の巨大な玄武岩の壁すら飛び越えて高く、さらに高く舞い上がり、レン郊外の冷たき不毛の台地が視界に入った。

　黒々とした軍勢がさらに高く飛行し、その台地すらも眼下に小さくなるまで、風の吹き荒《すさ》ぶ恐ろしい高原の上空を北方に向かっていると、カーターは人手が加えられていない独立石《モノリス》の環と、ずんぐりした窓のない建物を身震いと共に再び目にしたのだった。そこには、彼がその魔手から辛うじて逃げおおせた、絹の覆面を着けた恐るべき冒瀆者が潜むのである。

　軍勢は不毛の風景の上を蝙蝠のようにさっと通り過ぎたので、今回は降下したりせず、気味の悪い石造りの村々の弱々しい炎にしても遥かな高みを通過して、そこで永遠に踊り続け、笛を吹き鳴らす有蹄《ゆうてい》有角《ゆうかく》の人間もどきどもが、病的に体をくねらせる様子を見るために立ち止まったりもしなかった。

　一度、平原の上空を飛んでいる一頭のシャンタク鳥を目にしたのだが、そいつはこちらを見るや不快な叫び声をあげ、グロテスクな様子で慌てふためきながら北方へと飛び去った。

　夕暮れ時、彼らはインガノクの障壁となっているギザギザの形をした灰色の山峰に達し、シャンタク鳥がひどく恐れたとカーターが覚えていた、頂き近くの奇妙な洞窟のあたりで羽ばたきながら滞空した。食屍鬼《グール》の部族長たちが執拗《しつよう》に呼びかけると、高い位置にある巣穴のそれぞれから角のある黒い飛行生物が次々飛び出してきて、徒党側の食屍鬼《グール》と夜鬼《ナイト＝ゴーント》を相手に醜悪な身振りで長いことやり取りした。

　ほどなくして、インガノクの北の冷たき荒野を抜けていくのが最善の進路だと判明した。というのも、レンから北のあたりには夜鬼《ナイト＝ゴーント》どもすら嫌う目に見えない危険に満ちていて、広く知られた民間伝承において蕃神や〈這い寄る混沌〉ナイアルラトホテプに結び付けられる、奇異なる丘陵にいくつか建っている白い半球状の建物を中心に、底知れぬ力が働いているのだという。

カダスについては、その山峰に棲む飛行生物どもは、北方にひどく驚くべき何かがあるに違いなく、シャンタク鳥どもや彫り込まれた山脈がそれを護っていることを除いて、ほとんど何も知らなかった。彼らは、何リーグ［時代によって異なるが、一リーグは三・八〜七・四キロメートル］も彼方の人跡未踏の地には、不釣り合いなほどに異様なものが存在すると噂されていることをほのめかし、夜が永遠にわだかまる領域についての漠然とした風説のことを思い出してくれたものの、はっきりした情報となると何一つ与えることはできなかった。

それで、カーターとその徒党は、懇《ねんご》ろに感謝を告げると、最高峰の花崗岩の尖峰を通り過ぎてインガノクの上空に飛んでいき、燐光を放つ夜の雲よりも下に高度を落として、何者かの巨大な手が無垢《むく》の岩に恐怖を彫り込むまではただの山脈だった、あの禍々しい怪物像《ガーゴイル》を遠くに認めた。

彼らはそこの、地獄じみた半円の中に蹲《うずくま》っていて、脚は荒地の砂に置かれ、紡錘型の被り物は輝く雲を突き抜け、狼に似た禍々しい双頭には憤怒の形相を浮かべ、そして右手を掲げた姿で、人間世界の周縁を気怠《けだる》く恨みがましげに睨《ね》めつけながら、人間には属さない冷たき北方世界の版図を、恐怖をもって守護しているのだった。

悍《おぞ》ましい膝からは象の如き巨軀《きょく》の、邪悪なるシャンタク鳥どもが舞い上がったのだが、前衛の夜鬼《ナイト=ゴーント》の姿を霧深い空に認めるや、狂ったような嘶《な》き声をあげて逃げ去った。

軍勢は怪物像《ガーゴイル》の山脈の空を北上し、目印とてない薄暗い荒地を何リーグも飛び続けた。

雲の燐光が次第に薄れ、カーターは自分の周囲に暗闇しか見えなくなったが、大地の最も昏《くら》い窖で生まれ、目ではなくつるつるした体の体表全体で物を見る、有翼の乗騎はいささかも怯《ひる》まなかった。

胡乱な臭いを乗せた風や、胡乱な意味を孕んだ音を後にして延々と飛び続け、これまでにない濃密な暗闇の中を進み、カーターが今でも地球の幻夢境にいるのかどうか疑問に思ってしまうほどの、桁外れに驚異的な空間をいくつも踏破していった。

やがて、突如として雲が薄れ、星々が頭上でぼんやりと輝いた。眼下の全てがまだ暗闇に包まれていたが、空の青白い篝火《かがりび》には、他の場所では持たされていない意味と指示が息づいているように見えた。星座の形が異なっていたわけではなく、同じ見慣れた形の中に、それまでは明かされていなかった意味を露《あら》わにしていたのである。

全てが北方に焦点を合わせ、きらめく空の全ての曲線と星座が巨大な意匠の一部をなし、まずは目を、次はあらゆる観察者を、前方に果てしなく広がる冷たき荒野の彼方に収束する、秘密に包まれた恐るべき終着点へと駆り立てるのだった。

カーターが、インガノクの全長に沿って障壁の山脈が聳えている東方に目をやると、山脈がその先に続いていることを物語る、星々を背景にしたギザギザの輪郭が見えた。今では、ぽっかりと口を開けた裂け目や、現実離れした不規則な先峰による凹凸《おうとつ》が数を増していて、カーターがそのグロテスクな輪郭の暗示的な撓《たわ》み方や傾斜を仔細《しさい》に眺めたところ、微妙な北への誘導を星々と分かち合っているように思われた。

彼らは途方もない速度で飛んでいたので、観察者《カーター》が細部を捉えるのには骨が折れた。

全く突然に、彼は最高峰の連山のすぐ上で、星々を背にして動く暗い物体を目視《もくし》した。その進路は、彼自身の奇怪な徒党のそれとまさしく平行しているのだった。食屍鬼《グール》たちもそれを垣間見たようで、彼の周り中から早口の低い声が聴こえてきた。

束の間、彼は平均的な個体よりも遥かに大きな体軀の、巨大なシャンタク鳥ではないかと想像した。しかしすぐに、的を外していると気がついた。山脈上を飛ぶ何者かの形状は、いかなる馬頭の鳥にも似ていなかったのである。星々を背にしたその輪郭は、必然的に朦朧たるものだったのだが、どちらかと言えば際限なく巨大化した、紡錘型の被り物を戴く頭ないしは双頭に似ていた。そして、上下に動きながら素早く空を飛ぶ姿は、ひどくおかしな話なのだが、翼を持っていないかのようだった。

カーターは、そいつが山脈のどちら側にいるのか分からなかったが、尾根が深く抉《えぐ》れた箇所の星々を全てそいつが覆い隠したので、最初に見えた部分の下にも体の一部があるのだと間もなく気づいた。

やがて、それは広い裂け目にやってきたのだが、山向こうのレンの悍《おぞ》ましい版図が、低い山道でこちら側にある冷たき荒野と結びつくところで、星々が青白く輝いていた。カーターは、尖峰の上を波のように上下しながら飛んでいる巨大なものの下部が、裂け目の向こう側の空を背景に輪郭を描くはずなので、細心の注意を払ってその裂け目を見つめていた。その物体は、今や少し前方を飛んでいて、今しもその全貌を現すはずの裂け目に、徒党の全ての者たちの目が注がれていた。

尖峰上の巨大なものは徐々に裂け目へと近づいていたのだが、食屍鬼《グール》の軍勢を遠ざけたことを察しているかのように、その速度をわずかに緩めた。

緊迫感が頂点に達した次の一瞬、全体の輪郭が露わになる瞬間があり、食屍鬼《グール》たちは宇宙的な畏《おそ》れで半ば息の詰まった声をあげ、旅人《カーター》の心には完全に拭い去ることなどできはしない寒気が襲いかかった。

尾根上に高く聳える、途方もなく巨大な上下に揺れるものは、一個の頭――司教冠《ミトラ》を戴く双頭でしかなく、その下には途方もない広さの、その頭を生やしたぞっとするほどに膨れ上がった体が飛ぶように駆けていたのである。音もなく忍びやかに闊歩する、山のように大きな怪物――空を背景に早足で駆ける巨大な類人猿をハイエナじみた姿に歪めたものであり、その円錐状の帽子を被《かぶ》った忌まわしい一組の頭は、天頂半ばにまで達していた。

　カーターは老練の夢見人《ドリーマー》だったので、意識を失うことはおろか、悲鳴をあげることすらしなかったが、恐怖に駆られて背後を振り返り、もう一つの怪物じみた双頭が山峰より高い位置に輪郭を描き、最初のものの後ろで忍びやかに波打っているのを目にした時には震え上がった。

　そのまっすぐ後ろには、南方の星々を背景にくっきりと輪郭を描く巨体が三つ、狼の如き爪先立ちで重々しく進み、丈高《たけたか》い司教冠《ミトラ》が高度数千フィート［千フィートは約三〇五メートル］の空で揺れていた。してみると、彫り込まれた山脈は、インガノクの北の堅固な半円の中で、右手をあげて蹲《うずくま》ったままでいるわけではなかったのだ。彼らには果たすべき義務があり、務めを疎《おろそ》かにはしなかったのである。

　とはいえ、彼らが一言も口に出さず、物音を立てずに歩くのは、身の毛がよだつほど恐ろしかった。

　一方、ピックマンだった食屍鬼《グール》は夜鬼《ナイト＝ゴーント》に口早に命令し、全軍が空中に急上昇した。グロテスクな隊列が星々に向かって急上昇すると、静まり返った灰色の花崗岩の尾根も、山々に彫り込まれ、闊歩していた司教冠《ミトラ》を戴く彫像群も、空を背景に目立つものは何もなくなった。

　羽ばたく軍勢が北を目指し、押し寄せる風と目に見えぬ天上《エーテル》の笑い声の只中に急上昇すると、下界は黒一色に染まり、シャンタク鳥や名状しがたい実体が、魑魅魍魎《ちみもうりょう》の潜む荒野から彼らを追って飛び上がってくることはなかった。

進むほどに遠くへ、飛ぶほどに速さを増し、彼らの目眩《めくるめ》く速度はほどなくしてライフル銃弾の速度を突破し、軌道上の惑星の速度に近づいていくようだった。

カーターは、これほどの速度で飛行しているのに、地球がなおも眼下に広がっていることを不思議に思ったが、夢の地では次元に奇妙な特性が備わっていることも知っていた。永遠の夜の領域にいるのは確かで、頭上の星座は微妙に北向きの集中を強め、まるで袋の中に最後まで残ったものを放り出すべく端《はし》を持ち上げていくように、飛行中の軍勢を北方の極地の虚空に放り出そうとしているようだった。

その時、夜鬼《ナイト＝ゴーント》どもの翼がもはや羽ばたいていないことに、彼は恐怖と共に気づいた。角のある無貌の乗騎は膜状の付属器官を折り畳み、彼らを目の眩むような速さで問答無用に運んでいく風の混沌の中で、すっかり身を任せて休んでいたのである。

地上のものでない力が軍勢を掌握し、食屍鬼《グール》も夜鬼《ナイト＝ゴーント》も均《ひと》しく、生き身の者が戻ったことのない北方へと狂おしく執拗に引き寄せられる流れの前には、全く無力だった。

やがて、青白い光がぽつんと一つ、前方の地平線上に見えた。彼らが近づく間にも着実に上昇を続け、その下には黒い塊があって、それが星々をかき消していた。

カーターはそれが、ある山で点《とも》されている灯明《トーチ》に違いないと悟った。これほど途方もない空高くから見えて、これほど巨大に聳える山など、ただ一つしかないのだから。

光とその下の闇黒《あんこく》はいよいよ高く聳え立ち、北方の空の半分が、ごつごつした円錐型の塊に覆い隠されるまでになった。軍勢は非常に高いところにいたが、青白い不吉な灯明はさらにその上にあって、地球上の全ての山峰とそれに類するものの上に怪物的に聳え立ち、謎めいた月と狂った惑星どもが回転する原子一つなき天の空間《エーテル》を味わっていた。

　前方にぼんやりと見えるのは、人間の知る山ではなかった。遥か下方に浮かぶ高みの雲とて、その裾野の房飾りに過ぎない。息が詰まり、目が眩む大気の最上層すらも、腰に巻くベルトに過ぎない。永遠の夜の中、天地を結ぶその黒々とした橋は、冷笑的かつ幽鬼じみた様子で上昇し、恐ろしくも意味ありげな輪郭を刻一刻とはっきりしていく、未知の星々の二重冠《ブスケント》を戴いていた。食屍鬼《グール》たちはそれを見て驚きの声をあげ、カーターは突進する全軍が、巨大《キュクロピアン》な崖の毀《こぼ》れることのない縞瑪瑙に激突し、粉々になってしまわないかと、恐怖に身を震わせた。

　光はいよいよ高みに上昇して、天頂の最も高い天球《ほしぼし》と混ざり合うまでになり、嗤笑的な毒々しい輝きが飛行する者たちを見下ろし、瞬《また》いた。それの下の北方は今や黒一色となり、無限の深みから無限の高みに至るまで、石の無感動を湛《たた》えた畏怖すべき闇黒《あんこく》が広がっていて、青白く瞬く灯明のみが、視界の果ての最上部——決して到達できない高みに存在しているのだった。

　カーターはその光をさらに仔細に眺め、そしてついに、背後にある漆黒のものが、星々を背景にいかなる輪郭を描くのかを見て取った。

　その巨大な山頂には塔がいくつも聳えていた。恐ろしい円蓋を備えた塔が忌まわしくも数知れぬ列をなし、人が夢に見うる技を超えて群がっていたのである。驚異的かつ脅威的な胸壁やテラスの全てが、視界の届く最頂部の縁《へり》に、悪意を湛えて輝く星々の二重冠《ブスケント》を背景にくっきりと輪郭を描いていた。

　最も測り知れぬ山々の頂きに建つものこそ、あらゆる定命の者の思考の及ばぬ城であり、その中で魔的な光が輝いているのだった。その時、ランドルフ・カーターは自らの探求が成就されたこと——頭上に見えるのが禁断の道程と大胆不敵な計画の終着点、未知なるカダスの頂きにある、伝説的な〈大いなるもの《グレート・ワンズ》ども〉の信じがたい棲家なのだと悟ったのである。

この事を認識しつつも、カーターは為す術もなく風に巻き込まれる徒党の進路が変化したことに気がついた。彼らは今や急激に上昇し、彼らの飛行の目指すのが、青白い光が輝く縞瑪瑙の城であることは明白だった。黒々とした巨山と非常に近づいていて、急上昇に合わせてその側面が目の眩むような速度で通り過ぎてゆくのだが、暗闇の中なのでそこに何かを見つけることはできなかった。

夜闇に包まれた城の頂きにある、闇黒の塔の数々がいよいよ巨大に立ちはだかる中、カーターはその巨大さそのものがおよそ冒瀆的なものであることを理解した。それを形作る石塊はおそらく、インガノク北方の峠の岩を穿《うが》った、あの恐るべき深淵《ガルフ》にて名も知れぬ労働者たちが採石したもので、あまりの巨大さ故に、その戸口に立つ人間など、地上最大の要塞の階段にいる蟻のようなものだった。

無数の円蓋付き小塔の頭上にある、未知なる星々の二重冠《プスケント》が青白い病的な焰を放ち、滑らかな縞瑪瑙の暗澹たる壁に、黄昏めいた光が垂れ込めた。

青白い灯明は今や、聳え立つ塔の一つの高みに輝く、単一の窓として視認され、無力な軍勢が山の頂きに接近した時、カーターは不快な影がいくつか、弱々しく広がる輝きをよぎるのを見たように思った。

それは奇異なるアーチ型の窓で、地球上のものとは全く異なる様式だった。

堅固な岩は、今や途方もない城の巨大な基部に成り代わり、徒党の速度がやや減じたように思われた。

広大な城壁が俄《にわか》に聳え立ち、大きな城門が垣間見えるや、旅人《カーター》たちはさっとそこを通り抜けた。

巨大な方庭は遍《あまね》く夜闇に包まれ、アーチ型の大門が部隊を吸い込むと、より深い内奥の闇黒が訪れた。冷風の渦が、目に見えぬ縞瑪瑙の迷宮を通して湿っぽく吹き荒《すさ》び、空中を果てしなく曲がりくねる進路に沿って、いかなる巨大な石《キュクロービアン》の階段や回廊が沈黙の裡《うち》に存在するものやら、カーターにはまるでわからなかった。闇の中の恐ろしい突進は常に上方を目指し、神秘の濃密な帳を破る音や感触、あるいはかすかな輝きすらなかったのである。食屍鬼《グール》と夜鬼《ナイト＝ゴーント》の軍勢は大規模なものだったが、地上の城を超越するその城の途方もない空隙《くうげき》の中にあっては、無きに等しかった。

そしてついに、その高みの窓が灯明の役割を果たしていた、一つの塔の部屋で輝いている光が突如、彼の周囲を照らし出し、カーターは暫しの時間をかけて、奥の壁と高くて遠い天井を認め、決して再び外の渺茫《びょうぼう》たる大気の中に出られたわけではないことを知った。

ランドルフ・カーターが望んでいたのは、儀式ばって並ぶ食屍鬼《グール》の見事な隊列を両翼と背後に従え、落ち着き払った気高い態度で〈大いなるもの《グレート・ワンズ》ども〉の謁見の間に入り、夢見人《ドリーマー》たちの自由かつ有力な第一人者《マスター》として請願を申し出ることだった。〈大いなるもの《グレート・ワンズ》ども〉それ自体は、決して定命の者の力で扱いきれぬ存在ではないことを彼は知っていた。そして、人間が彼らの居城やそれがある山脈を探し求めた時、蕃神《アザー・ゴッズ》どもと彼らの〈這い寄る混沌〉ナイアルラトホテプが以前にもそうしたように、この重大な瞬間に彼らを救けに来ない僥倖《ぎょうこう》を信じていたのだった。

そして、食屍鬼《グール》たちは主人を持たず、夜鬼《ナイト＝ゴーント》どもはナイアルラトホテプではなく、古ぶるしきノーデンスのみを主人に戴いているので、必要ならば悍《おぞ》ましい護衛たちと共に蕃神《アザー・ゴッズ》どもに公然と反抗することすらも半ば望んでいたのだった。

しかし今、その冷たき荒野の裡《うち》にある天上のカダスには、実のところ暗澹たる驚異と名も知れぬ歩哨たちが控え、地球の穏健で弱々しい神々を守護するにあたって、蕃神《アザー・ゴッズ》どもが絶えず警戒を怠っていないことを、彼は知ることとなった。食屍鬼《グール》たちや夜鬼《ナイト＝ゴーント》どもへの支配力はなくとも、知能も形も持たぬ外宇宙《アウタースペース》の冒瀆者どもは、それでも必要な時には彼らを支配下に置けるのだ。

故に、ランドルフ・カーターが食屍鬼《グール》たちを伴《ともな》って〈大いなるものども《グレート・ワンズ》〉の謁見の間に入室したのは、夢見人《ドリーマー》たちの自由かつ有力な第一人者《マスター》としてではなかったのである。

星々から吹き下ろす悪夢の如き暴風に群れをなして流され、北方の荒野の目に見えぬ恐怖に付きまとわれて、輝く光の中に為す術もなく捕らわれ漂っていた全軍は、声なき命令によって恐怖の風が消え去ると、縞瑪瑙の床の上に呆然自失の有様で落下した。

ランドルフ・カーターの前には黄金《きん》色の台座もなければ、夢見人《ドリーマー》が嘆願するつもりでいた、ングラネク山に刻み込まれた顔に似る細長い目と、耳たぶの長い耳、それに薄い鼻と先の尖った顎《あご》の、戴冠して後光の射す者たちが、荘厳な様子で車座に居並んでいることもなかった。

その塔の一室を除いて、カダスの頂きにある縞瑪瑙の城は暗闇に包まれ、城主たちの姿はなかった。

カーターは冷たき荒野の未知なるカダスにやって来たが、神々を見つけられなかったのである。

それでもなお、その広さたるや戸外にあるもの全てに引けをとらず、遥か遠くの壁や天井が薄く、渦を巻く霧の中にほとんど消え失せているその塔の一室では、毒々しい光が輝いていた。

地球の神々がそこにいないというのは本当なのだが、より微妙で印象の薄い存在がないでもなかった。穏健な神々がいないところに、蕃神が存在しないということもなく、実のところ、縞瑪瑙の城は無人には程遠かったのである。

いかなる法外な形をとって次なる恐怖が自《おの》ずから現れるのか、カーターには想像もつかなかった。自分の訪問は予期されていたと感じられ、〈這い寄る混沌〉ナイアルラトホテプは、彼をどれほど間近から監視していたのだろうかと疑問に思った。真菌じみた月獣《ムーン＝ビースト》が仕えるのは、無限の姿と畏怖すべき魂を有する恐怖にして、蕃神《アザー・ゴッズ》どもの使者、ナイアルラトホテプに他ならない。

カーターは、ギザギザの形をした海の岩礁で、戦いの潮目が蟇じみた忌まわしい妖物に不利になった時、姿を消した黒いガレー船に思いを馳せた。

こうしたことを思い返しながら、悪夢めいた仲間たちの只中でよろめきながら立ち上がった時、青白く輝く果てしない房室の中に、何の前触れもなく魔的なトランペットの悍《おぞ》ましい音が炸裂した。恐るべき真鍮の絶叫は三度轟き渡り、三度目の炸裂の反響が忍び笑いをするように消え去った時、ランドルフ・カーターは自分が独りきりになっていることを知った。食屍鬼《グール》や夜鬼《ナイト＝ゴーント》が何故、いかにして消え去ってしまったのか、いずれにせよ神ならぬ彼には知りようもなかった。わかっているのは、彼が突如として独りきりになったこと、そして彼の周囲に潜んで嘲り笑う不可視の力が何であれ、地球の友好的な幻夢境の力ではありえないということのみだった。

やがて、房室の一番奥から新たな音が聴こえてきた。これもリズミカルなトランペットの音色だったのだが、彼の身の毛のよだつ軍団を消滅させた三度に渡る耳障りな炸裂とは全く異なっていた。

この低音のファンファーレは、天上《エーテル》の夢の驚異と旋律の全ての反響であり、奇妙な和音と微妙に異界的な拍子のそれぞれから、想像を絶する美しさを湛《たた》えた風変わりな景色が漂ってくるのだった。香《こう》の匂《にお》いが黄金の旋律と調和するようになり、頭上には大きな光が射し込んで、その色は地球のスペクトルの知らない周期で変化し、奇怪な交響楽の旋律を奏でるトランペットの歌に従っていた。遠くでは灯明《トーチ》の焔が揺れ、張り詰めた期待の波の只中にあって、太鼓を打ち叩く鼓動が次第に近づいた。

薄れゆく霧と奇異なる香の煙から成る雲の中から、虹色の絹の腰布を纏った長身の黒人奴隷が二列、縦列で行進してきた。頭には輝く金属で造られた兜に似た灯明が紐で留められ、種類のよくわからない香膏《バルサム》の芳香が、煙の渦となってそこから広がった。右手には先端に睨《ね》めつけるキマイラ[*67]が彫り込まれた水晶の杖を持ち、左手には長くて細い銀のトランペットを握り、それを順番に吹き鳴らしていた。

黄金の腕輪と足輪を嵌めていて、左右一対の足輪の間には、着用者の歩みを控えめなものとしている黄金《きん》色の鎖が伸びていた。彼らが、地球の幻夢境の本物の黒人たちであることは一目瞭然だったが、その慣習や衣装は全般的に、現代の地球のものではなさそうだった。

カーターから一〇フィート［約三・五メートル］手前のところで列は停止し、全員が唐突に自分のトランペットを分厚い唇にあてがった。後に続いたのは、放埒《ほうらつ》と喜悦《きえつ》に満ちた爆発で、直後に黒い喉から一斉に発せられた咆吼は、奇怪な技法によって何とも甲高い、さらに放埒なものだった。

やがて、二つの列の間に挟まれる広い通路を一人の人物が大股で歩いてきた。

長身にして痩軀、古代のファラオの若やいだ顔立ちで、虹色の外衣《ローブ》をきらびやかに纏い、自ら発する光に輝く黄金色《きん》の二重冠《プスケント》を戴いていた。

　王に相応《ふさわ》しい姿でカーターに大股で歩み寄ったその人物は、誇らしげな態度と浅黒い邪悪な顔立ちに暗黒の神や堕《お》ちたる大天使の魅惑を湛《たた》え、目の周りには移り気なユーモアの物憂げな輝きが潜んでいた。

　その人物が話をすると、その柔らかな口調には忘却の川《レーテー》[68]の流れの穏やか[69]なせせらぎが波打った。

「ランドルフ・カーター」と、声は告げた。

「そなたは、人間が目にすることを法が禁じる〈大いなるものども《グレート・ワンズ》〉に会いに来たのだな。見張りどもがこのことを告げ、蕃神《アザー・ゴッズ》どもはその名を敢えて口にする者とていない魔皇《ダイモーン＝スルタン》の蹲《うずくま》る黒々とした窮極の虚空で、か細いフルートの音色に合わせて愚かしく転げ回り、のたうち回りながら、唸りをあげておるよ」

「賢者バルザイは月明かりの下、雲の上で〈大いなるものども《グレート・ワンズ》〉が踊り騒ぐのを見ようとハテグ＝クラ山に登り、二度と戻らなかった。蕃神《アザー・ゴッズ》どもがそこにいて、求められたことをなしたのだ。アフォラトのゼニグ[70]は、冷たき荒野の未知なるカダスに辿り着こうとし、その頭蓋骨は今、余が名前を告げるまでもないある者の小指の指輪に据えられておる」

「だがランドルフ・カーター、そなたは地球の幻夢境の全てを物ともせず、探求の炎は未だ燃え上がっておるな。そなたは好奇心旺盛な者としてではなく、正当性を求めてやってきたのであり、地球の穏健なる神々に対する敬意を疎《おろそ》かにすることもなかった。それでも、これらの神々がそなたが夢に見た瑰麗《かいれい》なる夕映えの都邑《まち》にそなたを近づけずにいるのは、全くもって彼の者ども自身のつまらぬ貪欲によるものなのだ。まことを申せば、彼の者どもはそなたの空想が創《つく》り上げたものの奇怪なる美しさを渇望し、これより他の場所に棲まうことなしと誓言したのだよ」

「彼の者どもはそなたの瑰麗《かいれい》なる都邑《まち》に棲むべく、未知なるカダスの城より退去した。昼間は縞大理石の宮殿の到るところで浮かれ騒ぎ、日が沈むと香り立つ庭園に出て、黄金《きん》色の栄光に包まれた神殿や列柱、アーチ型の橋や銀色の泉、花咲く壺や象牙の彫像が輝く列を作る大通りを眺めておる。そして夜になると、彼の者どもは露に濡れた高いテラスに登り、彫刻の施された斑岩の長椅子に座って星々を観察することもあれば、囲いの欄干に寄りかかって、年季の入った尖り屋根の破風の小さな窓が、素朴な蠟燭の落ち着いた黄色い光で一つまた一つ穏やかに輝いていく、街の北側の急斜面を眺めることもある」

「神々はそなたの瑰麗《かいれい》なる都邑《まち》を愛し、もはや神の道を歩まない。地球の高き御社《みやしろ》や、彼の者どもの若き姿を見知った山々を忘れ果てた。地球にはもはや神々たる神々がなく、宇宙空間《アウタースペース》より到来した蕃神《アザー・ゴッズ》どものみが、記憶されざる太古のカダスに権勢を奮っておる。そなた自身の遥か遠き幼年期の谷間で、ランドルフ・カーターよ、無頓着なる〈大いなるもの《グレート・ワンズ》ども〉は戯《たわむ》れておるのだぞ。そなたはあまりにも夢見に長けていたのだ、おお、賢明なる至高の夢見人《アーチ＝ドリーマー》よ。何しろそなたは、夢の神々を全ての人間の空想の世界から、完全にそなた自身のものへと引き入れてしまったのだから。そなたは幼年期のささやかな空想から、かつて喪《うしな》われたいかなる幻想よりも美しい都邑《まち》を創り上げたのだ」

「地球の神々が玉座を離れ、蜘蛛に巣を張らせ、その領土を蕃神《アザー・ゴッズ》どもの暗澹たるやり方で支配させるのは宜《よろ》しいことではない。外世界《アウトサイド》からの諸力はな、ランドルフ・カーターよ、神々の擾乱《じょうらん》の原因となったそなたに喜んで混乱と恐怖をもたらすだろうが、神々を自身の世界に送り返せるのもそなただけだと知っておるのだ。そなたのものであるあの半ば覚醒した幻夢境においては、最果ての夜の力は及ばぬ。

そして、そなたのみが、瑰麗《かいれい》なる夕映えの都邑《まち》から我儘な〈大いなるものども《グレート・ワンズ》〉を穏便に送り出し、北方の黄昏を抜けて、冷たき荒野の未知なるカダスの頂きにある彼の者どもの居城へと連れ戻すことができよう」

「されば、ランドルフ・カーター。〈大いなるものども《グレート・ワンズ》〉の名において余はそなたを助命し、余の意思に従うよう命じる。余はそなたのものであるあの夕映えの都邑《まち》を探し、然る後に夢の世界が待ちわびている寝ぼけ眼《まなこ》の怠惰な神々を送り返すのだ。神々のあれなる薔薇色の熱狂であれ、天上のトランペットが吹き鳴らすファンファーレと不滅のシンバルが打ち鳴らす衝撃音であれ、その場所と意味とが覚醒の広間と夢の深淵《ガルフ》を通してそなたに取り憑いて、記憶が喪われたのではないかという徴候《しるし》や、畏怖すべき重大なものが喪われたのではないかという悲痛でもってそなたを苦しめたあの神秘であれ、見つけ出すのは難しいことではない。そなたの驚きの日々の象徴や面影を見つけ出すのもそう難しいことではない。まさしくそれこそは、その輝かしい驚きが結晶化してそなたの夕暮れの道を照らす、揺るぐことのない永遠の宝石に他ならぬのだから。見よ！　そなたが赴かねばならぬ探求は、未知なる海原を越えることではなく、よく知る年月《としつき》を遡ることなのだ。あの懐かしい情景が幼い目を見開かせた、幼年期の輝かしい奇異なる事《こと》ども、陽光が降り注ぐ中に一瞬だけ目にした魔術的な事《こと》どもに立ち戻ることなのだぞ」

「何となればそなたも知るように、黄金と大理石から成るそなたの驚異の都邑《まち》とは、そなたが幼かった頃に見て、愛したものの集積に過ぎぬのだから。それは夕焼けの焔に燃え立つボストンの山腹の屋根や西向きの窓——花の香り高き公園《コモン》[*71]や、丘陵の大円蓋、数多の橋が架かるチャールズ川[*72]が眠たげに流れる菫《すみれ》色の谷間にひしめく破風や煙突の坩堝《るつぼ》の壮観そのものなのだ。そなたが目にしたこれらのものはな、ランドルフ・カーターよ、乳母に初めて乳母車に乗せられて外に連れ出された春の日に見たものなのだ。そして、それらは思い出と愛の目でもってそなたが見る最後のものとなるだろう。そして、歳月が重くのしかかる古さびたセイラムが、岸壁が過去数世紀の層に分かたれる虹のようなマーブルヘッドが、沈みゆく夕日を背にマーブルヘッド[*73]の牧草地から遠く港越しに望むセイラム[*74]の塔や尖塔の壮観がある」

「青い港を見下ろす七つの丘の上には、古風で趣きのある、君主の威厳を湛えたプロヴィデンス[*75]があり、緑豊かな台地が昔日《せきじつ》の姿をとどめる尖塔や要塞へと繋がっていて、ニューポート[*76]は夢見るような防波堤から影の如く立ち昇っている。苔むす駒形切妻屋根の連なりと、その背後に岩がちでなだらかな起伏のある牧草地を擁するアーカムがあり、ひしめく煙突や人気のない波止場、張り出す破風、そして高い絶壁と、彼方でブイが鐘を鳴らしている白濁した霧に烟《けぶ》る大洋の驚異を擁する、古色蒼然たる老いたキングスポートがある」

「コンコード[*77]の涼しい谷間、ポーツマス[*78]の玉石敷きの小道、白い農家の壁や軋《きし》る井戸の撥《は》ね釣瓶《つるべ》を楡《にれ》の巨木が半ば覆い隠している、鄙《ひな》びたニューハンプシャー[*79]の街道の黄昏時の曲がり角。グロスター[*80]の海水に浸る埠頭やトゥルーロ[*81]の風になびく柳。遥か遠くに尖塔の如く聳える街やノースショア[*82]沿いの丘また丘の景観、ロードアイランド州の奥地にある静まり返った石がちな斜面や巨大な玉石《ぎょくせき》の陰にある蔦の絡んだ背の低い田舎家の景観もそうだ。海の匂いと野の香り、暗い森の魔力と夜明けの果樹園や庭園の喜び。こうしたものがな、ランドルフ・カーターよ、そなたの都邑《まち》であるのは、それらがそなた自身であるからだ。ニューイングランドがそなたを生み、彼女がそなたの魂に消えることなき流麗なる美を注いだのだ。積年《せきねん》の思い出と夢見によって形作られ、結晶化し、磨き上げられた美こそが、とらえどころのないそなたの夕映えのテラスの驚異を築いたのよ。されば、奇異なる壺や彫刻の施された手摺りのある大理石の胸壁を見つけ出し、広々とした方庭と虹色の噴水のある都邑《まち》へと続く果てしない階段をついに降《くだ》るにはただ、そなたが思い焦がれる少年時代の考えや空想を振り返りさえすれば良いのだ」

「見るがいい！　あの窓を通して、永遠の夜の星々が輝くのを。彼らは今でも、そなたが知って慈しんできた景観の上に輝き、その魔力を飲み干しているからには、夢の庭園の上ではさらに美しく輝くことであろうよ。そこに見えるのはアンタレスだ――彼は今この瞬間にもトレモント・ストリート[*83]の屋根の上で瞬《またた》き、そなたはビーコン・ヒルの自室の窓から目にすることもできよう。それらの星々の彼方には、余の知能なき支配者どもが余を送り出した深淵の数々が口を開けておる。いつの日にか、そなたもそこをよぎることになるやもしれぬが、そなたが賢明であるなら、かかる愚挙に及ぶことなきよう心しておくがいい。それを実行し、戻り得た定命の者の中で、叩きつけひっかく虚空の恐るべきものどもに心を砕かれずにいた者はただの独りのみなのだから。恐るべきものどもと冒瀆的なものどもが、空間を巡って互いに齧《かじ》りあい、劣るものどもの内には優《まさ》るものどもよりもさらに悪しきものがいる。そなたを余の手に引き渡そうとしたものどもの行いによってそなたも知るように、余自身はそなたを砕く望みを抱いてはおらず、他事にかまけていなければ実際、遥か以前にそなたを手助けしていたろうし、そなた自身が未知を見出すことを確信してもいたのだ。されば、外なる地獄《アウターヘルズ》を遠ざけ、幼き頃の平穏で美しい事どもにしがみつくが良い。そなたの瑰麗《かいれい》なる都邑《まち》を見つけ出し、不実な〈大いなるもの《グレート・ワンズ》ども〉を追い立てて、彼ら自身の幼き頃の景観、彼らの帰還を不安げに待ちわびている景観へと、穏便に送り返すのだ」

「余がそなたのために用意する道程《みちのり》は、仄暗い記憶の道程よりも容易《たやす》きものとすらなるだろう。そら！

そなたの心の安らぎを最上に保つべく、不可視のものとしてある奴隷に牽《ひ》かれ、巨大なるシャンタク鳥がこちらにやってくるぞ。乗り込んで準備するが良い――さあ！　黒のヨガシュ[*84]が、鱗ある恐怖に騎乗するのを手助けしてくれよう。天頂のわずか南にある最も明るい星を目指して乗騎を駆るがいい――その星はベガで、二時間の内にそなたの夕映えの都邑《まち》のテラスのすぐ上に達するだろう。そなたが高みの天上《エーテル》で遥か遠くの歌を耳にするまで、そこを目指して駆り立てるのだ。さらなる高みには狂気が潜むので、最初の調べに誘われた時には、シャンタク鳥を抑えるのだぞ。その時に大地を振り返れば、神殿の聖なる屋根から、イレド＝ナアの不滅なる聖火の祭壇が輝くのを目にするだろう。その神殿はそなたの切望してやまぬ夕映えの都邑《まち》にあるのだから、そなたが歌に気を取られて道を見失う前に、そこを目指して乗騎を駆るのだぞ」

「都邑《まち》の近くに来たなら、啼き声をあげるまでシャンタク鳥をせっついて、昔日にそなたが広大なる栄光を眺めた高い胸壁に向かうがいい。香り高いテラスに座する〈大いなるものども《グレート・ワンズ》〉がその啼き声を聴き、その正体を知れば、カダスの堅牢な城とそれが戴く永遠の星々の二重冠《プスケント》が無きことで、そなたの都邑《まち》の驚異の全てをもってしても佳《よ》き慰めとなるわけではない郷愁が、彼の者どもを訪《おとな》うことだろう」

「然《しか》る後に、そなたは彼の者どもの只中にシャンタク鳥で降り立ち、不快な馬頭の鳥の姿を見せ、触れさせよ。その間、そなたが後にしたばかりの未知なるカダスについて語りかけ、昔日に彼らが至高の輝きに浸って浮かれ騒いでいた無限の広間の数々が、物悲しく闇に鎖されていることを告げねばならぬ。シャンタク鳥はシャンタク鳥なりに彼の者どもに話しかけるだろうが、その生き物には往古の日々を思い出させる以外に説得する力を持たぬのだ」

「幾度も繰り返し、そなたは流離《さすら》える〈大いなるものども《グレート・ワンズ》〉に居城と若き日々について、ついに彼の者どもが忘れ果てた帰り道を教えてくれと涙ながらに求めてくるまで、話して聞かせなければならぬ。その時、待機しているシャンタク鳥を解き放ち、空に送り出してこの種族の帰巣の叫びをあげさせるのだ。これを聴いた〈大いなるものども《グレート・ワンズ》〉は、昔ながらの歓喜と共に踊り跳ね、神々の流儀で忌まわしい鳥を大股で追いかけ、天の深淵《ガルフ》を通り抜けてカダスの馴染み深い塔や円蓋へと向かうことであろう」

「その時こそ、瑰麗《かいれい》なる夕映えの都邑《まち》は、永遠にそなたが慈《いつく》しみ棲まうところとなり、地球の神々は今《いま》一度《ひとたび》、慣れ親しんだ玉座より人々の夢を支配することになるのだ。さあ、行くがいい——窓は開かれ、星々が外で待っておるぞ。そなたのシャンタク鳥は既にしてせっかちに喘ぎ、忍び笑いをしているではないか。夜を徹してベガを目指し、歌声が聴こえれば向きを変えるのだ。考えも及ばぬ恐怖に、絶叫と悲憤なる狂気の深淵《ガルフ》に吸い込まれることのなきよう、この警告を忘れるでないぞ。蕃神《アザー・ゴッズ》どものことを心に置くのだ。彼の者どもは強大にして知能なき恐ろしい存在であり、外なる空虚に潜んでおる。避けるに越したことのない神々なのだ」

「ヘイ！　アア゠シャンタ、ナイ！　出発するのだ！　地球の神々を未知なるカダスの根城に送り返し、千の異なる姿を取る余に二度と再び見《まみ》えることとなきよう、全ての空間に祈るがいい。さらばだ、ランドルフ・カーター、そして心せよ。我こそはナイアルラトホテプ、〈這い寄る混沌〉なれば！」

そしてランドルフ・カーターは、息を喘がせ目眩《めまい》を覚えながら悍《おぞ》ましいシャンタク鳥に跨《またが》り、北方のベガの冷たく青い輝きを目指して、絶叫をあげながら宇宙に向かって突進した。一度だけ背後を振り返って縞瑪瑙の形をした悪夢にひしめく混沌とした小塔に目を向けたところ、地球の幻夢境の大気と雲を見下ろすあの窓には、今なお毒々しい光がぽつんと輝いていた。

巨大なポリプ状の恐ろしい存在が幾度もひそやかに流れ去り、目に見えない蝙蝠の翼が彼の周囲に群れをなして羽ばたいていたが、彼はなおも忌まわしい馬頭の鳥の、気味の悪い鬣《たてがみ》にしがみついた。星々が嘲笑《あざわら》うように踊り、破滅の運命の青白い徴《サイン》を形勢するべく時々位置を変えているようで、かつてそれを目にしたことも恐れを抱いたこともなかったことを不思議に思うのだった。

そして天上の風《エーテル》が、宇宙の彼方の朦朧とした闇と孤独を告げる咆吼をあげ続けていた。

やがて、頭上のきらめく穹を通して凶事を先触れする沈黙が垂れ込め、夜の生き物が夜明け前にそっと姿を消すように、全ての風と恐怖が密やかに消え去っていた。

星雲の黄金《きん》色の鬼火《ウィスプ》を不気味に目立たせている波浪《はろう》の中で震えていると、遥か遠くの旋律の控えめな気配が立ち上がり、この宇宙の星々が知らないかすかな和音を物憂げに響かせた。

その音楽が大きくなるにつれて、シャンタク鳥は耳を立てて前方に突進し、カーターもまたその美しい旋律を捉えようと努めた。

それは歌だったが、いかなる声の歌でもなかった。夜と天球の歌であり、宇宙やナイアルラトホテプ、蕃神《アザー・ゴッズ》どもが生まれた時、その歌は既に古いものだった。

シャンタク鳥はさらに速く飛び、乗り手は身を低くして、奇異なる深淵《ガルフ》の驚異に酔い痴れ、外なる魔法の水晶のような環の中で渦巻いた。

その時、その歌の狂気に用心せよと探求者《シーカー》に命じた邪悪なる者の警告——魔なる者の特使の小馬鹿にしたような警告が、あまりにも遅く届いたのだった。

嘲るだけのために、ナイアルラトホテプはこれを瑰麗《かいれい》なる夕映えの都邑《まち》への安全な道程に定めたのだった。茶化すだけのために、あの黒き使者はあれらの怠惰な神々の秘密を明かしたのであり、彼らの足跡を辿ることなどいとも容易《たやす》くできるのだった。

狂気と虚空の荒々しい復讐こそが、でしゃばりへのナイアルラトホテプの唯一の贈り物であり、乗り手は半狂乱になって不快極まる乗騎の向きを変えようとしたのだが、横目で睨《ね》めつけ、忍び笑いするシャンタク鳥は猛々しくも執拗に進路を維持し、滑りやすい巨大な翼を悪意ある喜びに満ちて羽ばたかせ、夢も届かない不浄の窖へと向かっていた。そこは、その名を敢えて口にする者とていない、知能なき魔皇《ダイモーン＝スルタン》アザトースが無限の中心で泡立ち、冒瀆の言葉を吐き散らしている、弥下《いやした》の混乱の最悪なる無定形の暗影なのである。

穢らわしい特使の命令にあくまでも忠実に、地獄めいた鳥は暗闇の中でこそこそと戯れる形なきものの群れや、しつこく触ったりまさぐったりする、漂う実体の知能なき群れ——蕃神《アザー・ゴッズ》どもと同様に盲目で知能を持たず、尋常でない餓えと渇きに取り憑かれていた蕃神の名もなき幼生の只中に突っ込んだ。断固として容赦なく前進し、夜と天球のセイレーンの歌が理性を失った笑いに変化していくのを察して、面白げに含み笑いしながら、鱗に覆われた不気味な怪物は為す術もない乗り手を運び続けた。凄まじい速度で突進に突進を重ね、最果ての縁《へり》を切り開き、最も外側の深淵《アビス》を渡り、星々と物質の世界を置き去りにして、混沌とした空漠を通り抜け、穢らわしい太鼓のくぐもった狂おしい打音と、細く単調な呪わしいフルートの甲高い音色の只中で、黒々としたアザトースが形を持たぬまま餓えて齧《かじ》り続ける、時間を超越した想像を絶する無明の房室を目指して、流星のように飛んでいくのだった。

前へ——前へ——絶叫し、金切り声をあげる黒々としたものが夥《おびただ》しく密集する深淵《ガルフ》を幾つも通り過ぎ——やがて、どこかの仄暗い神聖な祝福された遠くの場所から、命運の定まったランドルフ・カーターのもとに、ひとつのイメージ、ひとつの考えが訪れた。ナイアルラトホテプは、茶化してお預けを食らわせる計画をあまりにもうまく練り上げたが故に、凍てついた恐怖の突風ですら完全に消し去ることのできないものをもたらしたのだった。

故郷——ニューイングランド——ビーコン・ヒル——覚醒の世界である。

「何となれば、そなたも知るように、黄金と大理石から成るそなたの驚異の都邑《まち》とは、そなたが幼かった頃に見て、愛したものの集積に過ぎぬのだから……それは夕焼けの焔に燃え立つボストンの山腹の屋根や西向きの窓——花の香り高き公園《コモン》や、丘陵の大円蓋、数多の橋が架かるチャールズ川が眠たげに流れる菫《すみれ》色の谷間にひしめく破風や煙突の坩堝《るつぼ》の壮観そのものなのだ。……積年《せきねん》の思い出と夢想によって形作られ、結晶化し、磨き上げられた美こそが、とらえどころのないそなたの夕映えのテラスの驚異を築いたのよ。されば、奇異なる壺や彫刻の施された手摺りのある大理石の胸壁を見つけ出し、広々とした方庭と虹色の噴水のある都邑《まち》へと続く果てしない階段をついに降《くだ》るにはただ、そなたが思い焦がれる少年時代の考えや空想を振り返りさえすれば良いのだ」

前へ——前へ——目に見えぬ触手にまさぐられ、ぬるぬるした鼻を押し付けられ、名もなきものどもにクスクスと、クスクスと、クスクスと忍び笑いされる闇黒を通り抜け、窮極の運命へと目眩くままに前進した。しかし、イメージと考えが訪れて、ランドルフ・カーターは自分が夢を見ていること、ただ夢を見ているに過ぎないこと、そして書割《かきわり》のどこかに、覚醒の世界と幼年期の都邑《まち》が未だ存在していることをはっきりと知っていた。

言葉が再び訪れた――「ただ、そなたが思い焦がれる少年時代の考えや空想を振り返りさえすれば良いのだ」――向きを変えろ――向きを変えるんだ――あらゆる方向が真っ暗闇だったが、ランドルフ・カーターは向きを変えることができた。

猛進する悪夢にどっぷりと感覚を支配されてしまっていたが、ランドルフ・カーターは向きを変え、身動《みじろ》ぎすることができた。身動ぎできて、もしもそうすることを選んだなら、ナイアルラトホテプの命で彼を凄まじい速度で破滅の運命へと運ぶ邪悪なシャンタク鳥から飛び降りることもできそうだった。彼は飛び降りて、果てしない下方に口を開ける夜の深み――混沌の中心に待ち受けながら潜む名状しがたい破滅を越えはしないにせよ、それでもなお恐ろしい深みに敢えて挑むこともできそうだった。彼は向きを変え、身動《みじろ》ぎできる――できるのだ――そうするだろう――そうするつもりだ――。

命運の極まった絶望的な夢見人《ドリーマー》は、巨大な馬頭の忌むべき怪物から飛び降りて、知覚を備えた闇黒の虚空をどこまでも落下した。永劫を重ねた時が巡り、宇宙が死滅しては生まれ、星が星雲に、星雲が星になったが、ランドルフ・カーターは知覚を備えた闇黒の虚空をなおも果てしなく落下し続けた。

やがて、ゆっくりと過ぎてゆく永遠の道程《みちのり》の内に、秩序ある宇宙の窮極の周期が自ら巡って再び虚しい完遂の時を迎え、あらゆる事物が数え切れぬ劫波《カルパ》［極めて長い宇宙論的な時間の単位］を重ねる以前の状態に立ち戻った。物質と光が、宇宙がかつて知っていたものとして新たに生まれ、彗星や大洋、そして世界が燃え上がって生を享けたのだが、それらが生まれては死滅することを常にずっと繰り返していて、原初の始まりに戻ったわけではないことを、生きて告げられるものはいなかった。

そして再び空が現れ、風が吹き渡り、落下する夢見人《ドリーマー》の目に紫色の輝きが映った。

神々と存在と意志があり、美しいものと邪悪なものがあり、獲物を奪われた不快な夜の叫びがあった。

未知なる窮極の周期を通じて、夢見人《ドリーマー》の少年時代の考えや空想は生き続け、そして今、覚醒の世界と昔日に慈しんだ都邑《まち》が再び創造されてこれらを具現化し、裏付けたのだった。

虚空から出でたる菫色の気体、スンガクが道程《みちのり》を示し、蒼古《そうこ》のノーデンスが徴《しるし》なき深淵《ガルフ》から水先案内を轟吼《ごうこう》した。

星々が数を増やして夜明けとなり、夜明けが溢れて黄金《きん》色、洋紅色、紫色の光が泉の如く湧き出す中、なおも夢見人《ドリーマー》は落下していた。

何条もの光が外世界《アウトサイド》からの悪鬼《フィーンド》どもを打ち倒し、悲鳴が天上《エーテル》を引き裂いた。そして、獲物に迫っていたナイアルラトホテプが、彼の形無き狩り立てる恐怖《ハンティング＝ホラー》*85どもを灰色の塵になるまで焼き尽くした輝きに、戸惑いながら立ち尽くした時、神々しい白髪のノーデンスが勝利の咆吼《ほうこう》をあげた。

ランドルフ・カーターはついに、まさしく彼の瑰麗《かいれい》なる夕映えの都邑《まち》の、幅広い大理石の階段に降り立った。というのも、彼は自らを育んだ麗しいニューイングランドの世界を、再び訪れたのである。

かくして、オルガンの和声のような朝方の音が響く中、丘の上の州議会議事堂の巨大な黄金《きん》色の円蓋のそばで、紫色の窓ガラスを通して目映《まばゆ》いばかりに射し込む夜明けの輝きへと、ランドルフ・カーターは歓喜の叫びと共に飛び込み、ボストンの自室で目を醒ましたのだった。

鳥たちが人目につかない庭園で歌い、祖父が建てた四阿《あずまや》からは、格子に絡みつく葡萄蔓の香りが切なく漂ってきた。古風な炉棚《マンテル》や彫刻が施された天井蛇腹《コーニス》、グロテスクな模様の描かれた壁といったものが美と光を輝かせる傍ら、主人が飛び上がって叫び声をあげたことで眠りを妨げられた毛艶の良い黒猫が、炉辺で体を起こしてあくびをした。

そして、広漠《こうばく》たる無限の彼方、〈深き眠りの門〉と魔法の森、花園の地、セレネリアン海、インガノクの黄昏の版図を抜けていったところでは、〈這い寄る混沌〉ナイアルラトホテプが物思いに耽《ふけ》りつつ、冷たき荒野の未知なるカダスの頂きにある縞瑪瑙の城の中へと大股で歩み入った。そして、瑰麗《かいれい》なる夕映えの都邑《まち》の芳しい歓楽から、いきなり連れ去った地球の穏健な神々を、傲慢に嘲《あざけ》り詰《なじ》ったのである。

訳注

訳注に特に記載がない固有名詞は本作初出のものである。

1　カダス　Kadath

初出は「蕃神《ばんしん》」。モンゴル語で北極星を表すアルタン・ガダス（金の鋲）から採った名称なのかもしれない。

2　ナシュト、カマン＝ター　Nasht, Kaman-Thah

作品としての言及は本作のみだが、実際にＨＰＬの夢に現れる人物であるらしく、クラーク・アシュトン・スミスに宛てた一九三〇年一一月一八日付書簡中の夢にまつわる報告の中にも名前が挙がっている。

3　〈大いなるものども〉《グレート・ワンズ》　the Great Ones

本作が初出で、「蕃神」で言及された地球の神々の異名。幻夢境《ドリームランド》の神々としては、「サルナスに到る運命」のゾ＝カラル、タマシュ、ロボン、「イラノンの探求」のテロスの神々、「セレファイス」のナス＝ホルタースが既出だが、〈大いなるものども〉に含まれるかどうかは不明。作家によっては〈旧き神〉と同一視されることもあり、リン・カーターの「クトゥルー神話の神神」では、クラーク・アシュトン・スミスの「魔道士エイボン」におけるヒュペルボレイオスの女神イホウンデーも含む。

4　二重冠《プスケント》　pshent

古代エジプトのファラオが着用した冠で、地中海からカイロ南部にかけての下エジプトの支配権を示す紅いデシュレトと、カイロ南部からアスワンにかけての上エジプトの支配権を示す白いヘジェトを組み合わせたもの。

5　幻夢境《ドリームランド》　dreamland

「夢の地 land of dream」とは分けて訳出した。

6　魔皇《ダイモーン＝スルタン》　アザトース　daemon-sultan Azathoth

ＨＰＬが一九二一年に読んだウィリアム・ベックフォードのアラビア風物語『ヴァテック』に登場するアッバース朝イスラム帝国のカリフ、ヴァテックをモチーフとする邪悪な王として当初は設定された。本作を経て、一四行詩の連作「ユゴスよりの菌類」など以後の作品でＨＰ

Lの万魔殿《パンデモニウム》における邪神の王として肉付けされていく。

7 蕃神ども《アザー・ゴッズ》 other gods

「蕃神」の訳注11を参照。

8 ナイアルラトホテプ Nyarlathotep

初出は「ナイアルラトホテプ」(第3集収録)。詳しくは同作の解説を参照のこと。

9 オーク oaks

「恐ろしい老人」の訳注5を参照。

10 タナリアン丘陵、オオス゠ナルガイ、セレファイス Tanarian Hills, Ooth-Nargai, Celephaïs

「セレファイス」が初出の地名。

11 偉大なるクラネス王 the great King Kuranes

「セレファイス」を参照。

12 震えるような音 fluttering

原義は、布がはためいたり鳥や虫などが羽ばたく音。

13 スカイ川、ウルタール、ハテグ、ニール the river Skai, Ulthar, Hatheg, Nir

「ウルタールの猫」が初出の地名。

14 ノフケー族、オラトエ、ロマール、『ナコト写本』 Gnophkehs, Olathoë, Lomar, Pnakotic Manuscripts

「北極星《ポラリス》」が初出。

15 レリオン山、ハテグ゠クラ山 Lerion, Hatheg-Kla

共に「蕃神」が初出の山。

16 〈旧きものども《エルダー・ワンズ》〉 Elder Ones

ここでは、〈大いなるものども《グレート・ワンズ》〉の別名。

17 老祭司長アタル the patriarch Atal

「蕃神」の主人公。当時は若き祭司だった。

18 賢者バルザイ Barzai the Wise

「蕃神」の訳注8を参照。

19 『フサンの謎の七書』 the Seven Cryptical Books of

Hsan

「蕃神」の訳注5を参照。

20 小さな黒い子猫 a small black kitten

HPLは、一九〇四年まで黒んぼ《ニガーマン》という名の黒猫を飼っていたことから、猫の中でも特に黒猫を好んだ。「壁の中の鼠」（一九二七）に同名の老猫を登場させ、自伝的な小説「チャールズ・デクスター・ウォード事件」（一九二七）にもニッグという老猫が登場する。

21 巨人の石道《ジャイアンツ・コーズウェー》 the Giants' Causeway

「霧の高みの奇妙な家」の訳注7を参照。

22 サグの葉巻 thagweed

おそらく大麻Thugを書き誤ったものだが、結果的に幻夢境固有の植物となっている。

23 レン高原 the plateau of Leng

レンは「猟犬」（第2集収録）が初出の地名。同作では中央アジアだが、本作では地球の幻夢境《ドリームランド》に位置する。なお、モンゴルの叙事詩『ゲセル・ハーン物語』の主人公ゲセル・ハーンの治める伝説的なリン王国Ling（リンには島・大陸の意味がある）が元ネタという説がある。

24 キングスポートの灯台守 a lighthouse-keeper in Kingsport

おそらく「白い船」の主人公。以下、ザールからカトゥリアにかけての地名の初出も同作である。このくだりは、「白い船」の物語の始まりが夢の中ではなく、現実のキングスポートだったことを暗示している。

25 灰白色でつるつるした巨軀の妖物《シング》 great greyish-white slippery things

蟇じみた妖物《トード＝シング》、月獣《ムーン＝ビースト》とも呼ばれる。ブライアン・ラムレイ『幻夢の狂月Mad Moon of Dreams』では、幻夢境の月に潜む巨大な蜥蜴神ムノムクアに仕えている。

26 チベタン Thibetan

シャムとバーミーズを交配したトンキーズという種がチベタンと呼ばれることもあるが、生まれたのはHPL死後の一九五〇年代。ヒマラヤンもシャムとペルシャの交配で一九二四年に生まれた新しい種なので、ここで言うチベタンは「チベット猫」くらいのものだろう。

27 エジプシャン Egyptian

エジプトがルーツの猫種としてはエジプシャン・マウが知られるが、これはイタリアの亡命ロシア人ナタリー・トルベツコイがカイロから連れ帰った個体をかけ合わせて生まれたもので、猫種登録は一九五六年。ここで言うエジプシャンは、「エジプト猫」のニュアンスだろう。

28 ブバスティス Bubastis

本来は、猫の女神バースト（バステト）が崇拝された都市の名前で、古代エジプト語では「バストの家」を意味するペル＝バスト。古代ギリシャの歴史家ヘロドトスが著書『歴史』でブバスティスを女神の名前としたため、西欧では猫の女神の名としても知られるようになった。HPLは、「ナイアルラトホテプ」（第3集収録）において、ナイアルラトホテプをエジプト第二二王朝と関連付けているが、この王朝はブバスティスに都を置いた。エジプトを好んだロバート・ブロックは、「ブバスティスの子ら」などの作品で人喰いの邪神としてブバスティスを描き、『妖蛆《ようしゅ》の秘密』に関連の記述があるとした。

29 夜鬼《ナイト＝ゴーント》 the night-gaunts

作品初出は本作だが、元々は母方の祖母ロビイ・アルザダ・フィリップスが亡くなり、屋敷内の人々が喪に服して黒い衣服を着た五歳の頃に夢に現れるようになった怪物。ラインハート・クライナー宛ての一九一六年一一月一六日付書簡において、HPLは自分が当時目にした、ジョン・ミルトンの『失楽園』に付された一九世紀フランスの版画家ギュスターヴ・ドレによる悪魔の挿絵から影響を受けたのだろうと言っている。本作ではノーデンスに仕えるが、リン・カーターは「ウィンフィールドの遺産」でナイアルラトホテプ配下のナイト＝ゴーントを、ブライアン・ラムレイは「オークディーンの恐怖 Horror at Oakdeene」でナイアルラトホテプの子イブ＝ツトゥルのナイト＝ゴーントを登場させた。

30 スフィンクス sphinxes

「ウルタールの猫」の訳注4を参照。

31 ザール Zar

「白い船」が初出の地名。

32　**水かきのある大きな足跡**　great webbed footprints
『クトゥルフ神話TRPG』で、この吸血生物はヒーモフォー Haemophoreというクリーチャーとしてデータ化されている。緑膿菌などに含まれ、血液中のヘム鉄を奪う蛋白質、ヘモフォア Hemophoreから採った名前だろう。

33　**オウクラノス、トラン**　Oukranos, Thran
「銀の鍵」が初出の地名。

34　**セレネリアン海**　Cerenerian Sea
「セレファイス」が初出の地名。

35　**トォク山脈**　the Peaks of Thok
「夢見人《ドリーマー》へ。」が初出の地名。

36　**ボールども**　the bholes
雑誌掲載時はドール dholes。校訂版で修正された。

37　**ナスの谷**　the vale of Pnath
「夢見人《ドリーマー》へ。」が初出の地名。

38　**食屍鬼《グール》ども**　the ghouls
詳しくは「無名都市」（第2集収録）の訳注15と「ピックマンのモデル」（同）の解説を参照。

39　**画家**　a painter
「ピックマンのモデル」（第2集収録）の登場人物リチャード・アプトン・ピックマンの成れの果て。「『ネクロノミコン』の歴史」（同）によれば、彼が失踪したのは一九二六年初頭である。

40　**わけのわからない早口の言葉**　meeping and gibbering
原義は「早口のわけのわからない言葉」と、ペチャクチャ、キャッキャといった擬音語的な意味を含む語。

41　**グラナリー墓地**　Granary Burying Ground
一六六〇年にトレモント・ストリートに造られた、ボストンで三番目に古い墓地。隣はパークストリート教会。

42　**水かき付きの足を持つワンプども**　the web-footed wamps

雑誌掲載時は赤足のワンプども the red-footed wampsになっていたが、校訂版で修正された。『クトゥルフ神話TRPG』では、クラーク・アシュトン・スミス「ヨンドの魔物たち」の怪物と同一視している。

43 ズィンの不浄なる窖《あなぐら》 the vaults of Zin

「夢見人《ドリーマー》へ。」が初出の地名。

44 ガースト the ghasts

「恐ろしい、ぞっとする、死人のような」を意味する英語ghastlyをもじったHPLの造語。

45 コスの印《サイン》 the sign of Koth

ジョージ・ヘイ編『魔導書ネクロノミコン』(邦訳は学習研究社)収録の『ネクロノミコン断章』には、この印《サイン》を刻む際に参照するべき記号が載っている。

46 チャーター・ストリート墓地 the Charter Street Burying Ground

セイラム最古の墓地であるバリーイング・ポイント墓地のことで、魔女裁判の犠牲者の記念碑がある。

47 老雌猫《グリマルキン》 a grimalkin

「灰色」と悪霊や魔女を意味する古英語「malkin」を組み合わせた言葉で、一六世紀にW・ボールドウィンが著した『猫に御用心』以来の定番的な魔女の使い魔の名で、年老いた雌猫の呼称でもある。グリマルキンの現代英語形であるグレイモークという名の幻夢境に出入りする雌猫が、ロジャー・ゼラズニイ『虚ろなる十月の夜に』(竹書房文庫)に登場する。

48 イレク＝ヴァド Ilek-Vad

「銀の鍵」が初出の地名。

49 ブオポス族 Buopoths

サンディ・ピーターセンは、『クトゥルフ神話TRPG』のソースブックである『クトゥルフ・モンスターガイド』第2巻でブオポスを象に似た巨大な生物と設定し、鼻行類(ハラルト・シュテュンプケ『鼻行類』で詳しく解説される架空の哺乳類)と関連付けている。

50 インガノク Inganok

雑誌掲載時はインクアノク Inqanok。校訂版で修正。

51 クレドの密林 the jungles of Kled
「銀の鍵」が初出の地名。

52 セラニアン Serannian
「セレファイス」が初出の地名。

53 ナス＝ホルタース Nath-Horthath
「セレファイス」の訳注3を参照。

54 外宇宙《アウタースペース》 outer space
英語としては大気圏外の宇宙空間の意味だが、ＨＰＬは「宇宙の外側」のニュアンスを込めているようでもある。

55 トレヴァー・タワーズ Trevor Towers
「セレファイス」の訳注10を参照。

56 アン女王時代 Queen Anne's time
ステュアート朝最後の女王であるアンの在位した一七〇二年から一七一四年にかけての時代。

57 スンガク S'ngac
初出は「セレファイス」だが、名前がついたのは本作。

58 ビーコン・ヒル Beacon Hill
ボストン中心部の高級住宅地。建築家チャールズ・ブルフィンチの設計によるイタリア様式の美しい建物が建ち並ぶ。「永劫より出でて」（第1集収録）と「ピックマンのモデル」（第2集収録）に言及がある。

59 アーカム Arkham
「銀の鍵」によれば、アーカム背後の丘陵地帯にはカーター家の古い地所がある。同作によれば、「名状しがたいもの」に描かれる事件時、彼はアーカムに住んでいた。

60 灯台《ファロス》 the Pharos
ファロスはエジプト北部のアレクサンドリア湾の島で、紀元前三世紀に大灯台が建てられた。転じて灯台の異名。

61 トラア、イラルネク、カダテロン Thraa, Ilarnek, Kadatheron
「サルナスに至る運命」が初出の地名。

62　ヴィオル　viols
一七世紀以前に流行した擦弦楽器。ヴァイオリンと似ているので前身とされることもあるが、異なる点が多い。

63　司教冠《ミトラ》　mitre
カトリック教会の司教や、聖公会・正教会の主教が被る、布製で先端の尖った帽子。司教冠《ミトラ》そのものを被っているのではなく、紡錘型の被り物ないしは角を指すのだろう。

64　〈大いなる深淵《グレート・アビス》〉　the Great Abyss
初出は「霧の高みの奇妙な家」だが、頭文字が大文字の固有名詞扱いとなったのは本作から。

65　ノーデンス　Nodens
「霧の高みの奇妙な家」の訳者解説を参照。

66　レラグ＝レン　Lelag-Leng
地名からしてレン高原と関係がある港町。作中で触れられる「異なる海からレンに到達」する手段なのだろうか。

67　キマイラ　chimaeras
ギリシャ神話の怪物。紀元前八世紀頃のギリシャの詩人ヘーシオドスの『神統記』では、テューポーンとエキドナという二体の怪物の間に生まれた子で、ケルベロス、ラードーンなどの兄弟がいる。「キマイラ」はギリシャ語読みで、英語読みは「キメラ」「カミュラ」に揺れている。ホメーロスが著したとされる『イーリアス』では「ライオンが前半身、蛇が後半身、山羊が真ん中で、恐ろしい焔《ほのお》の息を吐く」とある。紀元前四世紀の絵皿などには、ライオンの頭部と前脚、横腹から頭部が生えている山羊の胴体、そして蛇の尾を備えた姿で描かれている。

68　レーテー　Lethe
ギリシャ神話で、黄泉の国を流れる忘却の川。

69　穏やかな　mild
雑誌掲載時は「荒々しい wild」。校訂版で修正された。

70　アフォラトのゼニグ　Zenig of Aphorat
このくだりは、「アザトース」の物語を示唆するらしい。

71　公園《コモン》　Common

ボストン中心部にある公園、ボストン・コモンのこと。

72　チャールズ川　Charles
ボストンを流れる川。

73　マーブルヘッド　Marblehead
マサチューセッツ州の港町。キングスポートのモチーフ。

74　セイラム　Salem
マサチューセッツ州の港町。アーカムのモチーフ。

75　プロヴィデンス　Providence
ロードアイランド州の州都で、HPLの生まれ故郷。

76　ニューポート　Newport
ロードアイランド州南東部の港湾都市。

77　コンコード　Concord
マサチューセッツ州ミドルセックス郡の街で、ルイーザ・メイ・オルコットの自伝的小説『若草物語』の舞台。

78　ポーツマス　Portsmouth
ニューポートの北に位置するロードアイランド州の街。

79　ニューハンプシャー　New Hampshire
ニューイングランド地方北部の州。

80　グロスター　Gloucester
マサチューセッツ州北部の港町。部分的にキングスポート、インスマスのモチーフとなった。

81　トゥルーロ　Truro
マサチューセッツ州南端から、飛び跳ねるような鯨のような格好で海に突き出した半島、ケープコッドの先端に位置するプロビンスタウンの南にある街。

82　ノースショア　North Shore
マサチューセッツ州北東部の地域で、ニューベリーポート、ローリー、イプスウィッチ、グロスター、セイラムなど、HPL作品の縁の深い街や都市が含まれる。

83　トレモント・ストリート　Tremont Street

ボストンの通りで、訳注41のグラナリー墓地がある。

84　黒のヨガシュ　Yogash the black

おそらくはナイアルラトホテプに仕える黒人奴隷の一人だが、HPLが一九三三年四月二七日付のジェイムズ・F・モートン宛書簡にまとめた神々の系図に、クトゥルーの子孫として「〈食屍鬼〉ヨガシュ Yogash the Ghoul」の名前がある。同一人物かどうかは不明。

85　狩り立てる恐怖ども《ハンティング＝ホラー》　hunting-horrors

『クトゥルフ神話TRPG』では、ドラゴンのような姿をした独自のクリーチャーと設定されている。

銀の鍵の門を抜けて

Through the Gates of the Silver Key

（エドガー・ホフマン・トルーパー・プライスとの共作）

1932-1933

風変わりな模様のあるアラス織りの壁掛けが吊り下げられ、技巧を凝らした色鮮やかな年代物のボハラ絨毯《じゅうたん》［ボハラはウズベキスタンの都市、ブハラの旧表記］が敷かれている広々とした部屋の中、四人の男たちが書類の散乱するテーブルの周りに座っていた。

錬鉄製の奇妙な鼎《かなえ》がいくつか置かれている部屋の隅からは、くすんだ色のお仕着せを着た、信じがたいほど年老いた黒人によって時折補充される乳香《オリバナム》の眠気を誘う煙が漂ってきた。一方の壁の深い壁龕《へきがん》には、文字盤に不可解な象形文字《ヒエログリフ》が記され、四本の時針がこの惑星で知られているいかなる時間律にも一致しない動きをする、棺《ひつぎ》の形をした風変わりな時計が時を刻んでいた。

特異で心騒がされる部屋だったが、今現在扱っている事柄にはお似合いだった。何しろここ、北米大陸最大の神秘家、数学者、東洋学者である人物の所有するニューオーリンズ[*1]の自宅では、四年前に地球上から姿を消してしまった、偉大さにおいて匹敵する神秘家、哲学者、作家、そして夢見人《ドリーマー》である人物の遺産にまつわる問題が、ようやく解決しようとしていたのである。

その生涯を通じて、覚醒《めざ》めの現実の倦怠《けんたい》と膠着《こうちゃく》から、夢や伝説的な異次元の街並みの中に遁《のが》れようとしていたランドルフ・カーターは、一九二八年一〇月七日、五四歳の時に人々の前から姿を消した。彼の経歴は一風変わった孤独なもので、彼の著した不思議な小説の数々に基づいて、記録上の物語にあるものよりも奇怪な挿話を数多く推論した者たちがいた。

サウスカロライナ州の神秘家であり、ヒマラヤの僧侶たちの用いる原初のナアカル語[*2]の研究を通して何とも法外な結論を導き出したハーリイ・ウォーラン[*3]との親交はとうに終わっていた。実際の話、ある霧深き恐ろしい夜、古い時代の墓地において――じっとりと濡れ、硝石《しょうせき》のこびりついた地下墓地へとウォーランが降りていき、二度と現れなかったのを目撃したのは、他ならぬ彼だったのである。

カーターはボストンで暮らしていたのだが、先祖全ての出身地は、年古《としふ》りて魔女に呪われたアーカムの背後にある、荒廃して亡霊に取り憑かれた丘陵地帯だった。そして、彼の消息が最後に途絶えたのも、その古色蒼然として、神秘が静かに垂れ込める丘陵地帯の只中《ただなか》だったのである。

彼の老召使いパークス――一九三〇年の初頭に亡くなった――は、彼が屋根裏部屋で見つけた、妙な芳香を放つ悍《おぞ》ましい彫刻の施された箱や、その箱に入っていた判読不能の羊皮紙と奇妙な紋様のある銀の鍵について話していた。これらの物について、カーターは他の者たちへの手紙にも書いている。

パークスによれば、カーターはこの鍵が先祖伝来のもので、失われた少年時代と、彼がそれまで漠然とした束《つか》の間《ま》の、とらえどころのない夢の中でのみ訪れていた奇異なる異次元や幻想的な領域へと通じている、門を開くのに役立つと言っていたということである。

やがてある日のこと、カーターは箱とその中身を携え、車に乗り込んで出発し、二度と戻らなかった。

後になって、朽ちゆくアーカムの背後に広がる丘陵地帯――カーターの先祖たちがかつて住んでいて、カーター家の大きな屋敷の廃墟《はいきょ》と化した地下室が今も空に向かってぽっかりと口を開いている丘陵地帯――の、雑草が生い茂る旧道の脇で、人々は車を発見した。車はカーター家の別の一人が一七八一年に謎めいた失踪を遂げた場所に近い、背の高い楡《にれ》の木立の中にあって、さほど遠くないところに、魔女のグッディ・ファウラー[*4]が気味悪い薬を調合していたことが記憶に新しい、半ば朽ち果てた小屋があった。

この地域は、セイラムの魔女裁判から遁《のが》れてきた者たちが一六九二年に入植した土地で、今ですら、思いもよらぬ漠然とした不吉な事物により名を馳《は》せていた。エドマンド・カーターはギャロウズ・ヒル《絞首刑の丘》の影からあわやというところで逃げおおせたのだが、彼の妖術にまつわる物語は数多い。今となっては、彼の唯一の子孫は彼と合流するべく、どこかに行ってしまったのだとも思えるのだった。

車の中には、悍ましい彫刻の施された香木の箱と、誰にも読めない羊皮紙が見つかった。銀の鍵はなくなっていた——たぶん、カーターが持っていったのだろう。他の明確な手がかりは存在しなかった。

ボストンから来た捜査官たちは、昔のカーター家の地所にある倒壊した材木に、妙に乱された形跡があるようだと話し、「蛇の巣《スネーク＝デン》」と呼ばれて恐れられている洞窟の近く、廃墟の背後で岩がうねをなし、禍々《まがまが》しくも木々が立ち並ぶ斜面で、誰かがハンカチを発見した。

〈蛇の巣《スネーク＝デン》〉にまつわる地元の伝説が新たに生々しく蒸し返されたのは、その時のことだった。農夫たちは、魔法使い《ウィザード》の老エドマンド・カーターがその恐ろしげな洞窟を冒瀆《ぼうとく》的な用途で使ったことを声を潜めて囁《ささや》き交わし、ランドルフ・カーターその人が少年だった頃、その場所がお気に入りだったという話も後から付け加えられた。

カーターが少年だった頃、その由緒ある切妻屋根の屋敷はまだ健在で、大おじのクリストファーが住んでいた。カーターは足繁《あししげ》くそこを訪れては、〈蛇の巣《スネーク＝デン》〉にまつわるおかしな事を話したという。

人々は、深い裂け目とその向こう側にあるという未知の内部洞窟について彼が話したことを思い出し、九歳の時に洞窟で忘れがたい一日を過ごした後、彼が変わってしまったことについて憶測を巡らせた。

あれも、一〇月のことだった――そしてあれ以来ずっと、彼は将来の出来事を予言する薄気味悪い才能を持っているように思えたのである。

カーターが失踪した日は夜遅くまで雨が降っていて、車から続く足跡は誰にも辿《たど》れなかった。〈蛇の巣《スネーク＝デン》〉の内部は、夥《おびただ》しい浸水によってどろどろの泥濘《でいねい》に覆われていた。無知な田舎者だけが、楡の巨木が道に張り出している、〈蛇の巣《スネーク＝デン》〉近くのハンカチが見つかった不吉な丘の斜面に足跡を見たと思い、声を潜めて噂した。ランドルフ・カーターが小さな少年だった頃に爪先の角張った革靴で残したような、短く小さな足跡のことなど、誰が気に留《と》めるというのだろう。

そんなものは、もうひとつの噂――老ベネジャー・コーリイの独特な踵《かかと》のない革靴の足跡が、路上の小さな足跡と行き会っていたという噂――と同じくらい、馬鹿げた考えだった。老ベネジャーは、ランドルフが幼い頃にカーター家に雇われていた男性だが、三〇年前に亡くなったのである。

こうした噂――それに加えて、奇妙なアラベスク模様に覆われた銀の鍵が、失われた少年時代に続く門を開けるのに役立つという、カーター自身によるパークスや他の者たちへの発言――が、失踪者が実は時の軌跡を引き返し、幼い少年として〈蛇の巣《スネーク＝デン》〉に滞在していた一八八三年一〇月のある日へと四五年の歳月を遡《さかのぼ》ったのだと、相当数の神秘学の研究家たちに言明させる根拠となったのは間違いない。洞窟から出てきたあの夜、彼はどうやってか一九二八年と往復したのだと、彼らは主張した――だから、一九二八年の後に起きることになっていたことを、後々まで知らなかったのではないだろうか。そしてこれまでのところ、一九二八年以降に起きることについて彼は何も話さなかったのだ。

ある学究《がっきゅう》――カーターとの親密な文通を長年楽しんできた、ロードアイランド州プロヴィデンスに住む高齢の変わり者――には、さらに手の込んだ持論があった。彼は、カーターが少年時代に戻ったのみならず、さらなる解放に達し、少年時代の夢の多彩な景色を自由に歩き回っているのだと信じていた。奇異なる幻視に基づいて、この人物はカーターの失踪にまつわる物語を発表し、その中で彼は、顎鬚《あごひげ》を生やし、鰭《ひれ》を備えたノオリ族[*5]が比類なき迷宮を築き上げている黄昏《たそがれ》の海を見晴らす、ガラス製の中空の崖の頂きにある小塔の立ち並ぶ伝説的な街、イレク＝ヴァドの蛋白石《オパール》の玉座に、姿を消した男が今や君臨していることをほのめかしたのだった。

彼が別の時空でまだ生きており、いつの日にか戻ってくるかもしれないという理由で、カーターの遺産が相続人たち――遠い親戚しかいない――に分与されることに、ひときわ大きな声をあげて異議を申し立てたのがこの老人、ウォード・フィリップス[*6]だった。法律的な知識を並べてその彼に反論したのが、遠戚の一人であるシカゴのアーネスト・B・アスピンウォールで、カーターよりも一〇歳年長だったのだが、法廷闘争となると若者のように抜け目なくなるのだった。

四年に渡って論争が紛糾してきたところ、ようやく今、配分の時節が訪れ、ニューオーリンズの広々とした風変わりな部屋が、調停《ちょうてい》の場になろうとしていたのである。

そこは、カーターの著作及び財務上の遺言執行者――クレオール[*7]［北米植民地生まれのフランス系移民とその子孫］の出である神秘学と東洋美術の著名な研究家、エティエンヌ＝ローラン・ド・マリニーの自宅だった。カーターがド・マリニーに出会ったのは、二人がフランスの外人部隊に従軍していた大戦中で、好みや物の見方が似通っていたことから、すぐに固い友情で結ばれたのである。

二人揃《そろ》っての思い出深い休暇の際、学識ある若きクレオールが、憂愁を帯びたボストンの夢見人《ドリーマー》を南仏のバイヨンヌに連れていき、永劫の時を閲《けみ》した鬱然たる都市の地下に掘られた、暗闇に包まれた太古の地下納骨所においてある種の恐ろしい秘密を見せた時、友情は永遠不変のものとなった。

カーターの遺言は、ド・マリニーを遺言執行者に任命しており、きびきびした学究は気が進まないながらも遺産の贈与を取り仕切っていたのである。老いたロードアイランド人と同じく、カーターが死んだとは信じていなかったので、彼にとっては悲しい仕事だった。しかし、無情な世間の通念に対して、神秘家の夢にどれほどの重みがあるだろうか。

旧フランス人地区に位置するその風変わりな部屋のテーブルの周りには、その法的な手続きへの関心を表明している男たちが座っていた。カーターの相続人が住んでいると思《おぼ》しいどの地域でも、協議が行われる旨のありきたりの公示が新聞各紙に掲載されていたのだが、地球上のものではない時間を告げる棺型の時計が時を刻む異様な音や、カーテンが半ばひかれた扇型の窓の向こうで、中庭の噴水があげている泡立ちの音に耳を傾けながら座っているのは、たった四人のみだった。

時が移ろうにつれて、鼎から渦を巻いている煙霧《えんむ》に、四つの顔は半ば覆い隠されていた。その鼎は無頓着に燃料を焚《く》べられていて、音もなく滑るように動き、いよいよ神経を張り詰めさせている老いた黒人が目を配る必要は徐々に減じているように思われた。

そこには、エティエンヌ・ド・マリニーその人――スリムで浅黒く、目鼻立ちが整って口髭を生やし、今なお若々しい人物がいた。相続人たちを代表するアスピンウォールは白髪の、いかにも卒中を起こしそうな顔立ちで、頰髯《ほおひげ》を伸ばし、でっぷりしていた。プロヴィデンスの神秘家であるフィリップスは痩せこけ、白髪交じりで、鼻が長く、髭を綺麗に剃《そ》っていて、猫背だった。

四人目の人物は年齢とて定かではなく――痩せていて、髪は黒く、顎鬚を蓄《たくわ》え、微動《びどう》だにしない顔の輪郭はよく整っていた。最高位のカーストであるブラーミン《バラモン》であることを示すターバンを巻き、表情の背後に広がる遥か遠い距離からじっと見つめているような、ほとんど虹彩のない、夜のような黒さの炯々《けいけい》たる双眸《そうぼう》を有していた。

彼はスワーミー・チャンドラプトゥラ[*8]［「スワーミー」はヒンドゥー教の教育者の尊称］、伝えるべき重大な情報を携えてやってきたベナレス[*9]の熟練者《アデプト》であると自称した。そして、ド・マリニーとフィリップス――かねて彼と文通していた――はいずれも、彼の神秘家としての主張が真正のものであることを、ただちに認めたのである。

彼の話し方は、まるで英語で話すことが発声器官に負担をかけているかのような、妙に作り物めいた、虚《うつ》ろで金属的な性質を帯びていた。とは言うものの、彼の言葉は生粋のアングロサクソン人のように、淀《よど》み無く正確で、英語を話し慣れているようだった。服装全般については、ごく普通のヨーロッパの民間人のものでありながらも、だぶだぶの衣服がひどく不似合いに見える一方で、ふさふさした黒い顎鬚や東洋のターバン、大きな白い二叉手袋《ミトン》といったものが、異国風の変わった雰囲気を彼に纏《まと》わせていた。

カーターの車の中で見つかった羊皮紙を指で弄《いじ》りながら、ド・マリニーが話していた。

「いや、羊皮紙からは何もわからなかったのだよ。こちらにおられるフィリップス殿も諦《あきら》めたそうで。チャーチワード大佐によればナアカル語ではないということだし、あのイースター島の木製の棍棒[*10]に見られる象形文字《ヒエログリフ》のようでも全くない。しかし、あの箱の彫刻は、イースター島の彫像を強く思い起こさせるものでね。この羊皮紙に記されている文字について、私が思い出せる最も近いものは――すべての文字が水平の罫線《けいせん》から垂れ下がっているように見えることに注目してくれたまえ――、ハーリイ・ウォーランがかつて所有していた書物に書かれていたものだろうね。その書物は、カーターと私が一九一九年に彼を訪問していた時にインドから届いたもので、彼はそれについて私たちに何も告げなかったが、知らないままの方が良かろうと言って、本来は地球以外の場所からもたらされたのかも知れないともほのめかしていた。彼は、あの古さびた墓地の地下に侵入《はい》りこんだ、一二月のあの時にそれを携えていき——彼も書物も二度と再び地上に現れることはなかった。少し前に、私はこちらの友人——スワーミー・チャンドラプトゥラ——に、それらの文字のいくつかを記憶をもとにスケッチして、カーターの羊皮紙を写真で複写したものと併せて送付した。然《しか》るべき参照や協議を行えば解読することができるかもしれないと、彼は信じておいでなのだよ」

「しかし、鍵については——カーターは私にその写真を送ってくれた。それの奇妙なアラベスク模様は文字ではないとはいえ、羊皮紙の象形文字と同じ文化的伝統に属するものだと思う。カーターは常々、もう少しで謎が解けそうだと言っていたけれど、詳しいことは明かしてくれなかったな。一度などは、こうした事柄全体について詩人さながらになったこともあってね。彼の言うには、あの古風な銀の鍵は、空間と時間の広漠な回廊を自由に進むことを阻む連続的な扉の鍵を開けて、シャダッド[11]がその恐るべき天才によって、アラビア・ペトラエア[12]の砂漠の只中に千柱のイレム[13]の巨大な円蓋と無数の光塔《ミナレット》を築き上げ、秘匿《ひとく》して以来、何人《なんぴと》たりとも越えたことのない真なる〈境界〉へと導くというのだよ」

「半ば飢えた修道者《ダルヴィーシュ》[14]——と、カーターは書いていた——や喉の渇きに錯乱した遊牧民が引き返してきては、途方もなく巨大な正門や、アーチ上の要石《かなめいし》に彫刻されていた手のことを話したのだけれど、その門を通り抜けた者はおらず、戻ってきた上で柘榴石《ガーネット》が散らばる砂漠に訪問の証拠となる足跡をつけたと告げる者もいなかった。彼の推測では、その鍵は巨大な石の彫刻《キュクロピアン》の手が、虚《むな》しくも摑もうとしているものだということだった。

「どうしてカーターが鍵と一緒に羊皮紙を持っていかなかったのか、我々には何とも言えない。たぶん、彼はそれを忘れていったのか――さもなくば、似たような文字の書かれた書物を携えて地下に侵入《はい》りこみ、二度と戻らなかった人物のことを思い出して、持っていくのを我慢したのかもしれないからね。あるいは、彼のやろうとしていたことには事実、重要なものではなかったのかもしれない」

ド・マリニーが話を止めると、年老いたフィリップス氏が耳障りな甲高い声で話し出した。

「我々は夢見ることによってのみ、ランドルフ・カーターが彷徨《さまよ》っていることを知ることができるのです。私は夢の中で数多くの奇異なる場所に行ったことがあり、スカイ川の彼方のウルタールでは、数多くの奇異なることや意味ありげなことを耳にしたことがありましてな。どうやら、羊皮紙は必要ではなかったものと見えますぞ。何しろカーターはまさしく、少年期の夢の世界に再び入り込み、今やイレク＝ヴァドの王となっているのですからな」

アスピンウォール氏の卒中を起こしそうな見かけが倍増し、彼は早口で吐き捨てた。

「その老いぼれの愚か者を誰か黙らせてくれんか。こんなぼんやりした戯言《たわごと》はもうたくさんだ。問題は、財産分与のことなのだ。そろそろ取りかかる頃合いだぞ」

スワーミー・チャンドラプトゥラが初めて、妙に異質な声で話した。

「皆さん《ジェントルメン》、この件はあなたがたが考えている以上のことなのです。アスピンウォール様も、夢の証拠を笑うのはあまりよろしくない。フィリップス様は不完全な見方をしておいでですが――おそらく、夢見が足りぬのでしょう。私自身、大いに夢を見て参りました――カーター家の者たち皆が常にそうしてきたように、我々インドに住まう者たちも常にそうしてきたのです。あなた、母方の御親戚でいらっしゃるアスピンウォール様は、当然のことながらカーターではないのです。私自身の夢、そして他の特定の情報源は、あなたがたがまだおぼろげにしか理解されていないことを、私にたっぷりと教えてくれました。たとえば、ランドルフ・カーターはその羊皮紙のことを失念していたのです――それを解読できなかったのですよ――とはいえ、忘れずに持っていった方が彼にとっては良かったでしょうが。ご存知の通り、四年前の一〇月七日の日没時にカーターが銀の鍵を持って車を降りた後、カーターの身に何が起こったのかについて、私はかなり多くのことを存じ上げております」

アスピンウォールは、はっきりと聴こえるように鼻を鳴らしたが、他の者たちは募る好奇心に居住まいを正した。鼎から漂う煙が増え、あの棺型の時計が狂おしくカチカチと時を刻む音が、外宇宙から送られてくる何やら異質で不可解な電信の短点《ドット》と長点《ダッシュ》［モールス信号のこと］のような奇怪な配列に落とし込まれるように思えてきた。

そのヒンドゥー人［ヒンドゥー教徒のアーリア家インド人］は椅子の背に寄りかかり、半ば目を閉じると、妙に苦労しているような、それでいて英語を話し慣れている声で言葉を続け、聴衆たちの眼前に、ランドルフ・カーターの身に起こったことの映像が浮かび始めるのだった。

Ⅱ

アーカムの背後に広がる丘陵は、奇異なる魔力に満ちている——おそらくそれは、魔法使《ウィザード》いの老エドマンド・カーターが一六九二年[*15]にセイラムからそこへ逃げこんだ際、星々から喚《よ》び降ろしたものと、地球の地下洞から喚び起こしたものなのだろう。

ランドルフ・カーターはそこに戻るや否や、異質な心を有する大胆で人に忌まれる幾人《いくたり》かによって、世界とその絶対的な外側を隔てる巨大な壁が破壊された門の一つに、自分が近づいていることを知った。

この場所で——と、彼は感じた——、この年この日にこそ、光沢が曇った、信じ難いほど古ぶるしいその銀の鍵のアラベスク模様から、何ヶ月も前に解読したメッセージを首尾よく実行に移せるだろう。

彼は今や、それをどのように回さねばならないのか、どのように夕日に掲げなければならないのか、そして九回目にして最後の回転の際、式文のどの音節を虚空に唱えなければならないのかを心得ていた。

これほど昏《くら》い極性と誘導された門に近しい場所であれば、その本来の役割を果たせぬはずもない。

今宵《こよい》、彼が絶えず嘆き続けてきた、喪《うしな》われた少年時代の中に憩《いこ》えるのは、確かなことと思われた。

彼はポケットに鍵を入れて車から降りると、曲がりくねった道や、蔓《つる》の絡まった石垣、黒々とした森、放置されているふしくれだった果樹、窓が開きっぱなしになっている無人の農家、そして名もなき廃墟といった、陰鬱で亡霊でも現れそうな田園の影濃い中心部へと、上り坂をどんどん奥に歩いていった。

日が沈み、キングスポートの遥かな尖塔《せんとう》群が赫々《かくかく》たる焔《ほのお》の中に輝いた時、彼は鍵を取り出し、必要な回転を行って式文を詠唱した。儀式がいかに早く効果を顕《あらわ》したかがわかったのは、すぐ後のことだった。

やがて深まりゆく夕暮れの中、彼は過去からの声を耳にした。大おじの使用人である老ベネジャー・コーリイの声だ。ベネジャー爺さんは三〇年前に死んだのではなかったか。三〇年前というのは、いつの時点からの前なのか。時間とは何なのか。それまではどこにいたのか。一八八三年のこの日、一〇月七日にベネジャーが当然、自分に呼びかけるのがどうしておかしなことなのか。マーサおばさんから家にいるように言われてから、その後に外に出かけたのではなかったか。小さな望遠鏡――二ヶ月前の九歳の誕生日に父から貰《もら》ったものだ――が入っているはずの、ブラウスのポケットの中にあるこの鍵は何なのか。屋敷の屋根裏部屋でそれを見つけたものなのか。丘の上の〈蛇の巣《スネーク＝デン》〉の背後にある内部洞窟の奥、ごつごつした岩の只中に彼の鋭敏な目が見出《みいだ》した、神秘的な塔門の鍵を開けるものなのか。

そこは常々、魔法使いの老エドマンド・カーターと結びつけられてきた場所だった。そこに行く者はおらず、根で塞《ふさ》がれた裂け目の向こうの、塔門のある黒々とした内部の穴に気づいたり、体をくねらせて入りこんだ者は一人としていなかった。天然の岩石からあの塔門らしきものを彫り出したのは、いかなる者の手なのだろう。老魔術師エドマンドか――それとも、彼が喚び出し命令したものどもなのか。

その夜、幼いランドルフは古びた切妻屋根の農家で、クリスおじさんとマーサおばさんと一緒に夕食を食べた。翌朝には早起きして、枝のねじれた林檎《りんご》の果樹園を通り抜けて、グロテスクに成長しすぎたオークの木立の只中に、〈蛇の巣《スネーク＝デン》〉が黒々とした禁断の入り口を密《ひそ》やかに開けている、材木置き場の上《うわ》手《て》へと足を向けた。

何とも言い難い期待がこみあげる中、奇妙な銀の鍵がちゃんと入っているかどうかブラウスのポケットを確かめながら、ハンカチをなくしてしまったことにも気づかなかった。

緊張と大胆な確信を抱きつつ、腹這《はらば》いになって暗い開口部に入り込み、居間から拝借したマッチで行く手を照らした。次の瞬間、彼は根に塞がれる裂け目の終端からもがき出ると、突き当りの岩壁が途方もなく大きい塔門に意識して形作られたように半ば思える、広々とした未知の内部洞窟の中にいた。

そのじめじめとした水滴のしたたる壁を前に、彼は声もなく畏怖《いふ》の念に打たれて立ち尽くし、マッチを一本また一本と擦りながらじっと見つめていた。アーチらしきものの要石の上にある石の膨らみは、本物の巨大な手の彫刻なのではないだろうか。

やがて、彼は銀の鍵を前方に引き出し、どこで知ったのかぼんやりとしか覚えていない動作と詠唱を実行した。何か忘れたものはないだろうか。彼にわかっているのはただ、拘束を受けない夢の土地と、全ての次元が絶対不変の宇宙に融解する深淵《ガルフ》の障壁を越えるという、切なる望みだけだった。

Ⅲ

その時起こったことは、とても言葉では説明できない。

有限の因果律と三次元の論理から成る我々の偏狭、厳格、客観的な世界に戻ってくるまでは、当然のことと考えられていた、覚醒《めざ》めの生においては存在する余地のない逆説、矛盾、変則に満ちていただけでなく、より幻想的な夢に満ちていたのである。

ヒンドゥー人は話を続けながらも軽佻《けいちょう》浮薄《ふはく》の空言《そらごと》——一人の人間が何年もの歳月を少年時代へと転移

するという考えを上回るものではあるが——の空気があると思われてしまわぬよう苦心していた。アスピンウォール氏はうんざりして、卒中の発作のように鼻を鳴らし、事実上聴くのをやめていた。というのも、その暗澹《あんたん》たる亡霊でも現れそうな洞窟において、ランドルフ・カーターが実践した銀の鍵の儀式は、洞窟の中では無駄にはならなかったのである。

動作を行い、音節を口にした最初から、奇異なる畏怖すべき変異が起きようとする雰囲気がはっきりしたものとなった——時間と空間の中で数え切れぬほどの攪乱《かくらん》や混乱が起きているという感覚なのだが、運動や持続として我々が認識しているものは、その気配すらも孕《はら》んでいないのだった。気が付かないうちに、時代や場所といったものに、何の意味もなくなっていた。

その前日、ランドルフ・カーターは奇跡的に何年にもわたる深淵《ガルフ》を飛び越えた。そこには今、子供と大人の間に違いはなかった。そこには、これまでに得ていた地球上の場面や状況との接続性が尽《ことごと》く失われたある種のイメージを蓄積した、ランドルフ・カーターという実在者のみが存在していたのである。一瞬前には、奥の壁に途方もない大きさのアーチと巨大な手の彫刻が漠然とほのめかされる、内部洞窟が存在した。今となっては、洞窟があるともないとも言えず、壁があるともないとも言えなかった。

脳が捉《とら》えるものほどに視覚的ではない印象の絶え間ない変化があるばかりで、その只中では、ランドルフ・カーターであった実在者が、彼の心の中を巡るものを全て、知覚ないしは記録として経験していたのだが、どのようにそれを受け取っているかについては、はっきりと意識していなかった。

儀式が終わる頃には、カーターは自分の居場所が地球の地理学者が教えられるような領域ではなく、歴史上の日付を特定できる時代でないことを理解していた。何故なら、起きていることの性質が、彼にとって全く馴染《なじ》みのないものというわけではなかったからだ。銀の鍵に刻まれた模様を解読した時に、秘《かく》された『ナコト断章《だんしょう》』[16]や、狂えるアラブ人アブドゥル・アルハズレッドの禁断の『ネクロノミコン』のある章全体に、その事についての意義深いほのめかしがあったのである。

門が解錠されたのだ――〈窮極の門《アルティメット・ゲート》〉ではないが、地球と時間から、時間の外側にある地球の外延に通じる門が。その外延からは同様に、〈窮極の門〉が恐ろしくも危険を孕みつつ、あらゆる地球、あらゆる宇宙、あらゆる事物の外側に位置する〈終極の空虚《ラスト・ヴォイド》〉へと通じているのである。

〈案内者《ガイド》〉がいるはずだ――それも、きわめて恐ろしいものが。その〈案内者〉は、人間が夢見たこともない、忘れ去られた異形の種族が蒸気を吹き出す惑星上を動き回り、最後に残った朽ちゆく廃墟で、最古の哺乳類が戯れることになる奇異なる都市を築いていた太古[17]に、地球の実在者だった者である。

あの途方もない『ネクロノミコン』が、〈案内者〉について困惑させるような漠然としたことをほのめかしていたのを、カーターは覚えていた。

〈かくて〉と、狂えるアラブ人は記した。〈敢《あ》えて〈帳《ヴェール》〉の彼方《かなた》を垣間《かいま》見んとし、〈彼《か》の者《もの》〉を〈案内者〉として迎えんとする輩《やから》もありけるも、その輩〈彼の者〉との交渉を避けたることこそがより賢明ならん。何となれば、『トートの書』[18]にひと目見ることの代償も恐ろしきものと記されたればなり。往《ゆ》きし者の絶えて帰ること能《あた》わぬは、我らが世界を超越する広漠に、摑み、捕《とら》うる闇の〈異形《シェイプ》〉どもが潜むためなり。夜闇に彷徨《さまよ》うもの、〈旧き印《エルダー・サイン》〉に抗う邪《よこしま》なるもの、墓のひとつひとつの秘《かく》された戸口に立ちて見張り、その内に棲むものより生ずるものを糧とする群れ――これら〈黒きもの《ブラックネス》〉どもは全て、軽佻浮《けいちょうふ》薄《はく》なる者をなべての世界の彼方、名状しがたき〈貪るもの《デヴァウラー》〉どもの深淵《アビス》の裡《うち》に案内《あない》せんとする〈彼の者〉、

〈門口《ゲートウェイ》〉を護《まも》りしものよりも力で劣っている。何となれば、〈彼の者〉こそはウムル・アト＝タウィル、〈最古なるもの《モスト・エンシェント・ワン》〉、写字生が〈生き永らえしもの〉と書き表せしものなれば〉

絶えず変動する混乱の只中で、記憶と想像が輪郭のはっきりしない心象らしきものを形作ったのだが、カーターはそれが記憶と想像のみに基づくものだと知っていた。それでもなお、彼は自分の意識の中にこれらを造り上げたことは偶然ではなく、むしろ彼を取り巻いていて、彼が把握できるただの象徴《シンボル》に己を翻訳しようとしている、言葉と次元を超越した何らかの渺茫《びょうぼう》たる現実なのではないかと感じていた。地球に属するいかなる精神であれ、我々の知る時間と空間の外側にある歪《ひず》んだ深淵《ガルフ》の中で織り交ざる形態の広がりを把握することはできないのだ。

カーターの眼前を、どういうわけか彼が地球の原初、永劫の彼方に忘れ去られた太古と結びつけた、形態や情景から成るページェントが雲のように漂っていた。怪物じみた生き物が、およそ健全な夢に現れそうにない、現実離れした作り物めいた景色の中をゆっくりと動き、信じられないような植物や崖、山脈、人間の様式ではない石造物があちらこちらの景色に見られた。海底には都市とそこに棲むものたちがいた。広大な砂漠には塔がいくつも建っていて、球形のものや円筒形のもの、無名の有翼生物が猛烈な勢いで空間に飛び上がったり、空間から飛び降りたりしていた。こうしたことの全てをカーターは把握したものの、その個々のイメージは他のものと、あるいは彼と確固たる関係を持っていなかった。彼自身が定まった形や位置を持っておらず、次々と湧き出す心象がもたらすような、形と位置にまつわる移ろいやすいほのめかしがあるのみだった。

カーターは、少年時代の夢に見た魅惑的な領域を見つけたいと願っていた。

ガレー船がトランの黄金色《きん》の尖塔を尻目にオウクラノス川を遡り、筋目の入った象牙の列柱のある忘れ去られた宮殿が月の下《もと》、終わることのない心地よい眠りについているクレドの香り高き密林を、彼のいる象の隊商《キャラバン》が重い足音を立てて歩み過ぎていくところを。[*19]

カーターは今、さらに広がった幻視に酔い痴《し》れて、自分が探し求めていることがほとんどわからなくなっていた。果てしなく冒瀆的な考えが心の中に敢然と起《た》ちあがり、恐れげもなく危険な〈案内者〉に直面し、とんでもなく戯《たわ》けたことを彼に問いかけることになるだろうとわかっていたのだ。

印象のページェントが一斉に、ある種の朦朧《もうろう》とした安定化を達成したように思えた。

異質で不可解な意匠に彫り込まれ、未知なる逆《さか》しまの幾何学の法則に従って配置されている、聳《そび》え立つ石の大きな塊がいくつもあった。識別できない色の空から、不可解で矛盾する方角に光が漏れ出して、象形文字の描かれた巨大な台座が曲線状に並んでいるように見えるあたりで、ほとんど知覚力があるかのようにゆらゆらと揺れているのだった。その巨大な台座は、限りなく六角形に近く、衣服を纏ったはっきりしない姿の〈異形〉らがその上に載っていた。

台座に載ってはいないが、雲のようにぼんやりした床の如《ごと》き低層を、滑るか漂うかしているらしい、別のものの姿もあった。輪郭がはっきりと定まらないが、人間の形状を、どこかしら僅《わず》かに先行するか、類似したものであることを時にほのめかした。ただし、大きさは普通の人間の半分ほどだった。

台座上のものたちと同じく、何ともわかりにくい色の織物で体をすっぽりと覆っているようだった。

カーターは、そこから注視しているのかもしれない覗《のぞ》き穴を見つけられなかった。たぶん、凝視する必要はないのだろう。組織や機能において、単なる肉体を超えた生物種に属しているようなのだから。

ややあって、その〈異形〉が音声も言葉もなしに彼の心に話しかけてきて、カーターはこれが自分の思っていた存在だと悟った。それが伝えてきた名前は忌まわしくも恐ろしいものだったが、ランドルフ・カーターは恐怖にたじろいだりはしなかった。

そうする代わりに、彼もまた音声や言葉なしで伝え返し、悍ましい『ネクロノミコン』にそうするよう書かれていた通りの、恭順《きょうじゅん》の意を表した。何しろこの〈異形〉こそは、ロマール[*20]が海に浮上し、〈翼あるものども《ウィングド・ワンズ》〉[*21]が〈旧き教え《エルダー・ロア》〉を人間に教えるべく地球に到来して以来、全世界が恐れている存在に他ならなかったのである。

まさしく恐るべき〈案内者〉にして〈門の守護者〉――写字生が〈生き永らえしもの〉と書き表したウムル・アト゠タウィル[*22]、古《いにしえ》なるものだったのである。

〈案内者〉はあらゆる事を知っていたのと同様、カーターの探求と到来、そしてこの夢と秘密の探索者《シーカー》が恐れげもなく彼の前に立っていることを知っていた。彼《か》の者《もの》が放射したものに恐怖も悪意も感じられないので、狂えるアラブ人の恐ろしくも冒瀆的なほのめかしの数々や、『トートの書』からの抜粋が、あるいは羨望や、今まさに成し遂げられようとしていることを妨げようという望みから来るものではないかと束の間、カーターは訝《いぶか》った。

あるいは、〈案内者〉が恐怖と悪意を放射するのは、恐れを抱く者に対してなのだろう。

放射が続く中、カーターはそれを言葉の形で精神的に通訳した。

「いかにも、私がその〈最古なるもの《モスト・エンシェント・ワン》〉である」と、〈案内者〉は告げた。「汝も知るようにな。我らは、汝を待っていた――〈古なるものども《エンシェント・ワンズ》〉と私がな。長いこと遅れはしたが、汝を歓迎しよう。汝は鍵を持っていて、〈第一の門〉を解錠した。今や、〈窮極の門〉が汝の試練を用意している。もし汝が恐れるのなら、前進する必要はない。無傷のままで、来た道を引き返すことができる。だが、汝が前進を選ぶのであれば……」

中断は不吉だが、放射は親しげなままだった。熱烈な好奇心に駆られ、カーターは躊躇《ためら》わなかった。

「前進するつもりです」と、彼は放射を返した。「そして、あなたを〈案内者〉として受け入れます」

この返信を受けて、〈案内者〉は腕もしくは何かしらそれに相当する体の一部を持ち上げたか持ち上げなかったかは定かではないが、外衣《ローブ》を動かすことで印《サイン》を作ったようだった。

第二の印《サイン》が続き、カーターはよく知っている伝承から、自分がついに〈窮極の門〉のごく近くにやってきたことを知った。光は今や別の不可解な色に変わって、六角形に似た台座の上にいる〈異形〉らが、よりはっきりとその輪郭を顕《あらわ》すようになっていた。

〈異形〉らが居住まいを正すにつれて、その輪郭はいっそう人間に似たものとなったが、カーターは彼らが人間ではありえないことを知っていた。衣服に覆われた彼らの頭部の上には今、忘れ去られた彫刻家がタタール*23の禁断の高峰の天然の断崖に沿って刻み込んだ彫像の数々を奇妙にも連想させる、丈高く、色の判然としない司教冠《ミトラ》*24が載せられているように見えた。その一方で、彼らの身を包むものの襞《ひだ》が、彫刻の施された頭の部分がグロテスクな古代の秘儀を象徴している長い笏《しゃく》を摑んでいた。

カーターは、彼らが何物で、何処から来て、何物に仕えているのかについて推測を巡らせた。そしてまた、彼らの奉仕の代価についてもである。

それでもなお、カーターは満足だった。一度の大きな冒険で、全てを知ることになっていたからだ。

「忌々しい」というのは——と、彼は考えた——盲目の輩《やから》が、たとえ片目であっても物の見える者を誰であれ非難するために用いがちな言葉に他ならないのである。

悪意ある〈古なるものども《エンシェント・ワンズ》〉について、〈彼の者〉らがわざわざ永遠の夢を中断して、人類に天罰を与えるなど讒言《ざんげん》する者たちの甚《はなは》だしい自惚《うぬぼ》れを、彼は訝《いぶか》った。まるで、マンモスが足を止めて、魚釣り用のミミズを相手に半狂乱の復讐をするようなものではないだろうか。

ぼんやりと六角形めいた柱の上にいる集団の全体が、奇妙な彫刻の施された笏を歓迎の仕草で動かし、彼にも理解できるメッセージを放射した。

「我らはあなたに敬意を表します、〈最古なるもの《モスト・エンシェント・ワン》〉よ。そしてあなた、ランドルフ・カーター、大胆さによって我らの一員となった者よ」

カーターは今しも台座のひとつが空になっているのを目にし、〈最古なるもの《モスト・エンシェント・ワン》〉はそれが彼のために留保されたものであることを身振りで伝えてきた。彼はまた、他のものよりも背の高い台座が、複数の台座が形成する奇妙な曲線（半円でも楕円でもなく、放物線でも双曲線でもない）の中央に位置しているのを目にした。これは、〈案内者〉自身の玉座なのだろうと彼は推測した。

動くとも上昇するとも定義し難いやり方で、カーターは自らの席に就いた。そして彼と同じやり方で、〈案内者〉もまた自身を着席させたのが見えた。

霧が立ち込める中、〈最古なるもの《モスト・エンシェント・ワン》〉が何かを持っているのが次第に明らかになってきた——何かを纏った〈同胞《コンパニオン》〉らに見せるためか、それとも見せるよう求められたかのように、彼の外衣《ローブ》の差し伸ばされた襞《ひだ》に何らかの物体が摑まれていた。

それは、何とも不明瞭な虹色に輝く金属で出来た、大きな球体あるいは球体のように見えるもので、〈案内者〉がそれを前下方に差し出すと、半ば音のような印象を受けるものが広がっていき、地球上のリズムに従ったものでないにせよ、何かしらのリズムを刻むかのような間隔で上下に波打ち始めた。詠唱と思《おぼ》しいもの——それとも、人間の想像力が詠唱と解釈するかもしれないものがあった。

今しも、球体のようなものは明るさを増し、何色ともつかぬ冴《さ》え冴《ざ》えとした、脈動的な光を放つようになっていて、カーターはその明滅が詠唱の異質なリズムに従っていることに気づいた。

やがて、台座上の司教冠《ミトラ》を戴き笏を身につけた〈異形〉の全てが、同じ不可解なリズムに合わせて、小さくではあるが奇妙に揺れ動き始め、分類のできない後光《ニンバス》——擬球体のそれに似た——が彼らのすっぽりと包まれた頭部の周囲でちらちらと揺れ動いた。

ヒンドゥー人は話をいったん中断し、四本の針と象形文字の文字盤を備え、狂おしくも時を刻む音が地球上で知られるいかなるリズムにも従っていない、背の高い棺型の時計を興味深げに見つめた。

「あなた、ド・マリニー様」不意に、彼は学識豊かな主人《ホスト》に話しかけた。「六角形の台座の上で、僧帽を戴いた〈異形〉らが詠唱しながら体を揺らしている、とりわけ異質なリズムについて、あなたには申し上げるまでもありますまい。あなたこそ、〈外なる延長部〉を身をもって経験した——アメリカでは——唯一の今一人なのですから。あの時計——哀れなハーリイ・ウォーランがよく話していた、ヨーガ行者からあなたに贈られたものとお見受けしますが、その行者は永劫を重ねた不吉なるレンの秘《かく》されし遺産、イアン＝ホー[*25]へと赴いた現存するただ独りの人間で、その恐ろしい禁断の都市からある種のものを持ち出したと言われておりますぞ。それが秘め隠す特性がいったいどれほどのものか、あなたはご存知ですかな。私が夢で見たことと書物で読んだことが正しければ、それは〈第一の門戸〉について多くのことを知っていた者たちによって造られたのです。ともあれ、話を続けましょう」

ついに、とスワーミーは話を続けた。体の揺れや詠唱と思《おぼ》しきものが止まり、今や項垂《うなだ》れて動かない頭部の周りでちらちらと揺らめいていた後光《ニンバス》も消えていき、何かに覆われた〈異形〉らは台座上で妙な具合に前のめりになっていた。しかし、擬球体は不可解な光を明滅させ続けた。

カーターは、最初にそれらを目にした時のように、〈古なるものども《エンシェント・ワンズ》〉が眠っていると思って、彼がやってきたことで覚醒《めざ》める前に、彼らはどんな夢を見ていたのだろうかと訝《いぶか》った。

この奇異なる詠唱の儀式は指導の一つだったという真実が、彼の心にゆっくりと浸透した。そして、〈同胞〉らは〈最古なるもの《モスト・エンシェント・ワン》〉によって詠唱させられ、その夢をもって銀の鍵をパスポートとする〈窮極の門〉が開かれるように、新しい特異な種類の眠りへと落ち込んでいったのである。

この深き眠りの深奥《しんおう》にて、彼らが地球とは何の類縁も持たない、断固として完全なる〈外界《アウトサイドネス》〉の広漠たる広がりを沈思黙考していること、そして自分の霊が彼らに要求したことを彼らが成し遂げてくれることをカーターは悟った。〈案内者〉はこの睡眠を分かち合っていなかったが、何とも捉えにくい無音の手段で、なおも指示を与えているようだった。彼の者は明らかに、〈同胞〉らに夢見させたいと望む事物のイメージを吹き込もうとしていたのである。

そしてカーターは、〈古なるものども《エンシェント・ワンズ》〉の各々が命令された思考を思い描くと、彼の地上的な双眸にも映る顕在化の核が生まれることを知った。

〈異形〉ら全ての合一が達成した時、その集中の影響力が顕在化を起こし、彼の要求したものの全てが具現化されるのだろう。カーターはかつて地球上——インドで、円陣を組む熟練者《アデプト》たちにより結合され、投射された意志が、触知できる実体を取らせうることを目にしたことがあった。そして、何人たりとも敢えて口にしようとしない年古《としふ》りたアトラナアトでも。

〈窮極の門〉とは何なのか、いかにして通り抜けることができるのかについて、カーターには確信が持てなかったが、切迫した期待感が俄《にわか》に湧き起こっていた。彼はある種の肉体を持っていること、そして命運を握る銀の鍵を手にしていることを意識していた。向かい側に聳え立つ石の塊が、壁のような均等さを備えつつあるようで、彼の双眸は否応なくその中心に引き寄せられた。

それから突然、彼は〈最古なるもの《モスト・エンシェント・ワン》〉の思念の流れが止まるのを感じた。

カーターは初めて、精神的にも肉体的にも、どれほど恐ろしい全《まった》き沈黙が存在しえるのかを理解した。つい先程までは、知覚できるようなリズムが完全に抑えられていたにせよ、地球の次元的な延長部のかすかで密《ひそ》やかな脈動があったのだが、今では深淵《アビス》の静けさが全てにのしかかっているようだった。肉体の気配はあったものの、息遣いは聴こえなかった。ウムル・アト゠タウィルの擬球体も石化したように静止して、明滅するのをやめていた。〈異形〉らの頭部の周囲でちらちらと揺れ動いたものよりも明るい、強い後光《ニンバス》が恐るべき〈案内者〉のすっぽり包まれた頭蓋の上で、冷ややかに燃え上がった。

目眩《めまい》がカーターを襲い、見当識を喪ったという感覚が何千倍にも強まった。奇異なる光は、闇黒《あんこく》を積み重ねた最も見通し難い闇黒の性質を帯びているように思われる一方で、〈古なるものども《エンシェント・ワンズ》〉の周囲では、その座する六角形に似た玉座のごく間近に、呆然としてしまうほどの隔絶《かくぜつ》の気配が漂っていた。

それから、彼は芳香のある暖かい波を顔に受けながら、自分が測り知れぬほどの深みを漂っているように感じた。まるで薔薇《ばら》の風味を帯びた海を泳いでいるかのようだった。それは麻薬を混ぜた葡萄酒《ワイン》の海で、真鍮《しんちゅう》色の炎の岸辺に波が泡立ちながら砕けているのである。遥か遠い海岸にひたひたと打ち寄せる、その波打つ海の茫洋たる広がりを半ば目にして、カーターは大きな恐怖に囚われた。

しかし、束の間の沈黙が広がった――押し寄せる波のようなものが、物理的な音でもはっきりした言葉でもない言語で、彼に話しかけていた。

「〈真なる人〉は善悪を超越している」と、声ではない声が吟唱《ぎんしょう》した。「〈真なる人〉は〈一なる全《オール＝イズ＝ワン》〉のもとへ進んでいった。〈真なる人〉は、幻影こそが唯一の現実であり、実体は擬物《まがいもの》であることを学んだ」

そして今、彼の双眸が否応なく引き寄せられた聳え立つ石積みに、遥か遠い現実離れした三次元の地球の、洞窟内の洞窟で大昔に垣間見たと思っていたものと寸分違《すんぶんたが》わぬ巨大なアーチの輪郭が現れた。

彼は、自分が銀の鍵を使用したことに気づいた――〈内なる門《インナー・ゲート》〉を開いたものに酷似する、誰かに教わったわけではない本能的な儀式に従って、それを動かしたのである。

彼の頬《ほお》を叩いていた薔薇に酔い痴れた海こそは、彼の呪文と〈古なるものども《エンシェント・ワンズ》〉が彼の呪文に加勢した思考の渦動《かどう》を前に撓《たわ》みつつある、アダマントの塊のように堅固な壁なのだと彼は理解した。

本能と盲目的な決意になおも導かれて彼は前方に漂っていき――〈窮極の門〉を通り抜けたのだった。

Ⅳ

異様な造りの巨岩《キュクロ－ピアン》の張り出し部分を通り抜けるランドルフ・カーターの前進は、星々の間の測り知れない深淵《ガルフ》を通り抜ける目眩《めくるめ》く落下のようだった。遥か遠くから、破壊的なまでに甘美な勝ち誇る神の如きうねりが押し寄せてくるのを感じ、続いて大きな翼の羽ばたきや、地球上はもちろん太陽系内でも知られていない物の囀《さえず》りやさざめきを思わせる音の印象を受けた。

背後をちらりと振り返ると、一つの門だけではなく数多くの門があって、そのいくつかで記憶にとどめたくもない〈異形〉らが騒ぎ立てているのが見えた。

やがて突然に、彼はいかなる〈異形〉らから得られるものよりも遥かに大きな恐怖——自分自身と結びついているため、遁《のが》れようもない恐怖——を感じた。〈第一の門〉ですらも、安定性のいくばくかを彼から奪い、自分の身体的な形と彼を取り巻く特徴のはっきりしないものとの関係性に確信が持てない状態にしていたのだが、彼の統一感を乱すまでには至らなかった。彼は今なおランドルフ・カーターであり、次元の絶え間ない変動における不動点だった。それが今、〈窮極の門〉を越えた彼は、激烈な恐怖を覚えた一瞬の内に、自分が一人の人間ではなく、数多《あまた》の人間であることに気づいたのである。

彼は同時に数多の場所に存在した。地球上の一八八三年七月、ランドルフ・カーターという小さな男の子が、静かな夕暮れの光の中、〈蛇の巣《スネーク＝デン》〉を後にし、岩がちな斜面を駆け下りて枝の絡み合う果樹園を抜け、アーカムの背後の丘陵地にあるクリストファーおじさんの屋敷に向かっていた——しかしその同じ瞬間に、どういうわけか地球上の一九二八年、ランドルフ・カーター氏以外の何物でもないおぼろげな影が、地球の超次元的な延長部にて、〈古なるものども《エンシェント・ワンズ》〉の只中で台座の上に座していた。ここ、〈窮極の門〉の彼方なる未知の形なき宇宙の深淵《アビス》にも、三人目のランドルフ・カーターが存在していた。

そして他の場所では、無限の多様性と途方もない変異が彼を狂気の瀬戸際に押しやっていた様々な情景が入り乱れる中、〈窮極の門〉の彼方で今しも局所的に顕《あらわ》れているもののように、彼が自分自身に他ならないことを知っている存在が、際限なく乱立していたのだった。

地球の歴史上、既知のものも推測上のものも、およそあらゆる時代に「カーターたち」が存在した。人間と非人間と双方の形態の、脊椎動物と無脊椎動物の、意識を持つものと知能を持たないものの、動物と植物の「カーターたち」がである。そしてさらに、地球上の生命とは何の共通点もなく、他の惑星や太陽系、銀河系、宇宙的な連続体などの背景の只中を、法外にも動き回る「カーターたち」がいた。世界から世界へ、宇宙から宇宙へと漂う永遠の生命の胞子でさえも、全て彼自身だった。垣間見たものの中には、初めて夢を見るようになって以来、長年にわたって記憶にとどまっていた夢――おぼろでありながら鮮やかで、単独でありながら持続性のある夢――を想起させるものもあった。そうしたものの中には、地球上の論理では説明のつけられない、心に取り憑き、魅惑的でありながら、恐ろしいまでの馴染み深さを帯びたものもあった。

こうした実感に直面して、ランドルフ・カーターはこの上ない恐怖に囚われて頭がくらくらした――欠けつつある月の下、忌み嫌われる古ぶるしい死都《ネクロポリス》へと二人で敢えて乗り込んだ時、一人だけ遁《のが》れ出てきた、あの悍ましい夜のクライマックスにすらほのめかされなかった恐怖である。いかなる死、運命、苦悶とて、自己同一性《アイデンティティ》の喪失が引き起こす圧倒的な絶望を喚起《かんき》することはできないのだ。

無との同化は平穏なる忘却である。だが、存在することを意識していながらも、他の存在と区別しうるような確固たる存在ではないことを知るのは――もはや自己を持っていないことを知るのは――苦悩と恐怖の名状しがたい極致に他ならない。

彼は、ボストンのランドルフ・カーターがいたことを知っていた。

しかし、彼——〈窮極の門〉の彼方にいる地球の実在者の断片もしくは局面——がそうなのか、あるいは他のものなのか、わからなくなっていた。

彼の自己は既に消滅していたが、それでも彼——個人存在の全《まった》き無効化に鑑《かんが》みて、確かに彼と呼べるものがあり得るのなら——は、何か想像を絶する方法で大勢の自己が均《ひと》しく併存するのを意識していた。

それはまるで、彼の肉体がインドの寺院に彫刻された多肢多頭の彫像の一つに突如、変身したかのようだった。そして、彼は自己の集合体を観相し、混乱しながらもいずれが本来のもので、いずれが後から加わったものであるかを識別しようとした——もしも（この上なく途方もない考えだが）、いかなるものであれ他の具現と識別できるような原型が真実、存在するのであればの話だが。

やがて、こうした打ちのめされるような考えに耽《ふけ》る最中《さなか》、門の彼方にいるカーターの断片は、恐怖のどん底と思えたものから、さらに深い摑みかかってくるような暗澹たる恐怖の窖《あなぐら》の中に放り込まれた。

この度の恐怖は主に外的なもの——すぐに彼と対峙して取り巻き、浸透する力ないしは性格であり、その局所的な存在に加えて、彼自身の一部のようにも思えるのと同様に、あらゆる時間と同時に存在し、あらゆる空間と境界を接しているものと思《おぼ》しかった。目に見える姿《イメージ》こそなかったが、実体が存在するという感覚と、局所性、自己同一性、無限性の組み合わさった畏怖すべき概念が、いかなるカーターの断片であれ存在しうるなどと考えたこともない、立ち竦《すく》ませるような恐怖をもたらしたのである。

その畏怖すべき驚異に直面して、カーターに準ずる存在は個体性の破壊という恐怖も忘れてしまった。

それこそは、無限の存在と自己の〈一中の全《オール＝イン＝ワン》〉と〈全中の一《ワン＝イン＝オール》〉[26]——単に一つの時空連続体に属するものではなく、存在の無限の広がり――制限を持たず、空想も数学も超越した最果ての絶対的な広がりの、根源的な生の本質と結びついたもの。おそらく、地球におけるある種の秘密教派が声を潜めて〈ヨグ＝ソトース〉[*27]と呼んでいるものなのだろう。

他のいくつかの名前でも知られる神性で、ユゴスの甲殻種族[*28]は〈彼方なるもの《ビヨンド＝ワン》〉として崇拝し、渦巻星雲の蒸気のような頭脳が翻訳不能な印《サイン》によって知っているものだった――しかし、カーター相《カーター＝ファセット》はこうした概念がいかに浅薄で部分的なものでしかないことを瞬時に理解した。

そして今、〈存在《ビーイング》〉がカーターの刻面に向かって、強打し、燃やし、雷鳴を轟かせる驚異的な波動――受け取るものを殆《ほとん》ど耐え難い暴力で叩きのめすエネルギーの収束――が、〈第一の門〉の向こうのあの不可解な境域において、〈古なるものども《エンシェント・ワンズ》〉の詠唱や体の振動、途方もない光の数々の明滅を特徴付ける、特定の明確な変奏のある、地球上のものではない特異なリズムを伴って続いたのだった。

まるで、いくつもの太陽と世界と宇宙が、空間のある一点に収束して、抗《こう》しえぬ熾烈《しれつ》な衝撃によって消滅させようと画策するかのようだった。

しかし、その大いなる恐怖の只中で、より小さな恐怖は先細りになった。その責め苛《さいな》む波動が、どういうわけか門の彼方のカーターを彼の無限数の複製の中から切り離そうとしているようだったのである――あたかも、自己同一性の幻影を、ある程度修復しようとしているかのように。

やがて、聞き手《カーター》は波動を自分の知る会話形態に翻訳し始め、恐怖と圧迫の感覚は弱まった。恐怖は純粋な畏敬となり、冒瀆的な異常と思えたものは、今や言い知れぬ威厳あるものとしか思えなかった。

「ランドルフ・カーターよ」と、それは告げたようだった。「汝の惑星の延長部での我が顕現たる

〈古なるものども〉は、かつて失ったささやかな夢の地へと近々戻るとはいえ、より大きな自由を得てさらに大きく、崇高なる欲望と好奇心に達した者として汝を送り込んできた。汝は黄金色《きん》に輝くオウクラノス川を船で遡《さかのぼ》り、蘭の咲き乱れるクレドの忘れ去られた都邑《まち》の数々を探索し、汝の地球とそのあらゆる物質にとって異質な大空にただひとつ赤く輝く星に向かって、伝説的な塔と数え切れぬほどの円蓋《ドーム》が力強く林立する、イレク゠ヴァドの蛋白石《オバール》の玉座に君臨することが望みであったな。今や、二つの門を通り過ぎた汝は、さらに高遠《こうえん》なる望みを抱いておる。汝は嫌忌する場面から愛すべき夢に逃避するような、子供じみたことはせず、あらゆる場面と夢の背後に横たわる、あの最後にして最奥の秘密の中に飛び込むこととなるだろう」

「汝が望むものは、善《よ》きものであると知れた。汝の惑星の生き物にのみ一回――汝が人間と呼ぶものども、あるいは人間に似ているものどもにのみ五回――許したものを、汝に与える準備ができている。意志の弱き精神を粉々にしてしまう〈窮極の神秘〉を見せてやる準備ができているのだ。だが、汝がその秘密の終わりと始めの一切を目にする前に、汝は未だ自由に選択することができ、汝の眼前で未だ引き裂かれていない帳《ヴェール》を残して、二つの〈門〉を抜けて引き返すこともできる」

V

突然の波動の遮断によって、カーターは荒涼たる雰囲気に満ちた、冷ややかで畏怖すべき静けさの只中に取り残された。四方八方に空虚の果てしない広漠がのしかかっていたのだが、それでもなお探求者《シーカー》は〈存在〉がまだそこにいることを知っていた。

ややあって、彼は文章を思考し、その精神的な実質を深淵《アビス》の中に投げ込んだ。

「受け入れます。後退するつもりはありません」

波動が再び押し寄せてきて、カーターは〈存在〉に聴こえたことを知った。

そして今、あの限りない〈精神〉から知識と説明の洪水が溢《あふ》れ出し、探求者に新たな展望を開くとともに、彼がそのようなものを得たいなどと願ったこともなかった、宇宙の掌握に備えさせた。

三次元世界の概念がいかに幼稚で限定的なものなのかを、そして上下、前後、左右という既知の方向以外にも、無限の方向があることを彼は教わった。地球の小神たちと、その取るに足りない人間じみた感興や情交――憎しみ、怒り、愛、虚栄心と、賛美と生贄《いけにえ》への欲求や、理性と自然に反する信仰への欲求の、矮小《わいしょう》さと見かけ倒しの空虚さを彼は見せられた。

印象の殆どが自ずから翻訳されて、言葉としてカーターに伝わる一方で、異なる感覚が解釈を与えた別のものもあった。おそらくは双眸《そうぼう》と想像力でもって、彼は自分が人間の目や脳では想像も及ばぬ次元の領域にいることをいるのだと知覚した。

彼は今、最初に力の渦動として存在し、次いで無限の空虚となった不気味な陰影の中に、感覚を眩《くら》めかせる森羅万象の広がりを目にした。何か想像も及ばない視点から、その多様な延長部が神秘の研究に生涯を費やしてきたにもかかわらず、彼がこれまでに抱いてきた存在、大きさ、そして境界の概念を超越する、驚異的な形態の数々を彼は見下ろした。

一八八三年にアーカムの農家に小さな男の子のランドルフ・カーターが、〈第一の門〉の向こうのおぼろげな六角形の柱の上に不明瞭な形をしたものが、無限の深淵《アビス》で今しも〈霊〉に直面している断片が、そして彼の想像あるいは知覚が心に描いた他の全ての「カーターたち」が、同時に存在しうる理由を、彼はおぼろげに理解し始めた。

やがて、波動が強さを増し、彼の理解を深めようとすると共に、今現在の断片を無限小のひとかけらとしている多形の実在者に彼を調和させようとした。それらの波動は、あらゆる空間図形は、空間の全ての図形は、もう一つ高次の次元において対応する図形に、ひとつの平面が交差した結果——正方形が立方体の、あるいは円が球の断面であるように——に過ぎないのだと彼に教えた。

三次元の立方体や球は、人間が推測と夢のみを通して知っている、四次元において対応する形相《けいそう》の断面なのである。そして、これらもまた五次元の形相の断面であり、そうやって繰り返していくと目眩く到達能《あた》わざる原型的な無限の高さにまで続いていくことになる。

人間や人間の神の世界は、単に無限小のものの無限小の局面——ウムル・アト＝タウィルが〈古なるものども《エンシェント・ワンズ》〉に夢見を指図する、〈第一の門〉によって到達できる小さな総体の、三次元的な局面に過ぎないのである。人間はそれを現実と称し、その多次元的な原型《オリジナル》という思考を非現実と称するのだが、実のところそれは全く逆なのだ。私たちが実体や現実と呼ぶものは影や幻影であり、我々が影や幻影と呼ぶものこそが、実体にして現実なのである。

時間は——と、波動は続けた——不動であり、始まりも終わりもない。それに動きがあり、変化を引き起こしているというのは幻影である。実のところ、時間それ自体が幻影なのだ。限られた次元の生物の狭い視野を除いて、過去、現在、未来などというものは存在しないのだから。人間は、彼らが変化と呼ぶものだけを根拠に時間を想定するのだが、その変化とて幻影なのだ。

かつてあり、今あり、これからあるものの全てが、同時に存在するのである。

これらの啓示には神々しい荘厳さが伴っていたので、カーターには疑うべくもなかった。その大部分が彼の理解を超えていたにせよ、局所的な眺望や狭隘《きょうあい》かつ部分的な展望の全てと相容《あいい》れぬ、あの終局の宇宙的現実に照らして、真実に相違なしと感じたのだった。局所的だったり部分的だったりする概念の束縛から脱け出せるほどに、深遠な思弁に精通していたということもあった。そもそも、彼の探求の全てが、局所的なものや部分的なものは非現実だという信念に基づいていたのではなかっただろうか。

印象的な中断の後、波動が再開して、低次元領域の住人たちが変化と呼ぶものは、様々な宇宙的角度から外側の世界を見る、彼らの意識の機能に過ぎないと告げた。円錐の切断によって生成される形状が、切断の角度によって様々に見えるように――切断の角度によって円、楕円、放物線、あるいは双曲線になりはするが、円錐自体には何の変化も生じていない――、不変で果てのない現実の局面も、宇宙的角度によって変化するように見えるのである。

こうした様々な意識の角度に対して、内側の世界の脆弱《ぜいじゃく》な生物は、ごく稀な例外を除いてそれらをコントロールする術《すべ》を学べないので、奴隷となっている。禁断の事物の研究家のみが、コントロールする術の手がかりを獲得し、それによって時間と変化を征服したのである。

しかし、〈門〉の外側の実在者たちは、あらゆる角度の支配権を握り、自らの意志に従って、断片的で変化を伴う展望や、展望を超越した不変の総体から、宇宙の無数の部分を眺めているのだ。

波動が再び中断した時、当初は彼をあれほどまでにぞっとさせた個体性の喪失というあの謎の窮極的な背景を、カーターは恐怖を抱きながらも漠然と理解し始めた。彼の直感が啓示の断片を繋《つな》ぎ合わせ、秘密の掌握へと彼をどんどん近づけていった。

彼が〈窮極の門〉の開放のために正しく銀の鍵を使えるよう、ウムル・アト＝タウィルの魔法が彼を護ってくれていなかったら、〈第一の門〉の内側で、恐るべき啓示――無数の地球上の分身の中に彼の自我を分割するもの――の大部分が自分に襲いかかることになったのだと、彼は理解した。

よりはっきりした知識を求めて、彼は思考の波を送り出し、彼の様々な様相《ファセット》同士――今しも〈窮極の門〉を越えた先にいる断片、〈第一の門〉を越えて今なお六角形に似た台座の上にいる断片、一八八三年の少年、一九二八年の男性、彼の世襲財産と自我の防波堤を形成した様々な先祖の生き物たち、そして窮極の認識の最初の悍ましい閃きによって自分であると認識された、別の時代《アイオン》、別の世界の名もなき住人たち――の、より正確な関係性について尋《たず》ねた。

〈存在《ビーイング》〉の波動が返答としてゆっくり押し寄せ、地球上の精神の及ばないものを明確にしようとした。有限の次元に存在する全ての生き物の系統の全て――と、波動が続けた――、そしてこうした生き物それぞれの成長段階の全ては、各次元の外側の空間における、ただ一つの原型的かつ永遠の存在の顕《あらわ》れに過ぎないのである。局所的な存在の各々――息子、父親、祖父等々――そして、個体存在の各々の段階――幼児、子供、少年、若者、老人――とは、それを切断する意識平面の角度の変動によって引き起こされる、同一の原型的かつ永遠の存在の無限の形相《けいそう》の一つに過ぎないのだ。

ランドルフ・カーターは――ランドルフ・カーターとその全ての先祖たちは、人間であれ人間以前のものであれ、地球のものであれ地球以前のものであれ、全ての時代に存在する。これらは全て、空間と時間の外側に在《あ》る永遠の「カーター」の、ひとつの窮極的な局面――いずれの場合も、意識の平面がたまたま永遠の原型を切断した角度のみによって区別される、幻の投射物――に過ぎないのだ。

わずかな角度の変化が、今日の学究を昨日の子供に変えてしまうことができる。ランドルフ・カーターを、一六九二年にセイラムからアーカムの背後の丘陵地に逃げ込んだあの魔法使いエドマンド・カーターに、あるいは二一六九年に奇異なる手段を用いて、モンゴル人の大群をオーストラリアから撃退するあのピックマン・カーターに変えることができる。人間のカーターを、かつてアークトゥルスの周りを公転していた二重惑星キタニル[*29]から飛来し、原初のヒュペルボレイオス[*30]に棲みついて、黒々として自在に形を変えられるツァトーグァを崇拝した、原初の実体の一つに変えることができる。地球のカーターを、その遠い祖先であるキタニルそれ自体の形の定まらぬ住人に、あるいは銀河系の彼方のションヒ[*31]のさらにかけ離れた生物に、あるいはより太古の時空連続体における四次元のガス状意識体[*32]に、あるいは信じられない軌道を持つ闇黒《あんこく》の放射性彗星上にいる未来の植物頭脳に――その他諸々、果てしない宇宙圏《コズミック・サークル》に存在するものに変えることができるのだ。

原型というものは――と、波動が脈打った――窮極の深淵《アビス》の住人たちである――定まった形がなく、口にしてはならぬほど偉大な存在で、低次元の世界では、夢見人《ドリーマー》たちによって極稀《ごくまれ》に推測されるのみだった。その原型の中でもとりわけ重要なのが、これを伝えている〈存在〉なのである……まさしくそれは、カーター自身の原型であった。

カーターと彼の先祖全てが、禁断の宇宙の秘密に抱いた貪欲な熱意は、〈至高の原型《シュープリーム・アルケタイプ》〉から派生した当然の帰結なのだった。あらゆる世界において、偉大なる魔法使い、偉大なる思想家、偉大なる芸術家は全て、〈それ〉《イット》の様相《ファセット》なのである。

畏敬の念に打たれてほとんど呆然とし、ある種恐ろしいほどの喜びを覚えながら、ランドルフ・カーターの意識は、自らの派生元である超越的な〈実在者〉《エンティティ》に敬意を表した。

波動が再び中断した時、彼はその力強い沈黙の中で、奇異なる賛辞や奇異なる質問、さらに奇異なる要求について思いを巡らせながら熟考した。奇異なる想念の数々が、馴染みのない眺望や予期せぬ開示にくらくらしている頭脳に、相争って押し寄せてきた。その開示が文字通りの真実ならば、自分の意識平面の角度を変える魔法を行使するだけで、これまで夢の中でしか知らなかった宇宙の無限に遠い時代や領域の全てを、肉体を備えたまま訪《おとな》うことができるかもしれないという考えが思い浮かんだ。そして、銀の鍵はそのような魔法を振るってくれたのではなかったろうか。奇妙なことに、現在は肉体が存在しないのにもかかわらず、彼はその鍵が今なお彼と共にあることを知っていた。

沈黙がなおも続く間、ランドルフ・カーターは彼を攻め立てる思考や質問を、前方に放射した。彼はこの窮極の深淵《アビス》において、自分がその原型のあらゆる様相《ファセット》から――人間であれ非人間であれ、地球のものであれ地球外のものであれ、銀河系のものであれ銀河系を超越したものであれ――均《ひと》しく離れた距離にあることを知っていた。そして、彼の存在の他の形相についての好奇心――とりわけ、一九二八年の地球から最も時空間の距離が遠い形相や、一生を通して彼の夢にとりわけ持続的に取り憑いていた形相についての好奇心が、熱狂的に猛烈なものとなった。

カーターは自分の意識平面を変動させることによって、彼の原型的な〈実在者〉が、いかなる過去かつ遠隔の生命の形相にも、自分の肉体を有するままで送り込むことができると感じた。そして、彼が経験した数々の驚異にもかかわらず、夜の幻視が断片的にもたらした、グロテスクで信じ難い光景の中を、肉体を有したままで歩き回るという、さらなる驚異を熱望したのだった。

　これといった意図もなく、彼は五つの多彩な太陽や、異質な星座、黒々とした険しい岩山、鉤爪と獏のような口吻《こうふん》のある住民たち、奇怪な金属の塔の数々、正体のわからぬ何本もの隧道《トンネル》、そして浮遊する謎めいた円筒群が、彼の眠りに繰り返し侵入してきたことのある、仄暗い幻想的な世界へのアクセスを〈霊〉に求めた。あの世界は――と、彼は漠然と感じた――、およそ考えうる全ての宇宙の中で、とりわけ自由に他の宇宙と接触しているのだった。そして彼は、その始まりを垣間見ていた眺望を探索し、鉤爪と口吻のある住民たちが訪れている、さらに遠く離れた世界へと、宇宙をよぎって旅立つことを切望した。彼の奇異なる人生におけるあらゆる運命の分かれ目と同様、純然たる宇宙への好奇心が、他の全てに勝《まさ》ったのである。

　波動が荘厳な脈動を再開した時、カーターは自分の恐ろしい要求が認められたことを知った。〈存在〉は彼に、通り抜けなければならない夜闇の如き深淵《ガルフ》の数々や、その異界的な世界が巡っている存在も知られぬ銀河の未知なる五重星、そして鉤爪と口吻のある種族が絶えず戦い続けている、地下を掘り進む怪異について教えた。〈それ〉はまた、かつてそこに棲んでいたカーター相《カーター＝ファセット》をその世界に復帰させるために、彼個人の意識平面の角度と、彼が目指している世界の時空的要素に関係する意識平面の角度を同時に傾けるやり方についても教えてくれた。〈存在〉は、彼が選んだ遠隔で異界的な世界から戻ってくることを望むのなら、彼の象徴《シンボル》を確保しておかねばならないとカーターに警告し、彼はもどかしげに誓約の放射を返した。自分と共にあると感じ、一八八三年に彼を投げ返した際に、世界と個人両方の平面を傾けたと彼が知っていた銀の鍵こそが、〈存在〉が言う象徴《シンボル》のことだという確信があったのである。

そして今、〈存在〉は彼のもどかしさを理解して、途方もない投下を実現する準備が整ったことを示した。不意に波動が途絶え、名付けようのない恐るべき期待感に張り詰めた、束の間の静寂が訪れた。やがて、何の前触れもなしに、渦を巻くような風のような音と太鼓を打ち叩くような音が響き始め、次第に大きくなってついには恐ろしい轟雷となった。カーターは今一度、今となっては馴染み深いものとなった外宇宙の異質なリズムの中で、自分自身が耐え難いほどに強打し、殴りつけ、焼き焦がす、強烈な、燃え上がる星の爆発する熱気とも窮極の深淵《アビス》の全てを硬化させる冷気とも分類できない、エネルギーの凝集する焦点であると感じた。

この宇宙のあらゆるスペクトルと全く相容れない色の帯ないしは光線が、彼の眼前で飛び交い、ジグザグを描き、絡み合った。そして、彼は恐るべき動作速度を意識していた。限りなく六角形に近い不明瞭な玉座の上にただ独り座っている姿が、瞬時に遠ざかっていくのを垣間見て……。

Ⅵ

ヒンドゥー人が話をいったん止めると、自分を一心に見つめるド・マリニーとフィリップスに気がついた。アスピンウォールは話を無視するふりをして、わざとらしく目の前にある書類に目を向けていた。棺型の時計が時を刻む異界的なリズムに、新しく不吉な意味が加わった一方で、放置されて息も絶え絶えになっている幾つかの鼎《かなえ》から立ち上る煙霧は、絡み合って幻想的で形容しがたい形を織り上げ、隙間風に揺れる壁掛け《タペストリー》に映るグロテスクな影絵と相俟《あいま》って、心騒がされる組み合わせとなっていた。鼎を構っていた老黒人は姿を消していた――たぶん、募る緊張に怯《おび》えて屋敷から逃げ出したのだろう。妙に苦労しているような、それでいて英語を話し慣れている発音で話を再開した時、ほとんど弁解じみてすらいる躊躇《ためら》いが話し手を口ごもらせた。

「あなたがたは、こうした深淵《アビス》の事柄を信じ難いこととお考えでしょうな」と、彼は言った。「ですが、これからお話しする具体的で物質的な事柄の方が、さらに信じ難いのです。それが、私たちの精神のありようです。驚異というものは、夢に見るかもしれない漠然とした領域から三次元の只中に持ち込まれると、その信じ難さが倍増してしまうのですよ。多くを語るつもりはありません――また別の、全く異なる話になるでしょうから。あなたがたが絶対に知っておくべきことだけをお話しします」

カーターは、その異界的で多彩なリズムに満ちた最後の渦動を後にした時、かつて執拗《しつよう》に見続けた夢を見ているのではないかという思いを束の間、抱いてしまうような場所にいることに気づいた。以前の夜に幾度も見たように、様々な色を持つ太陽の強い輝きの下《もと》、彼は鉤爪と口吻《こうふん》のある生き物の群衆に混ざって、不可解な様式の金属製の建物が造り出す迷宮の道を歩いていた。

視線を落としてみると、自分の体が他の者たちと似たものになっていることがわかった――皺《しわ》が多く、部分的に鱗で覆われていて、人間の輪郭を戯画化したような類似性がないわけではなかったが、もっぱら昆虫の構造を思わせる、妙に関節の多い体だった。銀の鍵を今なお握りしめていた――ただし、それを握っているのは見るも厭《いと》わしい鉤爪だった。

次の瞬間、夢を見ているような感覚が消え失《う》せ、むしろ夢から覚醒《めざ》めたばかりのように感じられた。窮極の深淵《アビス》――〈存在〉――まだ生まれてもいない未来の世界における「ランドルフ・カーター」と呼ばれる滑稽で異様な種族の実在者――こうした事のいくつかは、惑星ヤディスの[*33]魔法使い《ウィザード》、ズカウバが持続的に繰り返し見ている夢の一部だった。

それらの夢はあまりにも執拗で――恐るべきボール族を巣穴に閉じ込めておく呪文を身振りで詠唱するという務めに支障をきたし、光線外被《ライト＝ビーム・エンベロープ》を纏って訪れたことのある、無数の現実世界の記憶と混同するほどになっていた。そして今、それらの夢はかつてないほどの擬似現実になっていた。

右の鉤爪の上部に収めた、重みのある実物の銀の鍵が、夢に見たものと全く同じ形をしているというのは、気分の良いものではない。休みをとって熟考し、ニンの銘板《タブレット》にどうするべきか伺いを立てねばなるまい。本通りから外れた小道の金属壁を登って自分の居室に入ると、彼は銘板の並ぶ棚に近づいた。七分日［一日を分割する時間単位の七つ分］が過ぎた後、ズカウバは畏怖の念に打たれ、半ば絶望しながらも、自分の角柱《プリズム》の上にうずくまった。というのも、真理が矛盾し合う新たな一揃いの記憶を開放したからである。

彼はもはや、自分が一つの実在者であるという安らぎを得ることができなかった。全ての時間と空間を通して、彼は二つの存在だったのだ。

ヤディスの魔法使いであるズカウバは、彼がそうなるはずであり、今そうなっている虫の好かない地球の哺乳動物カーターという考えと、地球のボストンのランドルフ・カーターが、彼がかつてそうであり、今再びそうなっている鉤爪と口吻のあるものに怯えて震え上がっていることを厭《いと》わしく思った。

ヤディスで過ごした時間単位は――と、スワーミーはしわがれ声で話した――苦労の滲《にじ》む声に、疲労の兆しが顕《あらわ》れ始めていた――短時間では語り尽くせないそれ自体の物語となった。

ヤディスの生物が光線外被《ライト＝ビーム・エンベロープ》を纏うことで赴くことができるションヒ、ムスラ、キャス、そして二八の銀河における他の世界への旅、そしてヤディスの魔法使いたちが知っている、様々な象徴《シンボル》の助けを借りての、永劫の時間を過去や未来に通り抜けていく旅があった。

その惑星を蜂の巣状にしている原初の隧道《トンネル》群における、白化してねばねばしたボール族[*34]との悍ましい戦いが幾度もあった。現存したものと死滅したもの双方から成る、一万もの世界の集積された伝承の只中、幾つもの図書館で開催された、畏怖すべき会議があった。

〈起源の古老《アーチ＝エンシェント》〉たるブオを含む、ヤディスの他の精神との、緊迫した会議があった。

ズカウバは、彼の個性に起こったことを誰にも話さなかったが、ランドルフ・カーターの様相《ファセット》が最上位に来た時には、地球と人間の姿に復帰しようと、およそ可能な手段を精力的に研究し、人語を話すのに適さない、虫の羽音のような音を出す異質な喉の器官で、何とか喋《しゃべ》ろうと死に物狂いで練習した。

カーター相《カーター＝ファセット》はほどなく、銀の鍵が人間の姿への復帰を実現できないことを、恐怖と共に知ったのだった。思い出したこと、夢に見たこと、そしてヤディスの伝承から推測したことから遅まきながら推測したように、銀の鍵は地球のヒュペルボレイオスの産物であり、人類種《ヒューマン＝ビーイング》の個人の意識角度にのみ力を及ぼせるものなのだ。とはいえ、惑星の角度を変えることで、使用者の肉体を変化させないまま思い通りに時の彼方へ送り込むことができた。

それなしでは不完全な、無限の力を鍵に付与する追加呪文があったのだが、これもまた人間の見つけたものだった――空間的に到達不可能な領域特有のもので、ヤディスの魔法使いには再現できなかった。

それは、銀の鍵と共に悍ましい彫刻の施された箱に入っていた、解読不能の羊皮紙に記されていたということで、カーターはそれを置いてきてしまったことを苦々しげに後悔した。

今となっては近づくこともできない深淵《アビス》の〈存在〉は、自分の象徴《シンボル》を確保するよう警告していたのだが、彼は欠けているものなど何もないと固く思いこんでいたのである。

時が流れ、深淵《アビス》と全能の〈実体者〉の下《もと》に戻る術《すべ》を見出そうと、彼はヤディスの途方もない伝承をいよいよ猛烈に活用しようとした。今現在の新たな知識をもってすれば、謎めいた羊皮紙の解読においてかなりの成果をあげられたはずだが、そんな力も現状においては皮肉でしかなかった。とはいえ、ズカウバ相《ズカウバ＝ファセット》が最上位に来て、悩みの種である相矛盾するカーターの記憶《カーター＝メモリーズ》を消そうとすることもあった。

かくの如く、長い時間が経過していった——ヤディスの生き物は長期の周期を重ねた後にのみ死を迎えるので、人間の頭脳には把握できないほどの長い歳月だった。

何百回もの公転周期を経て、カーター相《カーター＝ファセット》がズカウバ相《ズカウバ＝ファセット》を侵蝕したらしく、膨大な時間を費やして、存在することになっていた人間の地球からヤディスへの距離を、空間と時間の両面において計算した。

その数字は驚異的なもの——計数できる数を超越する数多《あまた》の光年を重ねた永劫の歳月——だったが、ヤディスの記憶されざる太古の伝承のお陰で、カーターはそうしたものを把握することができた。

彼は、一瞬だけでも自分を地球の方に向かわせる、彼自身の夢見る力を練磨《れんま》し、我々の惑星についてそれまでは知らなかった多くのことを学び取った。しかし、失《な》くしてしまった羊皮紙に記されていた、必要な式文を夢見ることはできなかった。

やがて、彼はついにヤディスから脱出する野心的な計画を思いついた——その計画は、ズカウバの知識と記憶を消滅させることなく、彼のズカウバ相《ズカウバ＝ファセット》を休眠状態に保つ薬物を発見した時に始まったのである。彼の計算によれば、光波外被《ライト＝ウェーブ・エンベロープ》を纏うことで、ヤディスの生き物もかつて行ったことのない長旅――肉体のままで、名付けられざる永劫の歳月と信じ難い銀河の広がりを通り抜け、太陽系と地球そのものへ向かう長旅――を実行できるはずだった。

いったん地球に戻れたなら、鉤爪と口吻を備えたものの肉体の中にいながらにして、自分がアーカムの車中に置き去りにした奇妙な象形文字の記された羊皮紙をどうにかして見つけ出すことが――そして、解読を終えることが――できるかもしれない。そして、それ――そして鍵の――助けを借りて、通常の地球上の外観を取り戻すのだ。

その試みの危険性がわからないわけではなかった。惑星角度を正しい時間単位に動かすと（空間を飛び抜ける最中にそうすることは不可能だ）、ヤディスは勝ち誇るボール族に支配される死の世界となり、光波外被《ライト＝ウェーブ・エンベロープ》を纏った脱出が大いに疑わしい問題になってしまうことを、彼は知っていたのである。

同様に、彼は底知れぬ深淵《アビス》の数々を抜けていく悠久の飛行に耐えるためには、熟練者《アデプト》［ヨーガ行者のことか］のやり方で仮死状態に達していなければならないことにも気づいていた。

彼はまた――長旅が成功したものと仮定して――、ヤディス産の肉体に有害な細菌や他の地球上の条件に対する免疫処置を、自身に行っておかなければならないことを知っていた。

さらに、羊皮紙を取り戻して解読し、本来の姿を取り戻すまでの間、地球上の人間の姿を装う手立ても講じなければならなかった。そうしなければおそらく、あってはならないものとして、恐怖に駆られた人々に発見され、滅ぼされてしまうことになるだろう。それから、探求期間を切り抜けるためにも、いくらかの黄金《おうごん》——幸い、ヤディスでも入手可能である——が必要だった。

カーターの計画は、ゆっくりと進んでいった。

驚異的な時間移動と未曾有の宇宙飛行の双方に耐えられる、尋常ではなく強靭《きょうじん》な光波外被《ライト=ウェーブ・エンベロープ》を彼は用意した。あらゆる計算の検算を済ませ、地球に向けた夢を何度も繰り返して送り出し、それらの夢をできるだけ一九二八年に近づけていった。仮死状態に達する練習をして、素晴らしい成功を収めた。まさしく必要な抗菌剤を発見し、慣れておかねばならない様々な重力負荷の訓練を積んだ。

まがりなりにも人類種として人間たちの間で通すことを可能とする、蠟の仮面とゆったりした衣服を巧妙に造り上げ、想像も及ばない未来の死滅した闇黒《あんこく》のヤディスから出発する瞬間に、ボール族を食い止める二重に協力な呪文も編み出した。

ヤディスの肉体を脱ぎ捨てるまでの間、ズカウバ相《ズカウバ=ファセット》を休眠状態に保つ大量の薬物の備蓄——地球上では入手できないのだ——も入念に集め、地球上で使うささやかな黄金《おうごん》を蓄えることも怠らなかった。

出発の日は、疑いと不安の時間を過ごした。カーターは、三重星ナイトンに出発するという口実で、自身の外皮発射台《エンベロープ=プラットフォーム》に登り、輝く金属の鞘《さや》の中に這い入った。そこには銀の鍵の儀式を行えるだけの空間があって、彼は儀式を実行しつつ、ゆっくりと外皮《エンベロープ》を浮揚させ始めた。

日中なのに、ぞっとするような絶え間なく変動する暗闇が現れ、悍ましい苦痛に苛まれた。

宇宙が野放図にぐらついているようで、他の星座たちが黒々とした空に乱舞していた。

全く突然に、カーターは新たな平衡を感じ取った。恒星間の深淵《ガルフ》の冷気が彼の外皮《エンベロープ》の表層に食い込んで、彼は空間を自由飛行しているのを見て取った——彼が後にした金属の建物は、遥か昔に朽ち果てていた。

眼下では、地面が巨大なボール族に侵《おか》されていた。彼が見ている間にも、一匹が数百フィート［百フィートは約三〇・五メートル］の高さにまっすぐ立ち上がり、白化してねばねばした終端を彼に向けた。

しかし、彼の呪文が効果を発揮し、次の瞬間には無傷のままヤディスから離れていった。

Ⅶ

年老いた黒人の召使いがそこから本能的に逃げ出した、ニューオーリンズのあの奇怪な部屋において、スワーミー・チャンドラプトゥラの奇妙な声がさらにしゃがれたものとなっていた。

「皆さん《ジェントルメン》」と、彼は続けた。「特別な証拠をお目にかけるまで、こうしたことを信じて欲しいとは申し上げません。ですので、電子の活性化された薄い金属の外皮《エンベロープ》を纏った、名もない異星の実在者として、ランドルフ・カーターが数千光年――数千年の時間、計数の及ばない無数の距離《マイル》――に及ぶ宇宙を飛び抜けたという私の話は、神話のようなものとして受け取ってください。彼は最大限の注意を払って、仮死状態になる期間を計り、一九二八年ないしはその前後の地球に着陸するわずか数年前に、それが終わるよう計画していました」

「あの覚醒《めざ》めのことを、彼は決して忘れないでしょう。皆さん《ジェントルメン》、覚えておいていただきたいのですが、あの悠久の眠りにつく以前、彼はヤディスの異質で恐るべき驚異の只中で、地球年にして数千年もの間、意識を保ったまま生きていたのです。悍ましくも食い込む冷気が、威嚇的な夢の中断が、外皮《エンベロープ》の目板越しに垣間見たものがありました。星々、星団、星雲があらゆる方向に見えました――そしてついに、それらの輪郭が、彼が知っていた地球の星座にいくらか似ているものになったのです」

「いつの日にか、太陽系への彼の降下についてお話しできるかもしれません。彼は太陽系の周縁《リム》のキナース星とユゴス星を目にし、海王星の近傍《きんぼう》を通過してその表面をあばたにしている地獄めいた白い真菌を瞥見《べっけん》し、木星の霧を間近に瞥見《べっけん》したことで話したくもない秘密を学び、衛星の一つには怪異を目にし、そして火星の赤い円盤に不規則に広がる巨大な石造り《キュクローピアン》の廃墟をじっくりと眺めました。地球が近づいた時、彼には驚くほどの大きさに膨らんだ薄い三日月に見えました。故郷に戻ってきたという感動で、一瞬でも無駄にしたくないという思いに駆られながらも、彼は速度を緩めました。カーターから教えられたそれらの感動については、あなたがたにお話しするまでもないでしょう」

「さて、旅の終わりに向けて、カーターは地球の高層大気を漂って、西半球を太陽の光が覆うまで待機していました。彼は、自分が出発したところ――アーカム背後の丘陵地帯にある〈蛇の巣《スネーク＝デン》〉の近くに着陸したかったのです。あなたがたの誰かが長いこと故郷から離れているのなら――あなたがたの中のお一人がそうだと存じ上げておりますが――、うねる丘陵や大きな楡《にれ》の木々、節くれだった枝を広げる果樹園、古びた石垣といったニューイングランドの光景が、どのような影響を彼に与えたはずかについては、あなたがたにお任せしましょう」

「彼は明け方に、昔のカーター家の地所の下手《しもて》にある牧草地に着陸し、誰もおらず静まり返っていたことに感謝しました。出発した時のように秋で、丘陵の匂いが魂の慰めになりました。彼は金属製の外皮《エンベロープ》をどうにか材木置き場の斜面に引っ張り上げて、〈蛇の巣《スネーク＝デン》〉の中に入れましたが、根っこに塞《ふさ》がれた内部洞窟への裂け目の向こうに入れることはできませんでした。異星人の肉体を、必要になると考えていた人間の衣服と蠟の仮面で包んだのもそこでした。ある状況によって新しい隠し場所が必要になるまで、彼は一年以上も外皮《エンベロープ》をそこに置いていました」

「彼はアーカムへ歩いていき——はからずも、地球の重力に対抗して、人間の姿勢で肉体を動かす練習になったわけです——、銀行で黄金《おうごん》を金銭に換えました。また、いくつかの質問をして——あまり英語を知らない外国人のふりをしながら——、狙った年のわずか二年後の一九三〇年だとわかりました」

「もちろん、彼の立場は恐ろしいものでした。彼は自分の身元を主張することもできないまま、常に警戒しながら暮らすことを余儀なくされたのです。食事についてもある種の困難が伴い、ズカウバ相《ズカウバ＝ファセット》を休眠状態にしておく異星の薬物を保存する必要もありましたので、彼はできるだけ早く行動しなければならないと感じました。ボストンに行き、安く、目立たずに生活できる、寂れたウェスト・エンドで部屋を借りると、すぐにランドルフ・カーターの遺産や動産についての問い合わせに着手しました。こちらのアスピンウォール様が遺産を分割したがっておられ、ド・マリニー様とフィリップス様が勇敢にもそれを手付かずのままにしようと努力しておられることを彼が知ったのは、その時のことです」

ヒンドゥー人はお辞儀をしたのだが、浅黒く穏やかで、びっしりと顎鬚を生やした顔には、何の表情も浮かばなかった。

「間接的ではありましたが」と、彼は続けた。「カーターは失くしてしまった羊皮紙の良質な写しを確保して、それを解読する作業に取り掛かりました。こうした全てについて、私がお手伝いできたことをお話しできるのは、嬉しい限りです——彼はかなり早いうちに私に要請し、私を通して世界中の他の神秘家たちと連絡を取り合うようになったのです。私は彼と一緒に生活するべくボストンに赴きました——チェンバース・ストリート[35]のみすぼらしい住まいでしたよ。羊皮紙につきましては——当惑なさっておられるド・マリニー様を、喜んでお助け致しましょう。申し上げさせていただきますが、あれらの象形文字の言語はナアカル語ではなく、計数の及ばない歳月の昔に、クトゥルーの眷属《スポーン》によって地球にもたらされたルルイェ語[36]なのです。もちろん、それは翻訳されたものです——数百万年前には、ツァス＝ヨの原初の言葉[37]で記されたヒュペルボレイオスの原典《オリジナル》があったのですよ」

「解読は、カーターが予期していた以上に手間がかかりましたが、彼は決して希望を諦めませんでした。今年の初めに、ネパールから取り寄せた書物のお陰で大きな進展があり、遠からず成功を収めることは疑いようがありません。ですが、不幸なことに、困難がひとつ発生しました——ズカウバ相《ズカウバ＝ファセット》を休眠状態に保つ異星の薬物がなくなってしまったのです。もっとも、恐れていたほどの大きな災難ではありませんでした。カーターの人格が体内で増大していて、ズカウバが最上位に来る時も——徐々に期間が短くなって、今では尋常でない興奮に喚び起こされる時くらいのものです——、彼は大抵頭がくらくらして、カーターの作業を台無しにするほどではありません。ヤディスに連れ戻してくれる金属の外皮《エンベロープ》も見つけられずにいます。一度はもう少しで見つけるところだったのですが、ズカウバ相《ズカウバ＝ファセット》がすっかり潜在的になっていた時をとらえて、カーターが改めて隠してしまったのです。彼がやらかした損害と言えば、せいぜいが何人かの人々を怖がらせ、ボストンのウェスト・エンドのポーランド人やリトアニア人の間で、ある種の悪夢めいた噂を呼んだ程度です。これまでのところ、彼はカーター相《カーター＝ファセット》の準備した入念な変装を損《そこ》なったことはありませんが、振り捨ててしまうことがあるので、部品を交換しなければなりません。

私は変装の下にあるものを見たことがあります――まあ、見て気持ちの良いものではありませんよ」

「一ヶ月前、カーターはこの会合の広告を見て、自分の財産を護るために、ただちに行動しなければならないことを知りました。羊皮紙を解読して、人間の姿に復帰するのを待つことはできませんでした。それで、彼は私を自分のために行動する代理人とし、その立場で私はここにいるのです」

「皆《ジェントルメン》さん、私はあなたがたに、ランドルフ・カーターは死んでいないと申し上げます。彼は一時的に異常な状態に置かれておりますが、二、三ヶ月以内には相応《ふさわ》しい姿で表に現れ、自身の財産の保護を要求できるでありましょう。必要であれば、証拠を提示する用意があります。したがって、私はこの会合を無期限に延期していただけるよう要求する次第です」

Ⅷ

ド・マリニーとフィリップスが、催眠術をかけられでもしたかのように、ヒンドゥー人を見つめる一方で、アスピンウォールは鼻を鳴らしたり唸ったりしていた。老弁護士の嫌悪感は、今やあからさまな憤怒に沸き返り、血管の浮き出た拳を卒中の発作のようにテーブルに叩きつけた。

彼が口を開くや、吼《ほ》えるような調子の罵声が迸《ほとばし》った。

「この莫迦《ばか》げた話はいつまで続くのだ？　儂《わし》は、この狂人――このペテン師――の話を一時間も聴いておったが、あつかましくもランドルフ・カーターが生きていて――正当な理由もなく財産分与を延期しろなどと忌々しくもぬかしおるとは！　ド・マリニー、あんたはどうしてこの与太者を放り出さんのか？

あんたは儂ら皆を、食わせものだか白痴《はくち》だかの標的に仕立てるつもりなのかね？」

ド・マリニーは無言で両手をあげ、穏やかに告げた。

「ゆっくりと、明確に考えようじゃないか。これはきわめて異例の話だが、いささか心得のある神秘家である私としては、決してありえない話ではないと認識できる点がいくつか、この話にはあるのだよ。さらに言えば――私は一九三〇年以来、彼の説明に合致《がっち》する書簡をスワーミーから受け取っている」

彼が話を中断すると、老フィリップス氏が思い切って言葉を発した。

「スワーミー・チャンドラプトゥラは、証拠について話されました。私も、このお話には意義深いことがあると大いに認めるところがありますし、それに私自身もこの二年間、スワーミーから奇妙にも確証を強めるお手紙を何通もいただいております。これらの文章のいくつかは、いささか度が過ぎているものもありましたがね。何かしら、お見せいただける具体的なものはないのですか？」

スワーミーの感情のない顔がようやく、ゆっくりしたしゃがれ声で応《いら》えを返し、話しながらゆったりした上衣《コート》のポケットから、あるものを取り出した。

「ここにいらっしゃる方々はどなたも、銀の鍵それ自体をご覧になったことはないはずですが、ド・マリニー様とフィリップス様はそれが映っている写真を見られたことがありますね。こちらのものに、見覚えはございませんか？」

彼は大きな白い二叉手袋《ミトン》をはめた手で、光沢が曇った銀製のずっしりと重い鍵――だいたい五インチ［約一二・七センチメートル］の長さがあり、未知の全く異国風の拵《こしら》えで、ひどく奇怪な象形文字が隅から隅まで覆い尽くしている――を、ぎこちなくテーブルの上に置いた。ド・マリニーとフィリップスは息を呑んだ。

「それだ！」と、ド・マリニーは叫んだ。「カメラは嘘をつかない。私が見誤るはずはない！」

しかし、アスピンウォールが既に言い返し始めていた。

「莫迦者どもが！　いったいそれが何の証明になるというのだ？　もしその鍵が儂のいとこのものだというなら、この外国人――この忌々しい黒んぼ――に、どうやってそいつを手に入れたのか説明してもらわにゃならんのだぞ！　ランドルフ・カーターは四年前にこの鍵を持って失踪したんだ。彼が強盗に遭《あ》ったり、殺されたりしていないと、どうして儂らにわかるのだ？　奴は半分頭がおかしくなっていたし、輪をかけておかしい連中と付き合っておったのだぞ」

「こっちを見るんだ、この黒んぼめ――貴様はどこでその鍵を手に入れたんだ？　貴様がランドルフ・カーターを殺したのではないのか？」

異常なほど穏やかなスワーミーの表情には、何の変化も生じなかった。しかし、その背後にあるよそよそしく、虹彩のない黒い双眸が、危険なまでに燃え上がった。彼はたいそう苦しげに話をした。

「どうか自制なさってください、アスピンウォール様。私に提示できる別の形態の証拠もありますが、皆さんにひどい影響を与えるのです。理性的になろうではありませんか。こちらに、ランドルフ・カーターの見間違えようもない筆跡で、明らかに一九三〇年以降に執筆されたいくつかの書類もあります」

ド・マリニーとフィリップスが混沌とした思いを抱き、この上ない驚異の兆しを感じながらじっと見つめる中、彼はゆったりした上衣《コート》の中からぎこちなく長い封筒を取り出すと、興奮でしどろもどろになっている弁護士に手渡した。

「もちろん、書かれているものはほとんど判読できません――ですが、ランドルフ・カーターが今や、人間の筆記文字を形作るのにきちんと適応した手を持たないことに、ご留意いただければと」

アスピンウォールは慌ただしく書類に目を通し、目に見えて困惑したが、態度を変えはしなかった。

部屋は興奮と名状しがたい恐怖にぴんと張り詰めて、棺型の時計が刻む異界的なリズムは、ド・マリニーとフィリップスにとってほとんど悪魔的な音色に聴こえるほどだった――だが、弁護士は何の影響も受けていないようだった。アスピンウォールが再び話しだした。

「こいつはどうも、巧妙に偽造されたものに見えるぞ。さもなくば、ランドルフ・カーターが良からぬ目的を持つ連中に強制されて書かされたものかもしれん。やることはひとつだけだ――このペテン師を逮捕させるのだよ。ド・マリニー、警察に電話をかけてくれないか？」

「待ちたまえ」と、主人《ホスト》は答えた。「この件に警察が必要とは思えない。私には、ひとつの考えがある。アスピンウォール殿、この紳士は真の学識に達した神秘家なのだよ。その彼が、ランドルフ・カーターの信任を受けたと仰《おっしゃ》っている。そうした信任を受けた者にしか答えられないような質問に答えられれば、あなたにも得心が行くのでは？　私はカーターのことをよく知っているので、そういう質問をすることができる。良いテストになるはずの本を一冊、持ってくることにしよう」

彼は書斎に通じている扉に向かい、ぼんやりしたフィリップスが無意識のような様子で後に続いた。アスピンウォールはその場に残って、異常なほど感情のない顔で対座しているヒンドゥー人を、じっくりと見つめていた。チャンドラプトゥラがぎこちなく銀の鍵をポケットに戻した時、突然、弁護士がしわがれ声の叫びをあげて、ド・マリニーとフィリップスは移動の途中で足を止めた。

「おお、神かけてわかったぞ！　このゴロツキは変装しておるのだ。こいつが東洋のインド人だなどと、儂は信じるものか。その顔——それは顔なんかではない、仮面ではないか！　こいつの話を聞いてそんなこともあるかと考えはしたが、よもや本当だったとはな。ぴくりとも動かんし、ターバンと顎鬚が端を隠しておるのだ。こやつはありふれた詐欺師なのだ！　外国人ですらないぞ——儂はこいつの言葉を注視しておった。こいつはヤンキーあたりよ。それに、あの二叉手袋《ミトン》を見てみるがいい——指紋から足がつくことをわかっておるのだ。忌々しい奴め、儂がその化けの皮をひっぱがして——」

「止《や》メろ！」

しゃがれた、妙に異質なスワーミーの声には、単なる地球上の恐怖を超えた声音があった。

「必要であれば提示できる別の形態の証拠もあるとは言ったが、そうさせないで欲しいと警告したぞ。この赤ら顔のおせっかいな老人の言う通り——私は実のところ東洋のインド人ではない。この顔は仮面だが、それで覆っているのは人間ではないのだ。他のものたちは推測していたはず——さっきから、そう感じているぞ。私が仮面をはずしたら、ひどいことになる——私に構うな、アーネスト。それとも、私こそがランドルフ・カーターだと、きみに言えば良いのだろう」

誰もが、身動《みじろ》ぎひとつしなかった。アスピンウォールは鼻を鳴らし、はっきりしない動きをした。部屋の反対側にいるド・マリニーとフィリップスは、その赤ら顔の動きを目にして、彼に直面しているターバンを身につけた人物の背中をじっと見つめた。

時計が時を刻む異常な音は悍《おぞ》ましいほどで、鼎の煙霧と揺れるアラス織りが死の舞踏を演じていた。

半ば喉の詰まった弁護士が、沈黙を破った。

「そんなはずがあるものか、この詐欺師め——儂を怖がらせようったって、そうはいかんぞ！　貴様が仮面を剥《は》ぎ取られたくないというのなら、それなりの理由があるのだろうさ。おおかた、儂らの知っている誰かなのだろうて。さあ、そいつを外して――」

彼が前方に手を伸ばすと、スワーミーは二叉手袋《ミトン》に包まれたぎこちない一方でその手を摑み、驚きと苦痛の混ざり合う奇怪な叫びがあがった。

ド・マリニーは二人に近寄りかけたが、ヒンドゥー人もどきの抗議の叫び声が、全くもって説明のつかない震動や唸りのような音に変わったので、困惑のあまり足を止めた。

アスピンウォールの赤ら顔に憤怒《ふんぬ》が荒れ狂い、彼は自由な方の手をふさふさした顎鬚《あごひげ》を目掛けて突き出した。今回は摑むことに成功し、死に物狂いで引っ張ると、蠟で作った顔面がそっくりターバンから抜けて、卒中を起こしそうな弁護士の握った拳に残った。

まさにその時、アスピンウォールが喉にかかる恐ろしい叫びをあげ、フィリップスとド・マリニーはこれまで人間の表情に見たことのないような、気違いじみて深刻な、悍ましい、純然たる恐慌の癲癇《てんかん》で、彼の顔が痙攣《けいれん》するのを目の当たりにした。

その間、スワーミーを偽ったものは、彼のもう一方の手を離し、頭がくらくらしているような様子で、この上なく異常な性質の唸るような雑音を立てながら立ち尽くしていた。

やがて、ターバンを着けたものは、およそ人間とは思えない奇妙な前屈みの姿勢になり、宇宙的で異常なリズムを刻む棺型の時計の方へと、すり足を思わせる妙に興味をそそる足取りで移動し始めた。

今や曝《さら》け出された顔は反対側を向いているので、ド・マリニーとフィリップスは、弁護士の行為が露《あら》わにしたものを見ることができなかった。

次いで、彼らの注意は床に倒れているアスピンウォールに向けられた。体を縛っていた呪縛は解かれたのだが——彼らが近くに行った時、弁護士は既に亡くなっていたのである。

すり足で退却していくスワーミーの方に素早く目を向けると、ド・マリニーはだらりとぶらさがる腕の一本から、大きな白い二叉手袋《ミトン》が意図せずに脱げ落ちるのを見た。乳香の煙霧が濃厚で、わずかに見えたのは、剝《む》き出しになった手はどうやら長くて黒いという、それくらいのものだった。

クレオールが退却するものに追い縋《すが》る前に、年老いたフィリップス氏が肩に手を置いて引き止めた。

「いけません」と、彼は囁いた。「何を相手にすることになるかもわからんのですぞ——あなたもご承知の異なる様相《ファセット》——ヤディスの魔法使い、ズカウバかもしれないのです……」

ターバンを身に着けたものが今しも異様な時計のところに到達し、濃厚な煙霧越しに注視していた者たちの目には、背の高い象形文字が刻まれた扉を、ぼんやりした黒い鉤爪がまさぐるのが見えた。まさぐっているうちに、カチリという奇妙な音がした。すると、そのものは棺型の匣《はこ》の中に入り、続いて扉を閉めたのである。

ド・マリニーはもはや我慢してはいられなかったが、彼が時計のところにやって来て開いてみると、そこは空っぽになっていた。時を刻む異様な音が響き続け、神秘的な門の開口部の全てに通底する、暗澹たる宇宙的リズムを打ち出していたのである。

床には大きな白い二叉手袋《ミトン》が落ちていて、顎鬚を生やした仮面を握りしめた男の死体があったが、それ以上のものを明らかにしてはくれなかった。

一年が過ぎても、ランドルフ・カーターの消息が聞こえてくることはなかった。

彼の財産については今なお、法的な決着がつかないままとなっている。

「スワーミー・チャンドラプトゥラ」なる人物が、一九三〇年、三一年、三二年と、様々な神秘家に問い合わせの手紙を送ったボストンの住所には、事実、奇妙なヒンドゥー人が住んでいたのだが、ニューオーリンズの会合の開催日の少し前に引き払い、以後、その姿が見られたことはない。

彼は浅黒く、無表情で、顎鬚を生やしていたということで、彼の家主はその浅黒い仮面——正式に見せられたのである——の見かけが、彼にそっくりだと思っている。とはいえ、地元のスラヴ人たちが密やかに噂する悪夢めいた幽霊と何かしらの関連性があるなどと、彼は疑ったこともなかった。

アーカムの背後にある丘陵地帯では、「金属製の外皮《エンベロープ》」が捜索されたものの、これまでのところそうしたものは見つかっていない。

ただし、アーカムのファースト・ナショナル・バンク[*38]の行員は、一九三〇年一〇月にわずかばかりの黄金《おうごん》を現金化した、奇妙なターバンを身に着けた人物のことを覚えていた。

ド・マリニーとフィリップスは、その件をどのように処理すれば良いものか途方に暮れている。

結局のところ、何が証明されたというのだろうか。

話があった。一九二八年にカーターが大量にばらまいた写真の一枚をもとに偽造されたかもしれない、一本の鍵があった。書類があった——決定的なものでは全くなかったのだが。仮面を着けた見知らぬ人物がいたものの、仮面の背後にあったものを見て、生きているものは果たしているのだろうか。

緊張と乳香の煙霧の只中で、時計の中に消えるという行為は、その二つに引き起こされた二重の幻覚だったのかもしれない。ヒンドゥー人たちは、催眠術について多くの事を知っているのである。

理性は、「スワーミー」がランドルフ・カーターの財産に狙いを定めた犯罪者なのだと宣言する。だが、検死官によれば、アスピンウォールの死は衝撃によるものだということだ。果たして、その衝撃を引き起こしたのは、憤怒《ふんぬ》だけだったのだろうか。

それに、あの物語の中にあったいくつかの事……。

風変わりな模様のあるアラス織りの壁掛けが吊り下げられ、乳香の煙霧に満たされた広々とした部屋の中で、エティエンヌ＝ローラン・ド・マリニーは、しばしば椅子に腰を下ろしては、あの象形文字の刻まれた棺型の時計の刻む異様なリズムに、漠然とした感興を覚えながら耳を傾けるのだった。

「幻影の君主」

エドガー・ホフマン・トルーパー・プライス

彼らはランドルフ・カーターとかいう名の人物と、彼がそれを用いて、我々が現実と呼ぶこの三次元の幻想から、我々が幻影と名付けた超空間世界へと入り込もうとする人間の進行を阻む数々の門の階層を解錠しようとしたという、銀の鍵についての話をしていた。

聞く所によるとランドルフ・カーターは、古風な細工が施され、長年使われずにいたことで青黒くくすんでいたので、刻まれていた神秘的なルーン文字が、その異様な音節を解読できたかもしれない者の目にもほとんど判読できなくなっていた銀の鍵を見つけるや、ただちにアーカムにある先祖伝来の屋敷に赴いたということである。そして、彼はそこで古い時代に〈蛇の巣《スネーク・デン》〉と呼ばれていて、土地の者が寄り付かず、長居する者はさらにずっと少ない、人目につかぬ気味の悪い場所にある深い洞窟を探っていたのだとか。その日以来、カーターは姿を消し、〈幻影の地〉に入り込むという自身の昔からの夢を達成したのだとほのめかされていた。

記録はそこで終わり、未完結であることのみが絶妙な美しさを損《そこ》なっている物語が後に残された。

その学識ある記録者は恐らく、同時代の誰よりも深く神秘の領域と超宇宙的な深淵《アビス》の底を見通していたのだろうが、知っていたことのみを開示し、疑っていたことをほのめかすのみにとどめた。

しかしながら、四年の歳月が経過し、あれこれの驚くべき進展を経て、十分に根拠のある確信がもたらされた。つまり、ランドルフ・カーターは空想の中で当たりをつけた後、ついには直接探索に赴いて、深淵《ガルフ》の中に永遠に消えてしまったわけではないというのである。

これらの断片的な証拠の最後に現れたものが、ある供述を裏付けているのだが、それによって記録者の直感は驚くほど正しく、ただ詳細を欠いていたに過ぎないことが明らかになりつつある。

ここで思い出していただかねばならないのは、ランドルフ・カーターが失踪したあの日、車の中に彫刻の施されたオーク材の箱を残していったことである。彼は、空間と時間の広漠な回廊を自由に進むことを阻む連続的な扉の鍵を開けて、シャダッドがその恐るべき天才によって、アラビア・ペトラエアの砂漠の只中に千柱のイレムの巨大な円蓋と無数の光塔《ミナレット》を築き上げ、秘匿《ひとく》して以来、何人《なんぴと》たりとも越えたことのない真なる〈境界〉へと導く、あの古びた銀の鍵を携えていった。

半ば飢えた修道者《ダルウィーシュ》や喉の渇きに錯乱した遊牧民が引き返してきては、わずかに目にした途方もなく巨大な正門や、アーチ上の要石《かなめいし》に彫刻されていた手のことを話したが、その門を通り抜けた者はおらず、戻ってきた上で柘榴石《ガーネット》が散らばる砂漠に訪問の証拠となる足跡をつけたと告げる者もいなかった。

それゆえカーターは、彫刻の手が虚しくも摑もうとしていると言われる鍵を携えていったのだ。

しかし、無知あるいは勝利の喜びによる失念によるものか、カーターは彫刻の施されたオーク材の不穏な箱の中に見つかり、彼の失踪の数日後に議論や虚しい調査を引き起こすこととなった、羊皮紙の文書を後に置いてきてしまったのである。

そこに葦《あし》で書き記された文字が失われた言語に精通する学者をも困惑させることとなった黄ばんだ羊

皮紙は、カーターの失踪を最初に説明しようとした記録者の手に渡った。しかし、その後の出来事——とりわけ一九三二年の夏のニューオーリンズにおける予期せぬ出会いを踏まえると、ランドルフ・カーターは鍵だけでなく巻物も持っていった方が良かったのではないかと思われるのだ。

少なくとも、それがある老人の主張だった。その老人はじっと身動《みじろ》ぎせず、時にぶつぶつと呟《つぶや》くのを除いて黙りこくり、座っている赤葡萄酒色《ワインレッド》のボハラ絨毯の隣に置かれ、香煙を立ち上らせている風変わりな錬鉄製の三脚香炉に時折、乳香を補充していたものだった。

ともあれ、あの巻物やぶつぶつ呟く老人については、そのうちさらに触れることになるだろう。

ランドルフ・カーターはポケットに銀の鍵を携え、勝手知ったる道程《みちのり》を辿っていったのだが、長いこと使われていなかった小道は殆ど消えかけていた。その日の午後、カーターは花崗岩の丘の中腹にある割れ目が、奇《く》しくも壁に囲まれたある都市の門の両側にある無骨な稜堡《りょうほ》のように見えるのに気がついた。

しかしこの変化は、カーターの心を乱すどころかその日、その時の幸運を彼に確信させたのだった。そして、不幸なことに鍵を持っていることで気分が高揚した彼は、学者らしい忘れっぽさも相俟《あいま》って、巻物が必要になる可能性をすっかり失念してしまったのである。

とはいえ、何年か前に似たような巻物をカーターと共に敢えて解読したある人物を見舞った運命のことを考えると、カーターはあの禍々しい文書を自分が侵入《はい》りこもうとしている未知の領域に持参しない方が賢明だと考え、故意に置き棄《す》てていったのかも知れない。

カーターは仄暗い闇の中に大股で歩み入り、ポケットから銀の鍵を取り出した。そして、彼が控えの間と見なしていた今いる洞窟の背後にあることを知っている、狭い裂け目の向こう側を照らそうと懐中電灯を取り出したのだが、十分な照明があるとわかって一瞬だけ驚きを覚えた。

それで、彼は懐中電灯を棄て、今や自分の通行証であることを悟った鍵を手にして、少年だった頃に一度だけ探検したことのある天井の高い洞窟があるはずのところへ進んでいった。

しかしながら、彼の予想を上回る事が起こった。そして、しばし混乱している間に、彼は窖《あなぐら》に入って行った時、礼儀正しく挨拶をしてきた老人がいたことに気づかなかった。何とも不思議なことに、カーターが入ったのは、洞窟ではなく広大な房室の中だったのである。

彼の頭上には湾曲した半球状の天井が見渡す限りに続いており、円蓋の無限の大きさとそれを内包しているはずの丘の外側の大きさを摺り合わせようとする一切の比較を取るに足りないものとした。

部分が全体をいかにして超えられるのか、彼は疑問に思った。それから、この広漠な窖《あなぐら》はそれを中心に含むおそらくは湾曲した丘の一部ではないかもしれないし、そうである必要もないのだと悟った。

窖《あなぐら》を支えている巨大な石柱の数々がカーターの注意を捉え、彼は近づいてくる礼儀正しい老人に未だ気づいていなかった。その荒々しいまでの巨観《きょかん》にカーターは狼狽《ろうばい》し、自然の力にせよ、いかなる石工《いしく》の鑿《のみ》にせよ、岩をこれほど荘厳にして堂々たる簡潔さに加工はできないだろうという印象を彼に与えた。

束の間、彼は円蓋の曲がり具合をどう表現すれば良いかと思案した。最初に考えていたような真の半球状ではなく、球面にはとどまらず公転周期の楕円面とも彼がよく知っていた放物面ともつかない曲率を持っていることを、今しがた認識したのだった。

その時、カーターは唐突に、老人の礼儀正しい挨拶に返事をしていなかった事に気がついて、やや戸惑いながらも己の非礼を正そうと思った。とはいえ、どのような言葉や挨拶を返すのが適切なのかわからなかった。この老人にも、あるいは誇らしげに頭部を保ち、厳粛でスフィンクスめいた顔立ちを備え、直立した人物にわずかなりとも似ている人間に会ったことがなかったので、「こんなところであなたにお会いできるとは思いませんでした」という具合の凡庸な発言をすべきでないことは明らかだった。

というのも、少しばかり考えた後で、あたかもその窖《あなぐら》自体よりも古ぶるしいものに見える双眸の煌《きら》めきが、威厳ある佇まいを和らげているこの人物に出会うことこそが、世界中のあらゆる物事の中で最も適切な事に思われたのである。その上、カーターは彼に話しかけるべき言語を知っているとも思えず、その言語の名前すらわからないときている。

そして、相手をじっと見つめ、ばつが悪く思い、鍵の事も忘れてしまったカーターは、最終的にこの人物が人間であるかどうか疑いを抱くに至った。彼は、〈霊《プレゼンス》〉を前にしているように感じたのである。

「我々は、汝《なんじ》を待っていたのだ」と、その髭を生やした賢人はカーターにも理解できる言語で告げた。

「歓迎しよう、遅れはしたがな。汝は鍵を携え、それらの戸口は汝の試しを待っているのだ……」

束の間、言葉を止めてから彼は話を続け、カーターが適切に答えられないことを見越してこう言った。

「汝に勇気があるのであればな」

最後の言葉に威《おど》すような響きはなかったが、それでもカーターはその話の意味するところに戦慄《せんりつ》した。ランドルフ・カーターの魂と、彼以前の夢見がちなカーターたち全てから受け継いだものが、意味を理解するというよりも感じたのであり、〈霊〉の言う門戸を通過することの危険性に戦慄したのである。

「私はウムル・アト＝タウィル、汝の案内者だ」と、老人は言った。「ともあれ、そう呼ぶが良い。何しろ、私には数多《あまた》の名があるのでな」

　クーファ体［『クルアーン』に用いられたアラビア文字の書体］で書かれた古ぶるしくも禁断の『ネクロノミコン』に言及されている名前を聞いて、カーターが目に見えて狼狽したのに気づいて、彼は微笑んだ。その不浄なる書物を彼は一度、ただの一度だけ、敢えて精読したことがあったのだ。

　であれば、この〈霊〉こそがウムル・アト＝タウィル、狂えるアラブ人アブドゥル・アルハズレッドがおぼろげに書き記し、不穏にもこのように告げているあの〈古なるもの《エンシェント・ワン》〉なのだ。

〈かくて、無謀にも〈帳《ヴェール》〉の彼方を垣間見んとし、〈彼の者〉を案内者として迎えんとする輩《やから》ありけるも、その輩〈彼の者〉との交渉を避けるべくより賢明になるべし。何となれば、『トートの書』にひと目のみ見ることの代償も恐ろしきものと記されたればなり。往《ゆ》きし者の絶えて帰らぬは、我らが世界を超越する広漠に潜みしものに捕《とら》わるるためなり。夜闇の恐ろしきものども、創造の悪しきものども、墓のひとつひとつに在ることの知らるる秘《かく》されし出口に立ち、其処に棲むものより生ずるものを糧とする〈監視者《ウォッチ》〉といったものどもがそれなり。このものどもは、〈門口《ゲートウェイ》〉を護《まも》りしもの、軽佻《けいちょう》浮薄《ふはく》なる者をこの世界の彼方なる領域と、その名付けられざりし名状しがたき〈貪るものども《デヴァウラー》〉のもとに案内《あない》するものよりも力で劣る。何となれば、〈彼の者〉こそはウムル・アト＝タウィルであり、その意味するところは〈最古なるもの《モスト・エンシェント・ワン》〉にして、写字生が〈生き永らえしもの〉と書き表せしものなれば〉

「いかにも、私がその〈最古なるもの《モスト・エンシェント・ワン》〉である」と、ウムル・アト＝タウィルは告げた。「そして、もし汝が恐れるのなら、ランドルフ・カーターよ、安全かつ無傷のまま、ただちに立ち去ることもできよう。だが、汝が前進を選ぶのであれば――」

その中断は不吉だったが、〈古なるもの《エンシェント・ワン》〉の笑顔は感じの良いものだった。

カーターは、狂えるアラブ人が恐ろしくも冒瀆的にほのめかしたことや、失われた『トートの書』からの抜粋が、あるいは羨望から来るものなのか、カーターが今まさに成し遂げようとしていたことを自らも企てようとして果たせなかった挫折感から来るものではないかと訝《いぶか》った。

「前進するつもりです」と、カーターは宣言した。

「そして、あなたを案内者として受け入れます、ウムル・アト゠タウィルよ！」

カーターの声は、それを口にした時、彼自身の耳に奇妙にも反響して聴こえてきた。彼はその時、自身の返答に反響したのが、三人の無名の学究《がっきゅう》を除いて、死に絶えたと思われてきた言語――英語に対するラテン語のような関係にある、アムハラ語に対するゲエズ語であることに気がついた。

ウムル・アト゠タウィルは、了承の意を身振りで示した。続いて、彼は左手で別の印《サイン》を作ったのだが、奇妙な動作と異様な指の位置に気づきつつも、カーターはもはや動揺を克服していた。

ランドルフ・カーターは今しも自分が門口に近づいていることを知り、代償が必要なのだとしても、彼のガレー船で「トランの黄金《きん》色の尖塔を尻目にオウクラノス川を遡り、筋目の入った象牙の列柱のある忘れ去られた宮殿が月の下《もと》、終わることのない心地よい眠りについているクレドの香り高き密林を、彼のいる象の隊商《キャラバン》が重い足音を立てて歩み過ぎ」ることができたのだった。

故に、彼は危険については忘れることにした。

しかし、案内者についていこうと進み出す前に、ちらりと振り返ってみると、自分が入ってきた裂け目が今や閉じられて、広漠な窖《あなぐら》には硫黄の青い炎のような光線や帯が横向きに射し込んでいる、緑がかった煙霧《えんむ》が充満しているのに気がついた。そして、〈最古なるもの《モスト・エンシェント》〉についていきながら、その窖《あなぐら》が当初考えていたような無人というわけでもないと認識した。

湾曲した壁に沿って低く垂れ込める煙霧の中に、彼は黒曜石《オブシディアン》で出来ている六角形の角柱《プリズム》に座っている、顎鬚を生やした一団の男たちの姿に気がついた。そして、六角形の玉座に彫り込まれた彫刻の細部が見えるほどに接近した時、少し前から感じていたことを意識的に理解し始めた。つまり、彼は全《まった》き人間ではない者たちの前にいたのである。

どうして彼らが人間の姿をしているのか、カーターは不思議に思った。しかし、カーターは今や一切の恐怖を克服し、死に物狂いの決意に燃え上がっていた。

「私がこの探求を熱望していないというなら」

窖《あなぐら》の金属のように輝く青い砂の地面に足を沈み込ませながら、彼は返答した。

「我が肉体は私の魂が死んだ後も、何年も生き続けたことでしょう。それゆえ、こうした冒険に直面するのは結構なことなのです。何故って、聖職者や医者に鎖でがんじがらめにされてみじめに朽ち果てているのだとしたら、人間は何のために自分の魂を救おうとするのでしょうか？　もしも私が最期の時に、かくの如くかつて失われたものなど何もないと言うことさえできるのであれば、この崇高な冒険の中で魂が失われてしまった方が良いのです」

彼は、座している者たちが長い顎鬚を生やして四角に切り揃え、全く見慣れないというわけでもないやり方でカールをかけているのを目にした。そして、彼らが着用する背の高い灰色の司教帽《マイター》は、忘れ去られた彫刻家がタタールの高峰の永久不変の断崖の上に刻み込んだ彫像の数々を、奇妙にも連想させた。彼は、この者たちが誰に仕《つか》えているのかを、奉仕の代価のことと併せて思い出した。

それでもなお、カーターは満足だった。一度の大きな冒険で、全てを知ることになっていたからだ。

それに、「忌々しい」というのは、盲目の輩《やから》が片目でもはっきりと物の見える彼を非難するために用いがちな言葉に他ならないのである。

彼らは、頭の部分に古代の秘儀の象徴が彫り込まれている笏《しゃく》を各々《おのおの》が手にしていた。彼らが何者で、どこからやって来るのかはっきり知っていたにもかかわらず、カーターは前進して良かったと考えた。

悪意ある〈古なるものども《エンシェント・ワンズ》〉について、〈彼の者〉らがわざわざ永遠の夢を中断して、人類に天罰を与えるなど讒言《ざんげん》する者たちの途方もない自惚《うぬぼ》れを、カーターは訝《いぶか》った。恐竜が魚釣り用のミミズを相手に半狂乱の復讐をしようと追いかけ回すようなものだと、彼らの顔を見つめながら思ったものである。

彼らは、奇妙な彫刻のある笏《しゃく》を動かしてカーターに挨拶し、一斉に声を合わせて話しだした。

「我らはあなたに敬意を表します、〈最古なるもの《モスト・エンシェント・ワン》〉よ。そしてあなた、ランドルフ・カーターにも。無謀にも我らの一員となったのであるから」

カーターは、角柱の玉座が彼のためにもそこに用意されていることを知り、〈最古なるもの《モスト・エンシェント・ワン》〉は着座するよう身振りで示した。自分の玉座へと大股で歩いていくと、金属のように輝く青い砂が足下《あしもと》でざくざくと音を立てた。

それから、〈最古なるもの《モスト・エンシェント・ワン》〉自身も三日月形に並んだ〈古なるものども《エンシェント・ワンズ》〉の中心にある同じような、しかし遥かに高い玉座に座しているのが見えた。

すると、ウムル・アト＝タウィルは前屈みになり、自身の玉座の足下の砂地から、虹色に煌《きら》めく金属の鎖を取り上げた。鎖の終端の環には、銀の帯が取り巻いている一個の球が固定されていた。

彼は手を伸ばして、その装置を〈同　胞《コンパニオンズ》〉に見せるべく掲げ持った。それから、彼はカーターに話しかけた時のような、世に知られぬ朗々と響き渡る言葉で詠唱し始めた。その詠唱は、カーターというよりはむしろ黒曜石の玉座に座した〈古なるものども《エンシェント・ワンズ》〉に向けられていた。

主人が握る鎖の終端で、焔をあげて燃えあがりながら脈動する球体をじっと見つめるうちに、彼らの煌めく目が恐ろしげなこの世のものとも思えぬ燐光を放つのをカーターは目にした。

彼らは詠唱の韻律に合わせて揺れ動き、一人また一人と声を上げていき、ついには大合唱となって、太鼓の鳴り響く音やトランペットを吹き鳴らす音のように、窖《あなぐら》全体に押し寄せ、轟き渡った。

緑がかった焔の栄光《ハイロウ》が〈主人《マスター》〉の詠唱の鼓動に頷《うなず》く彼らの頭上でゆらゆらと揺れ、幾条もの光線が彼らの眼前を飛び交った。

やがて、一人また一人と彼らは沈黙を再開し、最終的に〈主人《マスター》〉の声しか聴こえなくなった。

カーターは〈古なるものども《エンシェント・ワンズ》〉が眠っていることを感知し、彼らが自分《カーター》を解放するために覚醒《めざ》める前の微睡《まどろ》みの中で、どんな夢を見ているのだろうかと思案した。その時になって初めて、カーターは〈主人《マスター》〉が〈同　胞《コンパニオンズ》〉に話しかけている言葉と、その意味を理解し始めたのだった。

〈最古なるもの《モスト・エンシェント》〉が詠唱によって彼らを深い眠りに送り込み、その深奥において〈古なるものども《エンシェント・ワンズ》〉は測り知れない広漠たる広がりを沈思黙考しているのだとカーターは知った。彼の霊が彼らに要求したことを、彼らがいかにして成し遂げるつもりなのかを彼は知った。〈最古なるもの《モスト・エンシェント》〉は、彼らに夢見させたいと思う事物のイメージを彼らの耳に詠唱として聴かせていたのである。

そして、〈古なるものども《エンシェント・ワンズ》〉の各々《おのおの》が、ウムル・アト゠タウィルの命令した思考を思い描くと、カーターの双眸にも映る顕現があることを彼は知った。

彼らが合一を達成した時、その集中の影響力が、彼の要求を具現化するのだろう。カーターはかつてヒンドゥスターン［インドの別名ないしはインドの特定地域の呼称］において、思考の集中が、円陣を組む熟練者《アデプト》たちにより投射された意志の実体を汲《く》んで、有形の霊と物質的な存在を備えた実在者になりうるのを目にしたことがあった。そして、これらの〈古なるものども《エンシェント・ワンズ》〉は、その意志の渦動《かどう》によって彼を投射していたのである。

銀の鍵は彼の手の中にあった。しかし、彼が直面するまっさらの壁は、未だアダマントのように堅固だった。鍵穴の痕跡は見当たらなかった。扉と脇柱の合わせ目を示す線条も無きに均しかった。〈最古なるもの《モスト・エンシェント》〉は既に詠唱を止めていた。カーターは初めて、どれほど恐ろしい沈黙が存在しえるのかを知った。最初の内、洞窟の静寂は地球の脈動によって生気を与えられていて、その低いピッチの震動は、耳には聴こえないとしても、完全な沈黙の感覚を妨げていたのである。

しかし、もはやカーター自身の息遣いすらも知覚できなかった。深淵《アビス》の底の沈黙が、霊のように窖《あなぐら》の中を漂っているかに思えた。〈最古なるもの《モスト・エンシェント》〉の双眸は今しも握っている球体に固定され、頭の周りにはやはり緑がかった焔の頭光《ニンバス》が輝き、硫黄の青い炎のような閃光が飛んでいた。

カーターは目《め》眩《まい》に襲われた。全ての感覚がぐるぐると回り、闇黒《あんこく》を積み重ねた最も見通し難い闇黒の中で、かつて経験したことのないほどに方向感覚がすっかり失われた。黒曜石の玉座のいずれの側にも〈最古なるものども《モスト・エンシェント・ワンズ》〉の姿が見えたが、恐ろしいほどの孤絶感があった。

それから、彼は自分が測り知れぬほどの深みを漂っているように感じた。まるで薔薇の風味を帯びた海を泳いでいるかのような、芳香のある暖かい波が顔に打ち付けていた。それは麻薬を混ぜた葡萄酒《ワイン》の海の如くで、真鍮色の炎の岸辺に波が泡立ちながら砕けているように思われた。遥か遠い海岸にひたひたと打ち寄せる、その波打つ海の茫洋たる広がりを目にして、カーターは大きな恐怖に囚われた。「真なる人間は善悪を超越している」と、大きな声が窖《あなぐら》全体に響き渡った。「真なる人間は、幻影こそが唯一の現実であり、実体は擬《まがいもの》物であることを学んだ」

門の輪郭が、今や非常にはっきりと見えてきた。その鍵はどこかの錠を開くのに用いるというよりも、むしろ象徴《シンボル》なのだとカーターはついに理解した。何故なら、彼の頰を叩いていた薔薇に酔い痴れた海こそが、アダマントの塊のように堅固な花崗岩の壁なのであり、〈古なるものども《エンシェント・ワンズ》〉がその壁に注いだ思考の渦動に押されて撓《たわ》みつつあったのである。

不朽の花崗岩の広漠たる岩塊を抜けて前進した彼は、星々の只中の測り知れぬ深淵《アビス》に放り込まれた。遥か遠くから、破壊的なまでに甘美な勝ち誇る神の如きうねりが押し寄せてくるのを耳にした。それから、その途方もないファンファーレが消え去ると、翼の羽音や奇妙な囀《さえず》り、さざめきが聴こえてきた。肩越しにちらりと振り返ると、門のところで騒ぎ立てているものが見えた。花崗岩に鍵穴がなく、自分だけが鍵を持っているのを彼はありがたく思った。

カーターの動揺する心は、開かずの扉のところで虚《むな》しく騒ぎ立てるものたちに抱いた一瞬の恐怖から回復したものの、背後に垣間見えたものから受けた恐怖よりもさらに啞然とさせられる衝撃を受けた。突然、彼は自分が同時に数多の人間であることに気づいたのである。

アーカムのランドルフ・カーターの体と精神は今なお、人間精神がグロテスクで穢《けが》らわしいと非難しただろう恐ろしい彫刻に覆われている六角形の黒曜石の台座に座っていた。そして、彼が己の自我《エゴ》と見なしたこの存在――門のところで叫んでいるものたちから遁《のが》れたことを喜ばしく思ったこの実在者――これはまだ、彼の自我ではなかった。

〈古なるものども《エンシェント・ワンズ》〉の只中の上座《かみざ》に座しているものも同じく、そうではなかった。

ランドルフ・カーターは今、二人で墓所に入り込んだものの一人でそこから出てきた、あの恐ろしい夜のクライマックスにすらほのめかされなかったような、この上ない恐怖を感じていた。いかなる死、運命、苦悶とて、自己同一性《アイデンティティ》の喪失が引き起こす圧倒的な絶望を喚起《かんき》することはできないのだ。無との同化は平穏なる忘却である。だが、存在していながら、存在することを意識していながらも、他の一切の実在者と区別しうるような同一性をもはや持っていないことを知るのは――もはや自己を持っていないことを知るのは――。

彼は、アーカムのランドルフ・カーターがいたことを知っていた。しかし、恐るべき混乱の中、自分がそのカーターだったのか、あるいは他のカーターだったのか、わからなくなっていた。

恐怖の只中で、彼は同時に無数のカーターたちであるという放埒《ほうらつ》で常軌を逸した感覚を持っていた。

彼の自己は既に消滅していたが、それでも彼――個人存在の全《まった》き無効化に鑑《かんが》みて、確かに彼と呼べる何かがあり得るのなら――は、何か想像を絶する方法で大勢の自己が併存するのを意識していた。

それはまるで、彼の肉体がインドの寺院に彫刻された多肢多頭の彫像の一つに突如、変身したかのようだった。そして、彼は自己の集合体を観相し、混乱しながらもいずれが本来のもので、いずれが後から加わったものであるかを識別しようとした。自己の個体性を揺るがされたことを抜きにしても、これは他のいかなる無法を遥かに上回る恐怖だった。

するうちに、アーカムのランドルフ・カーターを無限小のものとなさしめた人格統合が直面し、それを取り囲んだものを前にして、カーターの潰滅的な恐怖それ自体は些細なものとなった。そのものはただちにひとつの〈生存者《ビーイング》〉、ひとつの力、空間の無限の完全性、そして個人的な存在となった。とはいえ、それまでは無関係だった概念のそうした混在には、一切の不調和がなかった。その畏怖《いふ》すべき驚異に直面して、カーターに準ずる存在は個体性が破壊される恐怖を忘れたのだった。

その宇宙霊は、カーターたちを統合した要素に働きかけていた。

それは驚異的な波動を放射し、強打し、燃やし、雷鳴を轟かせる凝集したエネルギーとなって、耐え難い暴力でカーターに猛攻を加えた。まるで、いくつもの太陽と世界と宇宙が、空間のある一点に収束して、抗しえぬ熾烈《しれつ》な衝撃によって消滅させようと画策するかのようだった。

最終的にカーターは、カーターたちの統合体から彼を抜き出そうとしているのだと理解した。

「ランドルフ・カーターよ」と、それは告げた。「我が顕現たる〈古なるものども《エンシェント・ワンズ》〉は、幻影の領域を丸天井が覆う、異界の大空にただひとつ赤く不気味に輝く星に向かって、伝説的な塔と数え切れぬほどの円蓋《ドーム》が力強く林立する、イレク゠ヴァドの蛋白石《オパール》の玉座に君臨する者として汝を送り込んできた」

「だが、そうあらねばならぬこともない。俗界の空想の変容以外の何物でもない玉座でも、自分が現実とみなすものに満足できない者の逃避所でもなく、窮極の神秘が帳《ヴェール》を剝《は》がされようとしているのだ。だが、汝がその秘密の終わりと始めの一切を目にする前に、汝は以前と同じく自由に選択し、最後の帳《ヴェール》を汝の双眸から剝がすことなく、〈境界《ボーダー》〉の反対側に引き返すこともできる」

その時、超宇宙エネルギーの抗《こう》し難《がた》いうねりが引いていった。震動が消えて、カーターは畏怖すべき静けさと孤独の只中に取り残された。彼は果てしない広漠と空虚の裡《うち》にいた。

ややあって、カーターはその空虚に話しかけた。

「受け入れます、そして後退しません」

すると、その〈宇宙霊《スペース・プレゼンス》〉が返答し、カーターはそれが言ったことを理解した。

「ランドルフ・カーターよ、汝は恐怖の深淵《ガルフ》の底根《そこね》を越え、空間の最果ての深淵《アビス》の底に降り立った。故に、我らは汝の蒙《もう》を照らすこととしよう」

「汝は、各々の実在者が自己や個性、人格を有する世界からやって来た。全てが上下、前後、左右の三つの方向に限定されているところからな。汝らの世界の学究の中には、感覚が認知する以外の方向がありうることを漠然とほのめかした者たちもいる。だが、帳《ヴェール》を透《とお》して汝が見てきたものを目にしたことのある者は、一人としていないのだ」

「長さ、幅、そして厚さからなる汝らの三次元宇宙において、三次元的な憤怒や憎悪、復讐、虚栄、そして崇拝への切望を有する神々を汝らは奉《たてまつ》ってきた」

「汝らの神々は犠牲の渇望《かつぼう》によって自らを卑しめ、汝ただ独りが到達した領域と接している汝の小片《かけら》にとって厭《いと》わしいことを信奉するよう強要してきたのだ。汝らの三次元世界における主たる崇拝は、かつては人間であった一柱の神の肉体を象徴的に食することにより、食人の渇望を満たしている三位一体の崇拝なのだ」

「汝らは、自身の姿に似せて神を創造した偶像崇拝者の種族なのだ」

「汝らは、先祖伝来の遺産を否定したのだ」

束の間、カーターは自分の聴いたことの意味に驚愕した。それから、恐怖と畏怖のあまりそれまで気づかなかったことを認識した。即ち、自分が人間の目や感覚では想像し得ない次元の空間にいることを。

彼は今、最初に力の渦動として存在し、次いで無限の空虚となった不気味な陰影の中に、感覚を眩《くら》めかせる森羅万象の広がりを目にした。彼の視点から、その大きさにおいて、彼が未だ玄武岩の六角柱の上に身動ぎもせず座しているはずの遥かな形相《けいそう》を規定している長さ、幅、厚さの三つを超越した、広漠たる形相を彼は概観《がいかん》した。しかし、遥か遠く離れていようとも、混乱する方向が彼を困惑させる超空間には、対応する物が同様に存在しているのだった。

やがて、声が発せられて、彼の存在に浸透してゆく啓発のための模索と、彼が無限小の一要素であるところの数多《あまた》なる人格に調和させるのを支援した。

「汝らの世界には、正方形という空間的な形相がある。そして、幾何学者たちは、この形相は立方体を平面で切り取った結果に過ぎぬと説明してきた。そして、汝らが円と呼ぶものは、球を平面で切り取った結果でしかないのだと。故に、汝らが知っている全ての平面、長さと幅を有する形態は、三次元の形相の投影でしかないのだと。それで、汝らはそこで停滞してしまったのだ」

「だが、円がまさに球体の切断面であるのと同じく、球体は汝の感覚では捉《とら》えることのできない、より高次の形相の切断面なのだ。斯様《かよう》に、三次元の人間たちや神々がいる汝らの世界は、汝が入り込んだこの超空間の横断面に過ぎぬ。〈現実《リアリティ》〉の投射であり、投影に過ぎぬのだ。そして、この投影を汝らは、汝自身を例外として現実と見なし、その実体を幻影と称しておる」

「何とも頑迷なことだが、汝の世界では、汝らは時間が速やかに流れていくものと主張している。汝らは時間に動きがあるものと考え、変化の原因と見なしている。だが、それは誤りなのだ。時間は動かず、文字通りの意味で始まりもなければ終わりもない。より厳密に言えば、時間とは幻影であり、汝らが未来と過去と現在と称する幻想や妄想を生じさせている、いわゆる時間の経過があるという意味合いにおいて、そんなものは存在しないのだ」

「未来も過去も現在も存在せぬのだよ！」

これらの最後の言葉は実に重々しく語られたので、カーターには疑う余地がなかった。彼はそれを信じたが、数多《あまた》なる人格をもってしても、自分に向けて提示されたことを理解することができなかった。

「それで、時間が存在しないのなら、時間がずっと存在しなかったというのなら、変化を引き起こしているのは何なのですか？」と、彼は矛盾に戸惑いながらようやく口にした。

「変化というものは存在しないのだ。かつてあった全てと、今あることになっている全ては、同時に存在しているのだとも。変化とは幻影であり、それがまた別の幻影を生み出してきたのだ」

「汝らが変化と呼ぶものがないからには、汝らの世界には時間もないということになる」

声が途絶えると、カーターは深く考えこんで、単に〈宇宙霊《スペース・プレゼンス》〉が厳粛に断言したからというだけでなく、その最後の言葉を彼が知的に受け入れることができることを理解した。

明らかに、もし何も変化していないのだとしたら、世俗的な感覚での時間は存在しないのだろう。

時間というものは、星々の運行によって、時計の針の動きによってその経過が示されたものであり、もしいかなるものも変化しないのだとすれば、確かに時間というものは存在しないことになる。

「ですが、変化するものはあります！」と、彼は抗議した。「それゆえに、時間も存在しなければなりません。私の髪は白髪交じりになって、皮膚には皺が寄っています――私は変化したんです。それに、私の魂はかつてあったけれど今はもうないものを思い起こすことに倦《う》み疲れているのです。私はかつて友人だった者の肉体よりも先に死んだ友情に由来する悲嘆に苦悩することもあれば、霊的存在が肉体の変化の後にも生き残った人々の思い出に喜びを感じることもある。変化はあるんですよ、そしてそれは私や全ての人々に痕跡を残している！　それでも、その一切が幻影だと仰《おっしゃ》るのですか？」

「変化は存在しない」と、重々しい厳粛な声が断言し、カーターは信じたが理解はできなかった。

「注視せよ、汝、カーターよ、そして汝らの世界がより高次の宇宙の投射に過ぎぬことを知るが良い」

「そして、汝の限られた言葉において、汝らが円錐と呼ぶ形相について考えてみよ。汝らの幾何学者たちは、それを一平面で切断する。その横断面は円だ。異なる角度で切断すれば、横断面は楕円となる。再び繰り返せば、その両枝が汝らの空間の最大限度を超えて伸びていく放物線となる。されども、それは同じ円錐であり、そこに変化はない。汝らは、それを異なる角度で切断したに過ぎぬのだ。そして、汝が望むのなら、全てを同時に切断することもできる。最終的に、始めた時と比べて増えも減りもせぬ。したがって、楕円や放物線や双曲線は汝らが変化と呼ぶ幻影であり、その根源となる形相が変えがたい空間形態であることを失念しておる」

「汝らの世界は、超空間の一横断面に過ぎぬのだ」

〈宇宙霊《スペース・プレゼンス》〉は繰り返し、その啓発がカーターの中に浸透していった。

「そして時間と変化は、現実の世界を切断する平面の角度を移動することによって、汝らの見せかけの存在の中に生ずる幻影に過ぎぬのだ」

「そういうことなら、変化は存在する！」

ついに〈宇宙霊《スペース・プレゼンス》〉を矛盾に追い込んだと考えて、カーターは意気揚々と叫んだ。

「切断する角度が変化するではありませんか！」

その時、〈宇宙霊《スペース・プレゼンス》〉の神々しさを超えた鷹揚《おうよう》な笑みを前にして、カーターは自分がきわめて卑小で子供っぽいように感じ、返答を聴きながら勝利感はいっそう空疎なものとなっていった。

「汝がまだ人間的なやり方で些事にこだわらねば気がすまぬというのなら、ランドルフ・カーターよ」と、声は言った。「我々は汝の言い分を認むるに吝《やぶさ》かではないが、その角度や平面は汝らの世界のものではなく、この世界のものであることを思い起こすが良い。それにしても、奇異なることよ」

声はさらに続いた。「己の別の自己を屠《ほふ》るよう神が命じたことを、寛大なる教訓の実例なりと信じられる種族の一員が、横断面の角度についてつまらぬあら探しをしようとはな！」

その途方もない多次元空間が笑い声に打ち震え、カーターの世俗的な想像の中では、飽いてしまった世界を放り捨て、子供っぽく戯《たわむ》れ遊ぶ若い神々が笑いさざめいているものと思えた。

とは言うものの、それ自体を時間そのものよりも古い戯れとなさしめる神聖なさざめき以上のものと、失望……のようなものを帯びたぞっとするような辛辣さが、厳粛な気配の背後に潜んでいるのだとカーターはついに理解した。彼の途方もない愚かしさに対する失望である。

やがてカーターは、彼を最初に恐怖で戦慄させた個体性の喪失の謎の背景を、恐ろしさと共にうっすらと気付き始めた。彼の直感は〈宇宙霊《スペース・プレゼンス》〉が自身に注いだ真実の断片を統合した。しかしそれでも、全体像を理解することはできなかった。

「かつて、私という人間がいた」と、彼はついに言った。「そして、それさえも、この時間と変化の否定によって破壊されてしまった。過去も未来もないのであれば、私以前の全てのカーターたち、私が私であると感じ、まだそうではないと感じる存在は……」

彼は質問しようとしたのだが、その声は次第に弱まってついには消えてしまった。というのも、彼は自分を動揺させ、戸惑わせているものを感覚で捉えてはいるものの、表現することができなかったのだ。

彼は今まさに思い至ったこと――アスカロンの城壁[*39]の前で戦ったカーターも、エリザベス女王の時代に黒魔術に手を出したカーター[*40]も、蛇の巣の近くで奇異なる失踪を遂げたカーターも、禁断の研究によってあわや処刑という危険に晒されたカーターも存在しないという事実に、確かなものとして直面する勇気がなかった。これらは彼が先祖から受け継いだものであり、自我《エゴ》の防波堤だったのだ。そして彼らすらも、〈神〉にも〈時間〉にも〈変化〉にも容赦しない無慈悲な〈霊《プレゼンス》〉に破壊されてしまった。

「そうしたカーターたちの全ては」と、声は彼の質問に答えた。「この超空間の領域においては一なるカーターであり、この多変量のカーターは我らと同じく永遠なのだ。そして、汝が魂を受け継いだ先祖と見なす者たちは、一なるカーターの中にある全である我らが〈同胞《コンパニオン》〉のひとつの三次元空間における数多《あまた》の切断面に過ぎぬ。そして汝――汝はひとつの投射に過ぎぬ。異なる角度の平面での横断面が、言わば汝の顕現の原因なのであり、奇異なる消失を遂げた先祖に因《よ》るものではなかったのだ」

「そして、彼《か》の者《もの》の支配下にある平面が汝の感覚の三つの方向へと、その縁《へり》に沿って同時に回転した時、彼の者は消えてしまったのだ」

「今一度聞くが良い、アーカムのランドルフ・カーターよ。自我《エゴ》の破壊にひどく狼狽している汝は、いかなる楕円であれ円錐の無限の横断面の一つでしかないのと同様、横断面の一つに過ぎぬ」

カーターは、その言明《げんめい》の後に続いたずっしりと重い沈黙の中で熟考していたのだが、少しずつその含《がん》意《い》が明らかになってきた。そして彼は、もし自分が正しく理解しているのだとすれば、これまでは夢の中でしかやったことのないことを、身をもってできるようになるだろうことを悟った。

彼はそれを言葉にすることで、自分が理解できているかどうか試すことにした。

「では、私の横断平面の角度を移動させると、私は今までに存在したカーターたちのうちの誰にでもなりうるということですか？　たとえば、カスピ海にあるアラムートの城塞[*41]の、〈鍵の守護者〉を僭称《せんしょう》した者の手中に落ち、一一年にわたり囚われの身となったカーターはどうなのです？　最終的に独房から脱出し、素手で僭主《せんしゅ》を絞め殺して、私が今なお手にしている銀の鍵を奪い取った、あのジェフリー・カーターは？」

「あれにも、あるいは誰であれ他のカーターにも」と、〈霊〉は告げた。「あらゆる者になることができる——ただし、汝が今知っている者に、であるが。そして、それがお前の選択であれば、その者にしてやろう、今この場でな……」

それから、渦を巻くような風のような音と太鼓を打ち叩くような音が響き始め、次第に大きくなってついには恐ろしい轟雷となった。カーターは今一度、自分自身が耐え難いほどに強打し、殴りつけ、焼き焦がす、強烈なエネルギーの凝集する焦点であると感じ、信じがたいほど強烈な暑さなのか、何もかも凍てつかせるほどの深淵《アビス》の寒さなのかも判然としないほどになった。

この世界のあらゆるスペクトルと全く異なる色の帯ないしは光線が、彼の眼前で飛び交い、ジグザグを描き、絡み合った。そして、彼は凄まじい動作速度を意識して……六角形の玄武岩の玉座の上にただ独り座っている者が、瞬時に遠ざかっていくのを彼は垣間見た。

やがて彼は、陰鬱なカスピ海の最南端を見下ろす山の頂きにかつて存在した、城塞の崩れかかった廃墟の只中に座していることに気がついた。

奇異なることに、ジェフリー・カーターは、五五〇年後に現れるランドルフ・カーターのおぼろげな記憶をわずかに保持していた。そして、君主たるティムールがアラムートの城を石ごとに打ち砕き、無法者の駐屯兵を一人残らず斬り殺してから五世紀の後まで存在しなかった者を思い出すという考えは、彼にとっては全く常軌を逸したことでもなかった。

カーターは、人間の誤りやすさを思って、うっすらと笑みを浮かべた。

彼は今、アラムートの城がどうして廃墟になったのかを知っていた。いささか遅きに失したものの、カーター平面の移行を、それに対応する地球平面の移行なしに要求するという、ランドルフ・カーターが犯した——あるいは、犯そうとした？——過《あやま》ちに彼は気づいた。それ故に、ジェフリー＝ランドルフ・カーターは、かつて一度失敗したことを、今回は試みることができるのだ。アラムートを手ひどく破壊し、彼を解放してくれたあの陰鬱で生真面目なティムールの隊列に加わるのである。

ジェフリー・カーターは自分の異常な立場に我慢がならなくならない程度に、ランドルフ・カーターのことをよく覚えていた。彼はランドルフ・カーターが五世紀の後に持つことになっていた、あらゆる記憶を持っていた。そして、このパラドックスの最も奇妙な点は彼、ジェフリー・カーターがあろうことか五〇〇年以上前の世界でこうして生きていることだった。

彼はどっしりと大きな石積みの建築用石材に腰を下ろして、じっくりと考えこんだ。ようやく立ち上がると、彼は徒歩で、手ぶらのまま出発した。

「この話は」と、ニューオーリンズのとある屋敷に集まった者たちの一人が言った。「時間と人格の恐ろしく不可解な混戦にもかかわらず、ある程度もっともらしく思えます。神は数学的な論理式に、時間は空想的な発現に、変化は錯覚に、そして一切の現実は実体を全く欠いた幾何学平面の非在性へと、冒瀆的に還元されているのですが。しかし、依然として相続人たちが分与を要求しているランドルフ・カーターの財産の問題は解決していません」

ボハラ絨毯にあぐらをかいて座っていた老人は、何やらぶつぶつと呟くと、錬鉄製の三脚香炉の中で赤熱している、ほとんど燃え尽きた木炭の火床《ひどこ》をぼんやりとした様子でつついた。

やがて、彼は話し始めた。

「ランドルフ・カーターは、時間と空間の謎を手探りで模索するのに、ある程度成功したのだ。その成功は、彼が銀の鍵だけでなく羊皮紙も携えていったなら、もっと大きいものとなっただろうがな。何せ、それに記された言葉を唱えさえすれば、地球平面はカーター平面と共に移動し、彼の望んだ時よりも五五〇年後の世界断面へと戻るのではなく、彼が変じたジェフリー・カーターの達成せざる願望を成し遂げることができたであろうから」

すると、別の者がこう言った。

「全てもっともらしく聞こえるが、現実離れしているな。ともあれ、ランドルフ・カーターがその六角形の玉座から戻ってこない限り、彼の遺産は相続人の間で分与されねばならんぞ」

あぐらをかいて座っていた老人が、ちらりと見上げた。彼の目が輝き、奇異なる笑みが浮かんだ。

「争議を解決するのは実に容易《たやす》いことなのだが」と、彼は言った。「儂《わし》の言葉を誰も信じはすまい」

彼はいったん言葉を止め、しばし顎を撫でた後、再び続けた。

「儂はランドルフ・カーターであり、アラムートの廃墟から戻ってきたのだが、かなりの割合でジェフリー・カーターでもあるので、騙《かた》りと誤解されることだろうて。したがって、二人のカーターたちの遺産は当然、儂のものということになるが、生憎《あいにく》と儂の取り分はどちらでもないとも言えるのだ」

私たちは目を見開いて、彼をじっと見つめた。やがて、最も長いこと見つめていた学識ある記録者が、半ば声に出して、半ば自分自身に話しかけるようにこう言った。

「それにしても私は、スカイ川の彼方のウルタールで、イレク゠ヴァドの蛋白石《オパール》の玉座に新たな王が君臨したと思っておりましたよ」

訳注

1 ニューオーリンズ New Orleans
ルイジアナ州南部の都市。「クトゥルーの呼び声」（第1集収録）では南の森林地帯で邪神崇拝が行われていた。

2 ナアカル語 Naacal language
ジェームズ・チャーチワードの『失われたムー大陸』（一九二六年）によれば、ナアカルは太平洋のムー大陸の伝道者たちの呼称・使用言語。チャーチワードが一八六八年に会ったというインドの高僧によれば「聖なる兄弟」の意味。

3 ハーリイ・ウォーラン Harley Warren
「ランドルフ・カーターの供述」を参照。

4 グッディ・ファウラー Goody Fowler
「銀の鍵」訳注10を参照。

5 ノオリ族 Gnorri
「銀の鍵」訳注17を参照。

6 ウォード・フィリップス Ward Phillips
HPLを投影したキャラクターで（フィリップス家は彼の母方の一族）、本書収録の「忘却より《エクス・オブリビオン》」などに用いた筆名の一つ。「銀の鍵」終盤の一人称の語り手でもある。

7 エティエンヌ＝ローラン・ド・マリニー Etienne-Laurent de Marigny
本作の共作者エドガー・ホフマン・プライスがモデルで、「永劫より出でて」（第1集収録）や、ロバート・ブロックの「セベクの秘密」（一九三七）にも登場。また、ブライアン・ラムレイの「タイタス・クロウ・サーガ」シリーズでは、息子のアンリ＝ローランが登場する。

8 スワーミー・チャンドラプトゥラ Swami Chandraputra
「永劫より出でて」（第1集収録）にも登場。

9 ベナレス Benares

インドのヒンドゥー教の聖地ヴァーラーナシーの英語名。

10　木製の棍棒　wooden club

イースター島では、象形文字ロンゴロンゴの刻まれた木製の文字板が数多く見つかっている。棍棒というのは、サンティアゴの杖と呼ばれる文字板Iのことだろう。

11　シャダッド　Shaddad

リチャード・バートン版『千夜一夜物語』において、シエヘラザードに毎夜の物語を強要した、サーサーン朝ペルシャの架空の王。アラビア語版ではシャフリヤール。

12　アラビア・ペトラエア　Arabia Petraea

二世紀アラビア半島に創設されたローマ帝国の属州。

13　千柱のイレム　thousand-pillared Irem

イスラム教の聖典『クルアーン』に「アッラーの怒りによって滅ぼされた」とある伝説上の都市。オーガスト・W・ダーレスはイレムと無名都市を混同していたらしく、「永劫の探求」の第三部「クレイボーン・ボイドの遺書」において都市の位置をクウェートの近くとしたが、後になって第四部「ネイランド・コラムの記録」ではオマーンとした。なお、オマーン南西のシスル村付近で一九九〇年代に古代都市ウバルの遺跡が発見されたが、オマーン政府はこの遺跡こそイレムだと主張している。

14　修道者《ダルヴィーシュ》　dervishes

スーフィー（イスラム神秘主義）の修道者。「幻影の君主」では「修道者《ダルヴィーシュ》 darwishes」表記。

15　一六九二年　1692

この年、セイラム近くのセイラム・ヴィレッジ（現ダンバース）で発生した魔女裁判を指す。

16　『ナコト断章《だんしょう》』　the Pnakotic fragments

「蠟人形館の恐怖」（一九三二）、「永劫より出でて」（一九三三）で言及される書物。「北極星《ポラリス》」が初出の『ナコト写本』the Pnakotic Manuscripts のことか。

17　太古　millions of years before

数百万年前とも訳せるが、ここでは太古とした。

18　『トートの書』　the Book of Thoth
トートは古代エジプトの智慧と書物の神で、プトレマイオス朝の時代に書かれた古代の魔術師プタハ＝ネフェル＝カー王子 Ptah-Nefer-Kaにまつわる物語には、トート神が著したという魔術書『トートの書』が登場し、ヘレナ・P・ブラヴァツキーの『シークレット・ドクトリン』をはじめ、神智学関連の書物にも時折書名が挙げられている。第二世代神話作家リチャード・L・ティアニーの作品には、スティギア（ロバート・E・ハワードのコナンものにおけるエジプトの地に栄えた魔術国家）の魔術師にしてセトの大神官トート＝アモンが著した魔術書として登場し、カリグラの異名で知られるローマ皇帝ガイウス・ユリウス・カエサル・アウグストゥス・ゲルマニクスが一時期、これを所有した。ダニエル・ハームズは『エンサイクロペディア・クトゥルフ』において、アブドゥル・アルハズレッドが参考にした『トートの書』はトート＝アモンの魔術書だと解釈している。

19　ガレー船が～いくところ　where～the moon.
このくだりは、「銀の鍵」冒頭部のアレンジである。

20　ロマール　Lomar
「北極星」が初出の地名。同作の舞台は後に幻夢境《ドリームランド》とされたが、同時に覚醒《めざ》めの世界の北方にも存在するようだ。

21　〈翼あるものども《ウィングド・ワンズ》〉　Winged Ones
雑誌掲載時はプライスの意向か〈炎霧の子ら Children of the Fire Mist〉になっていた。「炎霧の子」は、神智学におけるサナート＝クマラの異名である。

22　ウムル・アト＝タウィル　'Umr at-Tawil
アラビア語で「生き永らえしもの」を意味する言葉――なのだが、文法的に誤っているということで、『クトゥルフ神話ＴＲＰＧ』ではタウィル・アト＝ウムル Tawil At-U'mrに修正されている。ただし、より正確にはタウィル・アル・ウムル Tawil al Umrだとの指摘もある。

23　タタール　Tartary
ここでは恐らく一三世紀から一四世紀にかけてモンゴル帝国の支配下に入ったルーシ（現在のロシア、ウクライナ、ベラルーシ）を指す。

24 **司教冠《ミトラ》** mitre
「幻影の君主」では司教帽《マイター》miter表記。

25 **イアン＝ホー** Yian-Ho
「アロンゾ・タイパーの日記」（第2集収録）でも言及。

26 **〈一中の全《オール＝イン＝ワン》〉、〈全中の一《ワン＝イン＝オール》〉** All-in-One, One-in-All
紀元前六世紀の哲学者クセノパネスが最初に用いたという古典ギリシャ語の「全にして一 Ἓν καὶ Πᾶν《ヘン・カイ・パン》」に由来する、世界の全てが神だとする汎神論的世界観を説明する言葉。「全にして一」「一にして全」としばしば訳されるが、ニュアンスを踏まえて訳出した。

27 **〈ヨグ＝ソトース〉** YOG-SOTHOTH
本格的に取り扱ったのは「ダンウィッチの怪異」だが、初出は一九二七年執筆のＨＰＬの半自伝的小説「チャールズ・デクスター・ウォード事件」。詳しくは「『ネクロノミコン』の歴史」（第2集収録）の訳注を参照。

28 **ユゴスの甲殻種族** the crustaceans of Yuggoth
本作執筆の二年前、「闇に囁くもの The Whisperer in Darkness」（一九三〇）に登場する異星の種族。

29 **キタニル** Kythanil
雑誌掲載時はキタミール Kythamil。校訂版で修正。

30 **ヒュペルボレイオス** Hyperborea
ヘロドトスの『歴史』などに言及される、古代ギリシャで知られていた北方の地。クラーク・アシュトン・スミスの作品によれば、グリーンランドのあたりに存在した大陸で、最盛期にはムーやアトランティスとも交易した。エイグロフ山脈のヴーアミタドレス山には獣人種族ヴーアミ族が棲み、その地下洞窟にはツァトーグァ、アトラック＝ナチャ、アブホース、蛇人間などが潜んでいた。ヴーアミ族クニガティン・ザウムの襲来によって首都コモリオムが放棄された後は衰退し、大氷河期に滅亡する。

31 **ションヒ** Shonhi
雑誌掲載時はストロンティ Stronti。校訂版で修正。

32 **ガス状意識体** gaseous consciousness
「セレファイス」「未知なるカダスを夢に求めて」に登場

するガス状生命体のことと思《おぼ》しい。

33 惑星ヤディス the planet Yaddith
本作の翌年執筆の「永劫より出でて」（第1集収録）に、古代ムー大陸のヤディス＝ゴー山 Yaddith-Ghoが登場。

34 ボール族 bholes
雑誌掲載時はドール族 dholes。校訂版で修正。

35 チェンバース・ストリート Chambers St.
ボストンのウェストエンド地区にかつて存在した通り。

36 ルルイェ語 R'lyehian
本作が初出。ルルイェは「クトゥルーの呼び声」（第1集収録）でクトゥルーが眠る太平洋の石像都市なので、おそらくクトゥルーとその眷属の言語なのだろう。

37 ツァス＝ヨの原初の言葉 the primal tongue of Tsath-yo
古代ヒュペルボレイオスの言語と思しい。「墳丘」（第1集収録）には、ツァトーグァに由来するツァス Tsathという都市が出てくるので、こちらも同じなのだろう。

38 ファースト・ナショナル・バンク First National Bank
一七九一年にアメリカ合衆国議会で公認された銀行で、本作の執筆当時、北米各地に存在していた。

39 アスカロンの城壁 the walls of Ascalon
イスラエル中西部の都市アシュケロン Ashqelonの英語形で、このくだりは第一次十字軍における一〇九九年八月一二日のアスカロンの戦いを指しているのだろう。

40 エリザベス女王～カーター a Carter～Elizabeth
「銀の鍵」に言及される、「エリザベス女王の御世に魔術を研鑽した初代ランドルフ・カーター卿」のこと。

41 アラムートの城塞 the fortress of Alamut
イラン中西部のアルボルズ山中に存在した城塞。一〇九〇年にハサン・サッバーフ（ハサン・ビン・サバー）とその同志たちに奪取され、以来、アラムート派・ニザール派などと呼ばれる共同体的な組織の拠点となり、やがて暗殺教団の本拠地として恐れられる。アラムート城塞の陥落はティムールの時代ではなく、イルハン朝のフラグ・ハンの軍との戦闘が起きた一二五六年である。

訳者解説

Translator Commentary

「北極星《ポラリス》」解説

本作は、一九一八年の晩春から夏にかけて――おそらく、五月の後半に執筆されたと考えられている。HPLのアマチュア・ジャーナリズム仲間である、アルフレッド・ギャルピンが編集したアマチュア文芸雑誌〈フィロソファー〉一九二〇年一二月号に掲載された後、幾度かアマチュア雑誌に再録され、商業誌ではHPLの死後、〈ウィアード・テールズ〉一九三七年一二月号に掲載されたのが最初である。

「ナイアルラトホテプ」などの作品と同じく、HPLが実際に見た夢を下敷きに書かれたもので、彼はウィスコンシン州在住のアマチュア・ジャーナリズム仲間であるモーリス・M・モー（高校の英語教師で、前述のギャルピンは彼の教え子である）に宛てた一九一八年五月一五日付の手紙に、「数日前の夜、異様な都邑《まち》の現れる不思議な夢を見ました――数多の宮殿や黄金色に輝く円蓋を擁する都邑が、灰色の不気味な山峰に囲まれた谷間にあったのです」と書いている。

幻想的な別世界が舞台の、HPL自ら「ダンセイニ風」（「白い船」の解説を参照）と称した作品群の最初のものなのだが、本作執筆の時点では彼はまだダンセイニ作品を全く読んでいなかった。この点について、HPLは友人たちから繰り返し指摘されたようで、HPLは幾度も書簡の中で説明している。

強いて言えば、彼が幼少期から愛読していたエドガー・アラン・ポオの詩や散文詩（ポオには「夕べの歌」など、星を題材とする詩作品もある）の影響下にある作品なのだろうが、ロード・ダンセイニはポオの影響を強く受けていたということなので、結果的にルーツを共有することとなったのだろう。

こぐま座α星のポラリスが、地球の歳差運動によって二万六〇〇〇年周期（より正確には約二万五八〇〇年）で地軸の北端の延長上に位置する北極星になるという天文現象を下敷きにするあたりは、天文マニアであったHPLならではの趣向だが、語り手がタプネンの物見の塔から北極星を仰ぎ見る物語後半のシーンからは、どうやら本作で描かれているのは夢の世界での出来事ではなく、二万六〇〇〇年前の太古に現実に起きた事件であることが窺える。そうでなければ、永い年月を隔てて再び北極星に返り咲いたポラリスの悪意や、イヌート族とエスキモーの関係性にまつわる示唆が薄らいでしまうのだ。

本作の舞台であるロマールとオラトエはその後、「イラノンの探求」「蕃神」でも言及され、同じ世界に存在することが判明するのだが、これらの土地が地球の生物が見る夢の奥底に広がっている幻夢境《ドリームランド》に位置しているという設定は、「未知なるカダスを夢に求めて」（一九二六～二七）においてようやく提示される。しかし、それとてもまだ、決定的な設定とは言い難いところがある。何故なら、HPLがズィーリア・ビショップのために代作した「墳丘」（一九三〇）には「北極付近のロマールの地にあるオラトエの聖堂」との記述があり、文脈的にも現実世界に存在したとしか読み取れないからだ。

HPL作品にはしばしば、こうした地理的な多重性が見られる。たとえば、「未知なるカダスを夢に求めて」において幻夢境の北方に聳えているカダス山は、「墳丘」では南極に位置することが示唆され、「猟犬」では中央アジアにあると書かれたレン高原は、「未知なるカダスを夢に求めて」では幻夢境の北方に、「狂気の山脈にて」では南極大陸に位置すると説明されるのだ。オーガスト・W・ダーレスは「谷間の家」（一九五三）で、様々な場所に存在するカダスについて、「アジアの地域と時空的に重なり合って存在する、冷たき荒野のカダスとして知られる場所」と書いている。あるいは、本作のロマールとオラトエも、夢と覚醒の両世界にまたがって存在していると考えた方が良いのかも知れない。

「白い船」解説

一九一九年九月にＨＰＬが読んだ、『時と神々』と題する一冊の本は、彼の創作人生に決定的な影響を及ぼした――ロード・ダンセイニの二冊目の短編集である。第一八代ダンセイニ男爵エドワード・ジョン・モアトン・ドラックス・プランケットは、アイルランド共和国の首都ダブリンの北部にあるダンセイニ城を居城とする、れっきとした貴族だった。その彼が、一九〇五年に自費出版した『ペガーナの神々』は架空の異世界、ペガーナに住まう神々の物語を綴ったもので、多かれ少なかれ既存の神話や伝説、民話との関係性を備えたファンタジー物語に、「創作神話」という誰も見たことのない奇石を投じたのだった。今日、創作神話の造り手の代名詞となっているＪ・Ｒ・Ｒ・トールキーンが、中つ国の核となるエルフ語の創造に着手したのは一九一七年だが、小説作品を発表するのは数十年後のことである。

前年に書いた「北極星」と似ていたこともあって、ＨＰＬはダンセイニの世界に耽溺し、書き手についても祖父の蔵書から知った「一八世紀の英国紳士」を理想としていたＨＰＬの憧れの存在となった。

同年一〇月二〇日には、ボストンのコプリー・プラザで開催された講演会に足を運んでいる。

「〈クトゥルー〉〈ヨグ゠ソトース〉〈ユゴス〉などに代表される人工的な万神殿や神話的背景の着想を得ました」（「半自伝的覚書」）とＨＰＬが自ら述べているように、ペガーナ神話こそがクトゥルー神話の原型となったのだが、彼がダンセイニから受けた影響は創作神話という手法のみにとどまらない。

欽定訳聖書に範を取ったダンセイニの美しい英語は、散文が詩に劣ると信じ、小説執筆を忌避させていたコンプレックスからＨＰＬを解き放った。また、夢の世界で自由に想像の翼を広げ、どこまでも飛んでいくダンセイニの作風は、幼少期からHPLを悩ませてきた悪夢に、いくばくかの光を当てた。覚醒《めざ》めと共に、新生のため旧世界と神々を破壊することが予見されている、眠れる主神マアナ＝ユウド＝スウシャイに見られる救済とは無縁のニヒリズムも、HPLの宇宙観に大きな影響を与えている。

折しも一九一九年の春先に、抑圧的で過保護な母サラがバトラー病院に入院したタイミングでもあり、ロード・ダンセイニとその作品との出会いは、彼にとって〈解放〉のきっかけとなったのだろう。この年から数年間は、HPL生涯において最も多作だった時期であり、翌一九二〇年には実に一二篇もの短編小説を執筆しているのである。なお、ダンセイニ自身は晩年にHPLの作品に触れたようで、オーガスト・W・ダーレス宛ての一九五二年の書簡において、「完全に独創的で、私から借用したものは何もないのですが、それでも私の流儀で書かれており、私の素材がふんだんにあるのです」と書いている。

さて――「白い船」は一九一九年一〇月、〈ダンセイニ体験〉から間もない時期に執筆したもので、当時、HPLが所属していたユナイテッド・アマチュア・プレス・アソシエーション（UAPA）の機関誌〈ユナイテッド・アマチュア〉一九一九年一一月号に掲載された。後に〈ウィアード・テールズ〉一九二七年三月号にも掲載されている。

筋立てといい、作中で語られる都邑の数といい、S・T・ヨシら研究者たちからはダンセイニの「ヤン川を下る長閑な日々」の模倣作と見なされているが、大瀑布へと転落していくラストはむしろ、エドガー・アラン・ポオの「ナンタケット島出身のアーサー・ゴードン・ピムの物語」を彷彿とさせる。

なお、本作の語り手らしき人物は「未知なるカダスを夢に求めて」にも言及されているのだが、作中では語られなかった物語の背景らしきものが示されているので、気に留めておくと良いだろう。

「サルナスに到る運命」解説

本作は一九一九年一二月三日に執筆された後、何とアメリカ国内ではなくスコットランドのアマチュア文芸雑誌〈ザ・スコット〉四四号（一九二〇年六月）で発表された後、〈ウィアード・テールズ〉一九三五年三・四月合併号においてようやく国内の商業誌に掲載された。

同年一〇月におけるロード・ダンセイニ作品との邂逅後、彼の作品を手当たり次第に読み漁っていた時期の作品だが、その影響は創作よりもまずはHPLの夢見に顕れたようだ。「北極星」の解説で触れたギャルピンとモーに回覧する一九一九年一二月一一日付の書簡には「別の夢に見た情景を「サルナスに到る運命」に編纂した」と書かれているのだが、具体的にどのような夢だったかは不明である。

本作には、そこかしこにロード・ダンセイニ作品からの影響が見られる。たとえば、邪《よこしま》なる神の怒りを受けて、一夜にして都市が滅んでしまうという筋立ては「バブルクンドの崩壊」であろうし、砂漠の都が皇帝のメッセージによって無人と化してしまう「ベスムーラ」の影響もあるかもしれない。なお、このベスムーラという都市の名はHPLの「闇に囁くもの」（一九三〇）の、大いなるクトゥルーやヨグ＝ソトースといった自身の創作神話のワードと、ハスターやハリ湖、黄の印といった他作家の作品に由来するワードがずらずらと列挙される箇所にちらりと言及されている。

ムナールの統王が座すべき一本の象牙から拵えられた玉座は、「ヤン川を下る長閑な日々」に言及される、一本の象牙を彫って造られたペルドンダリスの城門から採った設定だろうし、蜥蜴神《とかげしん》ボクラグの海緑石の偶像は、ダンセイニの戯曲『山の神々』における翡翠の神々を彷彿とさせる。また、訳注に示した通り、祭司長が走り書きした「運命 DOOM」の文字は、ダンセイニの戯曲「金文字の宣告」のタイトルを意識したものかもしれない。なお、HPL自身の言では、表題に含まれるサルナス Sarnath という地名は彼の独創で、S・T・ヨシの『H・P・ラヴクラフト大事典』（邦訳はエンターブレイン）によれば、後にロード・ダンセイニの作品中に同じ地名を見つけたと言っていたということなのだが、これは「サクノスを除いては破るあたわざる堅砦」のサクノス Sacnoth との混同だろう。

「北極星」「白い船」などの初期ダンセイニ風作品と同じく、冒頭に「一万年前」とある以外に作品世界の背景を絞り込める情報はなく、作中のナスの窖《あなぐら》 The vales of Pnath と同じ場所を指しているのかもしれない、ナスの谷 The vales of Pnath への言及がある詩「夢見人《ドリーマー》へ。」（一九二〇）において、ようやく夢の土地であることが示唆され、最終的にトラア、イラルネク、カダテロンが「未知なるカダスを夢に求めて」（一九二六～二七）に言及されたことにより、幻夢境《ドリームランド》の土地だと概ね確定した。

しかし、HPLの創造した他の土地にも見られる曖昧《あいまい》な地理感と、インドに実在している同じ綴《つづ》りのサールナートとの混同もあってか、オーガスト・W・ダーレスがHPLの断章「ニューイングランドにて人の姿ならぬ魔物のなしたる邪悪なる妖術について Of Evill Sorceries done in New-England of Daemons in no Humane Shape」「円塔 The Round Tower」を元に完成させた「暗黒の儀式」（青心社文庫『クトゥルー6』）や、彼の連作小説「永劫の探求」（同『クトゥルー2』）において、邪神や異形のクリーチャーを退ける力を持つ〈旧き印《エルダー・サイン》〉の素材である灰白色の石の原産地とされたのを皮切りに、ブライアン・ラムレイやリン・カーターら第二世代クトゥルー神話作家の作品ではしばしば、中東のあたりにかつて存在していた土地とされている。

「ランドルフ・カーターの供述」解説

本作は一九一九年一二月後半に執筆され、ダンウィッチのモチーフであるマサチューセッツ州アソール在住のウィリアム・ポール・クックが編集するアマチュア文芸誌〈ザ・ヴァグラント〉一九二〇年五月号に発表された後、商業誌では〈ウィアード・テールズ〉一九二五年二月号に掲載された。同じ月にHPLが見た内容をほぼそのまま引き写したもので、「北極星《ポラリス》」の解説で触れたギャルピンとモーに回覧する一九一九年一二月一一日付の書簡に夢の内容が詳述されているので、補遺として訳出した。

取り調べないしは裁判の席上で尋問に答えている形式上、法律用語としては「供述」が適切である。実際の夢でハーリイ・ウォーランの役割を担ったのは、オハイオ州クリーヴランド出身のユダヤ系の詩人、劇作家で、「ナイアルラトホテプ」（第3集収録）の元となる一九二〇年後期の夢にも登場したサミュエル・ラヴマンだった。彼は稀少な初版本のコレクターで、その該博な知識がハーリイ・ウォーランに反映されている。ただし、写真で顔を知っていたものの、実際に会ったのは一九二二年四月が最初だった。二人の親交はHPLの死の間際まで続いたが、後にHPLの元妻ソニアから故人の反ユダヤ主義的な言動を知らされたラヴマンは、過去の友情を否定して書簡を全て破棄してしまっている。

本作の舞台は、夢の中では明らかにニューイングランド地方のどこかだったが、本編に言及されるゲインズビル、ビッグ・サイプレス湿地などの地名はフロリダ州のもので、これは「銀の鍵」以降の作品でウォーランが南部の人間とされていることとも合致する。なお、ロードアイランド州北西部のチェパチェットとコネチカット州プトナムの中間、プトナム通りを外れたあたりにダーク・スワンプ（暗い沼）

と呼ばれる場所があるとの噂を耳にしたＨＰＬは、一九二三年八月、友人のＣ・Ｍ・エディと探索に出かけている。本作との符合を興味深く思ったのだろうが、残念ながら未発見に終わったようだ。

クラーク・アシュトン・スミス宛ての一九三二年二月八日付書簡において、ＨＰＬはスミスの「名もなき末裔」（青心社文庫『クトゥルー8』に収録）に言及される墓に現れる怪物を食屍鬼《グール》と呼び、本作でウォーランが目にしたものたち（複数形）と同一視している。また、ドナルド・ウォンドレイは、一九二六年頃に「嗤笑者 The Chuckler」という、本作の続編的な色合いの物語を書いている。

さて、本作はＨＰＬの複数作品で主人公を務める「ランドルフ・カーター」が初めて登場する作品で、一九三五年に友人のためにデザインした便箋には、「ランドルフ・Ｗ・カーター」というミドルネームが示される。自身を投影した人物なのは確かで、イラストなどではＨＰＬそっくりの姿で描かれることが多い。しかし、本作以降の作品の描写を見るに、働く必要のあまりない資産家であったり、第一次欧州大戦で戦死した同国の詩人が投影されるなど（「銀の鍵」訳注を参照）、チャールズ・デクスター・ウォードやウォード・フィリップスといった分身的なキャラクターに比べると明らかにＨＰＬの理想が強く仮託されており、コンプレックスを感じていた容貌をそのまま引き継いでいるとは考えにくい。

なお、カーター家はバージニア州から移住してきたロードアイランド州の名家で、たとえばジョン・カーターは一七六二年にプロヴィデンス最初の新聞を発行した人物である。ＨＰＬは、一九二九年六月一〇日付のエリザベス・トルドリッジ宛書簡に「バージニアの血統のニューイングランドへの移住は、私の想像を大いに掻き立てます——それで私は〈ランドルフ・カーター〉というキャラクターをよく登場させるのです」と記し、実在人物の名前を挙げてプロヴィデンスのカーター家について説明している。

「恐ろしい老人」解説

　本作は一九二〇年一月二八日に執筆され、当時、HPLが所属していたナショナル・アマチュア・プレス・アソシエーション（NAPA）の機関誌である〈ザ・トライアウト〉一九二一年七月号で発表後、〈ウィアード・テールズ〉一九二六年一〇月号に掲載された。HPLは、ヴァーノン・シェイに宛てた一九三一年六月一九日付の書簡中で、本作を「霧の高みの奇妙な家」「ウルタールの猫」などの作品と共に「疑似民間伝承もの」と呼んでいる。その言葉の通り、「恐ろしい老人」には昔話風な明るさと、悲惨な出来事の中にもほんのりと明るさの漂う、因果応報の教訓話めいたところがある。文体として「ですます調」を選んだのはそのためで、児童向けの昔話集にでも出てきそうな面白みのある物語だと訳者は思うのだが、HPL自身はあまり気に入っていなかったようだ。

　本作は、HPLが創造した架空の港町、キングスポートの初出作品である。ただし、この時点ではまだニューイングランド地方のどこかであるという以上の情報はない。アンジェロ・リッチ、ジョー・チャネク、マヌエル・シルバという三人の泥棒たちの名前が、順にイタリア、ポーランド、ポルトガルと、当時のロードアイランド州に見られたエスニック人種集団と一致しているところから、執筆時点には同州南部の港町、ニューポートをイメージしていた可能性がある。この港町はHPLのお気に入りの地元の観光スポットであったらしく、彼は友人が訪ねてくると大抵、そこに案内したのだった。

　キングスポートがマサチューセッツ州の東海岸に配置されたのは「祝祭」（一九二三）からで、この作品を執筆する前年、一九二二年一二月一四日の夕方に初めて同州のマーブルヘッドを訪れ、夕暮れの光景に感銘した経験が新たなキングスポートと、「祝祭」の物語に繋がったのである。

「恐ろしい老人」は、ダンセイニ風作品とも呼ばれるHPLの幻想小説ではないが、ロード・ダンセイニの作品集『驚異の書』（河出文庫版『世界の涯の物語』に丸ごと収録されている）に収められているいくつかの物語から影響を受けているように思われる。たとえば、三人の盗賊が正体不明の怪人物のもとから黄金を盗み出そうとして、恐ろしい運命に見舞われる筋立ては、『驚異の書』の収録作である「三人の文士に降りかかった有り得べき冒険」を彷彿とさせる。HPLはこの作品から強い印象を受けていて、「恐ろしい老人」の翌年頭に執筆された「無名都市」の元になった夢が、「三人の文士〜」のクライマックスにおける「音ひとつない奈落の闇」という一節によって喚起されたものだと認めている。

また、〈恐ろしい老人〉が慰み者としている不吉な振り子は、「宝石屋サンゴブリンド、並びに彼を見舞った凶運にまつわる悲惨な物語」の結末で吊り下げられている盗賊の成れの果てから着想を得たのかもしれないし、東洋の偶像と思しい巨石がいくつも転がっているという老人の地所は「偶像崇拝者ポンボの身の程知らずな願い」を想起させられる。ともあれ、一九二〇年代前期のHPLはロード・ダンセイニを崇拝し、彼の作品のエッセンスを文字通りの意味で寝ても覚めても貪欲に取り込んでいたので、こうした考えはあながち的外れというわけでもないだろう。

なお、本作において不吉な怪異そのものとして描かれる〈恐ろしい老人〉は、同じくキングスポートが舞台の「霧の高みの奇妙な家」にも登場していて、こちらでは好奇心旺盛な主人公にこの世ならぬ知識の一端を与えて探索行へと導く、アメリカ合衆国の神話学者ジョーゼフ・キャンベルが『千の顔をもつ英雄』において定義したアーキタイプで言うところの「導師《メンター》」の役割を果たしている。

「夢見人《ドリーマー》へ。」解説

一九二〇年四月二三日に執筆された四行連句から成る二四行の詩で、アマチュア文芸誌〈コヨーテ〉一九二一年一月号での発表を経て、〈ウィアード・テールズ〉一九二四年一一月号に掲載された。フランク・ベルナップ・ロング宛ての一九二一年五月四日付書簡によれば、シャルル・ボードレールのメモと書付から着想したということだが、HPLが単に「夢想家」ではなく、「夢見ることで別世界を覗き込む／創造する能力の持ち主」のニュアンスをDreamerという言葉に込めた背後には、ロード・ダンセイニの作品集『夢見る人の物語 A Dreamer's Tales』の表題も念頭にあったことだろう。

本作は、「北極星」を執筆した一九一八年から、翌年のダンセイニ体験を経て、連綿と幻想的な世界の物語を綴ってきたHPLが、初めてその世界を夢の中に位置づけた作品である。トォク山脈、ズィンの窖、ナスの谷（ただし、ナスの窖というワードが「サルナスに到る運命」に出てくる）などの、幻夢境ものの集大成である「未知なるカダスを夢に求めて」で生々しく描かれる場所が既に言及されていることは、注目に値する。「未知なる～」では、浅い眠りの中にある七〇段の階段と、七〇〇段の階段を降りていった先にある〈深き眠りの門〉の先に幻夢境が広がっているのだが、本作で言及されている夢の階《きざはし》という言葉は、その先駆けとも言えるだろう。

なお、ナスの谷に群がる夢の妖麗 dream-shapes は、「未知なる～」の記述に鑑みると、幼少期のHPLの悪夢に現れたという夜鬼《ナイト＝ゴーント》なのかも知れない。作品としての初出は「未知なる～」なのだが、本作執筆の翌月のラインハート・クライナー宛て書簡で、HPLはこの怪物に言及しているのである。

「ウルタールの猫」解説

ラインハート・クライナー宛ての一九二〇年六月一一日付の書簡中で、HPLはこう書いている。
「過日の夜、訪問客がありまして、良い物語のアイディアが得られました。毛深くて四本脚の若き訪問客で、黒の上着に白の手袋と長靴を身に着けていて、鼻と尾の先っぽの周りは白でした。彼は近くの椅子に座って、何とも意味ありげに喉を鳴らすものですから、私も彼が古代の種族や祖先から受け継いでいるものに思いを馳せてしまいました。一度ならずあなたに話していたように、私は彼の種を非常に好んでいて、彼を眺めているうちにこんな考えが脳裏をよぎっていきました」

続く文章は、古のアイギュプトスに遡る猫の秘密――本作冒頭の文章そのものであり、HPLはこの時に浮かんだプロットを「ウルタールの猫」という小説にまとめるつもりだと、書簡を結んでいる。

本作が実際に執筆されたのは六月一五日のことで、「恐ろしい老人」に先立ち〈ザ・トライアウト〉の一九二〇年一一月号で発表された後、〈ウィアード・テールズ〉一九二六年二月号に再録された。

物語自体は古典的な復讐譚で、HPLはヴァーノン・シェイに宛てた一九三一年六月一九日付の書簡中で、本作を自身の「疑似民間伝承もの」の最高傑作と呼んでいる。一九二〇年代に書かれた他の作品と同様、この世ならぬ幻想的な世界を舞台としていること以外にも、ロード・ダンセイニからの直接的な影響が垣間見える。ロード・ダンセイニの研究書も手がけるHPL研究者のS・T・ヨシは、浅黒い肌の流浪の民は小説「ヤン川を下る長閑な日々」から、メネス少年の名は戯曲「アルギメネス王」から、そして復讐譚の着想は作品集『驚異の書』から着想を得たのだろうと推測している。なお、作中の放浪者たちが古代エジプトと関わりのある象徴を帯びているのは、猫の女神バーストやスフィンクスから、どうやらHPLが猫のルーツがエジプトにあると考えていたらしいこと、そして作中で明言されないが、彼らのモチーフがジプシー――「エジプシャン」が転じた呼称で、エジプト出身を自称したことに由来する――であったことを示唆しているものと思われる。

HPLの猫贔屓は有名で、一九二六年には「猫と犬」と題する、猫と犬の優劣を論ずるエッセイまで書き下ろしているほどだ。彼の猫好きは少年期に遡り、祖父ウイップル・ヴァン＝ビューレン・フィリップスの邸宅に住んでいた時分には、黒んぼ《ニガーマン》という名の黒猫を、子猫の頃から可愛がっていた。この愛猫は、祖父の死に始まるごたごたの中、姿を消してしまったということで、HPLはこの悲しみを生涯忘れられず、以後、特定の猫を飼うことはなくなった。しかし、引っ越す度に近所の猫たちと交流し、彼らが訪ねてきた時にはいつでも遊んでやれるよう、ネズミのおもちゃを常に手近に置いていたという。

とはいえ、HPL作品に飼い猫として登場するのは常に黒猫であり、「壁の中の鼠」（第3集収録）には黒んぼ《ニガーマン》という名の、「チャールズ・デクスター・ウォード事件」（第7集収録予定）には黒《ニッグ》という名の老猫がそれぞれ登場している。本作と「未知なるカダスを夢に求めて」に登場する黒猫も、おそらくHPLがかつて飼っていた黒猫の姿が重ねられているのだろう。

なお、HPLと猫については、『ラヴクラフトの思い出 Lovecraft Remembered』に収録されているウイリアム・ポール・クックの回想記のエピソードが有名だ。一九二八年の夏の、マサチューセッツ州アソールの自宅を訪ねてきたHPLと夜半に別れたクックは、翌朝、前夜に挨拶をした時のままの姿勢で椅子に座っている友人を発見した。膝の上で眠っている子猫を起こしたくなかったというのである。

「セレファイス」解説

書簡などに見られる情報から、本作は一九二〇年一一月の初旬に執筆されたと考えられている。後に妻となるソニア・H・グリーンが発行していたアマチュア文芸雑誌〈ザ・レインボー〉一九二二年五月号に発表され、商業誌ではペンシルベニア州のファンタジー・パブリケーションズ社刊行の〈マーベル・テイルズ〉一九三四年五月号に掲載された。フランク・ベルナップ・ロング宛ての一九二七年一二月付の書簡によれば、HPLは本作の一部は、実際に見た夢そのままだと書いているのだが、具体的にどのような夢かは書き残していない。書簡内では、「ランドルフ・カーターの供述」が本作と併記されているので、この作品と同じくかなりの部分を夢に負っていたと考えらえる。HPLが一九一九年から書き綴っていた備忘録には、一九一九年の条に「都市の上空を飛行する夢（セレファイス）」というメモ書きがある。少し後には「人間が過去——あるいは空想の領域——に旅立ち、抜け殻となった肉体を後に残す」というメモ書きもあって、こちらも「セレファイス」の内容を彷彿とさせる。

自らを王と夢想し、現実の仕事から逃避する主人公の末路を描くロード・ダンセイニの「トーマス・シャップ氏の戴冠式」からの影響を指摘する向きもあるが、ニューイングランドではなく敢えてロンドンを舞台に選んだ点、主人公が自らの夢想を創作という形で昇華しようとする点、そして夢の世界に浸るべく薬物のオーバードーズに頼るなどの展開は、むしろアーサー・マッケンの『夢の丘』と酷似する。

マッケン自身が投影される作家志望のルシアン・テイラーは、孤独で夢見がちな幼少期に山林を歩き回り、緑に飲み込まれた古代ローマ属領時代の城砦を目にする。それは、HPL自身の原風景とも重なっている。幼い彼はギリシャ・ローマの神話に熱中し、プロヴィデンスの周囲に点在する石造りの建物や田園地方の岩山を眺めては神々の神殿を空想し、森の中に半人半獣のサテュロスを幻視した。一九〇五年から一九〇六年というから、思春期の真っ盛りに、彼は幾度となく夢の中でローマ人となり、ブリタンニアやガリア地方を駆け巡ったとも言っている。『夢の丘』のルシアンがマッケンの故郷でもあるウエールズに執着したように、「セレファイス」の語り手がデヴォン州を含むコーンウォール半島に執着したのも示唆的だ。HPLはある時、父方の「ラヴクラフト家」の系図を追跡調査して、そのルーツがデヴォン州にあることを知ったのである。一九三五年末のある書簡に、彼はこう書いている。

「生まれる際に選り好みができるのであれば、私なら十八世紀の英国にします――プロヴィデンスで誕生したちょうど二百年前の一六九〇年に、デヴォン州に生まれればよかったと思います」

HPLのデヴォン州への思い入れの深さは、一九三〇年一一月七日付のクラーク・アシュトン・スミスに宛てた書簡にも表れ、彼は自らを「父祖の地」デヴォン州の探検家や冒険家に例えている。

この時、HPLの念頭にあったのはおそらく、デヴォン州のトーキーで一八二一年に生まれたリチャード・フランシス・バートンの存在だろう。一九世紀を代表する探検家であったバートン卿は、アラブ人巡礼者に変装してイスラムの聖地メッカへの巡礼を果たしたという命知らずの冒険のみならず、HPLが愛読した『千夜一夜物語』の翻訳者として知られているのである。

こうした符合にもかかわらず、HPLがマッケンの作品を読み始めたのは一九二三年の晩春で、フランク・ベルナップ・ロングの強い勧めを受けてのことだという。あるいは、マッケンへの強い関心の背後には、ダンセイニの時と同じく自身の作品と似通ったものを見出したことがあったのかもしれない。

「忘却より《エクス・オブリビオン》」解説

本作は、一九二〇年末から翌年頭にかけて執筆されたらしい散文詩である。本書では、小説の体裁で翻訳を行った。ユナイテッド・アマチュア・プレス・アソシエーション（ＵＡＰＡ）の機関誌〈ユナイテッド・アマチュア〉一九二一年三月号にて、「ウォード・フィリップス」名義で発表された。

主に幻想的な詩作品を発表する際に使用された筆名だが、ウォード・フィリップスというのは「銀の鍵の門を抜けて」に登場する「ロードアイランド州プロヴィデンスに住む高齢の変わり者」の名前でもあり、この作品から遡って「銀の鍵」終盤の一人称部分の記録の筆者だと判明する人物でもある。よって、本作をＨＰＬ自身ではなく、幻夢境に出入りする夢見人でもある「銀の鍵」「銀の鍵の門を抜けて」の登場人物、ウォード・フィリップスの作品と見なすこともできるだろう。

ザカリオンという都邑は他の作品では言及されないのだが、近い時期に書かれた「セレファイス」と同様、人間の見る夢の中の世界にまつわる物語であることが明言されている。

門や崖といった境界線を越えて、音も響かぬ空虚の中へと落ち込んでいくという描写は、「北極星」「セレファイス」と繰り返されてきたものだが、殊更、苦悩に満ちた生からの解放としての忘却を強調しているのは、ＨＰＬが当時読んでいたアルトゥル・ショーペンハウアーの著作の影響であるらしい。

なお、本作とほぼ同時期に、「ダゴン」をはじめ、彼の詩や小説の批評への返答として執筆された、「ダゴン弁論術」と題するエッセイの中で、ＨＰＬは「忘却に勝るものは存在しない。何故なら、忘却の世界ではいかなる願望も実現されるからである」と書いている。

「イラノンの探求《クエスト》」解説

本作は、一九二一年二月二八日に執筆され、ロイド・アーサー・エシュバックが編集するアマチュア文芸雑誌〈ザ・ギャレオン〉一九三五年七・八月合併号に発表された。当初は、HPL自身が刊行していた〈保守派〉に掲載しようとしていたようだが何らかの理由で見送られ、一九二七年一二月頃には、ドナルド・ウォンドレイがタイプ打ちした原稿を〈ウィアード・テールズ〉編集部に送ってみたものの、不採用に終わったとHPLがウォンドレイ宛ての書簡で報告している。

一連のダンセイニ風の作品の中でも屈指に美しい作品であり、HPL自身もそこそこ気に入っていたようで、執筆からかなり経過した一九三〇年代にも幾度か書簡でタイトルを挙げている。

本文中では、作品の舞台が夢の中であるかどうかについての明示はないが、「セレファイス」「忘却より」以後の作品であり、ある程度、期するところはあっただろう。「北極星」のロマールやオラトエ、「サルナスに到る運命」のサルナスやトラア、イラルネク、カダテロンへの言及があり、やがて最終的にこれらの作品を「未知なるカダスを夢に求める」の幻夢境に結びつける重要な交差点ともなっている。

なお、「私はクサリ川のほとりにある極寒のナルトスの谷に住んでいたんだ」という言葉以下の、イラノンが自身の出自と旅路を語るくだりは、本作はもとより「サルナスに到る運命」で言及される土地の位置関係を推し量る唯一の手がかりとなっている。本書掲載の幻夢境の地図と、おそらくはケイオシアム社のサプリメント『クトゥルフ神話TRPGラヴクラフトの幻夢境』に掲載されている地図は、本作の記述をベースに、矛盾しない位置関係に配置するというやり方で作成されたものだろう。

「蕃神」解説

本作は一九二一年八月一四日に執筆され、一九三三年から三五年にかけて刊行されていた、怪奇小説分野における初期のファンジンである〈ファンタジー・ファン〉一九三三年一一月号に発表された。

ＨＰＬは、〈ウィアード・テールズ〉に採用されなかった作品を同誌に数多く寄稿し、クラーク・アシュトン・スミスらの友人を紹介したのみならず、怪奇小説にまつわるエッセイ「文学における超自然の恐怖」の増補改訂版を廃刊までに第八章まで連載していた。

さて、本作の事実上の主人公である祭司アタルは、「ウルタールの猫」にちらりと姿を見せた宿屋の主人の息子が成長した姿で、ランドルフ・カーターに次ぐ複数作にまたがって登場するキャラクターである。「北極星」で言及された『ナコト写本』に加え、『フサンの謎の七書』という、ＨＰＬが創造したものとしては二番目の禁断の書物（『ネクロノミコン』は三番目で、「猟犬」（一九二二）が初出）が登場している。なお、雑誌掲載時、『フサンの謎の七書 the seven cryptical books of Hsan』は誤って『大地の謎の七書 The Seven Cryptical Books of Earth』と誤植されていた。この誤タイトルは現在、『フサンの謎の七書』の翻訳版の書名として、『クトゥルフ神話ＴＲＰＧ』に取り込まれている。

さて、本作は「地球の脆弱な神々を護る外なる地獄《アウター・ヘル》の神々」である「蕃神《アザー・ゴッド》」という存在が最初に示されたＨＰＬ作品である。今日、『クトゥルフ神話ＴＲＰＧ』などの影響によって、クトゥルー神話物語に登場する邪神たちの総称としては〈大いなる古きものども〉――時に「旧支配者」とも訳される呼称が一般に広まっているが、「蠟人形館の恐怖」（第3集収録）の解説に示した通り、ＨＰＬ自身の書いた作品において、〈古きものども〉〈大いなる古きものども〉という言葉は、それこそ作品毎に異なるニュアンスで使用されており、原典に忠実であろうとするならば、いささか不適切な総称と言える。

蕃神の方は、「未知なるカダスを夢に求めて」の記述を見る限り、間違いなく魔皇アザトースやナイアルラトホテプを含む異形の神々の総称なのだが、残念ながら以後の作品では見られないようだ。

「地球の神々」と「蕃神」を別々の存在とするにあたり、HPLの念頭にあったのは、ロード・ダンセイニの『ペガーナの神々』に収録されている「地神の叛乱」と題する作品だと思われる。この作品では、マアナ＝ユウド＝スウシャイと、彼が創り出したちいさき神々から成る〈ペガーナの神々〉よりも劣る存在として、地神 Home Gods と呼ばれるものたちが存在する。「地神の叛乱」は、ペガーナの神々に成り代わって人間を弄ぼうとした地神たちが報いを受けるという物語であり、この力関係は本作や「未知なるカダスを夢に求めて」における地球の神々と蕃神どもを彷彿とさせるのだ。

また、神の聖域を冒した人間が報いを受けるという展開は、ロード・ダンセイニの戯曲作品に繰り返し現れるモチーフであり、神々の彫像が関わってくるあたりは戯曲「山の神々」を想起させる。

なお、ハテグ＝クラ山への登攀のくだりは、神々の姿を目にするという目的も引き継ぐ形で「未知なるカダスを夢に求めて」におけるングラネク山への登攀で繰り返されているのだが、それからさらに何年も後に執筆されたヘイゼル・ヒールドのための代作「永劫より出でて」（一九三三）においても、邪神ガタノソアが棲み着くムー大陸のヤディス＝ゴー山への登攀が似たような筆致で描かれている。

ちなみに、本作の後半に冥界の火の川《プレゲトーン》への言及があるが、HPLの備忘録の一九一九年の条に「プレゲトーン――冥界の液体状の火の川」というメモ書きがあり、いずれ使おうと思っていたものらしい。

「アザトース」解説

本作は、一九二二年六月に執筆に着手したものの、書きかけで終わった断章である。一九二一年七月に読んだ、アッバース朝イスラム帝国の邪悪なるカリフにまつわるアラビア風の物語、ウィリアム・ベックフォードの『ヴァテック』の影響下で、「一八世紀風の東方奇譚」（一九二一年一〇月七日付ウィニフレッド・ジャクスン宛書簡）を書こうと思い立ったらしい。アザトースという名前は、HPLが書き溜めていた備忘録の一九二〇年の条に、「アザトース――悍ましい名前」「遥か遠き魔皇《デーモン＝スルターン》アザトースの闇黒《あんこく》の玉座を探し求める恐るべき巡礼」という二つのメモ書きに現れている。この作品への意気込みについて、HPLはフランク・ベルナップ・ロング宛ての一九二二年六月九日付書簡にこう書いている。

「残りは――この導入部は、読者にそのための準備をさせるものなのですが――『千夜一夜物語』のようなものになるでしょう。私は現在の規範に従うことなく、子供のような誠実さをもって数世紀を遡り、今日では初期のロード・ダンセイニを於いて誰しもが到達していない神話を創ろうと思います。これを書いている最中、私は世界の外側に出ていきます。私の心の中心にあるのは文学的用法ではなく、私が六歳以下の時に見た夢――私がシンバッドやアジーブやバダ＝アブダラー、それにシディ＝ノンマンのことを知りそめた後に見た夢となることでしょう」

HPLは結局、この作品を書き上げることができなかったが、四年後に執筆した「未知なるカダスを夢に求めて」は「アザトース」の復讐戦であったようだ。そして、同作でおぼろげに示唆されているアフォーラトのゼニグという人物こそが、アザトースの玉座を探し求めた主人公だと考えられている。

「名状しがたいもの」解説

本作の執筆時期は一九二三年九月で、〈ウィアード・テールズ〉一九二五年七月号に発表された。怪奇・幻想小説の物語について冷淡な反応を示していながら、その実、誰よりも迷信に囚われている（と、ＨＰＬが見なしていた）一般人を皮肉った内容で、「名状しがたい unnamable」「語り得ない unmentionable」といった言葉をしばしば用いる自身を投影したカーターという作家が語り手である。

作中ではファーストネームの言及がないのだが、本作の三年後に書かれた「銀の鍵」に、「ランドルフ・カーターの供述」に描かれる事件の後、「父祖が住み着いていたニューイングランド地方の魔女に取り憑かれた恐ろしくも古い街、アーカムに戻ってきたのだが、暗闇の中、老いた柳の木々やぐらつく切妻屋根の家々に囲まれる只中で経験したことにより、狂乱した先祖が遺した日記のいくつかのページを永久に封印する羽目となった」という本作の出来事を匂わせる文章があり、後付け的にランドルフ・カーターものだと見なされている。ＨＰＬが同姓の人物を自作に登場させるのは珍しいことではなく、「〜供述」の解説に示した通りロードアイランド州の実在の名家をモチーフにした家系なので、執筆時にはランドルフ・カーターではなかったのではないかとの意見もある。

カーターと語り合っている「イースト・ハイスクールの校長」のジョエル・マントンは、一九一四年以来のＨＰＬのアマチュア・ジャーナリズム仲間で、ウィスコンシン州のハイスクールで英語教師を務めていたモーリス・ウィンター・モー（「北極星《ポラリス》」解説も参照）がモデルの人物だ。一〇年近く文通のみでやり取りを続けてきたＨＰＬと二人が初めて顔を合わせたのは、本作の執筆直前の八月一〇日で、モーはプロヴィデンスのＨＰＬを訪問した後、ボストンの家族と合流して小旅行を楽しんでいる。敬虔なキリスト教徒であったモーは、無神論者のＨＰＬとしばしば手紙で議論に及んだということなので、あるいは作中に描写されるようなやり取りが二人の間で実際に交わされたのかもしれない。ただし、物語の冒頭部において、文学のあるべき姿について二人の人物が議論を戦わせるというシチュエーションは、アーサー・マッケンの「三人の詐欺師」（創元推理文庫版での邦題は『怪奇クラブ』）に酷似している。折しも本作の執筆の少し前――遅くとも七月以前に、ＨＰＬはフランク・ベルナップ・ロングの勧めでマッケンの作品を読み漁り、そのエッセンスを貪欲に摂取していたのだった。また、「芸術家の本分というのは、行為や喜悦、驚愕によって強い感情を掻き立てることではな」いというマントンの主張に、マッケンの文学論『神聖文字：文学における高揚についての覚書 Hieroglyphics: A Note upon Ecstasy in Literature』の内容が反語的に反映されている可能性を、Ｓ・Ｔ・ヨシは『Ｈ・Ｐ・ラヴクラフト大事典』において指摘している。ちなみに、「老婆たちの迷信」は、作中で書名のあがるコットン・マーザーの著作から流用した、植民地時代に遡る伝統的な迷信である。

ところで、本作の舞台である墓地は、魔女裁判の犠牲者の記念碑があるセイラムのチャーター・ストリート墓地（バリーイング・ポイント墓地）がモチーフらしく、Ｓ・Ｔ・ヨシの『Ｈ・Ｐ・ラヴクラフト大事典』によれば、かつては墓石がめり込んだ柳の巨木が実際にあったようだが、二〇一九年現在は見当たらない。ちなみに、いわゆる柳（ウィロー）はヨーロッパ原産で、アメリカでは土着のウィローオーク（ヤナギバナラ）がウィローと呼ばれるケースがあるが、セイラムにはヨーロッパから移植された柳が生えていて、ブロード・ストリート墓地に一本の見事な柳が生えていたという記録がある。

「銀の鍵」解説

一九二六年は、ＨＰＬの人生に幾度目かの転換点が訪れた年だった。妻ソニアとの別居（ニューヨークでの事業に失敗した彼女が、オハイオ州のシンシナティに就職したのが理由）によって、雑然とした都市の只中で嫌悪感を深めながら図書館に足繁く通い、文学論「文学における超自然の恐怖」を執筆しながら自身の思想と作品を見つめ直していた彼は、ついにこの年の春、故郷プロヴィデンスへの帰還を果たしたのである。その後、自身の不在中のプロヴィデンスが舞台の「クトゥルーの呼び声」、美術業界への皮肉とニューイングランドにわだかまる恐怖への愛着を示した「ピックマンのモデル」を書き上げた彼が、続いて一一月に執筆したのが「銀の鍵」だった（〈ウィアード・テールズ〉一九二九年一月号に発表）。そう考えると、文学的リアリズムやボヘミアンの批判的考察が書き連ねられる冒頭部は、ホームに腰を据えた上で、ニューヨークで見聞きした都会的な事物に訣別する儀式とも見えてくる。

この時、彼が訣別を考えていたものには、一九二〇年代を通しての自身の作風も含まれていたようだ。一九一九年のダンセイニ経験以降、その影響を色濃く受けた作品を次々書いてきたＨＰＬだが、この頃になると何やら思うところがあったらしく、〈ウィアード・テールズ〉の編集長ファーンズワース・ライトに宛てた一九二七年七月五日付の書簡の中で、「現在の私の小説はすべて、人間に共通する法則や興味や感情は広大な宇宙においては何の意味も妥当性もないものだという、基本的な前提に基づいています」という有名な言葉を含む独特の恐怖小説観を開陳すると共に、自身の「新路線の特徴を示す二作品」として「銀の鍵」と「霧の高みの奇妙な家」を挙げている。この路線変更については、エリザベス・トルドリッジに宛てた一九二九年三月八日付の書簡に、彼の真意が滲み出ているように思われる。

「恐怖より美そのものを核とする小品は――以前はたくさん書きましたが、恐怖を中心とした作品より見劣りがするように思ったのです。ややもすると単にダンセイニを模倣しただけのものになりがちで、あらゆる芸術にとっての死を意味する甘さや感傷の気味があったのです」「実際、ダンセイニなどは私が言いたいと思ったことのほとんど全てを絶妙に語ってしまいました。おかげで私がまったくのファンタジーに浸ろうとしても、ダンセイニの真似をする以上のことはできないのです」

HPLは以後もロード・ダンセイニを愛読し、事あるごとに賛辞を惜しまなかったが、その作風が自分には向いていないのではないかと感じていたようなのだ。「銀の鍵」では、HPLが自身を部分的に投影していたランドルフ・カーターものと、一連の幻夢境《ドリームランド》ものの合流が図られている。その背景には、これ以前の自分の作品の総決算という意図もあったのではないだろうか。

なお、本作執筆の直接的なきっかけは、他の少なからぬ作品と同じく、直前の旅行だった。同年の一〇月、HPLは叔母のアニー・E・フィリップス・ギャムウェルと二人で、プロヴィデンスの西方にあるロードアイランド州のフォスターを訪問したのである。この街はフィリップス家のホームで、HPLは一八九六年と一九〇八年にも大伯父にあたるジェイムズ・ウィートン・フィリップスの所有する農場に滞在したことがあった。なお、作中に登場するベネジャー・コーリーの名前は、彼が宿泊した家の向かいにあった農場のオーナーの名、ベネジャー・プレイスから採ったものらしい。

HPLは、フォスターをアーカム背後の丘陵地帯に配置したわけだが、翌年の三月に執筆した「異世界からの色」の舞台となるアーカムの郊外にも、この時の旅行で目にした光景が反映されている。

「霧の高みの奇妙な家」解説

本作は一九二六年一一月九日——おそらく「銀の鍵」の直後に執筆され、〈ウィアード・テールズ〉一九三一年一〇月号で発表された。本作の舞台であるキングスポートについては、「祝祭」（第2集収録）の解説などに詳しい。「銀の鍵」には、「祝祭」の後日談めいた言及が見られるが、この作品ではかの港町をさらに掘り下げたのみならず、「恐ろしい老人」とその登場人物も物語に合流させている。

HPLは本作の執筆にあたり、「マグノリア［マサチューセッツ州グロスターの地区のひとつ］の巨大な崖」（フランク・ベルナップ・ロング宛て一九二七年七月六日付書簡）、「グロスターの近くの〈マザー・アン〉という岬」（オーガスト・W・ダーレス宛て一九三一年一一月六日付書簡）を念頭に置いたと書いている。

ただし、キングスポートのモデルであるマーブルヘッドはもとより、グロスターの崖上にも作中に描かれるような家はなく、S・T・ヨシはロード・ダンセイニの『影の谷年代記』における魔法使いの棲む山頂の家が元になった可能性を指摘している。しかし、この点について筆者にはひとつの仮説がある。

本作は〈大いなる深淵の君主〉ノーデンスが初めて言及される作品だ。ノーデンスは、ローマ属州時代のブリタンニアにおいて、ローマ化した市民から崇拝されていた神で、アイルランドのヌアザ、ウェールズのシーズ・サウエレイントと同一視されている。HPLが高く評価していたアーサー・マッケンの「パンの大神」に、ギリシャ神話の牧羊神パンの名で呼ばれる精神的存在の別名としてノーデンスの言及があり、古くからの怪奇小説読者間では、HPLはこれを参考にしたのだろうと言われてきた。

しかし、マッケンの描くノーデンスは、ネプトゥーヌスやトリトーン、ネーレイスたちを従え、海豚たちの背中で釣り合いを保つ巨大な貝殻に乗った、白髪交じりのノーデンスの姿とは似ても似つかない。

では、ＨＰＬはどこでノーデンスを知ったのだろうかと調べてみると、英国のグロスターシャーのリドニーで発掘された、ノーデンス神殿の遺物に辿り着いた。現地では「小人の教会」と呼ばれているノーデンス神殿の発掘は一八〇五年に始まった。英国国教会の聖職者であるウィリアム・ハイリー・バサーストが著した『グロスターシャー、リドニー・パークの古代ローマ遺物 Roman antiquities at Lydney park, Gloucestershire』（一八七九）によれば、有翼の小神たちや、蹄のある前脚と魚の尾を備えたトリトーンたちを従え、海馬に牽かせた戦車に乗った「ノーデンス神 Deus Nodens」の青銅板（１６６ページ参照）が発見されているのである。同書にはまた、「Deus Nodens」は正しくは「Deus Noddyns」と綴り、「深淵の神」あるいは「守護神」を意味するとも書かれている。直接この本を読んだのかどうかはわからないが、ＨＰＬがこの事を知っていたのは明らかだろう。

さて——キングスポートのモデルであるマーブルヘッドのワシントン・ストリート１６１番地には、ジェレマイア・リー・マンションというハウスミュージアムがあるのだが、階段をあがった先の正面に見える二階の壁に、何と三叉の鉾を持ったネプチューンの絵が描かれているのだ（１１４ページ参照）。ここがハウスミュージアムとして公開されたのは、ＨＰＬがマーブルヘッドを含むニューイングランド各地を頻繁に旅行した時期の少し前なので、彼がこの絵を目にした可能性は非常に高い。ノーデンス、ひいては〈ファーザー・ネプチューン〉のイメージの源泉は、この絵だったのではないだろうか。

なお、グロスターシャーは第二世代クトゥルー神話作家であるラムジー・キャンベルが好んで自作品の舞台としてきた地域だが、キャンベルはノーデンス神殿の存在を知らなかったということである。

「未知なるカダスを夢に求めて《ドリーム＝クエスト》」解説

一九二六年一〇月から一九二七年一月二二日にかけて、HPLの作品の中では比較的長い時間をかけて執筆され、直後に書かれた「チャールズ・デクスター・ウォード事件」（一九二七）、そして「狂気の山脈にて」（一九三一）に次いで三番目に長い小説となっている。ダンセイニの影響下で連綿と書き続けてきた前期作品の集大成なのだが、どうやら〈ウィアード・テールズ〉に「掲載を拒否された」（フリッツ・ライバー宛て一九三六年一二月一九日付書簡）らしく、生前にはついに発表されなかった。

非常に長いので、アマチュア文芸雑誌に投稿するわけにもいかなかったということもあるだろうが、「アザトース」で目指した『ヴァテック』風の大作に再び取り組んだ意欲作であり、ポオやヴェルヌの冒険旅行のテイストをも取り込んだ壮大な探求《クエスト》の物語であるにもかかわらず、HPLは本作について自信がなく、「読者はランドルフ・カーターの冒険譚に飽きてしまったのではないか。また怪奇幻想が過剰で、望まれている不可思議な印象をどの情景も作り出せないなどということになりはしないかと私は大いに懸念しています」（オーガスト・W・ダーレス宛て一九二六年一二月初旬の書簡）といった弱音を執筆中にも漏らしていたのみならず、後年振り返った際にも「完成した途端にいくらか幼稚に見え始めた」（クラーク・アシュトン・スミス宛て一九三〇年一〇月一七日付書簡）といささか心もとない。

実際、読者の評価も毀誉《きよ》褒貶《ほうへん》喧《かまびす》しいのだが、その背景には作品世界のクロスオーバーにあたり、HPLが時系列にいささか無頓着だったこともあるかもしれない。わずか数ヶ月前の「銀の鍵」において、HPLは「ランドルフ・カーターは、三〇歳の時に夢の門の鍵を失くしてしまった」と書いた。ならば、この作品はカーターが二〇代の頃（「銀の鍵」では、カーターは一八七三年生まれ）の出来事になるのだが、『ネクロノミコン』の歴史」（一九二七）では、「ピックマンのモデル」においてリチャード・アプトン・ピックマンが失踪した時期は一九二六年の初頭だと、はっきり書かれているのである。

なお、本作では、「霧の高みの奇妙な家」で言及される〈大いなる深淵《グレート・アビス》〉が、地球の幻夢境《ドリームランド》の地下に広がる大空洞であることが示され、〈大いなる深淵の君主《ロード・オブ・グレート・アビス》〉たるノーデンスがそこに君臨し、カーターを手助けすることが示唆される。では、どうしてノーデンスが脆弱な地球の神々とは別格の夢の君主とされるのか——これについては、興味深い話がある。一九二八年からリドニーのノーデンス神殿発掘に取り組んでいた英国の考古学者モーティマー・ウィーラーが、一九三二年発表の『グロスターシャー、リドニー公園における先史時代、ローマ時代、ローマ時代後の遺跡発掘の調査報告書 Report on the Excavation of the Prehistoric, Roman, and Post-Roman Site in Lydney Park, Gloucestershire』（この報告書にはJ・R・R・トールキーンも寄稿している）において、ノーデンスが眠りの神だったことを示唆していて、オカルティズム関連の文献などでノーデンスが「ノドの地 Land of Nod」、即ち夢の世界の神とされる典拠となっているのだ。ノドの地というのは、旧約聖書「創世記」において弟殺しのカインが追放されたエデンの東にある土地だが、「頷く／うたた寝する nod」からの駄洒落《だじゃれ》で、英語圏では夢の世界を意味するスラングとして古くから知られていて、英国の作家ロバート・L・スティーヴンスンが一八八五年に発表した子供向けの詩集『子供の詩の園 A Child's Garden of Verses』にも「ノドの地」という詩（童謡）が収録されている。偶然の一致と考えるよりは、HPLが密かに同じ連想を抱いたと考える方が、文字通りの意味でロマンチックではないだろうか。

「銀の鍵の門を抜けて」解説

本作は一九三二年一〇月にエドガー・ホフマン・プライスが書き上げた「幻影の君主」をHPLが改稿し、翌年四月に完成した合作である。〈ウィアード・テールズ〉のライト編集長は読者が理解できないという理由で採用を拒否したものの、強い印象を受けたようで結局、一九三四年七月号に掲載された。エドガー・ホフマン・トルーパー・プライスは一八九八年生まれの作家で、オカルトに通暁していて、HPLは彼と知り合う以前、「レッド・フックの恐怖」(一九二五)におけるイェジディ派の記述をプライスの小説から拝借していた。HPLが一九三二年五月から長期の旅行に出た際、ロバート・E・ハワードからその事を電報で知らされたプライスは彼をニューオーリンズの自宅に招き(ド・マリニーのモデルは彼である)、HPLは一週間ほどを彼と共に過ごした。かねて「銀の鍵」を愛読していたプライスはこの時、「失踪後のランドルフ・カーターの行動を続編にまとめては」と提案し、一〇月下旬までに「幻影の君主」と題する小説を実際に書き上げて、HPLの改稿を期待してこれを彼に送った。

HPLは「粗雑な続編」「原作の精神をかなり損なっていた」(エリザベス・トルドリッジ宛て一九三四年八月三一日付書簡)と手厳しく、文体の相違や対論の説教臭さなどを全て書き直す必要があると、あまり乗り気ではなかったが、最終的にはプライスの筋の大部分を残して「銀の鍵の門を抜けて」を完成させている。結果、両者を読み比べることで、HPL自身の作風が浮き彫りになる恰好のテキストとなっている。とはいえ、HPLはプライスの該博な知識に感銘し、その後も親しく文通を続けた。書簡において、HPLは友人にマリックと呼びかけ、自身はアブドゥル・アルハズレッドと署名している。

「クトゥルーの呼び声」（一九二六）などで神智学に言及したＨＰＬだが、実際はＷ・スコット＝エリオットの『アトランティスと失われたレムリアの物語』を読んだ程度で、以後の作品での『ズィアンの書』への言及などは、プライスから聞きかじった知識であるらしい。プライス自身はさらなる続編の共作を望んだが、ＨＰＬは「ランドルフ・カーターのその後の消息については――それを提供するのは非常に難しいですね。貴方がヤディスやトォク、あるいは妙な状態にある奴がぶらついていそうな場所から特別の情報を得ていないかぎりは！」（一九三四年一〇月八日付書簡）という具合に退けている。

なお、ＨＰＬは知らなかっただろうが、「幻影の君主」に描かれる儀式の様子は、一九世紀末の英国で結成された西洋魔術結社、黄金の夜明け《ゴールデン・ドーン》団式の星幽《アストラル》体投射による魔術儀式に酷似している。とりわけ、深淵に放り込まれるくだりなどは、儀式「物見の塔の開式」を行って神殿を現出させ、続いて天使たちのいる三〇階層の領域《アエティール》を儀式で順番に巡り、最終的に常人と「神殿の主」の境界にある深淵を越えて、主観的な自我と客観的な宇宙の結合を目指すエノク魔術の儀式を想起させる。一九〇九年一二月六日、英国の魔術師アレイスター・クロウリーは、深淵を満たす狂乱と矛盾の力が人格化した天使コロンゾンとの一体化を試みる儀式をサハラ砂漠で行ったというが、クロウリーの弟子で、熱心なラヴクラフティアンでもあったケネス・グラントは、コロンゾンをアトランティスの魔術神コズザール Chozzar の異名と著書に書いている。コズザールというのは、ヘレナ・P・ブラヴァツキーの『シークレット・ドクトリン』において、ペラテ派グノーシス主義におけるネプチューンの別名にして、アトランティスの魔術師から崇拝されたと書かれる神なのだが、クトゥルー神話研究家のダニエル・ハームズは『エンサイクロペディア・クトゥルフ』においてコズザールとノーデンスを同一視している。

年表

年表の記載事項は史実並びにラヴクラフトの主要作品に基づく。本シリーズの収録作については行頭に番号を付す。
1ダゴン　2神殿　3マーティンズ・ビーチの恐怖　4クトゥルーの呼び声　5墳丘　6インスマスを覆う影
7永劫より出でて　8猟犬　9祝祭　10ピックマンのモデル　11『ネクロノミコン』の歴史　12ダンウィッチの怪異
13往古の民　14アロンゾ・タイパーの日記　15ナイアルラトホテプ　16壁の中の鼠　17最後のテスト　18イグの呪い
19電気処刑器　20石の男　21蠟人形館の恐怖　22闇の跳梁者　23北極星　24サルナスに到る運命
25ランドルフ・カーターの供述　26名状しがたいもの　27銀の鍵　28未知なるカダスを夢に求めて
29銀の門を抜けて

四六億年前——地球誕生はこの頃とされている。
十数億年前——樽型異星人が南極大陸に到来。
三億五千万年前——クトゥルーとその眷属が暗黒の星々より到来。
三億年前——クトゥルーが眠りにつく。
二億五千万年前〜一億五千万年前——〈ユゴスよりの菌類〉の到来。
二億二千五百万年前以前——〈偉大なる種族〉がオーストラリア大陸の円錐状生物の肉体に転移。
五千万年前——〈偉大なる種族〉が円錐状生物の肉体を去る。
三百万年前——21アラスカにある廃墟で、ラーン゠テゴスが眠りにつく?
紀元前一七三一四八年頃?——7赤い月の年。シュブ゠ニグラスの神官トヨグがヤディス゠ゴー山へ向かう。
約二万六千年前——23現在の北極星と同じ、こぐま座α星が北極星の位置にあった。
約一万年前——24地球の幻夢境《ドリームランド》にて、ムナール地方の宗主都市サルナスが滅亡する。
28幻夢境《ドリームランド》のセレファイスにて、ナス゠ホルタースの神殿が建立される。
紀元前二一一年——13大スキピオ、遠征軍を率いてヒスパニアに上陸。

紀元前一八六年——[13]イタリア全土に向けて、元老院によるバッコス祭禁止の布告がなされる。
四三年——[16]ローマ帝国によるブリタンニア侵攻。
六二〇年頃——[28]地球の幻夢境《ドリームランド》にて、スカイ川の大橋が架けられる。
七三〇年頃——[11]アブドゥル・アルハズレッド、『アル・アジフ』を執筆。
九五〇年——[11]テオドラス・フィレタス、『アル・アジフ』を『ネクロノミコン』の表題でギリシャ語に翻訳。
一〇〇〇年頃——[16]後世、エクサム修道院が建つあたりに、修道士の宗団が居住。
一〇五〇年——[11]総主教ミカエルが『ネクロノミコン』の出版を禁止、焚書に処す。
一二二八年——[11]オラウス・ウォルミウス、『ネクロノミコン』をラテン語に翻訳。
一二三二年——[11]教皇グレゴリウス九世によって『ネクロノミコン』のギリシャ語版、ラテン語版が禁書となる。
一二四〇年——ガスパール・デュ・ノール、ギリシャ語版『エイボンの書』をフランス語へと翻訳。
一二六一年——[16]初代エクサム男爵ギルバート・デ・ラ・ポーア、ヘンリー一世よりアンチェスターに領地を賜る。
一三〇七年——[16]ある年代記に、デ・ラ・ポーア家にまつわる醜聞。
一五世紀——[11]ラテン語版『ネクロノミコン』がおそらくドイツで印刷される。
一六世紀——[11]ギリシャ語版『ネクロノミコン』がイタリアで印刷される。
[11]英国のジョン・ディーが『ネクロノミコン』を英訳する。
一五二一年——スペイン帝国が新大陸にヌエバ・エスパーニャ副王領を設立。
一五三二年——[5]スペイン人パンフィロ・デ・サマコナ、新大陸に渡る。
一五三七年——修道士マルコス・デ・ニサが黄金都市シボラを垣間見たと考える。
一五四〇年——[5]スペイン人探検家フランシスコ・ヴァスケス・デ・コロナド・イ・ルヤン、黄金都市探索に出発。
一五四一年——ルートヴィヒ・プリン、獄中で『妖蛆《ようしゅ》の秘密』を執筆。
[5]一〇月七日、サマコナ、コロナドの遠征隊から抜け出し、南へと向かう。

一五四二年――スペイン人探検家アルバル・ヌーニェス・カベサ・デ・バカ、見聞録を出版する。
一六世紀後期～一七世紀初頭――16ジェイムズ一世の治世下において、デ・ラ・ポーア男爵家の一族の者たちが惨殺され、犯人と目されたウォルター・デ・ラ・ポーアが新大陸のバージニア植民地へ移住。
一五八七年――20ニコラス・ファン・カウランがオランダのウィトガールトで処刑される。
一七世紀――11ラテン語版『ネクロノミコン』が、おそらくスペインで印刷される。
一六三八年――グロスター湾のケープアンで、とぐろを巻いた怪物が目撃される。
一六五〇年――9この年以前に、キングスポートのグリーン・レーンに、ある一族の屋敷が建てられる。
一六九二年――10 12 29新大陸マサチューセッツ湾植民地のセイラム村（現ダンバース）を起点に、魔女裁判事件が発生。ピックマン家の先祖が絞首刑に処される。住民の一部がダンウィッチ、アーカムに移住。また、セイラムのエドマンド・カーターがアーカム背後の丘陵地帯に逃亡する。
一六九三年――コットン・マーザーの『不可視の世界の驚異』刊行。セイラムの魔女裁判への言及。
一七〇六年～二三年――26カーター家の者が名状しがたい怪物に襲撃される。
一七一〇年――26アーカムで名前のわからない老人が死に、自宅の裏手に埋葬される。
一七四七年――12会衆派教会のアバイジャ・ホードリイ師がダンウィッチ村で怪異にまつわる説教。
一七六六年――14ヴァン・デル・ヘイル家がニューヨーク州に移住する。
一七七二年――14ヴァン・デル・ヘイル家の者たちが姿を消す。
一七七三年――14ジョリス・ヴァン・デル・ヘイル誕生。
一七八一年――27 29アーカム背後の丘陵地帯で、カーター家の者が失踪する。
一七九三年――メイン州のマウント・デザート島の沖で巨大な怪物が目撃される。
一八一七～一九年――グロスター湾、ナハント湾で怪物が度々目撃される。
26アーカムの廃屋に侵入した少年が、心神喪失状態で発見される。

一八一九年――[7]マサチューセッツ州ボストンにてキャボット考古学博物館が設立。

一八三四年――[20]ニューヨーク州のニューパルツで、ハスブルックという地主にまつわる怪事件。

一八三八年――[6]東インド諸島のとある島の住民が消失。その後、マサチューセッツ州インスマスのオーベッド・マーシュ船長が、悪魔の暗礁において〈深きものども〉と接触する。

一八三九年――フリードリヒ・ヴィルヘルム・フォン・ユンツトの『無名祭祀書』がドイツで刊行される。
[20]バルート・ピクタース・ヴァン・コーランがニューパルツから姿を消す。

一八四〇年――フォン・ユンツトが怪死する。

一八四四年――[22]五月、イーノック・ボーウェン教授がエジプトより帰国。
[22]七月、ボーウェン教授、プロヴィデンスにて〈星の智慧派〉を創設する。
[22]一二月二九日、第四バプティスト教会のドローン博士が〈星の智慧派〉に警鐘を鳴らす。

一八四五年――英語版『無名祭祀書』がロンドンで刊行される。

一八四六年――[22]〈星の智慧派〉の周辺で失踪者が出始める。
[6]インスマスにて伝染病が流行。同じ年にダゴン秘密教団が設立。

一八五三年――[22]当局による〈星の智慧派〉の捜査が空振りに。

一八六一年――[19]フランス皇帝ナポレオン三世統治下のフランス、メキシコに出兵。

一八六四年――[19]フランスの支持のもと、ハプスブルク家のマクシミリアンがメキシコ皇帝に即位。

一八六七年――[19]皇帝マクシミリアン、捕虜となった後、軍事裁判を経て処刑。

一八六八年――ジェームズ・チャーチワードが、インドの高僧より『ナアカル碑文』を見せられる。

一八六九年――[22]アイルランド系のパトリック・リーガンがプロヴィデンスのフェデラル・ヒルで失踪する。

一八七三年――[27][29]ランドルフ・カーター、生まれる。

一八七五年――マサチューセッツ州リンの沖合で怪物が目撃される。

一八七七年――22二月、〈星の智慧派〉の教会が閉鎖される。関係者は年末までにプロヴィデンスを離れる。

一八七八年――7五月一一日、貨物船《エリダヌス》号の乗員が太平洋上に新島を発見。

一八七九年――7《エリダヌス》号の乗員が発見したミイラを、キャボット博物館が購入する。

一八八〇年頃――22旧〈星の智慧派〉の教会にまつわる、幽霊の噂が流れ始める。

一八八三年――27 29一〇月七日、ランドルフ・カーター、大おじの家に滞在し、以来人が変わる。

一八八八年――19アーサー・フェルダンがトラスカラ鉱山社の鉱山で働き始める。

一八八九年――18春、デイヴィス夫妻がオクラホマ州に入植する。

19八月六日、フェルダンが鉱山から書類を持ち逃げする。

18一〇月三一日、デイヴィス家でパーティーが催されるも、夜半、ウォーカー・デイヴィスが死亡。

一八九〇年――ロードアイランド州プロヴィデンスにて、H・P・ラヴクラフト誕生。

一八九一年――5ヒートン青年がオクラホマ州ビンガーの墳丘で一時的に失踪。

17一一月八日、A・S・クラランダン医師がサン・クエンティン州立刑務所の医局長に就任。

一八九二年――5ビンガーにて、ジョン・ウィリス保安官が幽霊の戦闘を目にする。

17一月頃より、クラランダン医師の醜聞が各紙を賑わせる。

17三月の第一週、クラランダン医師がサン・クエンティン州立刑務所を解雇される。

17五月二八日の夜半、クラランダン医師と屋敷の召使いが死亡したと思われる。

一八九三年――22プロヴィデンスの新聞記者エドウィン・M・リリブリッジが失踪。

一八九四年?――16アルフレッド・ディラポア生まれる。

一九〇三年――27ランドルフ・カーター（三〇歳）、夢の門の鍵を失う。

一九〇八年――4ミズーリ州セントルイスにて開催されたアメリカ考古学会の年次大会の席上にて、ルイジアナ州ニューオーリンズで押収されたクトゥルーの神像が話題となる。

14 四月一七日、アロンゾ・タイパーがコラズィンのヴァン・デル・ヘイル屋敷に向かう。
14 四月三〇日、アロンゾ・タイパーの日記は、この日付で終わっている。
一九〇九年——削除版『無名祭祀書』がニューヨークのゴールデン・ゴブリン・プレスより刊行。
一九一一年——8 九月二四日以前、英国のセント・ジョンらがオランダの教会墓地の墓を暴く。
一九一三年——12 二月二日、マサチューセッツ州ダンウィッチにウィルバー・ウェイトリイが誕生。
一九一四年——七月二八日、第一次欧州大戦勃発。
一九一五年——1 五月、英国船籍の豪華客船《ルシタニア》号をドイツ帝国海軍のU-20が撃沈。
一九一六年——5 五月一一日、ロートン大尉がビンガーの墳丘で失踪。
27 ランドルフ・カーター、フランス外人部隊に従軍中、フランスの街で負傷。
一九一七年——16 アルフレッド・ディラポア、英国でエドワード・ノリス大尉と友誼を結ぶ。
2 六月一八日、ドイツ帝国海軍のU-29が英国船籍の貨物船《ヴィクトリー》号を撃沈。
2 八月一三日、漂流中のU-29、大西洋海底の古代遺跡に到達。
一九一八年——16 ディラポア家がアンチェスターのエクサム修道院を購入。アルフレッド重傷を負って帰国。
一九一九年——29 ド・マリニーとカーター、サウスカロライナ州のハーリイ・ウォーランを訪問する。
一九二〇年——5 九月、クレイ兄弟がビンガーの墳丘で失踪。兄のエド、三ヶ月後に帰還するも自殺。
15 一一～一二月、ラヴクラフト、ナイアルラトホテプがプロヴィデンスを訪れる夢を見る。
一九二一年——16 一二月、エクサム修道院の再建始まる。
一九二二年——26 〈ウィスパーズ〉一月号にランドルフ・カーターの「屋根裏の窓」が掲載。
3 五月一七日、漁船《アルマ》号の船員が怪物を殺害。死体をグロスターに曳航する。
3 八月八日、グロスターのマーティンズ・ビーチにて、謎めいた怪事件。
一九二三～二八年——26 ランドルフ・カーターとジョエル・マントン、アーカムで怪異に遭遇。

一九二三年──[16]七月一六日、ディラポア家の最後の一人が英国アンチェスターに引っ越す。

[16]七月二二日、ディラポア家の猫たちが不穏な振る舞い。

[16]八月八日、エクサム修道院地下が探索される。エドワード・ノリス死亡。

一九二四年──[12]八月一日、ウィルバー・ウェイトリイの祖父が死亡。

一九二五年──[18]ある民族学者が、オクラホマ州ガスリーの精神病院を訪れる。

[4]三月一日、H・A・ウィルコックスがジョージ・ガメル・エンジェル教授を訪問する。

[4]三月二二日、ニュージーランド船籍の《エマ》号、武装船《アラート》号と交戦。

[4]三月二三日から四月二日にかけて、太平洋上にルルイェあるいはその一部が浮上する。

[4]三月二三日、《エマ》号の乗員たち、ルルイェに上陸する。

[12]ミスカトニック大学のヘンリー・アーミティッジ博士、ウェイトリイ家を訪問。

[4]四月一八日、「謎の漂流船発見さる」という記事が〈シドニー・ブレティン〉紙に掲載。

一九二六年以前──[25]ハーリイ・ウォーラン失踪。

一九二六年──[11]画家リチャード・アプトン・ピックマンが失踪する。

[4]春、画家アルドワ＝ボノがパリのサロンにて『夢の風景』を発表。

[4]年末、エンジェル教授が怪死。

ジェームズ・チャーチワードの『失われたムー大陸』刊行。

一九二七〜二八年──[12]冬、ウィルバーがアーカム、ケンブリッジなどの大学図書館を訪問。

一九二七年──[6]七月一六日、ロバート・オルムステッドがインスマスから逃亡。

[6]年末から翌年にかけて、政府機関がインスマスにて一斉検挙を行う。

一九二八年──[12]八月三日の未明、ミスカトニック大学図書館に侵入を試みたウィルバーが死亡。

[5]八月、ある民族学者がビンガーでのフィールドワークを開始する。

[12]九月九日、ダンウィッチに怪異が襲来。
[12]九月一四日、アーミティッジ博士ら三名が、ダンウィッチへと向かう。
[12]九月一五日、ダンウィッチの怪異が収束する。
[27][29]一〇月七日、ランドルフ・カーターがアーカム背後の丘陵地で失踪する。

一九三〇年——[29]一〇月、ランドルフ・カーター、地球に帰還するという。

一九三〇～三一年——ミスカトニック大学の南極探検隊が遭難。

一九三〇～三二年——[29]スワーミー・チャンドラプトゥラなる人物が世界中の神秘家と文通する。

一九三一年——[7]キャボット博物館、フランスのアヴェロワーニュで発見されたミイラを購入する。
[7]四月五日、〈ボストン・ピラー〉紙がキャボット博物館のミイラについて報道。これ以降、六月よりも前にチャンドラプトゥラが博物館を訪れる。

一九三二年——[7]キャボット博物館のミイラを盗もうとする企てが幾度か未遂に終わる。
[7]一二月五日、ウィリアム・マイノット医学博士らがキャボット博物館のミイラの頭蓋骨を開頭。
[29]ド・マリニー邸にてランドルフ・カーターの遺産を巡る会合が開かれる。

一九三四年——[22]冬、ウィスコンシン州の怪奇小説家ロバート・ブレイクがプロヴィデンスで下宿を始める。

一九三五年——[22]四月末、ブレイクがフェデラル・ヒルの廃教会に侵入する。
[22]七月一七日、〈ジャーナル〉紙の朝刊にフェデラル・ヒルの怪事件にまつわる記事が掲載。
[22]七月三〇日、ブレイクがこの日より神経衰弱に陥る?
[22]八月八日、午前零時頃より嵐によるプロヴィデンス全域の停電。夜のうちにブレイク変死する。
ミスカトニック大学地質学部によるオーストラリア探検。
[14]一一月一二日、コラズィンのヴァン・デル・ヘイル家が倒壊。

二一六九年——[29]ピックマン・カーター、モンゴル人の大群をオーストラリアから撃退する。

索引

この索引は、『未知なるカダスを夢に求めて』収録作品に含まれるキーワードから、物語及びクトゥルー神話世界観に関わるものを中心に抽出したものです。それぞれのキーワードの言及されるページ数ではなく、それが含まれる作品を番号で示しています（番号と作品の対応は以下を参照)。

北極星……①　白い船……②　サルナスに到る運命……③　ランドルフ・カーターの供述……④
恐ろしい老人……⑤　夢見人へ。……⑥　ウルタールの猫……⑦　セレファイス……⑧　忘却より……⑨
イラノンの探求……⑩　蕃神……⑪　アザトース……⑫　名状しがたいもの……⑬　銀の鍵……⑭
霧の高みの奇妙な家……⑮　未知なるカダスを夢に求めて……⑯　銀の鍵の門を抜けて＋幻影の君主……⑰

なお、人名については「姓、名」の順に記載しています。

例）リチャード・アプトン・ピックマン　→ピックマン、リチャード・アプトン

【あ】	アーカム	13,14,15,16,17	地名
	アイ川	3, 10	地名
	アイラ	10	地名
	アカリエル	2	地名
	アクリオン	3	地名
	アザトース	12, 16	神性
	アスピンウォール、アーネスト・B	14, 17	人名
	アタル	7, 11, 16	人名
	アティブ	8	人名
	アフォラト	16	地名
	アラン山	8, 16	地名
	アロス	1	人名
	イブ	3	地名
	イムプラン	3	地名
	イラルネク	3, 10, 16	地名
	イレク=ヴァド	14,16,17	地名
	イレド=ナア	16	地名
	イレム	17	地名
	インガノク	16	地名
	インスマス	8	地名
	ウォーラン、ハーリイ	4, 17	人名
	ウムル・アト=タウィル	17	神性
	ウルグ	16	地名
	ウルタール	7,11,14,15,16,17	地名
	ウルハグ	16	動物
	オウクラノス川	14,16,17	地名
	オオス=ナルガイ	8, 16	地名
	オオナイ	10	地名
	オグロタン	16	地名
	〈恐ろしい老人〉	5, 15	人名
	オラトエ	1, 10, 16	地名

	オリアブ	16	地名
	オルニー、トーマス	15	人名
【か】	ガースト	16	生物
	カーター、エドマンド	14, 17	人名
	カーター、クリストファー	14, 17	人名
	カーター、ジェフリー	17	人名
	カーター、ランドルフ	4,13,14,16,17	神性
	ガグ	16	生物
	カダス	11,15,16	地名
	カダテロン	3,10,16	地名
	カディフォネク	1	地名
	カトゥリア	2, 16	地名
	カマン＝ター	16	人名
	カルティアン丘陵	10	地名
	キュダトリア	3, 10	地名
	キュナラトリス	8	人名
	キラン	16	地名
	キングスポート	5,14,15,16,17	地名
	食屍鬼（グール）	4, 16	生物
	クサリ川	10	地名
	クスラ	2, 16	地名
	クレド	14,16,17	地名
	コーリイ、ベネジャー	14, 17	人名
	コスの印（サイン）	16	事項
【さ】	ザール	2, 16	地名
	ザカリオン	9	地名
	サグの葉	16	植物
	サルキス	1	地名
	サルコマンド	16	地名
	サルナス	3, 10	地名
	サンス	11	人名
	シドラク山	10	地名
	シナラ	10	地名
	シャンタク鳥	16	生物
	ズィン	6, 16	地名
	ズーグ族	16	生物
	スカイ川	7,11,14,15,16,17	地名
	ズカウバ	17	人名
	ステテロス	10	地名
	スニレス＝コ	16	人名
	〈蛇の巣（スネーク＝デン）〉	14, 17	地名
	ズロ川	10	地名

	ゼニグ	16	人名
	セラニアン	8, 16	地名
	セラルン	16	地名
	セレネリアン海	8, 16	地名
	セレファイス	8, 16	地名
	ゾ＝カラル	3	神性
	ゾッカル	3	人名
	ソナ＝ニル	2, 16	地名
	ゾブナ	1	地名
【た】	ダイコス	1	地名
	タナリアン丘陵	8, 16	地名
	タプネン	1	地名
	タマシュ	3	神性
	タラリオン	2, 16	地名
	タルプの年	2	事項
	チャンドラプトゥラ	17	人名
	デュラス＝リイン	16	地名
	テロス	10	地名
	トゥール	7	人名
	ドゥリネン	10	地名
	トォク山脈	6, 16	地名
	『トートの書』	17	書名
	ドトゥルの油	3	事項
	ド・マリニー、エティエンヌ＝ローラン	17	人名
	トラア	3, 10, 16	地名
	トラボニア	16	地名
	トラン	14,16,17	地名
	ドリエブ	2	地名
	トレヴァー・タワーズ	8, 16	地名
【な】	ナイアルラトホテプ	16	神性
	夜鬼（ナイト＝ゴーント）	16	生物
	『ナコト写本』	1, 11, 16	書名
	『ナコト断章』	17	書名
	ナシュト	16	人名
	ナス	3, 6, 16	地名
	ナラクサ川	8, 16	地名
	ナラス	14	地名
	ナリエル諸島	3	地名
	ナルギス＝ヘイ	3	人名
	ナルグ川	2	地名
	ナルトスの谷	10	地名
	ニール	7, 16	地名

	ニャイ＝カー	3	人名
	ニンの銘板（タブレット）	17	地名
	『ネクロノミコン』	17	書名
	ノーデンス	15, 16	人名
	ノトン	1	地名
【は】	パークス	14, 17	人名
	ハテグ	7, 11, 16	地名
	ハテグ＝クラ	11,15,16	地名
	バノフの谷	1	地名
	バハルナ	16	地名
	パルグ	16	地名
	バルザイ	11, 16	人名
	ピックマン、リチャード・アプトン	16	人名
	ファロナ	3	地名
	フィリップス、ウォード	17	人名
	ブオ	17	人名
	『フサンの謎の七書』	11, 16	書名
	ブナズィク砂漠	3, 10	地名
	フラニス	16	地名
	ボール族	16, 17	生物
【ま】	マーザー、コットン	13	人名
	マガー鳥	16	生物
	マントン、ジョエル	13	人名
	ミスカトニック川	15	地名
	月獣（ムーン＝ビースト）	16	生物
	ムタル	3	地名
	ムナール	3	地名
【や】	ヤス湖	16	地名
	ヤスの木	10	植物
	ヤディス星	17	天体
	ヨグ＝ソトース	17	神性
【ら】	ラティ	2, 16	人名
	リナル	16	地名
	リュガスの木	16	植物
	リラニアン砂漠	10	地名
	レラグ＝レン	16	地名
	レリオン山	11, 16	地名
	レン	8, 16, 17	地名
	ロコル	3	地名
	ロボン	3	神性
	ロマール	1,10,11,16,17	地名
【わ】	ングラネク	11, 16	地名

星海社
FICTIONS
ラ1-04

未知《みち》なるカダスを夢《ゆめ》に求《もと》めて　新訳《しんやく》クトゥルー神話《しんわ》コレクション4

2019年9月13日　第1刷発行
2022年5月26日　第2刷発行
定価はカバーに表示してあります

著　者 ―――― H・P・ラヴクラフト
訳　者 ―――― 森瀬繚《もりせりょう》

協　力 ―――― 立花圭一《たちばなけいいち》・小森瑞江《こもりみずえ》

発行者 ―――― 太田克史《おおたかつし》
編集担当 ―――― 丸茂智晴《まるもともはる》
編集副担当 ―――― 片倉直弥《かたくらなおや》
発行所 ―――― 株式会社星海社
〒112-0013　東京都文京区音羽 1-17-14　音羽 YK ビル 4F
TEL 03(6902)1730　FAX 03(6902)1731
https://www.seikaisha.co.jp/

発売元 ―――― 株式会社講談社
〒112-8001　東京都文京区音羽2-12-21
販売 03(5395)5817　業務 03(5395)3615

印刷所 ―――― 凸版印刷株式会社
製本所 ―――― 加藤製本株式会社

本書所収の「幻影の君主」("The Lord of Illusion")の著者E・ホフマン・プライス(Edgar Hoffmann Trooper Price)の著作権継承者が、2019年9月現在、判明しておりません。

作品収録にあたり、権利者の使用許諾を得るため星海社FICTIONS編集部では調査を重ね、公益社団法人著作権情報センターにも広告を掲載しましたが、今に至るまで連絡先につながる情報は得られずにおります。

弊社では引き続き調査を続けておりますので、権利者の方やそのご連絡先をご存知の方がいらっしゃいましたら、星海社までご一報いただけますと幸いです。


ISBN978-4-06-516318-4　　N.D.C.913　479P　19cm　Printed in Japan